WUYUE LIMING

五月黎明

巴陇锋 著

敦煌文艺出版社

图书在版编目（C I P）数据

五月黎明 / 巴陇锋著. -- 兰州 : 敦煌文艺出版社, 2023.6
ISBN 978-7-5468-2372-0

Ⅰ. ①五… Ⅱ. ①巴… Ⅲ. ①长篇小说－中国－当代 Ⅳ. ①I247.5

中国国家版本馆CIP数据核字(2023)第107234号

五月黎明

巴陇锋 著

责任编辑：田　园
装帧设计：马吉庆

敦煌文艺出版社出版、发行
地址：（730030）兰州市城关区曹家巷1号新闻出版大厦
邮箱：dunhuangwenyi1958@163.com
0931-2131556（编辑部）
0931-2131387（发行部）

北京天工印刷有限公司印刷
开本　787毫米×1092毫米　1/16　印张24　插页1　字数415千
2023年8月第1版　2023年8月第1次印刷
印数　1～3 000册

ISBN 978-7-5468-2372-0
定价：58.00元

目录

Contents

公元1946年初，除了斯大林打了个哈欠、丘吉尔发表了一次演说之外，蒋介石还闹心着。蒋介石的闹心持续到5月1日这天，再次集中到给过他奇耻大辱的中国三秦西京。

故事得从1946年5月1日之前讲起。

第一章 5月1日前

西京城，仲春的一个清晨。

长安一等“闲（读han阳平）人”齐天翼朝东踽踽而行，飘浮在五味十字的风里。突然，他仰天大吼，发出一声气贯长虹的“嗷——”。古城人早已听惯了他这声“城吼”，如同习惯于自己那颇为外地人不解和诟病的城骂一样。吼罢，齐天翼不自觉地将斜披刁搭撑在身上的灰布衫的第二个布疙瘩纽扣扣起来——额滴神，快五月的光景，早上竟还有些冷。西面的大学习巷、北面的城隍庙、东面的鼓楼钟楼以及稀疏的人影和零星的公交车，次第从眼前掠过，他漠然照一下前面不远处的藻露堂大药房。这一照非同小可，让我们的主人公、这个平素大大咧咧的关中男儿，由此及彼由表及内地产生了一连串动作：脸上僵硬地抽搐了一下，脚下打了个趔趄，身子不断踉跄着，心头也似万箭穿过……

是呀！把他家的，那里，是这个七尺汉子的伤心之所，有着他内心永远也抹不掉的痛点。

七年前的正月十七，十九岁，正是少不更事的时候，他没有经受住心仪女孩儿那枚冰清玉洁少女心的袭击，在藻露堂前上演了一场关中地面上道地、堂皇的拜堂仪式。不想，却吃了日本人的炸弹，全家只有他活了下来，妻子黄紫红至今活不见人死不见尸。这种“生人作死别”的切肤之痛，没有经历过那场抗日战争的人，是很难理解的。齐天翼只有去遗忘——艰难地遗忘，遗忘那丰富彻骨的痛楚。他多么希望自己能够失忆，那样的话，伤痛会小些。本以为时间早已平复了他心灵的创伤，可当他目光再次触及藻露堂屋顶那残破的瓦片时，脑际一阵眩晕，眼前又出现了结婚拜堂的那一幕。

那天上午，春风十里，千年古城似乎岁月静好。

藻露堂大药房前，人声鼎沸，热闹非凡，穿红着绿的小孩在忙碌的人群中追逐打闹，平添了婚礼的喜庆。高亢激越的声声唢呐里，夹杂着几串炮仗爆裂声，引得孩子们冒险去捡“死眼子”的鞭炮，身披“8”字红绸被面的齐天翼文质彬彬，与身材秀柳、头顶着盖头的黄紫红偎依着，缓缓走到香桌前。袅袅香烟微颤着腾起清晰的线路，接着氤氲四散，清幽的香气便抵达人的鼻孔；香桌左边，端坐着齐天翼父母，齐母搓着满是茧子的手，有些浮肿的脸笑得合不拢嘴；齐父将长杆烟锅儿攥在手里，古铜色的脸上，嘴张得像老秦瓦缶，要定格时光的意思。香桌右边紧靠在一起的，是黄紫红父母，老两口无限爱怜地注视着眼前的女儿女婿，虽然遭逢中日交战，但眼前的光景让他们无比受活。香桌前，倪柏仁乐呵呵地朝响客[①]一挥手，高亢热烈的唢呐声戛然而止，他神采奕奕地清清嗓子，故作俨然而又神经大条地喊：“各位亲戚朋友、同仁、乡党们，烽火连三载，古城弥坚挺。今天，良辰吉日；今天，花好人美；今天，是有为青年齐天翼先生和窈窕淑女黄紫红小姐喜结良缘之日。我作为他们的师傅、他们的干大、他们的月老，心里高兴识它咧！为啥哩？因为我看着他俩长大，教他们知识教他们做人，但他俩就是不会‘做（读zou阴平）人’，不谋算造人么，以至于耽误到这会子、这大年龄……”

开腔说话的人中等身材、干瘦，但，何等了得！他是帝都咸阳人，喝过洋墨水儿，为享誉全国的民盟领袖，著名教育家、社会活动家、书法家、作家、报人，因是新郎齐天翼、新娘黄紫红的干大、老师，又是齐天翼的同事、领导，故而成为今日当仁不让的证婚人。人都知道，倪柏仁现为《民众新报》主编，素日里疾恶如仇、爱民如子，好做媒，嘴上时常吊着“老百姓是咱亲娘老子”的话絮子，时不时为民请命，讥刺一下“这家子”——他这么称呼国民党政府，既避免犯禁又容易理解，显得机智幽默。日子久了，老百姓发自内心地称他“百姓之王”“关中正大先生”。另一方面，他又很孤傲，不与当局合作，就被“聪明人”讥为脑袋不够用的“病人”，被国民党列入黑名单，指为“左混”分子。但无论如何，一个不可否认的事实是，倪柏仁的字如他的身价一样，日日见长，贵得出奇，如今市价已到了

---

①响客：方言，指吹鼓手。

一个字一根金条的地步，故他被戏称为“摇钱树”，说是谁得了他就有了钱，可赢天下。所以，当局对他异常重视，领袖不惜亲自出马，接见并赠送给他俩人合影一张、短剑一把，但他毫不动心……见平日里敬仰的人物如此开怀、和蔼可亲，没有半点架子，还主动逗乐，人群爆发出一阵会心的哄笑。

倪柏仁被迫中断了言语。有人斗胆开玩笑道：“这都怪他干大、他师傅倪先生，娃小、实诚，不知道造人，那是你这师傅教得不到家么！”

人群笑得更欢实了。倪柏仁爽朗地笑笑，一副与民同乐的样子。黄紫红忍不住掀开盖头一角，抿嘴一笑寻声望去。黄母忙“惊恐万状”地制止道：“红红，咋这不老实的！”

人们再次大笑起来。倪柏仁也大笑着，目光中满蕴无限疼爱——要知道，这是他平生仅有的干儿子和干女儿，他多么希望他俩能够经风雨见世面，干一番事业。黄紫红吐一下舌头，咂一下嘴巴，早将眼前光景看了个一清二楚，这才放下盖头。看着俊美媳妇的顽皮举止，齐天翼也忍不住笑出声来。齐父见状，恨铁不成钢地在鞋帮上敲起黄铜色的烟锅头儿来，齐天翼才不得不收敛笑容。

“啊哈……三天无大小。不说不笑不热闹，不喝米汤不急尿！咱言归正传啊。我这俩学生，我心里最清楚：没一个老实的！”倪柏仁心花怒放，继续卖派口才，推高着快活的空气，声音陡然转高，“我宣布：爱徒齐天翼、黄紫红结婚大礼，开始！一拜天地——再拜高堂……”

齐天翼、黄紫红终究年少轻狂，加之今天大喜之日，竟不免双双舞蹈般地做起了礼拜，惹得看热闹的人群比看眉户戏《张连卖布》还开心，四位老人也不由得乐开了花。突然，刺耳的防空警报声从头顶磕磕绊绊滚过，挟裹着日军战机的轰鸣声，自西南城角凌空呼啸而来。一年多来，已先后有四五次成百架日机进犯、轰炸古城，西京百姓早已生活在惊恐中，但善良的人们没料到今天的好日子会遭鬼子破坏。顿时，人群如开闸的洪水般奔涌四窜，婚礼现场乱成一锅粥。倪柏仁见状，急忙大喊：“散开——乡亲们！趴下——快趴下！快——”

可怜的人们哪里顾得上听指挥，更加如无头苍蝇似的四处乱撞，被如雨般倾泻下来的炸弹纷纷击中。急慌中，齐天翼只恍惚觉得自己扑向了掀开盖头的黄紫红，便失去了知觉……

事后才知，那天下午，先后有十四架次日机来偷袭西京。炸弹投在东木头市、菊花园、炭市街与桥梓口、大麦市街、土地庙十字，还有莲湖公园、糖坊街一带。刹那间，西京城闹市区从大差市街至骡马市街约两里内，许多商店着火，生意门面瞬间化为灰烬。大火映红了半边天，烈焰吞噬着整条街，来不及逃生的市民和行人负了伤、丧了命、破了家。日机轰炸过后，硝烟弥漫，城内满目疮痍，房倒墙塌，一片瓦砾。街路上倒伏的亡者裸露出的净是残缺不全的躯体，尸体血肉模糊。挂落在门墙上、树梢上、电杆电线上的人和家畜的肉团与内脏，血淋淋地散发着腥气，惨不忍睹……

这场灭门和毁城的轰炸，将那个英姿勃发、文质彬彬的齐天翼炸得不修边幅、放浪形骸、看破了红尘，也将二十几万惊恐万状的西京城人炸得义愤填膺、众志成城。

今天，现在，此时此地，齐天翼再也不必担心日本鬼子飞机的轰炸了，因为时间已然是民国三十五年公元1946年，日本早已无条件投降。但奇怪的是，齐天翼这内心的堵，却丝毫没有减轻。经历多年抗战，日本投降后，国内却并没有出现和平的迹象。相反，国民党当局加紧进攻共产党军队，两党两军边打边谈，先后签订了两项日后证明约束力并不强的协定：《双十协定》和《停战协定》。在各方积极推动下，当局不得不召开了“政治协商会议”，从法理上终止了国民党的一党独裁。但拥兵自重的蒋公岂肯善罢甘休，他暗下决心调兵遣将，同时紧收舆论宣传，打压民主人士。去年末，昆明就发生了震惊中外的“一·二一惨案”；今年伊始，西京城的形势又陡然严峻起来，齐天翼所在的《民众新报》岌岌可危。如前所述，该报主编是他干大、老师和证婚人倪柏仁，也曾一度被高层赏识和拉拢。1942年10月，倪柏仁受到最高当局亲自接见，后者还赠送签名照片给他，诚可谓“皇恩浩荡”，但几年下来，他却不惟不思报恩，亦一直不与政府合作。这无疑使蒋老夫子颜面扫地，情何以堪的他憋了一肚子怒火。种种迹象表明，他这一肚子火在1946年4月末的西京城，似乎要有一个总爆发——对倪柏仁和《民众新报》必欲除之而后快。这其实很好理解，蒋某人“一朝被蛇咬，十年怕井绳”，他担心第二个西京事变发生。

齐天翼正漫无目的地想着，耳边忽然传来报童的叫卖声：“号外号外，惊天那个号外！蒋委员长来古城啰，古城抗敌形势一片……”

齐天翼一看，已行至报馆近旁的亮宝楼前，便惊问："哪儿的消息，小门？"

"'闲人'齐哥，《秦商日报》么！"报童停止叫卖，"你是，想要报？"

"还是老王牛气！"齐天翼递上一沓法币，接过报纸，"小门，纠正你一哈，如今没有日本鬼子了，自然就没了'抗敌'一说。"

《民众新报》大办公室，门大敞着，门侧高悬"吉农坡"三个笔法遒劲的黑字。倪柏仁字号吉农，这是他的主编室。此时他正端站在一张大旧桌前，兴致勃勃地在旧报纸上挥毫写下——

无穷的远方，无数的人们，都和我有关。

——吉农抄鲁迅语以自勉

那尊齐天翼再也熟悉不过的无座青铜佛稳稳地压着旧报纸，每次看到都会令齐天翼不觉心头一紧。现在，他低头边看报纸边走进来，一直走到老师的桌沿才抬头。见倪柏仁并没有察觉，齐天翼扎好姿势，意欲长吼一声。这时，倪柏仁靠第六感觉察觉到了徒弟的"城吼"预备动作，停笔道："你弄啥？要吼到大街上去吼，快！"

"苟日新，日日新，又日新。我，我给倪老师拍张照！"齐天翼讪笑着，极力掩饰，"瞧您这姿势……"说着就要去拿照相机。

"不忙！"倪柏仁放下笔，转过身，抬眼目光炯炯地盯住齐天翼道，"坐下，说正事！"

"好，好……"齐天翼明白老师要说什么，忙故意岔开话题，"干大，那篇时评，建议您撤下，最近形势紧……"

"今个农历二十七阳历二十八礼拜天，把你叫来，咱不为谈工作。"倪柏仁斩钉截铁道。

还是来了，老师又要为他张罗媳妇儿，齐天翼立刻流露出紧张犯愁的神情，道："干大，饶了我吧！快再别提那档子事了！"

"哪档子事？"倪柏仁更加目不转睛地盯着齐天翼，目光似两柄犀利的宝剑，直刺得齐天翼坐在了自己桌前，他也坐下来，“你还知道有这档子事呀！这都七八年咧……你不问柴米油盐，也没生儿养女，就知道两个肩膀上扛上个……撒（头）……扛个照相机？你、这就叫圆满咧？日子日子，啥叫日子？你就这样扛日子呢？”

“对！是！您说得对！”齐天翼说着起身，“可……紫红咋办呀？”

“紫红——黄紫红！”倪柏仁心情复杂，沉默片刻道，“你坐下！没准她，咱说的是没准，没准她早成娃他妈咧！儿长女大的咧……”

“但……愿，但愿她还活着！活着……”齐天翼坐回座位，失神地盯着那尊躺在报纸上的无座青铜佛，“活着比啥都好！”

倪柏仁缓缓起身，双目噙着泪，下决心说：“是这，今个，我替你做主，咱等了她七年，整整七年啦，已经仁至义尽。娃，你够义气的啦，没啥丢不下的！”

“……”齐天翼一时神伤，说不出话来，双肩似盛满露珠儿的草叶，颤抖着背过身去，不想与老师泪目相对。

“死了，或者活着已经结婚生子。只有这两种情况。”倪柏仁抹一把泪，鼻孔吸溜身子战栗着道，“否则，不会这么音讯杳无！”

“对！”齐天翼木木地应着，突然有了新发现似的说，“不，理论上还有第三种……”

“别傻了！你当你还十八九呀，你有多少青春整天浪哩！”

“我没浪。苟日新，日日新，又日新。我扛……”齐天翼做了一个扛相机的动作。

“革故鼎新、保持清醒当然好。但，心有猛虎，还细嗅蔷薇嘞。话反回来说，摄影当记者，你能捣鼓出后辈儿孙来？”倪柏仁语重心长地责备道，左手戴上已经磨成暗褐色的白手套，玩弄起两只光溜溜的核桃来，“不孝有三无后为大，记住，你老齐家是差点被小日本绝了后的，你……”

“好，好！师傅，我答应您！就见那个舒怡婷！”齐天翼到底顶不过干大，便应允下来，他古怪地站起，又坐下，似乎仍是心有不甘。

“什么舒怡婷？那都是前年给你说的，你不理会人家姑娘，人家早嫁给秦岭，生子留后啦！”倪柏仁颇为遗憾地起身，将两只健身核桃窝在手心，沉吟着道，

"是这，我来安排，你克玉妹妹的初小同学，叫蓝枝儿！"

"哦……听您的！"

"是这，后晌四点，还在这搭，你们见面。"倪柏仁胸有成竹地说，将核桃和手套放入抽屉，随即发了逐客令，"把门带上，我再练会儿字！"

"好！您这字已经登峰造极了，还敢练？再练，就没有天下写字人的路咧！"

"苟日新，日日新，又日新。"倪柏仁用徒弟的口头禅作答。

齐天翼双手作揖，爽朗大笑。笑毕，起身走到门边，又猛地回头："干大，报上说，蒋某人要来见您！给您一句劝：西京非久留之地，先离开一阵子吧。"

"我知道。"倪柏仁拿起笔，专注地在砚台里饮着笔毫，头也不抬道，"去，给我带碗酿皮上来，攒到晚上你请客！"

给老师送完酿皮下楼后，齐天翼惶惶地在案板街转悠，他耳中似按了蜂鸣器，在不住地嗡嗡作响，他觉得妻子黄紫红似乎就跟在他屁股后，在嘤嘤地反复对他说：我还活着，还在等你，你就这样猴急吗？难道你忘记我对你的初心和执念了么？齐天翼时常想起，那年，某个大人物的公子，也曾将沉鱼落雁的黄紫红作为夫人候选人，托人打问时竟被不知天高地厚的黄紫红给果断拒绝。正是那件事，让惯看黄紫红的齐天翼明白了她的内心，坚定了自己的爱，加速他们走进了婚礼殿堂……如此这般，齐天翼还是丢不下妻子黄紫红，他就改变主意，朝新城广场黄楼走去——他要让自己在中统的上司兼哥们胡志坚，替他去相这个亲。

胡志坚是江南人，公开身份是省政府高级秘书，实为国民党中统西北站站长。他为人实在，有强烈的事业心和坚定信仰，还是个博学多才的能人儿。他与齐天翼素有交情，故发展齐天翼入中统，并用为心腹。二十九岁的胡志坚早成了西京城的"剩男"，之所以如此，是因为他的前女友被焦少成——现任三秦警察厅副厅长、军统上校特务娶为妻子。在抢妻大战中败落下来的他，依然不减对女性的热爱，只是刚才不大理解齐天翼让自己冒名相亲的苦衷，所以一开始并没有答应。齐天翼费尽唇舌，胡志坚才令人喷饭地饶舌道："话说世间真有情种存焉，话说美女也是可以出让的！老哥我纵不是貌比潘安、诗比李白，但虽不能至，心向往之。所以也绝不会坏了兄弟的名声……交给我了！"

"就是个嘴！可不要再滑铁卢哦！——四点报社，不见不散！"齐天翼说着，立马开溜。

可奇怪的是，直到下午四点半，齐天翼和倪柏仁不仅没有等到胡志坚，甚至连蓝枝儿也没有现身。午休起来的倪柏仁，早没心思练书法和抚弄健身核桃了，更没有心情忧国忧民，而是面朝大街临窗侧立在吉农坡，脸上显出少有的焦躁。齐天翼也将报纸撇向一边，热锅上的蚂蚁般在编辑部大办公室焦急地晃悠着。倪柏仁扶一扶黑色镜框，自我解嘲道："哈哈，咋咧？钟楼地方咋这邪的！"

"就是，诡异得很！闪人！俩哈㞞人不行，一个也没来！"齐天翼闻声，走回到吉农坡。哈㞞是西北话，是坏蛋的意思。

"什么'俩哈㞞'？"倪柏仁呷一口泾渭茯茶，抬眼道，"蓝枝儿，你克玉妹妹发小，是有点野，又养豹子又玩鹰，手下几百号人马，刀尖上行走哩；但我给你说，人很纯，是一种你从没有见过的奇美。她可不是哈㞞哪！"

"好好……干大，我是想见这'奇美'来着，可人家硬是不闪面，我能有啥办法！"齐天翼没心没肺，一脸无辜。

"我来咧！"一声清爽的关中女腔跌闯进吉农坡，挟裹着一股奇异的香气飘了进来，随之，一位脚蹬黑色皮靴、下身着黑色皮裤、上身穿灰黑色轻纱半袖，身材高挑、风骚性感的女郎，飘然而入。她莲步轻移，边毫不含糊地往里闯，边用关中话揶揄二人道，"干大，我有错儿吗？我可不是哈㞞，得是？"

齐天翼和倪柏仁吃惊地让目光跟着女郎走，打着哈哈机械地招呼着，却怎么也想不起来者究竟是谁。按说，倪柏仁一生只有一个干儿齐天翼、一个干女儿黄紫红，既然来人称呼他干大，那就非黄紫红莫属了；但是，女郎的熟女味道、职业女性的知性特质以及骨子里散发出的风流气韵，绝对不会让人将她与大关中天真未凿的黄紫红联系在一起。齐天翼这边，他第一眼看见这个风骚美女闯入，还以为是今天的约会对象蓝枝儿驾到，可电光石火间他便想到了妻子黄紫红，当女郎"干大"叫出口时，他就确认真是自己的妻子紫红回来了。可眼前的女郎与他记忆中、思念中乃至想象中的妻子，差得委实不是一点半点，而是太远太远，以致他竟心跳脑热，不知如何应对啦。

"干大！"女子跳到满是惊讶的倪柏仁面前，继而转对惊喜不已的齐天翼，"紫红！我是紫红，红红呀！这位该不会是……天翼哥吧！咋这成熟的？"

是黄紫红！是妻子黄紫红！是干女儿黄紫红！

她精灵般忽然冒出，弄得二人兴奋紧张，心都快蹦出躯壳来了！黄紫红为齐天翼的邋遢疑惑不已，心下一沉，暗自想：错错错！许是早宜家宜室、儿长女大了吧。齐天翼唏嘘着，不觉泪眼模糊，忙帮黄紫红将行李搬上二楼，放好。倪柏仁顿时红光满面，早给爱徒递过一杯加了蜂蜜的泾渭茯茶。阔别的夫妻、师生相见，分外热络、话稠。黄紫红抢先说自己当年在新婚仪式上遭遇的那场轰炸中被抓走，当了话务兵，如今调到西京警察局，刚下火车即来探望干大。——这含混不清的一面之词、这牵强的解释，自是经不起推敲，但总归是人回来了。回来就好，大家只顾叹息、高兴，来不及细问。等话落了头，倪柏仁要求二人当晚就做回夫妻，俩人一愣，异口同声说："等安顿下来再说吧。"

晚饭时分，斜阳多情地抚摸着古城的角角落落，抚弄着城里的众生。倪柏仁在齐天翼、黄紫红二位爱徒的左右陪伴下，心情大好地玩弄着健身核桃，从报馆下楼，出去用餐。

再说蓝枝儿，这个年方二九的九嵕山女少主、金凤巷少老板，这个闻名遐迩的"站鹰少女""养豹少主"，实为咸阳北五县、陕甘交界的栒邑人士。她天生丽质、聪颖过人，打小受山大王父亲的影响，野性豪爽而深明大义，平日里与倪克玉最是要好，故对关中大才子齐天翼早有耳闻，亦是倾慕已久。中午在沣峪口正打猎的她，接到下午与齐天翼相亲的口信儿后，禁不住喜出望外，便飞身上马，兴兴头头地提着一只刚捕获的麃子飞马入城，肩头的鹰隼时飞时落地环绕在她周围，似一轮风扇扇活得周遭空气流荡着、树叶尘土和杂物翻飞着，形成一条长龙巨阵。不料到得永宁门时，马被拦挡，鹰隼急着要出击，她担心自己的鹰啄掉对方眼睛而适时制止，抡鞭让卫兵受了些皮肉之苦。天，被一个山野黄毛丫头甩了鞭子，带枪的哪肯善罢甘休，眼看着就要使枪，却被开车急着进南门去冒名相亲的胡志坚拦挡。看得出，胡志坚之所以裁断这事，本是怕双方闹起来自己被堵在门外不得进入，耽误了替哥儿们相亲的大事；可一见卫兵的施怒对象如此养眼、天真未凿、清丽无比，见了美女就薅住不放的胡志坚早将相亲的事儿抛到脑后啦。为讨好眼前的佳人，他积极性很高地上前训道："你是谁，叫啥名字？敢跟焦厅长的贵客甩脸子？"

“长官，我没朝她甩脸子，是这个野货朝我甩鞭子！”卫兵一脸无辜，愤怒而委屈，壮着胆子找胡志坚理论，“焦厅长……贵客，焦厅长谁呀？我叫吴子山，你……她凭啥打人！”

后者正朝蓝枝儿百般放电、献着八辈子的殷勤：“姑娘，别跟他一般见识，不求上进的货，连厅长都不认识！——母麂子呀？麂肉有补气、暖胃、祛风湿之功效。可惜啦，麂子的男朋友会伤心的！”

蓝枝儿闻言，怒目为之舒展，一双会说话的丹凤眼好奇地瞅着胡志坚：“这位大叔，你怎么知道它有男朋友呀？还会伤心……”

“哈哈，姑娘这就有所不知。”胡志坚如数家珍，抑制着内心欢喜却又故作斯文道，“麂子一般半年就性成熟了！”

蓝枝儿的好奇心被进一步激发：“你咋还词儿这多的？啥叫性成熟呀？这跟有男友沾边吗？你上来，咱俩共骑一马，你给我解释清楚这事儿，回头我还相亲去呢！”

胡志坚听得又是一惊，想：该不会这就是齐天翼说的那个相亲对象蓝枝儿吧！他心下狂喜，犹豫一下，得意忘形道：“敢情你是……不用这么急着去找对象吧！”说着爬上了马背。

“驾——驾！”蓝枝儿亮豁地吆喝一声，“我请你去童济功茶馆消遣。你告诉我什么是性……”鹰、马、人合体，扬起一阵风尘，霎时跑出一箭之地。

望着胡志坚热情而老练地纠缠蓝枝儿，而蓝枝儿如此不更人事地虔心着上杆子，卫兵气急败坏地摸着脸，小声骂道：“哎——喂，好白菜都叫瞎猪给拱咧……”

黄昏，夕阳似多情的少女的手，温柔地侍弄着茶馆二楼，蓝枝儿的头发被染成绮丽的橘黄色，成了名副其实的黄毛丫头。俩人胡诌冒摺，竟颇为投机、惬意，不觉就迟了，胡志坚眯着眼，坏笑着捋一下她头发，开心的蓝枝儿不仅不恼怒，反而娇羞嗔怪道：“别些！男女授受不亲，你又不是我对象！”

“你都不知性为何物，要对象干啥？”

“我要对象拉手手亲口口，一搭里走走！”她说时，扬扬得意地偏头朝外望去，忽见街面上倪柏仁仨人走过，这才想起今天的“正事”来，忙取出一沓法币拍在桌面，道，“茶水费撂这儿！——你叫啥？咱改日再聊！”

蓝枝儿说着，躬身抬屁股意欲下楼，却被胡志坚一把抓住。两人缠打一番，胡志坚被制服，但单身多时的他内心大悦，早喜欢上了这个野性里飙着风骚的蓝枝儿。遗憾的是，等到蓝枝儿怀着征服一个爷们的喜悦出得茶馆时，早不见了倪柏仁的踪影。她气恨地回身找胡志坚撒气，胡志坚知道坏了事，忙穿过骡马市的柳叶面小巷，哼着歌儿径自消失在向晚的闹市当中。

其实，倪柏仁师徒仨并未走远，才刚进到距蓝枝儿拴马的地方五六步远的“秦人居”菜馆用餐。酒过三巡菜过五味，几人不觉聊起时事，倪柏仁神色凝重，当闻听《秦商日报》法律顾问王任被杀时，他愤然停箸，离席。原来，不久前王任任职的进步报纸《秦商日报》被当局捣毁，他奋不顾身，组织全体报人签名拍电报，向当局施压并提出抗议，还勇敢地联络西京律师二十余人组成“人民自由保障会三秦分会”。更要命的是，他通过渠道得知大人物近期来陕的消息后，凌晨抢先在报纸上发了爆料号外，遂招来杀身之祸。

黄紫红、齐天翼送老师出得“秦人居”饭庄，已是晚上八点。火烧云燃烧着仲春的古城，槐花飘香，蝙蝠飞动，夜莺在忘情地吟唱。俩人从菊花园朝东走到大差市，又从大差市走回菊花园，在一家写着“中国捷克日本，南京重庆成都”对联的店铺前，徘徊不前。分别还是不分别？他们犹豫着，竟都有些尴尬和惶然。僵持了半天，齐天翼才轻声试探道：“试问卷帘人，海棠尚依旧否？”

黄紫红立即道：“瞻彼淇奥，绿竹猗猗。有匪君子，如切如磋，如琢如磨。瑟兮僩兮，赫兮咺兮。有匪君子，终不可谖兮！”夜色中，她的声音有一种特别的魅惑力量。

黄紫红吟的是《卫风·淇奥》，为《诗经》中赞美男子的诗。齐天翼听出对方依然单身、依然初心不改，就立即扑向了黄紫红。夜空下，阔别七年的夫妻终得紧紧拥抱，长久热吻，俩人都感受到对方的忠诚和饥渴，却都没有问对方更多，哪怕是一个字，便茫然分手。

当齐天翼咂着嘴唇回到大学习巷的住处时，黄紫红也不断舔着嘴唇儿，回味着刚才的情景，回到了警局。到警局后，工作氛围立即让黄紫红意识到自己刚才的不理智，她连忙打开第一个锦囊。——从重庆来西安前，中央特派员专门找她谈话，分别时交给她三个锦囊，叮嘱说，只能在万般无奈的紧要关头打开，上面的“妙策”可以帮她闯过难关。第一个锦囊里的黄帛上，红字显示：

以私人身份之便利，规劝倪柏仁，使其不要与政府相左太远。

她看得花容失色，万分感谢特派员的锦囊妙计，也才知道，作为“百姓之王”“民主斗士”“关中正大先生”的干大、恩师、自己的证婚人倪柏仁，经过当局的多年拉拢，却终不为政府所动，现已引起当局的极端仇恨和恐慌，身处危险境地。不仅如此，清夜寂寂，黄紫红陷入了冰火纠结中，她想找齐天翼商量，转眼又打消此念：此行党国重任系于一身，容不得半点儿女私情！虽然主意已定，但泪水还是打湿了枕巾……

翌日，黄紫红再次造访恩师，以学生和干女儿的身份硬着头皮苦谏倪柏仁远离是非。无果。宅心仁厚的倪柏仁反而送她四个字：生儿育女。黄紫红意识到事态严重，遂长跪而拜，洒泪作别恩师。刚要出门，却不料与同样急吼吼推门进来的胡志坚撞个满怀。望着梨花带雨、眼露不忍的黄紫红拿着倪柏仁贵重的手迹离去的倩影，胡志坚半晌回不过神来。

职责所系，胡志坚亦雷厉风行，代表中统前来，严厉警告倪柏仁把持报媒扰乱视听、蛊惑民众的不端行为。听着强加于自己的“罪行”，倪柏仁顿感风急雨骤，却仍然慷慨陈词，据理力争为民请命，胡志坚哪是“百姓之王”倪柏仁的对手，几句下来，早已哑口无言。虽然任务完成得很“娘”，但胡志坚却很开怀，连日来的“桃花运”，使他有理由认为：前女友被警察厅长焦少成抢走，实乃上苍眷顾他胡某人，要留绝世佳人给自己哩。走出主编室吉农坡，他径直来到编辑部套间里的副刊部，向齐天翼夸耀自己的连日艳遇，并向其下达具体任务：二十四小时严密监视倪柏仁。

中午，一身戎装佩着短剑的黄紫红赴警察厅报到，望着熟女风范尽显的新下属黄紫红，焦少成眼前一亮，紧握其手半天不放。厅里紧急部署“刺王”行动，黄紫红遂被焦少成任命为行动总指挥。可世事艰难，令黄紫红万万没料到的是，所谓的“王”竟就是干大、“百姓之王”倪柏仁！她觉得心惊胆战。虽然很纠结，但作为

“抗日英雄”和“军统之花”的黄紫红，最终还是表现出了应有的气魄和干练，当即命令行动处侦缉科重案组组长赵剑锋对倪柏仁二十四小时跟踪。

焦少成很欣赏黄紫红大义灭亲、雷厉风行的做派，更被她时时处处散发出的熟女味道所倾倒，不断利用工作之便与她接近。

1946年4月30日，最高当局莅临古城，下令对倪柏仁斩立决。与此同时，齐天翼一连三天苦劝倪柏仁离开西京，终得其同意。倪柏仁打算处理一宗重要事体、次日——5月1日交接工作后，即刻回老家咸阳躲躲风头。

深夜，公干之余的黄紫红内心骚动。她信步来到五味十字查岗，同时追忆自己那似乎已然逝去得杳无踪影的青春和爱情。心有灵犀一点通，在一棵芬芳馥郁的寂寞梧桐树下，她与前去找她的丈夫齐天翼相遇。灯影里梧桐花开，夜色氤氲，俩人未语泪先流，默然感慨着命运的多舛和无情。齐天翼再也控制不住内心的渴望，猛地抱住黄紫红噙住她的嘴，边吻边呢喃：“相信我，我不是随便的人，苍天为证古城做媒，你是我齐天翼的老婆……”

“你无赖……我有错儿吗……都由你！”

俩人偎依搂抱缠绕着急急而去。

千般是情！秦汉酒店206房间里，当他们颠鸾倒凤互致思念、缱绻和委屈时，房间的门被诡异地敲响……

第二章 5月1日（劳动节）

敲门声一阵紧似一阵。

黄紫红不得不穿好衣服，她抓枪在手，一把拉开门，黑洞洞的枪口对准敲门者的额头，雷霆万钧地吼道："哪里的鬼头，你有病哪！找死？看老娘不一枪崩了你！"说时，枪口戳在敲门男子的太阳穴上。

男子被迫仰起头，竟是吴子山！

"黄长官息怒！小的真有病，有听年轻女子洞房的毛病。"吴子山尖着公鸡腔，连声讨饶。

"还真有病……病得不轻你！"黄紫红有点泄气，收起枪，眼光凶狠，说道，"你，认得我吗？还是……故意唬我、骗我，撒谎哩？"

齐天翼从黄紫红身后冲上前，骂道："呀！你个碎㞞，日鬼捣棒槌！你以为爷是病猫病老虎，不吃荤不发威啊？"说着抡起拳头，一下将吴子山打倒在地，"你要再敢耍心眼，小心爷武整[①]了你！"

黄紫红很是欣赏齐天翼的这副男人做派。果然，在齐天翼的恐吓下，不一会儿，吴子山就倒核桃般吐出了实话，说自己是受焦少成差遣。吴子山自称，前天在南门不清不白挨了蓝枝儿一顿打后，他痛定思痛，发誓要立即找关系报仇；无巧不成书，这还真搭上了关系。原来，吴子山爷爷吴玉仁是焦少成老爷子焦老财的麻友，曾在焦老财牌桌上手气很臭的时候给他借过钱，让他捞回了本。焦老爷子很记挂吴玉仁的这好处，想着回报，昨天吴子山爷爷捎信带话找焦老财照顾孙子；于

①武整：方言，意为枪毙。

是，焦少成昨天被父亲安排着接见了警员吴子山，并立马调他来厅里上班，安排了临时任务，让他跟梢黄紫红。至于跟踪的目的，只有焦少成知道。

黄紫红、齐天翼闻之生气不小，不顾一切地立即去北新街皇城西路找焦少成理论。这不，阔大的客厅内，黄紫红对着边扣纽扣边走出来的焦少成冷冷道："厅长大人，晚上跟谁家女人同床共枕哪？"

"哈哈，瞧大妹子这话问得怪呀不！"焦少成不明就里，大大咧咧道，"我跟你嫂子一起呀，哈哈再还能跟谁！不跟她睡难道跟大妹子你呀！闲人你说对也不对？"

齐天翼气得意欲转身离去，却被黄紫红一把拉住手。黄紫红款款介绍道："齐天翼，《民众新报》摄影记者，我的夫君。你是城内人，七年前我们的婚礼想必……"

焦少成这才明白了二位的来意，他一边暗自思忖着对付之法，一边打着哈欠，慢吞吞点支烟道："我年龄不大，记性很好！那场婚礼，我也是亲见者。不过，叫我说，兵荒马乱，那也能算数呀？"他扭头看看黄紫红凌乱的头发，再扫视一下齐天翼，无比鄙夷地说，"二位，再者说，过了今晚，还有《民众新报》吗？"

"什么？"齐天翼强压吃惊，早忘记了来的目的，道，"焦厅长该不会是在说胡话吧！"

"我没夜游，也没喝酒。对了，我请二位喝酒，给二位压压惊、赔个不是！"他贪婪地瞅着黄紫红迷人的脸孔，道，"可别让咱'长安第一哥'落下个什么毛病来呀！走起——"说着，自负地拿起衣服朝外走去。

见厅长有了态度，又屈尊请客，黄紫红有点受宠若惊，便暂且不提宾馆里的事情。仨人步行着去找钱钱肉酒庄，可惜已经打烊。焦少成就不无遗憾地说："陇西陈老板开的，可惜了！"

"不可惜！随便找一家。"黄紫红似乎又来了气，道，"主要是让焦厅长长记性，不要再在人家夫妻睡觉时，派人听房！"

"咋不可惜？"焦少成揣着明白装糊涂，色眯眯地瞅着黄紫红，饶舌道，"这钱钱肉乃'陇西一绝'，不仅色美味鲜耐嚼，而且是营养大补之品。唐朝的时候就进贡过杨贵妃，清朝慈禧逃到咱三秦时，三秦巡抚端方也向老佛爷进献过此物。你说它好啊不好，紫红？”

不明就里的黄紫红还要搭话，被齐天翼一个眼神挡下。焦少成看在眼里，却不动声色，继续将浑话一股脑儿倒出，无非在渲染钱钱肉补阳之功效，说罢，还仰天怪笑起来。

黄紫红听罢，面不改色道：“焦哥你真黄！焦黄焦黄，黄焦啦！”

“我黄，我黄有你黄？你姓黄，叫黄紫红，黄得紫里发红！”

黄紫红被气笑，急于争辩，焦少成却故作正经道：“二位，秦朝瓦罐到了。”

仨人进到秦朝瓦罐，喝的太白佳酿。席间，焦少成继续拿黄紫红的姓开涮，齐天翼也拿钱钱肉说事，说是先前白鹿原上有户姓白的人家，因为吃钱钱肉，当家的娶了七房太太，每房太太待不到仨月就死去了，最后终于弄清，男的那家伙很生猛，据说有驴的那么粗那么大，还带着钩哩。

黄紫红听了依然面不改色，拿起分酒器一边给两位男人倒酒，一边说：“这事以后可以写个书，书名就叫《白鹿原》。今晚我负责伺候好二位……别多想哦，我伺候你们喝好！”

齐天翼似乎很贪杯，以至于仨人喝到凌晨。风雨如晦，鸡鸣不已。拂晓时分，齐天翼与黄紫红分手回家，他虽然酩酊大醉，但心里一直掂量着妻子黄紫红的变化。虽然她不知道钱钱肉是用驴生殖器做的，但她酒场上的老练泼辣和对床笫之欢的稔熟放荡，都令他脊梁发冷。他和哥们儿平时聊天时，经常说一句话：酒桌和床上是鉴别女人纯不纯的两大法宝。如此看来，黄紫红已远非冰清玉洁，而冰清玉洁正是她当初俘获他的利器。此时的齐天翼痛苦极了，喷着酒气的嘴里如同含了黄连般苦涩，但情况危急，使命在身的他没有时间痛苦，他得连夜销毁家里的大量文稿，并在天亮前发个电报。

5月1日礼拜三，“五一”劳动节放假。

西京城的气氛压抑到极点。本来有学生要游行，据说因为大人物已经莅临古城，全城及周边遂如临大敌，游行活动也被打压得销声匿迹。齐天翼发完电报锁上门，就去亮宝楼报社找倪柏仁，准备安顿他天亮前出城。但当他来到报社时，报社已被查封，封条上的浆糊还湿漉漉的。齐天翼叫声“不好”，再次想起焦少成昨晚的话来。他连忙去药王洞倪柏仁的住所扶云阁找他，也已是铁将军把门。他心急火燎地四处打问倪柏仁的下落，均无果。忧心忡忡的他想找胡志坚和黄紫红打探消息，但很快又打消了这个念头。齐天翼头炸了一般发晕，痛苦地疾走在西大街，喃喃道："干大怕已经出城到咸阳了吧？"

这时，从回坊上涌出一队人，他们打着横幅彩旗，喊着口号："停止内战，还我自由！停止内战……"齐天翼看得吃惊，却只看到个队尾。他努力察看，想知道倪柏仁在不在里面，就连忙绕到队伍前面。整个游行队伍有足足三四百人，没有发现倪柏仁，却诧异地看到吴子山走在队伍最前头。他挥舞拳头，慷慨呼号："对话执政当局，实现民主自由！停止内战，还我自由！停止内战！"

人群跟着他疾呼："对话执政当局，实现民主自由……"

齐天翼感慨良多，叹道："士别三日当刮目相看。朝闻道，夕死可矣！"可没等他感叹毕，就发现吴子山倒在了警察的乱棍之下。警察出动，人群大乱，顿作鸟兽散。齐天翼玩世不恭地长啸一声，与他相熟的警察们朝他笑笑，像演了一出闹剧般撤离了。突然，一位警察返回，跟上来，道："齐哥，胡秘书找您哩！"

齐天翼来到黄楼时已是上午十一点。胡志坚手上拿着一份密电，递给他，电文大意是："青铜"掌握共产党关中七县起事秘密，而倪柏仁极有可能就是"青铜"。

齐天翼看电文的时候，胡志坚又说："省府祝主席已经批示过这份电文，命令中统立刻查办，务必活捉'青铜'，查个水落石出并顺藤摸瓜扩大战果。我已经给他当面立下了军令状！"

事不宜迟，俩人立即带人去报社。胡志坚看到了齐天翼早上看到的那一幕，新贴的封条还没来得及完全晾干。等他们折出亮宝楼时，一位瘸腿的四十多岁男门卫走上前来，讨好地说："给胡主席说下，倪主编已经被警察厅抓起来了，说是押到北门外枪决呀！"

"你他妈咋不早说！"胡志坚给了他一记热切的巴掌，"这是什么时候的事？"

"工夫不大，有半个时辰！"门卫摸着脸，诚惶诚恐。

"傻瓜！半个时辰还工夫不大！半个时辰足够将一个人枪毙几千次！"胡志坚气急败坏，对齐天翼怒喊："追！"见齐天翼还在犹豫，又补了句，"背上相机！"

原来，一小时前，倪柏仁组织发动游行后，就决意离开西京，离开前特意去亮宝楼图书馆取了自己寄存在密友秦岭处的青铜佛。他刚迈出亮宝楼门口，就被赵剑锋一行抓了个正着。赵剑锋，男，二十七岁，泾阳人，三秦警察厅行动处侦缉科重案组组长，军统特务，曾是黄紫红的同学、乡党、爱慕者，如今又戏剧性地成为她的下属。黄紫红接到任务后，为避开亲手处决干大的残忍一幕，就命令赵剑锋充当“刺王”行动的“急先锋”。其实，真要细说起来，赵剑锋比黄紫红更堪当此大任，他枪法精准，孔武精明、内敛隐忍，尤其是他与乡贤名人倪柏仁素有来往，彼此知根知底。今早接到任务后，赵剑锋先后去药王洞扶云阁、报社抓捕倪柏仁，却只捡到他的两只健身核桃。于是，他就全城张网捉拿倪柏仁，终于在这里抓住了他，遂按预定计划迅速拉他出城去处决。

明白情况后，胡志坚、齐天翼火速带领省党部人马，飞车追出北门，驰过北梢门西折后，朝三桥渭河方向而去。且行且问，一队人马追过咸阳桥，来到帝都咸阳城北塬（这个日后成为西安咸阳国际机场的地方）。

晴空万里，山川历历，微风低吟，似为英雄送别。已经能看到前面警察的那辆押解车在疾驰，不久，押解车在一个沟边紧急停下。从车上跳下六个警察，迎面朝胡志坚方向布成一个弧形，如临大敌般警戒着。随之，赵剑锋押解一个头上套着麻袋的人下车，走向车的后面。十万火急，胡志坚当即开枪示警，并大喊“枪下留人”。枪一响，布成弧形阵的六个警察开始后撤，胡志坚则命令司机加速，拼命冲了过去。汽车“呜”一下冲过警戒线，眼看着离赵剑锋的警车只有一两百米远了。然而就在此时，警车后赵剑锋的断魂枪响了。

望着随枪响而颤袅于晴空的蓝烟，齐天翼和胡志坚都是心疼得跟碎了一样。对于齐天翼，神枪手赵剑锋打响的这一枪，无疑会结束他的干大、恩师、证婚人、同事倪柏仁的性命，这是非常残忍和难以接受的局面。许多年来，齐天翼事实上已经把倪柏仁当作父亲看待，而倪柏仁也是将齐天翼当儿子一样关心，不，比亲儿子还要关心。就是这样的亲如父子的关系，就要被赵剑锋的这一断魂枪给打断了；不，不是打断了，是随着那越来越淡的蓝烟的消失，这对父子关系两头中的一头纯粹就没了。这多么让人撕心裂肺……而对于胡志坚，这一声枪响也是非常要命。既然倪柏仁可能是“青铜”，那赵剑锋这一枪就是结果了一条情报大鱼，删除了他可能深挖到的关于共产党在关中七县起义的至为重要的信息，让他两小时前慷慨激昂地给省主席立下的军令状瞬间化为乌有。这玩笑可真是开大了！

胡志坚不敢再往下想去，悲愤地喝令一声，带着省党部人马火速进击沟畔。赵剑锋见状，带着警察一溜烟跑掉了。

倪柏仁中枪后，滚下了沟底一片绿莹莹的麦田，正好压在一伙正在撅着屁股埋头掘墓的盗墓贼身上。这伙盗墓贼是蓝枝儿的手下，他们正专注于挖坟，不料，脊背却生生被一个重物砸着。回头，却见跌下一个人来，肩膀脖颈上糊着血，身上还摔出个青铜佛……盗墓者的职业敏感迫使他们停止了挖墓，疯狂抢夺起青铜佛来。这时，胡志坚他们赶到沟畔连放数枪，盗墓贼仓皇揣起青铜佛，遁去。

沟畔到沟底并非悬崖，而是二三十丈的山洼，但无捷径可走，要接近此时不省人事的倪柏仁，只能绕行。胡志坚站在沟畔，指挥人员疾速向沟底进发，齐天翼十万火急地带领特务们沿着羊肠小道绕行三里路，冲到沟底。到时，沟底早已空空如也，只有惊慌的野鸡不断蹿飞，“呱呱”的叫声好像在讽刺他们的无能。齐天翼懊悔万分，狂躁地吩咐人员仔细查看完现场，才长出一口气——干大滚落经过的地方，血迹并不多。难道是他命大，自己逃了？齐天翼疑惑不解，心存侥幸地想。这时，胡志坚在沟畔大喊：“人被老乡弄走了！”齐天翼顿时放下心来。

原来，不知是有心还是无意，神枪手赵剑锋刚才失了准头，那两枪都没有伤及倪柏仁要害。当齐天翼带领一行人追下沟时，倪柏仁早被一个在地里种马铃薯的农民——陈人言组织百姓抬走了。当时，胡志坚和返回的赵剑锋都眼睁睁看到这一幕，但都是鞭长莫及，只能在沟畔鸣枪示警。群众哪管这些，他们权当耳聋，大摇大摆抬着人，生生从追捕者的眼皮子底下消失在莽苍苍的密林里。

齐天翼只好返回，半喜半忧地与胡志坚汇合。胡志坚讥笑赵剑锋的枪法臭，带领党部人马朝咸阳医院追去。出了这样的事，还让人盯上了，赵剑锋鸡把嘴掉啦——说不出话来，心里有些发毛地跟了上去。

这边，陈人言等已经认出是“百姓之王”“关中正大先生”倪柏仁遇难，心下沉重，忙指挥群众给倪柏仁止血、绑缚好伤口，抬着他疾速朝前走。突然，倪柏仁呻吟一下，苏醒过来。他问众人干什么，当得知大家要抬他去县医院救治时，他竭力挣扎着说服陈人言，让把他送回老家。在一个高土塄的南面，陈人言等计议着去倪柏仁家的路线。大路不敢走，只能走小路，可最近下过大雨，有几个土桥洞被冲垮，抬着人过不去……讨论半天，大家终于商定：先从这里往南走五六里后，再看情况定下一步路线。

一行人刚朝南而去，胡志坚、齐天翼、赵剑锋等两拨人就隔着那个高土塄从南朝北开车驶过。两队人马相隔四五丈交叉而过，由于有土塄的遮挡，加之在匆忙中，追查的一行人竟没有注意到逃亡者！

胡志坚等来到县医院，自然扑了个空。赵剑锋讽刺说他是假诸葛，光有嘴上功夫，只知道瞎编排人。胡志坚正欲反唇相讥时，有党部密探前来报告，说倪柏仁的确没死，赵剑锋顿时慌了神。

上午，西京民教馆。全体成员牺牲半天假来这里，只为一件事，那就是等待倪柏仁开会，安排报社的善后工作并准备为他饯行。可等到下午六点钟，却等来了倪柏仁“被人打死在咸阳塬上”的消息。大家义愤填膺，但书生无用，只能心里难受，却终究没啥办法。

消息也传回西大街警察厅，只不过变成倪柏仁未被处死的消息。焦少成接完电话，嘴角泛起古怪的笑容，呷一口茶，坐在椅子上思忖着。不一会儿，黄紫红喊报告。他望着曲线分明、青春逼人的黄紫红，暧昧地说：“黄警官，你很干练！但你的老乡你的部下赵sir不这样。十来号人，处决一个年近半百的老头儿，都没搞定……你说废不废物？”

黄紫红紧绷着脸，凸起的胸脯微微起伏着，想说什么，却噎着没吱声。

焦少成站起，盯着黄紫红边看边围着她走了几圈，黄紫红被他盯得局促不安，差点崩溃。焦少成双臂撑住桌面，盯着黄紫红的脸说：“怎么办？黄指挥，我听你的！”

黄紫红木然地站着，她觉得自己的败运，使得眼前这个凶猛的男性上司注定和她没完。在他的注视下，她抿一下性感的红唇，婷婷站直道：“紫红唯焦厅长马首是瞻！”

“哎——”焦少成走到门边，闭上门拴好门闩，宽容地说，“你是总指挥，我拜倒在你面前，你说咋办就咋办！”说着走向黄紫红跟前去。

“真听我的？”黄紫红此时已从颓丧和惶然中回过神来，直视着焦少成，“听我的就赶紧追，驱车咸阳，马上！”她杀伐之声里透着果决。

“真这么急？”焦少成无来由地道，涎着脸。

“你说呢？”黄紫红接近焦少成，鼻子对着鼻子，几乎是鼻息相通地说道，“别猴急，先处理完案子吧！”

“唯黄指挥是听！”

黄昏时分，倪柏仁被平安抬回老家咸阳县杜陵镇杜陵村。为避免走漏风声，家里人对村上人放言，说“遭了瞎瞎事”。倪柏仁早年追求光明，曾赴北大旁听，去日本留学，倾向和追随革命，自认“老百姓是咱亲娘老子”，大半生里，不仅为民请命几十年，也与黑暗当局斗争了几十年，而且时常接济救助穷苦民众，被称为“活菩萨”，群众平日里就十分爱戴他、景仰他，今日则更得果报，见他遇难，大伙儿不约而同地掩护和保卫他。赵剑锋带领手下追到杜陵村，细细盘问路人，大家都守口如瓶，赵剑锋一下子失去目标。胡志坚也遇到了类似问题，他们在咸阳乡野里游荡至天黑，才悻悻地返回咸阳县警察局。

倪柏仁家人请来镇上医生为他检查伤情，医生说他脖颈里卡了颗子弹无法取出。一家大小惊吓得遗了魂。医生给消了毒，并叮嘱一定要防止感染。

深夜，齐天翼心里堵得慌，提议出去走走，胡志坚说那就去金凤巷吧。金凤巷是咸阳的烟花之地、娱乐中心，在新修的咸同铁路北边。两个男人便打发了随从人员，出咸阳警察局往西走半里路，再穿过铁道朝咸阳桥方向而去。

没完成任务，赵剑锋不敢回西京，很快也回到了咸阳警局。打听清楚胡志坚行踪后，赵剑锋率领警察追上去，继续打探蛛丝马迹。

这边，盗墓贼拿到青铜佛后，如获至宝，立即捧到女少主蓝枝儿面前。现在，金凤巷烟雨楼里，蓝枝儿正在走廊一端的吸顶汽灯下查看青铜佛，盘算着将这宝物送给心仪男子胡志坚。也许是到了思春的年龄，也许是胡志坚那日“性呀、性成熟呀”的浪话太能触动少女敏感的神经，自从与胡志坚分开后，她就一个劲儿地惦记着他，连日来睡不好觉。她觉得胡志坚有学问有地位又不乏情趣，正是自己打着灯笼也找不着的主儿。这几天，才几天啊，也就五六天时间，她就觉得好像过了几年一般难挨。她身体里潮起潮涌，热血奔流，时常血往脑门儿上涌，冲动不已。这样花痴着，煎熬得没办法，她决定明天就去西京城，去找她的白马王子。不，她现在就动身，去会会那个让她丢魂儿的男人。但是，正当她要动身出门时，才觉得有些不靠谱，因为她连对方叫什么都不知道。她着急得有些想哭，蜷缩在走廊里的太师椅上，独自伤神。

不知过了多久，恍惚间，蓝枝儿瞥见两个似乎有些眼熟的男子身影。细看，俩人已从走廊那端走过来，她以为在做梦，拍拍脑袋揉揉眼定睛再看，不错，为首的正是她日盼夜思的胡志坚！蓝枝儿一阵狂喜，腾一声从太师椅上跃起，正要上前献殷勤尽地主之谊时，忽闻门外有响动——赵剑锋的一个手下已经闯入走廊，她忙疾速躲进最里边的雨露塘包厢。警察的出现也使胡志坚深觉意外，为避免不必要的麻烦，他忙将齐天翼推进雨露塘，自己则小心地拔枪在手，回身迎上前去。

见过大阵仗、野惯了的蓝枝儿本没那么害怕，只是为了躲过麻烦才藏起，这年头做她这行，招上警察，哪有好果子吃！她躲进雨露塘后，还趴在门框上想看个究竟，刚将门拉开一筷子宽的细缝儿，就见齐天翼推门闯入，蓝枝儿大惊，用枪指着齐天翼，逼他出去。齐天翼面对蓝枝儿的逼迫，进也不是退也不是。俩人僵持片刻，蓝枝儿瞧着齐天翼不像坏人，判断他是为了躲事儿，又听门外闹腾声愈来愈响，就放他进来。

门外，警察已经包围了烟雨楼。从西京赶来找赵剑锋算账的黄紫红，一马当先扑到烟雨楼前的金凤广场，赵剑锋硬着头皮上前迎接上司，黄紫红雷霆万钧，训斥得老同学不辨西东。她也不知道自己哪来的这么大火气，反正她觉得赵剑锋将一件比天还大的事情给办砸了，所以她必须当众立威，以儆效尤，好让大家都看到，在她手下干事不能有丝毫马虎，同时，谁也不可轻看了她黄紫红。胡志坚一时看得也傻了眼，他没想到近日风传调到西京的“冰峰”，竟是自己那天在倪柏仁办公室遇见的这位俏丽女子。他观察半晌，整整戎装，欲上前两步试探着自报家门，不料焦少成却挡在了他俩中间。焦少成道：“怎么，胡蜜儿，别见了美女都是你妹！”说着派头十足地一点头，一群警察涌进门去。

叫喊声、脚步声、枪托撞击声夹杂着鸡飞狗叫声，轰炸着雨露塘，使这个烟花巷要揭了顶。情势紧急，齐天翼不知来者是哪路人物，为避免被抓去当冤大头误了大事，他急中生智，用手比画着，示意蓝枝儿脱衣上床。蓝枝儿错愕到极点，坚决不干，齐天翼以目示意，坚持着。

叫喊声、脚步声、枪托撞击声越来越近，已经听到警察疾跑的杂沓声和喘气声，蓝枝儿这才极度委屈地憋红了脸，无声地咬牙跺脚上了床，拉起被子就往身上扯。齐天翼忙扯回被子，以目示意她脱衣服、假戏真做。蓝枝儿暗自叫苦，流下泪来，紧闭眼睛脱衣服，只留肚兜儿和底裤遮身，咬着牙隐身被窝，并没有忘记将“青铜佛”包袱藏进被子。见蓝枝儿伪装到位，齐天翼急忙将蓝枝儿的绣花鞋和自己沾满泥土的鞋藏到床头柜里，又把柜子里的新绣花鞋拿出来放到床前。

做完这一切，齐天翼也爬上床脱了外衣，他刚钻进被窝，一群荷枪实弹的警察就破门而入……

第三章 5月2日

出乎齐天翼所料的是，为首的是赵剑锋。他见是齐天翼和一个女子苟且在一起，大为吃惊，极端鄙夷地铁着脸命其和蓝枝儿下床接受检查。蓝枝儿哪敢下床呀，情急之下，她不顾一切地意欲举枪开火。为防止把事情弄糟，齐天翼在被窝里强按住她的手。这一切，都没能逃过赵剑锋的目光，他终于忍不住道："兄台真有本事，竟然搞上了带枪的！"

"还以为是别人，我怕被抓走，所以就演了这么一出。别，别误会呀赵哥！"齐天翼一边对付着床下这些警察，一边极力用胳膊肘直捣蓝枝儿，蓝枝儿这才松了手。

"误会！"赵剑锋冷笑道，"这都赤身裸体地干上了，谁能'误会'得了你呀？弟兄们，给我上！今天一定要彻彻底底扫黄！"

警察们闻声，都嗷嗷叫着冲上去，巴不得第一个上前掀了被子。齐天翼大啸一声："啊——呕！焦少成！焦少成！黄紫红……"

满屋子警察闻声，得令似的立即停下手来。赵剑锋大怒："都愣着干吗，齐闲人的'城吼'全西京人哪个没听过！只不过，今儿是在古都咸阳，我看他今天是吼错名字、叫错时间和地方了！"说着，带头冲上来，意欲扒开被子，让其出大丑。

就在赵剑锋伸手要强行揭开被子的时候，听到叫喊的焦少成、黄紫红、胡志坚像闪电一样一同闯入雨露塘。一刹那间，雨露塘里，人挤人、人踩人，挤得水泄不通，但所有的人都愣怔着，噤若寒蝉，他们简直不敢相信自己的眼睛。原来蓝枝儿见"梦中情人"胡志坚和众人一起涌入，惊羞得将被子直往胸前拽，却不料大长腿和浑圆的屁股上的被子被拉走，春光全泄。众人都被这香艳的一幕弄得心惊肉跳，忙绷紧了脸低下头去，只有焦少成目不转睛地贪婪地注视着蓝枝儿在齐天翼的协助下重新遮挡好自己的“风水宝地”。齐天翼眼睛瞪圆嘴大张，躲闪着焦少成、黄紫红、胡志坚的目光，半天说不出话来。

焦少成始终掌控着场面，他觉得大伙看得够意思了，才威严地喝令：“听我命令，带枪的，都给我散了！”

呼啦一下，满屋子的人走得只剩下焦少成、黄紫红、胡志坚和床上的齐天翼、蓝枝儿。但赵剑锋还在门外晃着，意欲照应什么。焦少成突然想起什么似的命令：“赵剑锋，还不给我搜！青铜佛，还有倪柏仁，我都要！狠狠地搜，烟花之地最好蒙混过关，事情再办砸，我拿你是问！”

“是，厅长！”赵剑锋虎吼着，执行命令去了。

雨露塘里凝固了一般。又一阵沉默，焦少成干笑一声：“哎呀老弟！够猛浪哈！今儿个演了这么一出！紫红呢……你得包容着点，这男人嘛，谁还不犯点小错误。那个啥，谁说过的啊，有错能改还是有前途的好兄弟嘛，对不对？黄总指挥！”他一边说一边转脸朝黄紫红纵情坏笑着。

与齐天翼、蓝枝儿一样难堪，自打刚才一脚踏进雨露塘，黄紫红就急火攻心，头脸浑身火烧火燎，像被架在火上烤似的难受。她怎么也没想到，七年不见，自己的丈夫齐天翼变得这般不堪这么厚颜无耻，令她今日躲之不及、骑虎难下。当焦少成说出上面这些风凉话的时候，她就再也忍不住了，倍受打击的她，急转身迈步逃出，跑到半路又返回来，直冲向齐天翼狠狠地扇了他两记耳光，随后发出哭腔，跑出了包厢。见黄紫红这般狼狈跑掉，胡志坚、焦少成犹豫了一下，一起追了出去……

当着众人面，在妻子面前出了大丑，齐天翼觉得天塌下来般难受，他像泄了气的皮球，头抵着枕头难过起来。蓝枝儿铁青着脸，握枪抵住他脑门逼问：“你——说！你是干啥的？与这些人啥关系？是不是合伙儿祸害我来咧？啊！说！信不信我一枪打炸你的脑瓜盖！”她说着，激动地意欲站起。

齐天翼忙一把打掉蓝枝儿的枪，训斥道：“瓜妹子，你穿上衣服！快些！”

蓝枝儿这才意识到自己赤裸着女儿身，一下子飞红了脸，十分难堪地穿好衣服，而后一声不吱地带着包袱离去。不大一会儿，她又返回，绯红着脸朝呆若木鸡的齐天翼飞吻一下，并将包袱塞给他，继而风一样地出了屋子。

已是夏夜里近十点的光景，烟雨楼前金凤广场上凉风习习，莺歌燕舞，灯火通明。卖纸糖卖风轮的、打牌摇骰子的、耍猴的、说荤话的，都聚在这里，热闹非凡。大家正在消受这难得的人间烟火。警察们刚搜查完毕，终是一无所获，也站在边上看热闹，等待命令。这时，蓝枝儿一阵风似的闯入人群，却与等在外面满含敌意的黄紫红相遇。“情敌”相见分外眼红，两人彼此敌视了好一阵子，都一语未发，好像是在“暖场”，等待观众的疾速到位。看热闹不嫌事大，果然，人聚得越来越多。终于，两个女子铆足了劲儿，互相扑向对方，如乡野婆姨般全无套路地厮打起来。混战十多分钟，总指挥黄紫红并不占上风。胡志坚看得着急，也十足地怜惜和心疼眼前厮杀的这一对，却皱着眉头不知该给哪厢帮忙。焦少成本想着自己的“抗日之花”今儿个会干净利落地收拾掉这个乡野丫头，虽然他也眼馋这位女子的美色和诱惑力十足的胴体，但是，毕竟无业缘关系的他们接触起来没有像黄紫红这么便利，于是在不得已之间，心里的天平倾向了黄紫红。他见黄紫红越来越力不从心，没心思再看下去了，于是以目示意赵剑锋搭把手。赵剑锋抡起汉阳造步枪枪托，想瞅准蓝枝儿砸下去，可无奈撕扯混战中的黄紫红和蓝枝儿不断疾速变换着位置，以至于他没有把握这一枪托下去一定会砸准蓝枝儿，踟蹰半晌，在焦少成的督促下，他才瞅准机会，猛地朝蓝枝儿背上砸去。

众人不忍心看，全都紧闭了眼。

“嘭——”一声钝响，枪托落处，齐天翼惨叫一声。大伙睁眼一看，惊异地发现：两个女人早停止了战争，双双心疼地扑向已经被砸伤的齐天翼……原来，齐天翼刚刚走到这里时，正赶上赵剑锋高举枪托、抡圆胳膊朝俩美女砸去，情急之下他便扑过去挡下。

受伤的齐天翼被司机连夜送回西京。

齐天翼一走，黄紫红整个人精神就垮了。她独自驱车回到咸阳警局，将自己关在房子里，独自伤怀，万箭穿心。令她百思不得其解的是，齐天翼怎么就去了烟花巷，而且这么丢人现眼，让她出了这么大的丑。这让她今后在关中地面咋混呀？更有甚者，齐天翼不仅与那个叫什么枝儿的共枕同宿，还奋不顾身替她挡了枪托！她已打听清楚，那个相貌出众的女子，其实并不是什么妓女，她既美丽又聪慧，还是金凤巷老板、九嵕山女少主哩。这让她情何以堪！不由醋意大发，想了许多，许多。

本来，自从秦汉酒店那春宵一度，他对齐天翼是有足够信心的。她私下里想，只有她配不上他，绝不会人家配不上自己。她想，这一点，齐天翼也是清楚的，只是他的宽厚抑或是无奈，使他没有开口问她那些烂事！对，是烂事。进入军统的女人们，其实是将身子和灵魂同时毫无保留地献给了党国，而永远愧为人妻人母的。她清楚地记得，自己的第一次，是给了特训班一个高年级的南方男人。她更想起七年前正月里自己与齐天翼的那场婚礼，当日本炸弹炸响后，她就只记得齐天翼向自己的那一扑，那是代表他们纯真和青春时代的一扑，是宁可牺牲自己生命都要换取对方生命的一扑。那时间，他们没有这些杂七杂八的事情，只有纯洁无瑕、至死不渝的爱情。

可，现在呢？她不自觉地苦笑着问自己，很不自信。现在，他俩的关系，是困难重重。首先是信仰。在这个大时代，没有人无信仰，尤其是像齐天翼那样的人。他本来就是进步青年，对共产主义的“幽灵”有着天然的亲近，这是她之前见证过的，其实她当年也崇拜过共产主义。虽然现在表面上看不出丈夫是共产党，但无疑他也不是军统的人，可难道他就只是个白人儿——无党派无信仰无政治倾向吗？恐怕没这么简单。其次是，她想，是她现在要应付场面上的诸种事情。在现今女人“不能出闺中、不能入社会”的强大封建观念约束下，一个颜值如此之高、年龄这般美妙的女子在群狼环伺的男人堆里干事，她要有多强大才可以不失去自己？她对这点，毫无信心。最后一点，也是最棘手的，就是警厅交给她处决自己干大的事情。本来，她经过煎熬，克服种种纠结，已经痛下杀手，让自己最信赖的赵剑锋执行枪决的任务。可晦气的是，那个号称神枪手的赵剑锋竟然这么没准头，让她如此这般身陷泥淖不能自拔！……而这，还仅仅只是个开头，这后面还不知道要生出多少幺蛾子哩！未来，她不知道将要被焦少成勒掯多少次呢！想来想去，她痛苦极了。最后她痛苦地想，要怪就怪日本人，是那场可恶的战争摧毁了她的家园和幸福。那么，目前呢，她疑惑地想，目前日本人已经走了，怎么还弄出让自己处决干大的事情呢！面对现实，她真的搞不懂！这样想着，她突然觉得自己很危险，军统特工只有从命的份儿，哪有那么多“怎么”“为什么”“搞不懂”！

黄紫红想啊想，想不出个头绪来，无奈之下困倦袭来，最后竟昏昏睡去。

警察厅这边的人已经走利索了，可胡志坚却故意磨叽着落在后面。现在，广场上就剩蓝枝儿一人了，蓝枝儿很明显还没有从刚才的事情中清醒过来，或者，她乐得沉浸在那个关中怪人——齐天翼那不可思议又惊天动地的举动当中。今晚包厢里的经历，让她竟有一丝奇妙的惊喜和快乐在心里，也就是说，她并不怎么讨厌更恨不起来那个"不正经"的男人。更何况，这男人也是怕被抓，而且后来还替自己挨了一枪托，虽然她当时并不需要他帮忙。如此，她更有理由沉浸在甜滋滋兴冲冲的幸福中，尽管这种幸福有点阴差阳错。这时，胡志坚不合时宜地凑上来，他左右前后看了看呆萌的蓝枝儿一圈，不断骚情地放着电。蓝枝儿先是对他视若无物，接着，见他想开口说什么，便厌恶地背过脸转身走上了烟雨楼。

胡志坚扭一下头，嘴里道："鸡同鸭讲，鸡同鸭讲！"说着也离开了。

蓝枝儿重又回到雨露塘。她默然而深情地在屋内查看着，鼻子微微翕动，嗅着什么。良久，她脱鞋上床，一件一件脱下衣服，重新钻入被窝，半闭起眼做思考状。忽然，一个硬邦邦的东西戳疼了她胳肢窝，她拿出来一看，却是她有意给齐天翼的青铜佛。蓝枝儿一下子委屈得流出眼泪，要知道，她送出青铜佛的瞬间，是将它作为信物送给那个男人的，不料却被那个混蛋随意看轻而撂在这里。这让她怎能不伤心！一气之下，她将青铜佛连同包袱一起甩给因惦念她而进门来照顾她的山丹丹。山丹丹走后，蓝枝儿吹灭了灯，望着漆黑的窗外，百无聊赖地唱起了忧伤深情的歌：

八月十五（那个）月子儿圆，
妹妹我盼哥哥到身边。
稻黍杆身材（那个）关公的脸，
宽厚的胸脯似（那个）九嵕山，
宽厚的胸脯似（那个）九嵕山……

不知过了多久，黄紫红被"嘭嘭嘭"的敲门声惊醒，才发现泪水打湿了枕巾。

大半夜的，焦少成竟要请她喝酒，百无聊赖的她犹豫了一下，就开门跟出去了。今晚虽然黑灯瞎火夜深沉，让人心生迷惑，但焦少成却很庄重，也很殷勤周到。——这个情场上的资深男人，企图来个大迂回，让黄紫红自愿上钩。俩人来到老秦酒馆秦女间，三杯两盏淡酒下肚后，黄紫红果然迷迷瞪瞪的了。焦少成见时机成熟，就有些猴急，伸手摸向黄紫红的大腿根部，并令人作呕地道："黄紫红，你黄得发紫发红，让老哥发狂发疯！"

酒精作用下的黄紫红，眼色迷离，并无躲闪，她嘻嘻哈哈扭动腰肢。焦少成更加大胆，揽黄紫红入怀，同时手更加放肆地深入要地。这时，胡志坚从天而降，端着酒壶推门上前，道："国之干将，有酒大伙一起喝！偷着喝酒是鬼头！"

焦少成被坏了好事，仓皇收手，败兴道："谁是鬼头，太监最清楚！"

这话有来头，胡志坚女友程玉娥被焦少成抢为妻子，到手时程玉娥还是处女，于是焦少成得意又猖狂，讥笑胡志坚为太监。这样的话，焦少成之前都是在别人面前卖派，日子久了话就传到胡志坚耳朵里。胡志坚赔了女友又落下话把，听焦少成胡说八道，早想教训他一顿，却愣是找不到机会，今天机会终于上门来了！当面遭了如此侮辱，用言语已经无法还击了，于是他将酒壶砸向焦少成。孰料，酒壶就要打到焦少成头上时，烂醉如泥的焦少成却自个先倒在了地上，也躲过了一劫，好玄妙！这个打击性不强侮辱性极大的动作，并未如愿，胡志坚气犹未消，还想动手，却见酒醉的黄紫红抓住他的手，嘟囔道："回、回家！天、翼……"

齐天翼坐在车上，脊背火烧火燎地痛，伤痛似嵌在腰身间的铁块儿，让他难以动弹。但这一切，比他预料之中将接受黄紫红对她的惩罚要小得多，更比被抓去误了大事儿不知要好出多少倍。虽然妻子的惩罚不会轻易就这么过去，可为了那包厢的耻辱及由此带来的误会，他愿意接受妻子更大的惩罚。躯体上的痛楚，正好来减轻他对黄紫红的愧疚。车过泾河，窗外是无边的暗夜，河蛙声声，青草和着槐花的馥郁扑鼻而来，齐天翼思绪纷乱，担心黄紫红因误解他而伤心。他始终没搞清楚，黄紫红何以会大晚上的"移驾"到金凤巷！更无比后悔，也想不明白，自己竟为了躲祸而与一个绝色女子赤裸着在人面前"表演"了一番……呀，这会不会是谁陷害他或那女子呢？是胡志坚吗？不像！他突然觉得，应该问问那女子的名字，以便以后给人家说清楚，别让人家女孩儿的清白受影响。两小时前雨露塘里，蓝枝儿走出时，他就是这么想的。他当时想来想去，想得头痛，想到最后，还是丢不下黄紫红。于是，他走向广场，想找黄紫红说个明白。可刚到那乱哄哄的人群前，就见赵剑锋抡起枪托要砸下去，他怕砸到黄紫红身上，就奋不顾身地扑上去替妻子挨了那一枪托。可现在，他怎么隐约觉得自己最终是替那个不知名姓的女子挡了一枪托。这可怎么得了哇！真是秀才遇见兵，有理说不清了呀！黄紫红一定会醋意大发，伤心不已！他还要继续胡思乱想下去时，司机问："到了，大记者，按黄警官安排去仁安医院！"

医院急诊处理完伤口后，齐天翼更疼了，主要是刚才的瘀血被处理、做了消毒和包扎引起的。但他想，处理过就会慢慢好的，于是不顾医护人员劝阻，执意离开了医院。

到大街上时，朝阳门那边的城墙上正泛着鱼肚白，古色古香的城楼此时如剪纸般静立在东方的天幕下。他径直朝西五路的韩夏春家走去。走到那个巷子，远远就见一个人在打太极拳，他知道是老韩。韩夏春曾是陇东"劁猪客"，陕甘宁边区新宁县人，时年三十六岁，为中共西京市委常委，早年求学于西京，与倪柏仁也有师生关系，后曾以骟匠、西京电厂厨师、大华棉纺厂工人为掩护，从事革命工作；抗战胜利后国内形势剧变，他上月以做生意为由辞掉工作，等待组织新的安排。老韩见齐天翼一大早突然造访，颇为惊异，两人立即回到老韩家的里屋，老韩又转身出去，反复察看一下才关好大门，回来低声关切地问："你受伤了？"

"我没事！"他极力解释着。

"真没事？"老韩眼睛盯着他极力寻找答案。

"真没事，哈哈，风月、风月所致！"说着揭起衣服。

老韩看完伤口，惊异不小，立即扶他上床歇息，并半开玩笑道："难得呀！咱们的闲人，终于知道染遭[①]女人啦，哈哈，这也是咱男人应该高兴的事情嘛！"

老韩出去了一会儿，仔细察看周围情况后，进来时带了两个肉夹馍、一碗酿皮和一大碗稀饭回来。齐天翼顿感味蕾蠢动、饥渴难耐，狼吞虎咽地吃起来。韩夏春开心地看着他吃毕，才问："说吧，情况咋样？"

---

①染遭：方言，意为喜欢。

“我干大还在！”

“什么？”韩夏春激动地扳住他的肩膀，催问，“倪老师还活着，没有被打死？”

“对！没死，还活着。在逃命！”齐天翼连打着饱嗝说。

见此情况，韩夏春觉得有必要向自己的同志交代一下倪柏仁的一个情况。一个月前，当韩夏春问倪柏仁是否知道“倪扶云”时，倪柏仁激动得热泪盈眶。倪扶云正是他在加入中共地下党时用过的名字，只有党组织知道，如今韩夏春问及，不就是代表党组织正和自己接头吗？于是，倪柏仁郑重回答并认真汇报了自己入党近九年来的工作情况。

齐天翼似乎并不吃惊，只是冷幽默地用他的口头禅“苟日新，日日新，又日新”以对，他毕竟与老师形影不离一起工作生活多年，更了解他的情况。韩夏春苦笑一下，忧虑地说道：“逃命，如何逃得脱？这家子军警宪特保齐上手，又在人家地盘上……快想想，我们能做什么？得迅速研究一下！”

韩夏春仔细询问倪柏仁被处决的过程后，俩人详细交换了营救计划，决定立即分头行动、秘密配合，且保持联系。随后，吃饱喝足的齐天翼朝门外一看，说：“韩哥，不敢久留，先走一步咧！”

韩夏春送齐天翼到门边，回头掩上门。齐天翼来到钟楼附近，遇到熟人就凑上去热心地搭话聊天，这些人就都知道了倪柏仁被害未遂的消息。最后，他去了民教馆，向倪柏仁的同事故知们披露了此事。

再说咸阳这边。一大早，焦少成命令赵剑锋带领四名警察，骑着自行车赶往杜陵镇搜查。他却继续睡到十一点，才让县长带着他和黄紫红去吃饭，饭后又去游览乾陵、昭陵。

秦中自古帝王州。八百里秦川埋葬着七十多个历代帝王，其中东西绵延百余公里的咸阳高原上，呈扇形分布着汉高祖长陵、汉武帝茂陵、汉景帝阳陵、唐太宗昭陵、唐乾陵等二十七个帝王的陵墓，以及二百五十七个陪葬墓。晴川历历，几人举目眺望，但见远处陵冢累累，呈弧形排列，形成了极其壮观的陵墓群；有人称其为“中国地下历史博物馆”，有人誉之曰“东方金字塔之都”。今天，他们要去乾陵和昭陵。前者位于咸阳附近乾县梁山，是唐十八陵中唯一一座没有被盗的陵墓，也是唯一一座女皇陵，它是唐高宗李治与武则天的合葬墓；整座陵墓以山为阙，气势雄伟地兀立于八百里秦川。而后者是唐朝第二代皇帝唐太宗李世民的陵墓，为唐十八陵中规模最大的一座，位于咸阳附近醴泉西北二十多公里的九嵕山上；它凿山建陵，昭陵六骏尤为驰名。

按说，这两座陵墓，都是咸阳周边的古迹，但黄紫红竟都没去过。记得上中学时，她曾约齐天翼去玩，恰逢齐天翼家里那头驴驮着粮食从高崖上掉下摔死了，当时不但没有成行，还替他家难过了好几天。要知道，一头毛驴对于一个贫困农家是多么重要，况且还摔碎了一副驮桶、损失了几斗粮食！现在，黄紫红坐在车内放眼望去，关中腹地花红柳绿、沃野千里，平展展的田畴将高大的山陵衬托得更加雄奇巍峨、绮丽壮美。黄紫红心胸顿时为之开阔起来，脸上露出迷人的笑容，一副人见人爱、花见花开的模样。焦少成见状，不失时机道："黄指挥，怎么，你也是第一次来，这可在你家门口呀！"

"还别说，不怕你和贾县长笑话，还真没去过！今儿是第一次。"

"算我有幸，做了黄指挥的第一次。一股英豪气，千里快哉风，噫吁嚱，咱们放飞心情吧！"焦少成得意又轻狂。

"感谢，感谢二位！"黄紫红道，"只是，剑锋那边……有点怕怕的！"

"唉，焦厅长你都不怕，"贾县长不动声色地讨好道，"还怕他个小鬼呀！"

"贾县长这不成心骂我吗？"焦少成得了便宜还卖乖，"骂我是钟馗吧！啊哈哈哈哈——"

胡志坚今天起了个早。他隔着窗子看着陆续走开的两拨人，不知自己该跟哪一拨，犹豫之中，竟然连最后的那拨也没跟上，等于今日自个放假。哈哈，他觉得没有闲人齐天翼，自己也会变成闲人。于是，他吩咐人给西京打电话，让齐天翼处理完伤口马上返回咸阳。为掩人耳目，让自己生擒倪柏仁的计划不要过早泄密，他还特意吩咐齐天翼照例扛个大相机来。

赵剑锋等骑车来到杜陵镇杜陵村保长家门外，将车子往大杜梨树下一撑，就进门盘问起倪柏仁的事情来。保长不在家，他的寡嫂是倪柏仁的儿女亲家，她给几位警察泼上茶后，便借着拉驴上桩溜出门外，企图找人报信。时值农忙时节的晌午，村道空荡荡，一时竟没找到人。为避免引起怀疑，她开始做饭，一会儿出门抱柴火，一会儿到门外菜地里摘菜摘瓜花，不断进进出出，在梢门口张望寻机，最终见张家媳妇刘春丽扛着锄头经过，便拉她进到门外的灰圈子①，向她耳语，让她到倪柏仁家报信，让他赶紧逃。

刘春丽将话捎到后，大伙十分紧张。倪柏仁让大家莫慌张，几人很快商定：马上“挪窝”，去刘春丽家躲避。倪柏仁叫妻子把他扶下炕，人们给他披上黑粗布衣服、戴上破旧草帽，他忍痛强撑着，故意倒背双手，装作无事人似的沿墙根独自朝张家悠闲地“逛”去。刚转过墙角，赵剑锋一伙就鸡飞狗跳地窜入倪家，把家里弄了个底朝天。出了倪家，赵剑锋迅即在周遭察看，惊得杜梨树上的喜鹊喳喳叫个不停，好似给倪柏仁报警，赵剑锋气恼，朝喜鹊窝就是一梭子子弹。一只喜鹊被击中，倒挂在杜梨树枝丫上，鲜血滴了下来；喜鹊窝被打得筛了糠，木屑柴草簌簌泻下。倪柏仁一惊，快步走入张家土门。全村人被惊动，都朝杜梨树下围拢过来看热闹、看那新奇的自行车，一见赵剑锋，就又掉头回去。赵剑锋等滞留许久，终无所获，便无趣地推着自行车离开。保长寡嫂闻讯，撑着两只和面的手赶出梢门，露出关中妇女特有的热情周到，朝远去的警察们一阵吆喝：“啊赵警官，吃晌饭呀些，你却走呀！”

倪柏仁被枪声惊吓，不敢躺在张家床上，直到赵剑锋走后，他才上床休息了一会儿。不久，省上便来了两个人，说要见他。一个叫吴子山，是从警察队伍里分化出来的学潮英雄；另一个是齐天翼。倪柏仁只让干儿子齐天翼进来。齐天翼长跪不起，在倪柏仁床前涕泗横流，告诉倪柏仁他一定设法搭救老师。倪柏仁则再三叮嘱他，让他抓紧与黄紫红做夫妻过日子。吴子山隔门称敬仰民众英雄倪柏仁，想留下来保护他。倪柏仁是远近闻名的月下老，眉头一皱，连声道谢后，应承给吴子山张罗个好媳妇。

黄昏，金光万道，回圈的牛羊骡马将村道践踏得黄土飞溅。这时，赵剑锋又鸡贼地返回村子来。他拉了几个貌似软骨头的放羊放牛的老人小孩，用皮鞭抽打着逼问，这些人被打得直叫唤，可嘴里总是说：“没见没见！只是我薄家寡业，上月牛

---

①灰圈子：方言，意为厕所。

又跳槽发情，丢了母牛，还望长官给查查！”“我媳妇回娘家一直未归，老总能不能给管管？”……

听着惨叫声，倪柏仁极为不安，伤情加重，大伙决定再次转移，准备转移到外村去。入夜，趁街巷没人时，大家先将倪柏仁转送到甲长家。等到夜深人静后，人们才搀扶着他，翻过甲长家的豁豁墙，从墙豁口走出，向西寨村王礼家走去。

一切似乎很顺利，众人也暗自庆幸。不料，经过沟圈一座废弃的砖瓦窑时，脚下一串野鸡嘎嘎惊叫，暴露了目标……

第四章　5月3日

从杜陵村西到西寨村东，须经过一个大沟圈。

沟圈呈马勺状，人称马勺沟圈，约莫四里路光景。这里先前有一条路，要经过两个陷阱和一处废弃的砖瓦窑，一到晚上，粗野的顺沟风呼啸而来，带着邪乎劲儿猛灌进陷阱周遭似塌未塌的窟窿和砖瓦窑破旧的窑膀和烟囱里，发出凄凉乖戾的呜咽，恰似鬼哭狼嚎，又如怨妇啜泣，令人毛骨悚然。这里，就连正午和黄昏，也很煞森，少有人过；人们只有在一天当中光线柔和的时间里，才能小心经过。现在，这条路早已荒芜有年，人迹罕至，原因大家都明白。原来二十多年前，倪柏仁一个侄子倪克成与西寨村一位姑娘相恋，一对恋人害怕这条沟圈路的阴森恐怖而只能在白天偷偷约会，但白天农忙无暇，即便偷着约会，也是隐蔽性差，很难说上几句知心话。俩人为此非常苦闷，姑娘就约好小伙子在夜里喝酒后壮着胆来幽会，可痴情的姑娘那晚一直等到天亮也没有等来恋人。第二天一大早，她心急火燎地偷偷从西寨村东朝杜陵村寻去，半道上竟碰见已经死去的恋人！姑娘大恸，抱着小伙子的尸首跳沟而死。事后大家推测，倪克成是走到半道因恐惧而丢了胆，吓得瘫软在地而死的。从此，这条路更是无人问津，路上遍布莎草和荆棘，成了野兽出没之所，其中尤以狐狸为多。近些年，偶尔光顾这里的，都是方圆几十里的杀人越货之徒，或为不知实情的误入者。而一旦人们知晓有经过马勺沟圈而生还者，必刮目相看、传为异人，其故事会流传很久并极可能永远流传下去。

今夜，伸手不见五指，大家迫不得已选择了马勺沟圈。不知是因为人多还是因为事情紧急的缘故，当一行人茫然而毫不犹豫地闯入马勺沟圈时，这个神秘之所似乎也神奇般地隐去了它素有的凶神恶煞状。六人中俩人拿着鞭杆在前面磕打着探路，两人架着倪柏仁小心翼翼地跟上，其余两人殿后，以防不测。就这样，一行人趁夜色掩护着摸索前进。脚下不时发出青草嫩花被踩断蹂碎的脆响，经夜晚的寂静放大，吓得大伙更加小心起来。西边远处，九嵕山黑黢黢一块，与咸阳北塬浑然一体，隐没在关中大地母亲的地心里，酣然入梦。身旁，沟岔的深处传来猫头鹰与鸺鹠的唱和哀吼，竟也平添了夜的静谧与温馨。倪柏仁早忘记了疼痛，低声笑着自我解嘲道："呀——咱杜陵村人待见我，知道我有这一劫，所以村西头的住户都没看（养）狗。"

"就是！不然，一咬咬出一村子狗叫。"大概是甲长的声音，"也会咬来狗腿子。"

正庆幸时，不料脚下一声野鸡嘎嘎惊叫，扑棱着翅膀飞向黑漆漆的深沟。这一声尖锥锥的惊叫刺破山野刺破苍穹，也将众人的心刺得"咯噔噔"乱颤，几乎同时，杜陵村的狗也集体狂吠起来……大伙惊骇不已，慌乱之中脚下打个弯，快速离开野鸡飞离的地方。回头看，心惊地发现野鸡飞离的区域正在废弃的砖瓦窑侧边，是个新出现的被水冲成的大坑。大家有些后怕，甲长却道："老哥，这是克成娃提醒咱哩，让咱别掉陷阱里去！"

倪柏仁慨然道："谢过我娃！地下安息！咱也放心地去咱们该去的地方吧。"

狗的叫声是在杜陵村东边。赵剑锋闻声，叫骂着忙带领警察向狗叫的方向追去。倪柏仁等则安全无虞地到达五里之遥的杜陵村西边的西寨村王礼家。

东方泛起鱼肚白，赵剑锋带着四个警察全力抓捕，可始终在杜陵村的地盘上打转转。待全村的狗被追赶得筋疲力尽，舌头长伸发出"呼哧呼哧"的喘息声趴在地上不动时，天已大亮。此时，倪柏仁已在西寨村王礼家窑洞的拐窑里休息了六个小时。六个小时的追查毫无结果，警察们个个精疲力尽，垂头丧气地准备跨上自行车离去。不料，崭新的自行车却起不了步，勾头一看，新崭崭的车轮胎软塌塌地贴在地皮上，全瘪了……

"穷乡僻壤出刁民！"赵剑锋干巴巴地骂道，吩咐警察推着车子朝咸阳城走去。

与此同时，咸阳东郊一处破窑羊圈门口的窑膀上，几只斑鸠正忘情地唱着婉转的恋曲。羊儿出圈了，留在门前戏耍的羊羔们打扰不了漂亮的雄斑鸠思春的激情。不远处的硷畔上，一丛丛怒放的芍药寂寞开无主，招惹得蜂蝶上下翻飞、癫狂不已。忽然，从左面的坡头，跑来一只红尾巴狐狸，很快从花丛中飞跃而去，消失在硷畔边。不久，一个穿着半新不旧的人，扛着相机从狐狸出现的坡头姗姗而来。是齐天翼。他边走边看，似要拍风景，却又无视葳蕤怒放的芍药花的存在，径直通过羊粪豆儿满地的羊圈窑门前的土路，朝右边的杜梨树方向而去。

高耸的杜梨树上正挂满一串串铃铛般的淡黄色的花，与嫩绿的心形杜梨叶儿掺和得无比恰当合宜，迎风哗啦啦欢笑着。树下，一个形容枯焦的老头，正在不紧不慢地撑起他的木炭炉子，又从黑乎乎脏兮兮的麻袋里拉出爆玉米花的锅放在一旁，然后拉过小马扎面朝硷畔外坐下来，尚未坐稳就从夹衣里面摸出黑色烟袋和银铜色烟锅儿来，左手半握着烟袋右手将烟锅头塞进烟袋里，双手配合着反复掬捏几下；待烟锅儿被很快拿出时，满满一锅褐色烟丝儿已妥妥帖帖地被挤压在烟锅里啦。老头悠闲地端着烟锅儿，下意识地晃一下，才将红玛瑙嘴儿送进嘴里、噙住，复又朝硷畔外瞧去，意识到了齐天翼的走来，却目不斜视，开始用火镰生火抽烟。齐天翼迟疑一下，走上前去。恰在此时，一只白脖黑颈的大山雀飞过，“扑哧”一声拉出一摊屎来，正跌在老头头侧；老头头一躲，不偏不倚，鸟屎端端跌进了烟锅头里面，“呲”的一声，烟锅头冒出白气儿。老头晦气地将烟锅儿磕在杜梨树身上，随口道：“祸不单行现在行。”

“福无双至何日至！”齐天翼连忙接上，“同志，当心道上有北山狼！”

“我的扁担专打恶狼！”老头欣喜地握住齐天翼的手道，“同志，老王怎么样啦？”

“安全转移，急需救治。”齐天翼说着将一张纸条塞给老头，转身就走。他早上从卖葱的王礼儿子王瑞的口中得到了倪柏仁最新去向的确切消息。

齐天翼回到住所已是九点多。刚进房间，胡志坚就来找他，得知齐天翼伤情不打紧，就说：“焦风头天未亮就赶回去啦，咱们正好带紫红进北山打猎去！”

“他有啥紧火事？”齐天翼似不经意地问，放下相机。

“听说是给他儿子准备满月去了。”胡志坚说，突然又问，“你干什么去了，刚才？”

“我昨晚回来，一大早去看风景、拍杜梨树。”齐天翼说，“顺便拉一泡屎。”

“对，这里厕所臭气熏天，”胡志坚皱眉抱怨道，“真受不了！”

“看你说的！这世界上就没有不臭的茅房么！”

胡志坚被逗笑。笑毕，不再说什么，督促齐天翼扛着长枪短炮似的照相机，两人去敲黄紫红的房门。

“哪位？”伴随着黄紫红甜美的声音，门开了一道缝儿，“胡秘书啊！请进！”她热情相邀，见齐天翼也在，就很快转过身去。

齐天翼只好知趣地走远，正好在外面拍拍风景。这边，胡志坚也没有进去，而是站在门外隔着半掩的门给黄紫红讲笑话，一边漫不经心地催着她。等黄紫红开门来到院子故意扭转几下腰肢时，两个男人惊呆了：她今天便装，高高拢起的头发，白皙如雪的香腮微微泛着红晕，高挑的身材曲线玲珑；脚蹬一双十分摩登的黄绿色低腰靴子，熟女风范尽显，显得她的身高似乎赛过了胡志坚。胡志坚有些不自信地痴看着黄紫红，齐天翼早找好位置，“啪——”抢拍照片。黄紫红大声笑道：“胡大秘，看看本中校穿上这双日本少将赠送的名贵靴子，派头如何？”

“迷倒一大片！迷倒一大片呀！”胡志坚神经质地唠叨着，“您的出生是个错误，得害死多少男人！难怪你是‘抗日英雄’‘军统之花’！你说，日本鬼子怎么逃得掉你的掌心？假如他逃掉了，那他妈还是人吗，还是男人吗？”

齐天翼听得刺耳，早泄气地放下相机。黄紫红用挑衅的目光直视齐天翼，擦着他的肩膀视若无睹地走过，一直走向门外。胡志坚紧跟在黄紫红后面，全然没有察觉到气氛的变化，还沉浸在自己的“赞美诗”中：“小山重叠金明灭，鬓云欲度香腮雪。懒起画蛾眉，弄妆梳洗迟……”正说时，黄紫红回身沉着脸，高高隆起的胸部几乎是贴着胡志坚的手臂，胡志坚立即噤若寒蝉。

黄紫红正色道：“本中校有错儿吗？本中校金戈铁马出生入死抗日六年，绝非花瓶之流。请胡先生自重！”

胡志坚面有赧色，回缓一下情绪，才命令出车。汽车刚刚发动，却见赵剑锋骑着自行车满头大汗赶回，他一进大门就大喊吴子山。等吴子山闻声跑到院子，他就满院子撵着吴子山拳打脚踢，边打还边气喘吁吁地大骂：“败类！西京警察的败类！我打死你狗日的！”

胡志坚见状，立即让司机熄火，等着黄总指挥裁定属下的失当行为，可黄紫红厌恶地背过脸去，并不裁断。齐天翼朝胡志坚微微扬起下巴打个短促的口哨，胡志坚实在看不过眼，犹豫一下，亲自下车拦挡：“赵组长！”

赵剑锋停止动粗，自我解嘲道：“惭愧得很！胡秘书，不！”他又转身上前，隔着车窗对直接上司黄紫红立正站好，郑重道，“黄总指挥，属下治警不严！属下检讨！”

黄紫红始终没有转过脸来，始终未置一词。胡志坚就又打圆场：“国有国法，家有家训，警有警规！可别乱来嘛！——吃饭没？要不小吴你也一起进山走走？”

赵剑锋吃了个冷脸，气咻咻地回宾馆房间去了。吴子山没吱声，黄紫红这才回过脸来，杏目直瞪，胡志坚只好让吴子山自便。吴子山连说：“我回杜陵村呀，我回杜陵村呀……”说着就推起一辆自行车小跑着出了门。

胡志坚这才上车，齐天翼吩咐司机发动车子。这时，赵剑锋提着憗德恭点心和豆浆、油糕上前来，双手捧给黄紫红。齐天翼神气活现地在俩人间走过，道：“苟日新，日日新，又日新。呀，对咱妹这好的！就这，你妹还不知足，吹胡子瞪眼的！”

“少来！”黄紫红被逗笑，却又俨然。

赵剑锋向其请示任务，黄紫红冷冷地说：“你请示倪柏仁去！”

汽车绝尘而去。

赵剑锋不敢懈怠，用双份羊肉泡“早餐”激励警察连续作战。

路上，听着胡志坚与黄紫红在车内热聊，齐天翼竟有些走神。见丈夫心不在焉，为了气他，黄紫红更加放肆地开着玩笑。胡志坚是调来西京时间不长的外地人，并不知道此二人拜过堂是夫妻，早已为黄紫红心旌摇荡，似乎自己就要成功破解爱情婚姻的难题。他不时地启发齐天翼为自己说话、挑破话题，奈何齐天翼“不近人情”，独自睡着了。见齐天翼睡着，黄紫红也打着呵欠，眯起眼。没有对方配合，胡志坚搜肠刮肚找话题，却怎么也找不到词儿。幸好，已经到达目的地，大家下车开始打猎。

打猎持续了一个多小时，收获颇丰。齐天翼的任务是扛着相机拍射猎图。黄紫红展示了一流枪法和非凡身手，她几乎弹无虚发，射杀了两头羚牛一头野猪六只野鸡，还与胡志坚合作击伤了一头金钱豹，不过受了重伤的金钱豹最终还是跌进了半山腰的豹子窝里。齐天翼忙提醒大伙迅速转移地方，生怕豹子窝里出来几只“家属”讨要公道。在转场的路上，胡志坚猎获了一只麂子，还是只公的。他大喜过望，吩咐大伙架柴生火，烤全麂。黄紫红早拿出军用挎包，掏出了一应俱全的餐具、刀具和调料。三个男人看得直瞪眼，黄紫红得意道：“呶，野外生存能力，必须的呀！”

“要得！”齐天翼说，发自内心地竖起大拇指。

“谢谢！”黄紫红莞尔一笑，“你今天话金贵得很！”

“哪里话！”齐天翼没正形，“今天关键是要让你两位领导满意。”

“又来！”黄紫红嗔怪道，瞟一眼齐天翼，那眼光炽热滚烫。

齐天翼心里像喝了蜜糖水似的，躲开她的目光，却道：“你这几年也不容易！”

“不容易！”黄紫红低声呢喃着这三个字，半天竟啜泣起来，“你知道……就好！”

胡志坚一直在张罗烤全麂子，等到小腿烤好，先拿给黄紫红，还撕下冒着热气的嫩丝儿肉送至她嘴边，黄紫红浪笑道：“呀，本宫如此强悍，受不了胡大秘书的宠爱！”

众人都笑起来。笑毕，胡志坚道：“虽不能至，心向往之。好好吃！难得有这样的机会！吃完我还有事情讲给你哩。”

“敢情你这是鸿门宴？”齐天翼和黄紫红齐声问。

“别有负担，咱年一年二的，交流交流嘛！”胡志坚道，面朝齐天翼点点头，“是不是？”

“似乎很严肃。”黄紫红妩媚一笑道，“我先尝鲜，馋死你们！”说着，大快朵颐起来。

吃麂子的过程很长，大概花了三四个小时。其间，胡志坚舌灿莲花，苦口婆心地劝黄紫红做一个正常人——尊重老师和干大倪柏仁，救人一命胜造七级浮屠，劝她不要坏了做一个好女人的清誉。黄紫红没想到胡志坚有如此心肠和口才，似乎很感动，流下泪来。她还觉得胡志坚很聪明，没有戳破事情，直接伤她面子，但她说自己也是为党国效力，小我服从大我。胡志坚就给她讲瞎子摸象的故事，黄紫红大笑，说胡志坚很好玩，只是太不严肃了。

胡志坚见她死不认账，只得拿出中统驻鄜县调统室主任陈家忝的电报来，递给她看。电报本是军统向西京站发出的指令，内容为："冰峰"受命执行"刺王"行动。黄紫红看罢一愣，瞬间即拔枪朝树枝上一只母斑鸠射去，大伙只注意到她拔枪出手过程中划出的美丽弧线，却又见被打残而落下的灰色斑鸠已被她一把接住。司机和胡志坚喝彩，齐天翼也竖起大拇指，黄紫红视而不见，命令马上下山。见黄紫红似乎有所触动，齐天翼转而对胡志坚竖起大拇指，胡志坚得意又忘形。

焦家是西京城土著，家底殷实，又有政治资源，父子俩活得都很恣意。焦少成父亲焦老财去烟雨楼每次都出手阔绰，昨晚他又去找山丹丹"松腰"。山丹丹听说他得了孙子，就将青铜佛送给他，以作恭贺。这还是老相好第一次倒贴他东西，焦老财乐得流下口水来，他看着无底座的青铜佛，觉得缺点什么，却又不好意思明说，便收下了。老头高兴，晚上就有些癫狂，腰"松"得有点过了，以至于起床后腰疼头晕又呕吐起来。早饭后，他破费一个"袁大头"外加好些法币，才雇了一辆豪华马车，赶在十二点前回到西大街。

到桥梓口时，马车一时踟蹰不前，车夫告诉他前面有人"闹事"挡了道。他掀帘一看，一大片花花绿绿的标语横幅钻进眼里，还有一张张群情激昂的新鲜面庞、一双双明澈激愤的眼睛、一声声响彻古城动人心魄的口号，让他一时喘不过气来。他闹不明白这些"瓜娃子"何以被如此洗脑，上面命令西京当局处决倪柏仁这么大的事儿，你们能抗议得了吗？他无奈地摇摇头，吩咐车夫绕道广济街朝北新街的家而去。快拐进回家的那条巷子时，远远看到学生们涌上新城广场、围拢了省政府，经打听才知，他们是拿着签有"查处幕后策划人、严惩凶手"的请愿书要呈送给省政府主席。焦老财不禁叹息："娃瓜滴……不知世事咧！快走！"

马车正要进巷子时，却远远听到儿子焦少成的声音："同学们！年轻人！你们，不要因为年少无知，双眼被那些别有用心的人蒙蔽，而犯下不可饶恕的事情！我今天不愿意用'罪行'这两个字，不愿意将我眼前的兄弟姐妹们等同于'罪犯'。但是，真真实实，你们当中的极个别极个别人，已经犯下了事儿，称之'罪犯'，甚至称为'暴徒'，一点也不过分！刚才，有人趁乱捣毁了三天前被我们查封的《秦商日报》报社……啊，暴徒就在你们当中就在眼前……”

话未结束，警察们就开始抓捕学生，现场一片大乱。

“狗日的该抓，狗日的该杀！”焦老财极度厌恶地痛骂道，又充满警告味道地训斥车夫，“还看？还不快走！”

焦老财回家躺在炕上，吸溜吸溜地喝着三炮台，滋噜滋噜地抽着水烟，舒坦极了；这时，大老婆“小辣椒”走进来喊吃饭。“小辣椒”已五十一岁，虽然礼佛二十五年，却很耽恋夫妻之事，她含笑上前揉着焦老财的腰，心疼地唠叨着：“又轻狂又轻狂啦，骚情货！”说时，用眼色“吩咐”佣人将饭端来。

焦老财道：“是不是少成回来了，我听打电话哩！”

一会儿，焦少成进屋来，得意地说刚刚省主席祝肇州表扬他对游行处置得当。大家听罢，一起高兴地吃饭。殊不知，焦少成隐去了祝肇州严厉批评他的话，省主席严令他“限期不可逆转的真正让倪柏仁死掉”。自然，他不会知道，祝肇州也曾同意胡志坚对倪柏仁“抓活的”的行动。

——而这发自同一主官的一对矛盾指令，正是后面许多事情掣肘、艰难、解决不了的症结所在。

饭后，焦少成心不在焉地耍娃，却见儿子身上掉下来个不起眼的青铜佛像，而且是个缺底座的青铜佛，他当下训斥妻子。妻子说是老爷子弄的，他便不再说什么。这时，接到赵剑锋代表黄紫红打来的电话，说是未查到倪柏仁的任何蛛丝马迹，他就心里“突”地一沉，将娃往妻子怀里一塞，怒气冲冲地出门去了。

为置倪柏仁于死地，焦少成下午又紧急召集会议，秘密部署并加大力量，加紧派人杀害倪柏仁。

此时，爆玉米花老头已将纸条传到中共陕西工委所在地栒邑县马栏镇。

消息刚送到，韩夏春同志就踏进门来。会商消息后，省工委书记汪锋涛立即召集统战部部长李健仁、组织部部长黄君，西京市委常委、工委书记韩夏春等同志，开会研究营救倪柏仁一事。会议作了周密布置：一、决定由我党在敌方的地下党员“青铜”负总责，派韩夏春（唐三时）同志化装成剷夫去做具体组织工作，给沿途醴泉、泾阳、三原、淳化、赤水、栒邑等地下党通知，凡倪柏仁所到之地，一律负责保护；二、由我党秘密党员、国民党醴泉县大路乡乡长康子安（景泰）等同志负责掩护，尽快将倪柏仁同志转移，使其脱离危险地区；三、采用“分段运输”的办法，途中建立几个秘密救护医疗站，指定医务和看护人员，边区另派卫生员罗莉莉一起行动；四、联系与我们有关系的栒邑鸡儿嘴封锁线保安团大队长董事成、栒邑到赤水和淳化边界的保安团团长魏志毅、赤水边界的保安团营长王立安等知心朋友，由组织安排让他们配合，万一特务抓去了病人（倪柏仁），就让他们借口“他是边区共产党”抢夺回去，再设法秘密送至边区。

这样，事发不到三天，在省工委统一部署下，营救倪柏仁的任务很快通过地下党组织传到咸阳相关各县乡村，群众得知“重要人物”要过境，纷纷自觉封锁消息，积极配合行动。傍晚，吴子山来到杜陵村张家媳妇家，冒名齐天翼要见倪柏仁。张家人说根本不认识什么倪柏仁，为打消他的疑虑，他们还拉着他在家里角角落落转了个遍。

会后，韩夏春即刻化装恢复其“劁猪客”装扮。他肩搭一个旧帆布包袱，脖颈上插着根油光光的长竹竿，竹竿上挑着半新不旧的红绸子，走在去往关中平原的路上，边走边吆喝：“劁猪骟马打驴蹄哎，陇东老唐重操旧业来咧！”咸阳一带，尤其是接近边区、解放区的各县乡村，男女老少都熟悉陇东老唐——“骟匠唐”，却几乎没人知道他的真名姓，更不要说他的真实身份了。他一路遇人便打招呼，没人处便一心加紧行程，最后找到了赤水地下党。

是夜，地下党派快马抄小路将他送回西京。孰料，在西郊机场附近，却被散布在那里的军统暗哨盯梢跟踪。深夜，西京城西五路一个小院子里发出一声惨叫。偌大的碾盘下，韩夏春的左脚血肉模糊……一刻钟前，他才勉强甩掉尾巴，巨大的压力迫使他当机立断：为彻底迷惑敌人，完成营救倪柏仁的光荣任务，韩夏春痛下决心，毅然自残。

第五章 5月4日

韩夏春自残的当儿，咸阳金凤巷里的蓝枝儿正杏目圆睁，疾言厉色地训斥着自己的“头牌”姑娘山丹丹：“你胆子不小哇！谁让你将东西送人的？”

山丹丹是甘肃东部与陕西交界的乔山山区人，自小父母双亡，奶奶拉扯她们姊妹长大，祖孙几人相依为命，日子过得恓惶。七年前奶奶生病，家里实在养活不起，就托付一个在西京做银楼生意的远房亲戚，将十一岁的山丹丹卖到九峻山。由于她与蓝枝儿同岁，起初便只做蓝枝儿的玩伴，待到十四岁上，就被老寨主送到金凤巷当了招待，挣钱养家糊口。三年前，九峻山寨主蓝玉坤出门被害，蓝枝儿的哥哥在上海教书，蓝枝儿便继任少主。因少年时的情分，两人虽然现今地位相差甚远，但平日里关系却近。去年山丹丹奶奶过世，想起奶奶和自己的悲惨命运，山丹丹哭得死去活来。蓝枝儿劝她金盆洗手别再接客，山丹丹粲然一笑不置可否，蓝枝儿也是随性之人，便不再约束于她，两人的亲密关系却似更深了一层。记忆中，除了蓝枝儿苦劝她金盆洗手那次外，两人几乎没有发生过什么不愉快。看着蓝枝儿今天如此急火攻心，山丹丹早吓得哭出声来：“怪我没掂量来轻重，不知道那东西金贵！这可咋办、咋办呀？”与蓝枝儿说话，她从来没有称呼，也委实不太好称呼，叫少主显得敬而远之，直呼其名似乎又有些轻慢，叫姐姐怕别人说她套近乎，于是就有事说事直截了当，关陇人把这种方式叫“白搭话”。

“听说是蒋某人费心巴结拉拢而没得到的人，在逃命时随身带出的物件，你说重要不重要？”蓝枝儿道，似乎气消了些。

“那肯定很重要！”

“咱们揭墓的头儿亲口告诉我的，他们那天从地底下没捞到什么值钱物件，倒是遇着一个被追杀的人，得到了那件青铜佛。”蓝枝儿说，递给山丹丹一块手帕。

山丹丹一听，顾不上擦泪，惭愧难当道：“这——这可咋办？”

“必须要回来！”

山丹丹虽很为难，却发誓：“你放心，我一定跟那老东西将东西要回！”

“那样最好！不过那老皮也不是省油的灯。”

“那也要要回来！那是你要送给心上人的物件儿，世上难得有你上心的主儿呢！”山丹丹揶揄道。

“去你的！”蓝枝儿顺手拿起鸡毛掸子，作势要打山丹丹。

山丹丹巧笑着逃出门去，蓝枝儿停下来，不想山丹丹又返回，手按门框道：“我保证，一定为你做成大媒，让你与你那心上人比翼双飞。”

山丹丹的话，使蓝枝儿内心泛起涟漪，她虽然不大通诗文，从小习武在外面野惯了，但对男人的敏感、幻想和向往，却不比那些会作诗写文章的新女性少，只可惜上苍弄人，很少有男子能入她的眼、对她的心思。不过最近的情况却有所不同，前几天邂逅胡志坚，那天又出格地与那个齐天翼“同床”了一次，后者接下来英雄救美，搞得她晕头转向，不知今夕何夕……见少主花痴的样儿，山丹丹俏笑一下，独自离去。

此时，在西寨村王礼家拐窑里养伤的倪柏仁，将王家家谱放在短桌上，交代王礼说：“表弟，老印需要改动的就这些，改家谱是大事，你得与家门父子商量通，那才好办！”

“这都是小事儿。”王礼拿起家谱，“表兄哥安全和伤情好转，才是最最重要的大事。”

“哈哈，我这会子不太难过。明天是王瑞的喜事，你赶紧忙你的去吧。”

王礼应一声，就要出拐窑。倪柏仁却又喊住他，让拿来笔墨纸张，随即写了“百年好合”四个大字给王礼。王礼双手颤抖着接过墨宝，大喜过望道：“呀，表兄哥！你这礼，太贵重啦！表弟全家一辈子都挣不下你这字的钱哪！”说着双泪横流。

“主要是情分，表弟不必牵挂。”倪柏仁诚挚道。

王礼就出院子去，拉来正在忙活的儿子王瑞向倪柏仁恭敬行礼。礼毕后，赶紧安顿他躺下休息，犹觉心意未尽地出门去。

倪柏仁那天在西京钟楼精心安排的相亲，由于蓝枝儿爽约、更因黄紫红的归来而无果。他深觉奇妙，现在危难时刻还惦记着这事，就转头对一路跟着伺候他的女儿倪克玉说："玉玉，既然你紫红姐现已回来，那就得给蓝枝儿另谋高枝啦。"

"爸——"倪克玉捏着父亲汗津津的手，"都什么时候了，您还惦记着这。你看这手烫成啥啦？"说时，流下泪来。

走到半道的王礼回头，拊掌大悦，说："表兄哥，我一挑担有个儿子叫吴子山，小伙不错。"

"若硬要找，得给枝儿找个识文断字的，调和调和她那暴脾气！"倪克玉说着，不觉笑起来，露出两个好看的小酒窝。

"咋这凑巧滴！山山师范毕业的，刚调到警察厅当警察。"王礼高兴道，"又能文来又能武。"

"实话，这好的！"倪柏仁高兴得嘴一咧，立即疼得大叫起来。

"走，克玉，让你爸定定躺着养伤！"王礼将倪克玉拉出拐窑。

两人出了客窑，走到院子，又走进另一个窑洞。那里正有一个人等着，倪克玉一见就说："连叔，王瑞喜事的总管，非你莫属么！"

"呀，你这几年在城里念书，难得还知道村子里的事情！"连登岳说，"这几天我不光是结婚的总管，还得管好你爸，得尽快请医生呀！"

大伙仔细商议起来。考虑到王家马上要举办婚礼，人来客往不安全，大家决定：王礼一家协助克玉，天亮前务必将倪柏仁悄悄转移到村西头学校旁边的地窨子里。连登岳现在就动身，去找医生，约定好凌晨四点多在地窨子附近会面，给倪柏仁进行必要治疗。

连登岳离开后，王礼吩咐媳妇去收拾地窨子。克玉则重又回到拐窑，倪柏仁半闭着眼，倪克玉凑近看了看爸爸，焦虑地吹灭灯——点灯费油不说，烟味太大，人熏得喘不过气。一会儿，估计倪柏仁已经睡着，倪克玉就闭上眼。

倪克玉在睡梦中被人推醒，已是后半夜三点。一会儿，王礼家的回来了，说是大夫和连登岳已经在地窨子附近的坟地里候着。于是大家叫醒倪柏仁。倪柏仁晕晕乎乎被搀扶着出了客窑，披好衣服、戴上厚帽子和墨黑石头眼镜后，再被搀扶到院子里。他连吸几口新鲜空气，四下张望一下，徐缓地走远去。

王礼家的送走倪柏仁一行，正要关门时，突然听到一个熟悉的声音：“二姨！”她好生惊吓，血直冲头皮而上，连忙关紧门。心下思忖，深更半夜，怎么吴子山会来？不会是鬼吧！对，一定是自己听错啦！默思半晌，她又将耳朵附在梢门门栓上再仔细听，耳朵却响得厉害，什么也没有听到，腿开始发软，几乎挪不开去。这时，鸡窝里响起雄鸡叫鸣声，村子里各家的公鸡跟着叫起来。鸡叫声此起彼伏，为她壮了胆，她踉踉跄跄跑回窑洞，拴好门缩进被窝里。

事情的可怕就在这儿。吴子山行迹甚为可疑，自从那天与齐天翼一起“见过”倪柏仁后，不知是头脑发晕错了主意还是出于立功私心，或者是另有主子直接指示的缘故，总之他并没有及时通知赵剑锋，以至于盯丢了目标。今天，在杜陵村张家扑空后，他又去倪柏仁家盯到半夜。直到后半夜，才搞清楚倪柏仁不在杜陵村，于是他穿过马勺沟圈，朝西寨村二姨家走来。明天就是表弟王瑞结婚的日子，他得露个面，正好去那里睡个好觉。但等他黑灯瞎火摸到二姨家门外时，看到几个黑影离开了二姨家，接着听到梢门响，他便叫了一声“二姨”，喊出声后他就后悔了——突然意识到那几个黑影恐怕就是倪柏仁一行。于是，他不顾一切地远远跟随黑影而去……

倪柏仁一行朝村西学校走，上一次从杜陵村西到西寨村的夜间成功转移，使他们对这次转移更有信心。走到学校附近，西侧坟地里出来俩人，是连登岳和医生，大家会合后一起朝旁边的地窨子走去。到地窨子口，王礼先探身下去，点亮灯，里面顿时亮堂起来，但口子上几乎见不到光——地窨子的道路是拐弯的。接着，连登岳和倪克玉小心地搀扶着倪柏仁让他朝地道走，而后连登岳拉着倪柏仁一只手，下面的王礼接应着倪柏仁到达地窨子里面；等倪柏仁在里面躺好了，王礼返上来，医生才下去治疗。为安全计，大家按照事先约定，很快撤离地窨子，各就各位地在周围放哨，连登岳隐蔽到学校围墙后面，王礼和倪克玉蹲守在坟地里。黑暗中，几个人都目不转睛地盯着地窨子。一小时后天色发亮，医生上到地面，径直离去；倪克玉就下到地窨子里去。王礼走向连登岳，俩人一声不吭地回家。他们要忙今天的喜事，但丝毫不敢怠慢，准备另派人在地面上放哨。

这一切，都没有逃脱吴子山的目光。地面上两个人离开后，吴子山轻手轻脚地摸到地窖子周围。乡里乡亲的，加之倪柏仁的强大影响力和要给自己说媒的许诺，使他不敢轻易造次、直接抓捕。犹豫半天，他只好再三确认现场、做好标记后，疾速离开，返回咸阳报信去了。

今天是“五四”，西京城并不太平。

昨天，焦少成嫁祸于人和滥抓无辜的行径，激起了学生们的愤慨；今天一大早，西京各大中小学校学生就组织起盛大游行。游行队伍一字长龙，从南门里的湘子庙一直摆到钟楼南侧的钟表行。不久，市民也纷纷加入了游行，愤怒的群众达到六百多人。警察紧急出动，群众和全副武装的警察对峙着、僵持着。群众要求释放前一天被抓捕的学生，十点多双方发生搏斗，又一批学生被抓走。

与此同时，杜陵镇街上冒出一些不三不四的人：有身背药箱的“江湖郎中”，有肩挑担子的“小炉匠”，还有沿门乞讨的“叫花子”……明眼人一看就知是便衣警察。这是昨天焦厅长紧急部署的结果，是黄紫红坐镇指挥的新招，也是赵剑锋竭力督战的成果，更是咸阳警局全力配合下的新局面。这些人围着倪柏仁家那条街巷不停转悠，装模作样地跟乡亲们套近乎，打听“病人”“活菩萨”“关中正大先生”和“百姓之王”的消息，但群众个个守口如瓶。

警力全部出动，该用的套路几乎悉数用上。整整一上午，黄紫红都惴惴不安，她在等捷报吗？平心而论，她似乎更怕这个捷报。她觉得自己这次回西京远不如她所期望的，虽然自己挂念的丈夫——姑且称齐天翼为丈夫吧——还未成家，但几年下来，无论他还是她自己，都已经发生了匪夷所思的变化；更糟糕的是，她首次肩负的重任竟然是刺杀自己的恩师、干大和证婚人，是有着民族良心的重要人物，这让她越来越觉得棘手。本可以快刀斩乱麻，一枪要命，可是赵剑锋……想起这点，她疑窦丛生，忙喊来赵剑锋。

赵剑锋进门便喊“姐”，提着四瓶自制老酸奶：“姐，来，老酸奶伺候着！”他热情道。

其实，论年龄赵剑锋还大黄紫红三岁，但从中学时起，赵剑锋就开玩笑喊她“姐”，已经早喊习惯；这次她二返长安，重新听到赵剑锋这个久违的“姐”时，本窝着一肚子火要发作的她，反而有些感动，何况又看到那晃悠在面前的地道的咸阳自制老酸奶，她的味蕾早蠢蠢欲动。也难怪，小时候黄紫红家就是卖这个的，她就是吃着这个长大的。但当时生意不景气，家贫孩子多，为了多卖钱养家，妈妈甚至舍不得给哥哥姐姐吃自家制的老酸奶，只给小乖乖女每天喝一小碗；等到三岁以后，平时就谁也不准喝奶了，只在过生日或来客人的时候才能喝到。可是，爸爸经常偷偷给她喝酸奶，为此经常和妈妈骂仗……想到这里，黄紫红不禁鼻子一酸，眼眶湿润起来，她忙背过脸去，厉声道："赵剑锋，你诚心的吧？"

"什么诚心假意的？"赵剑锋俊朗的面庞表情严肃，自说自话，"总而言之言而总之，父母培养的胃都是真的！"

"严肃点，赵警官！"黄紫红拔出手枪站起来，"走，去外面！"

她走出房间，举枪射击，四五十米开外，晒衣竿上的一件胸罩的一只被击穿。

赵剑锋看得发呆。黄紫红却将手枪递给他，道："开枪，打另一只胸罩！"

"多可惜！人家不骂死我呀？说我变态狂……"

"废什么话！什么人家，胸罩是我的。"

"那我更不忍心了！"赵剑锋如鬼怕火般走远。

"赵剑锋！"黄紫红发飙，长发当空抡了一圈，"我命令你！打！"

赵剑锋抵挡不过，迅疾出手，毫无悬念，枪声响处，胸罩的另一只被洞穿炸飞。黄紫红看罢，无比鄙夷地直视着赵剑锋，扭着身子回房间去了。赵剑锋目光放空，似乎明白了什么，忙跟进去解释。黄紫红抢先压低声音说："我承认，咱们是乡党、亲戚！皇天后土大关中，我们都逃不出乡土中国、伦理中国的道德羁绊……说，倪柏仁是你放的水吧？"黄紫红的话夹杂着书面语，但无疑，是推心置腹和真挚的。

"……"赵剑锋并不惊慌，"应该更正一下，是倪伯伯。"

"还扯犊子！信不信我拿你肃整警纪？"黄紫红眼露杀机。

"信！"赵剑锋递上枪，异常冷静，"给你，姐！"

赵剑锋的不置可否和超乎寻常的冷静，大大出乎黄紫红所料，她脑际打旋，恼怒无比，却最终无可奈何地颓然坐下。赵剑锋将枪放在桌上，又将酸奶朝黄紫红跟前推了推，退出房间前不忘规劝："姐，咱都是凡胎肉身的人，不是神，离家七年零三个月啦！你就没想着回家去看看？这里离老家不远，抬脚就到，腾时间回家看看吧！"

“怎么回？”黄紫红发出颤颤的声音。

“马我已备好！”赵剑锋隔着窗子回话。

几分钟后，黄紫红喝完了两瓶自制老酸奶，两人飞马驰向田间小路。齐天翼闻讯，忙扛着照相机追赶，却只能望马兴叹。待他垂头丧气地准备返回时，却见吴子山出现在田埂上，齐天翼便迎上，问他有没有倪柏仁的消息；吴子山说没有，并称自己是回来请假的，要去参加表弟的婚礼。两人边聊边回到咸阳警局。得知警局领导均不在，吴子山犹豫半晌，最终去找胡志坚，想汇报倪柏仁在地窨子的重要情报，可胡志坚睡得正香，睁眼就训斥吴子山，训得吴子山灰溜溜地走开。好心被当成驴肝肺，吴子山晦气地想：还是尽快返回二姨家，去亲自监视倪柏仁吧。

中午，王礼家的婚礼场面热闹非凡，远方的亲朋和庄大院人家纷纷前来贺喜帮忙，其中就有蓝枝儿和吴子山。吴子山是重要亲戚，可蓝枝儿则不同：虽说王家与蓝家也认识，但两家情况差得有点远，也谈不上交情，尤其是那年老寨主死于非命，蓝家丧事办得很隆重，可王家并没有去上香点纸吊唁。至于后来，更与这十几岁的女少主素无往来，所以，当如花似玉的蓝枝儿肩头站着鹰隼光临时，王礼真正理解了“蓬荜生辉”四个字的含义。王礼知道蓝枝儿与倪家交好，他疑惑，该不会是自己沾了搭救倪柏仁的光了吧？其实自己已经沾了光，得到了比金条还要贵重的倪柏仁的字。难道蓝少主已经嗅出倪柏仁就在他家？老天爷，这消息如果走漏是要死人的呀！想到这里，他顿时慌张起来，忙让连登岳倍加小心。连登岳回过话来，说万无一失，他这才逐渐放下心，慢慢高兴起来。都说人生四大喜事——久旱逢甘霖、他乡遇故知、洞房花烛夜、金榜题名时，虽说今日是儿子的洞房花烛之日，但他的高兴不比儿子少。

王礼眼里放光，忙里偷闲将在门口破柴的吴子山叫到一旁，隔着梢门和人群指指蓝枝儿，问吴子山觉得那“站鹰女娃”怎么样。吴子山眼前一亮，大感兴趣，忙请姨父帮他做媒。王礼说他做媒不算数，自有高媒成其好事。吴子山反复问是谁，王礼突然觉得说漏了嘴，忙说到时候你就会知道。吴子山喜出望外，本来蓝枝儿就是今天众目的焦点，不独因其少主身份，更因其惊世容貌、妙龄年华、高邈气质和那只站在肩头上的武威灵动的老鹰；他看得早动了心思，正思谋如何接近，不想姨父主动提出！于是他求姨父去问对方有无寻亲考虑，王礼犹豫一下，就去试探着问蓝枝儿的意向。

趁王礼与蓝枝儿交谈之时，鸡贼的吴子山偷偷溜脱，去地窨子一探虚实。白天，田野里满是拔节的小麦和高高低低的树木以及坟冢，吴子山放眼望去，只见形迹可疑的人影儿时隐时现，他既兴奋又紧张，加紧脚步朝地窨子方向赶去。黎明时所做的记号一个也没有找到，他连忙朝最显眼的那堆坟地赶，只有接近那里才能看到地窨子。——小时候他和表弟常在这地窨子里捉迷藏，对这里的地形还有印象。可当他快接近坟地时，一个小伙子迎上前来，客气地说："山哥呀，知己亲戚喜事，知道你准来，可我今儿却没有工夫招呼你哩！"

"呀……军强哪！好几年没见啦！"吴子山也认出对方是表弟的堂弟，"你大小伙儿一个，今天不端盘子，咋跑这里躲清闲来啦？"

"我有任务呀，山哥！"王军强道，"今个咱祖坟得有人护着，不能被来的客人当成厕所粪堆呀!"

作为在农村出生的人，吴子山十分清楚农村过事的难为情之处，就是：忽然一下子来那么多客人，连吃带喝，却一时无处如厕，只能借着山坡、田埂、庄稼地和树木的隐蔽而自寻方便，时常公公撞见媳妇、女客碰见冒失小伙子，让当事人极为尴尬。

"这我咋能不知！哈哈，你今天这任务是光荣而伟大的！"吴子山笑道，朝王军强肩膀拍拍，"那你忙，我那边方便一哈去！"一边说着一边硬着头皮朝地窨子方向而去。

"山哥，可别去咱小时候耍的地窨子那边，"军强大声提醒道，"那里是今天的女厕，血渍呼啦的！"

吴子山装作没听见，继续走向地窨子，还没走到，就隔着蒿草瞧见一个女人穿着红裤头的屁股在地窨子口上高高撅起。吴子山忽地转过头，不让自己看到那非礼的画面。好一阵子，他才转回脸，又见另一个穿白上衣的女子蹲在地窨子口的一侧，面目挣得紫红紫红的，正在解决问题呢。这时，听到一个老妇人充满厌恶的骂声："臭流氓，没见过老娘拉屎呀！"

吴子山脸上"嗖"的一下烧得发烫，头也没回地走远，绕道撒泡尿，若无其事地回到了二姨家。王礼正在门边的礼桌附近等他，见他走近，高兴地说："蓝枝儿说，她婚姻之事要见到‘病人’才能决定。”

吴子山忙支吾着连声道谢。他知道，“病人”即倪柏仁。师范毕业又干过警察的吴子山，虽然长相一般，但也算文武双全了，他明白无误地觉得：要想得到蓝枝儿的青睐，自己就得被那关中大能人——倪柏仁认可。他于是很庆幸自己这几天的“奇遇”：两次有机会抓捕处决倪柏仁而没有动手，甚至阴差阳错地都没有对上司进行任何有效汇报。这是天注定自己要赢得蓝枝儿的芳心吗？他得意地想。

殊不知，山丹丹已经帮蓝枝儿弄清楚：蓝枝儿这几天痴迷的对象，就是那天在钟楼边上倪柏仁要给她介绍的那人——齐天翼。蓝枝儿听此消息后心花怒放，更加浮想联翩，她今天特意来，就是想打听倪柏仁的去向，好让其为她重续与齐天翼的佳缘。

很快，关中大席开始重席了。虽不是丰年，也不是富贵人家过事，更不是太平日子，但是，遇上今天这样娶媳妇的喜事儿，必须要准备上五六十桌，其中多半是要为重席吃掉的，而且绝大多数是被同村的家门父子婆娘娃娃吃掉的。重席要重三遍，以显示主家的诚意，因为等到新媳妇花轿回来时，一般都天黑了，这里等得无聊，只能一遍遍地重席，不能慢待了客人和庄院里前来帮忙的人。三遍重席之外，还要不住地夹馍给全村那些玩疯了的、极易消化的孩子们，一趟一趟地端盘子送饭送菜送汤给那些因身体原因而不能亲临婚礼现场的老人们、病人们。娘家那边也是有礼数的，不能随随便便就将抓养调教了十几年的女儿轻易打发掉：他们要热情待客，要仔细清点包袱钱，还要行各种礼俗，即便这些事情两点前结束，也要拖到四点才起轿。为啥？轿子若走得早，会遭村里村外的人们笑话，大家会骂这家女子想男人想疯了，骂这家父母恨不得提前一年就嫁自己的女儿出门。

所以，酒足饭饱的吴子山被第三次请到了酒席上。本来撑得慌、死活都不去，可看见蓝枝儿已经端坐在饭桌上，那只老鹰端端地站在她肩头，他就大大方方走进席口里坐下。客人们不住地端详着鹰隼，吃着、议论着，不知不觉谈起倪柏仁被枪杀的事情来，蓝枝儿闻之大吃一惊——从面前这些人说的话里面，她第一次意识到青铜佛的主人正是自己急于寻找的大媒人倪柏仁，于是仓皇离席而去，惊得肩头的鹰飞起又落下。吴子山见状，不知底里，也连忙跟出院子。

人间五月天，咸阳飞花时，山野里，蓝枝儿骑马在前，鹰马人合体逆光飞翔，吴子山飞马在后，两马疯狂奔驰在原野上……

再说倪柏仁。黎明时分，经咸阳本地大夫处理伤口后，他感觉伤情非但没有减轻，而且疼痛更加难忍，遂忍痛强支撑到清晨，忙派女儿倪克玉去省立医院——打算通过省立医院事务员赵毅（倪柏仁邻居家的女婿），去请外科大夫赵景汉。同时为安全起见，人们也考虑尽快转移他，已做好了一切准备。

倪克玉快马加鞭，来到西京大差市时已经上午十点，忙找到赵毅，在偏僻处据实以告。赵毅是赵景汉的堂哥，素来敬重乡贤倪柏仁，不假思索地很快将情况向堂弟讲明。赵景汉虽为医生，但爱好文学、关心时事，对乡贤、名流倪柏仁敬仰已久，却无缘一晤；了解情况后，他欣然答应。为避开眼目，倪克玉拉赵景汉到无人的角落说事，还没说几句，就见一个苗条漂亮的女护士走过来，激动地质问赵景汉躲到这么偏僻的地方孤男寡女的干什么。倪克玉一时性急，道："是我找他，我勾引他，好不好！"

原来，女孩儿是赵大夫的女友，叫罗莉莉。罗莉莉听到倪克玉的气话，先是一怔，然后伤心地赌气跑开了，赵景汉忙追她而去。倪克玉异常后悔自己的冲动，很担心赵大夫因为怕女友而不帮父亲疗伤。接下来的四个小时里，她一直在医院外面，惴惴不安地等待着赵景汉的回复。

与此同时，韩夏春肩负重任，一拐一晃地来到西京市老关庙街四号王伯伦家中，向他传达了省工委指示：想尽一切办法营救倪柏仁脱险，稳定其伤情，并将其转移到安全地方。王伯伦当下的任务是，精心伪装后，立即用自行车捎着韩夏春去咸阳寻找倪柏仁的下落。之后，再到醴泉大路乡找地下党员景泰同志，请其协助，把倪柏仁救护转移到安全的地方养伤。王伯伦完成上述任务后，即可回西京汇报情况。可困难的是，当时韩夏春连倪柏仁老家在什么村庄也说不上来，更无法给王伯伦提供与景泰接头的组织关系，甚至连一辆破旧的自行车也借不到。

为买自行车，俩人绞尽脑汁。韩夏春将父亲留下来的玉石玛瑙嘴和豹皮大衣当给典当行，典当行老板一边把钱递给他一边直夸他送来了"硬货"。王伯伦女儿后天弥月之喜，他当即通知所有的亲朋好友：中午给娃提前做满月。情况紧急而特殊，王伯伦厚着脸皮收了礼而用家常便饭待客，从而倒了点钱。终于，俩人凑够钱，买了一辆半新不旧的自行车。买车后他们立即分开，蛰伏在不同区域，约定晚上会合出城。

下午，焦少成打电话，邀请大伙过段时间为其子满月礼助兴，齐天翼在名单之列。在咸阳警局，大伙正计议着给孩子送礼物的事，却见黄紫红垂头丧气地从家里回来，齐天翼忙关切地上前安慰她。他知道，七年前婚礼上的轰炸，他的岳母——黄紫红的母亲亡故了，这些，紫红并不知道，所以今天她是怀着希望和思念回去的，收获的却是母亲早已不在人间的痛苦。见齐天翼安慰自己，黄紫红一下子扑到他怀里，号啕大哭……等她情绪稍微好点，齐天翼说：“紫红，如果干大没了，我们也会这么伤心！”

黄紫红把齐天翼抱得更紧了……

这边，吴子山逆着太阳光追赶蓝枝儿，一直到黄昏。夕阳深处，他生出幻觉，觉得自己像蓝枝儿肩头那雄鹰一样长了翅膀，正在飞向心仪的目标。落霞满天时，俩人来到了山路路段，在一个猛转弯处，蓝枝儿勒住马缰，鹰隼灵巧地垂直飞翔起落，专等着吴子山闪面。待其马头和人身子刚闪过弯时，她就将高高抡起的马鞭劈头盖脸狠狠打了下去。吴子山毫无防备，被打得滚下马来，差点跌下高崖……两人斗智斗勇，最后，吴子山交代了早上在学校旁边地窖子里跟踪的事情。

蓝枝儿解救倪柏仁心切，觉得吴子山的话是一线机会，俩人调转马头，背着晚霞朝东边冲去……

当日晚八点多，赵毅和赵景汉来到泾阳县西寨村。经检查确认，子弹是从倪柏仁右肩背后肩胛骨上方打入的，伤口约有花生米粒大，微微出血，子弹卡在了右锁骨上窝，能摸着，但呼吸、心肺、脉搏均无恙。赵大夫给倪柏仁打了一支“破伤风抗毒素”，换了敷料，留了些内服和外用的消炎药，并叮嘱他不要过分紧张好生休养。限于设备条件，子弹暂时无法取出，但子弹在体内短时期存留也无大碍，只要保证伤口不感染，就不会出问题。十点许，双方心怀忧虑告别，赵毅和赵景汉打马匆匆离开。

黑夜，猫头鹰嗥叫在深树梢，黄米箪箪[1]唱着抒情的小夜曲，王礼家耍房的小伙们将西寨村的夏夜闹得无比热闹，充满风情、野趣和人间清欢。吴子山和蓝枝儿匆

① 黄米箪箪：指夜莺。

匆打马，从王礼家梢门前驰向学校方向，正与骑马回去的赵毅、赵景汉擦肩而过。四马交错间几百米距离已过；两人连忙下马，拴好马后蹲伏在麦田里观察，站鹰定定地伏在蓝枝儿肩头，如焊接好的雕像。良久，俩人才小心翼翼地向学校旁边的地窨子摸去……

与此同时，韩夏春、王伯伦偷偷混出西京城北门，朝咸阳而来……

一个小时后，吴子山、蓝枝儿终于接近地窨子。吴子山低声提醒蓝枝儿不要踩着屎尿，蓝枝儿故意大声嘲笑吴子山鼻子出问题啦。俩人小心翼翼、如临大敌般探身下到地窨子里，手电光照得地窨子如同白昼，也照出了一个空空如也的地下世界。蓝枝儿见状，抡起马鞭朝吴子山打去……

第六章 5月5日

适才，吴子山、蓝枝儿一前一后，手电打开、手枪子弹上膛，警惕百倍、蹑手蹑脚地跟着下到地窨子底部，鹰也懂事地一动不动，缩在肩头。下到底部，电光雪亮处地窨子里空空如也。吴子山顿时慌了神，支支吾吾意欲辩解，蓝枝儿不由分说一马鞭将其击倒在干草地上。

由于地窨子里地形十分有限，这一鞭子其实并不重，只是太突然吴子山没有防备，因躲闪而倒下。他自知理亏，顺势跪在地上大呼冤枉："不可能！我明明亲眼看到的！"

"什么叫不可能！你睁着眼窝说瞎话！"蓝枝儿火冒三丈，不过放弃了动武，收起鞭子轻蔑地说，"耽误了我救我表叔，你娃小心着！"

吴子山抓住蓝枝儿的马鞭，道："蓝寨主，我也巴不得倪伯伯现在就坐在这干草上啊！"

蓝枝儿冷冷地盯了吴子山好几秒钟，鄙夷道："想得美！坐在这儿被你抓，啊？让你好邀功请赏去！做梦吧你！"说着，猛地甩一下马鞭，鞭鞘在地窨子里抖出灰尘，灰尘悬浮在手电光里。

这次吴子山早有准备，牢牢地抓住马鞭不放。蓝枝儿厉声道："放开！"

吴子山道："你听我把话说完，我就放开！"

蓝枝儿哪容得他讲条件，她再次甩手，吴子山不得不松开了马鞭，但他又突然紧紧抓住蓝枝儿另一只手，放胆道："我对待倪伯伯的心情，和你一样！我还指望他把你说给我哩！"

如同吴子山刚才挨鞭子一样，蓝枝儿对于吴子山抓她手的举动毫无防备，她本以为以她女山大王的身份和对方正在百般求饶的处境，借他一百个胆儿他也不敢做出男女授受不亲的举止来。所以，当被逼急了的吴子山仓皇之中抓住她的手时，她感觉犹如梦境般不可思议因而略微迟疑了片刻，以至于没有及时打压对方，而让他在做出非礼之举后还说出了非礼的话。等蓝枝儿反应过来，就迅疾爬出地窨子。她本想一走了之，但觉得有必要给这个狂妄小子以明确警告，于是她等在地窨子上面的菜地里。繁星满天，四野寂寂，周围是一尺多高的小麦和葱茏密实的荆棘丛，开花的芫荽散发出幽深的浓香，打碗花的清幽味道也辨得出，似乎能听到小麦吐穗的欢笑……鹰隼在肩头"扑棱"一下，似在报信，她机警地四下张望，打亮手电朝外照射一周。庄稼长高的季节，亦为一年里青黄不接时分，是人和野物都在闹饥荒的时节，也是猛兽出没频繁的时候，人畜在庄稼地里，随时有被野物袭击的危险，更何况自己在深夜的坳心里。如此想着，她更加怀疑吴子山的鬼话和险恶用心。这时，吴子山已爬到地面，于是她用手电光照着吴子山的脸说："吴警官，乡里乡党，长得这么周正，咱别瓤[①]人！有这心，你把我干大找到，保护好！咱来日方长嘛！"话出口后，她觉得力度不够，而且似乎变味了，于是又说，"别做梦了，空手套白狼不是咱关中男娃的起手[②]！"说着，人鹰合体、义无反顾地向学校方向而去。

手电光耀眼，吴子山闭上眼睛，正准备让她好好数落数落，好使人家姑娘消消气，却感觉手电光没了，就纳闷儿地睁开眼；起初眼前发黑什么也看不清，待能看清楚时，却见蓝枝儿肩上的鹰已在几丈开外。他忙去紧紧跟上。猛然间，眼前的景象让他大为惊骇，差点吓飞了魂——他看到，蓝枝儿正走在小麦丛中的狼群里，如同灵异仙人，行云流水般毫无畏惧地一路前行，全然没有察觉眼前的危险：她的手电光打在一尺半高的小麦茎叶上方十米开外处，而吴子山的手电光打在她腰身周围，两柱运动着的电光交相辉映，将麦田映照成一个明暗斑驳、变幻无常的光影世界，蓝枝儿如入无物之阵般地闯入和那不断扫射在狼眼睛上的强光，使狼们顷刻间成为瞎子、软蛋，狼群没有组织任何反击，甚至连一声嗥叫也没有发出。当吴子山意识到这一切的时候，头皮倏然发麻，双腿也不听使唤地打战……他知道已经来不

①瓤：方言，意为挖苦。

②起手：方言，意为做派，习惯。

及告知蓝枝儿了，只能惊恐万状地硬着头皮冲上，如此人光合一地疾行，很快将狼群甩在侧后。待两人都走过后，狼群才霍地撤远。这时，才听到狼群在身后远处发出的“呜呜”嗥叫。蓝枝儿一惊，转过手电光察看究竟，几乎与快步赶来的吴子山撞在一起。吴子山小声道：“快跑！十几只狼！”

两人飞速朝王礼家奔去。

黄紫红很伤心，她躺在床上直到午夜时分尚未睡去。家有二老如有二宝，之前齐天翼觉得此话说得好无来由，可自日机炸了他的婚礼炸死他父母后，他在失去父母的伤痛中，在看到别人父母的情景中，深深感到这话说得太好了、太到位了，简直说出了天下失去父母的孩子们的心声。因此，齐天翼此时很能理解黄紫红失去母亲的心情，他一直看护着她，生怕她想不开。他终于再次拥有接近妻子甚至走进妻子内心的机会。知道妻子连中饭也没吃后，齐天翼非常心疼她，连忙去做饭。眼前的境况使他俩彻底地回到了七年前甚至十年前十几年前的美好时光。那时候他们两小无猜，一起识字背书学唱歌，俩人经常捣蛋：她将墨汁故意弄在他的鼻子上，他竟然不知道而出尽了洋相；他在课堂上将纸飞机丢向老师倪柏仁，她替他背黑锅受罚；那时候他们情窦初开，她为他招惹女孩子喜欢而暗自伤怀；他背着她蹚过泾河渡口，她激动得几夜几夜睡不着觉；最终，他们走进了神圣的婚姻殿堂……啊，远去了，童年！远去了，青春！远去了，爱情！齐天翼做着做着，泪水滴进了油锅，油锅里发出“滋啦滋啦”的声响，汩汩流出的泪水使他连打好几个激灵。他不得不停止做饭，坐在门槛上。这时他听到黄紫红在床上嘤嘤的啜泣声，他也忍不住了，连忙跑远，跑到没人的地方，放声号啕……

齐天翼干号几声后，忙往回走，他担心黄紫红出事。等他回来的时候，胡志坚正在大门口等他，齐天翼大为惊讶：“怎么，这都后半夜啦，你咋还不睡呀？”

“找紫红聊天去！”

“神经了吧！”

胡志坚不由分说地拉着齐天翼朝前走。俩人循着灯光，走进黄紫红卧室兼办公室时，黄紫红正在对着咸阳地图用铅笔标记着什么，她神情专注、眼露杀机，与刚才悲戚伤怀的那个黄紫红判若两人。对于二人的闯入她视若无物，只是微微偏头，用眼睛的余光扫视了一下。见这光景，胡志坚几次开口，话题都难以为继，因为对方正专注于地图上的谋略，怎么也打不开话匣子。齐天翼看得有些诧异，灵机一动，故意问："紫红，你情绪终于好点了，那……我可以问一下吗？岳父大人可好？"他觉得心里发虚，虽然七年来一直孝敬岳父，但自今年春节后，已有好几个月没看望老人家了。

黄紫红陡然色变，停止了工作，抬头正视着齐天翼，略带嘲讽道："你要与我恢复夫妻关系吗？我是不是应该谢谢你呢？"

"那倒不必！"齐天翼道，示意胡志坚出去。

胡志坚极不情愿地离开。黄紫红换了一副口气说："我老父还好！只是很记挂你！"

"家有一老如有一宝！"齐天翼感动得直抹眼泪。

一句话，又勾起了黄紫红的伤感，她还要说什么，胡志坚已经在敲门，几人说定次日一大早回西京为焦公子庆弥月之喜的事后，便各怀心事地分头去睡了。

再说蓝枝儿和吴子山。俩人惊扰了狼群并被狼群惊扰后，来到王礼家却并没有进门去，因为他们几乎同时想起了脚下昨晚发生的事情，怀疑倪柏仁又回到了王礼家。于是，他们蹲守在梢门门楼的回廊里。

直到凌晨四点，王礼家后门里出来一个倒尿盆的妇人，蓝枝儿和吴子山一个箭步赶上去将其抓住。蓝枝儿急着问话，吴子山一看却认出是王礼的妻子——自己的二姨妈，忙转而叫苦不迭地道歉。这时，蓝枝儿也回过神来，也再三好言安抚，妇人却气犹未消，质问他俩的来头。蓝枝儿和吴子山反复叫着"二姨妈"赔不是，最终说出了要见倪柏仁并保护他的意思，妇人装作没来由地说："别'二姨妈二姨妈'的叫魂一样叫，就是你大姨妈来，咱也不认识什么倪柏仁！"

话不投机半句多，仨人无言地散去。

5日晨，空气清爽，咸阳警局院子西北角的两棵枣树互不配合地斜杵在那方历史的天空。新抽出的枝枝叶叶迎风招展，在晨光中泛着嫩黄的光晕，莺歌燕舞，绕树三匝。树下，石头垒砌成个小花园，几株罂粟花已经凋谢，芍药却仍在怒放，似乎要燃烧起来的样子。胡志坚最后一个刷完牙，脚踩着小花园石头边角，抬头望望天，声情并茂地朗诵：

在我的后园，可以看见墙外有两株树，一株是枣树，还有一株也是枣树。

他的朗诵引来的第一人是赵剑锋，他责怪胡志坚废话连篇。一会儿，出发的人们全被召集起来。胡志坚并不回应，齐天翼也故意不语，黄紫红道：“这是鲁迅散文集《野草》里《秋夜》的开头一句，写于他来西安那年——1924年的9月15日。”

“腹有诗书气自华，还是紫红有文化！”胡志坚自鸣得意。

这时，汽车发动。齐天翼呵呵上车，大伙今天稍稍放下抓捕要犯的工作，纷纷上车，准备集体给焦少成儿子做满月礼去。汽车驶出咸阳警局，朝西京进发。他们刚走，吴子山就来到警察局门口。——遗憾，这个忠于职守的人物第三次想汇报工作而没能达成！

车上，除了齐天翼，几乎所有的男人包括司机小曹都给黄紫红带了早点。黄紫红给自己留一份，另两份交换一下分发给胡志坚和赵剑锋。大伙都一愣，此时只有齐天翼一个人无早餐，齐天翼脸上很是挂不住，胡志坚和赵剑锋又都将早餐让与齐天翼吃，齐天翼自然不受。黄紫红早不管不顾地大吃起来，两个男人便不自然地跟着吃。黄紫红故作轻松地问牛肉饼腻不腻、甑糕甜不甜、豆浆味道如何，齐天翼则玩世不恭地舔舔干涩的嘴唇说：“请教美女和公子哥们，都说孩子是上帝给父母的礼物，大伙说咱们焦厅长的儿子该像谁呢？是玉娥呢、少成呢，还是……咱们的志坚？”

“扑哧”一声，赵剑锋口中的豆浆汁儿生生地喷在了胡志坚的脸上，与此同时，他的脸上眼睛头发上沾满了拜黄紫红所赐的口中物——甑糕渣，更为夸张的是，黄紫红的脸上头发间脖颈里胸脯上，都沾满了胡志坚几乎是从喉咙里反射喷发出来的牛肉酱汁儿……三人都山呼恶心，黄紫红更是大窘。齐天翼则不慌不忙，对黄紫红施以援手……

此时的咸阳县城郊，王伯伦脱下平日扮“阔少”时的西装，换了一套破旧粗布衣服，袖口和前胸油光可鉴，腰间扎一根油兮兮的黑腰带，脚蹬圆口老黑布鞋，俨然一副劁猪客打扮。他骑着半新不旧的自行车，后座上坐着喝得醉醺醺的韩夏春。

然而，他们依然没有搞清楚倪柏仁家在咸阳北乡哪个村，又不敢贸然打听，于是打算到咸阳、醴泉和兴平交界的兴平县定周村找梁来福打听。梁来福是“民青”在兴平的负责人。

二人走乡串村，专拣僻背处走，不得不见人的时候，就假意不断吆喝着。在经过杜陵村一条靠近坟冢的乡村道路时，自行车被一辆汽车卷起的尘土淹没，跌入小坑差点翻车。那正是黄紫红他们的汽车，只不过因各自匆忙，彼此都没有认出对方而已。

待从尘土阵仗中出来时，韩夏春身上的酒精味儿已有所消减，二人的行头才又一次扎眼亮相：韩夏春左脚用纱布包扎着，脚面脚踝都冒出老高。他们的自行车头上插根锈迹斑斑的细铁棍，铁棍上飘着半新不旧的红色小旗子，王伯伦一边得意地拨拉着自行车铃铛，一边不住地四下查看着。有不少认识韩夏春的群众邀他吃饭，他客气地说声谢谢推辞了。一位老大爷将高粱卷子、开水送到他俩车前，韩夏春感激地下车，颠跛着腿说：“我给您劁猪吧，骟马、打驴蹄也成！”

大爷摇摇头说：“年景和世道都不好，我家就剩下这口饭咧。赶紧吃吧！”

几人顿时愣住，韩夏春和王伯伦激动得说不出话来。

到骏马镇马庄村头，一群小孩跑过，高兴地喊：“当当当，买婆娘！骟匠来了劁猪羊！”

王伯伦于是扯破嗓子喊：“双手劈开生死路，一刀割断是非根。劁猪嘞，劁猪嘞，母猪不劁跑食哩！骟牛嘞，骟牛嘞，公牛不骟打塂[①]哩！打驴掌，打驴掌，驴蹄子长了找骟匠！”

很快，从一家塌掉半截的厦房的山墙后，走出一个三十多岁的妇人。她双手沾满面，烟熏火燎的脸上堆满惊喜道：“他唐叔，就知道是你，陇东骟匠老唐么！咋的，收徒弟啦？玄死啦，这么多年都没见你！”

“他姨，有活？”韩夏春问，王伯伦捏着车闸，却并没有停下来。

“他叔，我饭都熟了，你吃上些喝上些么！”妇人生得很周正，极有风韵，由于着急，脸上泛起红晕，“我又不吃你，你着急地杀鸡去呀？说鸡哩，我还有只黄

---

①打塂：方言，意为配种。

芦花公鸡，年前秋上的鸡娃子，他叔你给劁一哈，驴球的整天没事干，撵着给别人家的母鸡踏蛋哩！惹得黑旮旯带骚，尿脬打人那臊气难闻！”

“走东的不管西，劁猫的不骟鸡。”车子从娃娃堆里穿过，韩夏春抱歉道，“他姨，咱是劁猪骟马打驴蹄的！”

一伙孩子们追着自行车跑。见车子走远，妇人有些扫兴地骂道：“哎，你不懂球经，还当骟匠哩！”

车子疾驰过一汪涝池的沿畔，隐没在涝池畔的白杨林后。孩子们发疯般地追赶着，掉队的孩子坐在道旁的马莲墩儿上，气馁地唱：“当当当，哄婆娘！骟匠来了劁猪羊！当当当……”

另一些娃娃则接着吆喝：“猪呀羊呀你莫怪，你是人间一盘菜！猪呀羊呀你莫怪……”

前面那些孩子又唱：“当当当，哄婆娘！骟匠来了婆娘忙！”

经过烟霞镇北街村时，韩夏春发现一堆群众在大核桃树底下坐着。经打听才知，他们是被动员起来学习蒋介石的《中国之命运》的。原来，这里留守的警察特务改变了方法，他们企图给群众洗脑，让其自动说出倪柏仁的消息。恰在这时，有人将中共中央《关于土地问题的指示》的传单秘密拿到会场，群众看后一片哗然，纷纷说：中国命运我们心里清白着哩，不用谁在屁股上抹烟油子——胡闹。特务当即生疑，缠着韩夏春不放，硬说传单是他和王伯伦带来的。群众哄堂大笑，纷纷说：“不懂球经，你能当骟匠？”

一个特务模样的小伙儿自告奋勇说：“杜队长，他确实是骟匠，我认识。”

韩夏春才脱身而去。

焦少爷的满月宴在小碑林北门附近的一所老宅子里举办。十一点钟，焦府门外热闹非凡，黄紫红、胡志坚、赵剑锋也早早赶来。焦少成今天难得放下抓捕要犯的重负，也放下了厅长的架子，热情欢迎各位宾朋。他拉着黄紫红的手问齐天翼怎么没来，胡志坚看着焦少成一本正经地握着黄紫红手的样子，愣了一下，说：“他放下照相机就来！”

焦少成放开黄紫红的手，对胡志坚说：“呀，照相机是今天的必备品，你赶紧找齐大记者将相机掂来。”

胡志坚看一眼焦少成，走了。黄紫红把焦少成叫到一个房间，拿出胡志坚给她的电报看。焦少成看罢大吃一惊，问：“胡秘书，作为省政府主要领导的高级秘书……胡志坚他想干吗？”

“小点声！这是在家里，不比警局！”黄紫红凑近焦少成道，“这不明摆着吗？胡大秘是在正告咱们，他已知道咱们的事，并且明确反对咱们的‘刺王行动’！”

这时，焦夫人程玉娥匆匆走入，她是来取鸡毛掸子的，正好听到两人的窃窃私语，看到黄紫红焦少成相互偎依、头挨头脸贴脸在一起的情景，一刹那，她的脸色铁青起来，无助和悲愤写满她俊俏的脸孔，委屈的泪水不听使唤地涌出眼眶，发紫的嘴唇也不住地上下抖动着：“你，你、你们……”

俩人委实太过投入，以至于在听到话音时这才意识到有人进来，焦少成抬头问：“怎么啦，玉娥？”

黄紫红反应快，忙跑过去，扶住程玉娥，问焦少成：“是嫂子吧？真是大美人儿一个呀！”

程玉娥鄙夷地盯一眼黄紫红，抖动一下身子，冲口道：“别演了，臭婊子！我清白，我身上的奶渍味儿没有你身上的骚味儿有味道……”说着，轻蔑地甩开黄紫红的手。

焦少成忽地上了火，抡起胳膊扇向妻子，黄紫红见状忙上前去挡住，“啪！”一声响亮的耳光冲出屋子，响彻了整个院落。大家都被惊动，涌进屋子来看个究竟。却见程玉娥愤怒鄙夷的脸色正变为惊骇，焦少成脸上写着愤怒和自责，黄紫红脸上印出四个触目的半红手指。黄紫红扭一下脖颈，舒展面首，解嘲道：“嫂子，您误会啦！朗朗乾坤昭昭日月，岂容我等苟且！”

“你既能说又能做还穿的警服又演得好，谁能把你有法子呀！”程玉娥咬着牙，脸上挤出笑容来，“亲朋好友乡党们，我们正在排演一出新戏——《新三对面》，为防止透露情节，大家先出去一哈，一会儿给大家公开演！”

大伙虽觉新鲜，但也只能充满期待地退出去。

……

齐天翼进城后就下了车。他回到自己的小屋，给内线发了个电报，还没来得及收拾，胡志坚就来敲门。俩人回转身，扛起相机出了家门，来到焦府，正赶上大家议论《新三对面》的事情。不用讲，程玉娥预告的演出不可能上演，齐天翼、胡志坚与大家一样，疑窦丛生。

晌午饭的时候，吴子山又回到二姨家，他求姨父说和自己与蓝枝儿的姻缘。俩人没说几句，梢门外就传来敲门声，王礼一愣，小心地去开门，笑道："哎嗨！说曹操曹操就到，蓝少主快请进门！你这鹰歪得很！""歪"是厉害的意思。

蓝枝儿身后跟着一大群群众，他们拿着铁锨锄头耙子扁担苗枪火铳等，纷纷说："我们是老百姓，我们要保护我们的百姓之王——倪柏仁！""'关中正大先生'是为我们好，才遭了难，我们不能坐视不管！""这世道，'活菩萨'也没活法咧！"……

从保密和倪柏仁的安全考虑，王礼只好说："乡党们，我和你们心情一样！可是，我这几天压根儿就没见过我表兄哥倪柏仁，我也想保护保护他，可把他家的，咱没这个福分，见不到他这尊'真神'啊！"

见他说得恳切，大伙叹息一番准备散去，这时吴子山端着饭碗走出门来帮腔，蓝枝儿瞅一眼吴子山，顿生疑心，闯了进去。鹰一时挤不进去，飞起来翻过院墙，优雅地落在她肩头，众人看得更是一番赞叹，蓝枝儿却说："乡亲们莫急，我代表大伙进去落实一下王叔的话，看是不是缜密实确。"

吴子山有着同样诉求，他端着饭碗跟着风风火火的蓝枝儿四处查寻，还殷勤地通风报信道："给你说，客窑里还有个拐窑，你抓紧找到人，我还等倪伯伯给我说媒娶你哩！"

蓝枝儿猛地站立，鹰好似懂得主人心思，张开铁嘴叨向吴子山，吓得吴子山一怔，饭碗扣在胸前，汤饭流了下来，蓝枝儿反被逗得咯咯笑起来。蓝枝儿的这一笑，把吴子山看醉了。

如同失望的蓝枝儿一样，吴子山终究没有见到倪柏仁，但是他的目的已经达到——再次向自己心仪的人儿表达了心意。王礼深觉吴子山碍眼，趁机极力建议吴子山加入蓝枝儿行列，蓝枝儿也看出吴子山大有来头，脑子一转就收留了他。俩人达成统一战线，唱着双簧假意离开村子，之后又踅回来，继续秘密监视王礼家。

韩夏春和王伯伦也在苦苦寻找“百姓之王”。他们来到兴平县定周村，不料，身后出现了三个尾巴：身背药箱的“江湖郎中”，肩挑担子的“小炉匠”，还有个拿着破碗的“叫花子”。韩夏春急中生智，吩咐王伯伦蹬着车逆向走到一大片玉米地旁，他们把自行车交给一个在地里施肥的农民保管，俩人藏入玉米地深处。“江湖郎中”“小炉匠”“叫花子”追丢了人，慌忙从三面包抄过去，却发现有两个人正蹲在玉米地里，背对着他们大便，三人忙嫌恶地捂住嘴鼻商议对策。他们认为，再傻的人，也不可能在别人追杀时去大便，就飞快离去。

公元1946年5月5日，焦家公子的弥月之喜恰逢国民政府“凯旋南京”的喜日。双喜临门，中午十二点，省主席祝肇州欣然光临，慷慨陈词，大伙也是各显其能地给焦公子送礼物。此前，黄紫红和齐天翼已被焦少成请为娃的干妈干大，此刻他俩看到干儿子胸前的青铜佛后，双双大惊失色。这时，司仪问齐天翼送何礼物，齐天翼忙道：“自己见到公子胸前的无座青铜佛，改变了送礼物的打算，日后一定给公子的青铜佛送个底座。”

黄紫红闻言，大喝：“公子干大是说醉话哩，他其实和我给公子已经备好了厚礼。”说时献上一顶貂皮小毡帽。众宾客为焦公子干妈的礼物喝彩……齐天翼却看得心里一阵钻疼。原来，眼前这尊青铜佛虽已无座，但这是倪柏仁在他俩结婚时，给他们未来的孩子送的礼物！倪柏仁一生说媒无数，可干儿干女只有一对，那就是齐天翼和黄紫红；二人结婚时，他将自己心爱的青铜佛一拆为二，底座给了干儿子齐天翼，佛像给了干女儿黄紫红，想等他俩有孩子时佛身配佛座，完整地戴在孩子胸前。不想，婚礼当天遭日本军机轰炸，黄紫红失踪丢下了佛像，于是倪柏仁便收好佛像，而齐天翼随身携带的青铜佛座子也弄丢了。佛身很是有些残缺的感觉，残缺归残缺，也是乱世遗物，倪柏仁倒是惜之如宝，写字时经常用来压纸。每每齐天翼登门，看着青铜佛像都会心疼一阵子，而重情重义的倪柏仁往往都要睹物思人地拿失踪的干女儿黄紫红说事儿。

当天，黄紫红和齐天翼因心生不爽，双双喝得大醉。最终，焦少成吩咐赵剑锋将黄紫红送回警局，胡志坚也搀走了齐天翼。他将齐天翼送回家，安顿好就离开了。晚上，胡志坚贼心不死，踅摸到警察局找黄紫红。到时，正见黄紫红在下属赵剑锋面前哭得一塌糊涂。胡志坚怀疑赵剑锋对黄紫红非礼，勃然大怒，俩人言语冲撞，几欲拔枪相向。黄紫红隐约间察觉灯影晃动、气氛不对，抬头后渐渐明白过来，痛骂："二位仁兄，无聊不无聊！我郑重地问你们：我有错吗，我有那么腥臊吗，惹得二位如此发飙？"两个男人听得面面相觑，不得不悻悻离开。

夜深沉，无眠的齐天翼也找到警察局黄紫红单身宿舍，俩人同宿同眠，却没干夫妻之事。

是夜，韩夏春、王伯伦艰难甩掉第四拨尾巴，终于来到兴平县定周村梁来福的家。遗憾的是，梁来福也不清楚景泰家的位置，俩人遂留宿梁家。

前路漫漫，不幸的事情发生在午夜……

第七章　5月6日（立夏）

韩夏春担心倪柏仁的安全和伤情，直到两点多才迷迷糊糊睡去。忽然，他看到王伯伦搀扶着倪柏仁从厕所里往回走，走着走着，却在院子里踅摸起来，一时竟然回不到屋子里来……韩夏春一急，惊出了一身汗，从梦中醒过来。就听到一个女人的凄厉叫声："……啊——妈……呀！"

他连忙坐起，摸枪在手，喊："起来，伯伦！"随手摸向王伯伦铺位，炕上空空如也。他机警地四下张望，急速下炕出门去。院子里黑漆漆阴森森，一片模糊，他蹲在西边一棵老桑树后面仔细观察，试图寻找刚才女腔发出的地方；渐渐地，他的目光被去往厕所的墙根吸引，遂小心翼翼地摸过去。走近了，一摊湿滑的液体让他脚下游移，隐约看到一个人背靠院墙坐着；他叫声不好，勉强扶墙，蒙着脑子试图拉起那坐着的人，不料那人却顺着墙根倏然倒下。韩夏春脑际一阵天旋地转，不好的预感差点击晕了他：对，躺下去的并非女人，而是个男子。他努力辨认，半天都没有确认出是谁——他与王伯伦因这次任务才相识不到两天，他不愿意相信自己的同志出师未捷身先死的惨痛事实！

这时，梁来福端着油灯出门，惊惶地问："老唐吗？咋回事！"

韩夏春木然站起，迎向梁来福，小声道："嘘——别出声！狗腿子多！"

俩人迅速跑回梁来福住的箍窑。灯影绰绰，韩夏春发现梁来福媳妇瘫软在床上，手脸都沾满了血。询问后才知，原来刚才她去小便，半路上被那个身体绊倒，吓得一泡尿尿到了裤裆里，连跌带爬回到屋子。见韩夏春端着枪，妇人吓得筛糠般道："不……不是我不是我！唐大哥，手下留情！看在我昨晚上给你烙死面饼子的份上，饶我……"

"好弟妹，你和老梁都是好人！穿好衣服吧！"韩夏春背着身子安慰道，"来，老梁！咱先探明有无隐藏在院落周围的敌人，同时赶紧抢救王伯伦！"

说着俩人出门，扑向王伯伦。王伯伦鼻孔里早没了气息，身体已经冰凉，开始僵硬起来……韩夏春不觉悲从中来，俩人都不由啜泣着。这时，老梁婆娘已经缓过神来，拿着烧火棍跟出来，提醒道："小心……牛圈！"

韩夏春握枪在前、梁来福拿着扁担在后，按着妇人指引，朝牛圈巡查一番，又绕着院子各处包括四个箍窑、厕所、柴草屋、井窑子、萝卜窖等仔细察看一遍；仨人又出到院门外边察看。见没有新危险，才又回到王伯伦身旁。大家都极为悲痛，更深感危机四伏。韩夏春当机立断，决定派人立即秘密将王伯伦尸首连夜送回西京。

半小时后，梁来福暗自叫来四弟和大哥的两个儿子。小心吩咐一番，三人套上自家马车，拉上王伯伦尸体，从兴平火速赶往西京而去。

一切停当后，三个人回到屋子，抱头低声痛哭，胸中的块垒如同石山般压得人喘不过气来。雄鸡开始啼叫第二遍，天色却更加黑暗。韩夏春忍住哭腔，悲愤道："风雨如晦，鸡鸣不已。你这无边漆黑的暗夜呀！"

"老唐，这是黎明前的黑暗！"梁来福擦着眼泪，咬牙切齿地说。

"天上乌云挡不住太阳，没人能吹灭满天星光。"梁来福婆娘道，"大哥，饭好了，抓紧吃了好赶路！"

"还是弟妹嘴巧、灵醒！"韩夏春无比欣慰地又流下泪来，"民心如此，民心如此呀！"

吃完饭，天已蒙蒙亮。

梁来福替代王伯伦，骑上自行车，迎着清凉的晨风，捎着韩夏春踏上了去往醴泉县城的路。他们此行的目的是找到大路乡乡长景泰。景泰是中共秘密党员。梁来福早就知道景泰其人，但从未见过面，因而要会他，须得有个中间人牵线；俩人现在赶往醴泉县城，正是要去找中共地下党员景树勋帮忙。到县城时，天已大亮。醴泉县郊区已是谍影重重，氛围极为诡异。为慎重起见，韩夏春采纳梁来福的建议，改变了直接见景树勋的计划，俩人决定先去见景泰的舅父宁中宣。老人家已是七十九岁高龄了，为大革命时期的老共产党员。

韩夏春了解情况后，肃然起敬，特意带了一份双合羊肉泡作为见面礼。宁中宣虽年近耄耋，但眼不花耳不聋，听闻事情后，立即派在屋后犁地的儿子亲自去请外甥景泰，并嘱咐全家严守口风。韩夏春、梁来福非常感激，心中敬意更浓。老人家让孙子关好院门、插上门闩，吩咐儿媳做些吃食招待二人；俩人已经吃过，怎奈盛情难却，就又坐在凉席炕上吃起玉米面铜锤窝窝来。饭间，老人说起倪柏仁被群众营救的消息，令大家非常兴奋。韩夏春道："您老不出门而晓天下事呀！敢问，倪主编在哪儿？"

"哈哈，我也想知道……都在传，但具体在哪里不知道！"老人的花白胡子抖动着，"老蒋军警特保一起上阵，却连一个'病人'也奈何不了。你说这世事！"

"现在情况很复杂呢，我们也没见着倪主编！"

"哈哈，唐先生别急！某些人得意地认为，鱼已落网、鸟已入笼，案板上的肉专意等着他收拾下锅呀。蒋某人以为他移驾西京，就可以怎么'关中正大先生'？殊不知，天高任鸟飞，海阔凭鱼跃，倪主编现已藏在人民的汪洋大海中，任他什么人使出浑身解数来，也奈何不了倪主编一根汗毛！"

"还是老人家想事通透！"梁来福道，"我们也借您吉言，尽快把事情办好！"

"你们也要加紧做工作，莫要使我老汉到头来落个放空炮的话把！"

说话已有些工夫，却还不见把景泰请回。老人家提议"邀雀(qiao)要花子[①]"，有求于人，俩人只能客随主便。他就让四孙子在梢门外站岗，大伙一起玩起来。大约快晌午的时候，有人敲门，老人朝门口端端站立的孙子道："你大把你表叔叫来咧，快去开门！"

孙子得令，飞一般跑向梢门，开门喊着"表叔"。韩夏春和梁来福赶忙下炕，就见梢门开处，进来一位中等身材、穿黑色中山装三十开外的男子，正是景泰。他健步朝屋门走来，边抬脚进门边说："唐叔、梁大哥！快坐下！"

几人认识寒暄后，彼此没有设防，很快切入正题，梁来福告诉景泰他和韩夏春二人的来意。还好，恰好景泰曾去过倪柏仁的家，便给梁来福画了去杜陵村的路线

①邀雀（qiao）要花子：一种桥牌游戏。

图。二人如获至宝，致谢后出发了。

早上，胡志坚收到陈家岙的电报，电报说：已确认倪柏仁代号非“青铜”，但其身上所带“青铜佛”藏有至为重要之机密。胡志坚眼前立即闪现出焦少成儿子胸前的青铜佛样子来，于是赶忙派人去找齐天翼。

昨晚，齐天翼、黄紫红因酒又一次夫妻般地“默契”共眠。待俩人醒时，却为又睡在一起而相互埋怨，各不认账——从醒来到出门分开，一直在吵。黄紫红一边穿衣服一边吃惊地问：“怎么，你又睡在我这里啦？”

“是你亲自给我开的门，”齐天翼一脸无辜，“还请我进来！”

“有这事儿！”黄紫红迅速穿好衣服下床，才说，“我喝多酒了！”

“我也喝多酒了。”齐天翼开始穿衣服，“都不知道怎么回事儿！”

“你耍赖！”黄紫红洗脸刷牙，有一搭没一搭地抱怨，“故意占我便宜！”

“我占你便宜！”齐天翼穿衣下床，“你把我看扁了！”

“哎哟——还把你看扁了！”黄紫红洗漱完毕，有点痴爱地看着齐天翼说道，“那你是谁？城府有多深？”

“你又是谁？城府有多深？”齐天翼有些玩世不恭，“自古深情留不住，唯有城府得人心。”

“放屁！”黄紫红勃然大怒，“齐天翼，当年咱们婚礼被炸，我被抓走，我有错儿吗？我希望你严肃点，真诚点！”

“我也想真诚来着！”齐天翼已经洗完，“可谁知你心机深，能把谁当真！连干大……”

“行，天翼！齐天翼……”黄紫红打断齐天翼的话，却因情绪激动而找不到合适的词儿，“是！我承认……我玩得深！但，那也是因为我人在江湖呀！也是因为万恶的日本鬼子、日本战机的轰炸呀！我有错吗？”黄紫红哭出声来，巨大的悲痛袭击着她。

见妻子伤心，齐天翼忙回身安抚她：“我不是这个意思，也许没准我还真的想占你便宜呢！我占你便宜也是应天顺人之举嘛！”

“流氓！”黄紫红大骂一声出门去，“滚——我要锁门！”

“好！我的总指挥。”齐天翼比黄紫红还要快地出了门，继续没心没肺地道，“一入城府深似海，从此真情是路人。再见，黄总指挥！”

“服了你啦！”黄紫红哭笑不得，“一本正经地给我胡说八道！”

俩人回身，这才发现门外各自有一位找自己的小哥，于是神情肃然地各忙各的去了。

焦少成一大早找黄紫红的意图，黄紫红预料到了。无非是继续昨天的事情，从调查胡志坚电报的来源到继续要和她面对面，找机会和他独处。焦少成看着黄紫红敲一下门没等他允许就走进，非但没有感到这是对他的大不敬和冒犯，反而认为是黄紫红与他关系亲近的表现，于是道：“黄总指挥！黄大美人，你不仅会演‘救场戏’，还会上演‘贵妃醉酒’的好戏嘞！”边说边眼馋地盯着洗漱一新的黄紫红的娇容。

“怎么，昨天我给你丢人啦！”黄紫红坐在焦少成对面道，“要丢也丢的是他张三李四王二麻子的人……咱们，言归正传吧！”

“好好！”焦少成道，“你们、咱们军统，要及时搞清那发电报人的身份。”

“好！我来办！”黄紫红答应道，“我立马安排。”

黄紫红起身要走，这时，桌上的电话响起，焦少成示意她不要走，自己接起电话：“是……是！是——是！”放下电话他神情颓然。

黄紫红以目询问，焦少成道：“没什么！省主席老祝发飙咧，让秘书督战哩。看看，哥这日子不好过呀！”

“职责所在！”黄紫红为这个男人在这个时候表现出的亲昵而感激，因而更加不能马虎，“领袖督办的事情，赴汤蹈火在所不惜！”

“好！”焦少成欣慰道，眼里闪出火花，走出办公桌来，意欲上前表示一下激动的心情。

黄紫红早看出焦少成的猴急，连忙告辞。她刚迈腿要跨出门，胡志坚就闯进来了，手里捏着电报。

“胡秘书，我的警卫挡不了你？”焦少成没好声气地问。

“祝主席让我在各大强力部门主帅衙门自由行走，我不敢不听呀！”胡志坚盯着焦少成的脸，底气十足、慢悠悠地说。今天，在黄紫红面前，他要显示显示他的政治资源和他男人的雍容大度、临危不乱，好让黄紫红、也让焦少成掂量掂量他胡某人的分量。

果然，焦少成一听此言，态度立即来了个一百八十度的大转弯，大笑着道：“胡兄威武，胡兄威武！方才开玩笑的，别当真哪！您都是御前带刀侍卫了，敢问是几品，四品还是从三品？来，快快请坐！”说着，做了一个热情的邀请动作。

“哈……这个玩笑可开不得啊！”胡志坚并不领情，反而继续将军道，“民国这么多年啦，全国抓‘新生活运动’、培养‘大国民风度’也这么多年，厅长您可别再搞封建社会那一套哇！”说着，意味深长地瞅向黄紫红，为自己斗法中技高一筹自鸣得意。

“我哪敢！紫红你忙去吧。”焦少成今天被胡志坚的话拿住，他不愿意自己的不堪表现被黄紫红继续围观，就朝黄紫红摆摆手，“自由行走的胡秘书要传达省主席电告啦，括号，此电传达至厅局级。”

黄紫红正中下怀，及时告退。胡志坚这才换上严肃表情，将电报递给焦少成。焦少成专注地看完电报，咂咂嘴吃惊道：“什么，无座青铜佛藏有至为重要机密！这，哪儿来的电报？”

“敢问焦大厅长，昨日令公子所戴青铜佛，从何而来？”胡志坚并没有回答焦少成问话，却直截了当地反问道，他不愿谈话一直被焦少成牵着鼻子、按照他设定的线路进行下去。

“好！我娃戴的那青铜佛，这没啥隐瞒的，是我家老爷子的朋友送的，不是什么稀罕物件。”焦少成道，突然灵光一闪补上一句，“你知道，我家老爷子交往广，和祝主席也称兄道弟，这昨天你也看到了。”说时，他又恨自己支走了黄紫红。

“看到啦！这手心手背都是肉，所以，咱们要通力合作，把握好这‘刺王’行动的那个度。”胡志坚不动声色，“按照上面意思，你千万千万可不要……轻易让人死掉哇！”

焦少成听着话锋不对，正要反驳，桌上的电话铃却丁零零响起，他朝对面的胡志坚说声“对不起”，接起电话：“……知道啦！干得好，黄总指挥！”

“到哪了……”焦少成放下电话，似乎信心大增，反守为攻道，“嗯，所以呢？”

“对，电报，”胡志坚反应极快，“来自鄜州调统室。”

焦少成则说：“那好！我要见鄜县调统室那位陈家忝，以便揭开所谓无座青铜佛的神秘面纱。”

“没问题，正好，陈主任近期要来咸阳县城。”胡志坚说，“哈哈，能不能看看令尊给令郎的耍活子——昨日那个……”

没等胡志坚说完，焦少成就爽快答应了他的要求。胡志坚不给焦少成喘息的机会，抓起桌上电话就打出去，吩咐齐天翼速速去焦少成家拿那尊无座的青铜佛。

齐天翼接电话后喜出望外，早上得知陈家忝的电文后，他就急迫地想干一件事情：拿到焦少成儿子胸前的那尊无座的青铜佛。现在看来，那不仅仅是当年平安无事中的干大倪柏仁送给他和黄紫红的信物，而且极可能是现在解救身处危难中的干大的总机关。于是，他立即赶往焦府。遗憾的是，当玉娥抱着孩子给他看的时候，他看到的是一尊新崭崭的青铜佛，而且是有座的，是完整的；而那尊无座的青铜佛，据称已经被山丹丹派来的人于一小时前拿了回去。

出于许多急迫考虑，齐天翼决定跟上胡志坚、黄紫红，一起上咸阳，继续“捉拿‘病人’”。

昨晚，赵剑锋就已先期回到了咸阳。

根据焦少成指示，他一大早就驱车前往各个乡镇村组，与十六个秘密活动的特务小组长接头，检查工作，排查情况，了解搜寻线索。早饭后，在烟霞镇北街村，“叫花子”告诉他有一个姓唐的“劁猪客”很可疑，赵剑锋了解详情后，脑际浮现出自己儿时在村子里经常碰到的陇东“劁猪客”来，于是说：“干得好！跟踪没有，高组长！”

“跟踪了，当晚在兴平定周梁家住。”

赵剑锋如获至宝，指挥警力连忙跑到梁来福家。到时，梁来福家已人去门锁。经查，高组长才得知：当晚自己手下自作主张，杀死了姓唐的“劁猪客”的徒弟，企图乱中查明真相，目前死者姓名和尸首去向均不详。赵剑锋大为光火，训斥并体罚了相关警员，一边令人马上去咸阳“搬兵”，一边派“叫花子”继续查找尸首去向，自己则带领一行人，循着自行车印痕朝醴泉县城追去。

吴子山因能够与心仪的姑娘蓝枝儿一起蹲守，而小宇宙充满幸福，小心脏有点受不了。谁都知道，蹲守这活儿有点特殊，一会儿爬高一会儿溜低，身体的各个部位就充分暴露；吴子山看着蓝枝儿高冷的神态在活动当中放松下来，一点都不藏情，为了隐蔽，她偶尔还拉他一下，他也有几次试探着故意拉她，蓝枝儿并没有抵触情绪；这让吴子山特别激动，有点魂不守舍、意马心猿了。他一会儿给蓝枝儿弄甜黄的杏子，一会儿给她摘可口的樱桃，还给她拿来了防蚊虫叮的麻油。蓝枝儿说："傻孩子，你可以伺候姐，但是不可以爱姐，爱姐是你的劫！"

吴子山忘乎所以，露出两排黄牙来，蓝枝儿厌恶地转身离去。

齐天翼、胡志坚一回到咸阳警察局院子，就碰见找上门来的蓝枝儿，肩头的鹰隼翕张着一米长的翅膀，带起一阵凉风。胡志坚眼前一亮，忙下车前去殷勤地搭讪："蓝少主来也！真正翩若惊鸿，婉若游龙。荣曜秋菊，华茂春松。齐大记者隔车窗一照，见蓝姑娘仿佛兮若轻云之蔽月，飘摇兮若流风之回雪。齐大记者化作一只鹰，跳上云端远而望之，蓝姑娘皎若太阳升朝霞；齐大记者从云端徐徐降下迫而察之，蓝姑娘灼若芙蕖出渌波……"

大伙都被他这胡版的《洛神赋》给逗乐，蓝枝儿虽不甚理解，但也知道是在夸自己，于是笑得花摇枝颤。胡志坚被激发，意欲进一步发挥。

"别逗啦！您真优秀！可是用错对象啦！"蓝枝儿收敛笑容，径直走向齐天翼问，"大记者，他这是说了几个意思？"

胡志坚落了个没趣，又不想离开，于是拿起相机给蓝枝儿、齐天翼拍合照。齐天翼忙去拦挡，蓝枝儿却极力鼓动胡志坚拍照，说自己的爱鹰已经做好准备。见胡志坚备好相机，她便转而对齐天翼开口："齐天翼，我花了整整四十个时辰才弄清楚你的名字，花了整整六天时间才找到你！今天，现在，我要求你……娶了我，因为，因为你是第一个看到我身体的男人。"

司机和胡志坚都被她这举重若轻的另类求婚吓了一跳，胡志坚吃惊之下相机没立稳，竟倒在了地上，鹰隼吓得离了肩，展翅高翔。司机和齐天翼赶忙"挽狂澜于既倒"，见相机没有损坏，齐天翼就望着飞回来的雄鹰，略带嘲讽地说："呀，你几层意思，蓝少主？您别吓唬胡主任啊！——再说啦，咱关中也没有你说的这个风俗呀！姑娘，你这么胡逼亲，会没意思的！"

两个男人一唱一和，加上见胡志坚眼色行事的司机，不消一刻钟，三个男人就气走了用情专一而少不更事、情商不高的蓝枝儿。

见蓝枝儿气呼呼打马飞奔离开警察局，鹰隼也唳叫远去，大伙才准备开办公室门去办公。可尚未收拾停当，就又听“嘟嘟”的马蹄声回来了，大家以为又是蓝枝儿找来，却见黄紫红骑马来到。准备办公的人，又都走出院子，围拢上去，胡志坚夸黄紫红潇洒、是铿锵玫瑰，司机夸黄总指挥的儿马神勇、与汽车速度差不多比汽车还美还不用加那么贵的油，黄紫红很受用地问：“齐大记者，你呢，你怎么不夸我呀，吃醋啦？”

“媳妇儿，我留着晚上夸你！”齐天翼涎着脸道。

黄紫红眼里闪过一道奇异的光，正要说点什么，耳畔却传来“嘟嘟”的马蹄声。很快，就见蓝枝儿骑马闯入，肩上的鹰隼唳鸣着，瞅着黄紫红直耸动头，黄紫红忙朝远处躲着，训斥一旁看热闹的警察局副局长：“李局，以后上班把大门关起来！别让鹰呀猫呀狗呀的乱闯！”

仇人相见分外眼红，蓝枝儿下马瞅着黄紫红足足有半分钟，黄紫红也杏目圆睁地瞪着蓝枝儿瞪了三十秒。大伙都捏了一把汗，却见蓝枝儿秀颀的脖颈颤动了一下，转而将目光投向齐天翼，怒斥道：“请问，你有没有人伦观念，倪伯伯遇难了，你还在这里围着女人打转转！”说着，竟泣不成声。

众人都是大惊。胡志坚也颇觉意外，冒着对鹰的惧怕，上前惜香怜玉道：“呀，枝儿你别哭！你把话说清楚，‘关中正大先生’倪柏仁，是什么时候死的？”

“你……你、你们是不是盼着他早点死呀！”蓝枝儿扯着嗓子哭着质问，鹰隼不知何意，跳到马背上吃起了马身上的草虱。

大伙儿这才松了一口气。黄紫红、齐天翼同时说：“我们是要救我们的干大。”

蓝枝儿反唇相讥：“呀，枣木棰棰一对对！我问你们，是哪位干将打折了倪大伯脖子？”

黄紫红、齐天翼哑口无言。见双方僵持不下，胡志坚忍了忍，终于疾言厉色地训斥起蓝枝儿来，警告其别妨碍警务。蓝枝儿没想到胡志坚竟皮里春秋，向着那个风骚的女警官，她极度轻蔑地瞅了瞅胡志坚，一语未发，呼唤鹰回到肩头，咬牙切齿地上马，打马离去。

见胡志坚帮自己灭了那个妖精山大王的威风，黄紫红感激地对胡志坚弹了弹响指，胡志坚得意忘形，唱起了跑调的吴越情歌——

今夕何夕兮搴舟中流，
今日何日兮得与佳人同舟。
蒙羞被好兮不訾垢耻，
心几烦而不绝兮得知佳人。
山有木兮木有枝，
心悦君兮君不知。

韩夏春、梁来福离开醴泉县宁中宣家不久，又被尾巴盯上了。俩人花了整整一下午时间，也没能甩掉尾巴，情急之中，冒险决定暂时分开行动：韩夏春去到歪脖子大柳树下那位老乡家骟马驹，梁来福设法引开尾巴。

主意已定，梁来福就借着夜幕降临、视线不好的机会，将两个尾巴引向村口的一片荒地。隐约中，眼前杂草丛生，足有一二尺高，毛娃娃草在西天余晖中泛着金光，随风摇曳，蚂蚱在草间胡乱跳动，蝴蝶蜜蜂也在眼前飘来飘去……梁来福貌似毫无顾忌地疾步迅跑过去。两个尾巴怎肯罢手，死死咬住、紧追不舍，却不料，双双掉进了大粪池里……

第八章 5月7日

干掉尾巴，俩人会合后，已过午夜。

梁来福从池塘里面捞出自行车擦干，让韩夏春坐自行车。韩夏春此时脚上化脓，疼痛难忍，但他说什么也不肯再让同志受累。梁来福没有办法，含泪道：“为了今天凌晨牺牲的老王和正在危难中的‘病人’，上车吧！”韩夏春一下子泪水濡湿眼眶，身子颤抖着坐到车座上。

一轮新月挂在西边天空，照得旷野一片清冷；树影绰绰，轻风荡过，树枝树叶哗啦啦作响，远山野兽相残的嗥叫灌入耳中；田垄里颗粒饱满的油菜籽散发出清幽的香气，伴随着洋槐花的香味扑鼻而来，沁人心脾；近处，偶尔有野兔、狐狸蹿出，吓得人“秃噜”一下……梁来福浑身疲惫，奋力推着车子，机警地朝杜陵村方向进发。

殊不知，赵剑锋指挥的一队人马已经紧跟其后，咬尾而来。

1946年5月7日的拂晓，在两队人马的尾随追赶中降临到杜陵镇。经过近六个小时步行，无论是坐车的韩夏春还是用力推车的梁来福，都极度疲惫。虽然因夜晚而走了许多冤枉路，但很庆幸，终于在能看清路标时，赶到了目的地——咸阳杜陵镇郊区。望着依稀飞来的巍峨塔影，梁来福飞身上了车子，朝目的地逆光疾速骑去……

杜陵镇是位于咸阳城东部渭河以北的著名古镇，距咸阳县城约二十里路，北依泾阳，西接咸阳，为两县的接邻区。杜陵镇自古毗邻秦都咸阳和帝都西京，位于关中核心区，1936年陇海铁路、1941年咸铜铁路开通后，区位优势更加明显，因之也得了风气之先，出现了倪柏仁这样受领袖瞩目、又为其所不容的三秦杰出的教育家、书法家、作家、民主斗士。镇内有建于明万历十八年的千佛铁塔，气势宏伟，是全国四座铁塔之首。晨曦中，关中平原沃野千里，飞红叠翠，一群群乌鸦盘旋在水汽迷蒙的豆子、小麦、高粱地里，去偷食庄稼，早起的农人不断驱赶着它们。近看，杜陵镇古朴沉雄，安卧在渭河北岸的关中腹地，一只只鸽子、喜鹊翔集在古镇周围的房屋村庄上……细看古塔，纯铁铸成，平面方形，约莫十层，高三十余米、边宽两三米，各层均有窗；四角柱为金刚力士像，各层环周铸有铁佛多尊，间以奇花异草、珍禽怪兽雕塑，故名“千佛塔”。千佛塔巍然屹立在清晨的渭河北岸，塔身此刻被朝霞涂上了一层金碧辉煌的颜色，塔影横斜而来，似与来客逗趣，显得卓尔不群、精巧绝伦。

迎面望着越来越近的杜陵镇和玄妙的千佛塔，韩夏春大悦，但他深知这趟路程的劳顿，忙对梁来福说：“来福，休息一下吧！你太劳累啦！”

梁来福用手背揩一下额头汗水，喘着粗气说：“好，正好就在这核桃树下歇歇！”

俩人下车，歇息在核桃树树荫下。喘会儿气后，梁来福就要帮韩夏春处理伤口，韩夏春说：“你别管，我自个来。你只管休息吧！”

梁来福就边察看周围情况，边保养起自行车来。

赵剑锋眼看着追踪目标骑车远去，喝令警察飞奔追赶。无奈，自行车转过一个田埂便消失了，他心急火燎地加速追赶，跑过田埂，远远地，却见路上已无人影。这时，一个警察报告说人在核桃树下。他定睛一看，随即命令全体后撤、隐蔽至土塄下，以免再次打草惊蛇。

全体警察坐在土塄后歇息。赵剑锋喘着粗气进行了分组：镇子的东南西北中各安排三人一组，赵剑锋自领二人，根据情况自由行动。他最后吩咐：“全体都有，各人依托各组行动，六组依托前面的目标分散跟踪，绝不允许打草惊蛇。记住，我们的最终目标是倪柏仁，前面的目标——骗匠只是达到我们终极目标的引子和钥匙！”

“是！”警察回答着，蹬得脚下的蹚土乱冒。

见属下趴着也不忘接受命令时的敬礼规矩，躯体动作丰富，赵剑锋哭笑不得，道：“哎哟，谁让你们如此多礼！”

这时，前面探子回报：目标不见了。赵剑锋忽地站起，命令："各组都有，立即行动！"

听令后，其他三组分头而去，只有负责镇子西边的、镇子中心的两组，随同赵剑锋沿前面大路继续进发。

其实，韩夏春、梁来福并没有发现后面有便衣警察，只是发现有来人——今天镇上逢集，三三两两赶集的老乡，此刻正在去往镇子的路上；为避免人多眼杂，他俩便立即起身进城。由于此时距离镇子只有四五百米，俩人骑车两三分钟就穿入大街，消失在吃早餐的人群当中。吃完早餐，消去了一身劳顿，他俩精神焕发地开始了"劁猪客"的"表演"——

"哎——劁猪！哎——骟牛！"韩夏春吼道，坐在自行车后座上，声腔洪亮底气十足，"三声叫断生死脉，一刀了却是非根。手艺出花，眼睛要瞎；手艺虐心，断子绝孙……"

"割猪割尽肠，帮忙帮团场。劁猪嘞，劁猪嘞，母猪不劁打圈哩！骟牛嘞，骟牛嘞，公牛不骟打堍哩！打驴掌，打驴掌，驴蹄子长了找骟匠！"梁来福跟上，也喊得有滋有味。

街上人被吸引，七嘴八舌说："哎呀，陇东唐师带徒弟啦！""你看，这徒弟一看就是嘴上功夫，劁猪肯定劁出个花花肠子！说不上还是个……""不过，你还别说，那老唐那手艺没的说！""说实在的，没个好骟匠还真勒掯死咱庄户人哩！"……

俩人吆喝着，朝牲口市场而去，故意绕行了许多路。他们一边吆喝一边跟人拉着闲话，假装无意地四处打听着倪柏仁家住址，但令人失望的是：问了这么多人，就是无人知道。韩夏春十分纳闷，等走到一个背巷子，对梁来福说："来福，我看老乡们没把咱当好人啊！"

"对！咱俩想一块儿了！"梁来福泄气道，"不要说关中，就是三秦大地，没有人不知'百姓之王'倪柏仁的！何况咱这已经走到他家门口了！"

"是这，咱们工作还得做得再实在点！"韩夏春说着，颠踧着走到济世大药房里边去。

梁来福则等在药房外面，正好站岗。他发现一个"剃头师傅"模样的人正在跟踪他们，于是以攻为守，迎过去问："师傅，磨刀吗？"

"磨……""剃头师傅"没有料到跟踪对象这么大胆，竟主动出击，就一边摆头朝后面的两位便衣示意别靠近，一边慌乱道，"磨么！"

"锵"的一下，梁来福将车上的刀具袋子扔在"剃头师傅"面前，道："拜托师傅啦，看看！你啥价——多少钱磨一把刀？"

"这个……""剃头师傅"没底地说，"这个不老少钱呢！"

"哟，卖面的还怕人吃八碗哪？够您今儿集上忙活的了吧！"梁来福摆出诚心诚意做生意的样子，不温不火道，一边不经意地用眼睛余光扫视一下济世大药房。

"剃头师傅"知道遇上了厉害角儿，忙道："我找找我徒弟，去拿干活的家伙什儿去！"说着，猫似的回头溜走。

济世大药房有三间房的格局，平时生意就很好，今天遇集更是顾客盈门，看病抓药的排着长队；正面三个抓药的年轻相公正在忙碌着，左侧坐着一位三十出头的男子，是大药房襄理，主要维持秩序、招揽生意、分配任务、计算当日进项。见韩夏春进门，药房襄理问："乡党，脚咋咧？发炎没有？"

"没事儿！"韩夏春道，"掌柜在吗？"

"啥事？"浑厚的声音来自左侧九点方向，"我就是！"

韩夏春寻声瞧去，见一位六十多岁、赤红面皮的老掌柜在询问，韩夏春忙道："打扰老人家！知不知道倪柏仁家住哪里？"

大药房的空气骤然紧张起来，老掌柜和襄理、相公们一一对视，慢声回话说不知道。韩夏春早知晓了其中的奥秘，并不气馁，反而打开窗子说亮话，很诚恳地向老掌柜道出实情："我你肯定知道，陇东老唐，前几年劁猪骟牲口走遍关中大地，尤其是醴泉、泾阳、咸阳、兴平、武功，没有人不知道咱的。我是倪柏仁的学生，听说他一礼拜前遭了瞎瞎事遇了难，特地来看他。"

"你老唐，咱的确都清白着哩，一进门我就认得咧。"老掌柜说，"伯仁，这几年把事干大了，再和咱就没打搅儿么。你知道，咱开药房的么，又不求人办事，和人家与国家领导人共事的人说不到一搭里去么，咱看到人家就走远咧么！"

"掌柜的是实在人！"韩夏春笑道，"不知伯仁是咱哪里人？"

"这你还用问我？肯定是咱杜陵镇人么！但具体杜陵大咧，谁知道在哪个村社哪个旮旯里嘛。”老掌柜道，“小杜，你去玉玉家收个账去，我看，外账不敢拖咧！”

韩夏春的问询一时陷入艰难，这时梁来福在门口探头问：“咋样？”

韩夏春有些泄气，没说什么，想走出去，却因为腿脚不便而迟疑着。掌柜的开口道：“天气大咧，老唐，你这脚伤要处理哩！”

没等韩夏春作声，梁来福接话道：“凑是滴！刚看都化脓了。”

掌柜的走出柜台，不由分说地拉韩夏春坐到木椅上，韩夏春朝梁来福瞅了一眼。梁来福心领神会，朝远走了走，目光呈扇面警戒着安全。掌柜的手上功夫了得，不消一刻就处理完了韩夏春的脚伤。韩夏春顿时感觉松活下来，脚能点地了。这时，一个扎羊角小辫儿、十六七岁的姑娘站在药铺外向里望了望，便迅疾跑进来。竟是倪克玉，她已经看到了韩夏春，正欲上前打招呼时，门外又出现了可疑人影，韩夏春连忙出门，告辞而去……

为避免连累梁来福，韩夏春出门后本不想与他打招呼，可梁来福担心韩夏春脚疼走不动，主动与他讲话。俩人穿过熙攘的人群，骑着自行车朝早晨来的方向往回走了一会儿，拐个弯后，便迅速躲进一片杨树林里。等赵剑锋率领人马跑过去后，两个人才钻出杨树林，又疾速折回镇子来。这次，他们给自行车轮子后面绑了一块烂布片当刷子，刷掉了尘土半拃厚的土路上的车轮痕迹。赵剑锋追着追着，拐个弯后不见了目标，遂下令全速前进。一下子南辕北辙疯追出老远，才发觉上了当，忙掉头查看，却再也没有看到自行车印迹，一时如无头苍蝇般找不到北。

早饭后，黄紫红、胡志坚、齐天翼也驱车接近杜陵镇。黄紫红一身黄色短袖夏装警服，显得凹凸有致、分外妖娆，加之身上的香味，惹得胡志坚像兴奋的公羊，骚动不已：“呀，齐大记者的夸功了得，一夜之间黄总指挥锦上添花，更加出落得美丽动人了！”

黄紫红嫣然一笑，并没反驳，经过这几天接触，她觉得胡志坚这人本性不坏，已经并不十分反感他了。见黄紫红不语，齐天翼模仿胡志坚的南方口音道：“别夸银（人）家，好不啦？银（人）家也细（是）会害羞的啦！”

黄紫红被逗得咯咯笑起来，花摇枝颤间，不经意碰到胡志坚，她连忙说：“Sorry!”

“苏锡常，宁镇扬，说方言全都不一样；吴侬语，江淮腔，听得懂那就是好老乡。”胡志坚道，“我用正宗的吴侬软语朗诵一首词——

吴山青，越山青。
两岸青山相送迎，
谁知离别情？
君泪盈，妾泪盈。
罗带同心结未成，
江头潮已平。”

黄紫红是随性之人，见齐天翼此时正被逗得哈哈大笑，便说：“奴也会做江南女子，便唱一曲《茉莉花》——

好一朵美丽的茉莉花
好一朵美丽的茉莉花
芬芳美丽满枝丫，
又香又白人人夸……”

胡志坚没等黄紫红唱完，兴奋道：“你……正宗的江南女子！”

“不能够！”黄紫红道，“齐大记者，你说哩？”

“叫我说，一个字：像，两个字：真像，三个字：像太太！”齐天翼真心道，“紫红，你变咧！”

“不是吧！我有错儿吗？”黄紫红突然浪笑道，“嘿嘿，本姑娘卖唱不卖身！”

齐天翼心里一愣，硬气道：“本大爷舍身不卖唱！”

胡志坚没有感觉到齐天翼的不快，只是觉得黄紫红够开放，于是又唱起了吴越酸曲——

姐儿生得好身材，

郎要入时姐要出，

探筒打进里头来；

姐儿生得花一朵，

吃郎君扳倒很馋活；

姐儿生得有风情……

露骨的酸曲如同冷幽默，搞得大家无语起来。一会儿，黄紫红说：“胡主任，对了，我昨天才知道你也是干侦查的。其实，怎么说呢，我觉得，你更适合当个行吟诗人！”

“黄总指挥是说，祝主席该换个秘书了？”胡志坚风趣道。

“那倒不是！”黄紫红说，“只是觉得你当秘书，中国会因此断送掉一位屈原一样的大诗人。——你说呢，齐记者？”

“我说，要我说什么？”齐天翼道，答非所问，“都知道，断送屈原的是咱老陕——郿县人白起。公元前278年，秦将白起攻破楚都郢，屈原悲愤交加，怀石自沉于汨罗江，以身殉国。”

“在此之前，是遭谗言被流放。”黄紫红说，“自古英雄出炼狱，从来富贵入凡尘。一失足成千古恨，再回首已百年身！”

“这么说来，二位的干大倪柏仁要成为全民大英雄咯！”胡志坚说，察看着黄紫红和齐天翼的表情。

“什么要成为，我干大早是全民大英雄啦！”齐天翼说，“当然，这都是拜某人属下赵组长所赐！”

正说时，杜陵镇已到。

胡志坚吩咐司机开到千佛塔下停车，劝说大伙一起瞻仰古塔，故意拖延时间。黄紫红也不着急，等待着赵剑锋的进一步消息，顺便故地重游。胡志坚背诵着关于古塔的诗句，黄紫红和齐天翼却双双沉默，彼此心照不宣，又有些别扭，显得心事重重。——许多年前，他们曾无数次去过干大倪柏仁家，也曾无数次来过这古塔下，古塔见证过俩人的少年求学、懵懂初恋以及甜蜜初吻和热烈爱情。因此，俩人此时都不约而同地走到西边塔壁拐角的一个不显眼处，果然发现了当年少不更事时刻画的字：

黄紫红、齐天翼到此一游。

黄紫红一见到那一行斑驳的字迹，立即流下泪来，哽咽着连道：“抹去吧……抹去！”

“对，抹去！”齐天翼冷漠地说，“都是少不更事时的涂鸦。”

其实，在黄紫红失踪的那七年里，齐天翼每年都要回来，去看望岳父，之后到这里来，“缅怀”和“祭奠”他们的爱情。有一次见这一行字快要风化得隐去了，他还专意又用小刀重新刮刻了一番，当时想着要使他俩的爱情不朽。孰料，造化弄人，物是人非事事休，那时怎么也想不到黄紫红还能回来，更没有料到当她今天终于回来、再次面对他们雕刻在古塔身体上的“爱情印记”时，会是这么一番表态。

但是，说归说，黄紫红却终是没有动手，齐天翼也没动手，倒是胡志坚走过来，发现字迹后说：“文明游玩，严禁刻画！”说时，已用随身佩戴的军刀用力过猛地几个来回就将其抹了个精光。看着粉末掉下，黄紫红故意转过身去，齐天翼说：“我该怎么感谢你呢，胡大主任？”

不待胡志坚说话，黄紫红说：“走，咱们去干大家吧！”

“干大肯定不在家。”

“我想看看那地方！”黄紫红似乎很动情。

“嗯！那成！”齐天翼走向车。

“那什么，去……我就不去啦！”胡志坚说，“车留下，我要用一下。”

黄紫红温柔地看一眼齐天翼，说：“杜陵村不远，正好我们溜达过去吧！”

这时，赵剑锋已从倪柏仁家搜查回来，向黄紫红报告情况，说倪柏仁很可能就藏在家里，并请求再次搜家。黄紫红犹豫再三，最后还是坚持只与齐天翼一同前往。俩人走后，胡志坚叫住赵剑锋，道：“赵队长，情况复杂，你就不怕黄总指挥有什么不测？”

赵剑锋心领神会，便带着十多名特警暗自尾随在黄紫红后边。

黄紫红、齐天翼去倪柏仁家默然地“拜谒”了一番。倪克玉见两个白眼狼来到，一顿臭骂，并在大门上贴了横批为“没良心”的新对联：

子系中山狼，得志便猖狂。

齐天翼心里很不是滋味，但表面上却大大咧咧。黄紫红虽祭奠了速朽的爱情，但却没有探明虚实，回转身时，发现了身后的赵剑锋，立即上前朝他耳语了几句。待黄紫红离开倪家后，赵剑锋再次大肆搜查倪家，却到底还是一无所获。齐天翼似乎猜到了黄紫红的手段，心里的隔阂加重了，俩人形同陌路地回到镇上。

在经得胡志坚默许后，陈家岙去见比他官大好几级的警察厅副厅长焦少成。下午四点，他惴惴不安地来到三秦警察厅，不觉后背发凉，感觉似乎被自己效力的中统出卖了。他想，谁都知道，军统、中统、警察虽都是党国强力部门，但警察毕竟是地方机构，不像军统、中统被中央垂直管理，直达天庭；至于他，一个中统基层调统室主任，大可不必从内心去敬畏焦少成，只要不得罪他就成。对，你有你的千条计，我有我的老主意。陈家岙拿定主意，就坚定地迈进焦少成的办公室。两个人相见，焦少成的客气出人意料，但他的目的也很明确，让陈家岙亲口交代窃听警察厅乃至军统绝密电报的事实。他一会拉一会打，软硬兼施，最后不惜封官许愿，还搞疲劳审讯。三个小时下来，陈家岙额头的汗水擦湿了焦少成下午吩咐人新买的三条劣质毛巾；但无论如何，陈家岙就是不说实话。最后，焦少成问：“陈主任，你可知赵剑锋的枪法吗？”

赵剑锋是闻名三秦的神枪手、青年才俊，陈家岙自然知晓其人，但他脑子这会儿有些迷糊，似乎不明白焦少成说话的用意。焦少成只好说：“如果你不说实话，就把你交给赵剑锋当靶子。”

陈家岙吓得两股战战，但到底还是硬撑着没说出实情。焦少成冷冷一笑，改变了主意——打算用美色解决他。晚上，焦少成专门从咸阳金凤巷请来山丹丹给陈家岙陪夜，陈家岙精神彻底垮掉，失去了节操……

当然，那是数小时以后的事情。我们先说下午的事情。

在这个炎热的初夏的下午，西京城发生了一件攸关齐天翼生死的事情，可当事人齐天翼竟全然不知。就在齐天翼为营救倪柏仁、秘密穿梭奔走于醴泉和咸阳之间的时候，作为被整顿和接管的《民众新报》记者的他，自5月1日起一直没上班，引起了“有些人”的注意。5月7日下午两点多，省上突然给报社打电话，说相关领导要召见名记齐天翼。代理社长（主编）虽曾得知齐天翼与民盟有些瓜葛，但由于齐天翼人缘好、正直，也不便说什么。当听到领导要召见齐天翼，心中预感到有些不妙，便把人事股长叫到办公室商量对策，并让他去向上说明情况。

股长走进新城黄楼大院，告诉领导说：齐天翼已于半月前辞职了。这些谎话是他与代理社长商量好的，目的是撇清齐天翼与报社的关系，确保报社免受牵连。为了把谎撒圆，他们又加班加点赶拟了一份辞呈……如此这般竟哄过了上面。

与倪克玉相认后，韩夏春、梁来福下半天悠闲地在牲口市上劁猪骟牛骟羊，为革命挣点经费。为了不影响行情，他们的收费略低于其他骟匠。挣了不少钱，看看集已散，他们就去济世大药房对面的茶馆里喝茶。便衣警察们以为他们又要与大药房接触，注意力全集中在大药房，不想他们早从茶馆的后门溜出去，潜伏在谁也不知道的荒野旮旯里睡觉去了。

深夜，月亮挂在南边天空，似半个圆盘竖立着，山风吹过旷野，北山狼发出呜呜的怪叫，周围分外煞森。倪柏仁的弟弟按照约定准时赶到，带领韩夏春、梁来福一跌一撞地到达西寨村。

午夜时分，韩夏春终于在王礼家见到了倪柏仁，俩人本就相熟，这次见面更是感慨颇多。韩夏春告知倪柏仁，说是中共组织派他来的，并把地下党组织的营救方案和盘告诉了倪柏仁，希望他知情并全力配合。倪柏仁听后激动不已，恨不得插翅飞向边区、飞向延安……

王礼家人来人往加重了吴子山的怀疑，他十分肯定地认为：倪柏仁就藏在二姨家。可他白天刚陪着蓝枝儿齐齐搜查过，现在如果再说什么不当的话，那是自己打自己脸。何况，她还指望姨父和倪柏仁成全他和蓝枝儿的好事呢，所以就更不敢轻易造次。但，他也不能无所作为。思来想去没有好办法，直至深夜，他才下定决心：同时派出两个人，分别向黄紫红、蓝枝儿报信……

第九章 5月8日

一直单打独斗的吴子山，决定同时撬动黄紫红和蓝枝儿两支力量，企图推卸责任，并让两支力量争斗，他好浑水摸鱼、乱中取利——让倪柏仁成全他和蓝枝儿的好事。具体该怎么做，他还没有想细致，总觉得这样做比自己直接交涉要更有利于得到蓝枝儿。

早先得到吴子山报信的是蓝枝儿。其时，她正带领一帮山匪，蹲守在九嵕山豹子梁的豹子窝口，准备伺机猎杀一只两岁半的柳叶豹。

九嵕山耸立于关中平原北部的醴泉县，处泾河之阴、渭水之阳，呈东西走向，与南面的秦岭相距七八十里，遥相对峙，相看两不厌。其山峦在苍茫的八百里秦川上起势突兀，大有刺破苍穹之架势：仰望，整座九嵕山由九道山梁拱卫环绕，也因此得名；俯视，九座山梁和九条涧溪以及广袤的关中大地辐辏着突兀的主峰；高空鸟瞰，其状恰如一顶倒扣的大斗笠。白日里，山岚浮翠涌，奇石参差现，百鸟唱林间，苍鹰翔峰巅；间以流泉飞瀑，云雾环绕，风水最是绝佳。主峰上是唐太宗李世民与文德皇后长孙氏的合葬陵墓。豹子梁则位于九嵕山主峰西北，距离蓝家山寨隔着两道山梁。当初，老寨主看准这里是豹子梁柳叶豹的领地，因免受外界兵戎火并之乱，才得以壮大。但是，占山为王的弟兄，也遭受了豹子的极大侵扰，先后死去五人，伤者无算。蓝枝儿自幼惯看豹子伤人、人吃豹子肉，十三岁时也曾养过一只小豹子，两年后又放生；待其继任后，决心永绝豹患，几年下来打死大小豹子九只，经过近一年来的观察，似乎就只剩下那只柳叶豹豹王还在孤独求败。

豹子都是昼伏夜出，这只豹王的生活规律现已被蓝枝儿摸得一清二楚：黄昏时伏在窝口看日落，早饿得饥肠辘辘——九嵕山因为孤立大平原，野物——豹子的食物本就不多，可由于豹子梁豹子持续减丁，虽然豹子家族的领地一再被挤压，但一只豹子的食物还是很充盈的；只是由于已经被伏击几次，这只豹子异常谨慎，不到天黑是不会出窝觅食的。黄昏过后，它蹲在窝口的一处巨石后张望侦查。夜幕拉开，觉得无虞时，便跳下树林山涧，捉一两只山鼠或者野兔、小鹿等充饥，以此开胃，并在涧溪中饮水、洗澡、舒展筋骨。午夜后，爬上山腰的杜梨树，守树待猎，直到反复捕食几次果腹后，便大摇大摆登上九嵕山峰顶，久久俯视着残破的昭陵六骏；而后寂寞地返回豹子梁，绕行几周，不断回头张望着犹豫着，回窝去了。其时，蓝枝儿院子里的鸡，正在叫头遍。

听到手下关于这只形单影只的柳叶豹的行动规律的报告后，蓝枝儿心里备受煎熬，犹豫着该不该围猎这只豹子；今早，她突然想到这只豹子孤单得可怜，决定连夜杀掉它，以便早日让它的寂寞得以终结。清晨早早安排下去，下午四点就有人蹲守在豹子窝周围。她从容地吃了晚饭，这才挑选得力人手去围猎豹王。惨淡的月光下，她看到孤单的豹王恰似迟迟未嫁的美人般孤寂、落寞，这更坚定了她一击而中的决心。当豹王巡视完自己领地、寂寞地回到豹子梁准备回窝之时，跳过山梁的月光正好射在它斑驳的胸毛上，蓝枝儿院子里的鸡也准时叫着头遍。豹王并不惊惶，最后回头张望，准备着从容迈进藏身之所……此时，四只火铳、两只汉阳造和蓝枝儿的手枪，同时准备好了扣扳机。却不料，突然身后传来惊破山野的叫喊：“报——倪柏仁出现！”

一声山吼，惊得豹王倏地跳进窝儿，众枪手和“参战”人员手中的家伙什儿都一松，大伙心里也松弛下来，可心中的怨气却飞速升腾。蓝枝儿起身，大家等着她严惩吼叫者，也许是内心里就没真想杀死豹王，也许是听到“百姓王”的消息后喜出望外，反正她出乎意料地尖着嗓子喊了一声：“下山！放了豹王，去见‘百姓王’！”

秦都咸阳初夏的夜，异常寂静。警察局院子里，两棵枣树的枝头上落着鸱鸮，正“呕吼、呕吼”地发着哀鸣。204房间内，黄紫红翻个身，昏睡着。忽然，她看见满头银发的老母惊惶地跑向千佛塔。塔下，倪柏仁脖颈上缠着白纱布，望着塔下长高的冰草道：“羊盼清明牛盼夏，老驴盼的四月八。”老母上前问：“咹她干大，碎女子和你结下了甚冤仇？”

黄紫红大惊，从噩梦中醒来。

本就心绪不宁，这个梦让她的心魔放大而且发酵，让她不堪重负。耳畔不断传来的猫头鹰哀嚎，加重了她的不祥之感，她忙披衣、握枪在手，出门去找齐天翼。备受煎熬的齐天翼也没睡实，已经整整五天没见到干大倪柏仁了，一连几天相伴左右的妻子也令他揪心般难挨，他不仅不能和她恢复夫妻关系，而且二人关系日渐紧张，甚至可能成为仇人，因为她正在穷凶极恶地围猎他们的恩师、干大、证婚人倪柏仁。这真可算得千古奇事一宗！

我看青山多妩媚，料青山看我亦如是。黄紫红的深夜造访，让齐天翼既意外又欣慰——你不正想着人家嘛，人家惦念你也正常啊。黄紫红似乎料到齐天翼在等她，但她的目的很明显不是谈情说爱，她开门见山地问："忘记问了，干大给我的无座青铜佛怎么会到焦少成儿子那里？"

"我也奇怪呢！"齐天翼一边拿起暖水瓶给她倒水一边说，似乎并不多想。

"那给你的青铜佛底座还在不？"她接过水杯放在桌子上道，"谢谢！"

"谢谢你还记得这些！"齐天翼抑制着突然喷涌的感情道。

"是我先丢了东西！"黄紫红转过身去说，"中日战争，连半只青铜佛都难以幸免哪！"

"可恶的日本鬼子！"齐天翼咬牙切齿，一拳捶在桌子上。水杯被弹起，在桌面上神奇地弹跳了几下，落地摔碎了。

俩人换个位置，却都没有处理脚下玻璃碎片的打算。齐天翼道："没事儿。晾会儿，我来收拾！"

"覆水难收啦！"黄紫红千年一叹。

"事在人为，破镜还重圆呢！"齐天翼是一副不服输的神情。

"能重圆吗？"黄紫红讥讽道，"呵呵，那几年你不是经常卖派，说你能把秤锤捏扁、鸡毛撂远、背锅子扽展、牛笼嘴尿满吗？可我就是一次也没见过你卖派的这些特异本事。要不今晚，你就满足一下我的好奇心，让我见识见识，把地上的杯子复原！"说完话，她眼珠子幽蓝幽蓝地看着他。

"哎，那都是当年瓜娃子说的话！"齐天翼喟然长叹，"婚礼当天，你失踪，落下佛像，干大收起了……他惜之如命，惜之如命，常说见物如见人，见物如见人！"

黄紫红黯然流下泪来，不住吸溜着鼻涕。齐天翼继续说："干大写字时，用它压纸哩，一压就是七年。你可能没注意到，你回来那天，还在桌上压着。”

“别、别说啦，天翼！”黄紫红激动地上前，急切地投入齐天翼怀抱，“咱们的事情，我都记得，全部都记着！可我有错儿吗？呃，等忙过这阵子，咱们……就……搬一起吧！”

齐天翼被黄紫红“忙过这阵子”的话听得胆战心惊，“忙过这阵子”不就是完成追杀干大任务后吗？这可如何是好？嗯，我必须制止她，但无疑不能明着来，胡志坚在明处制止杀死干大，我不能再站在明处，须得手法多样才可能万无一失地完成任务，何况胡志坚与自己性质完全不同。这么想着，齐天翼自然回归话题：“紫红，那么，许是干大被枪决时，慌乱中丢失了青铜佛。”

“可，为什么没有一枪毙命呢？”黄紫红一下子推开齐天翼，将他推倒在床上，直推了个仰面朝天；她像厉鬼一般面目狰狞，披头散发铁青着脸咬牙切齿咆哮道，“赵剑锋，那个该死的赵剑锋！”

齐天翼看得胆战心惊，人常说最毒妇人心，没想到在自己的妻子身上得以彻底验证。他没说伤她的话，只说：“我们还是说说青铜佛吧，得想办法弄回来！”

黄紫红望着齐天翼，点了点头，有点魂不守舍。

鸡叫二遍时，蓝枝儿带大队人马疾驰过烟雨楼，朝西急进。这当儿，焦老财也来到烟雨楼。因孙子的弥月大喜而耽误了“松腰”事宜的他，进门就问山丹丹在不在，不料，回话却是：山丹丹去西京陪特殊客人了。他勃然大怒，缠着老鸨问：“什么重要客人？有警察厅长的老爹我重要？有祝主席的兄弟我重要？”

没有办法，老鸨吐出了实情，说是警察厅长焦少成亲自过问、开了大价钱把人弄走的。焦老财一听急火攻心，当下背过气去……休息两小时，才好些了，不过鼻子下人中穴处留了两个清晰的黑红血印。

此时已鸡叫三遍，天麻麻亮。蓝枝儿的队伍配着极不整齐的器械，浩浩荡荡赶到西寨村。挑水浇菜的农夫，赶集经过的路人，已经零星地出现在村道上。她命令大队人马伏在一处羊圈门前的场地上待命，自己则架着鹰大摇大摆地走向王礼家。借着手电光，她看到吴子山正靠在王家门外桑树的树枝上打盹，报信人先蓝枝儿到达，将他弄醒。吴子山一见蓝枝儿来到，喜笑颜开：“枝儿，真是你呀？我不是在做梦吧！”

“你这次最好别做梦！”蓝枝儿上前，凑近吴子山低声道，“倪伯伯真在你二姨家？”

蓝枝儿少女特有的馨香直冲得吴子山头脑发晕，见蓝枝儿如此亲近可人，吴子山恨不得一口亲着她，把她噙在口里吃了，就立即得意忘形道：“什么叫‘你二姨家’，是‘咱二姨家’！”

话音未落，一记清脆的耳光已经响起，吴子山权当是打在别人脸上般很是受用地叫道：“好一记热切的掌掴，打是亲骂是爱，不打不骂是祸害！”

“话比屎多！抓紧修筑工事！”蓝枝儿命令道，“带上我的人！”

“怎么，得是准备攻进去呀？”吴子山疑惑道，“还是防止什么坏人攻入？”

“猪脑子还挺好使！”蓝枝儿骂道，忍不住笑了，“对，得确保倪伯伯始终在我们手上——在我们掌握之中！”

吴子山听得心里如同春风扫过鸡毛般快活，威严地对刚刚给他报信的警察道：“快，去把枝儿妹子的‘山寨兵’给我传来！”

整整一早上，王礼家梢门外，吴子山一边吆喝着蓝枝儿的人干活，一边与蓝枝儿打情骂俏，一边东张西望，等待着黄紫红的消息。

王礼家拐窑里，倪柏仁听到外边动静，无可奈何里带着遗憾地对王礼说：“表弟，我这次恐怕要栽了，可答应你亲戚娃的媒还没说成呢！”

王礼顿足捶胸道：“呀，就是这狗日丧良心的，带着那女山大王围咱哩么！”

“果真？”倪柏仁转忧为喜道，“这我就放心咧！老百姓是咱亲娘老子，我就不信好好的娃们，两天不见就变成狼心狗肺了，不符合常理嘛！是不是，表弟？”

“原来你老哥这么想！”王礼觉得很是费解，说，“可年轻人三丈高两丈低，这世事，咱摸不透么！”

“摸不透咱就多摸摸么！怕啥？”倪柏仁坚持要见一下蓝枝儿和吴子山，“怕群众这还能弄成事呀！你莫看，这家子就是肇了怕群众的祸咧！”

“呀，表兄，你这话我不是很懂，肯定说得对着哩。但，那也得看在什么时候！我是怕年轻人拿不住点，惊扰了你老哥！”

“我这都是小事！”倪柏仁大度道，“现在我考虑更多的是，那边来的韩夏春、梁来福如何脱身，人家可是冒着危险来救咱的呀，咱不能对不住朋友哇！”说着企图起身走出拐窑。

王礼忙上前按住倪柏仁，没有让他起来，他坚决不同意倪柏仁冒这么大的险。俩人谁也说服不了谁，便枯坐着抽闷烟，半天都不说话。

当此之时，韩夏春和梁来福已经溜达到墙缝边多时，早观察清楚了外面的情况：桑树下，蓝枝儿坐在一只桐木马鞍上，吴子山正拿着早餐给蓝枝儿递去；门前，已经筑起十几米长、一米高的防御土塄、半米深的战壕。吴子山殷勤表功道：“枝儿，赶紧吃！等你吃完，咱这工事也就差不多了！”

蓝枝儿半天没接饭，急得肩头的鹰摆头晃尾巴，她却道：“猪脑子呀你！什么叫差不多了？工事不能围半边吧，这还有后面呢！”

吴子山恍然大悟，连拍脑袋道：“瞧我这猪脑子，瞧我这猪脑子！大家听着，不要高兴得太早！还有屋后沟畔，也要修筑呢！”

看到这些，俩人急忙回屋，找倪柏仁、王礼商量对策。事不宜迟，在大家的目送下，梁来福偷偷溜出后门，钻进无边的麦地，消失在茫茫梢林里，离开了西寨村。

梁来福溜走后，王礼家正常起床，洒扫庭除，生火做饭。院子里一时锅碗瓢盆响起，风箱的“吧嗒吧嗒”声起，伴以猪羊惨厉的尖叫——王礼和韩夏春正抓紧时间骗了一只小羊、劁了几头猪娃，他俩不时朝院墙外扔出一个个冒着热气的猪睾丸和羊小肠去。这些血糊糊、腥膻热乎的东西，惹得野狗疯跑、苍蝇成堆。吴子山、蓝枝儿不觉皱着眉，捂起了嘴鼻，不断朝远处挪着马鞍子。

黄紫红一大早叫上胡志坚、齐天翼来到杜陵镇，在镇上安顿吃饭。她刚美美地喝了半口咸阳老酸奶，正回味老酸奶的悠长香甜时，吴子山派来的送信人闯入小饭馆。她明白所以后，陡然色变，不由怒斥道：“为什么牙长一段路，你送了五六个小时？”

“我半夜到杜陵镇，可半天敲不开门，敲开后，人说你早回咸阳咧！我就去咸阳局里，局里人说你们刚出发去杜陵镇啦，我就又跑回到这里……腿都跑肿咧，我‘大舅’都出来咧，不信，几位瞧瞧！”他说着抬了抬腿，腿果然肿得老高，鞋也裂帮了，大拇指像机灵的孩子，醒目地探出头来。

大家都觉得眼前的苦主冤枉，黄紫红说：“既这么说，那我问你，你去咸阳，我们从咸阳来，咱们怎么没有在路上碰到？警车又不是一只蚂蚁，这么显眼，你怎么不挡？”

“这、这……”报信的似有难言之隐。

“说！”黄紫红杏目圆睁，将筷子啪的一声拍在饭桌上，“作何解释？”

“我、我……跑肚子，在庄稼地里拉了几次，其中一次听到汽车声，等我完事，只看到蹚土乱冒，车已经远去了呀！”

“滚——恶心！”黄紫红极度厌恶地喝令道。

报信者掉头就走：“我……这不……又得去趟厕所啦！”

“老乡，去完厕所，赶紧去诊所看看吧！”齐天翼忍不住喊了一嗓子。

“去完诊所，还得回到这里，带我们去西寨村！”胡志坚喊，小声说，“去西寨村没有汽车路，得一二一。”

早饭后，韩夏春强忍着脚伤——刚才的骟匠活计又让他的脚伤加重、疼痛难忍——大摇大摆地推着自行车，从王礼家出来。铃铛声声，小旗猎猎，叫卖声悠扬嘹亮：“骟匠——谁骟？吃啥补啥，补啥成啥，不贴本！骟匠——谁骟？羞脸大的女子娃趔远[1]些！”

吴子山早听得裂着大黄牙笑个不停，蓝枝儿将羞红的脸扭转过去，亦是弯腰俏笑不已，鹰隼飞到了墙头上，四下张望着。吴子山忙提醒道:“小心些!脚下有牛屎!”

为时已晚，蓝枝儿山寨版的战靴早已沾上稀溏的牛屎。蓝枝儿一撒气蹲在了道旁的马莲墩儿上，将靴子抖落在道旁，吴子山忙扑上去，牛屎溅了他一脸，他惊喜快活地喊：“啊，枝儿的靴靴，可惜可惜——”捡起靴子就去清理。

这光景，韩夏春早消失在西边的紫花苜蓿地尽头。他刚下了苜蓿地硷塄[2]，黄紫红等就带领大队人马逶迤开到。蓝枝儿精脚片站起，大声威严地命令：“弟兄们，收拾家伙！”意欲逼退黄紫红。

黄紫红走上前，解下皮带，神情高邈，貌似悠然地转了一圈，察看完蓝枝儿队伍的装备和周围地形后，她极端轻蔑而挑衅地盯住蓝枝儿和吴子山。吴子山心虚，眼睛放空，尽量回避着黄紫红的目光，手里的靴子不觉掉在地上了。黄紫红想，要

① 趔远：走远，躲远。

② 硷塄：硷畔。

接近目标，眼前的障碍必须铲除，而且她有把握一鼓作气拿下，于是下达了出击令。枪声大作，双方混战在一起……

王礼听到枪声，急忙和老婆一起将倪柏仁转移向地道。可惜地道多年未用，蜘蛛网、枯枝烂叶满布，爬了半天也爬不出去，仨人卡在半道上，一时出不去又退不回来。折腾有时，加之紧张，倪柏仁呼吸困难起来，情势危机……

中午，在一棵大核桃树下，梁来福终于等到了骑车前来的韩夏春。俩人热烈拥抱，庆幸任务完成得顺利。可当他们歇息片刻准备起身离开时，突然，核桃树上射下几枪，一梭子弹洞穿了梁来福左胸。韩夏春躲在树干后，转着圈儿朝树上拼命还击，纠缠多时，树上终于掉下俩人，已气息奄奄。树上已别无他人，危险暂时解除，但情势似乎更加紧迫，此地不可久留！韩夏春艰难地将不省人事的梁来福弄上车子，小跑着推到一个偏僻的烂塌窑洞里。这时，他脚面已全是脓血，小腿浮肿如椽，跟灌了铅一样，一丝一毫也挪不动啦，最终没奈何地连车带人倒在窑洞的蹚土里。他顺势靠近梁来福，发现他已停止呼吸，极度的悲伤一时间让他有瞬间的眩晕感。他真想就此睡过去，可躯体里有一个声音在叫喊，提醒他坚持、再坚持，他机械地极力挣扎着，挣扎着不使自己昏死过去……

这边，倪柏仁等几人在地道里待了许久，等自己平静下来时，竟再也听不到外面的任何动静了。大家疑心刚才一紧张，是不是耳朵出了问题，但转念一想，不可能三个人的耳朵都有毛病。王礼就派老婆出去看个究竟。一会儿，老婆回来说：“害怕死了！人马更多咧！却定定的，好似啥事儿也没发生一样。”

原来，经过交火，蓝枝儿的人伤了几个，但他们依靠工事，也让警察伤得更多，竟占不到便宜，黄紫红看得着急，却拉不下面子停火。胡志坚道：“紫红，快不要再蛮干了！说个比喻不一定合适，这就跟那啥一样，硬上必定伤人！”

“滚，满嘴喷粪！”黄紫红色厉内荏，“给我上！两面包抄！”

蓝枝儿躲在王礼家门楼内，喊：“老娘们，就知道你喜欢霸王硬上弓！弟兄们，别慌，瞄准拿稳再打，一枪解决一个！”

齐天翼忙制止黄紫红：“黄总指挥，警察是党国培养的公职人员，可不能做无谓牺牲哪！”

黄紫红最清楚不过，她适才太自信，也是又小瞧了那山大王；刚一开始打伤一些土匪，后来土匪就一直躲在战壕里，子弹拐不了弯，奈何不了他们。于是，她借坡下驴，喝令停止强攻。

现在，警察扎在外围，山匪们蹲在内层，形成了拱卫王礼家的两圈阵势。

伤口疼痛难忍的倪柏仁听到外面的争斗后，沉默地回到窑洞，索性躺在炕上，听天由命了。

傍晚时分，双方仍然僵持不下。胡志坚口干舌燥、饥饿难挨，突然记起似乎有一件很重要的事情，可就是想不起来具体是什么，便问齐天翼，齐天翼耳语道："陈家岙。"

一句话提醒胡志坚，可惜陈家岙远在西京城内，他鞭长莫及，只能打电话给省党部，交涉陈家岙的事。于是他抱歉道："黄总指挥，我有事得立马返回县城。你这里要冷静、冷静，再冷静！遇事多听听天翼仁兄的意见。天翼兄台虽然不是个什么好丈夫，企图长久地保持处子之身，但是，但是……"

齐天翼见他如此无厘头，忙将他猛力推远，走远了，才小声对他说："你真不怕我老婆冲动，一枪武整了你？"

韩夏春挪腾了好多地方，终于勉强掩埋了梁来福的尸体，又躲过了随时可能到来的灭顶之灾——敌人死亡两名人员，正在疯狗般地寻找凶手。晚上，他安全回到康家店景泰家，立时昏倒过去。景泰忙请来大夫救治，一小时后他苏醒过来，向景泰讲述了见到倪柏仁的情况，俩人商量如何把人接出来。

此时，边区派到醴泉大路乡联系工作的周云也在康家店。韩夏春召开会议，向大伙布置了营救任务：由景泰抽调手下可靠乡丁阎子俊和周云，各佩戴一支短枪，准备一副担架，先将倪柏仁接到康家店景泰家中养伤，再伺机送入边区。为保密，接送工作继续分段进行，即：不让送的人知道送到什么地方，也不让接的人知道从什么地方来。

是夜，焦老财灰头土脸地回到家时，已是晚上十一点钟。他怒气冲冲，不顾老婆阻拦，气急败坏地直接去敲儿子房间的门。房事中的焦少成突受惊吓，仓皇从妻子身上跌滚下来……

第十章 5月9日

当焦少成从妻子身上跌下的一刹那，站在媳妇门外的焦老财和屋内床上瘫软在媳妇身边的焦少成，都顿时沉默起来。老头儿猛然间觉得自己做事过了头，是呀，事情再怎么着急也不能深更半夜敲儿媳妇房门吧，而且糟糕的是，听里面声音，似乎儿子真被吓着了。——更要命的是，焦老财确确实实知道：房事受惊，十有八九是要落下后遗症的。

焦老财对此最有经验。年轻时，他风流成性，常借着打牌夜不归宿，有时就去相好的跟前鬼混。一个冬天，他正和新丧丈夫的成寡妇到了高兴时，就听到门外成寡妇老公公敲门，说是牛缰绳在媳妇屋子的门角落里，现在要拿。焦老财吓得没处躲，准备爬进炕洞，冬天炕洞里有火，他想自己这回肯定会烧个半死的。可成寡妇机灵，精着身子下地，用烧火棍将缰绳推出猫窗眼（供猫出入窑洞捉老鼠用的通口），推到了门外。老公公踅摸了一会儿，不得不离开。事后，当年才二十二岁的焦老财半年内都弄不成事儿，害得“小辣椒”活守寡。“小辣椒”找了许多大夫、又耐心疏导，才治好了男人的阳痿。想到这儿，焦老财早后悔死了。

焦老财老婆见状，忙搭腔：“成成，没啥事，是你先人酒喝多了！”

焦少成穿上衣服，打开门，气得半天说不出话来。这时，玉娥在里面惊叫：“把门闭上！”

焦少成一听媳妇被偷看，失去理智地问：“我大酒喝多了找玉娥弄啥哩？”

焦老财被问得呛住，沉默片刻，忽然理直气壮地反问：“你妈的个腿！我问你，山丹丹咋回事？”

焦少成母亲“小辣椒”大哭起来：“羞死先人啦！我前辈子亏了啥人咧，世下这父子俩，羞死先人啦！”

“你给我别瞎咧咧！”焦老财对老婆吼道，又对儿子说，“你当厅长的人，就这样当厅长哩！我看你是糨子官，私用公器！狗日的，真正是，欺负到你老子头上咧！”

焦少成一时糊涂，沉默一会儿才逐渐明白了原委，哀叹着直拍自己脑袋。这时，程玉娥一边穿衣扣纽扣一边走出来，他拿着枕巾抽打焦少成，边打边说：“你个糊涂蛋！你可真是没人找了，找大相好的哩！”

“你胡说啥！”“小辣椒”威严地站在媳妇和儿子中间，正好阻止了焦少成扇向程玉娥的耳光，“我娃堂堂正正全省第一大厅厅长，走得端行得稳，行稳致远，有你说的啥话哩！”

程玉娥“啊——”地哭叫一声，跑回屋子。焦少成头一仰，也悲愤地离家而去，走时撂下一句话：“我这就去放了山丹丹！”

痛苦万状的焦少成在半夜的古城游荡，游荡，直到凌晨才回到办公室。在这四五个小时内，他患了强迫症似的反复痛苦地思考一个问题：人伦道德和人性之恶。从小到大，他听过甚至见过一些嫂子小叔子、姐夫小姨子、公公儿媳妇的丑事儿，当人们义愤填膺津津有味冷嘲热讽那些行为不端者时，他都会默默离去，因为，他有一个在这方面表现出格、让自己抬不起头的先人。成人之后，他从婚恋的角度考虑，觉得这是人性之恶的表现，似乎道德约束和人性诱惑永远在暗中搏杀，难分胜负。母亲至今都还是个老美人，小妈还小他焦少成一岁，风姿绰约，走到街上要防止别人侵扰，可父亲还是喜欢那个十七八的山丹丹。再平心而论，自己看上程玉娥，玉娥年轻迷人、眼睛摄人心魄是一方面，似乎当时从胡志坚那里横刀夺爱、显示自己的男人魅力是更重要的另一方面。现在，程玉娥才不到二十，要比黄紫红小四岁多，可自己愣是被黄紫红身上的性感味道弄得心旌摇荡，这是为什么！他从职业和男人的角度判断，黄紫红肯定经历过不少男人，相对于程玉娥，她既不清纯又不年轻，那他到底迷恋她什么呢？而且，不光他迷恋，胡志坚还有很多小伙如赵剑锋者，也迷恋她，这又是为什么！他百思不得其解。他干警察这么多年，大多数凶杀和婚姻案件都因人性之恶造成，他再清楚不过了。当他坐在空荡荡的办公室燃起一支烟，面对袅袅升起的烟雾和静谧的城市时，他反而释然了。什么叫人生百态，这就是！活到老，世事经不了。这是父亲常说的话，他此刻理解了父亲。他觉得他此刻对自己也放松了要求。难得糊涂，做官如此，活人更须如此。——这，就是焦氏父子荒唐的处世之道。

喝完一杯茶，焦少成打电话给警卫，将陈家岙和山丹丹从被窝赶起，遣散了山丹丹，并于早饭后立即亲自提审陈家岙。陈家岙似乎还没有从春梦里醒来，就见识了焦少成凶神恶煞的阵势。焦少成单刀直入地问："陈主任，山丹丹可好于老嫂子？"

"这……"陈家岙没料到他会如此直白，笑得合不拢嘴，"焦厅长取笑！"

"严肃点，陈主任！"焦少成严肃起来，"我问你，这么好的东西，你凭什么享受！"

陈家岙顿时汗颜不已，嗫嚅道："谢谢老弟抬举，我说，我说……"

陈家岙刚说出发报的部分实情，中统就来人交涉，说要将陈家岙交由中统内部发落。焦少成让一处处长方宏斌交涉，可对方执意不让步。于是，他走出审讯室，傲慢地问来人："你，是胡志坚派来的？"

"我是他下属！"来人不卑不亢。

"陈家岙正在配合我们调查，是工作需要。胡主任是知道的！"

"可他昨晚打电话，让我们今早一上班，就过来领人。"

"那不成！"焦少成语气强硬，"配合工作还没有完成！"

"人必须带走！"来人道，"这么小个任务，我得完成哟！"

一旁站立的方宏斌早按捺不住，抽出手枪指向来人，吼道："我看你碎㞞怎么完成？！"

对方也是有备而来，早拔枪出手对准了一处处长方宏斌。立即，从外面强行闯进两个中统特务，两伙人差点大打出手。焦少成却冷静下来，摇头晃脑道："好哇好！好得很！这里没有女子娃，都是带枪的。今个，是好汉的走到外面，到操场上，美美干一场！"说着，朝方宏斌抛个眼色。

"难得有机会！"方宏斌说，"我们去操场会上一会，打靶，谁赢人是谁的！"

危机消除。大伙都出去了，剩下焦少成独自生着闷气。

昨夜，黄紫红、蓝枝儿两拨人是在王礼家门外露宿的。此时，一大早从咸阳警察局赶回来的胡志坚为黄紫红带来了丰盛的早餐。黄紫红偏头看了看，没作声。这时，齐天翼走过来道："老板！油条、包子、胡辣汤、鸡蛋灌饼、煎饼果子、牛肉米线、灌汤包子、鸭血粉汤、豆浆、小米粥、油炸饼、锅贴、手抓饼、油茶、肉夹馍、八宝粥，都不要！给我来碗牛肉泡馍！"

"呦……看把你能的！"胡志坚道，"焦大还爱上了林妹妹！"

"哎，我告诉你，别拿焦厅长开玩笑！"齐天翼故意继续漫天胡扯。

"打住！"胡志坚用手示意，制止道，"就这油条最适合你！兄弟，你是根炸到了火候的老油条！"

大家笑起来。胡志坚将油条豆浆放在地上，朝齐天翼努努嘴。黄紫红嘲弄地看着这一切，却见胡志坚已经走到她跟前，她就吩咐警察道："吃不吃，先接住。这是礼貌问题！"

几个警察忙将胡志坚手里的饭接过来，侍立着。胡志坚兴奋道："呀，还是我们黄总指挥最有素质，也最有气质——气质迷人，迷死人还不负责任！她有两个突出的优点，还有一个深深的缺陷，这深深的缺陷就是：从不和吹毛求疵的人过不去！"他一边嬉皮笑脸地瞎扯着荤话，一边从行李里面拿出一条草绿色毯子，铺在黄紫红身旁的荫凉处。

黄紫红看得似有些感动，昨晚整整一夜，齐天翼只是精神上支持她，并没有付诸什么实际行动；她这两天腰困，极易疲倦，齐天翼好像一点也没察觉。于是，黄紫红故意说快板似的道："老板！牛肉泡馍、包子、胡辣汤、鸡蛋灌饼、煎饼果子、牛肉米线、灌汤包子、鸭血粉汤、小米粥、油炸饼、锅贴、手抓饼、油茶、肉夹馍、八宝粥，我都不要！给我来盆洗脸水！"说得自个先开心地大笑起来。

众人一愣，胡志坚生气地说："齐大记者，你要知道，在这儿，你不仅仅是照相的，还有更为光荣的任务。"

齐天翼脸色一变，忙跑开去，到王礼家去弄洗脸水。黄紫红流下泪来，她毫不掩饰地对胡志坚说："我可不要他端来的水。我这命薄，使唤不起他！"

胡志坚趁机开玩笑说自己是猫爱上了老鼠，黄紫红不置一词。很快，齐天翼端来了水，并不合时宜地架起相机。黄紫红上前，试图一脚将水踢翻，被早有防备的胡志坚拦了下来。胡志坚道："紫红，你不知道最近这天气，还有这水的重要性！去年里，玉娥她二爸就是因为没水，渴死了两头牲口而上吊死的。"

黄紫红一愣，停止了奢侈举动。胡志坚道："这样，天翼这水我买了。给你这200元法币！"说着，拿出钱递给齐天翼。

齐天翼将胡志坚递钱的手拨了回去。

黄紫红换了脸色，这才去洗脸。大家纷纷赞赏胡志坚的做法，都觉得很圆满。胡志坚意味深长地瞅着齐天翼，齐天翼一脸无所谓；临了，到底没忍住，一脚将一份豆浆踢进了干涸的大渠里，转身正欲离开时，却听见一声甜润的女声传来："齐哥哥，我来也！"

循声望去，蓝枝儿梳妆一新，清纯可人、神气活现地蹦跳着，肩头的鹰羽毛光滑油亮，眼睛像铜铃一样盯着主人。蓝枝儿将美餐递给齐天翼。齐天翼一愣，接过早餐，毫不犹豫地享用起来。蓝枝儿摇头晃脑地围着齐天翼转悠，又不时得意地瞧瞧黄紫红，鹰的翅膀就不由地扑棱着，扇起一股清爽凉风。黄紫红正在大快朵颐，将脸转向胡志坚，似在亲昵地说着什么。

这边，由于没有赵剑锋参加，警察射击输给了中统特务。可焦少成要赖，仍旧不肯放人，眼见陈家岙已到口边的话又咽了回去，他怎肯善罢甘休。闹到最后，陈家岙事件惊动了祝肇州。其实，早上的人是祝肇州派来的，但他不愿意手下人开口闭口提他，焦少成不明此间关节，硬是留着人不放；最终，祝肇州继续实行模糊手段，授意省办公厅通知警察厅，将陈家岙转移至省党部监狱，再关几天。焦少成气得直摇头，请假送妻子儿子回咸阳岳父家"挪窝"去了。

焦老财比儿子还急，他睡到十点，起身雇车直接上咸阳，最终来到金凤巷，孰料山丹丹陌上美人迟迟归，依旧尚未回到烟雨楼里。老鸨开他玩笑说："焦哥哥，我的焦哥哟，您老小伙子赛叫驴哇！"

他涎着老脸说："最近闪了腰，让丹丹帮你哥捏捏呗！"

"哎呀，您这腰是来回在路上闪的吧？"老鸨上前扇着扇子，又吩咐手下说，"快，去金凤阁守着，碎骚情的估计也快回来了。"

"不许这么说丹丹，丹丹、丹丹，我的蛋蛋！亲着呢！"焦老财嘴里含着烟锅嘴儿说，"我最近思谋着，将她接到西京去！"

“老叔叔！我叫、叫您一声哥哥，你千万别断了老身的财路！”老鸨惊吓不小，争辩道，“她这不是正从西京城往回走哩吗！”

“牛春华！我告诉你，我代表我儿子和省主席祝肇州告诉你，你在她身上已经赚得不少了！”

老鸨一听，吓得差点没瘫在地上。

中午的时候，韩夏春赶到西寨村。他躲在一棵老柳树后远远观察，见王礼家门外警匪散乱，有的擦枪，有的下棋，有的抽烟，有的在看景，他连忙缩回头去。一会儿，他点燃一支烟，一身“劁猪客”行头，一颠一跛朝警察走去：“劁猪骟牛打驴蹄，谁家都有！花肠子要不得，谁家都恼！哎——劁猪，哎——骟牛，哎——打驴蹄！”

见有人靠近，处于外层的警察连忙上前阻挡，里层的土匪们则继续看着“西洋景儿”——美女指挥和美艳山大王的吹胡子瞪眼、吃醋斗法。见警察拦挡，黄紫红上前打量一下韩夏春，突然叫道：“呀，是唐叔叔哎！”

韩夏春轻轻一笑，点头道：“长官！”

“您给我家劁过猪。我小时候，家里一头小母猪找了几个骟匠，都劁不净，一直跑食。最后，是唐叔叔您帮我们劁净的！”黄紫红一口气说完，脸上露出纯朴的笑容。

齐天翼也看得有几分诧异，忙说：“唐叔叔，您是要给这王乡党骟骡子吗？这是积德行善哩，您赶紧去吧！”

胡志坚觉得蹊跷，上前阻挡，齐天翼解释，胡志坚将信将疑。这时，赵剑锋赶来，说：“胡主任是外地人，可能有所不知，这人以前的确是骟马的，姓唐……”

黄紫红放韩夏春穿过警察防线。蓝枝儿也认识劁猪唐，不要说山寨里的牲口，单说她当年养的那头小豹子，也请的这陇东老唐给做的绝育手术，所以她自是大开绿灯，她肩头的爱鹰也发出温顺的咕咕声，似在欢迎韩夏春；土匪们七手八脚，帮着他走过“战壕”。大伙各怀心事地看着韩夏春走进院门去，赵剑锋这才人贵语迟地说出了下半句：“可这人最近一直形迹可疑，五天之内曾枪杀两名警察，并让两名特工泡死在农民的大粪坑里。”

黄紫红气得想抽赵剑锋耳光。齐天翼说："啊，高手竟在民间！既然如此高人，我辈定拜他为师……"一句话逗笑了众人。

见黄紫红笑了，胡志坚赶紧靠上去，齐天翼"咔嚓"一声给俩人拍了张合影。黄紫红不禁道："呀，咱们这执法是不是太不严肃啦？"

"不是太不严肃，是太太不严肃啦！"蓝枝儿讥笑道，"黄乡党，要不，咱俩换换，你上山当寨主，我去警察局干你的活。顺带，也好伺候伺候我的亲哥哥齐大记者！"

"妹子想男人想疯了吧！"黄紫红反唇相讥，"夏虫不可以语冰，拜托，咱俩千万千万别唠嗑！"

"鸡同鸭讲！"蓝枝儿也神圣不可侵犯地说。

王家院门外面，"西洋景儿"二十四小时不断变换着内容。王礼家屋内，面对突然复杂起来的情况，韩夏春、倪柏仁、王礼等焦急地商议着脱险办法。王礼道："……情况就这样，反正，瞎子打捶哩——撑起来啦！这都僵持了快一天了，不知……"

"那是，两个陕西女娃，本事一般大，谁也把谁没个办法。"倪柏仁道。

"女少主肯定是保你的。"韩夏春说，"你的学生，这驴球的，倒是瞎尽了良心。"

"唉，把他家的，娃也是人在江湖身不由己么……"倪柏仁有些伤感，无限悲悯地说，"她待的那边就是口大染缸，你说，原先那都是多好的娃娃啊！"

"黄紫红、赵剑锋、吴子山等是警察局一伙的，蓝枝儿是山大王，可那胡志坚和齐天翼，就摸不来了，他们来干啥？"韩夏春分析道，"我看哪，大可利用，大可利用嘛！"

"韩先生说得对！"倪柏仁思忖道，"外面虽人嘶马叫，但绝不是铁板一块。咱要做好——咱共产党朋友经常说的——统战工作，最大限度地团结盟友，最大程度地分化、孤立和瓦解敌人！"

大家齐声说好。

这时，王礼老婆说有一个叫齐天翼的要进来。倪柏仁说："送上门来了，这娃可靠，他和我可以过命。"

经大家一致同意，齐天翼被引进来。齐天翼快步走入，关切地小声问：“干大，您伤势咋样啦？”说着近前跪地，轻按倪柏仁的头仔细察看。

“木木的。”倪柏仁说，“不好不坏！”

“诸位，请允许我和我干大单独说几句！”齐天翼继续跪着，抱拳致意道。

韩夏春、王礼以目示意同意，韩夏春警惕地警戒着外面，目送着齐天翼搀扶倪柏仁缓缓出到窑洞门外，又走进隔壁窑洞里去。

直到下午，齐天翼都没有出院门。黄紫红等得着急，想要进去看，又打消了这个念头。做贼心虚，她自知理亏，惭愧地想：即便人真在里面，我也无颜面对这个老师和干大。胡志坚倒落得清闲，今天他开局良好，下午更是机会不错，没有了名义上的丈夫——齐天翼的在场，黄紫红更加放松，几次与他眼神相对，几乎要擦出火花来。俩人坐在梧桐树的荫凉里，坐在那条绿色地毯上。此时黄紫红已经脱了鞋，露出穿着肉色薄袜子的脚丫。她的小腿很细很白，白里微微透红，像两截莲藕，异常性感。胡志坚与她相对而坐，俩人都支棱着双腿，腿一摆一摆的，有时就撞在一起，胡志坚的心里就荡起层层涟漪来。黄紫红时而还将秀发抽出一绺，拉过来抿在嘴里。突然，她笑起来，潮红着脸道：“他们在笑……夏日午后……这地毯成了咱们的战场！”

“妹子，我可以认为这是挑逗吗？”胡志坚暧昧地看着她。

“猪也是这么认为的！”她用纤细的十指拢住秀美的、因为有心事而羞涩泛红的脸，隔着十指热辣辣地看着胡志坚。

胡志坚揪一根马莲，含在嘴里，心想：医学书上说，女人的欲望是有周期的，现在是下午五点，是不是女人情绪最容易激发之时？一定是，眼前的黄紫红就是一匹发情的小母马，正等着雄健的公骡子征服哩！这么想着，胡志坚扔掉马莲，用左手去摸黄紫红的手，黄紫红拢着脸的手随着头的摆动，躲过了胡志坚的触摸。胡志坚没有再坚持，复又抓起马莲来，说：“我给你唱支江南曲子吧！是用马莲叶子吹出来的。”

“不嫌丢人现眼呀你！”

“那你意思是，”胡志坚激动道，“最好这会儿世界上就咱俩？”

“……”

胡志坚突然自作聪明地问道：“哎，紫红，你说人活着为了什么？”

“你不累你慢慢想吧！”黄紫红蓦地起身，“我要去看我干大！”

但，很明显，她过不去，蓝枝儿正挡在面前，用鄙夷、挑衅的目光盯着她。黄紫红无奈地自说自话：“让一下，我去看看我老公，看他在干吗呢。”

“只要你不进去，他干吗我都同意。”蓝枝儿说完，吩咐土匪守好，自个扛着鹰朝门走去。吴子山见蓝枝儿和鹰进去了，忙去看黄紫红眼色，见她扬了扬下巴，他就跟上蓝枝儿，俩人一前一后进了大门。

原来，这多半天，齐天翼除了与倪柏仁商量脱身之计外，吃完午饭后，还在王礼家凉窑里美美地睡了一觉。现在他见吴子山、蓝枝儿进来，忙将吴子山往门外推。吴子山道：“齐哥，这是我二姨家，大热的天，难道我还不能进我亲戚家喝口水呀！”

这时，王礼夫妇从窑洞走到院子里，蓝枝儿对齐天翼说：“你放心地出去，别让你的那个疯婆娘闯进来，放一百条心，吴子山胡骚情有我哩！”

齐天翼就出了院门。

蓝枝儿、吴子山俩人见到受伤的倪柏仁，都表现出发自内心的伤感。倪柏仁哈哈一笑，开始说和起他俩的姻缘来。他不愧是世间高人、说媒高手，本来蓝枝儿是中意齐天翼的，可是硬给倪柏仁说得她心里乱了谱，觉得吴子山也不赖：有工作、有文凭，懂礼貌有孝心，人稳当没大的缺点，更重要的是，对蓝枝儿一心一意。蓝枝儿当下含混地说自己只是为了保护表叔，至于婚姻大事就顺其自然好了。吴子山一高兴，拉着蓝枝儿的手问：“枝儿，你同意啦？”

“同意了也不能乱拉手，特别是当着长辈的面！”倪柏仁威严地说，“好了，表叔还得在这儿把伤养好，门就交给你俩了！”

蓝枝儿领命而去，吴子山也喜出望外地跟出院门。

俩人出门，只见霞光万道，照得田野一片黄绿红耀眼。夕阳里，焦少成正赶到了王礼家门外，长长的影子打在蓝枝儿脸上、鹰身子上。原来，焦少成岳父家离此不远，午休睡到自然醒起来后，他便信步走来，顺便指导指导工作，也借机看一看黄紫红的俊俏模样。了解情况后，他色厉内荏地转脸威胁蓝枝儿：“蓝少主，你占山为王、枪杀稀有猛兽也就罢了，怎么还老鼠咬猫、明火执仗，和我这个警察厅长过不去了呢？”

“哎哟喂！这位谁呀！”蓝枝儿故意鄙夷道，“我左看看右看看，可愣是没给认出来呀！”

黄紫红看不过眼，上前搭腔道：“别阴阳怪气的！这位是省警察厅焦少成上校、焦厅长。”

“知道知道！”蓝枝儿道，“经常来光临我们金凤巷烟雨楼的，有一位身体特别好特别好、又特别能吃苦特别能战斗的老头儿，叫焦老财，不知道厅长大人认识他吗？”

“你……”焦少成手按枪套意欲发作，黄紫红和胡志坚忙上前阻拦，焦少成才又说，“你再拧次[①]，我要长官发兵灭了你！”

“等你搬来兵再说不迟，现在就莫要把大话谝了。”蓝枝儿眉毛一挑，轻蔑道。

焦少成一时面子上过不去，黄紫红上前打圆场，对他温柔道：“咱堂堂省上第一大厅厅长，莫和那嘴上没毛的山货一般见识！”

焦少成这才消了些气，靠近黄紫红小声吩咐着什么。

这时，齐天翼上完厕所走过来，蓝枝儿连忙迎上。焦少成一使眼色，警察特务猛然间齐上阵，蓝枝儿的人没有防备，阵脚大乱。胡志坚着急抓瞎，齐天翼给他抛眼色，胡志坚就拔枪在手道：“党部的，给我上……”

不多久，黄紫红、焦少成的人马被前后包了饺子，黄紫红连忙喊：“姓齐的，你不要老娘了吗？”

“与我何干？”齐天翼道，“我要老婆，不要老娘！”

“我就是你老婆呀！”黄紫红喊叫，“瞎了你的狗眼！”

“既是老婆，咱就有话好好说嘛！”

黄紫红即刻命令警察住手。见黄紫红松了口，胡志坚、蓝枝儿也命手下停手。

焦少成道：“我今天休假，顺道来观察一下阵线！对抗不是我本意！对抗不是我本意！”

---

① 拧次：造次的意思。

胡志坚问："那焦厅长的本意是什么？"

"本意嘛，很清楚！"焦少成实话实说，"大伙风吹日晒好多天，没有功劳也有苦劳嘛，我焦某来请儿子的干大干妈齐天翼、黄紫红，晚上喝酒放松一下！"

胡志坚顿时没了面子。齐天翼道："月上柳梢头，人约黄昏后！胡主任，你也走着！"企图强行拉他，可胡志坚坚决不去。

焦少成装作豁达，最终强拉硬拽着胡志坚一起去。到家后，胡志坚见了焦少成的岳父和家人，彼此都认识，甚为尴尬……

焦老财等回山丹丹时，已是晚上十点。他已连睡三觉，早攒足了精神头，叫了声"小亲亲"，就扑向她……

第十一章　5月10日

焦老财与山丹丹承欢之时，儿子焦少成也在享受着床笫之乐。

农村乡俗本来忌讳在娘家同房，可焦少成说是离不开娃，就和玉娥一起睡。一般做公事的人，如果爱人在外地，那么所谓想娃便是托词，其实是想爱人了。——当然，想娃也是真实的。现在，焦少成夫妇的初恋、钟情对象和情敌刚走，出于一种隐秘心理，他俩今晚都很迫切，出乎意料地热烈。焦少成想，这贱人一定是想起与胡志坚当初的好来了，而他则更多的在想黄紫红，不，他是将妻子直接当成了黄紫红，故而无比癫狂。玉娥见丈夫非但没有像婆婆昨晚所言落下个让她活守寡的病根，反而更加雄健，心思单纯的她喜出望外。

当焦老财干完所干的事情又吃完一锅烟时，焦少成和玉娥才结束。玉娥满足地说："男人还是老点好！"

"老点？"焦少成说，"我比你老多少？老多少你也是头茬呀，一点不吃亏！"

"什么头茬？是头房、结发夫妻！"玉娥说，"怎么你还想像你大那样，娶个二房三房的，还……"

"你给我闭嘴！"焦少成气得忽地背过身去，"像你这么蠢，我娶一房就够够的啦，娶十房都到不了我心里去！"

玉娥一下子愣住，继而委屈地哭起来，突然又停下，说："你得给我娃的佛像开光！"

焦少成含混道："睡觉！"

……

烟雨露，山丹丹偎依着焦老财道：“你就是个嘴！”

焦老财听出了弦外之音，毕竟年龄不饶人，自个身体这几年真是有点不中用了，却故意道：“瞧你说的，吃烟不用嘴还用刚才那家伙呀？”

“那你还要娶我？娶我你吃呀？”

“我娶回你，把你供起来，一天三炷香……”焦老财说着大笑起来，带起了咳嗽，烟灰带着火星抖落在床榻上。

此时，去往西寨村王礼家的村道上，昏暗的月光投下斑驳的光，照出抽象派的涂鸦在脚下，黄米篔篔唱着抒情的夜曲。黄紫红、齐天翼心急火燎地赶回王礼家门外，生怕蓝枝儿放走倪柏仁似的。胡志坚落在后面老远，他喝高了——不喝自醉，三丈高两丈低地叫喊着：

世人都晓神仙好，唯有功名忘不了！
古今将相在何方？荒冢一堆草没了。
世人都晓神仙好，只有金银忘不了！
终朝只恨聚无多，及到多时眼闭了。
世人都晓神仙好，只有娇妻忘不了！
君生日日说恩情，君死又随人去了。
世人都晓神仙好，只有儿孙忘不了！
痴心父母古来多，孝顺儿孙谁见了？

王礼家门外，此时土匪们已经倚墙搭起了简易住所，除了站岗的，其余似乎已经入眠。——也是，大家整整四十个小时没有合眼了。警察这边，则在树底下和硬路面上铺上干草，幕天席地，狼藉一片地睡着。——当然，站岗的依旧是严阵以待。双方都在打消耗战疲劳战，所以大伙才这么疲惫不堪。见一切无事，齐天翼清清嗓子，当场宣布：“大伙在睡梦里听着，里面压根就没有倪柏仁！”

“对！没有！”被惊醒的吴子山刚从硷畔那边尿完尿回来，干脆地附和着，“我二姨家的旮里旮旯我都一清二楚，翻遍了可就是没有人！”

蓝枝儿也附和道，言之凿凿：“同意！克玉姐姐的父亲，我一年都能见八回，烧成灰我都认得。缜密实确，里面没人！”——从声音寻去，发现她睡在一个搭了棚顶的牛车上，爱鹰的眼睛像两颗宝石一般在夜间放着光。

“哟，知道你们都穿连裆裤着哩！小心走路别扯破了！”黄紫红听着听着，忍不住说，“蓝枝儿，既然里面没有倪柏仁，那你风餐露宿，费心巴力，到底在这儿干啥呢？”

“有钱难买我愿意！”蓝枝儿穿着一条短裤，人鹰合体、一同跳下牛车，走到齐天翼跟前说，“我陪自己的情郎在这里玩儿，你管得着吗？”

吴子山没看清真相，还以为蓝枝儿把他当情郎了，立时高兴起来。不料，蓝枝儿将脖颈靠向了齐天翼，而齐天翼并无半点躲闪的意思。见蓝枝儿、齐天翼如此暧昧，黄紫红热血上头，差点失去理智，但她极力克制着。黑暗中的赵剑锋实在看不过眼，一枪打掉了蓝枝儿的发卡。枪声惊动了所有人和全村的狗，一时间犬吠人动，场面不可收拾。蓝枝儿没料到黄紫红的手下情绪如此过激——来真的啦，她也不多话，拔枪瞄准黄紫红。齐天翼见场面失控，忙跑到黄紫红面前护着妻子。蓝枝儿见状，气得咬牙切齿却没办法，双方对峙着，僵持不下。

一会儿，齐天翼见一对美人气消得差不多了，遂揶揄道：“哎嗨嗨，姐姐们，晚饭消化得差不多了，该做着好梦睡觉去了。”说着，大步流星地走进王礼家。

第二天早晨八点，艳阳炙烤着大地。关中平原，沃野千里，麦田已经擦上了绿黄色，小麦正在灌浆、成熟。可惜天太干旱，虽说麦熟火里田，但过分干旱则会影响小麦产量——特别会影响到西寨村的产量。这里虽然古有郑国渠今有泾惠渠，号称拥有“天下第一渠”，但由于管理不善，加之西寨村地势偏高——位于灌渠上游的高粱地带，历来得不到灌溉好处。因此西寨村小伙经常娶不到媳妇，像王礼家能娶到媳妇，那是因为儿子长得体面、家里又口碑好的缘故。今天，焦少成一身黄色警服，戴着白色手套，派头十足地来到西寨村，企图一劳永逸、不可逆转地处理“刺王”事件。转过一个弯，就可看到王礼家门外，焦少成第一眼看到的是躺在梧桐树下绿地毯上的黄紫红，她和衣而睡，四肢屈曲，很不舒服的样子；从茅房出来的苍蝇在她的警服上、脖颈上、脸上甚至鼻孔里反复试飞着，练习着捕食和传播病菌的能力。焦少成突然鼻子一酸，决心以果断手段处理眼前的事情。于是，他加快脚步，朝那边走去。不料身后传来马蹄声，转身，却见一名警察下马敬礼道："焦厅长，我叫范敦明，从西京来。祝主席命令，通知您和胡志坚主任，立即回西京处理陈家岙事件。"

焦少成叹息一声，气道："陈家岙……事件……有这么个事件吗？妈的！'刺王'事件大，还是陈家岙事件大？"

来者讨好地嘿嘿笑一下，说："领导的事情最大！"

"……"焦少成阴沉着脸，盯着来者半天不语。

"说得好！"脑后传来黄紫红的声音，"真真的，领导的事情最大！"

焦少成转脸，见她含笑端着尚未来得及盥洗的脸，就动情道："紫红，辛苦委屈你啦！"

"说什么呢！革命工作嘛！"黄紫红旷达地自嘲道，"谢谢你！放心，这里交给我！"

"嗯，保重！"焦少成有些过意不去地上马，犹豫了一下，打马离开时高喊，"记住，快刀斩乱麻！"

很快，胡志坚也领到命令。他瞧着黄紫红恋恋不舍，黄紫红用左手食指在自己嘴上一贴，嘟着嘴温柔地反手向他致意，黄紫红举动的每一个细节，都被正在泼洗脸水的蓝枝儿看到眼里，她立即唱道："好一朵美丽的茉莉花，好一辆男用的破马车……"

黄紫红忍无可忍，但她极力克制自己——连日来与这个野女子过招，她都没有占到任何便宜，反而有损于她作为长官和美女的形象，于是，她假装没有听到，漫步到远处解手去了。

焦少成打马疾驰，远处的铁道、山峦、帝陵缓缓推移，近处的郑国渠遗址、泾惠渠大渠、村庄房舍、沟壑山梁等都一掠而过，道旁的泾河更是如影随形。突然一只野蜂横打在他右眼上，眼睛顿时酸痛难忍，随之腰一弯，差点落下马去，不得不紧急勒住马。这时，胡志坚赶上，帮他下马敷好眼睛。俩人相伴一路，互掐互损一路。焦少成道："陈家岙，我没有记错的话，你曾经答应让他配合我们工作的。"

"你也曾经保证要给我无座青铜佛的，给了吗？"

"那不是情况有变吗？昨晚我老婆还念叨着，要给它开光呢！"

“说明东西被玉娥收起来了。”胡志坚道，“你说说，那我们陈主任还怎么好配合你工作呢？”

“胳膊扭不过大腿，某大人物的意思，谁也改变不了。”

“明白就好，为政之要，首在要做政治上的明白人！”胡志坚唱高调道，又问，“玉娥可好？”

“你不是昨晚见到了吗！”焦少成嘲讽道，“我知道你想听什么，我老婆昨晚床上表现出色，搞了好几次。”

“有点品位好不好！”胡志坚道，“难怪一直扶不了正，警察厅正厅长的位子宁可空缺、虚位以待，都不让你升上去。”

这话说到了焦少成痛处，焦少成道：“兄弟，打人不打脸，揭人不揭短。咱俩别相互揭短呀！”

“好，不揭短不揭短。”胡志坚道，“可你也别吃着碗里瞅着锅里、打人家齐天翼老婆主意呀！”

“嗷——你还知道黄紫红是你哥们的老婆呀！”焦少成说，“那就别整天一门心思玩暧昧啦！”

“理解啦！要我当君子不玩暧昧，好留着水润的少妇让你摆布？”

焦少成开怀大笑：“我啊……我还用得着摆布？她不得屁颠屁颠一天向我汇报上几次呀！”

“卑鄙！这叫利用职务之便欺负女下属。”胡志坚挥鞭打马，“驾——驾！”

“我在上她在下，我说几就是几！”焦少成也催马上前，“你管不着！”

“作呕！咱走着瞧！”

俩人飞马而去……

这边，齐天翼和黄紫红夫妻俩站在王家院门外的大太阳底下，也是吵翻了天。黄紫红双手叉腰，盛气凌人道：“齐天翼，我希望你于公于私都考虑周全了，别引火烧身！”

“希望……引火烧身？”齐天翼一副没皮没脸的样儿，“我齐某人可真是讨了位既能干又漂亮的好老婆，既手握公器又心疼老公，能替老公考虑周全。”

“没脑子！你想说什么？”黄紫红更靠近齐天翼一步，几乎是要力扑上身。

“我想说，咱可别毁容！”齐天翼倒退而去，“能不能站到荫凉地方，好好吵上一架？”

“谢谢！”黄紫红紧跟齐天翼来到桑树底下，“这下风轻云淡，咱慢慢儿说。”

一直焦急观阵的蓝枝儿，肩头站着鹰走来，看热闹不嫌事大地说：“把人看得牙痒的，打架的事儿，硬在这儿吵哩！”

黄紫红一见蓝枝儿掺和，便神气活现地将腰肢靠到齐天翼怀里。齐天翼岿然不动安如山，黄紫红扭头用粉嘟嘟的嘴贴着齐天翼的脸，说快板似的道：“我俩一起用尿泥捏过泥娃娃摔过泥炮一起上过学唱过歌谈过恋爱结过婚拜过堂上过床有过共同的干大恩师证婚人，是受法律保护道德认可亲朋祝福的恩爱夫妻。”她一口气说完，直说得差点喘不过气来，回头深吸一口气，盯着蓝枝儿问道，“请问蓝少主，您是哪里冒出的哪根葱，管得着吗！”

蓝枝儿并不气馁，抚着掌妖里妖气道：“呀……长见识了长见识了！哥哥们，咱关中地面上出妖猫精、猫鬼神啦。您瞧瞧，半夜晚都不见得睡在一起，这大天白日的，倒秀起恩爱来啦！”

“怎么就叫‘秀恩爱’啦？”黄紫红知道这女山大王文武兼备头脑好使不好对付，就没想着一招制敌，而是耐着性子和她磨嘴皮子，“你小屁孩一个，发育都没成熟，懂个屁呀！”

“怎么不是秀恩爱！你是拜过堂结过婚，但七年里你都不在，你们没有入过洞房，没有做过真夫妻。”蓝枝儿冲口而出，说得自个先羞红了脸，“你起开！你腾地方，我和天翼哥哥过呀！”

当着这么多人，大姑娘家的，话说到这份儿上，关陇地面的人称之为“太白了”，就是说，把不该说的关于男女的隐私给抖出来了。这话只能是蓝枝儿说，换了别家女孩儿，那是要被打死的，这辈子铁定嫁不出去要熬在娘家当老姑娘。齐天翼走出树荫，意欲制止蓝枝儿。没想到，黄紫红已经开腔：“羞死我咧！羞死我咧！难道我们夫妻热活受活，还要请你按杆子吗？”——当年，农村男女十四五就结婚，新婚晚上新郎新娘房事无经验，一般要请来奶奶辈儿给传习经验，将新郎小鸡鸡按进新娘下体，这叫“按杆子”。

黄紫红的话，让大伙都羞愧难当。这等于是将祖祖辈辈的陋习揭到人面子上给数说了！齐天翼头“轰”的一下，感到脸无处搁，也感到黄紫红的无耻，他上前，想扇黄紫红一记耳光。蓝枝儿怕母老虎伤及情郎，连忙又从中说合，说：“哥，你俩好聚好散，如今‘新生活运动’施行了十几年，不反对离婚谋求个人幸福的。”

黄紫红自惭形秽，今天又被小姑娘耍了一回，当众说荤话失态出丑，她实在忍无可忍无须再忍，决心要让蓝枝儿吃不了兜着走。

“呀——”黄紫红大喝一声，扔掉外衣和手枪带，冲蓝枝儿而去，“我今天舍了这副皮囊，撕了你！”

蓝枝儿也不示弱，斗志昂扬地迎了上去，鹰受惊起飞，盘旋在上空。乡野人家，谁见过这样的“西洋景”！村子里的人，能来的全都涌过来看热闹。齐天翼见二人只是摔跤撕斗，并且俩人交手记录是平局，故而心里并不着急——不让俩野女人释放释放这邪火气，大伙谁也甭想消停。齐天翼拿起相机，找个位置，准备拍摄。这时，王礼家的给蚕采摘桑叶回来，大叫：“山山，还愣着干啥？手心手背都是肉，不是你媳妇吃亏就是倪伯伯干女子吃亏，还不快拉开些！”

吴子山心领神会，他上前拉起了偏心架，故意护着蓝枝儿。黄紫红好几次够不着蓝枝儿，心里更加窝火，便瞅准时机，狠狠劈了吴子山几掌，并主动退出战斗，事情才算结束。

恰在这时，韩夏春颠跛着走出门来。蓝枝儿高喊：“弟兄们，看够没有！看够了，赶紧护送唐叔叔出去，千万莫让猪呀狗呀的给伤着啦。他为咱关中的六畜兴旺、农业生产，作出过多少贡献哪！大盖帽的警察大哥，你们谁家没请过他劁猪骟马打驴掌，咹？”说着，摆动右手将爱鹰唤回肩头，上前与手下一起，将韩夏春护送出村外。

齐天翼则极力安抚住黄紫红，生怕她借机冲进王礼家。他拽着她的手臂故意恭维道：“你个大原里出来的上过学当过兵受过正规训练统御万军的总指挥，与她一个山里的野丫头争什么呀！你不争，你也是‘正宫’呀！”

“满嘴喷粪！”黄紫红用极其陌生的眼光盯住他，“你是不是怕我进去见干大呀？我领着一帮尿囊鬼，能见得着他老人家吗！”她的目光恶狠狠地剜向赵剑锋。

赵剑锋被上司、心上人儿瞅得害了怕，黄紫红刚才出师不利，心里一定很窝火，他得表现表现，替她出这口气。于是，他迎面走向送完韩夏春折回来的蓝枝儿，企图将其隔挡在警察圈的外面。蓝枝儿似乎早有防备，以迅雷不及掩耳之势将赵剑锋擒拿住，一伙土匪蜂拥上前，把赵剑锋高高架起，吆喝着要扔下灌溉大渠里去。齐天翼忙上前劝解，这才两相让步，各自回到原地。

快晌午的时候，焦少成妻子特意向黄紫红赔罪，并邀请她和齐天翼去见证孩子的青铜佛开光仪式。齐天翼好生纳闷，心想干大的无座青铜佛不是已被山丹丹的人拿走了吗，怎么今天还开光啊。他背过黄紫红问蓝枝儿："我干大的无座青铜佛，你可曾见过？"

"见过啊！就是咱俩第一次见面的时候，被窝里那个硬硬的东西。"蓝枝儿说得很动情，脸倏然变得红扑扑的。

齐天翼听得好生纳闷。蓝枝儿又说："就是你走的时候，我想送你你没要的那个包里装的东西。"

"想起来了。"齐天翼后悔自己当时没接受，又问道，"我是问，自那之后，你再见过吗？"

"没有！被那个小蹄子送厅长他大了！"

齐天翼吃惊道："不是此后你们又要回去了吗？"

"没要呀！"

"噢，那一定是焦少成耍的花招！"齐天翼匆匆离开，走向黄紫红。

齐天翼将黄紫红拉到树下，耳语半天，才达成一致意见，一起去焦少成岳父家。路上，黄紫红与程玉娥一会儿说皮肤保养一会儿说女人生理周期，一会儿又大骂男人花心无耻贪得无厌，还深情地回忆起了各自的童年美好时光；特别是黄紫红当着齐天翼的面说他小时候有夜游症，程玉娥反应极快，立即问黄紫红怎么知道齐天翼晚上的事情，黄紫红说是听人说的……如此等等，俩女人很快亲密无间，手拉手到了玉娥娘家。

程家客厅里，法师、开光物——一尊完整的新青铜佛，连同那个无座青铜佛，以及香纸、烛台、法器等什物，已准备就绪。齐天翼、黄紫红一见无座青铜佛，立即就认了出来，俩人心里都是一跳，互相热热地看了一眼。见大人已经到齐，程玉娥怀里的孩子也安静清醒，法师也不言语，就把所有的开光物件一一放于托盘里，置于自己带来的大佛前，开始念经数通。一小时后，算是佛光普照，人人皆大欢喜。

送走法师和外人，齐天翼、黄紫红与程玉娥坐下喝茶。黄紫红呷一口泾渭茯茶道："玉娥，姐给你操个心！你知道那只无座青铜佛是从哪里来的吗？"

"知道，是他爷爷给的。"

"那你知道，他爷爷又是从哪里得到这东西的吗？"

"这个，"程玉娥说，"我没细问，知不道！"

"那是山丹丹窑子里的残次品！"黄紫红似不经意地说。

程玉娥一听这话，脸色大变，骂道："不上弦套的狗东西！"说着，拿起那只无座青铜佛就要摔出门去。

黄紫红惊吓不小，忙上前拦挡："污秽之物，要撂得远远的，越远越好，别对咱家里亲人特别是咱娃不利！给我，我回去的时候顺路撂到大渠里！"

程玉娥将无座青铜佛给了黄紫红，俩人就告辞出了门。一路上，夫妻俩又为青铜佛的归属争吵起来，孰料，程玉娥竟又追了上来，反悔说：得等焦老财答应后才能将青铜佛转手。霎时，黄紫红和齐天翼都傻了眼，眼睁睁看着到手的青铜佛又被拿了回去。

下午四点，西京警察局。

焦少成和胡志坚的争吵继续着，并升级为大吵，俩人在陈家岙的事情上难以达成一致意见。这时，电话铃不断响起，省政府多个局办都来过问倪柏仁的事情。焦少成连连撒谎，说昨晚已经处决，只是底下群众因此发生了一些小骚乱，正在调解平息中……胡志坚听着，风轻云淡地笑了。

黄昏，倪柏仁在窑洞窗内练书法，废报纸上写着一行飘逸遒劲的字：

无穷的远方，无数的人们，都和我有关。——鲁迅

王礼进门来，直夸他心胸宽、度量大，又小心翼翼地劝其多休息。倪柏仁停笔，俩人胸有成竹地在家里聊着天，不时发出开心的笑声。突然传来黄紫红要进来

的要求，倪柏仁断然拒绝，拒绝后又暗自伤心，遂提笔写信给她。

黄紫红在门外也很受伤，齐天翼去安慰她，反被她一顿臭骂。正在这时，蓝枝儿拿着倪柏仁的小楷亲笔信递给黄紫红，黄紫红顿时两眼放光，要知道不管内容是什么，单就干大的手迹而言，也是值金值银的。她激动地谢一声蓝枝儿，蓝枝儿有点意外黄紫红的反应，黄紫红却不管不顾地看起信来。信的内容是劝黄紫红别为反动政府及其暴力机构卖命。无奈，黄紫红中毒太深，又年轻气盛，竟当场撕碎毁了散发着墨香的信。大家看得不无惋惜，蓝枝儿以为她接下来要强行闯入，做好了最后的决斗准备，孰料黄紫红却说："最近身上来了没精神，想找一个老农家休息休息！"说着便要离开。

齐天翼殷勤上前："我陪你去！"

"你陪她吧，多清纯可爱的小人儿呀！"黄紫红嘲讽地瞅着正在吃醋的蓝枝儿，不咸不淡地补上一刀，"瞧，连吃醋都这般迷人！"

终于确知了目标——倪柏仁的下落，这次决不能让他再溜掉。是夜，黄紫红紧急联系泾阳保安团，紧急部署，准备血洗王礼家……

第十二章 5月11日

黄紫红自有她的难处。

如果不能完成“刺王”任务，她便不可能平安地生活，更不要说正常的相夫教子了；等待她的，将是处分、降职、解职，甚至很可能被处决——当局一定会让她当替罪羊，说她放水故意放了干大——只有这样，才可以对上有个妥帖的交代。自从领命后的这十二个日日夜夜，她无时无刻不在盘算这事，盘算来盘算去，就这么个结论。

还有丈夫齐天翼，她越来越觉得他是那么遥远，像天边的浮云飘忽不定，又遥不可及。现在的情形是，即便他全身心爱她要她，她也不敢接受，因为她别无选择——要苟活，就得先完成任务，处决干大；否则，一切都无从谈起，更不要说宜家宜室了。思虑过度，她月经第一次不规律起来。一小时前看来，因为赵剑锋的失手，她要苟活似乎已成奢望，因为十天来目标始终都在视线之外；可刚才，她终于通过倪柏仁的亲笔信看到了目标的影子，就突然又有了一线生的希望。

现在，她要扼住命运的咽喉，绝不屈服于它。她要血洗王礼家！“倪柏仁！”她齿间生风，冷冷说出这三个字，“我活要见你人、死要见你尸。”

一连几日，在韩夏春等同志的领导下，咸阳地区地下党发动咸阳周边群众，传递酵子[①]——搞大联合，营救倪柏仁。几乎每家都收到了酵子，然后每家都将酵子接续传向自己的邻居，邻居又传给另外的邻居……很快，酵子就传遍咸阳周边方圆百十公里的每家每户。它代表了一个惊天秘密：解救倪柏仁的决战即将打响。

---

① 酵子：本意酵头，此处为在信息不发达的时代，人们起义时用来传递信息的手段。

分秒必争，黄紫红的大绝杀和群众的大营救正在争抢时间！

后半夜，韩夏春匆匆来到马庄。月光朦胧，平坳里随风传来的麦浪声，隐含着几许肃杀，远处的狼嚎令人生畏。韩夏春走到一处松柏成团的老坟旁边，察看一番动静和地形，故意咳嗽一声，便听到那边敲了一下树干；他继续咳嗽三声，那边敲树干三下。韩夏春进前一步，沉声道："青山有幸埋忠骨。"

坟地那边传来个男腔："忠骨有幸埋青山。"

韩夏春疾步走上，那边的人快速迎上来。来者二十多岁的样子，自我介绍说："老唐同志，我是马庄农民、地下党员刘正宁。"

"我是老唐。"

俩人紧紧握手。

刘正宁递上一杯温水，韩夏春"咕咚咕咚"喝完，问："同志们都到齐了吗？"

"到齐了！就等着您呢！"刘正宁道，"还有花卷热蒸馍、黄瓜菜青辣椒，我媳妇特意做的，快过去吃吧！"

俩人走到坟地里面，大伙纷纷站起，韩夏春迎上，与大家一一握手、低声致意。刘正宁让他坐在一个柔软的床上，他这才发现大伙都在一个小房间内。原来，刘家很讲究守墓，这是祖上流传下来的守墓房，同时用作看瓜、护庄稼的房子。一个四十几岁的老党员给他递上膏药，韩夏春激动地放下馒头，要自己涂药；老同志说："你吃你的，我先给你用盐水洗一下，我是医生。"

韩夏春连忙致谢，心里暖融融的，他边吃饭边接受治疗，边主持会议："同志们，你们七个督察区负责人能够一次性到齐，说明了大家对革命工作的高度责任心，说明了大家对倪柏仁先生的热爱和敬重，也说明了大家对这次解救工作急迫性的认识非常到位。在此，我代表组织并以本人名义感谢大家！"韩夏春站起，深深鞠躬，"同志们，敌人异常狡猾、残忍，而且强大，情势险恶，留给我们的时间不会很多。现在，请各片区负责人分别汇报营救准备情况……"

"我先来……说说一区准备情况，"刘正宁说，"全区三乡三十一个村共传递酵子六百零三个，落实参加营救人数七百一十四人到七百一十八人之间。"

"到底能来多少？"韩夏春问。

"是这，老唐，有两户两口子都来，还有一户主要劳力是在西京当襄理的，说争取参加，另有一户老婆正在从娘家往回赶的路上，所以不是很确定。"刘正宁解释道。

"兴平区。"韩夏春点名。

"我叫韩玉贵，我来说一下我们二区工作落实情况。"一个低矮的中年男子站起示意，坐下来说，"我区实际控制区域有限，经统计，三乡二十个村共传递酵子五百二十九个，落实参加行动人员二百零三人。就这，还是我们积极分子下功夫争取的！"

"好！醴泉区说。"

"老唐，我马上包扎好！"正俯下身子给韩夏春治脚的同志说，"四区四个乡五十六个村共传递酵子七百八十九个，落实参加行动八百零三人。"

"好！"韩夏春称赞道，"你医术好，组织能力更好！——没有特殊需要说明的情况，其他两区就抓紧只说一下数字。"韩夏春强调。

"五区能来二百三十一人。"

"三区三百人整。"

"好！按照保守数字，总共可动员群众约两千两百五十一人。"韩夏春高兴地说，"我们要组织人民群众的汪洋大海，陷敌人于灭顶之灾，一定救出倪柏仁先生！"

大家异常振奋。韩夏春又向各位同志细致了解群众准备情况，对一些特殊情况作了充分研判，制定出预案。最后，他深有感触地说："通过同志们的短期紧急工作和刚才的汇报，我们备受鼓舞。我谨代表西京市工委对同志们的突出工作提出表扬！"说着，带头轻轻鼓掌。

大家也小声鼓掌，虽然掌声微乎其微，但革命的洪流在每个人的胸间如春雷激荡，似大海扬波。韩夏春继续道："同志们，今夜到明日凌晨的行动，特别要注意十六个字：保守秘密，统一部署，迅速到位，形成压力……江山就是民心，我深信，当暴政遭遇人民革命时，一定会轰然坍塌！"

大家都被韩夏春富于感染力的话语鼓舞着，散会后积极行动起来。

与此同时，泾阳县城三秦居酒店雅间，细高个子保安团团长范续祖醉醺醺地自席间站起，高高端起一个硕大的茶缸，对坐在身侧已经微醺的黄紫红道：“黄总指挥，您真……黄……黄……米筻筻——夜莺……叫的时候，咱坐到这儿的！”

“对，范团长！”黄紫红道，“紫红已经微醺，陪您喝了四小时了！”

“醉里乾坤大，酒中日月长！四个小时……算什么！你前两个小时是陪季……季……县长季怀仁的！”范续祖摇摇晃晃，茶缸子里的酒洒落下来，有几滴滴在黄紫红的脸和脖子上，“酒是粮食精华，好东西，弃、弃之……实、实在可惜！”范续祖说着，将胡子拉碴的嘴伸向黄紫红娇艳如花的面庞和白皙如玉的脖颈，贪婪地吮吸着她脸和脖子上的酒水。

黄紫红的笑脸渐渐变成了青铜器，一动不动。桌上的团副、连长、排长都看傻眼啦，为长官的不雅举动汗颜，也为他捏一把汗。他们虽初次见黄紫红，但她的威名大伙之前就听过，今天一见，果然英姿飒爽、不言自威。季县长紧急推掉重要接待亲自款待，席间十分殷勤，临走时吩咐范团长好好招待。范团长是河北人，二十九岁尚未婚娶，一心要讨天下绝色女子为妻，奈何至今未遇中意之人。今夜见到黄紫红，疑为仙女下凡，花木兰再世，造化送来了知己；自是坚决执行县长命令，支持女神完成重任，遂殷勤把盏，悉心照顾，屡表决心。黄紫红看出他的诚意，方今正是用人时刻，这是上苍所赐。奈何，范团长高兴之下饮酒过量，失态若此，黄紫红强忍着性子没有发火。她按住范续祖的头，俩人同时站起，她开怀一笑道：“难得范团座如此畅快，诸位乡党，我们都是性情中人，理当相互鼎力支持！今日黄某有求于诸位，焉知他日诸位不会有求于我黄某！来，朋友们，最后一杯，我们干！”说着，夺过范续祖的茶缸，而将自己的小酒杯递给他，端起茶缸与范续祖的酒杯一碰，随后一扬脖子一饮而尽。大家为她的豪爽、干练、威武和美艳所折服，都喝完了杯中之物。

一刻钟后，泾阳保安团紧急集合，范续祖威武雄壮、文采飞扬地发表演说雄文后，四百多人全体出动，整齐威严迅速地朝西寨村进发……

关中大地，天快亮的时候，忽然全黑了下来。等四周再次放亮时，湿漉漉的空气里，人们发现成千上万的群众包围了王礼家，包围了西寨村，包围了西寨村周围的山水林田。几十年后，泾阳的老年人还清楚地记得，这次“保王”行动参加的群众共六千八百一十三人，远远高出当初汇报的两千多人，咸阳腹地，几乎是家家出动。群众神情沉着、秩序井然，声势极其浩大。一会儿，几百个民团气势汹汹地赶到村口大渠北面，被群众的人墙挡住，踟蹰难行。如果有一双眼睛鸟瞰，就会发现，他们丢进群众形成的人阵，几乎寻不着影子了。他们完全靠近不了西寨村，更不要说王礼家了，只能远远地踅摸着。不久，天变得水雾迷蒙，燕子绕着人们的头顶翻飞着、嬉戏着。很快，黄紫红、范续祖也杀气腾腾赶来。黄紫红面对群众的汪洋大海、铜墙铁壁，心里一沉暗自叫苦，犹豫一下，命令士兵开枪示警，企图强行靠近。范续祖观察阵势之后，朝她耳语一番。黄紫红听罢，独自硬挤着穿过人群，进入西寨村，朝王礼家方向走去。

一路上，村子各个旮旯里的隐蔽处，全是因群众合围而没有来得及逃跑的狐狸、野兔、山鸡等，它们大多被村里的狗围追咬死，幸免于死的，则瑟缩在大雾迷离的房顶上、柴摞里、树林间。黄紫红感叹群众的力量，悲观起来，心想，今番即便发现倪柏仁，又能奈他何！突然，她又想到自己是要击毙，不是抓活的，于是她觉得那个范团长挺厉害。好半天，她终于挤到王礼家院门附近，默然隐蔽在人群里观察。对面，警察与土匪们稀松地对峙着，双方有人互相点着烟卷，拍打肩膀开着玩笑。今天虽然没有两个女主角的“西洋景”，但是，凭空添了这么多一辈子也没有见过的群众，他们之中某些人的媳妇、父母、舅舅、姨父、大姨二姨、表叔、干大、表哥、相好的、老熟人、老乡，就在其中，所以他们并不觉得憋闷。唯一不自在的是，这上厕所成了问题。范团长的聪明就表现在这里，王礼家厕所在外边，过不了一个时辰，机会肯定会来。果然，黄紫红看到没有自己“陪练”的蓝枝儿是那么的无聊，她正木呆呆地看着四处，眼里毫无神采，倒是她肩头的雄鹰分外威武，人和鹰的精神状态反差巨大，有点滑稽。

倪柏仁听到零星枪声，让王礼出去了解情况。王礼察看后，虽然被外面突如其来的枪声和人群弄糊涂了，但为了不让倪柏仁过于忧虑，他将实情隐瞒下来。倪柏仁听后，将信将疑地服药吃饭。可没过多久，又闻吵闹呵斥声；倪柏仁担心群众被保安团枪杀，便不顾一切地登上角楼，大吼：“倪柏仁在此！”

他的喊叫声，因被王礼及时捂住了嘴，而噎在喉咙和口腔里面，他因此大恸，跪在角楼上朝百姓拜了三拜，悲恸啜泣。王礼忙拉他下来，搀扶他回到家里，找地方藏好他。

终于，闹腾告一段落。

蓝枝儿脸憋得通红，她的内急似乎再也无法忍受。这时，一个中年妇女走到她跟前，问："姑娘，是不是找茅房？"

"大娘，哪里有？"

"女的围上一圈，就是咱女茅房。"中年妇女说着笑起来。

"不成！哎哟……我肚子疼！"蓝枝儿疼得弯下腰，硬撑着，鹰站不住，立在她背上。

"走，去大娘家！"中年妇女不由分说，拉着她钻出人群，鹰当空跟飞而去。

蓝枝儿一走，黄紫红一个箭步蹿到王礼家门楼下。吴子山正守在那里，黄紫红一个巴掌扇下，吴子山已经一溜烟地跑到对面警察警戒的外边去了。这时，赵剑锋带领几个人帮助黄紫红打开大门，一伙警察闯入院子。院门被从里面闩上，门外，土匪和警察一片混战，群众也加入进来，将警察打得无处逃遁，不大一会儿就找不到警察的影儿了。门外顿时平静下来，但处在外围的保安团仍旧虎视眈眈。

院门内，黄紫红长驱直入，说声"王叔，轮到我来看看我干大伤情啦"，便直接到客窑的拐窑、地洞、麦筒、牛圈、鸡窝、马厩、家具窑、炕洞、菜窖等一一搜查，但令她心慌的是，没有倪柏仁藏身的任何蛛丝马迹。她不死心，又仔细搜索第二遍，突然眼前一亮，发现厨房窑洞地上有一双圆口布鞋。——这种鞋子她太熟悉了，是她干大几十年如一日穿的"倪氏鞋子"。于是，他冷冷地问王礼婆娘："表叔妈，这我干大的鞋都在，怎么人就不见了呢？"

王礼家的吓得嘴唇发抖、上下牙磕碰得"嘣嘣"响，说不出话来。王礼说："长官，我该死，这是我前几天从我家地窨子里捡到的，我看好好的鞋，又和我脚大小差不多，舍不得扔，就拿了回来自己穿！"

"你真的是该死！"黄紫红用黑洞洞的枪口指着王礼胸口，恶狠狠道，"不老实我一枪崩了你！"

"千真万确！千真万确！我本就胆小怕死，我一个快抱孙子的人，犯不着为他姓倪的搭上我的老命啊！"王礼磕头如捣蒜般讨饶着。

黄紫红怎能相信这话，她一脚踢开炕洞门板子，命令警察爬入，道："打开手电往里爬，看里面有没有拐窑！”正吩咐着，她突然发现了炕上的蚕山——倚着炕角和窑洞山墙，用干草搭起一个斜坡，斜坡上密密麻麻爬满了泛着亮光的蚕宝宝。黄紫红俯过身子，仔细盯了盯蚕山和不断蠕动的蚕，说：“呀，蚕姑娘快抽丝了！”

“是！长官，我没骗你！”王礼说，牙齿打着战。

这时，炕洞里的警察喊“没有”。黄紫红说：“是有人骗了我！”

“我也没骗你！”齐天翼不知从什么地方钻出，“昨天干大的信，估计是前几天写的。”

“你就是灵醒！”黄紫红不阴不阳道，垂头丧气地带人朝院门走去。

黄紫红还没有出去，蓝枝儿就气势汹汹地闯进来，接着雄鹰落在她肩头，她冲黄紫红大喊：“老黄，不相信人是吗？不信，那你亲自搜了一圈，搜到没有？”

黄紫红一语不发，铁青着脸走出门去。蓝枝儿本要走进屋子，但看到齐天翼正朝她使眼色，她就出院门把好门。

屋内，厨房窑洞土炕的蚕山旁，倪柏仁满身蚕姑娘，被齐天翼、王礼等搀扶着，小心翼翼下炕来。倪柏仁刚站稳，就说：“狗日的心硬得很！丧良心咧！”

“怂管[①]！”齐天翼道，“先去拐窑休息一下！”

几个人搀着倪柏仁进了拐窑。

突然，一声炸雷在窑顶炸响，接着电闪雷鸣，天地一阵悸动，哗哗的雨声贯耳而来。齐天翼跑出门，见瓢泼大雨自天而下，院子里早已是泥水横流，一股一股的浑水，来不及排出水窗眼，便汹涌地向屋内灌来。大家被这突如其来的暴雨打了个措手不及，王礼戴着长麦秆帽子，拿起铁锨，冒雨去挑水渠、堰土梁，防止屋子被水淹。他吩咐齐天翼去外面挑水渠，齐天翼跑到外面，见漫山遍野的雨幕覆盖着咸阳塬，覆盖着渭河平原，覆盖着苍茫大地，千山万壑被淹没在茫茫瀑布中。暴雨很快形成山洪、泥石流，冲得保安团云散而去。鹰张开翼翅，形成了高级雨伞，为主人遮风挡雨，在蓝枝儿的指挥下，土匪盗墓贼暂时隐匿下来，倚着门楼、院墙躲避风雨。黄紫红除了带着赵剑锋，其余一个兵也没找到。

---

① 怂管：方言，意思是别管了。

只有英雄的咸阳老百姓风雨不动安如山，他们成功地阻挡了保安团几百人，对敌形成强大威慑，使其不敢轻举妄动。此刻，群众在雨中结成人墙，依旧将王礼家围得密不透风……

风雨潇潇，民心昭昭。黄紫红、蓝枝儿、齐天翼躲在小门楼里哆嗦着，心里都有些不安；因为面对他们的，有许多是他们的舅舅大伯表叔姑姑。黄紫红实在不忍看乡亲们被暴雨摧打，试探了好几下，才发出声，大喝着对群众说：“父老乡亲们，你们这是何苦呢，白白在这淋雨！”

群众开始骂她是“女妖”“官迷”“魔鬼”“丧良心的”“昏了头”……

黄紫红真诚地带着哭腔道：“舅舅大伯表叔姑姑，你们骂吧！你们都骂得太轻了！我罪有应得！可我有错吗？！”说着竟流下泪来。

齐天翼急了，道：“爷爷奶奶们，你们没有必要在这里作践自己，我干大并不在王叔家啊！”

群众不信。

黄紫红附和着他的话：“我们刚从里面找了出来。大家如若不信，我和天翼再回去看一下。”

雨中有群众赞同。黄紫红不由分说地对吴子山说：“进去，给说一下！”

吴子山走进门去，蓝枝儿跟上他。

当此之时，西京也在下雨。

老蒋亲信听到倪柏仁未死的消息，异常吃惊，打电话责问焦少成，焦少成再次撒谎。但他放下电话后，压力陡增。为解燃眉之急，他终于在陈家岙的问题上做了妥协：决定中统军统“共管共审”陈家岙。

黄楼办公室里，胡志坚放下焦少成的妥协电话，心里无比舒坦。他望着漫天的大雨，想起了黄紫红的媚态……他觉得黄紫红是自讨苦吃，接受这样的任务；她大可以避嫌的名义推辞掉，她这是想向上爬想疯了。这样的女人其实最可怕！他预测，黄紫红无论如何都会背负巨大骂名，甚至丧命。那么，她如此冰雪聪明，难道就没有想到吗？显然不是，那她凭什么能站立在这个男权社会的权力旋涡里屹立不倒？想来想去，胡志坚认为，她必定是要找后台的。至于这个后台是谁在哪里，目前还不得而知。总之，这个社会，女人的问题很复杂、很难办。

当胡志坚在替黄紫红想出路的时候，殊不知，黄紫红正与齐天翼面对着雨中的大伯大婶们发呆。黄紫红的眼前浮现出七年前拜堂的一幕：欢乐的人群、欢喜的父母、欢腾的场面，交替着敌人的炸弹、爱人的掩护……这一切在她眼前不断闪现，她禁不住眼泪簌簌流下。这时，蓝枝儿和吴子山打开梢门，请她进去。黄紫红收住眼泪，朝门内拜了又拜，回头又朝群众拜了一拜，转身走入。

黄紫红进去不久，大雨停了。村子东边出现了彩虹，有人喊着谚语：

东绛轰隆西绛雨，
南绛出来发大水，
北绛害得卖儿女……

群众感谢着老天的甘霖，却丝毫没有放松心情，因为他们明白：自己心中的王、“活菩萨”“关中正大先生”“摇钱树”“民主斗士”，还没有脱险。

黄紫红在吴子山、蓝枝儿等陪同下搜遍了王礼家的角角落落，依然没发现人。最后，黄紫红发现了另一处地道，就命令吴子山下去……

此时，西京城里，乌云边沿变成了金边儿，接着老天爷露出了笑脸。街道、马路、巷子里，满是一尺多深的水，莲湖公园北门内外，接连几个大水坑，人车都不敢过，公交车、人力车越堵越多。焦少成、胡志坚带着陈家岙出门欲上咸阳，无奈道路阻塞，他们不得不半道返回。

王礼家门前，艳阳炙烤下，四野暑气蒸腾，群众身上也冒着热气。齐天翼再次请群众回去，但没有一个人走开，他脸上露出焦虑的神色。

半小时后，吴子山钻出地道口。他满头蜘蛛网和干草末子，对着黄紫红连连摇头，黄紫红怀疑地瞅着吴子山。蓝枝儿嘲笑道：“信不过自己属下，那只有亲自出马，钻一回地道了！”雄鹰“啁——”一声，似乎在帮主人抗议。

黄紫红眼珠子无奈地转了几转，只好离开王家。她走出大门外，对群众喊：“乡亲们，我干大真的没在里面，大家请回吧！”说着，穿过人群扬长而去。

齐天翼见状，故意大喊：“媳妇儿，等等我！”也穿出人群去，紧跟上。

群众见警察走得一个没留，“哗啦”一下，潮水样退去。

下午的时候，黄紫红带领警察，又回到王礼家院门外。齐天翼给黄紫红弄来一份羊肉，她推辞说没胃口，让齐天翼自个吃。看着齐天翼吃饭，黄紫红突然闪着眼说：“今天干大生日。”

齐天翼恍然大悟，有些感动于黄紫红的心意。俩人备好礼物——一小坛子牛奶、两斤蜂蜜。要动身时，齐天翼才像想起了什么，突然问：“啊，这是要上哪里去送？咱们谁也不知道干大人在哪儿呀！”

黄紫红说：“你跟我来。”

齐天翼硬着头皮跟上黄紫红，俩人径直走入王礼家。

黄紫红将齐天翼带到王礼家正窑里面放粮食的掌囤[①]前，摆好礼物，拉着齐天翼拜了三拜。突然，她站起，爬上掌囤囤架朝里面瞧去，一会儿她从掌囤囤架上下来，又敲了敲掌囤，并命令齐天翼用刺刀隔着木条往里面戳。齐天翼一时下不了手，就说：“苟日新，日日新，又日新。成物不损，好好的东西，戳它干吗！”

黄紫红毫不犹豫地夺过刺刀，连连对着掌囤木条往里戳去。听着“咯嘣”“嚓嚓”的声响，齐天翼如同刺刀戳到自己心口般钻心刺痛。他闭上眼，暗自祈祷，他的脑际似乎泛起如下画面：掌囤上往出流血，血淌了一地，漫流开来，淌在他脚下，血染红了他的鞋帮……好一阵子，他才强迫自己睁开眼，只见掌囤木条上不过增加了几个窟窿、地上也只留下几片木渣而已。

黄昏时分，黄紫红、齐天翼带领警察及省党部的人彻底离开了西寨村。蓝枝儿也因为要商议山丹丹出嫁的事情，赶往金凤巷。只有吴子山请假未归——黄紫红还想让他在此发挥特殊作用。

与此同时，韩夏春领着周云、阎子俊离开康家店往西寨村赶。经过近三个小时疾行，到夜深人静时，他们终于赶到西寨村。西寨村七八天来一直处于热闹纷争中，此时却显得异常安谧，只有地鹿鹿[②]有一下没一下地叫着，提醒着人们夜的宁静和清凉。到了王礼家，大家喝了口水，不敢停留，抓紧时间扶倪柏仁上担架，由王礼的两个儿子王瑞、王龙抬着走，周云和阎子俊一前一后持枪担任警戒。大家小心

① 掌囤：用荆条、树枝编织的装粮食的较大器物。

② 地鹿鹿：夏秋雨后，湿地里一种发出清幽鸣叫的昆虫。

地躲避着水窝，吴子山骑着自行车走在后面，捎着韩夏春。

一路泥泞，一路蛙虫和鸣，但非常安全、顺利，没一点麻烦。十一点，他们来到泾阳县辖区的骆村与王里村间的芦苇壕，周云推出事先藏在芦苇丛中的地轱辘车。倪柏仁并没有上地轱辘车，周云推着地轱辘车以为不时之用，随从大伙一起疾行。

午夜时分，一行人已经出了泾阳县界，行至醴泉境内的接骨村。这里没有下雨，道路干硬，天干物燥，没多久车子就“吱扭吱扭”响个不停。韩夏春让大伙停下，周云给地轱辘车木轮子上尿了一泡尿，以消除车子行走的声音。

可已经迟了，此前地轱辘车的响声坏了事儿……

第十三章 5月12日

仿佛是一刹那，哨兵就带着地方民团闻声猛追过来。韩夏春匆忙扫视一下，这里是一处平坦地带，四周毫无遮掩，无险可守，只有道旁半人高的臭蒿可以藏身。仓促间，几人不约而同伏在蒿草丛中，周云、阎子俊用步枪对准枪声传来的方向，吴子山、韩夏春握枪在手，四人严阵以待。韩夏春仔细观察后，小声道："王瑞、王龙，你们赶紧走吧！好生回去照看好父母和家人！"

王瑞、王龙犹豫一下，韩夏春又道："吴警官，你辛苦啦！你们仨一同撤吧，护送好你俩表弟！"

杂沓的脚步声逼近，刺眼的手电光隔着蒿草晃动，不断打在他们脸上，引得飞蛾、蚂蚱等不断在人脸上扑动，脚步声和民团头目的喝令声像波浪一样压迫而来。

"我不走，我保护倪伯伯呀！和这伙子狗日的干一仗！"吴子山压低声音，语气坚决。

"你走！"倪柏仁的声音，透出颤音来，"不走，你的媒我不说咧！"

吴子山还要犟嘴，韩夏春道："小吴，咱这乡俗你又不是不懂，媒婆婆吃得油活活。你得请你大来见你倪伯伯么！"

"呀，我咋把这一窍给忘咧！"吴子山恍然大悟，又啰唆道，"那你们保护好倪伯伯，我这就去叫我大带上礼裆[1]来见我倪伯伯。"说着，将自行车隐藏好。

吴子山拉起王瑞、王龙，朝斜刺里一个岔道跑去。手电光立即捕捉紧咬住他们

① 礼裆：见面礼。

仨不放。一瞬间，几十个团丁如马群似的从韩夏春等四人头顶的草丛里跑过，追向吴子山、王瑞、王龙，敌人边追边放着枪，远去了，消失在去往泾阳的平坳里。

大家都惊出一身冷汗，倪柏仁刚才隐蔽时蒿草戳着了脖子上的伤口，现在疼得牙齿打战，大汗淋漓。大家迅速将担架置于轱辘车车厢内，扶倪柏仁平躺在担架上。周云在前，一边警戒一边拉车，阎子俊一边推车一边在后面警戒，韩夏春自己推着自行车小跑着殿后；大伙齐心协力，加紧沿着通往康家店的村道疾进。约莫跑了十来里路，道旁大椿树后传来两声异样的“咕咕——咕咕——”的布谷声。

韩夏春忙放慢脚步，学叫“咕咕——咕咕——”。

轱辘车也慢下来，大家焦急地等待暗号。片刻，道旁又传来布谷声：“咕咕——等！咕咕——等！”韩夏春激动道：“等到啦，等到啦！”

很快，草丛里跳出两个人。大伙紧紧握手，韩夏春道：“有情况，同志，咱快走！”

那俩人替下周云、阎子俊，周云和阎子俊分别持枪一前一后专心地警戒。大家精神振奋，继续疾行。月亮穿过云层，将醴泉大地照得如同白昼，黄米筻筻唱着抒情的曲调，激励着这个精干的战斗小分队。一会儿，听到倪柏仁均匀的鼾声，大伙不禁开心地笑出声来，笑声随着麦浪、和着麦香，传得很远、很远。

鸡叫二遍时分，倪柏仁被安全送达醴泉县康家店景泰家。在村口等了将近一夜的景泰疾步迎上前，紧紧握住倪柏仁的手，激动地小声道：“盼星星盼月亮，可把您这位‘百姓之王’‘关中正大先生’盼到家咧！”

“对，您这里就是我的新家，我这就又回家咯！”倪柏仁也是激动异常，压低声音道。

韩夏春吩咐大家做好警戒，用担架迅速将倪柏仁抬向景泰家。为迷惑敌人，韩夏春派阎子俊将地轱辘车空车径直朝康家店西边的于村推去，又让人将去往景泰家的自行车车辙扫掉。

到家时，金黄的油糕和热腾腾的米汤已端上炕来。景泰媳妇的凉菜拌得很可口，倪柏仁边吃边夸赞道：“啊，就凭这样好的菜，我也得来您这里住住哇！但是，据我对咱周边农村的了解，估计你家娃娃老人也吃不了这么好。”

景泰媳妇一时不知如何回答，却流下泪来。年景不好，大家都是粗茶淡饭还饿着肚子呢，尤其到这青黄不接的麦收前。景泰忙打圆场："先生放心，新麦已快到场畔，困难马上可以缓解。"

倪柏仁早听得放下了筷子，大家都愣住了，景泰媳妇忙道："饭都做熟了，不吃，这么热的天到明早就死气[①]不能吃了！"

大家纷纷劝倪柏仁用餐，倪柏仁却开口要来纸笔砚台，写下四个大字：幸福人家。景泰激动道："呀，倪先生，您这字就跟金条一样，小弟受之有愧呀！"

"应当的，应当的！我这四个字专意写给你的，当不了钱使，因为它转送不了别人。"倪柏仁边说，边将落款和题赠语写上。

大家都笑起来，倪柏仁也笑起来，却不料脖子上的伤口渗出血来。景泰媳妇忙出去拔回几根嫩嫩的灰灰草，捏得流出绿水来；先用灰灰草水清洗两遍伤口，再把已经捏为烂泥的灰灰草直接敷在伤口上，最后用纱布轻轻缠一圈。倪柏仁顿感伤痛轻松了许多，看着灯下如花似玉般的景泰媳妇，真诚道："弟妹人材好，茶饭好，手上又麻利……呀呀，我再不敢夸你咧！"说着笑起来。

大家又都开心地笑了。

此时，在咸阳警局的黄紫红辗转反侧，惶惶不能成眠。她恐惧地意识到，冥冥之中有一只巨大无朋、强壮有力的手在帮助干大逃脱她的控制。也许，面对这样一只手，世界上再强大的武装、再强大的专制体制，也会显得无能。至于这只手是什么，这股力量又是什么，她还不能确知。是王礼？是蓝枝儿？是齐天翼、胡志坚？——胡志坚今天都不在，不光今天，很多时候都不在。那一定是那些老百姓了。不见得！今天百姓包围王家的时候，自己还趁乱回王礼家去搜查了两遍，终是一无所得。对，那么，那只巨大无朋、强壮有力的手，必定是天了！想到这里，她都能感觉自己嘴角泛起了嘲讽的笑；不用讲，老师虽然赢得了民心，也为各政党所争夺，但还没有神奇到让天帮他。黄紫红想来想去，想得头疼眼花腰发痛，口干舌燥，不断喝水，不断憋尿，起了好几次夜。好不容易挨到天亮，连忙打开第二个锦囊，细软的淡黄色绸子上写着娟秀的红色小楷：

---

① 死气：食物因天热而发霉。

与“百姓之王”斗，要依靠百姓。

看罢，她脑子一片迷惘，觉得这次锦囊的内容，不是很对位。迷茫之后，又隐约明白起来：莫非昨天乃至这段时间，自己是败给了广大的老百姓？

民心向背，至关重大。

可是，她心里极端抵触这个想法！走到今天，我竭力驱驰、心力交瘁，甚至牺牲了亲人，我容易吗！我有错儿吗？黄紫红在心里反复发问。更何况，按照锦囊里的意思，自己今后还得依靠那些泥腿子？那我几十年念书、参军、战斗不都白干了？到头来自己所带的荷枪实弹的警察、动员的众多武装力量都派不上用场，还得去靠那些整天跟庄稼打交道的农村人？——她觉得这真是滑天下之大稽！看来，锦囊里的意思得慢慢揣摩，但无论怎么费解，你还得立即按照这个意思去办。她觉得头更疼了，而且越发大起来。

再说王瑞、王龙、吴子山，仨人年轻力壮，矫健如兽，折腾民团跟玩似的，实际上，他们并不想彻底甩掉尾巴，而是诚心将他们远远地引开。绕了一大圈，直到经过马勺沟圈时，他们才果断地甩开了尾巴。吴子山告别两位表弟，沿北面小麦地边的官道独自朝家去了，兴冲冲地准备向父母禀明求婚大事。

王瑞、王龙二兄弟，又故意在村外多绕了几个弯，待返回西寨村时，天已大亮。弟兄俩快速朝家赶去，远远见家门外，有一大一小两只北山狼朝院门方向张望着，两只狼都大张着嘴，舌头如血，流出如线般撕扯不断的涎水来。王瑞大喝一声，顺手从道旁柴摞上抽出个榫子鞭杆追了过去，王龙弯腰拾起几只料姜石用力扔向狼。狼一一躲过石头，狡猾而专注地瞅着他俩越来越近，见俩勇猛小伙儿气势不可挡的样子，便突地一下跑得无影无踪。弟兄俩走近门前，发现家里梢门大开，门槛上有血迹；俩人心下一惊，王龙失声哭道：“妈呀……”穿堂入室，顿觉天旋地转——厨房箍窑里父母被杀死在炕上，血衣湿透，喷出腥气；王瑞洞房里，媳妇被杀死在地上，身上一丝不挂，下体红肿，惨不忍睹；四下找寻，暂时没有发现十一岁的弟弟。兄弟俩悲痛欲绝，双双坐在地上，又觉得危险在背，便强忍悲伤起身，准备将三具尸体拉入地道封存起来。王瑞先将媳妇用布单卷起，扛到地道里，却发现了小弟的尸体——弟弟是逃到地道后被杀的，他一下子瘫软在地道里起不了身。

待王龙找到，才将他拉起。王龙哭泣道："哥，眼泪报不了我们的仇，咱们离家吧，远走他乡，君子报仇十年不晚！"

弟兄俩将亲人的四具尸体封存在地道里，牲畜活物土地树木等交代给邻居，在各个门上落了锁，拿着倪柏仁的"百年好合"书法，洒泪离开了生养他们近二十年的故乡。

黎明时分，倪柏仁在景泰夫妇的炕上睡着了，不久就被伤口疼醒，强撑着。景泰睡在旁边，知道他伤口疼，就问："哥，灰灰草管事不大？"

"关键里面是铁家伙……"倪柏仁抬一下胳膊说，"能感觉到子弹在里面的部位好像有变化……"

"你别动，我想办法。"景泰说着，起身下地，开门出去了。

一会儿，韩夏春带着一位玲珑俏丽的姑娘进来，是护士罗莉莉，省立医院大夫赵景汉的女朋友。她是马栏方面早已安排好前来为倪柏仁诊治的，昨晚就来到景泰家，睡在左侧的箍窑里。大家都静静地看着罗莉莉给倪柏仁仔细检查、处理，发现伤口已经感染，流着浑浊的脓水，看得韩夏春如疼在自己身上。罗莉莉灰心地说："没办法，你想，一连十天的神经高度紧张、东躲西藏、胡戳乱撞……子弹没有游走到咽喉气管，已经是万幸啦！"

罗莉莉给倪柏仁打了破伤风针，倪柏仁稍稍安静下来。大家一起来到罗莉莉住的窑洞，商议进一步医治的办法。罗莉莉一针见血道："我看，转移是最根本的办法，这样躲躲闪闪，开展不了手术，后果堪忧！"

"说得对，是这么回事！"韩夏春道，"得好好计议一下。"

雨后的清晨分外惬意。咸阳警察局院子里空气清新，几只斑鸠在枣树枝头跳来跳去，寻机给窝里的斑鸠宝宝喂虫子吃，一跳一落之间将枣花弄得簌簌而下，直灌进在树下散步的黄紫红和齐天翼的脖子。黄紫红缩着头俏笑着，很享受似的，一会儿又偏头看着齐天翼问："让我猜猜，你在参与干大的事？"

"这还用猜，谁让他是我干大嘞……"齐天翼深沉地说。

"说得太好啦！好像在骂我！我活该被架在火上烤……可你说说，我有错儿吗？”

终于有了与妻子探讨干大的好机会，齐天翼忙说：“紫红，你……”

黄紫红并不想让倪柏仁的话题继续，她打断丈夫的话说：“这么说你的中统身份也不该是秘密了？”

“我也不得活着吗，捉个公事混口饭吃，这不费解吧？”

“当然。”黄紫红道，“我也不希望你在社会上一直漂着！”

“谢谢！你好像没休息好？”

“客气！”黄紫红套着近乎，“大而言之，中统军统是一家，都属于党国；我们可以放心了，今晚就住一起吧！”

齐天翼大窘，正欲细说时，听到汽车喇叭声。一辆警车驶进院子，焦少成、胡志坚押着陈家岙来了。陈家岙戴着手肘，瞥到齐天翼时眼露畏怯。齐天翼暗自吃惊，表面却很镇定。

本来早饭已准备就绪，可焦少成一来，不许开饭。他吩咐咸阳警察局杜局长召集紧急会议，将黄紫红、胡志坚、齐天翼以及局里的人都叫到大会议室，让黄紫红、胡志坚、齐天翼以及咸阳警察局局长副局长坐前排，其他人坐后排，他和陈家岙坐对面。他面无表情地瞅着大伙，却对陈家岙说：“老陈，前面一排，除了女干将黄总指挥外，你都不陌生，不仅不陌生而且可以说还很熟悉。现在，你要放心地说出来，是对面的哪一位给你发的那个电报？”

陈家岙经过这段时间折腾，眼神涣散，早乱了分寸，胡志坚担心地瞅着他。他揉揉眼睛，瞅瞅胡志坚，又瞅瞅齐天翼，再转向其他人，目光最终又回到胡志坚身上。焦少成催问：“老陈，胡志坚发没发过电报给你？”

陈家岙嘴唇动了动，没说出话来。胡志坚气愤地说：“焦厅长，我警告你，你这是诱导性讯问！——还有，凭什么指认的对象就把你排除在外？”

“咋？诱导性讯问怎么啦！”焦少成慢悠悠道，“你以为你现在还站在道德的制高点上？”

“焦少成，我还就告诉你，”胡志坚今天毫不怯阵，“中统的事情还轮不上一个家庭关系混乱的人指手画脚。”

焦少成闻之，隔着桌子直冲向胡志坚，把桌子带得倒了下去。胡志坚也是生死看淡、不服就干，起身撕挖向焦少成，俩人差点打起来。旁边人忙拉住他俩，齐天翼及时将胡志坚拉出了会议室。

为防止战火再起，杜局长忙安排开饭。早饭分成两摊儿：杜局长在会议室里陪焦少成、黄紫红等吃饭，副局长陪胡志坚和大伙进食堂用餐。为缓和气氛并巴结副厅长焦少成，局里还特意弄来了新上市的甜瓜、杏子等水果和山鸡、麋鹿等野味上桌。早餐很丰盛，大伙心情逐渐好起来。焦少成不断开着黄紫红的玩笑，并问："小黄指挥，为何如此憔悴呀！该不是和你那位不懂女人心的丈夫，为了分割睡梦中的财物给闹心的吧？"

大家没听明白什么意思。他就解释道：最近，西京市某机关新婚夫妇，丈夫午睡时梦到自己得了黄金百两，就兴奋地告诉妻子。夫妻俩放下所有事情，合计着该如何分这一百两黄金。妻子嫌丈夫给自己分得少，心里没有她，丈夫嫌妻子贪得无厌太可恶……最终，俩人谁也不满意谁，一气之下离了婚。

黄紫红听罢笑声响遏行云，传到食堂。胡志坚听得难以忍受，对齐天翼道："那谁，去管管你这按不住板的媳妇吧！还让不让人吃饭啦？这吃完饭还要接受审讯呢！"

饭后，焦少成改变了审讯手段。得知陈家岙曾用纸质信与共党联系后，他让黄紫红将每人的笔迹收起来，他和陈家岙以及技术实验室人员在会议室等着。陈家岙对笔迹一一辨认，一下子指出一张行草如行云流水般潇洒的水笔笔迹来，说写这个字的人曾经指示过他的工作。焦少成喜出望外："黄总指挥，盯对一下，这是谁的笔迹。"

"不用盯对，是齐天翼的。"黄紫红冷冷道，吩咐人去找齐天翼。

一会儿，齐天翼到来。他知道事情后，嘲讽地瞅瞅一圈人，对陈家岙冷冷道："陈主任，您太有才了！"

接下来，齐天翼让黄紫红写字给陈家岙看，陈家岙看罢黄紫红手迹，说也可能是黄紫红曾指示过他工作。焦少成立即让技术实验室人员鉴定笔迹。这时，胡志坚走进来，说："陈家岙你应该改行了，我看你是脑子被驴踢了，脑子进水坏掉啦！"

焦少成反驳："应该改行的是你！请问，这次'刺王'行动与你何干？你这纯粹是狗咬耗子多管闲事！还有你，齐大记者！你们这是驴槽里伸出个马嘴。”

“对，我管闲事，是我管闲事！”齐天翼叫道，“那我走，惹不起还躲不起呀！大不了我回西京上班去！”

“呀，大记者，你倒是提醒了我——我要负责任地告诉你，齐先生！你已被报社开除，因为无故旷工半月！”焦少成慢条斯理道，“现在，你最好配合我们调查！”

“好，我配合！”齐天翼毫不在意丢工作的事情，似乎早有准备，拿出倪柏仁之前在报社的手稿给陈家岙，问：“这个呢？应该是你要找的笔迹吧！”

陈家岙兴奋地说：“对……对不起，我冤枉你俩啦！一定肯定必定，绝对就是这个人！”

焦少成立即吩咐技术实验室人员停止鉴定笔迹。

“明白啦！不愧是师徒仨，手迹酷似、手迹酷似呀！”焦少成哈哈大笑，讨好黄紫红般地道，“上穷碧落下黄泉，我们黄总指挥抓的就是他。可谁能告诉我们，他老人家究竟在哪儿呢？”

黄紫红毫不犹豫地说：“我已经搞清，他在群众之中。”

“高——高！”焦少成思忖半晌，点点头，最终却说，“内鬼……内鬼更阴险可恨！”

由于猜疑对象牵涉到黄紫红、胡志坚和齐天翼三人，胡志坚很不服气，道：“我有个建议，建议将焦副厅长的手迹拿来辨认、鉴定。”

狡猾的焦少成故意顾左右而言他，说：“杜局，你这早饭太咸啦，把人口渴的。快，谁给我杯子里再添些水去，加点枸杞！”

旁边的警察闻声，就要动身去倒茶，杜局郑重其事道：“来，我去为领导泡一杯酽茶！老嫂子年轻，比我女儿只大一岁，厅长身体消耗大！”

大伙都笑起来，焦少成兴奋地仰头看着黄紫红道：“你看杜局这淡话多的，体会深刻的！连亲生女儿的需求都搞得这么精准。”

大家又笑起来，比刚才更有声势。杜局落了个脸红，忙装作没听到，快步走出会议室去。胡志坚本要开口死死咬住焦少成，但焦少成抢在他先，严厉地吩咐赵剑锋：“剑锋，让他明白明白‘团体’的纪律！”团体即军统，团体的纪律是戴笠亲自确定的：活着进来，死了出去。

陈家峦立时被拉了出去，接着听到刑讯室传来的皮鞭声和陈家峦的惨叫声……胡志坚鄙夷地扫视一眼焦少成，道："屠夫，真相永远在皮鞭的半径之外。"说完，愤慨地转身离去。

罗莉莉打完针走后，倪柏仁睡熟了。恍惚中，他看见梁来福一大早就在王礼家院门口大喊："老王，快走！"老王闻声跟着梁来福疾速出门，半道返回来拿倪柏仁的"百年好合"手迹，并喊老婆、刚过门的儿媳、小儿子等紧急出了梢门。五人没走多远，突然天崩地裂，王礼家箍窑、门楼坍塌，院子裂缝下陷，瞬息间整座庄子就不见了……

倪柏仁猛地坐起，惊得浑身是汗。看时，屋子里只有他一人，听到外面人嘁嘁喳喳，伴随着纷乱的脚步声和远处的喜鹊叫声。稍一思忖，他顿生不祥之感，忙拉开窗扇子窥探，发现许多庄户人在院子里出来进去，看久了，倒觉并无异常。于是他坐回来，平复一下心情。一会儿，韩夏春进来，随手关上门，解释说景泰的父母亲都是虔诚的佛教徒，家里设有佛堂，这里因而成为善男信女常聚之地，今天肯定少不了人。倪柏仁道："怪道咧，烧香膜拜、络绎不绝的。"

"俗话说，越危险的地方越安全，按理说这是藏身的好场所。"

"未必！"倪柏仁忧虑道，"你没想，为了我这事，这家中你先后来了几次？还有周云、那个护士等陌生面孔，庄户人能不感到奇怪？这很容易引起议论和外人的猜疑。"

"你分析得对！"韩夏春恍然大悟，也忧虑起来。

倪柏仁突然心急地问："梁来福是怎么牺牲的？"

"中了特务的枪。"

"不好！王礼家……"倪柏仁脸上堆满恐惧。

这时，听到门外一个尖嗓子的女声道："得是你弟景章回来咧？我看刚才一个高汉子进门去啦。"

"不是，是骟骡子的！"景泰的声音，"你狗眼窝尖得很！"

……

过了好一阵子，外面才安静下来。景泰在门外搭话：“老唐开门，咱好好说一哈骗骡子的事情！”

韩夏春开门，景泰进门一聊才知：景泰有个弟弟叫景章，早年赴陕北参加革命，多年未回家；人们误以为是景章回来了，藏在家里。景泰压力很大，觉得这样住下去可能要出问题，韩夏春赞同他的意见。大伙决定：派周云到醴泉赵镇第五保吴村去找钱秉承，请钱秉承给倪柏仁找一个安全的地方养伤。钱秉承是位老共产党员，在陕甘宁边区时化名黄靖秦，后来不知什么原因而回家活动。

商议已定，午饭也做好了，几个人抓紧吃完午饭，打发周云出发了。

整整多半天，焦少成将自己和黄紫红关在宾馆套间，说是研究如何对付群众、挖出倪柏仁的事宜。胡志坚和齐天翼也在宾馆隔壁房间商讨对策，胡志坚说：“经过这么一折腾，你中统身份已外泄。”

齐天翼疑惑着，想说什么。胡志坚却转了话头，说：“还不快看看去，天都黑了，媳妇还在别的男人房间。”

“他们是在研究工作。”

“哎呀，您真是大心先生！研究工作？说不定都研究到床上去了。”胡志坚说着就要出门看个究竟。

“黄紫红懂得分寸！”

俩人激烈争执。这时，黄紫红推门进来，说：“天翼，去吃晚饭。”

晚饭后，焦少成打着饱嗝，步行前往岳父家。到家时，已是深夜。一进门，妻子就说：“看你交往的都是些什么人！”然后开始唠叨那天开光时黄紫红和齐天翼企图骗走青铜佛的事情，焦少成听后大大表扬了妻子，又拿起青铜佛细细察看。突然，他茅塞顿开，决定以此为诱饵识辨内鬼。程玉娥见丈夫如此开心，深情地拥了上去……

与此同时，咸阳警察局宾馆，黄紫红深情款款，宽衣解带依偎在齐天翼肩头，奈何齐天翼执意不和黄紫红同房，无情地离开了，黄紫红很伤心。她难过地想，横在齐天翼和我之间的是干大倪柏仁，天翼是记恨我一条道走到黑地执意要杀干大，所以不接纳我；可他哪里知道，难道我还有别的退路吗？她想，我还是要快刀斩乱麻，早点结束倪柏仁的事情，好早点修复他与我的关系……想着想着，她就迷糊过去了。可怜的人，她已经快三天三夜没有睡觉了。突然，她听到很礼貌的敲门声，这正是她所期待的——丈夫齐天翼毕竟还是理解她的！她激动地去开门，却看到胡志坚忐忑的眼神，他倚着门，并没有强行而入，嗫嚅道："紫红……"

"你……"他的犹豫让她有些迟疑，放松了警惕。

"紫红！"胡志坚似乎要迈动脚步。

"……"黄紫红有些作难，她多么想有男人的身子拥抱，但最终还是拒绝了，"请回吧！好好睡！"

她闭上门，躺回床上，眼里满含泪水暗自骂道："狗日的丧了良心的齐天翼！"

深夜，周云终于见到钱秉承。

钱秉承身如铁塔，浓眉大眼，声似洪钟，宛如《水浒传》里走出的梁山好汉。接到任务后他满口答应。考虑到他在社会上有些影响，行动惹人眼目，俩人议定钱秉承不要亲自去接倪伯仁，而是立即派人到上堡子村找可靠的地下党员郑善军，让他出面参与行动。

午夜的月影里，郑善军扛着一杆老土枪到来。钱秉承把他介绍给周云，同时安排了他去接"病人"的任务，又交给他一只老怀表。三个人约定在泔河岸边接送，周云叮嘱郑善军记住接人的时间与联络暗号。

第十四章 5月13日

按照韩夏春事先的约定，周云看看怀表，对郑善军说：“那边把人送到沺河岸边田家土桥口，咱们在那里接人。记住接人的时间是明晚十一点，接头暗号是拍三下手。”

“保证完成任务！”郑善军激动地说，“还以为打仗呢！不过，这比打仗似乎更惊险！”

“同志，咱不是为惊险而惊险！”钱秉承弓腰拍着郑善军的肩头，语重心长地说，“这任务伟大而光荣！我都想亲自执行呢！”

“是！确实是伟大而光荣！”郑善军道，“您坐镇，我们冲锋！”

“好！”钱秉承说，伸出双臂像搂抱小孩儿似的搂住周云和郑善军，“我安顿你们先好好睡一觉！”

清晨，斑鸠的鸣叫和一阵敲门声惊醒了黄紫红。她睁眼一看，刺目的阳光透过薄薄的窗帘将房间照得异常耀眼。不好，睡过头啦！黄紫红心想，该不是焦少成提早来催任务了吧，没准又是胡志坚献殷勤呢，可能性最小却是她最希望的情况是：齐天翼心里为昨晚拒绝她而过意不去，现在来向她赔礼道歉。如此一想，她忙起床、洗漱、打扮，去照镜子，对着镜子她笑了，笑得那么甜蜜诱惑——昨晚休息得不错，镜中的美人让她自己都怦然心动。打扮满意后，她拉拉衣裳，自信而顽皮地开了门。没承想，赵剑锋一身警服、严肃地站在门口，看着她的艳妆，他眼里溅出火花来。黄紫红闭一下眼，舒一口气道：“说，报喜还是报忧？”

“总指挥，我建议加大力度跟踪那个姓唐的‘劁猪客’。”

黄紫红缓缓地端详一下赵剑锋棱角分明、严阵以待的脸，问："就是那个曾经杀死过我们四位警员的瘸子？不是一直在跟踪吗？"

"对！但是时断时续，而且现在还跟丢了。"

"嗯……可以。你抓紧安排吧！"

赵剑锋答应着，又情不自禁地道："您记性真好！"

"瞧你，如果咱这个岁数记性都有问题，那我会死得很难堪的。"黄紫红皮笑肉不笑，"别暗恋你的女上司，否则，你也会死得很难堪。"

"是！"赵剑锋"突"地立正道。

黄紫红退进门去，赵剑锋跟进来，轻掩上门。

"昨天凌晨我们不是已经报仇了吗？"黄紫红声音低沉而阴鸷地说，"王礼家四口也算是我们报了一箭之仇。"

"是！但我个人理解，这都是有损阴德的事情，最好少做。"赵剑锋道，"那个姓唐的'劁猪客'最可憎！估计他是整个援救倪柏仁行动的主脑。"

"主脑也罢猪脑也罢，他只是一滴水，而整个咸阳老百姓则是整个汪洋大海。"黄紫红说，"我们不下地狱谁下地狱？现在的情势是，损阴德的事情咱也得办好了！记住，既要死盯那个姓唐的，也要集中精力对付整个'大海'呀！"

赵剑锋有些不明所以地扫视一下黄紫红，见她正期待地看着他，忙诚惶诚恐地说："那我就盯紧老百姓，同时摸清'劁猪客'行踪。"可他一细想，脑子继续一团糨糊，就问道，"可老百姓……到底……具体是谁？"

黄紫红有些恼怒，气咻咻地说："老百姓是我干大，我要的只是我干大！"

赵剑锋唯唯诺诺，被黄紫红一阵训斥后，一头雾水地离开。

一大早，满目葱茏的醴泉县乡野间，突然响起韩夏春嘹亮的叫喊声："哎——劁猪，劁猪嘞！乳牛下乳牛，三年五条牛！"他隔三岔五劁只猪骟头马打个驴蹄子，主要目的是暗访和监视从景泰家到泔河田家土桥口之间的敌情部署。他在一个已经废弃了的偏僻羊圈小解完，正要回头时，突然，一只手搭上他的肩头；他心里一沉，却镇定地回头看个究竟，竟是吴子山。他松一口气，虽说这小子有警察背景，像狗皮膏药一样跟着倪柏仁，像"红旗特务"，可韩夏春也想利用他打一张好牌，于是他不紧不慢地紧紧裤带，故意阴沉着脸道："年轻人，放着大道不走，你为何走小道？"

"你有所不知，小道上有我唐叔你呀！"吴子山狡黠道，似乎还在察看韩夏春的神色。

"知道有个操心你媳妇的唐叔叔就好！"韩夏春摆顺裤带、拉好衣角，似乎无意地说，"你正好捎着叔，我这脚终究是不中用啦！"

两句话都中了吴子山下怀，他欣然道："能替唐叔叔拉马坠镫，我在所不惜！"

"嗨嗨，这话我爱听！"韩夏春朗然笑道，"今天这生意还凑合，一会儿买点好吃的。"

"说起吃的，对了！我大给你和倪伯伯捎的马鞍桥油糕，您尝尝！"说着，从灰色小布挎包里，掏出一个白布袋来。

"马鞍桥油糕，泾阳名吃。可惜你倪伯伯没有这口福啦！伤势太重，已被人弄走了。"韩夏春故意试探道。

吴子山心下一急，却继续狡黠道："倪伯伯走了，还有你么！蓝枝儿你肯定也能搭上话么……倪伯伯也还回来呀么！"

韩夏春听他这么说，心想：这小子不一般。却问："你对象的事情，你大咋说，他咋没来？"

"我大呀，他高兴还来不及呢！可还得过几日，你不知道，我们家还有我们整个村子连同临近县乡，最近都在闹鸡瘟哩。我家死了二十七只鸡，我父母气得都躺炕上了。"吴子山自认晦气地叹道，"即使没有鸡瘟，就在平时，我大也一老和我说不在一起！"

"你只管给他说你心思么，说人家姑娘长得好人机灵么！"韩夏春道，"你骑，咱边走我边吃你边说着。"

韩夏春一路上大说蓝枝儿的好，吴子山骑着自行车载着韩夏春，心里像轻风吹过鸡毛般轻快，越听越放松警惕，最后竟说："叔，你说我之前穿警服到底为了啥！还不如娶了我枝儿妹妹生一河滩娃！"

"呀，看这娃瓜的！"韩夏春惊讶得差点跌下车子来，却说，"若没那警服，你怎么救得了你倪伯伯啊？没有你倪伯伯的安全无虞，谁给你说蓝枝儿这高媒呀？”

吴子山下车，无比关切地询问韩夏春摔着没有，说自己视韩夏春为再生父母，韩夏春说：“倪柏仁才是你的再生父母！”

吴子山连连点头称是。这时，经过唐家堡子村村头的铁匠铺门前，吴子山突然大呼肚子疼，撂下自行车蹿进了茅房。韩夏春也凑近铁匠铺子去借火，借机传递了一个字条给谢顶的牛二牛铁匠。

上午，焦少成来到咸阳警察局，他倍感压力巨大，问黄紫红追查进展情况，黄紫红对他态度柔媚，说：“有四方面进展：一、已经血洗王礼家；二、派吴子山持续不断地跟踪‘病人’；三、下令寻找并抓捕唐姓劁猪客；四、想法从陈家岙处搞突破……”

见黄紫红还在搔首弄姿，意犹未尽，焦少成直视着她，热辣辣地问：“还有第五点？”

“对，无座青铜佛……”黄紫红将眼前的一绺秀发揉在手里，往嘴里抿抿，眨一眨眼睛，假装斗胆地说，“你娃脖子上的！”

“哈哈……啊！”焦少成纵声大笑，“黄鼠狼吃过界畔了你，惦记上了我儿的项上之物！”

说着，拿起桌上电话就往家里打。半天，那边才接起电话，焦少成问：“大，你身体不自在吗？怎么老半天才接电话？……嗯……嗯……就是再问一下，你给娃的那个青铜佛的来历……哦……什么？……您要伴个小伴……我说大呀大……我这都火烧眉毛啦，您这怎么还惦记上她了呢……你知道吗，她比玉娥还小不止一岁呢！……啃……嗷……”

焦少成挂了电话，惊得半天回不过神来。

黄紫红见焦少成失态，识相地没吱声就离去。等焦少成回过神来，一肚子气无处发泄，就将杜局长叫来问话。杜局长好整以暇地走入，焦少成劈头盖脸训斥他一顿，让他找黄紫红研究咸阳情况，好好配合其尽快破案。

与此同时，金凤巷烟雨楼里，蓝枝儿正坐在豹子皮包的椅子上，与山丹丹商议出嫁事情，她的爱鹰蹲在椅子把手上一动不动，活像一只瑞兽雕像。蓝枝儿问："真想好啦？"

"想好啦！"山丹丹大睁着眼，似乎还在计算什么似的说，"我不是我一个，我的俩弟弟和那些家门父子还靠我呢！"

"就是，他们想靠那个焦厅长办事。"蓝枝儿好生气愤，"你小的时候，我最清楚啦，他们可没怎么照顾过你呀！"

"不是办事，而是我的一个堂兄已经犯事啦，需要老财儿子往出捞人。"

"明白啦！"蓝枝儿似乎想起什么，"不对！你还有事儿瞒着我！"

"哼嗯，为什么逼我……"山丹丹哭出声来，"就是……我、不想……一直这样……"

"嗯……"蓝枝儿理解山丹丹不愿意长久寄人篱下的心情，是呀，皮肉生意也就是吃个青春饭，可女人的一生还长呢，她抓住山丹丹的手，也流出泪来，"你想的对着哩！可……你这所嫁非人哪！"

"老财头脑子好、身体好、对我好……就是……"山丹丹强忍着泪，"就是，土快拥到下巴子了！若能给我留得一儿半女，再怎么也是焦少成的弟弟妹妹么。"

"三好"女婿、生儿育女……年轻的蓝枝儿觉得这些话高度抽象、难以理解，甚至让她难为情，但还是说："你想得长远，我赞同哩！"

两人抱在一起。不一会儿，都擦干眼泪，山丹丹又似乎很担心地说："嗯……无座青铜佛的事情，不知道什么原因，他儿媳妇瓜子咬了一口屎圪节——油麻花都换不下[①]！"

"这……有机会吧！你不是要成为她的新婆婆了吗？"

"你取笑我！"山丹丹嗔道，"你的那位怎么样了？"

"我黄花大闺女，羞脸大，弄不成事么！"蓝枝儿不无灰心地道。

山丹丹虽觉得这话刺耳，但还是说："你得双面出击么！"

"我真的佩服你，姐姐！"蓝枝儿拿起屁股下的豹皮坐垫说，"这个送给你当

---

① 瓜子咬了一口屎圪节——油麻花都换不下：俗语，意为把本不贵的东西当珍宝一样爱惜，不肯轻易与人交换。

作陪嫁，快给妹妹说说，啥叫‘双面出击’？”

“呀，不敢！如今连豹王都已经离山而去，这东西真太贵重了。——我得好好给你说道说道：就是，你一方面要想办法紧追他本人不放；另一方面，还得使些手段，让他和他的那位警官媳妇早离早分早断绝关系！”

一语惊破梦中人，心思单纯的蓝枝儿真正佩服起和自己一般年纪的山丹丹来。她决定双管齐下，并立即行动。

中午，罗莉莉正背过身子给倪柏仁清洗第二遍伤口时，倪克玉走进来。她直接走向近前，边看父亲的伤口，边问：“爸，今天怎么样啦？”

“叫你不来，你怎么又来啦！”倪柏仁并没抬头说，“多亏罗大夫照顾！”

“谢谢罗大夫！”倪克玉这才将注意力从爸爸身上移开，正眼看了一回罗莉莉，突然她呆住了，吃惊道，“怎么……是你！”

这时，罗莉莉也认出倪克玉是那天在医院里找自己男友的女子，她犹豫地放下器械，愣怔在那里。倪柏仁有些奇怪眼前的情景，偏头吃惊地问：“咋，你们认识呀！”

“爸，她是……”倪克玉不知为什么，今天一反往日的伶牙俐齿，作难起来。

罗莉莉犹豫一下，正要说什么。倪柏仁却微笑着问：“罗大夫有对象吗，要不，我给你介绍一个？”

罗莉莉“扑哧”笑出声来，拿起器械继续施药。

从焦少成办公室出来，黄紫红直接去找齐天翼，俩人又说起青铜佛的事，计议半天，奈何无计可施。末了，黄紫红很客气又很虚心地向他请教如何赢得民心的事情，齐天翼看一看她，说：“故乡年年梨花雪，不见昔日故人归！紫红，你不在的这几年，干大思念你的心情，一点不比我少……要我说，把干大放了，你就赢得民心啦。”

黄紫红被齐天翼那一瞥伤着了，被他的话拿住了。她怔怔半晌，再无一语，转身就走。突然，“嘭——”的一声，她撞在焦少成身上，眼睛正蹭上焦少成警服肩头的铜纽扣儿，弄出酸水来。齐天翼忙给她去拿毛巾，等毛巾拿来时，黄紫红早不见了踪影，却见焦少成吊着个脸，齐天翼就说："拜托厅长大人，一个女娃，才二十四岁不到，你别给她那么大压力，逼着她干杀父弑母的事情！"

"是呀！齐先生，虽说是你老婆，可我也怜香惜玉呀。说说，到底是谁给她的压力呀？"焦少成转着圈子振振有词，"记住了，不是我焦某人，是祝肇洲、是领袖哇！更是她黄紫红自己逞能！这么特殊的情况，她当时完全可以找借口推掉的啊！"

"噢……是！对极了！"齐天翼今天也是情绪激动，"可你下任务，也得看人下菜呀！你让她干，那也得她有那个本事呀！你们在托付她一个不可能完成的任务！"

焦少成露出极端鄙夷的神色，凶狠道："齐天翼，你今天说得好！真他妈是说到点子上啦！什么叫'不可能完成的任务'？难道一个神枪手射杀一个犯人，让她监斩，也有难度？也是'不可能完成的任务'？那么，吃饭、睡觉、放屁、打呵欠、挨球，你说，有没有难度？"

齐天翼觉得自己在自取其辱，一时垂头丧气，突然就丧失了置辩的欲望，转而慢腾腾地去洗脸。

"如果，我说的是如果，"焦少成跟到他身旁，"如果没有最高层的监督，这事儿也能大事化小小事化了，可偏偏……"

"打住，打住！"齐天翼用湿手制止着焦少成。

"好！我本来也不是来掰扯这个的，"焦少成说，"敢问娃他干大，你承诺的我儿子的青铜佛底座在哪儿？"

一语提醒齐天翼，他忙说："我这就给你拿去。"说完转身离开办公室。

齐天翼大步流星地走到街上，东拐西拐几次，已经走到西郊。他机警地来到上次来过的那个烂塌窑洞旁，攀爬到能够得着鸟窝的地方，取出一个纸条看了看，就将纸条嚼烂吞掉。随后拿出一个核桃放在鸟窝里，便离开了。回来的时候，他经过一家古玩店，店老板见他走来，似乎早有准备，拿出一个青铜佛底座递给他。他并不言语，付完钱，就往回走去。

齐天翼回到警局时午饭已过。

他走进会议室，见焦少成正在与黄紫红说话，焦少成直直地盯着黄紫红，这时有人喊报告。来人送上纸条，焦少成看罢，大悦，继续不错眼珠地盯着黄紫红说：“妈的，‘扁食’干得不错，速令全体警员火速下醴泉县康家店，不得有误！”

见情报如此神速准确，焦少成马上要有大动作，齐天翼暗自吃惊，就拿着青铜佛底座给焦少成。焦少成表情简慢、带看不看，齐天翼一下子将底座摔碎，并大吵：“姓焦的，你摆什么谱！你要青铜佛底座——我在我干娃满月的时候答应娃的——我说到做到。你一声要哩，我连饭都没吃给你弄来，可你连正眼看都不看一下！——焦大厅长，你如此德行，何以服众？还说什么不得有误！我看这许多事情，都被你这翻手为云、覆手为雨的出尔反尔给耽搁了……”

焦少成刚才是太专注于部署任务而一时失礼，案情进展得太迅速，让他高兴得过了头。不料，反被齐天翼逮了个机会，弄得他一时下不了台。黄紫红心里也是支持齐天翼的，特别是听到他没有吃饭，她很心疼，赶紧吩咐杜局去准备。圆滑的焦少成考虑事情很复杂，他不愿意树敌过多，只好放下身段赔礼道歉道：“听我说，老杜今天就不下去了，专门为天翼兄弟造饭，啊造饭！其他咸阳的人员，紫红全部领上，警令统一，不得有误！”

齐天翼见好就收，却说：“焦厅长就这么打发娃的干大？娃还在地皮上缩着哩，长不到十五成年礼时，你都不敢轻慢娃的干大干妈的！今天，不摆一桌，你觉得过得去吗？”

出人意料，齐天翼话音刚落，焦少成竟放下紧急公务，答应了。

于是，抓捕重任不得不如此这般重新部署：警力全被杜局长率领着开往醴泉县康家店去，酒宴也及时摆开来。酒桌上，平素不大喝酒的齐天翼今天酒量过人，猜拳行令更是连连斩获，黄紫红看得睁大了眼睛，担心他喝大了伤身体，就频频举杯，不断劝焦少成多喝，焦少成很快被灌得酩酊大醉。

等到出酒馆时已经下午五点半。可出了酒馆，警察厅长焦少成还是不辞辛劳，督促黄紫红上车出发，俩人一起去督战落实“刺王”行动了。车内，不省人事的他吐了黄紫红一身，又趁着擦秽物而将手绢放在黄紫红酥胸上揉搓着不肯移开，黄紫红绯红着脸，忍无可忍，终于借着酒劲给了他一记耳光。他才摸着脸，酒似乎有些醒了。黄紫红嘲讽地说：“故意找抽是吧？”

焦少成抓住黄紫红的手，黄紫红几次挣扎着要摆脱那咸猪手都没有成功。于是，她痛苦地闭上眼，委屈的泪水从眼角汩汩而下。

太阳快下山时，韩夏春与吴子山到达雍村的公路边上。这是一处夹在两个高田埂之间的下沉路，上坡处路旁有棵高可摩天的大白杨。韩夏春凝视良久，吩咐吴子山停下自行车。他下车，看着路边的大树，问底下乘凉聊天的中年男人：“兄弟，可知这树的主人在哪？”

“我就是！”中年男人站起，将长烟锅嘴儿拿出口说，“你打听着咋呀？”

“我要买下这棵树给老人打寿材！”

“哎呀，刚才没注意看！”主人睐着眼惊喜道，“这是陇东老唐啊，喳，这树我送您都成，指望这能值几个钱！”说着，吩咐几个儿子拿锯子开始锯树，并对韩夏春说，“你先赶你的路，有空了回来拉木头就是。”

韩夏春热情致谢，将钱硬是撂给男人，与吴子山继续赶路。

夜幕降临，焦少成乘车心急火燎地往康家店赶。突然车子来了个猛刹，他的头碰在车前排的座位上，很快肿起一个大包。他隔着后座对司机大打出手，司机连呼冤枉。黄紫红忙劝阻道：“老焦，你睁开眼看看，看前面啥情况？”

原来，路上睡着一棵大树，挡住了去路。这棵树，正是几十分钟前韩夏春买下的树！焦少成隔着窗玻璃无奈地看着路上的树，树枝张牙舞爪地在车灯下忽闪着，却不见一个人影儿。无奈，焦少成就又暧昧地瞅着黄紫红，道：“小黄，黄总指挥！今宵酒醒何处，杨柳岸晓风残月……我看今晚咱就睡这儿吧！”

晚八点刚过，景泰家的梢门便及时被敲响。从于村赶回的阎子俊推着一辆车来到。不同于他离开时推的地轱辘车，这次他推的是一辆架子车，车厢里铺了干净的干草。他用铁门栓敲了三下门，轻声说：“卖豆腐的，收豆子哩！”

景泰来开门，道：“正好我还剩了一长口袋豆子。”

“那赶紧，我赶夜路哩！”

此时，大伙早已做好送倪柏仁转移的一切准备。几人麻利地把倪柏仁扶上架子车，让他平躺在车子上，再给他身上盖了一条装粮食的白色长条布口袋。乍看上去，车子上很像是拉了长长一袋子粮食。阎子俊推车，景泰拉套，载着倪柏仁出了村口，匆匆朝北走去。

中天上，轻云追着环形的月晕跑，月色朦胧，氤氲得田野影影绰绰，夏虫在嘶鸣，夜来香送来清幽的气息。出村后，两人放开脚步，架子车发出“哐啷哐啷”的声响。突然，涝池转弯处，走出十多个人，就在他们前面五六米远，可以闻到酒气。是焦少成、黄紫红领着警察迎面赶来。已经无法摆脱，几人紧张得差点叫起来，阎子俊将压在干草里的枪捏了捏，倪柏仁立即抓住阎子俊的手腕。一个警察拦住去路，呵斥道：“站住！干什么的？这么晚！”

“卖豆腐的，收豆子哩！下苦的么，哪有什么舒坦日子！钱是魔鬼，害得人不得安稳么！”阎子俊极力控制住打战的牙齿，饶舌道。

“一袋子粮食，两个人拉，你这人手倒是很宽裕哩。”那个警察狡猾道，希图盘问出破绽，“怎么回事，老实交代！”

阎子俊：“长官！您看这上坡下洼、爬沟溜渠的，一个人没法子么！”

警察没话说了，焦少成上前仔细看了看，用手在倪柏仁头上的布袋子上摸了摸，而后拍去手上的尘土，道：“天热，这豆子都是热的呀！”

“……”阎子俊、景泰吓得直冒汗，不知如何应答，瓷在原地。

成功细处取，富贵险中求。却见焦少成朝黄紫红摆了摆头。

黄紫红问：“老乡，景泰家住哪？”

景泰忙回头指了指自己家，说：“就那家，几步就到！”

“快……”混沌的月影里，黄紫红吩咐警察朝景泰家跑去。

四野一片死寂，刮起了一阵夜风，树影随风摇摆，不住有野鸟的鸣叫声从树间传出。景泰头上的汗珠儿不断滚落，他拚了命加紧脚步拉车，阎子俊用力推车，架子车跑起来，拐向了小路……

此时，月光竟有些舒朗，照得泔河北岸的河堤如同抽象派的画作，河水上泛着一层薄雾，幻若仙境；此时的水世界是热闹的，除了虫鸣、蛙声阵阵，不时还传出什么东西跳出跳入河里的“扑通扑通”声响。一身农民装束的郑善英无心赏月看景，他急匆匆地推着提前准备好的地轱辘车子离开上堡子村，一小时后，行至赵镇西头。极目四下望去，见穿一身国民党军服的周云如约等候在王安安的杂货铺门口，他就视若无物地走过杂货店门前。等他走过后，周云就抽着旱烟卷儿，烟卷的丁豆火星如同萤火虫挂出的小灯笼，一闪一闪地在夜间漂移。他若无其事地远远尾随着郑善英，他们一前一后朝南，向康家店方向走去。俩人装束迥异，看起来身份毫不相干，相距约三四十米距离，即使被警察碰上，也猜不出他俩有什么瓜葛。

不久，月亮被乌云遮挡起来，猫头鹰发出威严的吼叫，震颤着这个阴森可怖的世界。夜幕下的咸阳塬上，一辆警车在疾驰，马达声撕破了夜空，震动着两支营救倪柏仁的接头队伍的同志们的耳鼓。

当月亮再次穿出云层时，郑善英、周云已兵合一处，双双到达沣河北岸。两人都有些激动，而且紧张。郑善英把地轱辘车藏在芦苇丛中，与周云蹚过河南岸，静静地蹲在一望无际的麦地里，听夜虫的呢喃和自己心脏的咚咚跳舞声……

大约一袋烟工夫，两人看看月亮，再看看表，已经接近十一点，就隐隐听到南边传来车轮声。按事先约定的暗号，郑善英拍了三下手，对方也回应了三下。郑善英和周云兴奋而紧张地迎了上去，见景泰搀扶着倪柏仁走过来，阎子俊持枪警戒。几人以目示意，身强力壮的郑善英背起倪柏仁，与周云一起蹚入沣河。突然，阎子俊身后传来追赶声，接着几束手电光交叉着射了过来。明白倪柏仁没有隐蔽的纵深，阎子俊就奋不顾身知难而进，回身迎头前走几步，俯身草丛间，准备给敌人以迎头痛击……

第十五章 5月14日

阎子俊伏在河堤后，居高临下做着瞄准动作，等鬼影一样冲上来的警察冲至剩四五米远时，他突然射击，一下子撂倒三四个警察。其他警察见有埋伏，忙拐着弯绕远或伏身草地，都踟蹰不前。黄紫红、焦少成也伏在草丛中，十万火急地加紧督战，焦少成在众警察后面鸣枪示警，大喊："狗日的就一杆枪，两边包抄，给老子立即灭掉！"

众警察匍匐前进，阎子俊继续射击，黄紫红瞅准空子点射，阎子俊右小臂中弹，他强忍着用左手按着咕嘟冒血的伤口，企图扣动扳机，但失败了，他便抱住一个警察的腿，不让其前进，终被乱枪打死。敌人踩着他的尸体，跳下河堤，狂吼着朝河边扑去……

郑善英、周云、景泰已将倪柏仁背过河去，他们隐没进密匝匝的草木中，不断朝北岸的远处摸索前进，迅速脱离险境。此时乌云密布，周围一片黑暗，突然，蜿蜒的闪电撕裂了天空，一串惊天动地的雷声过后，泔河归于黑暗寂灭。除了偶尔的闪电和手电光照射到的地方，什么也看不见，黄紫红见状，紧急指挥警察仓皇下水、泅渡。孰料，由于上游的暴雨，河水竟很大，一连几个下去的警察都被激流冲倒在水中。黄紫红杀红了眼，不顾一切地抬脚就要带头下水，焦少成心疼她，一把拉住她。突然，上游洪水如黑色猛兽群般、又似一堵三四米高的黑墙，沿泔河几十米宽的河道咆哮压下，以摧枯拉朽之势结束了这场追捕。未来得及退回的警察被洪水裹挟着疾驰而去，或掼入河底，或摔向巨石，偶尔也有被推回岸上的，逃回岸上和尚未来得及下水的警察，漫无目的地溃逃而去……电光中，一个猛浪翻过，一只犄角突兀、体型彪悍的秦川牛悬空翻滚了一下，很快便卷入水中不见了；泔河上下几十里，哭喊声、叫嚷声、河水的咆哮声搅和糅杂在一起，回荡在河湾，异常瘆人。

情势诡异，水火无情，天地万物只得服膺于大自然的威力。其实，如前所述，这洪水来自上游暴雨。暴雨隔着犁沟下，上游的暴雨并没有光临这里，风催着云头朝北而去，暴雨宣告收场。吉人自有天相，上游的暴雨好像只是为了救苍天之下危难中的“百姓之王”而下。焦少成看得心惊胆寒，见大势已去，内心空落落的，也不去约束手下，任其云散而去，只紧紧拉着黄紫红往回疯狂地跑，浊流和浪沫儿将他们几次扑倒，俩人滚在一处，衣服被石头尖儿和树枝撕破。手电光下，逃逸中的黄紫红浑身散发着奇异怪诞之美，焦少成慌乱中，最原始的渴望和激情被点燃。他抱起黄紫红，连跌带撞爬去，攀上一处高高的河堤，正好来到一块苜蓿地里。

乌云随风散去，天幕上飘荡着轻云，月亮在薄云里快活地穿梭，苜蓿地散发着幽微醉人的清香，电光所及，葱郁的苜蓿嫩枝一律一尺多高，被焦少成、黄紫红顺势滚压出炕大的一片；淡紫色的苜蓿花儿随风颤抖，似微风吹过琴弦，被惊扰的蝴蝶和飞蛾们在手电光中翩翩起舞。见已脱险，焦少成一个翻身，山一样紧紧压住黄紫红……幕天席地，苜蓿飘香，星光点点，乌云月亮，夏虫吟唱；焦少成上下其手，黄紫红也是放纵承欢。良久，月亮走出云层，偷窥着这蛮荒的世界。察觉到光亮，焦少成有些得意地骋目于黄紫红美玉般的胴体，迷醉于她那灿烂如花的荡妇笑脸，呵呵笑着，无耻地问：“小妖精，你就这样捉你干大呢呀！”

“老流氓，我捉你个头！”黄紫红看着焦少成男人雄健的身体，不禁忘情地骂道。

末了，他们盖上衣服，互相搂抱着躺在有些发烫的苜蓿铺的地毯上，黄紫红羞涩地问：“焦大，我比你那玉娥子，如何？”

焦少成捏着黄紫红的身子说：“这儿、这儿，还有这儿，都比她强似一百倍……”

黄紫红内心无限满足，却黯然道：“不是的！人都是被这股子邪火给闹疯的，咱俩这算啥？躲过今夜，就没这事儿啦！”

“怎么！咋就没这事儿啦？”焦少成惊异地怪叫道，“以后你永远是我的亲亲蛋儿！”

“咱……这是乱搞！”黄紫红哭泣着，“不能当真的！”

“做都做了，还给自己定罪呀！”焦少成颓丧地说。

“就这一回，啊哈……”黄紫红嘤嘤地哭泣起来。

焦少成回头安慰她抚摸她拥抱她，俩人只觉得天玄地黄，岁月蛮荒……黄紫红骂他偷吃了钱钱肉，说：“我可以陪你到深山老林，一个永远没有人的地方去！”

“你这会儿痴狂，话不算数的……”焦少成说着，睡着了。

湍急的泔河涛声，不断惊醒着山川什物，却再也没有唤醒这两位追杀“逃犯”的长官。

月光如银，倾泻在河对岸，郑善英、周云从水汽迷蒙的芦苇丛中推出车子。景泰将倪柏仁扶上车子后，就与一行人告别。他有些伤感，但不敢怠慢，反方向朝河的下游踽踽而去。料定阎子俊已经壮烈牺牲，周云竟轻声给他叫起了魂，以为安魂，同时掩护行动。两人推着倪柏仁，朝吴村钱秉承家走去。

是夜，韩夏春躺在齐家村五保户老爹的床上辗转反侧，担心接救任务的进展和同志们的安危；四点多听到枪声以后，他更加忧虑起来，本想出去一探究竟，可吴子山睡在旁侧。看着鼾声如雷的吴子山，韩夏春思考起吴子山的问题来。此前他不能确认吴子山的身份，曾请求“青铜”确认，可“青铜”对此也是模棱两可，只让他积极利用。韩夏春叹息一声，心里告诉自己一定要多多小心。

清晨，啁啾的鸟鸣连同晨光一起泻向河岸，焦少成被弄醒，发现苜蓿地毯上，只剩下他和他的衣帽、皮带、手枪。他连忙穿好衣服，去寻找黄紫红。正盲目地四下找寻时，却见黄紫红从一棵大柳树背后走出，衣服整齐，一脸庄重。焦少成激动地走上前，去拉她的手，说：“小妖精，昨晚……”

“什么？”黄紫红冷漠地躲开焦少成的手，独自沿河堤走去。

焦少成有些惊愕地跟上，道：“昨晚咱俩……幸亏暂时没有蚊子。”

“焦厅长，胡说什么？请自重！”黄紫红快走几步，将焦少成落下一大段。

远远地，就见司机和警车正等在河堤那头。焦少成再也没有追上黄紫红，很受挫，最终两人垂头丧气地上了车。车内，焦少成几次说话，都被黄紫红打断，最后黄紫红问：“可不可以将青铜佛还给我，那是七年前倪柏仁送我的！”

焦少成慷慨地说："我会给你一个有底座的青铜佛。"

黄紫红觉得难以沟通，俩人没再说话，都假装睡觉。回到警察局，正赶上早饭。早饭后，焦少成将黄紫红往自己房间叫，故意若无其事地说："来，黄总指挥，汇总分析一下昨晚的情况。"

黄紫红咧嘴打着呵欠，借口头疼，回自己房间睡觉去了。焦少成也关上门，躺在床上想事情。

昨晚，焦老财留宿金凤巷烟雨楼，山丹丹说了死话，一天拿不到青铜佛她一天不嫁。今天一大早，他就来到亲家家，去跟儿媳妇要青铜佛。踏进家门时，亲家的早饭正端上旧木方桌。今天女婿焦厅长不在，家里吃的玉米面铜锤窝窝，没料到财东亲家焦老财突然闯入，亲家母慌忙将端上来的饭拿下，给他借面、烙白面死面馍去了。焦老财看着给孙子喂奶的程玉娥，满脸堆笑说："亲亲，想死爷爷咧！"说着，紧蹭着媳妇的奶头，去摸孙子那杏叶般的小脸蛋。

程玉娥并没有觉得有什么不妥，公公的德行她再清楚不过了，只不过她觉得他再怎么着也不会打自己的主意，因为山丹丹比他更年轻更漂亮。殊不知，焦老财正用树皮一样布满老人斑的手背故意在蹭她的乳房呢！这时，母亲看不过眼起身骂道："死娥子，还不赶紧给你大倒水泼茶去？"

程玉娥这才将娃递给焦老财。焦老财故意将孙子抱到平时程玉娥和焦少成睡的隔房里，专等媳妇进来。一会儿，程玉娥端着一杯茶进来，焦老财说："娥子，大给你说句话！"

程玉娥知道焦老财的厉害，低下头顺从地听着，焦老财盯住程玉娥说："大要给我孙娃子的青铜佛配个底座。"说着，晃晃手里的无座青铜佛。

程玉娥没说什么，将娃接过手，抱出屋去。母女俩烙好死面馍、弄好菜，一起端着来到隔壁房间给焦老财吃，却发现老头子早已不辞而别。两人惊诧莫名，回头却见焦少成站在门口。母女俩觉得脑子不够用，以为出现了幻觉，焦少成却开口道："哈……是这样，昨晚执行紧急任务，早上才回到局里，想睡觉睡不着，回来拿一下青铜佛就走！"

"可是，大刚把青铜佛拿走咧！"玉娥焦急道，"他说要给那个佛配个底座。"

“没脑子，你不知道青铜佛的重要性啊！”焦少成当着岳母的面训斥妻子，岳母老脸没处搁，快步走出屋去。“你上次的机灵劲儿哪里去啦？”焦少成说。

“你又不是不知道你大！”妻子激愤道，“我缠磨他，他下手哩……”

焦少成听罢没再说什么，脸色更难看了，气狠狠地上车，迅速往咸阳警察局赶去。

晌午，齐天翼去古玩店，拿到了一张纸条。他在厕所偷看后脸色大变，忙将纸条吃掉。这时，胡志坚也来如厕，他问：“闲人，你说说，如何抓到倪柏仁？”

“哥哥，这里不方便讨论此政治问题！”齐天翼说着，紧紧裤带出去了，“只要跟着我媳妇走就可以。”

“还不知是谁家媳妇呢。”胡志坚也跟出来了，神秘兮兮地说，“你看没看到她的变化，今天走路有点歪！”

齐天翼不快地说：“胡主任，是您的心思用歪啦！”

俩人谈得很不愉快。可不用讲，齐天翼很在意胡志坚刚才的话，一回警局他就去找黄紫红，她竟不在房间。

原来，焦少成从岳母家回到警察局后，收到一份密电。密电上说：青铜佛内的确藏有共产党在关中七县起事的秘密，只不过需要开启底座，才可发现关中七县起事的具体计划；如果强行破坏青铜佛，则秘密将同时被破坏。于是，焦少成一面连忙差人去找父亲要青铜佛，一面让人把酣睡在床的黄紫红唤来。黄紫红睡了个好觉，顿觉精神焕发，又刚洗过脸，惊艳地出现在焦少成面前，焦少成一下子腹内欲火翻滚，几乎把持不住地道：“紫红，告诉你一个好消息……”他欲说还止，火辣辣地观察黄紫红的神情，黄紫红目光冰冷着，神色自如，却没接下语，于是他继续道，“想听吗？”

“……”

“紫红你放心！从今天开始，无论你抓没抓住倪柏仁，你都可以安全无虞！”焦少成见黄紫红没有表示，终于忍不住激动道。

“什么？”黄紫红开口，压抑住内心的狂喜，却依旧表情平淡，看不出半点变化来。

“我们有更大的收获！”焦少成知道黄紫红心动了，“青铜佛内藏有共产党白区布点工作的情报，关乎共产党在关中七县起事的最高秘密，这个比杀死一百个你干大重要吧？”

焦少成此言非虚，“白区布点”工作是1945年8月经毛泽东主席提议，9月由中共西北局领导亲自部署在陕西关中国民党统治区建立我党秘密据点的工作。它既是军事工作、情报工作，又是统战工作；后成为我党隐蔽战线工作的重要成果之一，为解放大西北建立了不朽的功勋。

“拜托，我没有他这个干大！他害得我寝食不安、性命堪忧！”黄紫红冷漠道，“两码事。我清楚得很，杀不了他，大刀就会砍在我脖子上！杀不了他，我就是制止一百个‘共党在关中七县起事’，也还是个下地狱的结局！”

“那是昨晚之前！”焦少成眼中又燃起一簇火光，道，“傻瓜，我怎么会不管你、不保护你呢！”

“少来！”黄紫红道，“没事儿的话，我出去敦促‘刺王’行动去了！”

“我要给送你的青铜佛配个底座，然后再送你。”焦少成殷勤道，“来个‘完璧归赵’！”

黄紫红听着都觉得可笑，但还是依着他。俩人在院子里的杂物堆积处寻捡齐天翼摔碎的青铜佛底座的碎渣，以便“按图索骥”，配个完整的底座。好半天才找到几块，俩人便拿着碎渣到街上去找古玩店对认，调查底座的来龙去脉。街上的陶器店古玩店统共没几家，转角楼下的古玩店老板提供了信息，说之前有个青年人曾拿着个底座让他做同样的底座。经陶器店老板描述，确定那人是齐天翼；黄紫红不动声色，焦少成不怀好意，故意吃惊地问：“不是吧紫红，你丈夫是共产党？”

黄紫红心下一惊，她刚才冒出的第一个念头正是这个，但她却假装平静地反问：“那你老婆、你家人，也是共产党啰？”

“干咱这一行的，话不能乱说。”焦少成的气焰被压下，委婉道，“紫红，咱们得先拿到那个无座青铜佛。”

“对呀！”黄紫红似乎温存地低头说，“快去找你老婆！”

“可东西已经被我爸又要回去啦！”焦少成不无丧气地说。

俩人懊恼地往回走。殊不知，此刻烟雨楼的烟雨露包厢里，青铜佛早已易手，又回到了山丹丹手上。

焦少成回到警局办公室，发现又有一封电报摆在桌上。中共被捕而叛变的人供出：陈家岙为共产党地工。焦少成忙又喊来黄紫红，无语地将电文递给她看。黄紫红道："很明显，陈家岙是被故意出卖的！我们有内鬼。"

"正确！"

"会是谁呢？"黄紫红转着眸子道，"齐天翼……"

黄紫红的再次大义灭亲，大出焦少成所料，他觉得这个女人真的不一般，前途无量，以后铁定会成为自己升迁道路上的绊脚石，可是她昨晚还只是自己的胯下之物而已。这样想着，他转出办公桌，握住黄紫红的手宽慰她道："坚强点，紫红！"

"我还没有那么脆弱。我提议，立即监控齐天翼。"黄紫红抽出手去，斩钉截铁道。

焦少成望着一阵风一样走出去的黄紫红，竖起了大拇指。

黄紫红回到自己办公室，泪水汩汩而下……她觉得自己真的得与过去说声再见了！她曾是多么眷恋她和他的青春，眷恋着他们的过往！但是，晚了，完了！一切都不可能了，从昨晚她的魔鬼冲动开始，一切似乎已经不可逆转地要画上句号啦。她为自己的罪错而悲恸，为自己昨夜的贪婪放纵而羞愧。她既然已经错了、对不起齐天翼了，那她还再有什么理由、什么资格去玷污他，与他共度余生呢！她已经不配了！永远，永远……对，对！将他当作敌人，才能破解她今后与他的尴尬！不，黄紫红想，是他已经不知不觉变成自己的敌人了，她才不得不把他也当作敌人的！我有错儿吗？有错儿吗？有吗？她发现，她还在内心为自己辩护！好在，无论如何，她已经做出了抉择，虽然很艰难，虽然大逆不道，但，已经做出了。于是，她立即吩咐赵剑锋监控齐天翼。

赵剑锋几乎不敢相信自己的耳朵，但他深知事关重大，看她脸色难看、目光决绝，就没敢多嘴，有些不得要领地机械地答应着，出去了。

陈家岙是共产党的消息，使得原本吃醋中的胡志坚惊诧莫名。他深知，如果中统地方站的主任陈家岙是共产党，那么，长期与之联系的齐天翼也难脱干系、难以洗白，极可能也是共产党，因为齐天翼很可能就是那个背着他、指示陈家岙发情报的人。果真那样的话，那齐天翼这段时间跟着自己的真正目的是什么？难道他是共产党的内应，在协助甚至指挥着共产党营救倪柏仁的行动吗？想到这里，胡志坚不觉脊背发凉，不敢再想啦。他决定立即行动，牺牲午休时间提审陈家岙，并叫上黄紫红一起审问，可是陈家岙始终不能确定给他发报的人是谁。胡志坚终止审问，发挥自己的想象和口才对黄紫红说："紫红，你得相信一个残酷的事实：齐天翼身份很可疑。"

黄紫红假装不明白地讥讽："胡主任，您的聪明用错对象啦！"

胡志坚欲拉着黄紫红去焦少成那里寻找支持，黄紫红道："拜托，不想见那个人！另外，顺便告诉你，请不要随便在我姓名前去掉姓，咱还没到那一步！"

胡志坚气得要死，独自朝焦少成办公室走去。焦少成听了胡志坚对齐天翼的看法，很意外也很得意，他拿出青铜佛开启秘密的电文说："那这个就是齐天翼亲自发来的咯？可电文显示的是来自胡宗南之手啊，我的胡老弟。"

胡志坚也被弄蒙，他反复研究着被译出的电文，恨不能从电文上抠掉显示胡宗南部队内容的信息。他无比丧气，如坠五里云雾般地离开焦少成，焦少成忙喊："电文，你得将电文留下……"

傍晚，康家店村道上，韩夏春被吴子山捎着，往景泰家赶。忽然，拐弯处闪出的几个头裹白羊肚手巾的彪形大汉朝他们开枪，吴子山眼疾手快拔枪还击，"砰砰"几枪，大汉竟没再恋战，撤退了。韩夏春被乱枪打飞了草帽，吴子山回身救助。俩人转移到安全地方，韩夏春问："枪法不坏，谁教你的？"

"蓝枝儿教的。"吴子山即兴撒谎。一说起蓝枝儿，他眼里就闪着火花。

韩夏春将信将疑。俩人到了景泰家门口，吴子山停下车子，说："不行，我背不住了，现在要去看望蓝枝儿！"然后不由分说地撑稳车子，转身离开。

韩夏春巴不得他早走，看着他走远，就谨慎地抬头去看院子墙头上的砖头摆放情况，确认无危险后才小心地去敲门。景泰迎接他进去，韩夏春当即决定让景泰和他家人离家躲几天。俩人抓紧吃饭，同时出门，景泰在院门口与妻儿依依不舍地告别，妻子将倪柏仁赠写的"幸福之家"书法交给景泰，景泰一下子流下泪来，道："新霞，幸亏大和妈走亲戚啦，你和孩子千万千万小心点！"俩人拥抱在一起。

到了村道口，景泰又与韩夏春依依不舍地分开。景泰让他上车先走，可看着韩夏春艰难的骑车样子，景泰改变了主意，捎着韩夏春飞速朝吴村方向而去。

车子刚消失在视线外，那几个彪形大汉就朝景泰家飞奔而去……

第十六章 5月15日

彪形大汉们赶到景泰家门前，将四合院合围。为避免误杀，他们在村中抓到一个人问：“这是不是大路乡乡长景泰家？”

那人点点头。

他们还不放心，又抓到另一个人问，得到相同的信息。为首的一声令下，早有人越墙而入，从里打开院门；为首的带人冲进，见人就射击，杀死了景泰媳妇和他的两个十岁左右的儿子，却没有见到所谓的“劁猪客”和更重要的人。赵剑锋做贼心虚，忙伪装现场后，逃之夭夭……

吴子山满怀希望地来到金凤巷，却扑了个空，蓝枝儿去山寨了。他便要强行去骑金凤巷后院马厩里的马，以便去九峻山找蓝枝儿。年迈的豁豁牙饲养员老于不同意，吴子山拔出手枪扬言说：“老伯，你擦亮眼睛看看，我是你们寨主看上的金龟婿呀！”

“不会是你。我们家寨主美得不可方物，她眼头高哩。”老于是带过兵、见过世面之人，当年也曾名扬一方，后因染上大烟而成了破落户，从此消沉，以喂马维持余生。他并不多看吴子山一眼，而是不冷不热地说，“她最讨厌牙齿不好的人，我看你牙黄如屎……”

吴子山听他说话用语，知道大有来历，却不免气道：“你找死呀！可，我不想在入主山寨前惹人！”

饲养员嘿嘿一笑说：“小子可教也！给你马。嗨嗨，没有我这马，你连山寨门都进不去。”

吴子山道声“不谢”，打马朝九峻山方向飞奔而去。老马识途，很快冲到山门。把门的山匪见着熟悉的额头有黑点的白玉龙马，忙打开寨门，山呼："欢迎贵客！"

吴子山心下快意，打马飞上山去……

其时，山寨大厅灯火通明，蓝枝儿一身绛紫色寨主衣袍，端坐在大厅正顶端的皮椅上；椅子把手上，站鹰一动不动，活像皮椅上的木雕。她的对面，木椅上，坐着银发如雪的焦老财和珠圆玉润的山丹丹，俩人正在求蓝枝儿准许他俩结婚。蓝枝儿哈哈一笑说："焦老财，你知道我和丹丹什么关系吗？"

"枝儿，老朽还没有那么糊涂！"焦老财有点岔气儿地道。

蓝枝儿瞅一眼山丹丹道："你看看，你找的这位，连一点礼数也不通！还老鼠夹到门缝里似的'吱儿吱儿（枝儿）'叫个不停！"

山丹丹拉一下焦老财袖口，焦老财不得要领，道："啊，你俩姐妹关系呀！这还有错？"

"再有呢？"山丹丹问。

焦老财思忖一下，道："主仆关系，不对，雇佣关系？那啥……我这脑子最近是有点不好使。"

蓝枝儿、山丹丹相视而笑，蓝枝儿依计而行，道："丹丹，还是你告诉他吧！"

"老财，我还是少寨主的干女儿，她是我的妈妈哩！"山丹丹一脸郑重道。

焦老财听罢，并不吃惊，木然地看看蓝枝儿，再偏过头瞧瞧山丹丹，干巴巴地说："嗯，知道啦！这也合情合理。"

见焦老财如此冥顽不灵，山丹丹再次拉住他的袖口，说："呀，光知道还不行！你得行大礼呀老财！"

焦老财有些为难地道："嗯，那啥……你看我老嘴厮脸的……"

"喳，承认自己老啊！"蓝枝儿起身道，"承认好！这么老咧，还不安分，心里五花六花麻糖花的，要娶我女儿！你知道我女儿才多大吗？年方二九……还不到一十八岁哩！"

"是呀你俩都十八，比我四外甥女还小五岁呢！"焦老财颇有些难为情地说。

"丹丹！"蓝枝儿叫道，气干云霄，震得大厅发出回声。

山丹丹闻声忽地站起。蓝枝儿道："带着焦爷爷，请回吧！"说着拂袖而去。

山丹丹见状忙跑去拦住蓝枝儿。焦老财见今日躲不过去，随即大喝一声："蓝妈妈，不，岳母大人在上，请受老婿一拜！"说着"扑通"一声跪地。

正在这时，吴子山闯进大殿来。他进门一看见蓝枝儿，就远远地跪在地上，不断张望着蓝枝儿。蓝枝儿看到吴子山，立时明白是怎么回事儿，却不去理他，继续对焦老财道："乖女婿，你今天跪拜得不是时候，不过意思是到了。时辰不早了，歇息去吧！"说着朝山丹丹使个眼色。

山丹丹忙上前拽一下焦老财衣袖，焦老财竟然一时起不来，山丹丹硬是将他搀扶起来。焦老财自知失了老人气节，有些丧气地黑着脸，转身就走，却惊奇地发现吴子山也跪在身后，他有些犯糊涂地说："小子哎，寨主叫下去呢，你怎么还瞎跪在这儿？"

山丹丹笑道："你知道什么呀？人家是向寨主求婚呢！"

"求婚？呀，求婚你得让你大我老弟，不，我贤侄来……你算老几？真没个哈数咧！"焦老财吃惊道，觉得很不可思议，唠叨着，"你纯粹没有希望，纯粹没有希望……蓝枝儿什么人，我都不指望！"

山丹丹闻之，立即拧住焦老财耳朵说："叫你胡说！叫你胡说！"

焦老财连忙讨饶，被山丹丹拽着耳朵往外拉去，临出门挣脱了山丹丹的手，回头认真地摇着头叹息道："小伙子，你别吃这一锅子咧！不可能，纯粹不可能！差距太大，我替我岳母蓝妈妈做主，你歇着去吧！"

吴子山实在听不下去了，忽地站起，全然忘记自己的工作是眼前的焦老财帮着调的，忘恩负义道："焦老财呀焦老财！你也不撒泡尿照照你那模样！你才是吃不过山丹丹这一锅子！差距实在太大……你这是一树梨花压海棠，海棠……"

蓝枝儿急了，喝道："什么货色，都给我滚出去……"

下半夜，景泰将韩夏春送到吴村。他本来很想看看倪柏仁，可为避免意外，还是与韩夏春话别，韩夏春特别叮咛他不要回家，景泰答应着徒步而去。

韩夏春察看了村头暗号，见安全无虞，就朝钱秉承家走去。走到他家门前，再看墙头记号，也安全，他便敲门。周云开门，韩夏春走入。韩夏春见到倪柏仁，俩人拉着手久久没有说话，最后韩夏春端详着倪柏仁的脸色笑道："来，看看大先生的贵恙！"

几人察看倪柏仁的伤口，只见外面微肿，湿湿地渗出一点血渍，里面情况不明，韩夏春着急道："这伤口如同国民党，都是咱的心病呀！"

大家都会心地笑了。

由于是深夜，韩夏春退出房子让倪柏仁好好休息。他与周云、钱秉承来到厢房，商量处置办法。韩夏春担心道："我刚才来这里，发现这里离镇上这么近的！赵镇是大镇，国民党机构一应俱全啊！"

"老唐你说得没错！"钱秉承道，"国民党的乡公所、派出所，这都有。还有，这离县上也不远。"

周云道："加之钱哥为做大，社会交往多……"

韩夏春当即表态：倪柏仁不宜在这里养伤。因为一旦走漏消息，将没有缓冲距离和缓冲时间，势必躲之不及，也会暴露钱秉承的身份；必须重新找一个更安全的地方。钱秉承提出，北面九嵕山前有个叫前山赵家的村庄，村里的赵有情是中共地下党员。韩夏春问："和咱啥关系？可靠吗？"

"是我碎岳父，你嫂子的叔父。算是知根知底！"

"有没有直接的组织关系？"韩夏春追问。

"目前还没有！但彼此清楚对方的底细，很可靠。"

韩夏春放心了，当下决定将倪柏仁转移到赵有情家去。

一大早，天下着蒙蒙细雨，枣树的枝头和黄叶子上，不断有水滴滴下来，黄紫红打着印有寒山寺彩色图案的秦风汉月油纸伞，去敲齐天翼的房门。齐天翼尚未起床，问是谁，黄紫红不作声，齐天翼高声说："紫红你等一哈，我穿衣服！"

门很快打开，黄紫红要将伞晾在外面的屋檐下，齐天翼接过伞，撑在了房间的地上。黄紫红站在外面道："看来，伞比人重要啊！"

齐天翼拉着黄紫红的胳膊进到房间，道："新奇，人还吃伞的醋哩！"

黄紫红被逗乐，热情地瞅向他，又躲开他的目光。齐天翼似乎发现了什么，问："怎么啦？"

“没什么！”黄紫红有些不自信地说。

“真没什么？没什么就好！”齐天翼说着，给黄紫红冲咖啡。

“我是……”黄紫红一下子黯然起来，“我……来交代我的前世今生！”

“的确，有些事情我不得不弄清楚！”齐天翼将咖啡一勺一勺放入杯中，又慢慢用钢精小勺搅匀，“毕竟咱俩是夫妻。”

黄紫红很伤感地对齐天翼讲述了自己从婚礼现场被抓之后的遭遇。当年，由于黄紫红才貌出众，被正在招揽人员的军统留意到，遂乘日机轰炸的混乱之机，将她强抓到重庆，强制进行特训，成为军统特务；之后，她又去了抗日前线。七年生活不平凡。末了，她无限悲悯地说：“是不是很惨呀？战争以铁的秩序改变着人的命运，将我们的青春碾碎成残梦！”

“不是残梦，紫红！”齐天翼并不惊讶黄紫红的经历，许是在这七年里，他已经无数次设想过了比这更狰狞的情况，他只是同样伤感，“那场战争，是直接毁掉了我们好端端的家呀！”

黄紫红呷一口已经适口的咖啡，温馨道：“很好喝！谢谢你……老……齐！”

这样的称呼，也似乎在齐天翼预料中，于是他淡然道：“现在，怎么样？战争结束了，咱们也难得地相见啦，但，困难……似乎更大！”

“所以说，”黄紫红好像很喜欢今天的这杯咖啡似的，一连呷了好几口，才说，“战争以铁的秩序改变着人的命运，你我的青春梦早被碾碎！”

“不怕，打断骨头还连着筋哩！”齐天翼没来由地说。

黄紫红话锋突然一转，问：“你是不是共产党？”

“什么党不重要，重要的是，是否为人民办事。”齐天翼似乎早有准备，悠然道，“大盘取厚势，官子有妙手。就像干大一样，是个白身子人，民主人士而已，可他却是公认的百姓之王、关中正版大先生、活菩萨，等等，还有许多名号，一旦他藏入民间，十万军队未必能找到他。”

黄紫红被说得哑口无言，只一味地喝咖啡。一杯咖啡喝完了，她才说：“那，你说，我有错儿吗？你可能不知道……我是为……我们着想。”说着呕吐起来。

齐天翼扶着她肩膀，懵懂地问：“你这是怎么啦？”

这时，听到一声老人腔：“哈，恭喜我孙子的干大干妈，二位有喜咧！”

齐天翼听得诧异，异样地瞅着黄紫红，不知该说什么；又忙开门挑帘，竟是焦老财站在门口。他刚才这句话，说得跟在他身后的蓝枝儿、刚出门来到院子里的胡志坚，都愣怔在门首。见这么多人，齐天翼一时没有搞清楚事情原委，他也不知道该对黄紫红说什么。黄紫红更是尴尬，她不想在这么多人面前泄露隐私，更不愿意面对不近人情的丈夫。她也是昨晚才知道自己可能怀孕的事实，这一意外的变故，让她万般矛盾，不知如何自持，更不知该如何面对齐天翼。白天里，她曾刚刚下定决心要和齐天翼来个一刀两断，可是肚子里的小生命急不可待地“说话了”——顽强地改变了她几小时前的决定。毕竟，齐天翼是自己腹中孩子的爸爸啊，毕竟，俩人曾有过那么美好的初恋和稳固的感情基础！可是，这一切，在毫无经验的齐天翼的脑子里，似乎被轻视，甚而至于他都没有理解。一时间，在最不该沉默的时刻，俩人却都沉默得有些尴尬，黄紫红等到外面动静小了，才无限委屈地夺门而去。

15号上午，钱秉承以到岳父家走亲戚的名义，前往前山赵家村。时近晌午，他提着一块泾阳砖茶、一斤鸡蛋、一斤黑糖的厚礼，从老丈人家出门，去专程拜访赵有情。前山赵家村是个修建在半山上的只有十几户人家的小村庄，赵有情家与小村庄隔另，住在较低处远离整座村庄的山梁底下的阳台上。此时薄雾缭绕，山野一片翠绿，四只苍鹰在阳台上、村庄上盘旋绕飞，钱秉承从山路走来，惊动了赵有情家的两条狗，它们比赛似的狂吠起来，赵有情就走到门前，钱秉承忙高声搭话：“姨父！”

赵有情见一个高晃晃的人影，忙扯着嗓门回声道：“呀，秉承来咧！”

钱秉承快走几步，赵有情从坡里迎上来，俩人一高一低在窑洞顶的荒坡上见面，紧紧握手。赵有情其实比钱秉承还小一岁，俩人年龄接近，关系特好，见钱秉承提着礼裆，赵有情嗔怪道：“秉承，这不年不节的，你来就来咧，还提东西干啥！”

“看这说的，来姨父这里一趟不容易！”

“你交往大，忙得很么！”赵有情道，拉着钱秉承往下走去，“这家子……最近啥情况？”

“老大‘五一’来西京咧！处理倪柏仁哩么！”钱秉承边下坡边说，“咱俩没有联系，话不能再细说！”

“哈哈，没有组织关系咋啦，我还是你姨父么！”赵有情开个玩笑，“你也还是我亲亲的侄女婿么！”

“那是那是！说到这儿啦，老唐你知道吧？”见赵有情点头，钱秉承便把来意和盘托出，说是党内人士韩夏春有个亲戚受伤了，想来这里养伤。

赵有情听后，满口应承：“我这搭僻静，风景好，空气也新鲜，最适合养伤。”

“最重要一点，咱说知己话，姨父你人牢靠！”

两人开怀大笑，不料此时鸡和狗疯狂而锐利地叫唤起来。俩人抬眼，一只苍鹰正叼着一只母鸡飞上了高空，转眼飞过山梁不见了。剩下的鸡群“呱呱蛋——呱呱蛋——”地叫翻了天……

俩人下到平台，在院门口用糜子安抚一下鸡们，回屋去了。

今天，焦老财这么火急地找儿子，是为让儿子答应他娶山丹丹。事情不能拖，一拖后果严重。俗话说得好，寡妇到门前，还得个老驴钱。老头是怕山丹丹变卦或蓝枝儿再加彩礼。按说，他光顾山丹丹已经三年多了，而且山丹丹的第一次是他霸占的，但他还是对这个年轻靓丽皮囊包裹下的灵魂难以把握，总担心夜长梦多，特别是他拿定主意娶她之后的这几天里，脑子里更无时无刻不出现山丹丹或者蓝枝儿反悔的念头，就这样整天自个吓自个，寝食不安。所以，山丹丹要青铜佛他给了青铜佛，蓝枝儿让他叫她妈他就叫了蓝枝儿妈；也因此，他早上连饭也没吃就用马车拉着蓝枝儿、山丹丹往咸阳赶，刚一踏进焦少成办公室，他连人也不避就冲口而出：“成成，大今儿个把你追到咸阳来，是求你一件事，大还没求过你事情哩，大……”

焦少成打断父亲的话，对黄紫红介绍道：“这是我大，紫红你先忙去！”

黄紫红问候一声，知趣地走出办公室，把门拉紧闭严。焦少成紧跟着走到门后，将门插条插上，回身给父亲泡杯茶说：“大，你喝茶！你要来，吭一声，我派车接你嘛！”

“唉，大这都是闲事，不耽搁你管全省的安全。”焦老财说话的气势被打断，很有些气馁地说。

"大，你说，"焦少成说，"说完我领你吃水盆羊肉走，这儿有一家澄城水盆羊肉，味儿不错！"

"娃，你知道，大要娶山丹丹。就这事儿，大已决定咧，要你给句准话！"老头闭着眼睛歪了几下头，不计后果地说。

焦少成听了这话，不惟吃惊亦很为难。自从父亲那晚敲他和玉娥的房门后，他就不时将父亲和那个命若浮萍、容貌惊人的年轻女子山丹丹联系起来，反复思考。他觉得父亲能与山丹丹好，是父亲的福气，但，母亲和小妈怎么办呢？母亲那么贤惠、那么爱父亲，操持一大家子这么辛苦，整天为他的仕途和父亲的风流担惊受怕，小妈还那么年轻，也很漂亮；父亲要是再娶小，这对母亲、小妈打击该多大，她们得多伤心哪！况且，父亲要娶的是个青楼女子，这多伤风败俗，让他今后怎么见人，怎么在场面上混呀！

见儿子半天不吭一声，焦老财的气势忽地就又上来了，气冲冲道："焦厅长呀焦厅长，你到底担心什么？大丈夫娶得娼门之妻！大不让你作难，你只给句话！只一句话就成！"

打大的孝子，惯大的忤逆，焦少成打小就怕父亲，因为这个父亲很强势，可他这次不打算屈服——他怕父亲身体吃不消，老命最终栽在那个狐媚的山丹丹手里。可一转眼，他想到程玉娥昨天的话——"我能缠磨过你大？着了急他下手哩"——于是他一闭眼，痛快道："好了！大，饭时咧，咱吃个水盆走！"

"娃，你答应大咧？"焦老财诡异地翻着狡猾的眼皮，快活地明知故问。

"你咋自在咋来么！"焦少成干笑道，为自己的决定找理论支撑，"两个月前，我们一个处长他大去世，处长非常伤心……大，最起码，你还活得好好的，在人前哩么！"

焦老财听得动容，擦着泪道："呀，大也有大的不是。呃，不怪我娃这么年轻就当上了厅官，这脑子好使得很哩么！"

焦少成苦笑一下说："我不答应不得行么！走，吃饭走！"说着起身。

不料，焦老财屁股跟长在椅子上似的，一动不动，掏出烟锅儿从烟袋里装起烟丝儿来。见老爹没有走的意思，焦少成就将桌上的火柴盒用手拨过去。焦老财往烟锅儿里装好了烟，划一根火柴，点燃烟，边猛咂烟嘴儿边用老人斑遍布的手指反复压着烟锅里的火星，很快，一股一股青云一样的烟雾便笼罩了父子俩。半天焦老财才说：“既然答应大了，就要拿出实际行动来哩，支持大从速把人给娶回来！”

“支持，支持！”焦少成回过头，摊开两手说，“大，咱一不缺钱二不缺粮，三不缺人手，多少人等得舔咱尻子哩！”

“对着哩么！”焦老财咂着烟嘴儿不断吐出浓烟来，腾云驾雾般道，“但还缺你娃的‘高抬贵手’哩么！”

“我……‘高抬贵手’？大，我怎么听着这么费劲？”焦少成坐回大靠背椅，“大，有话你直说嘛，别……”

“听着，”焦老财从中间拿着烟杆，好像在平衡一个至为重要的事体，一字一晃地说，“你以后，不要再追查那个‘病人’了。”

“啊——”焦少成惊得从大椅子里跳起来，盯着父亲道，“就那个倪柏仁啊，您让您儿子别查他啦？！”

“啊！”焦老财直勾勾地盯着儿子的眼睛回敬道，“大给了你一个健全的体魄，焦厅长，你耳朵没听错。”

“为什么？”焦少成泄气地坐回椅子，软瘫成一堆肉泥。

“他是大好人。”焦老财说，“你没听他的那些名号，‘活菩萨’‘百姓之王’‘关中正大先生’‘摇钱树’……还有，还有许多呢！我和他打过交道，你升厅长的时候，我求过他的字——送主席了，当时他没有为难我。他是好人！”

“好人，嘿嘿！”焦少成无法接受父亲的劝说，反驳道，“您肯定是受某些别有用心的人教唆的……否则，您不会麻糜不分为难你儿子！”

“是额蓝枝儿，是额，教唆的你爸！”门外传来蓝枝儿的声音，“要想娶我女儿山丹丹，就不能得罪‘百姓之王’——倪柏仁，动也不能动他一根毫毛。我要留着他，成就我的好姻缘哩！”

焦少成听罢，气得打战，发疯般打开门，对着蓝枝儿和她肩头的鹰，吼道：“狗肉上不了坛场，你这烂事儿也能到警察局里来瞎嚷嚷！”

“我就嚷嚷啦，我就嚷嚷啦，怎么的！以后，你得管我叫姥……”蓝枝儿毫不气馁道，话未说完，焦少成就抡起胳膊打了下去，不料胳膊被蓝枝儿的爱鹰钳住，疼得直喊娘，蓝枝儿继续道，“老财，来！管管你这不孝之儿、不肖之子……”

焦老财忙拉回儿子，使其免遭鹰毁容，见鹰被蓝枝儿安抚了，他又对蓝枝儿赔不是，要扇儿子耳光。焦少成摸着手臂上的伤口说：“大，这是警察局，你儿子我是堂堂一厅之长。”

焦老财抡起胳膊毫不犹豫地就是一耳光，且打且说：“我打的就是你这个麻糜不分的狗官厅长！你还焦厅长！你能得很，别跟着你大我姓焦！”

焦少成的气势被焦老财这当众一记耳光打得归零，不，直接成了负数，他气得没有任何办法，当下委屈得泪水在眼眶里直打转……

院子里早已站满看热闹的人，事情发生得突然而怪诞，大伙都还没明白怎么回事。齐天翼当老好人，将焦老财拉出房间，并把他和山丹丹安顿在宾馆高级房间。这一切安顿停当，他才找到焦少成，提醒他找个借口离开咸阳一半天，给老爷子做做样子。正好，桌子上电话好似也得知这边闹得不可开交似的，适时响起，是通知焦少成回省里开时局分析会。焦少成苦笑着说：“闲人，好像你齐天翼知道省里安排似的。”

齐天翼开玩笑说：“对，不得不承认，领导在这个问题上是请示过我的！”

这时，蓝枝儿冲进门来，鹰被隔在了屋外，她较真道：“呀，两个人登记一个房间不行！山丹丹暂时还不能陪老财睡觉，还没有过门哩！”

焦少成立马声色俱厉地问：“啥？马不跳鞍子还跳哩！这……我不找你事你还找我事情呀？我问你，青铜佛呢？”说着，急令警察抓捕蓝枝儿。

齐天翼连忙劝阻：“少成，别毛躁！这乡土中国，乡绅社会，不能光靠武力解决问题嘛！”

“记住，看在齐大记者的面上，这次我暂时不动你。但你若再敢拧次，那兔儿就不在一个窝里卧了！”焦少成见台阶就下，气冲冲戴上手套走出办公室，道，“备车！带上陈家岙！”

片时，陈家岙被带出。上了脚镣和手肘的他见到阳光不敢睁眼睛，侧弯着腰跟鳖一样横斜着走路，一拐一歪，一惊一乍，行为外表极为猥琐可笑，逗得一院子的人笑声不断。焦少成依旧生着气，冷眼瞪着陈家岙直到他上了车。院子里，赵剑锋又在不合时宜地追打起吴子山。焦少成瞥见，大喝：“都给我滚！”

下午，宾馆房间里，蓝枝儿与齐天翼漫无边际地谝起来。小寨主觉得齐天翼很帅很智慧，齐天翼也觉得蓝枝儿是浊世里的一朵奇葩，率性为人、恣意做事，活出了真性情。两人谈起倪柏仁安排的那次约会，蓝枝儿笑得岔了气，半天才说："命里有的终须有，你等着，你是我的！"

齐天翼觉得她好无理好幼稚，却又恨不起她来，觉得她很好玩。突然，他想起黄紫红怀孕的事情，连忙告辞去找她，蓝枝儿脸露不舍，齐天翼用手指刮刮她的鼻梁嘲笑道："花痴，不害臊！"

"就不害臊，就不害臊！"蓝枝儿说，尾巴似的跟着齐天翼来到黄紫红房间门口，在枣树上待久了的鹰，连忙飞过来落在蓝枝儿肩头。

听齐天翼在外面叫门，黄紫红欣然开门，但等她反应过来造访者是一对时，立刻杏目圆瞪，轻呵："你俩，滚！连同你那鸟儿。"

蓝枝儿没心没肺、拿腔拿调地说："姐姐，我给你弄来了保胎药，你呢，好好慢用。不过呢，你和齐哥哥的事情就到此为止啦，下半辈子，有我呢，接替您当他的第二任。好不啦？"哥哥在上海教书，蓝枝儿从哥哥那里学来后三个字。

黄紫红看着这个童言无忌的野女子胡说八道，一股闷气倒逼着她的呼吸，让她喘不过气来，但她却也活灵活现地哼笑着说："只要齐公子能看上你，我呢，和女儿没意见，我们母女俩一同祝福你们！"

蓝枝儿装作不懂，信心满满地硬搂着齐天翼，齐天翼极力挣扎，蓝枝儿不管不顾撒娇道："瞧瞧，姐都答应啦，哥你还傻愣着干吗呀？咱们去袁记村看戏，好给姐和姐肚子里的宝宝让宽眼路！"

齐天翼满脸无奈，死活不去，不断瞅着黄紫红向她讨饶。黄紫红极度厌恶地朝他俩摔去杯子，鹰吓得当空飞离，齐天翼才扎心地离开……

蓝枝儿很能缠人，她话多饶舌一说就是几小时，但所讲之事和所述见闻经历，对于齐天翼来说都很新奇。俩人一直待到晚上，吃零食嗑瓜子喝茶，没话找话。齐天翼问蓝枝儿："知道刘伯温吗？"

"知道呀！"蓝枝儿轻松道，"是我手下一个跑腿的，原先帮我看护豹子梁，还帮我养过那头小豹子。"

齐天翼捧腹大笑，笑出了多日来的胸中块垒。蓝枝儿看得开心，却也觉得很蹊跷，问他为啥笑。齐天翼瞧着蓝枝儿说：“因为你那个刘伯温很好玩！不过，我说的刘伯温不是你的那个。朱元璋知道吗？”

“这个知道。”蓝枝儿利索地说，“这么说，你的那个刘伯温与明太祖朱元璋有关？”

“正是。他是朱元璋最重要的谋士，很神，聪明堪比诸葛亮。一次，朱元璋大宴群臣，吩咐刘伯温：人都说你聪明，今天你当着大伙的面，出两个问题，显示显示你的聪明，好使得大家心服口服。刘伯温亦不饶舌，站起就问：大家谁能说出我的眼眨毛有多少根？众人面面相觑，无一敢答。刘伯温接着走出大殿，回头抬脚将脚当空停在门槛上，问：各位大人，谁知道我进来呀还是出去呀？众人亦是哑口无言！”

蓝枝儿听得一下子坐起，反复赞叹刘伯温的智慧，叹息自己的笨。齐天翼忙劝她恢复自信心，末了，问道：“如果有人攻你山寨，你能不能有办法阻止？”

蓝枝儿点头，眨着长眼睫毛问他要干啥。齐天翼说：“如果我是‘病人’的话，我就上山找你去！”

蓝枝儿跳起，欲将纤纤双臂缠着齐天翼脖子，齐天翼早有防备地躲过了，蓝枝儿亦不介意，拍着手说：“那你快快得病吧！我好伺候你！”

“那……如果其他病人呢？”

蓝枝儿大眼睛眨巴一下，思考一会儿，才说：“克玉爸爸，倪伯伯这样的，肯定行！”

月明星稀，夜风习习，齐天翼去抚弄蓝枝儿的爱鹰，说自己小时候也养过雕和鹞子，俩人聊了很久。

此时，吴村村头，钱秉承、韩夏春和周云扮作收菜籽的，一前一后推着地轱辘车；罗莉莉扮作农妇，提着一个包裹，车上倪柏仁安然入睡。四个小时后，几人把倪柏仁从吴村推到了前山赵家村赵有情家。

第十七章 5月16日

月明风清，夏虫作鸣，钱秉承、韩夏春、周云和罗莉莉终于用地轱辘车把倪柏仁推到前山赵家村地界。远山人家的狗都很凶很能看家护院，早听到动静狂吠起来，在深夜荒野里显得分外暴戾。韩夏春让钱秉承下去接洽，并吩咐周云戒备，大家先在一处为夏收而新修整的场院里等待。不消几分钟赵有情就迎了过来，原来他也是惦记着接应而没睡觉。为避免麻烦，几人无声地握手，之后将倪柏仁从车上搀扶下来又扶着朝前走。山道蜿蜒崎岖、下坡路又窄，走不开，赵有情就背起倪柏仁走在前面带路，大家小心翼翼地跟在后面，很快顺利到达平台上的院落，进到窑洞。

油灯下，几人这才正式相见，钱秉承拉着韩夏春的手介绍说："这位，都熟着哩，老唐，陇原客，劁猪骟牛打驴蹄手艺嘹得太[①]！"

"感谢赵乡党帮忙，太麻烦啦！"韩夏春道，"这不知要枉烦你到哪天哩！人托付你咧！是我的岳父，因家境富裕，招惹来土匪，被打伤了；不敢再在家里住，准备伤好之后到'北边'去找女儿。你知道一哈，就放心啦！"

"老唐你这就见外啦！你劁猪客做哈的善事大家都记得，正没机会报答，你这是给我报恩的机会哩！"赵有情热忱道。

这时，饭端上炕，蒸馍米汤炒鸡蛋。赵有情用竹筷子一一夹馒头递到每人手里，热情吩咐大家吃饭。倪柏仁又是发愣，悯农情绪萌发，似乎不愿意无功受饭，韩夏春赶紧对倪柏仁道："大恩不言谢！喳，岳父，你美美咥一顿，吃完美美睡一

① 嘹得太：方言，意为好得很。

觉，这几天就听赵乡党吩咐，把安全和伤口当个事！”

“鸡声茅店月，人迹板桥霜。赵老乡，我到了你这搭，就不住地想起这两句诗。”倪柏仁拱手施礼道，“大恩不言谢，真的很感谢！我给您写个无名字吧。”

“呀，千万别客气！”赵有情道，“您是唐先生岳父，我是秉承岳父，俩娃娃的事情咱得上心！”

一句话说得大家都笑起来。

饭后，大家与赵有情母亲相见。由于只有两处能住人的地方，倪柏仁住在赵母窑洞的拐窑里，罗莉莉和赵母一起睡，韩夏春等三人都与赵有情以及两个孩子“一炕滚”。六个大大小小的男女挤在一面土炕上，挤得难以翻身，热得无法入睡。韩夏春挨着周云和赵有情，睡在靠窗子这头。俩人之前经常听人说“一炕滚”的故事，觉得很神秘很刺激也很难为情，今天终于真实面对了，生怕自己呼吸翻身打扰到别人，特别是怕给赵有情两个十几岁的姑娘造成不便。这样想时，却听到那边早已鼾声起伏，自己也就迷糊起来。

突然，尖锥锥的鸡叫声四起，伴随着顶鸡窝门的棍棒被撞翻的声音和鸡翅膀的“扑棱”声以及狗的狂吠……大家都惊醒，赵有情忙道：“胡子拉鸡哩！”说时翻身下床，操起烧炕棍开门去追狐狸。这时，赵有情刚才的空间全被他大女儿占用，韩夏春和赵有情女儿身子挨着身子，赵有情女儿道：“唐叔，你嫌热得很脱嘎子[①]！咱就这寒碜条件，你别笑话！”

“娃，你这就叫好得很！我半夜来把你折腾的……”韩夏春道，觉得自己尽说了些不恰当的话，耳朵发烧、脸发烫。

这时，赵有情进门来，说：“呀，倒霉的，那只黄芦鸡婆被狐狸叼走咧！”说着上炕来。见女儿挨着韩夏春，骂道：“死女子你往过，看把你唐叔挤的！”

大家听着，都不好搭话。

赵有情吭吭哧哧终于挤进来睡下，一会儿大家都睡着了。

关陇俗语道，不说不笑不热闹、不喝米汤不急尿。韩夏春夜间走路出汗多，到赵家后口渴难忍，一连喝了三大老碗米汤，尿憋到后半夜醒来，就去小便。小心翼

① 脱嘎子：方言，意为脱掉。

翼地出窑洞来到院子，生怕弄醒别人。皎洁的月光照得院子如同白昼，院墙外远处的九嵕山似猛然移步到了眼前，呈现出一派银色素净之美；狗趴在当院中盯着他，见是从主人窑洞出来的，摇着尾巴“喔——呜，喔——呜”地低声示好。他机警地察看着去找茅房，竟没找到，就开了梢门走出场畔撒尿。俯视月亮照不到的山涧，竟山岚萦绕、雾锁群山，他脑际发麻，不由感到煞森，准备匆忙尿完，回身进门。就在回身的瞬间，忽然眼前闪出一个黑影，他忙抓起门道里劈柴用的长斧子把，厉声问：“谁？”

“唐叔别怕！”却是吴子山的声音，正举起双手作着投降状。

“你个龟孙子！深更半夜的，你这走手，是要做梁上君子呀！”韩夏春满含责备，将举起的斧子深深砸入土里。

“叔您多疑！”吴子山连忙讨饶，试图上前与韩夏春拉手，韩夏春躲闪着，吴子山接着道，“老侄这不是来给您骑自行车捎您哩吗！”

“难得你一片好意，那也得我有这个需求才是呀！”韩夏春道，“我这脚伤快好了。”

“这不，您说对了！”吴子山油嘴滑舌，月光下牙齿的黄斑竟更明显，“您的脚才是‘快好了’，等您脚伤彻底好了，老侄儿再回去不迟！”

多言无益，甚或坏事，韩夏春只好默许并与之耐心周旋。吴子山狗皮膏药似的跟着他，赵有情家肯定不能回了——也不知道吴子山是守株待兔多时还是才刚落脚这里，为转移目标避免引狼入室，韩夏春不得不冒险去敲邻居的木栅门。

“笃笃笃……笃笃笃……”，敲击声宛如啄木鸟啄树洞，在山洼的这处平台上回荡、放大。栅栏内，小院落里杂草不少，月光氤氲处一只狗从院落里跳起，朝他俩直“汪汪”个不停，惹得赵有情家的狗也应和着狂吠起来，山半腰村子里的狗也叫起来，顿时整个山野激荡起狗叫声、狗叫的回声以及回声的回声，最后，韩夏春耳边只回荡着“嗡嗡嗡嗡”声……半天，月光的阴影里一个模糊得犹如神怪一样的影子游弋而来，让人头皮发麻，走出昏暗，才看出是个人。等走入月亮地，认清是位骨瘦如柴、拄着拐棍颤颤巍巍的“老人”，从蓬松如乱柴火、乱丝线般的长头发，可辨出是位老妇人。女人的狗及时跟着她，殷勤地摇着尾巴发出“呜呜”轻叫。她始终无语，头抬得很高，眼睛如同伤口般发出直勾勾的光，目光从韩夏春吴子山头顶上飘浮过去，步履始终如一地径直走向他俩，似乎要走到人身上。吴子山忙扶一下韩夏春，给女人让路。韩夏春一边让步一边说："老乡，我老唐啊，刚出门解手回来！"

女人依旧一语不发地拉开栅门，踉踉跄跄地跟着他俩走。吴子山急了，骂道："老人家，你疯了吧！"

"你才疯子哩！"她终于开腔，声音倒是清亮，不像是老年人，她借着月光盯吴子山半天，又用冷峻的目光扫一下韩夏春，疯癫道，"老唐啊，老不死的……你怎么才来，等得我好苦！"

女人没来由的话让韩夏春哭笑不得，却掩护了他，让他松了口气。吴子山露出不整齐的牙齿取笑道："唐叔，你着了急咧，不讲究茶饭啊！"

韩夏春装作没听见，急中生智，继续迷惑吴子山，他上前亲昵地拉着老太太的手，笑着说："你说你，一泡尿的工夫你都等不及呀！"并向吴子山说："这是我老相好！"

女疯子开始解裤带，吴子山忍不住嘿嘿不已，咕噜道："老相好，真的很老，老得掉渣哩！"笑着离开了。

韩夏春不敢掉以轻心，与女人勾肩搭背，搀扶着她一起走入月亮背光处，走进屋里去。

吴子山离开女人家，走过平台，拐入一个上坡路，隐没在月色里。其实，他刚才来到平台第一眼便看到一个人在撒尿，不想走近后，认出是韩夏春，所以并没有发现刚才有什么不对。他的第一目标是倪柏仁，第二目标才是韩夏春，当然在第一目标消失的情况下，第二目标就变成第一目标，因为有韩夏春的地方一定会有倪柏仁，况且现在韩夏春本身就是追捕对象。因此，不一会儿，他又折回，蹲在一棵杜梨树下察看着。

韩夏春早料到这点，为了甩开吴子山，他首先得把刚才的谎编圆，让女人配合他的下一步行动。屋内黑洞洞，适应后，看着家徒四壁，韩夏春初步判断女人寡居，处于疯癫状态，于是试探着沟通，故意引话题道："老姐，你老汉干啥去了？"

女人看着韩夏春，沉默良久，道："我老汉你么，姓唐，叫老唐！"

“你怎么知道我姓唐？”韩夏春问。

“呀，谁不知道你姓唐！”女人立即反驳，“劁猪骗牛的么！”

“我是姓唐，但不是你老汉！”韩夏春解释道，“好啦好啦，明天咱得给你寻老汉去！”

女人哈哈一笑，门牙在黑暗中幽幽地发着光，漏着气说：“羞羞羞，把手抠，你就是我老汉，还找老汉！”

“对！还找老汉！”韩夏春迁就道，“可以吗？”

“好！一言为定！”她伸出手来，道，“拉钩上吊一百年不许变！”

韩夏春没料到她玩这个，忙勾住她的手，一起重复着：“拉钩上吊一百年不许变！”

安抚完疯子后，韩夏春溜出木栅栏，本来要通知周云、赵有情他们的，让其防备尾巴，但发现吴子山猫头鹰一样蹲在杜梨树下打盹儿。恰在此时鸡叫头遍，吴子山惊醒，站了起来。韩夏春心下一沉，不得不退回女人屋内，坐在破席土炕上和衣而睡。

天微微亮，鸡叫声四起，此起彼伏。韩夏春琢磨着将自行车弄出来。幸好两家隔着墙，而且墙烂着个豁口，他很轻松地将车子扛过墙来，虽然引起了狗叫，但是他故意将一只椽推倒，以此掩盖狗咬的真正原委。车子到手，他很快哄骗动员着女疯子推车上路了，女疯子嘴上还吹着一只不知从哪里弄来的招惹苍蝇的骚腥猪尿泡。经过杜梨树下，韩夏春故意一惊，问：“小吴警官！蹲守谁呢？”

吴子山不好意思地嘿嘿一笑，辩解说自己没地方睡觉，悻悻离开了。

早晨，大伙起床后不见韩夏春，都异常惊慌。纷纷出门四处查看，都不见，正准备去更远的地方寻找时，听到韩夏春在村头方向、云雾深处吆喝：“哎……寻老汉，哎……伴婆娘，哎……劁猪骗牛打驴掌……”

大伙会心一笑放下心来。钱秉承多了个心眼，将大家叫回屋子商量，他说：“老唐之所以不辞而别，肯定是出了状况！”

“有尾巴？”大家纷纷说。

钱秉承点头道：“大家都提高警惕！小周你要子弹上膛，周身长眼！”

“那，请大夫的事情咋弄？”赵有情问。

“姨父，你照请不误！不过要多留个心眼，随机应变，不可再带尾巴回来！”

赵有情顿觉压力增大，背了半袋豆子，戴着草帽、鼻梁上架着石头镜出发，去赵镇诊所找与他有交情的东北军落难军医。

晨雾缭绕，从坡下看不到村子，露水打湿了去路，没走几步赵有情双腿就湿透了，他索性挽起裤管，快步走在山间小路上。刚出村头，就与韩夏春打了个照面，俩人相互看了看对方，都没言语，但彼此心照不宣；女疯子见来了人，“人来疯”地叫喊着——

一二三，上城关，

城关有个毛老汉，顿顿吃饭把门关。

蝇子噙了一颗米，一下撵了十八里。

过一桥，捡个桃；

过一河，拾个骡，赶紧骑上热活活……

上午十一点，焦少成在西京新城黄楼参加时局通报会议。主席台上，省主席祝肇州正在结束他的讲话：“……总之目下，稳定压倒一切，我敦请各位要百倍努力，以不断积蓄国力，迎接和平建国！”

大家鼓掌。祝肇州离开会场，会议主持总结会议。很快大家都开起了小会，议题都是倪柏仁未死的种种传言，有的说执行枪决的警察放了水，有的说那个女指挥心里有鬼倪柏仁是她干大，有的说警察无能，有的说天在帮倪柏仁……焦少成头耷拉得越来越低，几乎塞到了裤裆里；突然，他听到一个男子的声音：“少成，你怎么啦？”

“哦……我在听！”焦少成惊惶抬头，是省政府副秘书长白立冬。等他再看时，发现大会已散，会场空空如也。他面有赧色，连忙起身道别，跑出会场。

出了会场，他摘下大盖帽拿在手里，主动去找祝肇州。祝肇州右手罩着白瓷茶杯，背对着倪柏仁的字“勤政为民”，忧虑道：“你能主动来找我，很好，但事情办成这样，很不好！唾沫星子能淹死人，你手下那个姓黄的能不能干，你们拿个意见出来！”

"好！好！"焦少成立正、行礼，大声道，"属下一周之内，一定让倪柏仁人头落地！"

"我不希望我一直在听豪言壮语，而一直被委座斥责！"祝肇州挥挥手，似在挥掉烦恼，丧气地说，"人头落地，也不一定是最好的办法，也要考虑他身上背的共党七县联手闹事的情报。这一点，你要和志坚做好沟通。"

"是！"焦少成眼盯"勤政为民"四字，倒退着仓皇离开。

回到警察厅，焦少成紧急召集厅务会议，立即部署，命令全省能够抽调的警力全都赶往咸阳充实"刺王"行动。会后，各部门立即行动起来，落实"刺王"行动的深化细化工作。为使工作落到实处起到实效，专门成立了由他亲自挂帅、他的亲信组成的八人督察处，分赴各地检查督促工作开展落实情况。等这一切安排妥当，他才长出一口气。

过了午饭时间，他抬脚回家吃饭。知道他回家，母亲吩咐特意做了一大桌菜，但家里的气氛不大对劲，母亲吃了一小碗凉粉，菜也没夹几口，就借口头晕回自己房间休息了。母亲刚走，父亲就开口："咹，怎么说这也是喜事吧，咋弄得猪嫌狗不爱的！"

"日子定了吗？"焦少成本来不打算问，可还是忍不住道。

"呀，还日子定了吗，把他家的！"焦老财生气道，"你结婚时，老子提前半年就知道了日子，提前一个月就给程家行礼数，提前半月就给你舅舅家你舅爷家下帖，拉马锤镫半年啊！而我结婚，你咋这时候还不知道……后天就娶、娶人哩！"

焦少成一个头两个大。

有心待在家里筹办父亲娶小一事，可处决倪柏仁的案子还悬在空里、十万火急，他刚才给省主席立下军令状，难道不到两小时就要窝回家里、来张罗私事儿吗？这样想着，他眉头拧成一只核桃疙瘩，不知如何自处。见儿子不痛快的样子，焦老财放下筷子，气狠狠地回自个屋子去了。满桌饭菜，只剩焦少成一人面对，他吃得更加索然无味。这时，听到父亲打电话的声音："……祝主席……打扰你午休了吧……我是告诉你一个好消息：后天，你们公家人五月十九号，是我大喜的日子……对对对，第三房，小可人儿……你一定来热闹一哈……嗯……嗯……好事是好事，但是没人张罗……成成、少成不是最近工作忙得很么……不是他亲自抓……

那好、好得很……那我让娃就专心支应我这事……谢谢谢谢……就这！”

焦老财打完电话，顿时眉飞色舞起来。走出房门，却见儿子就站在门外，他于是得意地说：“怎么样，大给你把假请好了，嘿嘿！”

焦少成不知是福是祸，无可奈何地准备父亲婚礼。父亲坚持大办、坚持按老规程办、坚持在家里办，不允许得过且过、减省仪程、上酒店包宴席，所以一切乡俗回到民国初年娶焦少成母亲时的样子。焦少成正在领受父亲任务时，西京城最出名的总管和司仪相继来到，总管很快划拉出一个单子，征求焦少成意见，焦少成拿过一看：屠宰两头牛、活杀四头猪七只羊、做四座子豆腐、蒸二十锅蒸馍……总之，按照一百二到一百五十桌准备。再就是请帖，需要下请帖的有二百多人，其中厅局级以上四十多人，连同焦少成舅舅家、舅爷家，共五十三户，必须焦少成亲自送到，舅舅家、舅爷家一十三户需要焦少成当街当院或者当面下着跪去请。焦少成忙说：“大，这才是最急火的，我现在安排车坐上车去办，就这来得及来不及还不一定！”

见儿子忙张的样儿，焦老财嘿嘿笑道：“寡妇到门边，还得个老驴钱哩。你以为娶媳妇那么容易！就这，嘿嘿，把他家的，还不请假？”

这时，司仪拿着单子给焦少成看，焦少成吩咐他直接跟父亲和总管沟通，自己忙夺路而去。

下午天热得发了狂。黄紫红打着遮阳伞，胡志坚戴上遮阳帽，俩人吩咐司机开车，准备一同离开咸阳回省城。胡志坚一只脚搭上车，却故意吆喝齐天翼：“大记者，你安心处理这边事情，我和紫红呢，有事回省里啦！”

“好，请你照顾好我娃他妈！”齐天翼推开房间窗子，伸出头吼道。

“一定不负众望。”

胡志坚关门，警车绝尘而去。

俩人走后不大一会儿，警察厅下来二百多号警察，他们在咸阳警察局院子稍作逗留后，全部开拔而去。齐天翼心里一沉，忙靸着拖鞋去打问情况，办公室小刘告诉他：这是要开赴沿河边吴村一带，去拉网搜捕“病人”。齐天翼低头沉思着往回走，蓝枝儿见状，嘟嘟性感的嘴唇，对齐天翼说：“哥，妹子回呀！你跟我逛去呀不？”

“老婆都跟人跑咧，我还等个什么劲！”齐天翼干巴巴道。

晴空万里。俩人双双策马，奔腾而去……

一整天，韩夏春都捎着疯女人在吴村到后山赵家的官道上转悠、张罗生意，实际目的是监视这条路上的眼目。下午三时，他在赵家村口找到钱秉承，两人走进一个破旧的场房子，韩夏春道：“是这，昨晚吴子山跟踪，我就到隔壁这女人那边将就了一晚。”

“大家一早就知道，这里不安全了！”场房局促，高大的钱秉承蹲着非常困难。

“对！”韩夏春道，“病人伤情如何？”

“罗大夫一早就给看了，现在就等我碎岳父请的人！”

又得转移，而且必须从速。韩夏春沉吟一会儿，吩咐钱秉承通过地下关系，在泾河渡口一带，给倪柏仁找个安全落脚的地方。俩人商量了细节和注意事项，钱秉承就起身落实去了。

傍晚，赵有情带着一个中等身材、邋里邋遢、着旧军装的中年男军医回家。军医与罗莉莉配合，一起给倪柏仁进行了仔细治疗。直到晚上九点多，伤口才处理完，倪柏仁顿感身体轻松了许多。

月色如银，照进窑洞，大家借着月光喝汤。人多粮少，晚饭喝的野菜粥，赵有情反复表达着歉意，大家彼此都深觉不安。喝完汤，赵有情送军医到村口，军医赶夜路步行回去。这时，村里传出国民党军队要来搜山的消息，赵有情一时心急火燎，只盼着韩夏春和周云能很快回来，大家好商量处置办法。他从窑洞转到院子，从院子转到院门外，不断察看情况，不时又回到倪柏仁跟前看一看。倪柏仁不知实情，瞧着焦急的赵有情问：“老弟，你村子有人伴婆娘呀不……我在这方面利洒得很！”

赵有情不好意思道：“我都光着哩！”

倪柏仁大感兴趣，开始给赵有情提供适合他的寡妇信息。赵有情心里有事，哪听得进去，只好嘴上应付着。

几小时后，办事利落的钱秉承，已经到达泾河渡口的北豆芦村。他找到地下组织，分头做了周密安排，又在窦家祠堂召集会议，专题研究接救倪柏仁到渡口的工作。会上，确定了接头的联络暗号，详细交代了倪柏仁的特征，研究了临危处置的预案。做完这一切后，钱秉承才星夜赶回。

后天就是焦老财娶小吉日，今晚，西京招待所觥筹交错、热闹非凡，焦少成请执客喝酒，分配人员承办后天婚礼上的杂碎事宜。仪态万方的黄紫红也前来领受任务，她的任务是迎接招待厅局级以上来宾——后来有了变化。宴会临开始前，祝肇州也拨冗莅临。席间，他看到一袭旗袍的黄紫红，十分惊羡。谙熟风月的焦老财看出个中端倪，开玩笑问："主席老弟，您啥时间成其好事？"

一句话问得大伙哄堂大笑。

祝肇州彬彬有礼，威仪棣棣地端起酒杯，与黄紫红撞去……

深夜，月光下，韩夏春闻听警察要搜山的消息后，赶紧朝后山赵家村赶回。殊不知，新的危险正等着他。

第十八章　5月17日

韩夏春借着月光，骑自行车到一个山梁。山梁地势高，迎面刮着一股劲风，吹得他差点骑倒。他慢悠悠骑过一个拐弯，就到了个急下坡，车子一下疾驰起来，他连忙捏闸同时把好方向，却失控闯进一队警察里。韩夏春一惊不敢下车，警察更是一惊，竟纷纷让出一条道来，任韩夏春冲过。穿过的时候韩夏春镇定下来，认出队伍中的赵剑锋，就猛蹬几下。车子飞起来，很快跑出近百米，却不料偏离了路面，打着拐几乎摔倒。这时，赵剑锋也反应过来，叫道：“快！劁猪客……抓活的！”

众警察得令，回转身子追过来。

韩夏春正在慌乱之中，吴子山忽然从一旁斜刺里闪出，他迅速扶稳车子，小声说：“跟我来，左面！”

别无选择，韩夏春只好跟着吴子山。俩人连人带车从左侧硷畔“哧溜”溜下，又在小灌木丛中疾走几步，就来到一家烂塌庄子前。庄子的院墙已经倾颓倒塌，院内满是半人高的蒿草和花椒树，吴子山扛起车子拉着韩夏春越矮墙而入，惊跑了几窝野鸡和三只狐狸。月光下可见中间窑洞的外顶上，还悬着一窝人头蜂……俩人顾不得这些，吴子山不顾一切地踏倒蒿草和满是硬刺的花椒树枝，蹚出一条路，来到一个破门敞开的窑洞。很快，听到赵剑锋指挥督促警察的声音：“给我上，包围塌庄子！”

“下地道！”吴子山胸有成竹地低声说，“我来戳飞那窝蜂，给咱打掩护！”

“妙主意！车子呢，放哪？”韩夏春焦急道，“肯定下不去！”

“顾不了那么多。”吴子山说，“逃命要紧！”说着，扛起一根靠在院崖上、长两三丈的枯树干，直戳向人头蜂，两人及时躲进侧面窑洞。“扑通”一声，一个人头状的蜂窝凌空跌下、摔碎，霎时，无数只大黄蜂嗡嗡盘旋在荒野院落周遭的月影里。

“把车子藏起来吧？”韩夏春焦急地瞅着吴子山，“有大黄蜂出战，还来得及。”

“你等着，那边有个高窑。”吴子山说着，捂住头脸扛起自行车出去了。

一声枪响传来，韩夏春不时朝外张望，焦急地在满是蹚土和蜘蛛网的地上转着，发现小腿被荆棘刺伤，血珠子不断滚下来。他忙抓起绵绵土敷在伤口上，很快止住血。外面，警察们在吆喝：“就在里面，朝里搜！”“劁猪唐，你被包围了，快出来！”“再不出来我们就开枪了！”……

接着听到一阵鬼哭狼嚎，黄蜂开始发威，带着“家破人亡”的愤怒报仇雪恨。韩夏春抬头，吴子山气喘吁吁闯进来，道：“快，跟我来，钻地道！他们已经不顾命了，不怕黄蜂。”

吴子山一把搬开炕洞门，抢先爬进炕洞去。韩夏春犹豫一下，看到警察用帆布挎包罩着头脸越短墙进了院子，他于是横下一条心，跟着爬入炕洞。眼前一片漆黑，手抓到软酥酥的炕灰和吴子山的腿脚，头被炕柱子不断撞回，呛人的炕灰和烟油渍熏得人喘不过气来，接着吴子山带起的灰尘飞入了他眼睛、鼻子、嘴巴和耳孔里……韩夏春紧闭眼，摸着吴子山的脚向下爬去。身后是蒙里蒙混的叫骂声，接着警察朝里面射击，能看到火花的闪动，听到子弹射入脚后跟旁边洞壁的声音；但这一切都没能阻挡他们匍匐前进。地道仅能一人爬过，大约沿着缓坡向下爬了八九分钟，吴子山道：“小心撞头！”

话音未落，韩夏春头就撞到一根木椽上，他躲开椽子勉强爬过去。再爬三四米，吴子山说：“可以站起来啦！”

吴子山搀扶韩夏春站起，韩夏春腿有点发软，艰难站住。吴子山返回去，似乎是用力扳动了刚才的椽子，“轰隆”一声，土沫和气流将韩夏春扑了个趔趄，差点跌倒。吴子山退到他身边，骂道：“狗日的赵剑锋，你钻到乳牛屁股里去，可惜，这屁股是个实的！”

“怎么回事？”韩夏春站在黑暗里，懵懂地问，“口封住啦？”

“正是！”吴子山道，又说，“放心，咱出去有办法。这里憋闷，咱走——上！”

他拉着韩夏春，慢慢往上走，走了五六分钟，前面出不去了。吴子山轻“嘘”一下，慢慢搬开一块土砖，露出一道缝儿，借着昏暗的光朝外观察。枪声、警察的吆喝声、赵剑锋的呵斥声，隐约可辨。俩人将土砖缝儿扳大一些，透着气，歇息着。一会儿，吴子山再搬开几页砖，先出去了，示意韩夏春别动。半小时后，吴子山返回，声音恢复正常，说：“走了！出来吧！”

韩夏春走出，竟是藏自行车的高窑。高窑通风很好，视线也好，很干净。小炕上铺着凉席，正好能睡两个人，本是供这家有钱有势的家长享用的。俩人躺在炕上，月光透过窑洞对面山坡上的树梢泻下来，韩夏春举目望去，一轮圆月正挂在杜梨树树梢的枝丫上。几只狼在崖畔张望着，如血长舌舔着鼻子和嘴巴，不时龇牙咧嘴呜呜叫着，显然是闻到了人肉味道。韩夏春想，警察估计是一个不留地走了，也不知道倪柏仁怎么样，有心尽快前去看看，无奈吴子山跟着，于是他说：“小伙计，睡吧!”

俩人睡到下半夜，吴子山骑自行车将韩夏春捎到金凤巷，俩人再骑上马，疾驰来到九峻山。其时，天麻麻亮。蓝枝儿一见吴子山，就吩咐他当总管，以便稳住他并使他无暇他顾。吴子山虽感压力大，但还是满口应承下来，忙得焦头烂额。韩夏春这才知道，九峻山山丹丹明日要出嫁，而老女婿就是警察厅副厅长焦少成的老爹，他不觉松了一口气——警察头目们忙于一位身体不错的老人的风月之事和幸福晚年，他保护倪柏仁的压力似乎暂时轻了些。

吴子山忙里偷闲，对齐天翼表现出超乎寻常的热情，说：“齐记者，您没事儿休息一会儿！”

“不能够啊！”齐天翼道，“大家都很忙，我岂敢独闲？”

“也是！”吴子山搭讪道，“闲下来肯定又要琢磨你干大的事情了吧！听说他已经进入解放区啦？”

齐天翼一听这小子在转弯抹角打探倪柏仁的下落，故意说：“是吗？那以后……你和寨主的婚事谁来拉扯呀？”

“凑是滴！”吴子山额头泛出皱纹，好不忧愁地说，“弟兄们在这忙着支应焦老头纳小的事情哩，可咱毛头小伙一个个却放在干石碴上咧！”

“我也想找到我干大，再让他给我介绍个好女子。唉，现在的妻子官瘾重，经常闹矛盾。”齐天翼也云山雾罩起来。

“那咱俩的目标一致。”吴子山信以为真地说。

这时，蓝枝儿走过来说：“对！天上就掉下一个蓝妹妹，你俩可别到时间为了我打架呀……”

俩人错愕。

担心警察搜山，赵有情一夜没有合眼。他坐在院门外的杜梨树下，时时警觉地四下盯看着。快天亮的时候，他打了个盹儿，却突然听到急促的敲门声。睁眼时，见女疯子站在他家梢门门道怪叫：“死老汉！没良心的，死哪里去咧！”

屋子里的人都警惕到嗓子眼，赵有情母亲端着尿盆出来倒尿，打探虚实。赵有情上前，最终闹明白，是邻居“找老伴劁猪唐”。大伙这才松了口气，打发了她，又都回到屋子，赵有情脸色异常难看。倪柏仁见状，便问：“他赵家叔，你有啥事瞒着我？”

“也没有啥！”赵有情怕引起倪柏仁担心，撒了个谎道，“就是老唐、秉承和周云再没有消息……”

“对于你来说，他们本来就非家里人，有事才来，没事不来属于正常。”倪柏仁宽慰他道。

“也是！”赵有情眉心拧成一疙瘩道，“您再睡会儿吧！”

倪柏仁还是看着赵有情，道：“不对，你还有事儿瞒着我。不要紧，你说出来，咱俩一起对付！”

赵有情支吾半天，终究没有说出部队要搜山的话，而是讲述了自己的一段过往苦恋——

原来，隔壁的女疯子叫张桂兰，曾是赵有情的初恋情人。当年，俩人同村，青梅竹马，张桂兰小赵有情两岁，到了赵有情十八岁那年，他们私订终身。无奈张家包办女儿婚姻，将她嫁给了赵有情的邻居，拆散了他俩。赵有情也有了不如意的婚姻，几年后妻子难产而死。张桂兰不堪内心郁积，竟疯掉了。她男人忍受不了妻子的疯癫，出门去铜官煤矿做工，不幸遇矿难而死。张桂兰便落得如此凄凉……

倪柏仁闻罢，大感兴趣地说：“你的媒我保定了，只是这个媒有难度。”

一大早，在醴泉县山野里“叫嚣乎东西，隳突乎南北”的赵剑锋，经过艰苦的思想斗争，也决定赶往西京去。他觉得，低头拉车不如抬头看路，与其这样苦干实干下去，还不如多走走门子、拉拉关系。他离开了追捕现场，但是，咸阳这边的特务们今天似乎并没有消停，赵有情家周围的麦田里、秋地边、水渠畔、房前屋后，不时有各种打扮的人转悠，监视着他家里的一举一动。大伙很着急，倪柏仁看着焦虑万分的赵有情，走到他跟前朝他耳语一番，赵有情拍手称好，道：“就照老哥的办法来，他有他的金刚钻，我有我的老主意，让他们放马来吧！”

他吩咐大家按照倪柏仁的主意去做，大家做好准备后，人人才放下心来去吃更加简单的早饭。见家里如此困难，倪柏仁过意不去，留了墨宝给赵有情，赵有情一见“倪柏仁”仨字，立即跪在他面前，连道：“呀大先生，你是我们心中的大神！你为咱三秦、关中百姓奔走呼喊，这家子不容你，疯狗样的害你……你是百姓心中的‘活菩萨’，我赵有情何德何能，有如此福分照料您！正大先生，请受小弟我一拜！”将头在地上磕得“咚咚”响。

倪柏仁忙放下笔，拉起赵有情道：“赵当家的，老百姓是咱亲娘老子，请受老哥一拜。”说着就要跪下。

赵有情忙拉住他，俩人手拉着手，交心而谈久之。

山寨早饭时，吴子山殷勤备至地给齐天翼端来了九嵕山鹿肉。蓝枝儿肩头站鹰，陪齐天翼坐在上手，俩人说说笑笑大碗喝酒大块吃肉，并不住地给鹰喂肉吃，一点也不顾及一直站着伺候人的吴子山的感受。吴子山见状，尴尬地用指头搔起了后脑勺，蓝枝儿眼睛余光一扫他，问：“吴子山，咋没招呼老唐叔来喝酒！”

吴子山没好气地实话实说：“劁猪唐早走了。”

齐天翼颇觉意外，拍拍自己旁边一直空着的木椅，道：“吴警官，快来快来！吴大总管，坐下来，好喝酒说话……”

吴子山这才走过来，从桌上拿起筷子，正要坐下吃饭时，不料蓝枝儿又道：“哎，给山丹丹开脸的人，找到了吗？我女儿生来命苦可天生丽质，你可得找一个开脸高手，好生使我女儿的美貌锦上添花！”

吴子山听罢，放下筷子，垂头走出门去……

当新娘山丹丹这边紧锣密鼓准备出嫁时，西京新城北老新郎官的焦家大院里，吵翻了天。

在戏班《张连卖布》诙谐喜庆的唱腔里，指挥杀羊的焦老财碰见了正在忙着指挥布置新房的儿媳妇程玉娥。程玉娥光彩夺目，手里拿着一把花花绿绿的丝线匆匆走过，由于走得急，手里的丝线带起了风，丝线飘到正在奓脚舞手指挥牛二蛋翻羊肠子的焦老财的脸上。焦老财其实很受用，但是牛二蛋看到后坏笑了一下，牛二这坏笑不打紧，关键是牛二还笑出了声；笑出了声其实也不打紧，关键是那笑声惹得众人都知道了程玉娥用丝线刷了老公公的脸。这让一向死爱面子的焦老财脸上有些挂不住，为了表现他作为家长的威严，他冲口骂道："他娘的，你急个啥，急得坐第二回轿去啊？"

程玉娥被骂得一下子愣怔在那里，泪水如同断了线的珠子一样，从她俊俏的脸上涌流而下，半天她才说："唉……你，你……就这样……当老的哩？窄塄半坡[1]的！"毕竟年轻气盛，还是冒犯了公公。

焦老财当众被媳妇骂，一下子火暴脾气上来了，咆哮道："反啦，你还敢骂你老子！我看你六月里的萝卜——少窖（教）着哩！不安分咧你！"

"你为老不尊，还嫌我说话不好听！"程玉娥似乎冷静下来，"我问你，你送我娃的青铜佛，为啥要回去了？"

"我嫌它旧马古董[2]的，我给我孙子换新的呀！"焦老财牙口干脆，翩翩有理。

"碎娃娃拴锁子的东西，哪能今天给了明天换！"媳妇哭出声来，"我还嫌对我娃不吉利！"

焦老财自知理亏，却还强词夺理道："什么'今天给了明天换'？明明娃都戴了有十几天了么！你编嘈[3]谁还编嘈起你公公来咧！"

"我编嘈你哩……呀——"程玉娥气得高耸的胸脯剧烈起伏着，一时说不出话来，"我，和你说不哈个眉眼！"

"你和谁能说哈个眉眼？"焦老财威严道，"我看你不安分得很咧！我问你，

① 窄塄半坡：方言，比喻不讲道理，蛮干。

② 旧马古董：形容东西陈旧。

③ 编嘈：方言，编排造谣，无事生非的意思。

你今个想戳啥事？”

程玉娥将头一甩，气狠狠地“嗯”一声，啜泣着进门去向焦少成求安慰。

焦少成竟没有听到外面的吵架。

为了明天父亲的伴娘，他正在做黄紫红的工作，俩人唇枪舌剑，谁也说服不了谁。“……蓝枝儿明天是当妈的，不可能做伴娘！”焦少成第二遍说。

“那个奓脚舞手的野货，还当妈啦不成！”黄紫红一脸不屑，“啊，她当不成伴娘，这任务就摊我头上了？不行不行，我还迎接重要客人呢！”

“这不，你攒劲吗，是人梢子！”焦少成热辣辣地盯着黄紫红性感的躯体，“接客和这，时间完全不冲突！”

“别……”黄紫红急了，“别那么多肉麻话，我都听着想吐！”说着，忍不住反胃要吐，急忙朝门外走，又觉得不妥，回身来强忍着。

焦少成看得纳闷，忙上前趁机献殷勤，一手攥住黄紫红温热的手，另一只手在她的腰上轻抚着。那晚疯狂后，他再也没有这样亲近她的机会，现在机会来了，他精虫上头不顾一切地抱着她狂亲热吻起来……黄紫红没有料到焦少成在这个时候——她想吐的时候突然发起攻击，一股怒火压住了她翻江倒海般的胃，使得她有能力给予这个被欲火烧坏脑袋的蠢男人以迎头痛击——事实上，她真的一掌猛击在焦少成的天灵盖上。焦少成顿时仰面朝天，直挺挺躺在沙发上，翻起了白眼……黄紫红一看坏了，忙上前掐他人中，焦少成只有出的气没进的气，一会儿竟断了气！黄紫红大骇，赶忙俯身用嘴唇紧紧噙住焦少成的大嘴给他做人工呼吸，并用手不断压着他的胸部。如此反复几次，焦少成终于恢复呼吸，他死劲儿抓住黄紫红的手，如同抓住救命稻草。黄紫红啜泣道：“老焦，别吓人呀你！”

就在这时，门被推开，焦少成妻子进来。程玉娥再次被眼前的景象惊呆。上回娃满月的丑事的阴影还没有消弭，今天更过分的行径就已上演。这个豪门柔弱的妻子，本是受了公公的气，想来这里讨得丈夫的安慰的，不想丈夫的行为更刺伤了她敏感的心！她真想逃掉，真想自己压根儿没看见，真想一死了之！可是，她才二十岁不到，也是有感情的，也是有尊严的，也是有脾气的！眼前的“摔跤[1]”——这

① 摔跤：原为一种体育运动，此处指不正当的男女身体接触。

是她温柔敦厚的说法，唯有如此才不伤丈夫体面、不使她被认为是“少教”、不使众人听着尴尬——行为，她不能不表态，于是她张了张口，道：“你……你，黄鼠狼吃过界畔啦！你俩……竟然，不避人，关着门在这摔跤！”说完，就哭着离开房间。

可怜的程玉娥离开房间后又离开了喧闹的院子，离开院子后又离开新城北门大街。她端直去了警察厅，去找领导告焦少成。殊不知，焦少成虽是副厅长，但由于正厅长空缺，所以他是警察厅最大的官。门房老汉看到一个俏丽女人气冲斗牛地闯入，觉得面熟，却一时想不起来是谁。这时，站岗的警察开口拦挡。程玉娥吼道：“你敢拦我！你们知道我是谁吗？”

“你是谁？”门房老头心平气和地问。

“我是焦少成媳妇！”程玉娥闭着眼、甩着手、挺着丰满的胸，失态道。

大伙这才认出是厅长夫人，恨不得怎么巴结她才好哩。却不想，她说她要告焦少成。大伙你看看我我看看你，又上下前后重新打量一番程玉娥，觉得她只是生气，不像精神失常，于是明白了。有人就蛮有经验地劝道：“焦太太，您消消气吧！小两口闹个矛盾不是啥坏事儿，有时可以起到久别胜新婚之效。”

“屁话！”程玉娥跺着脚，气得流出泪来，“他和小妖精在房子里摔跤哩！”

大家一听，知道事情闹大了。为了不得罪厅长，办公室古主任一面将程玉娥请到贵宾室安抚着，一面紧急派干事小南到焦少成家里去。

小南来到焦家时，焦少成刚喝了黄紫红喂的葡萄糖水，睡着了。黄紫红听了小南的报告后，吓得小腹隐隐作痛。可她顾不了这么多，忙喊来胡志坚，带他径直回到警察厅。但她事先并没有说明叫胡志坚来的目的，而是将他直接交给了古主任，说是胡主任可以解决问题。古主任带着满脸狐疑的胡志坚走进贵宾室，程玉娥见旧情人来到，觉得丢人，强压屈辱停止了哭闹，一语不发地跟着胡志坚回到自己家。此时，黄紫红在自己办公室已经处理完下体渗出的血，她歇息片刻，提心吊胆地回到焦少成家。见程玉娥情绪已经恢复正常，跟没事人似的，黄紫红便直夸胡志坚能耐大，胡志坚莫名所以。

上午，九嵕山。在一个隔间，齐天翼找到正在忙得不亦乐乎的吴子山，顺手塞给他一小包松子，很开怀似的说：“兄弟，没事儿淡淡嘴。——你看，你和我都需要倪柏仁，对不对？那，咱们能不能将他弄上九峻山来呀？”

吴子山举双手赞成。俩人走到僻背处，认真商量、详细计议后，决定立马行动。

就在他们着手准备接倪柏仁上九峻山时，在前山赵家村，一伙特务凶神恶煞般强行闯入倪柏仁养伤之所——赵有情家。他们将赵家翻了个底朝天，可就是没有见到倪柏仁。临离开时，一个特务心不死，贼眉鼠眼走进井窑，赵有情紧张到了极点，忙偷偷拿起一块板砖跟了进去。特务左看右看，最终摸着辘轳把，回头盯着赵有情，将辘轳把晃了几晃。赵有情手背在身后，藏着板砖，差点一砖拍死特务，却见那特务拿开了手，走出了井窑。

特务们一走出院门，赵有情就吩咐罗莉莉在梢门口放哨。他走进井窑，搬开井盖，摇动辘轳，一会儿，倪柏仁竟站在木桶里徐徐从井里升腾而上……正当这时，梢门又响动起来，赵有情大骇，自觉特务耍了手段，这次将躲不胜躲，却见韩夏春一跛一跛走进来……

焦少成醒来后，焦老财见儿媳妇与儿子闹得厉害，便捎纸条给将过门的新娘山丹丹，让她明日过门时，务必带上青铜佛。难得料姜石一般死硬的公公能让步，年轻的程玉娥一听这事，似乎也原谅了焦少成的花心和公公的无理，开始忙着张罗公公的婚事。众人一起行动，很快，婚事的准备工作基本就绪，只差明早及早娶人。

九峻山这边的准备也差不离儿了。此时，大石榴树下，蓝枝儿正与齐天翼悠闲地说话，只待明日大轿子抬了山丹丹进西京城去。她的爱鹰蹲在石榴树的高枝上，四下张望，不时用喙嗛着羽毛。这时，山丹丹扎一头绸子花跑过来。焦老财的话已经急急如律令地传到她耳朵，于是山丹丹又朝蓝枝儿提起青铜佛的事来。一语惊破梦中人，齐天翼立马也跟山丹丹逼要青铜佛。蓝枝儿慢悠悠从褥子底下拿出那只半新不旧的无座青铜佛，朝齐天翼做出既递未递的样子，却对山丹丹讲话：“嫁出去的女儿泼出去的水，不要一言不合就要青铜佛！难道不给你青铜佛，老焦就不要你了？还是，你就不愿意嫁了？”

山丹丹很懊恼，却挤出一点笑容对付着蓝枝儿。齐天翼说：“这青铜佛，本是黄紫红所佩之物，理应……”

蓝枝儿听出是情敌的东西，立马缩回了递上去的青铜佛……

下午，韩夏春收到飞鸽传信，内容是：

九峻山欢迎尊敬的“病人”先生栖身。青铜

别无选择，大伙开始紧张地准备倪柏仁去九峻山的事。

阴沉的云块压着关中大地，山岚浮动在前山赵家村的角角落落。在大伙忙碌的准备中，夜幕渐渐拉开。很快，一座旧轿子从赵有情家抬出。

四小时后的深夜，趁制办婚礼的最后一道程序在忙乱中告结时，吴子山与齐天翼出发去接倪柏仁的轿子。简短寒暄之后，俩人亲自抬轿，一行人神不知鬼不觉地逶迤走进九峻山山门……

第十九章 5月18日

对于这个世界上的人，倪柏仁似乎都很重要。

委员长、国民党需要他、看重他、拉拢他而不得，恼羞成怒痛下绝杀令，必欲除之而后快。本来一枪毙命后，这一宗事体就该尘埃落定，公众震惊也罢，人民抗议也罢，异党人士攻击也罢，国际上有碍观瞻也罢，总归会很快淡出历史烟瘴。可是，那个枪法冠绝三秦的赵剑锋，偏偏将人打了个半死，还让他跑掉了！如此，问题来了，麻烦来了，斥责来了，逼迫来了，追杀来了，追杀不及而节外生枝的事情也就纷至沓来……

首先是群众需要他，救了他。舍我性命、死我全家，我也要救。陈人言、保长寡嫂、张家媳妇、甲长、王礼全家、阎子俊、周云，以及无数不知名的醴泉、泾阳、三原、兴平、咸阳群众，就连疯子张桂兰也不知不觉地参与其中……这里面，阎子俊、梁来福、王礼四口家人、景泰三口家人等，共十多名群众，为救自己心目中的“王”而献出了宝贵生命。群众对从他们当中走出的替自己说话、代表自己利益办事的倪柏仁的感情，是发自内心的最朴素的感情，是任何政治宣传也左右不了的，因而是强大的、牢靠的、无坚不摧的。他们的牺牲是无价的，可歌可泣的！

其次，共产党统战他，正在组织力量营救他。从传递情报的爆玉米花老头到马栏汪锋涛等共产党的领导，再到统筹这次任务的韩夏春，以及执行营救的王伯伦、梁来福、景树勋、景泰、郑善军、钱秉承、赵有情，以及无数不知名的地下党员，他们为了民族大义、为了人民解放，而冒险联络他、犯险转移他、历险营救他、誓死保护他，他们之中的王伯伦、梁来福，都英勇倒下了。愿烈士们含笑九泉，永垂不朽！

还有，连国民党体制内的人也需要他，帮他逃脱、救他脱离险境。赵景汉、罗莉莉、东北军失散的军医，甚至他们的警察如吴子山者，也似乎半推半就地在“协助”他转移、出逃；中统的一方诸侯胡志坚也不希望倪柏仁倒下，否则他跟着粘着警察们转圈儿就没有道理了；至于齐天翼希望倪柏仁活下来，原因就不用说了吧，他在发挥怎样的作用，我们尽可以放飞想象力，大胆猜测。就连承担追杀倪柏仁任务的总指挥黄紫红，也非常需要他——需要他活着，成全她和齐天翼的美满姻缘；更需要他很快地死，以保住她的职位甚至性命。

撇过这些，现在最最需要倪柏仁的，莫过于蓝枝儿了。她救倪柏仁的朴素理由是，倪柏仁是好人必须得救；她救他的另外一个原因是，他是她同学的父亲，救他就如同救自己父亲一样；她救倪柏仁的最直接动因则是，她想让他给自己说媒拉纤，与齐天翼喜结连理。所以，当那个他追的男人齐天翼和那个追她的男人吴子山同时向她提出收留倪柏仁时，她欣然答应。她当然知道，将倪柏仁接到自己山寨无疑是引火烧身，这相当于是和国民党当局直接叫板，必将招来军队、警察、特务、保安团等的联合绞杀。虽然她蓝枝儿天生就不是胆小怕事的主，可换作平日，即便救一位群众代言人和闺蜜父亲，她也要忌惮三分的，毕竟父亲创下这个基业也不容易；但今天，为了心目中的男人齐天翼，她甚至连一秒钟都没有犹豫地就部署了行动。从那一刻起，出嫁山丹丹似乎成为营救倪柏仁行动的一个掩护，她主要的心思是反复琢磨倪柏仁是否收到飞鸽传信、是否已经顺利启程、路上是否安全，以及何时才能安全到达等等问题。

下半夜，终于有人来报，说是抬着倪柏仁的轿子已快到山下，她忙再次嘱咐齐天翼、吴子山务必亲自接轿、抬轿，勿要因疏忽怠慢而生了枝节。传完号令后，她便在大堂门前的杜梨树下静静等待。月亮升起来，照得南面山坳的枝枝杈杈如同吃人的怪兽般阴森可怖，却似乎越发显示了蓝枝儿的美；她的大黄狗偎依在她脚下，警惕地四下审视着，守护着它的美人和主人，又不时朝这位美人打滚、舔一下她的脚，接着继续四下张望，似乎在监视和吓止对于主人的任何图谋不轨。这头大黄狗体型威武，如同小牛般大小，是父亲当年留下来的。它是那头豹王的老对手，曾带领狗群多次围捕豹子梁的豹子。据说，豹王一见它，哪怕是闻见它的气味、瞥见它的一坨屎、一根毛发，也会掉头而去。——这，大概也是豹王不辞而别的原因之一吧。

一个时辰后，轿子抬到了寨主蓝枝儿的大堂门口，被定定放在杜梨树下，蓝枝儿就与倪柏仁在杜梨树下的月亮地里相见。她掀开轿帘，关切地道："倪伯伯光临，有失远迎！辛苦了！您伤势怎么样？"

"死不了发疯哩！"倪柏仁笑道，"多谢！让我下来！我这大男人坐轿，还是头一回，这把人难受的！"

"伯伯，您可别说不吉利的话！您先坐着，别急着下，我给您特意安排了保险地方！"

"人不死，何言福？"倪柏仁朗然道，"现在兵荒马乱的，天知道哪个回合就被夺了首级。蒋某人这次，也让我看淡生死了！"

齐天翼道："这里不是说话的地方，先生路途劳顿，先到地方歇着吧！"

"刘伯温、马彪，带人护送先生去住处，好生侍候着！"蓝枝儿命令道。

"是！"闻声从旁边树林里跑上来两个彪形大汉，"弟兄们，起轿！"

蓝枝儿、齐天翼、吴子山只得与倪柏仁道别。吴子山呆呆地看着一行人走远，如鲠在喉、心有不甘，在他和齐天翼最初的计划里，忽略了倪柏仁安置地方这重要的一环。山寨于他而言，不但机关他不熟悉，而且他只是个过客，自然不便过问蓝枝儿的具体安排。其实，倪柏仁要去的地方，齐天翼也不知情。——他被蓝枝儿秘密安置在九嵕山后山的九龙观里。

九嵕山的黎明悄悄来临，曙光透着迷蒙的雨雾，慢慢挣扎慢慢透亮。直到天色大亮时，人们才发现，周遭被密密匝匝、风吹不过水泼不进的大雾包围。云山雾罩里，山峦露出半边角，树木、地面全都湿漉漉的，枝头的小鸟羽毛上不住滚落下晶莹的水珠儿来。云翻雾卷间，九嵕山开始露出她娇羞躯体的局部，时开时合，变化莫测，让人恍若置身仙境、做了仙子……

就在此时，一批军队、警察、特务和民团气势汹汹赶到，将九嵕山围得水泄不通。此事最为后人诟病，有人说捉一个半死不活的老汉，能用上军队？能出动那么多人？也难怪！其实，这次重要行动，三秦省决策者起初也颇为犹豫，但经请示南京高层后，还是决定继续贯彻"宁可错杀一千，也不使一人漏网"的极端反动的清剿政策；何况，行动本身也可荡平困扰关中几十年的毒瘤——九嵕山土匪。因此，从政治高度权衡，此次行动非常重要而且必要。毋庸置疑，必须办好。

消息报到蓝枝儿跟前，她很是一惊：敌人比预料至少早到了六个小时。这说明，整个接救倪柏仁的行动，几乎与敌人跟进的行动同步。如果警察特务由于一直在寻找追杀倪柏仁，他们设法跟上来，完全有可能；那么，敌正规军、民团能够在这么短的时间内开拔到位，就令人不得不疑窦丛生继而惊出一身冷汗了。难道是出了内鬼？蓝枝儿不禁脑际紧张地闪过这样一个念头。如果是这样，那吴子山的嫌疑最大。这个挨千刀的，要坏我的大事！她就急传吴子山，吴子山很快跑来，一副兴兴头头的样子。蓝枝儿不动声色地问他该如何应对眼前的包围，更何况还要出嫁山丹丹。吴子山胸有成竹道：“车行车道，马走马路！”

“那好！你支应好出嫁一事！”蓝枝儿说。

吴子山说声“没麻达”，走开了。蓝枝儿又叫来齐天翼，仔细商量应对之策。

清晨，赵有情家院门大开，他正在喂鸡喂狗，忙出忙进。突然狗狂吠不止，一群便衣特务冲进门来，他叫住狗，特务们首先闯入井房，摇辘轳摇出了木桶；接着冲进赵有情母亲的窑洞，闯入拐窑，然后在各处搜寻着，弄得鸡飞狗叫。结果，他们一个人也没找到，连赵有情也再没出现。有了梁来福、王礼、景泰三家的教训，大家离开时叮嘱赵有情一定防范狗腿子灭门；所以，倪柏仁的轿子前脚出门，赵有情全家后脚就都转移了。赵有情也是吃过早饭观察半天后，才回家安顿，没料到与特务遭遇。他与他们打个照面，特务进了井房，他则溜出院门，钻进大沟里去了。特务们一无所获，悻悻离去。一个特务自言自语道：“没见人还好。稳定压倒一切！不加审讯而滥杀人也不好，有损阴德嘞！”

与此同时，西京新城北门焦府院门外，三辆披花戴绸的娶亲婚车徐徐驶出巷子。主婚车奥斯汀轿车内，黄紫红和胡志坚穿戴一新，并排坐在车后座上。黄紫红一改平素的警装，一袭青花瓷颜色的旗袍，暗红色高跟凉鞋，高高的发髻，淡雅的香水，好看的小嘴不时小声调侃着胡志坚：“胡主任，你今儿个收拾得这么精神，是想与新郎官争新娘去吗？”

“按你这说法，那你打扮得这么俊俏，是为和新娘子去争宠老财叔？”胡志坚道，自觉失口，又忙道歉，“我什么也没说！”

“我什么也没听到！”

俩人好一阵子沉默。最终胡志坚打破沉默："下一步什么打算？"

"……"

见黄紫红继续保持缄默，胡志坚道："你可以不回答，我理解你！"

"谢谢！"黄紫红未语泪先流，冲花了浓妆，"你觉得，妹子还有下一步吗？"

轮到胡志坚沉默了。说老实话，黄紫红这句话真的问得他没法回答。设身处地地想，"刺王"行动，换了谁都很容易完成，可遇到黄紫红，那就是"不可能完成的任务"——真的，第一步都不好迈出。黄紫红的过人之处在于，她已经完满地迈出了第一步——执行秘杀干大的任务——可谁也没有料到子弹竟没有打中，这让她几乎陷入了万劫不复的境地。对，是万劫不复！现在，任凭换了谁，也休想从群众的汪洋大海里将"百姓之王"捞出来。他觉得，这是真话，不是文学修辞的比喻。群众对于倪柏仁的爱戴，他几年前就了解，这次更是亲眼见过亲耳听过感同身受，所以他觉得黄紫红刚才说的话，是她真正的痛点！他能体会到她内心的痛苦和绝望，因为他最近的全副心思都在她身上。他因为她的痛苦而焦虑，想安慰她几句，不想，黄紫红却再次低声道："我知道……你对我好！谢谢！真的很感谢！"她说得很真诚，"别对我好！我不配你这样！"

"我愿意！有钱难买我愿意！你……你会没事儿的！"胡志坚装作刚强大度地说，脑子却一片空白。

上午，省警察厅的审讯继续。刑讯室内，陈家岙遭受到严刑拷打。警察打手们用皮鞭劈头盖脸地打他，激起他的无名怒火，他决心反抗暴行，一个有用的字也不吐给他们。见陈家岙死硬不屈，打手们又用辣椒水泡了竹签钉他手脚的指甲缝，用烙铁烫他大腿内侧，他顿时昏了过去……等他醒来时，发现被脱光，被仰面捆绑在一张大木桌子上，几个打手配合着，把红辣椒水灌进他生殖器里……陈家岙咬紧牙、闭上眼，提早做着忍受无耻暴行摧残的准备，很快，他的下体滚烫起来、麻木起来、小腹也钻心地疼。突然，打手们开始揉搓，顿时他觉得他的灵魂在他的体内飞蹿、扑腾、扩散、爆炸、逃逸，在向他游若细丝的意识传递一个明确讯息：招了吧，招了啊……

逼供取得了巨大成功。最终，陈家岙招了，承认自己是共产党。

审讯小头目马上跑到焦府报告并表功。其时，焦少成朝路口张望着，来者只想报喜，不住地啰唆，被他一巴掌制止。焦少成道：“不罚勤不罚懒，就罚你没长眼！”原来，刚才省政府秘书给焦少成来电话说：祝肇州已经出发十分钟了。他这正迎省主席大驾哩，却被纠缠。

现在，焦老财上半身披着“8”字形的红绸被面，和穿着纯白短袖蓝色长裤的焦少成并排站着，俩人大喜过望地看着祝肇州从专车上走出。祝肇州只与焦老财轻轻握了握手，便被引入专用贵宾室。他一边往里走一边四下张望，却并不怎么理会熟人的招呼，似乎在满世界里找寻什么重要目标。焦老财看在眼里，早明白了就里，就暗自对他说：“找人哪？您那人梢子警官——黄紫红，去给我当伴娘、娶人去了！”

祝肇州遗憾良久，却说：“没事儿，这不委员长催问倪柏仁的事情……我得问她具体进展呢！”

“对不住啊对不住！”焦老财连声道歉，“少成给你立了军令状，可刚立完，就忙乎我这事儿啦！”

“哈，你用下半身思维，我得罪不起你呀！”祝肇州盯着焦老财红光满面的脸，似乎是不动声色地说。

“啊……看这话怪呀不！”焦老财得意又猖狂，放肆道，“你还不如骂你老哥我是禽兽哩！”

俩人说着纵情大笑起来……

十一点钟，黄紫红和胡志坚率领的娶亲车队到达九峻山下。只见九峻山所有可能溜出去人的小道、沟回、坡洼，都被队伍围守着。队伍的服装各异，有穿黄军装戴头盔握各式轻重武器的国军，有穿黄色警服的警察，还有和国军服装差不多但武器气势要比前者差很多的保安团，另外不用讲还游弋着为数可观的便衣。见此情景，黄紫红吩咐停车。她走出车子，早有部下认出她来，上前向她汇报表功。黄紫红向前挥一下手说：“听我说，我今天不为公干，我是给焦厅长父亲娶媳妇的！新人就在山上，请予方便！”

部下很快指挥让出道来，早有一座八抬花轿等在让出来的路的那头。黄紫红复又上车，隔着车玻璃挥一下手，立即来了一队轿夫抬起轿，后面还跟着几十个脚夫打扮的男子。鞭炮震天，三辆汽车开道，一行人很快来到山寨寨门。汽车不得不又停下，没有了汽车路——就是有汽车路，也是禁行。黄紫红吩咐大伙下车，随车的包袱、细软、花红等什物被迅速拿下来，一群脚夫很快上前，每人只分到很少部分东西，轻飘飘攥在手上。经过短暂的有效沟通，三十多人的娶亲队伍被特许进入寨门。黄紫红、胡志坚也不得不步行，只不过他俩是独步不负重而已。俩人都是第一次进山寨，但见林密山高，飞瀑涌泉，奇禽异鸟，时时作鸣，花香浓郁，宛如画中……俩人由物度人，自觉这蓝枝儿并非他们昔日所见之蓝枝儿，她自有她的天地、自有她的胸怀和能耐。

走到半山腰，在偏僻的山寨便道上，脚夫打扮的男子纷纷迅速隐匿于山寨密林之中……一会儿，蓝枝儿派的接应执客寻路下来，提着茶水、小吃和水果，热情招呼。继而回过头来，带领他们取捷径上山。

此时，山寨下，距离九峻山两里远的回龙观里，一个老者装扮的人在吹埙。高古邈远的埙声悲鸣在山野间，令人不知今夕何夕。一会儿，老者放下埙，呷一口淡茶，并不休息，而是自个研磨润笔许久，开始运腕挥毫……忽然，他的笔尖定定悬在空中，屋内传入皮鞭声。他忙放下毛笔，倚窗看个究竟。原来，保安团今天到来后，便强占了山下农民的西瓜吃。农民想了个办法，给一个大西瓜里拉大便进去，又将那瓜封好。刚才，一个团丁摘到那个大西瓜，给团长送去邀宠。不想一刀下去，周围的人连同团长都屎尿满脸……团丁遂遭痛打。

两个半时辰后，山前的大坳里，军民散乱，人声鼎沸，热闹非凡。山丹丹被用轿子抬下九峻山，又被安排坐上主婚车。一切准备停当，开始起轿——娶亲车队缓缓驶出。山丹丹与黄紫红坐在头车里，任人怎么看，硬是分不清哪个是新娘。原来，不知何故，黄紫红已经换作一身红、也是顶着盖头，此时山丹丹哭出声来，黄紫红也颤抖身子伤心不已。齐天翼扛着相机，不失时机地左拍右照，蓝枝儿花枝招展地在旁边指挥着什么，很是神气，她的爱鹰在头上翻飞，做着各式表演，似为婚嫁添喜。胡志坚坐在第二辆车内，他看到纷乱的人群里，韩夏春和女疯子从路边场面上的碌碡旁经过……他本能地心一惊，急于推开车门捉拿，却最终将已经推开缝儿的门复又关上。

婚车刚走，蓝枝儿就闪进寨门，下令紧闭大门。呼啦一下，武装力量将寨门围得水泄不通。下午五点，九峻山下又开来了一个连的国民党正规军，他们一个个收拾家伙，严阵以待，制造着紧张空气。

此时，山丹丹已经被娶回西京城里的焦府。祝肇州正在以证婚人的身份，为焦老财的婚礼献词。他特意安排黄紫红站在他跟前、不离左右，黄紫红不明所以、不得要领，在众目睽睽下迟迟不肯就位……

蓝枝儿回寨后，只笼统地要求吴子山看好倪柏仁，吴子山欲问详细，被她制止了。随后，蓝枝儿肩头站鹰，骑马护送着四挂子牛车的值钱东西朝金凤巷而去——围攻者并没有阻拦，他们要的是倪柏仁，况且，走了寨主少了守卫山寨的主心骨，对他们来说善莫大焉。蓝枝儿一走，吴子山就四处找寻起倪柏仁来，却怎么也找不到。

傍晚，金凤巷更加热闹了，三三两两的男人朝金凤广场走去、纳凉谝闲传，寻花问柳。烟雨楼，进堂门的门楹上打出横幅：热烈庆祝本楼姑娘荣嫁省主席挚友、警察厅长焦少成尊堂大人焦老财先生！顾客们正在围观议论时，忽报蓝枝儿骑马来到。很快，从烟雨楼里舞出一行欢迎的女子，她们边舞边道："恭喜蓝寨主！贺喜厅长姥姥！"

"该打！"蓝枝儿打趣道，抚摸着油亮的鹰脖子，"本姑娘有那么老吗？"

大家都笑疯了，迎着蓝枝儿朝进走。

夜里，韩夏春和赵有情躺在炕上轻声慢语，计议如何让张桂兰头脑清醒起来。目前，她将韩夏春当作赵有情，对其纠缠再三，让大家心里都很不好受。正说话时，张桂兰走进来，端了两碗新麦旗花面给韩夏春吃。韩夏春将一碗给了赵有情，赵有情刚接碗到手，女疯子就一下打掉了那碗饭，生气地拉着韩夏春要他回家。赵有情上前想说什么，被她抽了一耳光……赵有情满眼泪花，泪水在眼窝里转着，终于忍不住汩汩而下。

此时，咸阳警察局宾馆，齐天翼在嬉戏一只信鸽。一会儿，他将鸽子放到笼子里，熄灭了灯。

晚上，洞房里，焦老财抚弄山丹丹，并问青铜佛的事情，俩人话不投机闹了别扭。山丹丹撇着嘴问："你媳妇重要，还是你儿子的媳妇重要？"

"亲蛋蛋，别生气！"焦老财连说，"你这山里的丹丹比老朽命都重要！"

山丹丹就高兴起来，却道："别老朽长老朽短，再这么说下去就真要朽掉了！"

焦老财大喜，俩人倒在一起。

在焦老财一树梨花压海棠的时候，黑黝黝的九嵕山上，一声枪响，带起一颗红色信号弹高高飞上夜空，划出美丽的弧线。顷刻间，炮火齐发，映红了几十里渭河平原……

第二十章 5月19日

黑黝黝的九峻山上，炮火齐发，由国民党军方指挥，军队、警察、特务、保安团协同作战的九峻山攻击战打响。国民党少校指挥官唐兵为营长为此做了充分的困难准备，因为在蓝枝儿父亲老寨主手上，国民党部队曾向拒绝收编的土匪发起过征讨并遭遇滑铁卢，他的前任阵亡。当时，唐兵为作为一连连长指挥所属部队攻破了寨门，营长大喜，与他一起杀入山寨大门，不想却陷入地坑陷阱，连人带马一起掉入机关，磨盘、滚石、竹签等一齐攻向他们，俩人都身负重伤；只不过，老营长更严重或者说身体底子不如年轻的唐兵为，最终没能扛过去而亡故。因此，这次攻山任务依然交给他们营，一来有前车之鉴，二来可以一雪前耻。唐兵为为能将主攻任务和指挥大权交给他们营和他而备感欣慰和鼓舞。他命令一连和保安团一连主攻寨门方向，其中保安团一连主要任务不是攻击，而是作为工兵连，保障一连攻击到位后不至于再次落入陷阱；二连由特务们打先锋，迂回九峻山侧后，暗中衔枚疾进，与先期随黄紫红进入山寨的警察们互为呼应，待到摸至寨主大堂时发起突然袭击；保安团二连、保安团三连，分别统领本部和配属警察，与先期随黄紫红混入山寨的警察们互为呼应，从左右两侧山沟渗透、侧击；三连作为预备队，由唐兵为亲自统御，他的这一安排主要为了保全自己，以免前车之覆。

战斗打响后，唐兵为像视察一场演习一样，迈着八字步走出遥遥正对着寨门的指挥部，一边口里含着一根甜草根——最近天热他老流鼻血—— 一边手里端着一个木匣子收音机，听着常香玉的《花木兰》——他着迷老乡名角儿常香玉和她的豫剧，对跟在他后面的三连连长说：“巴连长，这是一场毫无悬念的战斗，对方处于冷兵器时代，毫无还手之力，所以，你得发挥想象力，权当是你在看一场……一场什么？哈哈，我来考考你的想象力！”

“……”巴连长是书生出身，故意沉吟片刻，揣摩一下营长的意思，看着眼前炮火渐歇的战斗，道，“唐营长运筹帷幄决胜千里，真乃党国之子房也。我们，我们权当是在看一场人间难得一见的烟火！”

“小巴你果然博学、机灵！”唐兵为道，“可惜，这烟火是越来越不好看了，如果我没猜错，我们已快得手！”

这时，有传令兵来报，说一连已经攻破山门，并顺利攻入山寨。

“营长英明！”巴连长不失时机地拍着马屁。

“你的任务重了！”唐兵为道，“督令你部迅速封锁各个山头出口，勿使目标溜掉！要保持清醒，这不是一场普通的进攻，这是一次搜捕行动！”

“是！”巴连长行个军礼，跑步离去。

唐兵为继续听常香玉，喉间发出半吊子的豫剧来。

黎明时分，月亮隐去光辉，山岭和天边的云块黏合，周遭影影绰绰；很快，四面的村庄、院落、树木等开始显现轮廓，前山赵家村在一片鸡叫鸟鸣声中迎来一个湿漉漉的早晨。女疯子张桂兰家，赵有情送韩夏春与张桂兰出门，登程上路。张桂兰似乎已经正常，头发洗梳得干净整齐，竟显出几分姿色来；她还提醒推自行车的韩夏春挽起裤管，以防露水打湿。韩夏春与赵有情对视，赵有情故意吟出一句谚语：“麦子上场，核桃半瓤。”

神奇般地，张桂兰竟接上了这农谚的后半部分：“谷子进囤，核桃挨棍。”

赵有情激动得泪水涌出，上前欲作亲昵状，被韩夏春以目制止——目前，张桂兰还需深度康复，而韩夏春也需要她继续打掩护。于是，韩夏春唱着山歌踏上山路——

郎在高山唱一声，
妹在河坝用心听。
听得山醉水回头，
山清水青人更亲……

与此同时，咸阳警察局，当晨曦描画出那两棵枣树的模糊树形时，齐天翼知道鸽子可以看清视线了，于是将早已喂饱的信鸽拿出宾馆房间，趁人还没起床时，在门前悄悄放飞……

早晨，焦少成去省警察厅上班，他刚在办公桌后面坐稳，就有人来见。抬头一看，是昨天去他家里汇报而吃了耳光的那个家伙，焦少成没好气地故意摆架子，说：“你等一哈！”

警察唯唯诺诺退出门去。焦少成开始长时间耐心等待水杯里的茶水晾凉，当茶水的温度与他嘴唇的承受度相匹配后，他开始慢悠悠地一口一口呷茶水，享受着这上班的优裕——张罗老父的婚事可真费工夫，好在一切尚算顺利，也已结束。茶喝得差不多了，他开始发愁倪柏仁的案子，于是突然想起什么似的叫道：“你，进来！”

门外的警察等得有些无聊，为打发时光，正集中精力用左手抠右手指甲旁边的死皮，专心得竟然没有听到长官的传唤。于是焦少成又高声喊道：“谭副处长，你进来！”

谭副处长这才反应过来，连声应着走进门，站在焦少成的大办公桌前，隔着阔大的办公桌瞅着焦少成道：“焦厅，您说！”

“我说？”焦少成有些惊讶，“不是你要汇报什么紧急工作的吗？”

“对对！”谭副处长这才恍然大悟，“陈家岙已经承认了自己的共党身份！”

“什么？什么时候的事情？”焦少成惊得站起。

“昨天上……”

“昨天上午你现在才说！”焦少成没等对方把话说完，就给了他一耳光。焦少成是隔着阔大的办公桌打的，下体磕碰在桌沿上，一时疼痛难挨。

谭副处长昨日挨耳光后这一肚子气还没散尽，今天又挨耳光，于是他冲动地反嘴道：“昨天你不让我说啊！”

焦少成又想给他掌脸，这时电话铃响起，他不得不收手去接桌上的电话：“……噢……什么？九峻山攻山成功却一无所获……奶奶的……一帮废物……”他气狠狠地放下电话，气得在办公室内疾步来回走动着，吓得谭副处长不断猫着腰疾速躲闪。

突然，他盯着谭副处长狂叫道：“你……内奸！一定要挖出内奸！”

“是是……”谭副处长吓得身体筛糠，说不出完整的句子来。

这时，门口有人打报告，是办公室李晓婷，她说：“厅长，省政府办公厅电话，让您过去！”

“没说啥事？”焦少成强压怒火，掩饰着紧张问。

“祝主席找您！我已经为您备好车！”李晓婷说着退出门框，在焦少成看不到的地方朝谭副处长招手。

谭副处长这才赶忙走出门去，焦少成也出了门，说：“谭处长，继续提审陈家忝，让他将肚子里东西倒光倒尽！骷髅也得开口，骨头也要榨出油来！”

八分钟后，焦少成来到西京新城广场北侧的省政府。刚一进院子，就有秘书在等，他连忙跟着去黄楼一楼省主席办公室。到了门外，焦少成摘下大盖帽拿在手上，秘书敲门，听到祝肇州在里边喊：“让他进来！”

焦少成就走了进去，喊：“主席！”

祝肇州坐在靠窗子的大沙发上拨弄着一把扇子，焦少成走过去站着，发现扇子上有倪柏仁的题字。祝肇州放下扇子，盯着焦少成的脚道：“说说，怎么样？给你配属了国军打共军的正规部队和地方武装，连小胡也三六九地在咸阳。”

焦少成额头沁出汗来，双腿不住地打着弯，似乎一不小心就会跪下，他竭力稳住身心，咬牙下决心道：“主席，九嵕山是攻下来了，可……倪柏仁跑了！”

“跑了？”祝肇州霍地站起，将扇子摔在地上，扇子擦着焦少成的皮鞋而过，“一个挨了枪子的人都能跑，你指挥的军队、警察、特警、保安团，咹，就不能跑？不能追，咹？”

焦少成乖顺地捡起扇子，赔着笑脸放到沙发的侧边，说：“主席我知道！我一定严加督办！昨天，我没有亲到前线……是唐兵为指挥的！”

“噢……别推卸责任！你脑子活络点。”祝肇州转过脸去，看不清他的表情。

“好！这些日子，我和小黄也摸着了点套路，主席，主要是老百姓都打掩护，才造成我们的被动局面！”

“那都是假象。哈，世界充满假象，唯有伤痛不撒谎！”祝肇州道，“难道你让我给委员长去说你和黄指挥的‘套路’，咹？”

“我这就上咸阳一趟！”焦少成戴上大盖帽。

“不送！”祝肇州颓然陷入沙发里，摇着头自语道，“没办法！”

焦少成掂摸掂摸祝肇州话的意思，见他再无言语，便道：“主席再见！”犹豫着失落地走出门去。

省政府大院，花木葱茏，鸟鸣啁啾，喷泉里正冒出漂亮的水花，焦少成心情沮丧到极点，他觉得异常困倦，眼前不断地泛着白光圈。他垂头丧气地回到警察厅，刚推开办公室的门，就见穿戴一新的父亲正坐在他的大办公桌内，一本正经地大抽其烟。见儿子脸色那么难看，焦老财早猜出儿子被批，于是关心地问：“呃……焦厅长，工作不顺心啦？”

“大，你咋来这里啦？别来这里，这是工作的地方。”焦少成毫不掩饰地哭丧着脸，无可奈何地拉着哭腔。

“娃，大就是为你工作不顺心来的呀！”焦老财从大办公桌后面的椅子上走出，“是大的事情耽误了额娃工作……”

焦少成脸色和缓下来，坐在沙发上说：“大，咱别说这些了……上面对倪柏仁的事情压得很紧！我都……”

“我知道！”焦老财打断儿子的话，也坐在沙发上，“我听说是那个长得很心疼的妙人儿小黄具体负责这事的，对不对？”

“对！但她是我部下，事情办不好，我也脱不了干系。”焦少成顺手拿起茶几上的一支铅笔，比画着说。

“瓜娃，你脑子活泛点。”焦老财极有把握地说，“你做那妙人儿的工作，让她早早地越级向祝肇州主动汇报请示工作。”

焦少成一听这话，霍地站起，在办公室走来走去，一下就折断了捏在手里的铅笔。听话听音，他听明白了父亲话里的弦外之音，没错儿，省主席果真在打黄紫红的主意。焦老财也看出了儿子的心思，这小子不仅爱惜自己的羽毛，还爱恋那个小黄爱得要死，于是他说：“娃呀！慧极必伤，深情不寿，我知道你很难，但该来的事情，咱挡不住哇！咱胳膊能扭过大腿？”说着，他背搭着双手，迈着八字步，径直走了出去。

焦少成对着窗外大喊：“老天爷，还叫人活呀不活！”说完四肢长展在沙发上。

早饭时，吴子山才气喘吁吁地赶到回龙观察看，也没有发现他要找的倪柏仁。出来时，他左手提枪，右手提一坛苞谷酒，边走边仰起脖子“咕咚”几下。他已经不间断地找了十几个钟头、找了几十个地方，可就是不见倪柏仁的影子，他无比困乏、无比失望，沮丧、委屈和愤怒让他浑身的每一个毛孔都在爆炸，很想杀一回人。吴子山边喝边走，渐渐地脚步踉跄、眼放凶光，等踅摸到那一大片绿油油的西瓜地的瓜鞍子[①]跟前时，酒已喝完，他抡起酒坛砸向瓜鞍子的木椽上，“哐啷”一声，酒坛裂碎。此时酒力发作，瓜田在他眼前翻转，西瓜在他脑子里跳舞，他隐隐约约想，这狗日的外地人手艺咋这么好的，瓜长得这么棒。很快，一个细高个子中年男瓜客走出瓜鞍子，边看边说：“军爷好酒量！来个瓜解解酒？军爷！”

吴子山眼前冒圈儿，大着舌头道：“给、给我挑个，要……又、甜又沙的！”

瓜客殷勤答应着，走进瓜地去。吴子山两眼冒火，摇摇晃晃跟到半道停下来，斜睨着瓜客猫腰挑瓜，突然，他掏枪朝瓜客开火。可怜的瓜客中弹，抱着西瓜仆倒，血流在碧绿的西瓜和瓜蔓上，淌下地去……

吴子山仰天喷着酒气，也倒在瓜田里，昏睡过去。几小时后，他被蚊子叮醒来，酒气也散了许多，他拍拍脑袋努力寻思睡过去前的事情，却怎么也想不连贯。举头三尺有神明，大热天，他竟打了个寒战，突然就害怕起来，起身将瓜客尸体拖进瓜鞍子，塞进床底下，之后迅速离去……

焦少成在沙发上躺了一会儿，觉得不能再躺了，就起来，却发现沙发被眼泪打湿了一大坨。他自嘲地摇摇头，走出办公室，直接去了审讯室。

审讯室里，谭副处长正和两个女警员审讯陈家岙，后者懒洋洋地待理不理。焦少成看得火冒三丈，咄咄逼人地高声插话：“资料显示，你绘画功底不错！对吗？”

“是，焦厅长！”陈家岙见焦少成杀气腾腾，配合度大增。

“那么你应该知道咱西京三兆村毛延寿的故事！”焦少成冷冷地说，又慢悠悠背出了王安石的《明妃曲》，“归来却怪丹青手，入眼平生几曾有；意态由来画不

① 瓜鞍子：西瓜成熟前后，瓜农在瓜田里搭建的用来看瓜的三角棚。

成，当时枉杀毛延寿。”

陈家岙顿时吓得脸色铁青。

作为曾经学过绘画的人，陈家岙岂能不知毛延寿，毛延寿为西汉宫廷画师。汉元帝后宫佳丽太多，不能一一临幸，就让画师画后宫美人的画像来看，他从所画图像中挑选出中意者召幸。毛延寿就是其中的一位画师，他借机索贿敛财，给了他钱的他就画漂亮些，不给钱的他就画丑些。王嫱——王昭君是后宫中最美的女子，年方十六，单纯，没给毛延寿钱，于是毛延寿就把她画得很丑，当然也就没有被汉元帝召幸。后来，匈奴来议和，求一美人为阏氏（王后），汉元帝就把自己看过的最“丑”的王昭君许嫁给他。待上殿辞行的时候，汉元帝才惊异地发现王昭君是绝世美人，但已无法挽回。昭君去后，汉元帝立斩毛延寿。

现在焦少成将毛延寿说给自己听，这是警告自己不要胡画着应付，否则必将遭受毛延寿一样的下场。于是，陈家岙抹一把额头涔涔的汗水，道：“焦厅长，我知道！”

焦少成见火候已到，朝谭副处长摆摆头。谭副处长狐假虎威，咳嗽一声说：“那么，就有劳陈先生，请画出你认识的中共地下党人员的头像，并说出青铜佛的秘密。”

“我先画！”陈家岙道。

很快，一个男警员拿来画板、纸张和素描碳素铅笔。陈家岙走笔如龙，很快画出一张男人头像，工作人员递给谭副处长，谭副处长又递给焦少成。焦少成一眼看出画的是齐天翼，他震惊地对身旁的警察说：“快，通知黄紫红来！”

一会儿，前往通知的女警察回来说：“报告厅长，黄总指挥已经上咸阳去了！”

焦少成又让办公室给胡志坚打电话，想让他过来看看，以便确认这一审讯战果。不久，前往办公室通知的女警察回来说：“报告厅长，胡主任也上咸阳了！”

焦少成心下一惊，心想自己也得立马上咸阳，却命令道：“督促陈家岙加快速度画头像，他知道的共党可不只一个！”

艳阳高照，酷暑难当，关中大地葱茏一片，渭河两岸芦苇茂密，菜籽的颗粒泛着白光冒着香气，饱满无比。此时的黄紫红与胡志坚，正在前往咸阳的车内，车外土路上被车带起的尘土犹如一条白色长龙泛起几米高，使人不敢开玻璃窗，因而车内正蒸着桑拿，热闷难耐。

胡志坚、黄紫红不得不挽起袖口，都强忍着头晕目眩、腹内反胃，胡志坚趁机给黄紫红献殷勤，给她摇着芭蕉扇，说着俏皮话逗她开心。他说最近有一对夫妇因为分梦到的一笔钱而离了婚。黄紫红没笑，焦少成早给她讲过这故事。他又说，他十六岁去湘西当兵那年，有一次问连长：不小心踩到地雷咋办？连长大为恼火地骂：笨蛋！能咋办？踩坏了照价赔偿就是了！

黄紫红开怀大笑，不料，笑的后半截表情变得僵硬而痛苦，她紧抿住嘴极力控制着自己，可嘴还是被冲开，从中喷射出热乎乎、酸臭刺鼻的浆液来，射在了胡志坚的脸上、眼睛上、鼻子里甚至口中。胡志坚连忙拿手绢去擦。溅了别人一脸，黄紫红很过意不去，胡志坚却反回来安慰她。黄紫红肠内一热，觉得胡志坚也许是这个世界上对自己最好的男人，唏嘘着说："志坚哥，人生得一知己足矣，斯世当以同怀视之。真的，如果我有妹妹，一定让她嫁你！"

胡志坚呵呵一笑说："你就是妹妹！"

黄紫红苦涩一笑，流下一行泪来。这时，窗外隐约传来乡野女子的唱声：

黑夜里月牙牙藏起来，
扑通通钻进了哥哥的怀。
云从了风儿影随了身，
哥哥妹妹从此不离分。
眼一闭呀眼一睁，
这一生一世就像过堂风……

上午，齐天翼出了咸阳警察局，独自溜达到西郊。下个慢长坡，来到那个羊圈场院的烂塌窑前。他四处观望，见无异常，就爬上崖畔的鸟窝，手伸进去拿出一个纸条，同时放进一个桃核，然后纵身跳下。这才仔细去看纸条上的内容，看完纸条后，将它含进口中，飞跑着回到警局，而后飞马去了金凤巷。

午后，太阳毒辣地照射着九嵕山下的村村落落，村头的狗懒洋洋地卧在桑树底下，吐出的长舌头发出“嚯嚯”的声响，时而听到公鸡叫午的声音。韩夏春骑着自行车捎着张桂兰，走在高村的一条慢上坡的村道上。突然，赵剑锋带着五六个警察出现在他前面，距他仅有十几米。警察们似乎还没有发现他，韩夏春庆幸自己刚才没有发出骟匠的吆喝声，忙装作若无其事地掉头，飞车而去，却发现前面是个死胡同。这时，警察们发现了异样，也认出了他，赵剑锋吼道：“抓住他，死胡同！”

韩夏春回头，正无处可逃时，见隔着他和警察的，是一群不知从哪个岔道口冒出来的牛，牛群旁边是一片平展展的瓜田，一座瓜鞍子，瓜地里还撂着个旧草帽。这一切都在几秒内掠过韩夏春眼前，他于是急中生智弃车而去，跑到瓜田里顺势戴上草帽，俯身蹲在瓜地里侍弄起瓜蔓来。蜜蜂、野蜂、蝴蝶和甲虫在瓜田里飞来飞去，时而落在西番谷上，时而钻进西瓜花和打碗花里，韩夏春似乎感觉到了农夫的悠闲，心里却无比紧张，如芒在背如刀架脖。村道上，牛儿像牛国公牛宰相一样高昂着头，不紧不慢地迈着整齐的正步走着，任后面的警察怎么喊都不改步履，气得赵剑锋朝天放了一枪。牛群才疯了样地朝前冲去，待飙到胡同底时，发现无路可去又摆脱不了枪声带来的巨大恐惧，就又折回来，横冲直撞着朝村道的另一头冲去，将众警察冲得无处逃遁。几分钟过去，好不容易等到牛阵过后，赵剑锋只发现一个陌生的女疯子在车子旁撒尿，却找不见那个拐子“劁猪唐”。他四下搜寻，目光定在了那座瓜鞍子上，命令警察搜寻过去。警察一个个荷枪实弹，小心翼翼地摸过去，到了瓜鞍子附近，却个个停步不前，赵剑锋用枪逼迫他们冲进瓜鞍子。却见他们一个个枪头朝上抱着枪杆捂着嘴鼻转回身来，赵剑锋厉声吼道：“什么玩意儿？一群尿囊鬼！”

说着跑过去一看，自个也吓了一跳。但见一具尸体骨架儿散乱在已经发干的血污里，苍蝇乱飞，野狗、野兽的蹄子、爪子印记遍地都是，一股怪异的臭味儿喷鼻而来……他一时反应不过来，难道那个劁猪唐瞬间就变成了几根骨头、一顶头盖骨和一堆毛发不成？不可能！于是他朝警察吼道：“什么玩意儿？怎么回事？”

警察们的智商并不高于他，还全都从震惊中没有回过神来，纷纷摇头。白日见鬼，想不明白，警察们打算离开，又饥又渴的他们发现了那一个个圆溜溜的大西瓜，于是不由自主地扑向西瓜……

等他们享用完西瓜、返身回来时，却又不见了刚才的女疯子和自行车。赵剑锋大呼上当。

再说金凤巷。

午饭后，烟雨露包厢里，蓝枝儿正在收拾细软什物，她拿着青铜佛端详一阵，偏着头思忖半天，才将它放进了一个大皮箱。这时，齐天翼气喘吁吁来到，进门就直截了当地向蓝枝儿要青铜佛，蓝枝儿不给，他坚持。蓝枝儿正襟危坐，一本正经地问："哥，奇了怪了！为啥本姑娘必须得听你的？难道你是我九嵕山的姑爷不成？"

齐天翼说："不然呢？那就拜托你替我暂时保管好青铜佛！"

这时，黄紫红带领大批警力涌入，拘捕了蓝枝儿。蓝枝儿面不改色地对黄紫红说："小骚货，你请老娘容易送老娘难！"

黄紫红命令警察将蓝枝儿带走，经过院子，蓝枝儿的爱鹰飞扑过来嗛黄紫红，黄紫红要动枪，齐天翼走到黄紫红跟前想劝阻她。黄紫红早看出了齐天翼的心思，气得俊俏的脸整个扭曲，半天才指着齐天翼的鼻子说："你，你……你们……"话没说利索，却吐了起来。

此时的西京，一辆警车疾驰着出了警察厅大门，立时警报声拉响。车内，焦少成押着陈家忝。车出了北门，一路警笛声朝咸阳而来。

一个时辰后，咸阳警察局，胡志坚在宾馆里优哉游哉地熬汤，将汤弄好放在桌上。这时，屋外响起警笛，间以车喇叭的嘶鸣，他走出去，见焦少成走下车来。一会儿，大门口又进来另一辆车，黄紫红、蓝枝儿、齐天翼下车，蓝枝儿被上了手铐，但肩上依然站着她的爱鹰。焦少成眼露杀气地扫一眼黄紫红，命令道："来人！捆了齐记者！"

立时，大批警察一拥而上。胡志坚一愣，忙掏枪护着齐天翼，竭力阻拦，省党部特务们也站在胡志坚身前护卫，双方立时对峙起来，僵持下去。黄紫红用眼睛余光瞥一下双方对着的枪口，不冷不热地说："先生们，齐天翼再怎么说也还是党国的人，我建议，先处理这个女惯匪。"

焦少成没表态，带头走进门，黄紫红跟了进去。接着，警察们拉着蓝枝儿朝看守室方向走去，蓝枝儿回头看着齐天翼，齐天翼朝她无助地挥挥手。

三小时后，直到晚饭已经快结束时，双方宣告相安无事，齐天翼大摇大摆走回自己房间。

第二十一章 5月20日

深夜，月亮还没升起来，周围一片黑暗和寂静，只有偶尔的犬吠和远处山里的狼嚎，以及风穿过麦田和树冠的声音，打破了夜的宁静。在一个古庙里，韩夏春平安地找到了景泰。俩大男人抱头啜泣，为景泰死去的妻儿哀痛，久久难以平静。许久许久，情绪平复后，韩夏春把转移倪柏仁北上的计划告知了景泰，并安排景泰筹钱买头毛驴，以接送倪柏仁顺利北上。唯有牺牲多壮志，被灭门后，景泰的乡长也没法干了，成了被通缉的要犯，现在辗转流离、身无分文，但他革命斗志更加高涨，立即表示克服困难，设法到钱庄里转借点钱。商量已定，俩人都很疲惫，便轮流换着站岗，趁这会儿有凉风和夜幕的掩护，稍作休息。

与此同时，经过六个小时的积极协商，焦少成、胡志坚终于达成一致意见，决定与黄紫红一起，相互制衡监督，三人共同审讯陈家岙。

审讯室里，胡志坚、黄紫红面对陈家岙画的齐天翼的头像莫名惊诧，都铁青着脸，黄紫红时不时捂一下嘴，以制止呕吐物的喷出。焦少成关心地说：“紫红，你要是不舒服的话，先回去歇着吧！”

黄紫红摇摇头，说：“没事儿，我一定要亲眼见到齐天翼亲口承认自己是共产党，我才相信！”

焦少成便让警察叫来齐天翼，让陈家岙当面做指认。黄紫红看到只有齐天翼一个人被孤零零带进来，他穿着白色汗衫，头发蓬乱，显得疲惫不堪，不由自主地说：“我提议，被指认的对象不能是一个！一个的话，指向性和针对性太明确。”

话音未落，胡志坚就叫道：“我同意紫红的提议！还是紫红有法治精神和现代思想。”

“我没意见！”焦少成吩咐道，“快，再叫几个人来。”

一会儿，又叫来三个人，他们与齐天翼一起，隔着审讯室的铁栅栏，站在铁栅栏里面的陈家忝面前。审讯员举起画有酷似齐天翼头像的画，问陈家忝：“陈主任，我拿的画像是不是你画的？请回答是或不是。”

“是。”陈家忝回答，声音有些沙哑，胡子很长，眼泡肿胀着，口角也生了烂疮，像一摊烂泥堆在那里。

“你是共产党。你现在是不是为了指认你们共产党同谋而画的这个头像？回答是或……”

审讯员话未说完，陈家忝就干脆地答道：“是。”声音继续带着嘶啦腔。

“好！”审讯员说，“那么，请你指认，我手里举起的这张，你画的是你前面的哪一位？”

陈家忝被人费了好大劲儿才扶起，带到审讯室铁栅栏跟前，他用有些呆滞的目光一一扫过铁栅栏外的四位男人。这时，胡志坚开口道：“我反对！画像也可能与这四位被指认者中的任何一位都不相符……”

话音未落，黄紫红叫道：“我同意胡主任的意见！还是志坚同仁思维缜密、见解犀利！咱们不能搞完任务型指认，对不对？”

焦少成脸色难看，心想这两个怎么今天郎情妾意起来了，连人也不避；却道：“嫌疑人若觉得面前的四位都不是你所画之人，可以说不。”

审讯员立即复述了焦少成的话，并问：“陈主任听清楚了吗？”

陈家忝清一下嗓子，目光变得犀利，答：“听清楚了。”将目光慢慢转向，盯住了齐天翼，并最终锁定在齐天翼脸上，目光像解剖刀一样，在齐天翼浑身上下来来回回久久划拉着。

当陈家忝将目光转向齐天翼的那一刻，空气凝固了、停滞了、消弭了。黄紫红脸上很明显地抽搐了一下，胡志坚也是阴沉着脸，焦少成眉宇间则满含幸灾乐祸的嘲谑神情，他下巴朝审讯员一扬，审讯员问：“能指认了吗，陈主任？”

陈家忝声音有点颤，但却毫不含糊地指着齐天翼说：“是他！这位穿着白色汗衫的，他叫齐天翼，是共产党。”

焦少成立即命令绑了齐天翼，应声来了两个警察，上前就要动手。

“且慢！我有话要讲！”齐天翼高举右臂，请求道，“说完，带我走也不迟。”

焦少成扬一下下巴，算是同意。审讯员播放器一样地道：“讲吧，齐先生！”

齐天翼沉着脸问：“陈家岙，我和你素不相识、无冤无仇，你凭什么污蔑我齐天翼是共产党？”

陈家岙略微思索一下说：“给我根烟。”

焦少成吩咐照办。旁边的警察点燃一支纸烟，递给陈家岙，他猛吸几口，这才说：“我在一次接头会上，见过你。”

“笑话！如果真有你杜撰的那次接头会的话，那么，请你说出，那次接头会是在什么时间什么地点进行的？”齐天翼说。

陈家岙立即来了精神，一字一句地说：“这个我记得很清楚，是民国二十八年，1939年二月十八日。”

齐天翼听罢，仰天大笑，笑毕痛骂道：“你他娘的满嘴喷粪！可耻的叛徒……”

齐天翼还要怒斥下去，黄紫红忙打断齐天翼的话，悲愤道：“陈先生，恕我多言，那天——民国二十八年二月十八日，七年前的正月十七——我记得非常清楚，全西京城的人估计都有印象，因为，那是我与齐天翼婚礼拜堂的日子，也是日本轰炸西京城的日子。”

在场的人都惊愕到极点，觉得剧情翻转得太突然，简直匪夷所思。

陈家岙登时哑口无言，浑身瑟缩着，惊惶不安。焦少成骂道：“呀，没脑子的蠢货，你在浪费老子的时间！”骂完，第一个走出审讯室。

走出院子的焦少成望着满天星斗，突然一阵冲动，想起了和黄紫红的那一夜情以及她方才恶心呕吐的一幕，于是，就又回到审讯室，对黄紫红深情地说：“黄总指挥宜多多休息，你现在可以走了！”

见齐天翼无虞，黄紫红情绪低落地离开。

直到下半夜，焦少成、陈家岙还在突击质询齐天翼。

不同于一般审讯的是，由于抓捕齐天翼的证据链条尚未闭环，加之有胡志坚和黄紫红的掣肘，齐天翼是坐在审讯员的侧面，斜对着两个审讯员，而陈家岙则还是像被囚禁的动物，继续被关在铁框之内。整个质询类似于农人们之间的犟嘴和抬杠，又似政客间的相互攻讦，还像电影公司在召开剧本研讨会、进行“头脑风暴”。总之，缺乏应有的严肃性。

此时的胡志坚，则将自己早已煲好的汤，端到黄紫红房间，去安抚她。黄紫红犹豫再三，还是开门让他进来。面对绝杀老师的麻烦任务，还有似乎越来越像共产党的丈夫，加之越来越重的妊娠反应，她真的崩溃了。俩人相见，黄紫红放下坚硬的伪装，流下女儿泪来，胡志坚无限深情地给她擦泪……

一弯下弦月挂在南边天空，正好悬在韩夏春他们夜宿的古庙南边的树冠边缘，被遮住了半边；周围一片死寂，只有远处村庄的犬吠和夜风送爽的声音。鸡叫头遍，景泰回到庙内去换韩夏春，发现韩夏春竟站在里面，就奇怪地问：“老唐，怎么没睡？是里面空气不好，还是蚊子闹得？该点火腰子[①]啦。”

“莫点火腰子，安全第一。”韩夏春幽默道，“是我心里的蚊子闹！”

“那咱就除掉你心里的蚊子！”

“我去放哨，并除掉它，你睡吧！尾巴，尾巴不除，焉能安睡！”韩夏春道，“你好好休息，等你一觉醒来，我就想好办法啦。”

韩夏春说着走到外面。一阵夏夜的风吹来，菜籽和大麦成熟的香味沁人心脾，月光昏暗，照得周遭如鬼魅一般。听着此起彼伏的鸡鸣声，韩夏春不禁道：风雨如晦，鸡鸣不已。回头，却见庙门口一个人影晃动，他怕来人进入庙内伤及景泰，就掏出枪厉声喊：“谁？”

“别惊！是我！”是景泰的声音。

景泰因丧失亲人，劳心牵挂，没有丁点睡意；俩人趴在一棵地势较低的洋槐树下，韩夏春低沉地说：“一直以来，许多同志的牺牲、家属的被害，都是尾巴给敌人报的信。梁来福、王礼，还有你家，都是同一个尾巴所为。”

“是谁？”景泰咬牙切齿，又警惕道，“也许他现在就在监视我们！”

“他的目标是倪柏仁。”韩夏春道，“但是很奇怪，他见到倪柏仁后，不但没

① 火腰子：指艾草编织后晒干的驱蚊绳。

有杀死他，而且还祈求病人给他说媒拉纤。”

“他真见过倪柏仁？”景泰惊讶道，“那就怪了，这个特务不一般！我见过他吗？”

“没有。”韩夏春道，“但他到过你家门口，可没有进去。”

“……”

“同志，我不求你原谅我！但……”韩夏春难过道，“你知道，那晚情况非常危急，如果我不……”

“我没有怪你的意思！”景泰伤感地说，“要怪就怪这个万恶的社会，逼得好人东躲西藏难活人。”

“他还救过我。”

景泰略一思索，道：“这个好理解，他跟踪你是为了目标。”

“你分析得很有道理。”韩夏春握着景泰的手说，“其实，如果此时尾巴监视我们，反而是好事。”

“对，是好事！”景泰道，“说明敌人跟丢目标啦。一直以来，敌中有我我中有敌，这是公开的秘密。那么，我在想，这次营救行动中，敌人那边有没有我们安插的卧底呢？”

“有。”韩夏春肯定地说，“病人的几次转移、接送、避险，首功都归于我们的卧底。他代号‘青铜’，也是我们这次行动的总指挥。我受他直接指挥。”

“啊呀！太好啦！你见过他吗？”

“也许见过。但是男是女、哪般模样，都不知。”韩夏春感慨道，“我们的同志都很棒，整天在刀尖上行走，但信念坚定、理想远大！”

“所以，相对于他们，我的这点牺牲又算得了什么呢！”景泰充满悲壮和豪气地说。

“你的牺牲很伟大！党和人民会记住你和你的家人的！”韩夏春再次紧握景泰的手说，“我代表中共西京工委向景泰同志及其死难的家属，表示敬意和感谢！”

“谢谢！”一股热流穿过景泰全身，他激动地说，“老唐同志，我还能做些什么？”

“对了。‘青铜’上午来电啦！”

“……”景泰用心听着，等韩夏春继续讲。

“他想启动‘反间计’。”

“难道您对他的‘反间计’心里没底吗？”景泰道，“这才是你‘心中的蚊子’！”

“呀，要不这家子让你当乡长呢！你这头脑活泛，思维强得很么！”韩夏春情不自禁道。

“我的那个乡长不称职。”景泰道，觉得不对，又补充说，“我这个乡长其实很称职。”

“说得好！”韩夏春拍着景泰肩头说，“还说那个‘反间计’，好是好，风险有些大呀！”

他们对于“青铜”的建议作了讨论，最终同意实施“青铜”的“反间计”。但始终觉得风险很大，所以两个人彻夜未眠。天快亮时，韩夏春从洋槐树底下爬起来，问景泰：“有没有看疯病的大夫？”

“赵景汉就能看。”

“这人我知道。人不错，医术也好！还知根知底。就他啦！”韩夏春拉景泰起身，“一定要看好张桂兰的病！”

二人迎着曙光，借着黎明前黑暗的掩护，分头行动了。

一大清早，在一连串菜农送菜的话语和一片鸟鸣声中，焦少成沉沉睡去。

由于能够确认齐天翼共党身份的“链条”始终没有闭合上，焦少成最终不得不让呵欠连连的齐天翼自便。齐天翼自觉自由时间无多，顾不上睡觉，忙洗了把脸，就去食堂打好早餐给黄紫红送去。他沿着灰白的石条台阶走到黄紫红房门前，透过门缝，发现黄紫红与胡志坚在凉席上和衣而睡，黄紫红的右手搭在胡志坚的左胳膊上……齐天翼实在不忍看下去啦，眼泪直喷出眼眶来，他回转身子跑向垃圾桶，倒掉早餐，将碗筷放在枣树下，望着枣树，怅恨良久。最后，朝鸽子笼走去……

与此同时，醴泉前山赵家村赵有情家院子里，倪柏仁正拿着一只陈年玉米棒子，褪着玉米粒喂鸡。这次去九嵕山只是金蝉脱壳计划中的虚晃一枪，他从回龙观回到赵有情家已经整整一天啦。鸡们“咕咕咕咕”地围着他，不断抢食吃，鸡娃在母鸡裆里钻来钻去，作着亲昵状；公鸡不失时机地追着母鸡踏蛋，母鸡不时抬起头来，朝天发出“呱呱呱呱，呱呱蛋——”的警惕叫声，提醒伙伴们：危险从未远去，敌人随时会来。这时，罗莉莉走过来，拿出药盘给他擦药。倪柏仁看她脸色不好，愈发瘦了，就问：“莉莉，与对象发展得咋样了？”

罗莉莉一下子流下眼泪来。倪柏仁忙放下手中的玉米棒子，关心地细问原委，罗莉莉死活不说。古道热肠的倪柏仁心情沉重起来。见自己的病人为自己伤心，罗莉莉连忙道歉。

早饭后，赵剑锋来到黄紫红临时办公室，递上“扁食”的密信。黄紫红阅后，写了简短回信交给赵剑锋，让他即刻传给“扁食”。赵剑锋接了信，却没有迈动脚步，看着心目中的女神的面庞一时有些心旌摇荡。黄紫红见他失态的样子，严肃道：“赵队，用点心啊！‘扁食’是发挥了一定作用，但是我们不能光靠他一人，而且他最近也搞丢了目标。剑锋，想想吧，还得拉个大鱼来，最好从共产党内部收买一个。否则，你等着，咱们都会白忙一场！”

“是！姐！”赵剑锋答应着，眼里荡起波澜。

“什么姐姐妹妹的？”黄紫红发火道，“信不信我扇你耳光！娘娘好了还想揣奶头[①]哩你！”

赵剑锋一下子脸红得像关公一样，忙立正行礼道：“是！黄总指挥！”

“你比谁都清楚，这次的事情，弄不好咱们都是要掉脑袋的！可不是什么儿戏！要不是因为你……咱们还能这么……”黄紫红哽咽得说不下去了。

见女神落泪，赵剑锋更加难过，但又不敢说什么贴心的话、不敢做出什么亲昵的动作，只好说：“我一定肝脑涂地，完成任务！”

“好！剑锋，我一介女流，没人帮我，靠山山倒了靠水水跑了，只能靠你！”黄紫红忍着泪，抬起头说，“你要向我们的敌人共产党学习，相信群众依靠群众发动群众，一定要打听出倪柏仁的下落。再说一遍，记住，还得物色个大鱼来！要不惜重金和血本，否则，咱们都会竹篮打水一场空。”

见黄紫红梨花带雨的模样，赵剑锋心都碎了。他想到一个亲戚，曾经“闹红”

---

① 娘娘好了还想揣奶头：俗语，比喻得寸进尺。

去了延安，这几年又回到了关中，在周围影响很大，目前身份不明，于是他凑近黄紫红，俩人耳语了好一阵子。很快，黄紫红脸色雨转晴，吩咐道："老同学，这事我觉得成！经费给你金条五根、银圆四千、法币一亿，你积极运作就是了！"

赵剑锋很振奋，朗声答应着，跑出办公室。

上午，韩夏春捎着女疯子张桂兰来到大路乡街上。他看到好几处缉拿景泰的布告，布告最后都不忘抹黑共产党：

……惟祈景泰景乡长看清形势，免受共党蛊惑。共党已经将包括你、王礼、梁来福等在内的多个良民灭门，盼你从速前往大路乡领取政府给予你的抚恤金，重新振作，开启新生活……

韩夏春看后，不觉后背发凉，他用脏手抹一把脸，压低旧帽檐，朝着街东头的油坊走去。到了油坊门前，韩夏春下车，撑好车子，走到一个麻花摊上买了一根热麻花，拿给张桂兰，让她边吃边照看车子。他则钻进一个巨大的黑漆漆油兮兮的窑洞去，光线的变化让他看不清楚窑内情况；一个围着锃亮长围裙的中年妇女立即迎上前，道："哥，你咋来啦？脚好些了吗？"

"强些了，但还不成！"韩夏春道，"夏莲，生意还好吧！"

"油坊生意就是这，你了解么！前半年一般，但油价还对着哩！"韩（唐）夏莲俯身下去，对着韩夏春的脚面道，"哥，我看你脚！"轻轻扳起韩夏春受伤的脚一看，顿时惊叫起来。

"没啥！就是受些痛！"韩夏春道，"需要些纱布、药棉和消炎粉等。"

唐夏莲心疼哥哥，嘤嘤哭泣着，一边倒白糖开水，一边对窑里面吼："立军，你听到没有？哥来啦！"

随着吼声，从窑帮里跑出一个光着上身的矮个中年男人，道："哥，啥风把你吹来咧！"

"平安风！"韩夏春道，"我是要饭来啦！出门多日身上不宽展！"

"哥你把心放宽展！你没有，有你妹子妹夫哩么！"男人豪爽道。

“纱布八尺，药棉三盒，消炎粉三瓶。”韩夏春严肃道，“你俩分头去，各买这么些！”

男人有些疑惑，正要发问时，唐夏莲道：“别讲啦，走吧！”说着，拉起丈夫的手就往外走。多年以来，陕甘宁边区新宁县人士韩夏春，为了地下工作方便，将亲妹子嫁到关中，以便连通从西京到马栏的交通线。兄妹俩以表兄妹示人，每次见面，除了排遣思念、互诉亲情外，在貌似寻常的谈话中，都有任务下达和情报传送，无怨无悔为革命做出了不小贡献。

夏莲夫妇要出门时，女疯子张桂兰突然犯病了，大骂着扑进油坊窑洞，揪住唐夏莲头发撕扯，发疯道：“呸，不要脸的死女人，叫你勾引我男人老唐！”

这一闹，引得满街的人看笑话。唐夏莲丈夫忙将张桂兰制服，唐夏莲很吃惊，在哥哥脸上找答案，韩夏春一边安抚受伤的妹子一边压低声对她说：“要的东西，今晚送到前山赵家村赵有情家！”说时，拉着女疯子就走。

不料，吴子山从看热闹的人群中钻出，满脸笑容道：“唐叔，最近老不见你，好想你啊！”

“这不，你婶子又犯病了，害得我四处求医！”韩夏春大大方方说，“我这腿脚又不……”

没等他夫子自道完，吴子山嘀咕道：“叔，你咋求医求到油坊里来啦，哈哈！”说着推起自行车走起。于是，吴子山推自行车捎着女疯子，韩夏春徒步颠簸着，艰难地跟在后面，几人往前山赵家村的官道而去。

一路上，菜籽香味沁鼻，大麦香气宜人，暑气蒸腾，农人们挥汗如雨，忙着收割菜籽和大麦。他们的辛苦情状，令同是农家出身的韩夏春感怀于心。但叫他心下吃惊的是，他不止一次看到：沿途的田间地头，一队队便衣警察拿着甑糕、提着米汤，不失时机地“慰问”地里辛苦收割的农民。几个老农甚至感动得流下泪来，激动地问赵剑锋：“长官，你们得是刘志丹再世咧？”

赵剑锋说：“老人家辛苦啦！您有所不知！我们其实是‘病人’的亲戚，听说他被该死的警察追赶得没地方去，而且伤势严重，又没有纱布、药棉和药品，所以我们想找到他，与他方便，给他抓紧治伤。”

群众纷纷摇摇头说：“不明白您说的是哪朝哪代的事儿！”“是哪个崽娃子打

了‘活菩萨’倪柏仁，我们还没找他算账哩！”“连‘百姓王’都不能容忍，这家子我看是兔子的尾巴——长不了！”……

一次，韩夏春明明看到赵剑锋已经发现了他和吴子山，但他硬是眼光打弯、装作没有看到，带领警察朝别处而去。这使韩夏春更加认定吴子山的“红旗特务”身份，联想前面他与彪形大汉、警察交手救自己的情形，韩夏春对于“青铜”的反间计更加有了把握。

中午，焦老财从新被单下爬出，提醒一旁死睡的山丹丹说：“娘子哎！货物奇缺，法币飞涨，咱得抓紧置办明日回门的礼裆去！”

山丹丹揉着惺忪的毛毛眼取笑他道：“不害臊！越老越把结婚当回事。”

焦老财厚颜道：“余生无多，这叫讲究生活品质，你懂不懂！”

与此同时，咸阳警局的焦少成也起床了，他叫来黄紫红听她汇报。黄紫红说赵剑锋还没回来暂无新消息发布，建议倒是有二：一是要花重金在共党内部钉入楔子，二是想了解情况，出去走走就知道了。焦少成完全赞同，很高兴地给省厅财务处打电话，要求其成立“刺王”专项基金，支持“刺王”行动。看着黄紫红满意的脸笑出了花，他上前在她屁股上狠狠捏了一把，与她驱车出了警局。

刚出门，车就被堵住。他们隔着车窗看，一群人围着墙上的两张布告观看议论着。原来，在悬赏通缉倪柏仁的布告上，有人竟用毛笔批了“放屁”俩大字，布告旁也平添了一张醒目的“护王倡议书”。焦少成看罢，大发雷霆，下车对院内朝他走上来的一名警察横加训斥，不料警察却嗫嚅着说：“有您电报。”

焦少成接过电报一看，泄气地递给黄紫红。原来，祝肇州想让黄紫红早日回去给他述职。黄紫红瞪着杏目，当下将电报撕得粉碎，朝空中扬去。看着随风飞走的电报粉末儿，送信的警察吓得直吐舌头，人群也四下回避着，噤若寒蝉。

下午，咸阳城乡四处墙壁上，都张贴着悬赏通缉倪柏仁的布告。警察挨家挨户讯问情况，唐、王、倪姓的老百姓都否认自己姓唐、姓王、姓倪，说是自己前日就改姓咧，因为上述三个姓不吉利。

傍晚夕阳下，吴子山用自行车推着女疯子朝前山赵家村走去，女疯子吆喝着：“大雪纷纷下，我坐在柴草堆里把财主笑！”

韩夏春一颠一跛地跟在后边，他额头上大汗淋漓，汗水浸湿衣衫，衣衫紧贴在身子上，行动愈来愈艰难。

晚饭时，黄紫红去找齐天翼，他不在。她转到过道，看见齐天翼端着饭盒走进关押蓝枝儿的房间。她禁不住鼻子一酸，委屈地流下泪来。这时，一辆汽车在门口打着喇叭。原来，省主席祝肇州大驾光临，亲自来视察“刺王”行动。很明显，祝翁之意不在警，在乎黄紫红的花容月貌。可黄紫红只是敬而远之地在饭间应付了他半小时，她还特意向祝肇州郑重介绍了自己的丈夫齐天翼，令场面一度极为尴尬。

深夜，吴子山、韩夏春和张桂兰，终于到达赵有情家。赵有情拿着一丈六的纱布、六盒药棉、六瓶消炎粉，说是街上送来的。韩夏春正在喝水，转头对吴子山说：“小吴，我好心好意，让你见到倪先生，你要好好表现哩！你看，咱这么多东西还都是赊的。”

吴子山脑子滑，忙倾其所有，掏出随身的五万元法币，将药钱垫上了。韩夏春又道：“钱你不一定有，但心要到！”

吴子山连连点头。

不久，景泰来到。他将借到的三十万元法币交给韩夏春，大家都十分振奋。不料，却听到隔壁有女子的嘤嘤哭声……

第二十二章　5月21日

听到女子哭声后，韩夏春用询问的目光看向赵有情。赵有情也不知何故，韩夏春以目示意景泰道：“你俩先歇着，我和赵掌柜看看啥情况！”

两个人来到隔壁。两盏青油灯下，赵景汉正在给倪柏仁看伤口，他身旁的一个旧笼里，放了一堆沾满血污的旧纱布，倪柏仁面部背着灯光，看不清表情。窑洞靠里面的地方，站着罗莉莉，她正在掩面哭泣，满含委屈、伤心和怨愤；尽管如此，她还不时给赵景汉递镊子、纱布和药品，并接过废品放到笼里。听到人进来，赵景汉眼睛一刻也没有离开倪柏仁的伤口，并示意倪柏仁别说话。罗莉莉难为情地擦去泪滴，更积极地配合赵景汉工作。半小时后，医治结束，只是一次普通的伤口脓水、淤血清理和药品更换的护理。

大家关切地问倪柏仁伤情和感觉。倪柏仁道：“有赵大夫这对鸳鸯，我没问题！只是，咱们的莉莉姑娘最近很不开心，赵大夫，咋回事？你是男的，要多关心人姑娘家。”

大家都将目光盯向赵景汉，赵景汉很是尴尬，挠着后脑勺说：“这……是我，我对不住莉莉！”

“有啥对不住的，有啥误会，你将话说开，我想莉莉姑娘是灵性娃娃，能够包容你！”倪柏仁胸有成竹，慨然道。

“他趁我给您治伤这段时间，早跟别的姑娘成鸳鸯啦！”罗莉莉冲口说出这句话后，就不顾一切地冲出屋去。

屋内空气一时异常尴尬。倪柏仁吩咐赵有情出门跟着罗莉莉，以免她想不开生出事端；而后很生气地说：“赵大夫，择偶须携千秋业，爱有源头才情不竭。呀，你和莉莉这么般配，为啥出哈这种事？”

赵景汉似有难言之隐，吭哧半晌说不出话来。在众人的催促下，他才结结巴巴讲出了事情原委。原来，赵景汉自从碰见倪柏仁女儿倪克玉后，俩人互生爱慕，他便对罗莉莉热情大减。听了赵景汉叙述，大家都很惊讶。做了一辈子月下老的倪柏仁，尤为惊讶——没想到自己的掌上明珠竟然在给他求大夫的过程中，顺便横刀夺爱，恩将仇报罗莉莉。惊讶之余，他对此事也只有叹息，也是没有个办法。

为彻底解开心里的疙瘩，韩夏春将赵景汉拉到院子，进一步问明了情况，又回到罗莉莉住的屋子问她话。罗莉莉说：“赵景汉爱谁她管不着，只是他差我一个说法！”

韩夏春明白该怎么做了。他走出院子，告诉赵景汉：“赵大夫，我痴长你几岁，说句你不爱听的话：明人不做暗事，咱男子汉大丈夫，敢爱敢恨的，啊！我觉得，你应当明确告诉罗莉莉，你现在不爱她了。”

赵景汉当下表示诚恳接受韩大哥的意见。俩人一起进到罗莉莉屋子，赵景汉含泪道：“莉莉，你很可爱，我曾那么真心地爱过你。但是现在，我们的爱……已经永远成了过去！对不起！真的很对不起！”说着弯腰深鞠一躬。

罗莉莉听后，眼里露出决绝之光，情绪并没有大的反弹。

安抚好前女友罗莉莉，已是下半夜，赵景汉这才被赵有情、韩夏春领到隔壁女疯子张桂兰家，去给她看病。为使大夫摸清病因，在栅门外，赵有情向赵大夫讲述了他与张桂兰的爱情悲剧：讲张桂兰和他是初恋，俩人十八岁私订终身，张家包办将其嫁与邻居，张桂兰因此疯掉；讲张桂兰男人不堪妻子疯癫去煤矿做工，遇矿难而死；又讲张桂兰现如今如何如何凄凉……他讲得很淡然，好像在讲别个人的事情一样。韩夏春随后补充说明了张桂兰目前的精神状况——有时清醒有时疯癫，误认韩夏春为赵有情，常常说出“惊人之句”。了解情况后，赵景汉说：“根据你俩说的情况分析，她的病估计不会很糟。”

“哈哈，名医一到，看来，我这个张桂兰的‘老汉’是要当到头咯！”韩夏春打趣道。

几人笑起来，赵景汉爽朗道：“怎么说，我都得为我一家子负责么！祝贺我一家子，愿有情人终成眷属！”

“还得拜托二位兄弟成全！”赵有情真诚道，“一家子妙手回春，唐大哥说媒拉纤。”

“你俩是自由恋爱，哪用得着说媒拉纤？”韩夏春调侃道。

“一定要一定要！”赵有情说着，开始叫门。

手电光下，荒院子里面的狗扑过来，隔着栅栏门狂吠，不时将爪子搭上门框的荆条。赵有情搭声，狗听出他的声音，停止叫唤，殷勤地摇着尾巴，在手电光影子里显得异常神奇。老半天，不见张桂兰出来开门，赵有情道：“估计是又死睡过去了！”

韩夏春应和着说：“唉，桂兰一天跟着我跑，累成马咧！”

赵有情就将手伸进去，从外面将门闩弄开。几人径直朝张桂兰屋门走去，屋门从里面关着。赵有情道：“嘿嘿，锁子门闩是防君子的，我今晚小人做到底！”说着，拿起外面窗台上的一柄生了锈的刃片插进门缝，只两下就撬开了门。赵有情说声：“我先进去，你俩霍霍莫动！”

他拿着手电闯入，电光照处，张桂兰脱得一丝不挂，睡在破席上，涎水流在席窟窿下的土炕上……赵有情忙用衣服遮盖住她，并推她醒来，她一睁眼就给了他一记响亮的耳光，并骂道：“想非礼老娘！嘿嘿……老娘还是个黄花大闺女哩！”

赵有情试图给她穿裤子，可她误以为有人要占她便宜而拼命反抗，抓起砖头劈头盖脸就朝赵有情太阳穴砸去。赵有情早有防备，极力一躲，砖头砸向了面瓦瓮，面瓦瓮“噘哩哐啷”成了碎片……

外面听得惊心动魄的韩夏春，忍不住走进来，搭声道：“桂兰，我是劁猪唐！”

赵有情忙将手电捏灭。张桂兰惊叫道：“呀，羞死咧羞死咧！我穿衣服……见我老汉呀!”

一阵窸窸窣窣的声音，估摸着她已经穿好衣服，赵有情才打开手电。张桂兰睡在炕上打滚道：“老汉上炕炕，咱两口子睡觉觉！”

这时，赵景汉进门，几人强制着让张桂兰趴在床上，赵景汉在她的颧骨下、下颌角、耳后、眼角后等分别点了她的下关穴、颊车穴、翳风穴、太阳穴等多个穴位，张桂兰开始彻底静下来，像深度睡眠一样，很舒展地趴着；赵景汉让韩夏春、赵有情放手，他又按摩她头颈部一个钟头。奇迹出现了，张桂兰忽地坐起来说：“哎呀老唐！奇怪，你怎么这么晚还在我家？啊呸，你不嫌人说闲话，我还怕人叨叨哩！”

韩夏春喜出望外地喊：“好咧!”边喊边将赵有情往前推。

张桂兰“哇”地哭出声来，忘情地投入赵有情怀抱。——一对被专制家长隔断二十余载的有情人，终于拥抱在一起！

此时，咸阳县政府偌大的政府大礼堂，被十几个大汽灯照得灯火通明。祝肇州得不到黄紫红的温情回应，便恼羞成怒。于是，由省政府秘书长主持、省主席祝肇州亲自坐镇的“刺王”专题会议连夜召开。会议从警察系统扩大到咸阳县党政军商，各个部门各个系统的头头很多是从睡梦中被通知来听会的，听到的却是祝肇州对整个“刺王”行动的否定性结论——“彻头彻尾的失败，失败到了骨子里！行动指挥脑子僵化、难以适应形势发展，非消灭任务承担者身体和精神不可以挽救其错误。”会场上黑压压一大片，主席台上却只有俩人：祝肇州和张秘书长。秘书长负责主持会议，祝肇州负责发表重要指示，他严厉点名批评了黄紫红和焦少成，并明确指出：“……‘刺王’行动一旦流产，必有相关之人为其殉葬！我在西京等着你们的消息，看你的皮囊厉害还是党国的体面厉害！”

祝主席讲完话，悻悻地星夜驱车赶回西京。临别时，焦少成、胡志坚一前一后硬拉着黄紫红送他上车，祝肇州抹下白手套，满脸堆笑地握着黄紫红的手说：“小黄，我也是形势所迫，不得已而为之。你年轻，要有闯劲，好好努力，一有消息亲自给我汇报！”

黄紫红经过体制规约和严肃的政治话语的狂轰滥炸后，早已花容失色，见主席这会儿又如此和蔼可亲，顿时感动得不知所措，稀里糊涂道：“紫红有愧，今后一定不负主席厚望！”

一大早的前山赵家村，轻雾缭绕，山色空蒙，鸡啼鸟鸣。倪柏仁独自找到吴子山问话：“吴警官，叔感谢你为我的事赶前撵后！叔问你一言，蓝枝儿与罗莉莉，你看上了哪个？”

吴子山没料到倪柏仁能主动提说自己的姻缘，更没有料到有两位顶尖漂亮美妙的大姑娘供他选择。昨晚，他也瞄过那个叫罗莉莉的护士几眼，灯光下，只见其身材苗条、神态忧伤，分外叫人可怜；今早，吴子山从厕所出来，罗莉莉刚好梳妆罢走到院子来泼洗脸水，新沐的容妆令吴子山当下眼前一亮。倪柏仁的问话好像问到了石头上，吴子山惊喜之余，竟有些踟蹰未决：是的，罗莉莉是让他惊喜不已，可蓝精灵般的蓝枝儿也令他魂不守舍。见此情状，倪柏仁呵呵一笑说："子山贤侄，这个不急，急不得！终身大事要你慢慢相端、选择。"

吴子山对倪柏仁感恩戴德，遂千恩万谢，恨不能将头割下给他，以表忠心。倪柏仁又道："父母心在儿女上，儿女心在石头上。百善孝为先，终身大事，你也不可绕过你父母，须经他们同意才是！千万莫学我那调皮不孝的女儿，叫我好不安心，不好做人！"

一句话提醒了吴子山，他从黄色挎包里掏出泾阳油糕给倪柏仁吃，倪柏仁扬一下下巴。吴子山见罗莉莉走上前来，她是来请大家回屋吃饭的。吴子山就将油糕分给罗莉莉一些，罗莉莉惊呼幸运，吃相不雅地大快朵颐起来。倪柏仁和吴子山看着罗莉莉吃得那么津津有味，都会心地笑了。

前山赵家村赵有情家吃早饭的时候，西京皇城西路上，焦老财正神气活现地坐上大轿。轿内，山丹丹嘟囔道："瞎呀，你说放着车你不坐，非得坐这古董，嫌自己那把老骨头散架不快呀是！"

"有钱难买我愿意。"焦老财得意道，"这娃你懂什么，成成他妈的时候，就是这么回门的。"

山丹丹气得干瞪眼。焦老财随即吆喝起自编的秦腔——

给我支鸡毛我能上天，
给我个柳叶我撑到海湾，
给我架大轿我回门转转，
让十八的丹丹喜喜欢欢……

山丹丹登时乐开了花，相差三十九岁的老夫少妻很快出了西京北门，双双去咸阳"走头回"。轿子刚走到北梢门，就碰见主席专车。双方都停下来，祝肇州下车，焦老财下轿，俩人握手寒暄。祝肇州有点垂头丧气，却见焦老财容光焕发，比之前日似乎又年轻了十岁，想起自己的出师不利，他便真真心心向摧花高手焦老财请教。焦老财见麻友祝肇州也是别无他话，只交代他如何勾引黄紫红，他凑上前神秘地与其耳语了几句，祝肇州便转忧为喜。俩人彼此拍拍吹吹一番，祝肇州兴兴头头地上车进城去了。

省主席严加督办、严厉打压，形势变得异常严峻起来。早早吃罢饭，焦少成和胡志坚再次提审陈家岙。今天一开始，陈家岙就察觉出气氛的压迫感来，马上倒核桃一样地说："二位长官，恕我糊涂！我现在终于想起来啦，我见齐天翼的日子应该是民国二十八年1939年农历二月十八日。"

焦少成大悟，却故意摆出民主的作风，征求胡志坚的意见道："胡主任以为如何？齐大记者可是你的爱将，咱千万可莫要弄错了！"

"我没意见。该抓就抓，该拘就拘！"胡志坚说着，扬长而去。

焦少成一声令下，拘捕了齐天翼。

齐天翼被捕的时候，黄紫红正在雷霆万钧地亲自审讯蓝枝儿，蓝枝儿的肩头仍然站着那只鹰，只不过，鹰的精神有点委顿。黄紫红声色俱厉地吼道："蓝枝儿，你可知罪？"

见黄紫红一本正经的样子，生死看淡、不服就干的蓝枝儿，却故意玩世不恭起来，她镇定自在地瞅了黄紫红半天，似乎自己是警察、而黄紫红和审讯员倒成了犯人一般。黄紫红气得喘不过气来，站起身子转了一圈，强忍着没有发作。气够了黄紫红，蓝枝儿才郑重其事地说："黄警官，我是草民，生活在皇天后土的乡野，喜欢拉关系，请允许我叫你一声黄姐姐！我的罪——如果我有罪，不劳姐姐三问六审。是这，今儿我只消见到我外孙子焦少成后，便什么都好办！"边说边用脖颈蹭着鹰脖子，她的爱鹰咕咕地呢喃着。

黄紫红边听边眨巴着眼睛，试图掂量蓝枝儿话语中的阴谋诡计。恰在这时，已经立下大功一件的焦少成哼着"拉手手亲口口"的小曲，推门而入，给黄紫红献上一杯冒着热气的蜂蜜水。黄紫红颇为感动地接过大玻璃杯，不冷不热地瞟了他一眼，而后轻轻呷一小口蜂蜜水。蓝枝儿隔着铁格子满含嘲讽地说："成成，好花心的娃娃呦！快点放姥姥回家吧，免得到时我那老女婿焦大打你屁子哦！"

焦少成似乎压根没想到他和眼前这位嫌犯有这层关系，猛然间竟被逗得笑了场。笑毕，他弹一个响指，道："紫红，既然我这位貌若天仙、口若刀子、少年轻狂的少姥姥发话啦，那按照咱的制度，我得回避回避！这里你是主审，喳，我就不便妨碍公干了！"说着，得意扬扬地转身离去。

焦少成刚转出审讯室，就有警察给他打报告递上密信，焦少成读出声来："'青铜佛'复藏于醴泉前山赵家村，即来拿去。扁食。"

焦少成收起信，立即命令黄紫红、赵剑锋、咸阳警察局杜局长火速出动，二度前往前山赵家村围捕倪柏仁。胡志坚看着一院的警察走得所剩无几，忙走到鸽子笼前，给那只白色鸽子带上密信，迅速放飞。看着"扑棱"一声冲上云霄的信鸽，听着须臾便消失在枣树顶上的鸽哨远去，胡志坚眉宇间露出一丝恍惚。

前山赵家村，吴子山故意端茶杯回屋，利用打水之机，察看罗莉莉对自己的态度。失恋的姑娘对吴子山低眉顺眼、娇羞不已，他心下迷惑，觉得罗莉莉当老婆也许比强势的蓝枝儿令他更舒服些。回到拐窑，他暗自把这个意思告诉了倪柏仁，倪柏仁向他保证说："我倪柏仁活到今日四十九岁，毕生矢志为三件事情奋斗不息：一是民主，一是写作，一是说媒。我给你说个实诚话，我羞脸大，丢不下说不成你俩这事情的人！"

吴子山听罢，高兴得合不拢嘴，外露着黄牙，殷勤地拿起扇子对着倪柏仁猛扇起来。倪柏仁不禁乐道："娃呀，你慢些扇，别把你弄闪了腰，或者把我弄伤风了给！"

黄紫红坐车，随行三名精干警察，一路风驰电掣般杀向前山赵家村。赵剑锋则亲率一行警察，骑着自行车抄小路疯骑，咸阳警察局杜局长也率领大批警察，跑步急行军。黄紫红临出发时，给赵剑锋和杜局长下了死命令：不能迟于她到达目的地。突然到来的情报，令黄紫红一下子来了精神，她命令自己一定要毕其功于一役，结束这个苦差事。在她内心，此时杀死倪柏仁是她的差事和光荣，二十多天的煎熬，早使她心灵钝化——她已经毫无负罪感可言，她眼前甚至浮现出倪柏仁中弹毙命的画面。正想时，警车一阵颠簸，竟停了下来。黄紫红急得大叫："混蛋！别停，给我加快速度！"

司机忙下车看个究竟，却见四个轮胎上全都钉上了半尺长、指头粗的土铁钉子。司机一时蒙了。黄紫红心急火燎地下车来，急于搞清楚事故原委。司机拿起一块木板查看半天，说：“土钉子是钉在木板上的，木板埋在蹚土里，所以开车时根本发觉不了……”

“蓄意阻拦！”一重宿命感袭上黄紫红心头，她愤怒地喊，“弃车！借马！快——强行征用！”

三个警察听令后分头行动，不多一会儿工夫便强行拉来三匹马和一头漂亮的骡子，但均没有鞍子。黄紫红见状发火，警察冤枉道：“总指挥，根本就找不到人，牲口是我们偷着从人家拴马桩上硬拉来的！”

司机忙从车上拿出个薄毯子，给健壮的枣红骡子披在身上，黄紫红跨上骡子，挥鞭而去。三个警察骑马跟上，土路上扬起巨大的尘土长龙。

赵剑锋的自行车队也遇到老百姓种种阻拦，在多个胡同里，他们遭遇了牛群、马群、羊群、猪群的冲撞，很多警察因此负伤，行进速度很慢。

如此，杜局长带领的疾行队伍倒成了进展最快的力量。他们熟悉地形，两条腿灵活机动，也不和从中作梗的群众纠缠，所以不久便行程过半了。

快晌午的时候，喜滋滋回门的焦老财才赶到九峻山山寨门口。他极度失望地发现，寨前没有迎接姑爷的热烈阵势，甚至连一个人影儿也没有。风吹过半敞开的寨门，犹如鬼门关横在他眼前，焦老财无比泄气地下了轿子，踅摸进去看个究竟。不看则已，一看令他大吃一惊：寨子已被洗劫一空。他一下子呆若木鸡，一个趔趄差点扑跌在地上。而身后的山丹丹早已吓瘫，失声痛哭起来……

焦老财命令轿夫将山丹丹搀扶进轿子，两顶轿子速速折向金凤巷而去。金凤巷倒是人多热闹，但邪门的是，人们见了他都待理不理。山丹丹朝烟雨楼里的姐妹们打招呼，人家不紧不慢，一点也不待见。俩人生气中更多的是疑惑。焦老财经耐心细致打听才知，原来山寨被毁不说，他的“岳母”蓝枝儿也被自己那不争气的儿子焦少成的手下干将——黄紫红给抓走了！他当下气得差点晕过去，即刻调转轿头去找儿子算账。

下午，焦少成正驱车从咸阳警察局大门开出时，被心急火燎赶来的父亲焦老财挡在了门口。焦少成见父亲气喘吁吁的辛苦模样，一阵心酸，不由孝心大发，下车给父亲请安："爸！你这是从哪里来？咋急成了这！"

焦老财竟周身战栗、老泪纵横，一语未发地上前一下子双膝跪地抱住儿子的腿，将其掼倒。父子俩人沿着水泥地滚下斜坡，一直滚到了警局当院子……完成这一系列协同动作之后，焦老财这才压抑地发出悲悯天地的骂声："他娘的——我不活咧！"

一开始，大伙被这阵势镇住了，等明白过来，立即去拉捶场①。费了半天气力，才把这父子俩拉开。焦少成满脸写着愤懑、无辜和无奈，轻摇着头站在大太阳底下；山丹丹紧绷着脸，一半站在太阳光里一半站在阴凉里，面庞变成了诡异无比的阴阳脸；焦老财被安顿在阴凉处的一个软椅子上，他一边喘气休息一边继续谩骂："唉，不孝的驴球的，你害得我连新女婿都当不成！"

焦少成这才醒悟过来，忙将父亲和山丹丹请回办公室。焦老财命令焦少成："狗日的，你要是我儿，就赶紧放了蓝枝儿，她是你亲亲的姥姥！"

焦少成不放，却"扑通"一声跪下，对父亲赔罪。焦老财打了几下儿子，无奈他打不还手骂不还口，仍然不松口。焦老财急了，给儿子下跪磕头，父子俩头抵着头，丑态百出。焦少成坚持不过，最终豁了出去，命令立即放出蓝枝儿。

孰料，蓝枝儿置气，死活不出囚室。她扯着嗓子叫骂道："啊，什么党什么国？这把老娘当什么啦！不明不白地随便被人抓，不明不白地随便被人放，不明不白地随便被人欺负！天哪，呸，这什么世道哇！"

经过办事狱警苦苦相求，蓝枝儿才披头散发，从被羁押的地方抱着爱鹰、极不情愿地走出。可她只是换了地方——她不顾阻拦，熟门熟路地走到焦少成办公室。蓝枝儿进到办公室，一点不把自己当外人，脱了鞋赤着脚丫子，盛气凌人地坐在了沙发上。焦老财一愣，迅即堆满笑容地坐在她身边，拍着她的手背直喊岳母。可到头来，几人好话说尽，蓝枝儿还是不肯原谅焦少成。无奈，焦少成只好给她下跪，直折腾了好半天。山丹丹看着看着，突然觉得不大对劲，便生气地一把将蓝枝儿推下沙发，醋意爆棚地说："搞错啦！大丈夫膝下有金，我儿少成只能跪拜我和老焦头，怎么跪拜起你俩来啦！"

---

① 拉捶场：意为劝架。

如此啼笑皆非。事情也便在这一出少有的人间喜剧中，不了了之了。

焦少成见好就收，摆了一桌，席间，亲自给蓝枝儿的爱鹰喂了好多鹿肉。一切停当之后，他又亲自开车送父亲去金凤巷“回门”。途中，他一直在向蓝枝儿、焦老财和山丹丹赔不是，求得他们原谅。蓝枝儿实在听不过耳，便说：“那啥……我这岁数，比你小了一半，比你媳妇还小两岁哩，你也别太那个了！”

焦少成一下又觉得蓝枝儿单纯可人，才放下心来。

黄昏时分，骑马的、骑自行车的、步行的三股警力，均已到达目的地——前山赵家村山脚下。他们兵合一处、将令统一，在黄紫红指挥下，将大山团团围定，准备随时摸上前山赵家村。幸亏这时，赵有情和张桂兰恩恩爱爱地锄谷子忙了一天，正迎着晚霞从地里荷锄而归。突然，俩人几乎同时瞄见了硷畔下的警察。他们紧急商量后，开始铆足劲儿演戏：疯子在脖子上缠了布，长发盘在草帽里，装作倪柏仁的模样，赵有情则背着“倪柏仁”大喊：“掌柜的，我老倪还要回来，咱回头再见！”说着，掉头朝背离前山赵家村的蒿柴沟跑去。

黄紫红发现后，命令赵剑锋率全部警察疾追不舍。众警察呼啦一声，全都撤向蒿柴沟而去。

夜幕降临，视线一片模糊，听着警察们追杀声和北山狼的“呜呜”叫唤，黄紫红掏出手枪，将子弹推上膛，她有些畏难地孤零零徘徊在山脚。这时，胡志坚适时赶到，陪她聊起天来，嘱咐她注意安全。黄紫红心头一热，差点扑在他身上，她感动于胡志坚总是在她最无助的时候出现，便问他该怎么办，胡志坚说：“不刻意，顺其自然。”

俩人在苍茫的暮色里徜徉久之，胡志坚才陪黄紫红追下沟去。

殊不知，山野间正有四只眼目盯着他俩。见他俩离开，隐蔽在大树后面的韩夏春与周云连忙赶过来。夜幕下、山岚中，他们朝前山赵家村奋力爬去……

第二十三章 5月22日（小满）

繁星满天，山野里伸手不见五指，宁静中透着空洞、肃杀。韩夏春、周云与时间赛跑，手脚并用，一小时后好不容易赶到赵有情家门前场院畔上，正待喘口气察看有无尾巴和异常时，忽然听到身后传来几声枪响，引得全村的狗狂吠起来。待细听时，枪声已停歇。

俩人不敢掉以轻心，打算回赵有情家，加紧准备倪柏仁转移的事宜。这时，梢门打开，吴子山走出来，他见到韩夏春与周云后第一句话就问："唐叔，没带来警察吧？他们来了，肯定逼着我回去哩！"

韩夏春朝周云看一眼，道："没见到什么警察，倒是我俩差点迷路，太黑了，路又不熟。"

周云也附和着说了几句，吴子山很是纳闷。突然，对面那条山沟里隐约传来搜山的声音，几人谛听，听到如下话语："两个人，还有个女的！""不是倪柏仁，给我继续搜！"……

韩夏春心下一惊，从黑帆布包里掏出个布袋，对吴子山说："小吴，这是几十万元法币，你拿着，连夜找一个懂行的人，明天一大早到集上买头毛驴来。不要毛躁的，性子要凉，但还得有力气。"

周云听得有些着急，咳嗽几下提醒韩夏春。韩夏春并不在意，依然将钱递给吴子山。黑夜中看不清吴子山表情，但他几乎没有犹豫地接了钱，说声："唐叔放心，我吴子山知道轻重缓急——这比皇帝买马的钱还金贵。"说罢，就"腾腾腾"跑着下山去了。

吴子山一走，韩夏春立马走进赵有情家，边走边说："放心吧同志，他不会拿钱跑掉的！”

“要是他带警察来家里怎么办？”周云着急地问。

“警察已经被他通知来了，我们得放哨，抓紧转移。”韩夏春说，又走进中间的窑洞大声喊，“赵掌柜！”

罗莉莉闻声迎上来道：“他和兰姐下地干活还没回来！”

韩夏春顿觉不祥，立即吩咐两个孩子带着周云去地里找，自己与罗莉莉放哨、整理行囊，随时准备撤离。韩夏春还亲自去张桂兰家找了一次，自然一无所获。四十分钟后，周云回来，说是村子里有人看到警察追着赵有情、张桂兰下蒿柴沟里了。韩夏春倍觉情况严重，但转移的准备又没做好，一时犹豫不决。这时，倪柏仁开口道：“老韩，嗯，不对，老唐！天这么黑夜这么深，既然没有做好彻底去北面的准备，那我觉得，一动不如一静。不如我们老远地放好哨，一有情况再行动也不迟！”

韩夏春立即道：“老倪说得对！周云你去杜梨树下守着，莉莉咱们现在就抓紧收拾东西！”

焦少成送焦老财到金凤巷，喝汤、安顿父亲睡下，已是深夜。待要离开时，蓝枝儿盛情挽留：“少成，这么晚了，路又不好，还是不要走吧！”

“这几天事情紧，得赶回去！”焦少成很坚定。

“回去也是一睡，我这里也是一睡！”蓝枝儿施展狐媚手段，黑宝石般的眼睛在汽灯下分外蛊惑人心，盯住焦少成，拖着长长的调调说，“娃娃，你有几亩糜子晒不干！这金凤巷还睡不下个你呀？”

话说到这儿，焦少成才觉得眼前这位仙女般的妙龄女子，似乎不仅仅是自己所谓的姥姥，还是位多情的尤物。一瞬间，他骨子里的风流劲儿被勾引起来，眼中放出磷火般热情的光，道：“如今你这金凤巷，除了蓝姥姥，还有个甚人物呀！”

“这娃，你可别犯错误呀！”蓝枝儿收起笑容，庄重道，“今日我有一事相求：请你放掉齐天翼，也好使他入赘我们山寨，不，烟雨楼。”

焦少成一愣，嘲讽道：“姥姥你在给我上眼雾[①]呀，在这儿等着我呢！干脆，我

---

① 上眼雾：意为蒙蔽，使其看不到事物的真相。

这厅长不当了，让你和我爸当吧！”

“那哪成啊！”蓝枝儿道，“你多高大威猛啊，你多果断英明啊，你多年轻有为啊！警察厅长当还得你当！只不过，有些事情得让我和你爸这些长辈们给你把把关。”

焦少成听得简直要吐，他不敢相信这是一个十八岁女孩儿在说话，但他委实已结结实实领教过蓝姥姥的厉害，绝不敢再轻易造次。突然，他决定首鼠两端，于是就装作轻松地假意道：“呀，要么说我幸福呢！又有我那老成谋国的老爹保驾，又有您这如花似玉、美得不可方物的姥姥护航，你说，我还不得高兴得睡觉都笑出声来呀！好，放齐天翼，便依姥姥就是了！”

蓝枝儿原以为官做到如焦少成者，只能每天谈政治打官腔、不说人话，一本正经地胡说八道，没承想，人高马大、杀伐决断的焦少成能说出如此妥帖温顺的话来，她一下子亲热地朝他脸上“叭”地亲了一口。刹那间，焦少成顿觉一股电流从他脸颊迅速传到浑身的各个毛孔以及五脏六腑，他摸摸湿漉漉的吻痕，如沐春风般笑道：“乖乖！少姥姥，您下次能不能事先通知一下，再行亲昵大礼。”

“美的你！”蓝枝儿庄重道，“没有下次啦！”

幸福来得太突然，去得更玄妙，令焦少成猝不及防，他略微冷静一下说：“这样，姥姥也答应我一个条件！”

“讲。”

“无座青铜佛，得给我！”

“成交！那齐天翼你答应放了？”蓝枝儿干脆地说，“咱一手交人一手交货。”

焦少成答应下来，深夜开车拉着蓝枝儿回到咸阳。

人的心理活动尤其是潜意识，时常难以捉摸，是夜，焦少成做了个荒唐的梦，上午醒来后竟分不清是梦还是现实，反正，亦真亦幻的过程很长，很虐心——

月黑风高，凉风习习，道路颠簸，焦少成全力驾驶，一边给蓝枝儿讲笑话。先讲：唐僧早上起来，发现悟空暴死在地上，八戒沙僧在一旁哭泣不止，就问悟空是怎么死的，八戒边哭边说：您晚上说梦话，整整念了一夜的紧箍咒啊！

蓝枝儿笑得前仰后合，拍着焦少成肩膀骂他貌似忠厚实则奸猾。这时，正经过十多里坑坑洼洼的山路，焦少成不敢怠慢，殷勤驾驶。快到泔河畔时，他又讲：女子宝宝满月，姐妹们前去祝贺，一姐姐说：哇，长得好像你老公啊！另一妹妹附和道：真的，特别是吃奶时的眼神……

焦少成讲到这里，故意停下来，等蓝枝儿笑，等蓝枝儿骂他坏，不料，后座上响起均匀轻微的呼吸声，她似乎睡着了。焦少成贼心窃喜，想这女子咋这么大心，竟然大夜晚死睡在男人车内，就不怕……这时，汽车经过泔河畔，一股浓郁的苜蓿花香让焦少成天灵盖一阵眩晕。他想起那晚与黄紫红的好事，瞬间对蓝枝儿起了非分之心，于是迫不及待停车、出车门，迫不及待拉开车后门，一下子将蓝枝儿扑倒在后座上。不料，兔儿不在一个窝里卧，身手非凡的蓝枝儿在被推倒惊醒的瞬间，已飞起一脚，焦少成后脑勺便重重磕碰在车门上，继而整个躯体重重跌倒在车外的料姜石上。蓝枝儿撵出车外，骂道：“混蛋，鸡娃子给老鸡踏蛋哩！真不是东西！”将其暴打一顿，直到他求饶。

荒郊野岭，蜗牛在歌唱，上帝在天堂，风儿在做鬼脸。泔水潺潺，苜蓿花开，后半夜，蓝枝儿安然地酣睡在车上。

几小时后，晨曦照耀，泔河泛着浑浊的浪花，宛如一朵朵火红的石榴花开在河面，紫色苜蓿花将河畔晕染成硕大无比的绛紫色地毯，一窝野鸡正在老野鸡的带领下走出苜蓿地，去河边喝水。小鸡们“啾儿啾儿”奋勇当先，突然跑到被打得半死的焦少成身上，这才觉得不对劲，纷纷踉跄着滚下去；老鸡发出“嘎嘎嘎”的锐利警报，回头就跑……

不同于野鸡发现了焦少成，回咸阳正经过的赵剑锋先发现的是车，便走上去，伏在车门上看睡美人蓝枝儿，却听到野鸡的报警，顺着声音看去，这才惊异地发现了躺在地上的焦少成，以及从焦少成身上滚下的小野鸡们。他忙去搀扶焦少成，焦少成说自己要再躺会儿。这时，蓝枝儿走出车来，赵剑锋便掏枪对准她，焦少成不得不起身制止。

一刻钟后，赵剑锋开车，几人回到咸阳警局。

再说回昨晚的事情。

赵剑锋杀害了赵有情和张桂兰，才知上了当，连忙指挥警察折返，加快追查目标。抓住两个捉蝎子卖钱的农民，他们是赵有情的本家。赵剑锋指着赵有情、张桂兰的尸体问：“这俩人，你们认识吗？”

胆小的男青年吓得面如土色，另一个背锅子老头——赵有情三叔父强忍住泪水，硬着头皮说：“长官，看起来生生的，对，我细看了一下，彻底不认识！我们今生压根儿没见过他俩。”

赵剑锋用枪指着老头道：“那你说说，他为什么冒充死刑犯倪柏仁？”

“这个不好说！”背锅子老头面无表情。

赵剑锋又讯问那个青年。青年虽然吓得说话发抖，但答话终究没有露出破绽。赵剑锋就问他们是哪个村的，俩人异口同声说是后山高家庄的，赵剑锋命令他们带警察去前山赵家村。黑暗中，这一老一少拉拉手，心照不宣地将警察带进沟底。沟底是茂密的荆棘林和高树，但有平时放牛羊踩出的小路，警察紧跟在他俩后面。一直往里走往里走，就到了沟底的陡坡，老头抬一下胳膊冷冷地说：“长官，从这里走上去，就是前山赵家村！”

这时，电光照处，已经是林密草深树大、寸步难移，赵剑锋心生疑窦，命警察将他俩用皮带绑着走，生怕他们跑掉。一小时后，他们爬到一面悬崖底下，实在无处可走。警察们用手电筒左照右照，崖壁森然，并无上去的路。正疑惑时，老头走到一个陷阱跟前，不紧不慢地说：“看，这就是路。这是一个接哨——就是陷阱套着陷阱，但是几十年来，已经再也没有进过水啦，而是成为我们从沟底去前山赵家的路。”

警察们用手电朝下探照着，赵剑锋望着黑洞洞的陷阱，用怀疑的口吻问：“果真是路，你、你俩都走过？”

俩人点头称是。赵剑锋不动声色道：“那……请你们带路吧！”

老头举举胳膊，嘲讽道：“哟，路这么不好，绑着胳膊咋能走成？”

赵剑锋命令警察给他俩松绑，用手电照着通往陷阱的路，并给了老头一只手电筒。老头在前青年在后，俩人手拉手下去了。下到上面的陷阱的底部，第二个陷阱就已在脚旁边，第二个陷阱占去了上面的陷阱底部的绝大部分；电光照处，俩人几乎无处落脚，临渊胆寒，战战兢兢……警察们看得有些不解和着急，却见他们同时猛地一跃，不见了。警察以为自己眼睛看错了，定睛再看，真的没了人，又疑心他俩是掉进更深的陷阱里，一时胆寒起来。几个警察在上面喊叫半天，只有自己叫喊的回声，玄妙而阴森。赵剑锋命令警察下去看，没人敢下去。赵剑锋反复察看，自个都觉得不可思议，如同灵异事件，于是再次急令掉头折回。

由于没人领路，他们在一个藤萝遍地的树林里打转转，两小时都没有离开那片树林；赵剑锋更加恐惧，疑心到了世界末日。突然，有警察喊："队长，有血腥味！"

大家担惊受怕，硬着头皮循着血腥味儿找去，才走出了迷魂阵，却发现是几只豹子在吃猎物。警察们纷纷放枪，赶走了豹子，上前去半天才辨清：豹子吃的竟是人。一阵风吹过，忽里忽闪的树丛中，闪烁着几只蓝莹莹的兽眼，赵剑锋头上冷汗直冒，命令警察死活找路逃命……

鸡叫二遍的时候，警察们才回到山下。见黄紫红等已经杳无踪影，赵剑锋长出一口气，稍作歇息后带领警察往咸阳赶。

这边，吴子山昨晚出了前山赵家，本想找警察领着去抓倪柏仁，但又觉得不划算。他的主要任务是打入倪柏仁一方，传递情报。在这场各种势力搅合起来的协同大作战中，不知道何时，他也学会了明哲保身，因为大家都在这样做。现在，他给自己的底线是，不可以亲手杀死倪柏仁，尽量不杀死倪柏仁，最好让他活着逃掉。但是，他也得及时传递情报，否则他就没有存在的意义了，只能脱掉警服。正如陇东宁县人老唐所言，一旦脱掉警服，自己就变成农民了，这是绝对不可以的。于是，他步行十里路，在豆村姑奶家里借了一匹马，连夜骑马回到家。

吴子山到家时，鸡正叫三遍，恰是黎明前最黑暗的时分。母亲很奇怪他这么晚回家，父亲问他在西京城二儿子跟前托老的爷爷的身体情况，又问他回家啥事，他让母亲抓紧做饭，说是回家商量自己娶媳妇的事情，并说吃完饭就走。一家人兴致盎然地围着锅台，边做饭边向吴子山询问女方详情。听完吴子山三丈高两丈低的介绍后，父母异口同声，都认为工作稳当人稳当的罗莉莉好，让他娶罗莉莉。吴子山吃饭的时候，父亲咂着玉石烟锅嘴说："喳，千里姻缘媒人说，那谁给你拉扯这事呀？要不，找你老财爷爷去？"

"找老财爷爷，那得坏事！"吴子山真后悔在山寨得罪了焦老财，边吃母亲烙的可口的死面子馍边回答，“我看，还是那倪柏仁保险些。”

“呀，我娃啥时间修来的福，‘活菩萨’都给你说媒呀！——那你可不敢让警察杀了他。”母亲惊骇地说，“说啥哩，你就是警察！”

“不会的！”吴子山提一下炕上布袋子里的法币说，“这是不老少的钱，足值咱家的灰草驴价了。”

“瓜，你哪里来的这么多钱？”二老惊问。

“你们别问那么细！我要结婚，肯定得自己开窍想办法么……你看你俩都头白成这咧……”吴子山说着，难过得不说了。

吃完饭，天微微亮。

父子俩借着晨曦，动手做了一条鞭子，又准备好鞍子。吴子山骑上自家的深灰色毛驴，“得儿球”一声潇洒上路，沿着朝赵家方向的官道悠然而去。

清晨，一阵急促的敲门声吵醒了韩夏春。赵有情叔父和周云站在梢门口，悲痛地报告了赵有情和张桂兰的死讯。原来，沟底的陷阱是一处闹土匪时修的地道出口。老人和青年下了陷阱后，逆着地道爬上地面，再踅摸着往家里赶，直到现在才赶回来。韩夏春大悲，倪柏仁尤其伤心，孩子们立即哭出声来。韩夏春忙制止她们，不让出声，以便暂时隐瞒老人。同时，他吩咐那位青年人带着家门父子赶紧去沟里收尸，以免被野物吃掉。

大伙正要出门时，吴子山回来，他知道赵有情的死讯后，也很难过。端着尿盆出门倒尿的罗莉莉红着眼睛哭泣道：“子山，还抹啥眼泪哩，得赶紧想办法才是呀，啊啊……”

大家商议后，决定立马转移。倪柏仁捶胸稽首说：“啊……我该死呀！不仅枉烦了赵家，还要了老赵和桂兰的命……老百姓是咱亲娘老子，等一哈，还是等着先埋了老赵吧！”

大家只好同意。

韩夏春指挥大家做转移的最后准备，吴子山负责加紧打墓。

吴子山叫来几个年轻精壮的村民，在硷畔的杜梨树下挖墓坑。这是一硷畔麦穗儿已经发黄且熟得四棱八炸、快要搭镰的小麦田，吴子山指挥挖墓的小伙子们麻利行动，先用镰刀割了几个麦箭儿，割出七八个大土炕大小的麦田，腾出打墓的地来。这时，村里的阴阳已被请来，很快放了罗盘、定了方位。大伙便开始大干起来，不久就挖了四五尺深。

一会儿，韩夏春将吴子山叫到一旁喝茶。韩夏春问：“小吴，你感觉倪柏仁对你咋相？”

吴子山不住地直点头。韩夏春又问：“你说，罗莉莉人配得上配不上你？”

吴子山头点得更厉害了。韩夏春最后说：“如果昨晚警察搜到赵家，那要下葬的恐怕就不是老赵和张桂兰啦，而是罗莉莉。”

吴子山慌忙说：“唐叔，你有事就直接吩咐！你看我买驴的任务完成得咋相？你满意吗？”

“很好！一定是自家的驴，否则没这么快。”韩夏春说，“我和大伙都清白你身份不清不白，但是我们更清楚，你是咱咸阳的汉子、关中的男人，轻易不会做啥伤天害理之事。”

吴子山觉得再也瞒不住了，为难半晌，迟疑着交代了自己的身份，说自己是警察局的红旗特务，代号“扁食”。韩夏春让他好自为之。为表明心迹，吴子山自告奋勇立马写了封密信给咸阳警局，糊弄说：倪柏仁已经离开赵家，去向不明。并当着韩夏春面，让赵有情的一个堂弟将信送往咸阳警察局。

看着送信的小伙消失在蜿蜒的山道上，韩夏春这才松了一口气。吴子山着急道：“唐叔呀，我已献上投名状，你们可得替我保密哇！”

韩夏春让他放心。俩人一起继续挖墓坑，在干活过程中，韩夏春有一搭没一搭地向吴子山问起一个姓陈的人的情况，吴子山注意地听着，并做了很好的应答。一会儿，周云找韩夏春，韩夏春便与周云回赵家去了。见韩夏春走远，吴子山说要解手，也离开了硷畔。

周云找韩夏春是为入党转正之事，恰逢这时，罗莉莉也请求入党并递交了老早备好的入党申请。危机当前、红心向党、火线明志，老共产党员韩夏春出乎意料地感佩，他被奔涌而来的党的新鲜血液彻底感动了，仔细回想萝莉莉、周云的来历以及他们在“迎王”行动中的英勇表现，他觉得二位都符合条件；他和大伙儿四下察看后，觉得情况也允许做个入党宣誓仪式，于是，他吩咐周云和罗莉莉扛起镢头铁锨，来到打墓的硷畔下。这时，寻找赵有情尸体的人回来报告，说尸体已经被野物吃掉，连骨殖也难觅踪迹。在场的人立即“吸溜吸溜”哭起来，吴子山带着打墓的人只好回去了。

韩夏春抑制着巨大的悲痛，迅速和周云就着硷畔用镢头挖出一块平滑的墙面来，接着，韩夏春拿起一个单齿镢头，在刚才刮出的新墙上描画起来。很快，一面带着新鲜的土壤温度和气味儿的深褐色党旗赫然出现在罗莉莉和周云的眼前。面对硷畔上新挖的土墙上的新鲜党旗，仨人都很激动，韩夏春颤抖着说：“感谢你们在如此困难、如此凶险的情况下，英勇加入中国共产党组织。现在，我们向党旗宣誓！”

他开始纠正周云和罗莉莉的动作，待他俩动作做到位时，他继续领誓道：“我志愿加入中国共产党，作如下宣誓，一、终身为共产主义事业奋斗……”

“我志愿加入中国共产党，作如下宣誓：一、终身为共产主义事业奋斗……”周云和罗莉莉神情坚定，语气铿锵，庄严的誓言回荡在荒山野岭和这片英雄辈出的土地上空，久久不散……

中午，当蓝枝儿交出青铜佛时，焦少成在放齐天翼的问题上又打起了鼓。

原来，为了让祝肇州得到黄紫红，焦老财在“回门”走到北梢门时，给祝肇州出了坏主意——关押齐天翼。有省主席明令，焦少成哪敢违抗！蓝枝儿气得一跳几尺高，破口大骂：“焦少成，你还是不是带把男人？”

焦少成发怵道：“姥姥，我是男人，但男人难做。”

这时，送信的赶到，正是赵有情堂弟送来了“扁食”的信。焦少成看信后大骂：“一群蠢货，耽误老子大事，把老子架在火上烤！”

蓝枝儿见焦少成指桑骂槐，火烧脾气一时发作，但她忍住了，道：“对！我娃骂得对骂得畅！耽误我娃大事的，也包括我那不争气的老女婿——焦老财。”

正在午休的黄紫红被蓝枝儿数说焦少成的骂声吵醒，趁着蓝枝儿今天没驾鹰，她便放心地走过来为焦少成帮腔：“蓝枝儿，你把自己掂摸掂摸，你有什么资格在这里吱吱哇哇的？”

俩女人很快干上了。见黄紫红帮自己，焦少成感激地离开办公室，回到自己房间睡觉去了。俩姿色超群的美女，一个高冷、一个随性，一个丹凤眼、一个毛毛眼，虽然各美其美，但却都容易动气，于是情绪饱满地斗起了嘴皮子。黄紫红很快动了胎气，肚子疼得直不起腰来，胡志坚忙将她送到医院。

按照倪柏仁的坚持，大家二返沟底，找回了赵有情和张桂兰的几根骨头和一些毛发，埋葬在挖好的明坑墓里。大家放声大哭一场，很快噤声回到家中。晚饭吃的打墓时割下来的新麦粥，异常鲜美，但大家心情都非常难受，你一句我一句地数说吴子山。韩夏春制止了批评，劝大伙向吴子山一一敬酒，罗莉莉与他碰杯时，吴子山感动得泪涔涔的。

饭后，倪柏仁找吴子山单独谈话，吴子山犹豫再三，供出了与自己有情报联系的富平、洛川、马栏等地多名打入我中共的军统奸细。得到吴子山的名单后，周云此次任务便告完成，他激动地告别韩夏春和倪柏仁，星夜返回省工委所在地马栏复命。

晚上，咸阳警察局又收到“扁食”的密信，焦少成看罢，嘴角泛起嘲讽的笑，密信说陈家岙是国民党系统的人，因屈打成招而乱咬人。这也是焦少成心里的一个疑惑，正好解了他的围。于是他找到蓝枝儿，对她说：“姥姥，你可以领着齐天翼离开了。”

孰料，与蓝枝儿上次一样，齐天翼怎么也不肯出囚室，说非得有个交代不成。无奈，焦少成只得含糊地说：“好吧，为了你重获自由，我们可以考虑……做掉陈家岙！”

齐天翼还是不依不饶。在焦少成的默许下，蓝枝儿提枪直闯陈家岙囚室，值守警察不合时宜地上前阻拦，被蓝枝儿制服，蓝枝儿连着两枪结果了陈家岙。

第二十四章 5月23日

齐天翼、蓝枝儿暗地里“演双簧”，焦少成只能痛苦被动地忍着。

——自从那晚与黄紫红一夜野合之后，他就想把黄紫红作为自己的禁脔，可惜她事后装作“不认账”的样子；“不认账”他也不怕，本来他是有足够的控制力让她就范的，孰料，天下尤物人人眼馋，现在祝肇州也瞄上了她，至此，他独占美人的梦算是做到头了。不独如此，按照老父亲的主意，他还得配合着情敌祝肇州来围猎自己的情人黄紫红、抓捕齐天翼。客观来说，抓了时不时有疯子气质的娃的干大齐天翼，的确有助于省主席得手黄紫红，而且也会使他近日接触娃的干妈黄紫红方便许多；可如今，这一步也不由自己了。不由自己也罢，汉元帝还不自主呢！焦少成用阿Q的精神胜利法自我安慰道：女人是衣服，可以随时有，可得罪了主席怎么得了啊！他内心无比恐惧，嘴角露出一丝苦笑。

齐天翼眼见着蓝枝儿提枪从他的囚室门口离开，又听到一连两声枪响，知道陈家岙被蓝枝儿打死了。叛徒、大祸害陈家岙终于被除掉，齐天翼心下痛快，随即对焦少成说：“焦厅长年轻有为，想想：您的一路高升，老弟作为记者，也是没有少发抬举你的雄文啊！”

“所以呢？”焦少成一半摆着架子一半松开口子道，“你得继续支持老哥工作呀！老哥事情要美，没有咱们齐大才子支持那哪成呀！”

“兄弟齐心、其利断金。这就算咱哥俩想一块去了！”齐天翼说着违心话，眉宇间飘过一丝难以察觉的苦涩，“不劳你大驾，让底下人办手续放了你娃他干大我吧！”

焦少成不由一笑，吩咐狱警一声，自个先离去了。蓝枝儿走回来，看着狱警给齐天翼郑重其事地办理了释放手续，俩人这才相跟着走出看守区域。到了没人的地方，蓝枝儿走得更慢了，俩人偎依相跟着，蓝枝儿期待平时大大咧咧的齐天翼做出一点什么浪漫的举动来感谢她，但是一直到了漆黑的办公区域，齐天翼都没说什么，甚至连她的手也没有拉一下。其实，我们的蓝枝儿姑娘心胸开阔，为所爱之人做什么都不求回报，所以她并没有特别不快。但是，可爱的她毕竟是小女生，是很热情很具幻想能力的，于是她在深夜空无一人的院子里高调地大声宣布："齐先生，世界很大很美好，我们去看看！收拾一哈，咱们走吧！我们可以砍柴喂马打猎，遍游天下去啦！"

齐天翼似乎早就料到蓝枝儿会有如此打算，也似乎早就做好了应答的准备似的说："枝儿妹妹，感谢你鼎力搭救！可哥哥是公职人员，目前正在紧张地抓逃犯倪柏仁，实在是分身乏术呀！"

一句话噎得平时叽叽喳喳的蓝枝儿顿时恍若被噤声的八哥，一语未发，竟气恼得扭头离开警察局。是的，齐天翼的这几句话，不仅让她失望，而且让她生气、让她伤心。他不仅再一次拒绝了她的公开求爱，而且似乎他内心很坏，用正式一点的话说，就是政治立场顽固反动。他竟然要追杀百姓王倪柏仁，这简直就是丧尽天良嘛，要知道，倪伯伯是他的干大、恩师、证婚人呀！这样想着，蓝枝儿不禁委屈地流下热泪来……

月落星沉，四野茫茫，漆黑一片，伴随着"嘚嘚"的马蹄疾驰声和不断滴落的清纯泪水，可怜的蓝枝儿朝前山赵家村而去。不知谁家妇人夜里难眠，唱着农谚：

小满小满，麦粒渐满。
小满未满，还有危险。
小满小满，还得廿天。
小满不满，芒种开镰……

与此同时，齐天翼心急火燎地四处打听黄紫红的下落。因为，一旦这位作风果断、杀伐干练的老婆大人不在身旁，他就不由地往坏处想：想她是不是已经逮住干大，甚或已经击毙他啦？门房老和告诉他，黄警官一小时前回来过，不久就去医院了。他连忙找了一辆自行车，一跌一撞地赶往医院。

医院高级护理病房里，两根红红的蜡烛泻出充满暖意的明亮光芒，黄紫红躺在洁白阔大的病床上。她刚用完药，此时胡志坚正往她嘴里喂一颗硕大无比的樱桃，边喂边哼唱着一句酸曲：“樱桃小嘴双眼皮，生生的生生的爱死人……”

这时，门被推开，齐天翼双手空空闯了进来，房间的气氛骤然一变。黄紫红抬头，惊得噙在嘴里的樱桃掉下地去。胡志坚回头，讶异道：“怎么，天翼，你出来了！”

“对，出来了！”齐天翼进门后，惊异于胡志坚深更半夜在黄紫红病房，一股莫名的嫉妒之火燃在胸间，让他口干胸闷、几乎喘不过气来。

“胡主任，你回警局睡去吧！”黄紫红欠起身子，神情已平静，说，“天翼，你来得正好！”

胡志坚不知怎么想的，还杵在那里，并没有挪动脚步。恰在此时，门外传来打报告的声音，三个人吃惊地看去，却见一个熟悉的中统特务站在门首。胡志坚忙迈步出去，并拉上了门。齐天翼认真地看一眼黄紫红，走上前去。黄紫红示意他听外面的声音，齐天翼脱掉鞋，小心翼翼返身站在门内，贴耳聆听。门外传来一阵“嘁嘁喳喳”的低语，却什么也听不清楚。齐天翼于是走回床前，轻声问：“你……身体哪儿不舒服啦？”

黄紫红不语，竭力抑制着感情，却终究还是啜泣起来。这时，门“嘟嘟”地响，黄紫红连忙擦干眼泪，齐天翼去开门。胡志坚心急火燎地说：“紫红你别急！刚才我这边来人报告说，赵有情家还有人活动，我和天翼火速前往，去查查。我会派其他人来照顾你！”

“怎么？立功心切呀！”黄紫红不快道，“我谁也不让陪，有我老公天翼，就好！”

胡志坚有些尴尬地想，弄了半天自己才是骚胡（公羊）卵子——皮外一疙瘩肉。齐天翼趁机道：“胡主任，你也知道，我有我的难处：抛开紫红这里不说，单就我目前身份不明这点而言，也不便跟着你去执行任务、驰骋疆场。”

胡志坚再不好说什么，眼前的妇唱夫随，早气得他脑际眩晕，他一跺脚走出门去，猛地关上门，门撞击门框后又反弹开来。房间内带起一股风，吹得窗帘飞向夜空，齐天翼忙上前闭上门。

胡志坚一走，齐天翼就给黄紫红赔不是，说自己不该染指胡志坚的烂事，说自己对黄紫红体贴不够，说自己作为男人时常本领恐慌，太无能。

“天翼，你不无能！你一下子就给我种上了！”黄紫红接住他的“无能”这个词儿，直白却无比幸福地道，一点儿也不害羞。

自从当了军统，她的少女纯情和羞涩已经被训练得荡然无存，彻底扔到了爪哇国。二返长安之前，她在抗战中扮演过许多角色，有时扮作奢靡的商妇，有时扮作矜持的小姐，有时扮作单纯的学生，甚至还扮过一次妓女，但扮演的最多的是女军官……无论种种，其实她骨子里都是一名战士，用身体、美色和子弹让敌人死亡的战士。可是这次回西京后，她觉得她一直在扮演荡妇的角色，这是她万万不能接受的，但又似乎是怎么也无可扭转的。是的，与阔别七年、生死两茫茫的丈夫的那晚，她获得的欢愉并不多，他肯定也是。她明显觉得他还是处子之身，处子在这方面是空白的、并不熟稔，她当时很顾及他的感受，所以也不尽兴。但无论如何，她俩的那夜，成就了一个万里挑一的生命，一个时时刻刻生长在她腹中的胎儿；这使她好欢喜好欢喜，欢喜中又透着忧伤，透着莫名的罪恶感。罪恶感不是因齐天翼而生，是因她沣河畔苜蓿地里的放荡，也因为那些苍蝇般的男人一直在往她身上扑；想想呀，世间能为苍蝇迷恋的，多为污秽之物。

“你……我……”齐天翼惊喜道，瞅着黄紫红肚子，“这孩子，是我的？”

泪水汩汩从黄紫红眼角涌出，她身子打着激灵，不断“吸溜”着，好似牙痛或冷得慌。眼前这个男人，她七年前曾经嫁给的男人，明白无误地在怀疑自己的纯洁和忠贞。这让她多么痛心！但，她却不觉得委屈，她那早已被埋葬的纯洁、她那不堪的过去，让她真的无法面对自己的丈夫！于是，她强使自己镇静，道：“我活该，我罪有应得，我死有……”

“不许你这么说自己！”齐天翼一把抓住黄紫红的手，自己也顺势坐在床沿，制止道。

俩人轻轻抱在一起，抱了一会儿——仅一会儿，就分开了。

“那么，我肚子里的孩子，你要不要？”黄紫红无助而愤懑地盯住齐天翼的脸问。

齐天翼连说要。接着，却说了一句匪夷所思、自欺欺人的话：“有佛心才暖。”

“啥意思？”黄紫红不得要领地说，“我是做实际工作的，不懂你那么多大道理，你别给我来弯弯绕！”

“如果你能将你身体和灵魂定于一人，而且这个人是我……”

“齐天翼！你放屁！”黄紫红叫道，“不是你，还能是谁？难道我与别的男人睡过觉？难道在这样的一个夜晚，有别个男人在陪我？难道肚子里的小宝宝要去跟别人叫爸爸吗？！”

“是、对……”听着黄紫红一本正经地胡说八道，齐天翼一阵锥心地疼，他觉得她很无耻，于是鬼使神差地说，“得给孩子一个好前程……”

“好！好……有你这话好！”黄紫红气得喘不上气来，哭叫着，“成，成，真他妈的成！我会给你孩子找个大好前程的！”

听了黄紫红的话，齐天翼觉得后果很严重，又忙俯下身子给她连连赔不是。但，无论如何，俩人都觉得有什么东西在隔挡着他们彼此靠近。

在不到一个月的时间里，面对警察二十几天前在西京市报社、新城广场、兴平梁来福家，十几天前在泾阳县西寨村王礼家、大路乡乡长景泰家，还有昨晚在前山赵家村蒿柴沟的六起暴行，齐天翼发挥资深记者的优势，很快通过渠道将消息传播出去。国民党的暴行在三秦和全国引起巨大震动，咸阳广大老百姓掘地三尺，坚韧地毫不含糊地反拘捕、反迫害、反暗杀，誓死保卫自己深爱的群众代表倪柏仁。前往赵家的官道、小路，甚至羊肠小道，也被乡亲们挖了壕堑、沟渠、陷阱，乡亲们还值守在自己所挖的机关近旁的隐蔽处，专等着看这些他们口中的狗官、爪牙、狗腿子的笑话。他们看到：深夜前来的胡志坚和许多特务都跌下这些机关而摔伤，前进脚步疾速放慢，直到天大亮的时候，才狼狈不堪地到达前山赵家村的山脚下。

胡志坚稍事休息，隔着轻雾往上一看，不出所料，上山路也已经被挖断。胡志坚吩咐特务们立即找梯子，可好长时间过去了，也没找到梯子。正懊恼时，一个特务跑过来，哭丧着脸撒谎道：“主任，这里人不用梯子，所以……”

“混蛋！你以为撒谎不上税呀！”胡志坚给了说话的特务一脚，怒道，“程玉娥她舅舅家就在这里，前年我还爬着她家的梯子拿柿子哩！”

特务没料到在如此陡峭如此危险的山坡上被突然踢了一脚，一下子滚落到约两丈深的沟洼里，头脸脖子腿脚乃至腰身都划出了血道道。他也不是省油的灯，立马躁了，骂道：“胡阳痿，你柿子拿得再好，也是个假男人。你个大太监，前年的黄历今天能用上吗？前年程玉娥还是你的女朋友，可现在人家搂着娃睡在别的男人怀里！”

打人不打脸、骂人不揭短，胡志坚脸被气成了猪肚子，他拔出枪不计后果地朝那特务开火，身旁的特务眼疾手快，忙将胡志坚拿枪的胳膊猛地往上推去。枪打在了一棵钻天杨上的喜鹊窝里，柴草、粉末、鸟粪夹杂着三只扑棱扑棱的小喜鹊一股脑儿滚落下来。胡志坚还不解气，又抽身准备再度瞄准射击，决心犯胆射杀这毒舌下属。身旁的众特务一起动手，一边拦挡自己的长官，一边高喊：“牛春军，快跑！狗日的，再不跑就没命啦！”

一语提醒牛春军，他一个箭步冲入密林中，很快便不见了。

头顶上的赵家，大伙早起准备吃早饭。忽听得山下又传来枪响，狗也叫得急抓抓、不断声。赵有情的堂弟出去察看，回来说：“呀，有带枪的在下面嘈嘈，往上爬着哩。”

大家无心吃饭，十万火急地准备启程。罗莉莉第一个放下碗筷，给还在嚼洋槐花麦饭的倪柏仁换上新纱布，待纱布缚好后，盘子就已端走。这时，老太太小脚伶仃地蹒跚着走过来，手里拿着一件白粗布衫子，用漏气的豁豁牙嘴说：“喳，他倪家哥，你要走咧，可驴球的友友和兰兰还没回来，喳，那我就再当一回掌柜的！也没啥送你，这件有情他大穿过的衫子，你拿上，是个念想！”

大伙都鼻子一酸，眼泪都一下喷出眼眶来，又都极力抑制着自己，生怕老太太发现赵有情已经牺牲的端倪。倪柏仁终于抑制不住地哭叫道：“妈，你是我亲妈！有情比我亲哥还亲！从今往后，有情的娃娃就是我娃娃！”他说着，忘情地搂住老太太和哭成泪人儿的两个半大姑娘。

大家都悲愤填膺。赵有情堂弟担心地在韩夏春脸上瞅着，韩夏春把为倪柏仁准备的药物及敷料装进一个褡裢里。老太太和罗莉莉一起帮倪柏仁换上那件赵有情父亲穿过的白粗布衫子。倪柏仁倏然跪下，在地上连磕了三个响头，站起又朝大伙深深鞠了三个躬，而后深情道：“老天在上，我倪柏仁今个把话撂下，在场的每一位都是我的恩人！西京、咸阳的每一个老百姓、三秦父老，还有每一位庆阳人宁县人都是我倪柏仁的亲娘老子！”

“老倪，大恩不言谢！”韩夏春慨然说，“我代表三秦父老和陇东人把礼还过！喳，待我先把你扶上这攒攒劲劲的灰毛驴！”说着，朝吴子山看去。

吴子山上前，俩人一起将倪柏仁扶上毛驴。大伙再次郑重道别，韩夏春最后拉拉老太太的手，含着热泪瘸着腿，带头朝后山爬去。想起那晚第一次到赵家，赵有情守夜接他们、背着倪柏仁下坡到家的情景，韩夏春悲伤难忍，差点跌倒在道旁的荆棘丛中。

山道弯弯，荆棘丛生，轻雾盘绕迷离，鸟儿在枝头啁啾，朝露打湿了衣裳。一股一股的浊泪从倪柏仁眼睛涌出，擦了又湿，擦了又湿。惹得大伙又都泪水涟涟，罗莉莉忙提醒道：“倪伯伯，节哀吧，别弄湿伤口，又得受罪！”

“额，何哀之有？额，哪儿受罪了？”倪柏仁朗然道，“莉莉你恨伯伯吗？吴警官，你恨老叔吗？”

罗莉莉和吴子山连连摇头，齐声道：“我们感激您还来不及呢！”

“真的？”

“真的！”罗莉莉和吴子山又来了个“二重奏”。

“真是枣木棰棰一对对！”倪柏仁破涕为笑，又说，“我不是难过，我是为咸阳人民、三秦父老、陇东人民和全中国人感到高兴。他们深明大义，他们奋起抗暴，他们忍辱负重，他们不计牺牲！啊，你还别说，我这趟被追杀其实是在享福，是蒋某人特意给我安排的一次洪福齐天的旅行！在这趟旅行中，不仅穷苦百姓、劳苦大众欢迎我，共产党朋友欢迎我，大夫护士救治我，就连贩夫走卒也欢迎我，甚至于警察也放我一马、送我一程！你们说，我是多么幸福呀！比秦始皇、唐太宗幸福多了！我还不高兴还等啥呢！”

他说着，仰天哈哈大笑。笑声，在山间、云端、树梢久久回荡。

“喳，倪大哥成为诗人啦！”韩夏春道，“愤怒出诗人，大哥你肯定很愤怒！”

“知我者莫如老唐！”倪柏仁感叹着，口占一绝，“屠夫杀人数不清，岂知民力大无穷。一滴血泪一抔土，杜鹃啼血江山红。”

众人都深为倪柏仁的才思敏捷和对暴政的愤怒、对人民的热爱而叹服，不觉间已经爬到后山坡头最高处。牵毛驴的吴子山道：“倪叔你坐稳，马上下坡呀！”

这时，韩夏春吩咐吴子山回家，吴子山执意不回。罗莉莉安慰他，并递给他一封信，他还是第一次收到姑娘的信，心头一喜，恋恋不舍地与众人分别。

见倪柏仁等走远，吴子山愁绪涌上心头，自己这趟差事如何落停？他一屁股坐在莎草墩上，拆信去看。看着看着，裂开黄牙大嘴笑起来：“小骚娘儿，真有你的！”

吴子山大喜过望，扬扬得意地起身照天撒泡尿，又大摇大摆朝原路返回，一边唱着《揣奶奶》歌子——

一根干柴顶门哩，
哥哥不来是哄人哩。
不来就说不来的话，
莫闪妹子心两下。
三十三颗荞麦九十九道棱，
干妹子虽好是人家的人……

吴子山一路乱唱一路晃荡，突然发觉已回到赵家院门口，忙止声偷偷朝沟畔下张望。发现胡志坚等正在半山腰硷畔下满头大汗往上赶，已经快接近自己了，他便慌忙走进院子闭上门。

当此之时，咸阳警察局早饭刚开。

黄紫红从医院按时赶回警察局，和焦少成同桌吃饭，并向他请假，说是要回省城检查身体。焦少成怕她回去被祝肇州玩弄，便借口破案任务紧将她留下。他还拿出青铜佛给她并说是完璧归赵，黄紫红转忧为喜，目光露出感激之情。有了青铜佛，黄紫红对破案信心大增，虽然青铜佛曾是自己的干大所赐之物，但毕竟七年来它一直在干大倪柏仁手中；如果倪柏仁果真是共产党，那么他很可能在情势危急时刻将什么重要机密藏在青铜佛里。她将这层意思告诉焦少成，焦少成得意道：“英雄所见略同，你我是同道！”

俩人说笑着出了食堂。

现在，胡志坚费了九牛二虎之力，终于来到赵有情家。他指挥疯狗一样的特务们破门而入。特务们如恶狼一样四处搜查，却只发现被绑缚在掌囤上的吴子山。吴子山丧气地告诉他们，自己一觉醒来，发现被绑，叫天天不应、喊地地不灵，只有等。胡志坚摸着发冷的灶灰，下令带着吴子山回咸阳。这时，去坟地搜查的特务报告说，发现碌畔上刻着一个什么图案，非常扎眼。胡志坚忙前往查看，他对着刻在碌畔墙面上的中国共产党党旗，内心震撼、感慨良多，甚至怀疑起自己的信仰来，却置气骂道："蠢货！这是共党'党旗'。你们这些吃党国闲饭的，不仅没文化，而且没信仰。你说你来到这世间干什么来了？"

特务们被训斥得一个个头上冒汗，却不明所以，他们不明白自己的上司何以如此义愤填膺。胡志坚内心填满悲哀和悲愤，带上吴子山，率领特务们无功而返。

中午，焦少成请齐天翼、黄紫红吃饭，说是这几天心情不好慢待了娃干大干妈，今天赔罪。席间，觥筹交错，酒过三巡菜过五味时，有人报告，说省上打来电话称：富平、洛川、马栏等地多名打入中共的特务，昨晚一夜间被全部端掉。焦少成惊得酒杯掉地，仓皇离席，回警察局去打电话。

焦少成一走，包间就剩黄紫红和齐天翼了。黄紫红说她经常无缘无故听到齐天翼哭泣，有时还梦见齐天翼哭泣，好几次从梦中惊醒。齐天翼听得吃惊，其实他也是经常无缘无故甚至在白天发生幻听，听到黄紫红哭泣，有时也梦见她哭泣，也是好多次从梦中惊醒，直坐到天亮。他真诚地将这个情况说给黄紫红，黄紫红一下像丢了魂一样，表情痴呆，半天不说话，神色凄凉。齐天翼也倍觉凄凉，几乎是"悲凉之雾、遍被华林"，深深觉得彼此互为冤家，不忍心再看黄紫红那因痛苦而扭曲的面孔。末了，黄紫红振作一下，关好门，凑近齐天翼，低声问："你给咱说，青铜佛的底座在哪里？"

"很遗憾！"齐天翼道，露出为难神色，"丢了都十多年咧！"

"日鬼！撒谎！"

齐天翼瞅着黄紫红，同样生气。他很不满黄紫红暗自调查自己，道，"你不日鬼、不撒谎！拜托你，不要给我的孩子认贼作父！"

两个彼此牵挂不尽、伤害无算的冤家，又是不欢而散。

下午，太阳光像刀子一样砍向三秦大地，也砍向每一个裸露在阳光下的生命，关中大地赤地千里，温度达到近四十度。胡志坚带着吴子山，一行人懒洋洋地回到咸阳警察局。焦少成立即命令捆绑吴子山，并恶狠狠地说：“好个‘扁食’，有种！你竟还敢回来！”

齐天翼拉胡志坚到一旁，耳语着问：“主任，咱们的‘锅盔’还安全吗？”

胡志坚连口否认所谓“锅盔”的存在，并嘲讽道：“肉锅盔打狗，有去无回，焉能存在？”

齐天翼哈哈一笑，知道胡志坚已经在防备自己了。

当晚，韩夏春等带着倪柏仁，顺利到达北豆芦村。他们循着一条胡同，来到一座油坊门口，韩夏春敲着油坊门问：“掌柜的，有细狗吗？”

里面立即传来回话：“有，我家细狗刚下了儿子。要几只？”

“几只都成！只要欢实精神不生病就成！”韩夏春道。

门“吱呀”一声打开，走出一个穿着大短裤的二十出头的瘦男子。男子给他们端了几马勺凉水，大家喝了几勺。男子带大家穿过一片麦地，朝山下走去。最终，倪柏仁被安排在半山腰一个地下党员卢生芳的家中。

月光下，韩夏春四下里看了看，对这个地方很满意，也很放心。于是，他让罗莉莉给他腿脚上的伤口做了伪装处理。弄好后，他出去小便，回来时，右眼上糊满了血和胶状物。罗莉莉大为惊诧，哭道：“唐叔叔，您怎么可以再自残，弄瞎了自己眼睛？！啊啊……”

韩夏春却轻松笑道：“孩子，情况紧急，为了完成光荣的革命任务，快包扎好，让我上路！”

罗莉莉更伤心地哭起来。时不我待，她怀着无比激动、无比崇敬和莫名的心疼，哭泣着给韩夏春做了包扎和伤口处理，并给他服了止疼药和消炎片。

有人觉得韩夏春自残右眼的行为“堪称愚蠢”，殊不知，韩夏春也是不得已而为之，他也不能完全保证这样就可以轻易骗过谁，但他觉得这样可以充分伪装自己，毕竟脸上包扎个眼睛，识辨度还是很高的。而事实也证明，他的行为是多么的英勇、多么的英明。

星光熠熠，夏虫啾啾，野狼乱叫，韩夏春昂首阔步，只身踏上返回马栏的大路。他刚靠近油坊，就被警察逮捕了。

第二十五章 5月24日

在这个风急天高狼乱叫的初夏的后半夜，自残右眼的韩夏春同志，经过简单包扎、服药后，满怀喜悦和革命豪情，抱定必胜信念、必死决心，只身踏上了通往省工委驻地马栏的路。经过那家油坊，他下意识地看了一下，发现窑口黑洞洞的，但门口似乎有些干玉米秆堆放在山墙下。——这一异常变化引起他的警觉。

他迅速找寻夺路而去的突破口，发现油坊的左侧有条小路，连忙钻了进去。坏了，几个黑影出现在离他两米远的前方。他疾速回头，后面也已经亮起手电光，刺目的光在他的脸上乱照，使他眼睛生疼。他只好又硬着头皮转回头来，正好对着一个警察小头目狞笑的陌生胖面孔，与他脸上汗毛擦着汗毛、气息相通。

“给我绑了！”小头目威严道，唾沫星溅在韩夏春脸上、射进眼睛。

韩夏春闭一下眼，很冷静，没做任何反抗，就被搜身、绑缚。绳子勒得很紧，他肩头、胳膊几处被扎得生疼。

“啊哈！”小头目拊掌怪笑着，他胖得满脸横肉，笑起来哭笑难辨，鼓起掌来又是拳掌难分，“日鬼的，今天是什么好日子？让安某抓着你这条大鱼啦！”

“是北山安阎王吗？”韩夏春故意明白装糊涂，“上次是误会！俩娃娃没眼缘不对眼，我侄女没有看上您那朋友的侄子，这种事儿我韩某也是爱莫能助啊！喳，你出门人一个，一定要理解这事儿哩！不敢……”

“‘劁猪唐’，吓傻了吧？哈哈哈！”一个尖嗓子的警察跳到他面前，打断韩夏春的话，“你这是哪朝哪代的姻缘哪？人物设置好突兀、故事好复杂哎！嗨嗨……”说着，发出凄厉的怪笑。

“听老子命令，给我绑好了！”安胖子再次吩咐道，“别让这只狡猾的狐狸溜掉！”

“是，安组长！”一个粗嗓门答应道，“大绳已经严丝合缝勒进了肉里，就差捆断骨头了！”

“嗯嗯，你们山里待久了吧，连捆人都不会，这得把人生生疼死呀！”韩夏春气愤地抗议道，不忘继续迷惑敌人。

安胖子道：“劁猪唐呀劁猪唐！你以为你是九三学社、是我倪伯伯呀，什么都民主化讲公平，召集一帮闲懒文人开个什么鸟会，就企图拿委员长的事情。你也不问问，我们党国的四百三十万武装力量答应不答应啊？咋，捆个你，你还要抗议一下，喳，你要不要开个会研究研究呀？”

警察们笑起来，为组长的口才喝彩。

“呀，失敬失敬！敢问这位长官是……”韩夏春故意疑惑地问。

“我叫安长安！”安组长再次逼近韩夏春，阴影中唾沫星在韩夏春脸上乱溅，口臭直喷过来，“你叫唐什么劁猪唐？该不会叫唐长安吧！啊——哈哈哈哈！”

安长安对着夜空的星星狂笑不已，警察们也跟着笑个不停。一时间，旷野的空气充满了诡异的气息，让人恍入魑魅魍魉世界。

“啊，安大王，安寨主！你们肯定搞错了。”韩夏春被安长安的口臭熏得气短，却故意一惊一乍，“劁猪唐咱们关中人都认识，可人家具体叫啥咱却不清楚，不过肯定不叫唐长安。但，人是个能行人，一个人顶咱们好几个，我昨天还见他了。他去前山赵家，还让我给赵有情堂弟赵有仁踅摸个媳妇哩！”

“门儿清呀！”安长安狡黠道，“赵有情已经死了，连尸首也被豹子给吃掉啦，你知道吗？”

“什么？赵有情是谁，我不知道啊！”韩夏春叫道，“劁猪唐没跟我啰唆那么多，只说了这么个人名！”

“别说那没用的！”安长安厉声道，“把这荒郊野岭当警察厅审讯室啊！干脆点，给老子说——你叫什么，干什么的？”

“哎哟老爷！听您这音声，你们是省上捉事的，警察局的？”韩夏春继续一惊一乍道，“不才姓韩，叫韩生春。我这半辈子，致力于人间幸福事业，以说媒拉纤为生！”

“演！再演，接着演！”安长安道，用力推他一下，企图验证韩夏春的脚伤。

韩夏春早有预料，他咬紧牙关应付着。但见手电光中，韩夏春顺势朝前走出几步，走得端行得直、稳稳当当，竟一点也不跛脚——止疼、消炎药也发挥了作用。安长安和众警察看得有些异样，都愣住了。好一阵子后，安长安心不死，复又拿着手电筒在韩夏春脸上照了照，猛然一愣，他面对的是张右眼包扎着的面孔。愣一下，他又不辞劳苦地拉起韩夏春裤腿看了一通，眼睛没有撒谎，韩夏春的腿看不到明显伤疤。他快速在脑子里将现在所见和之前关于劁猪唐的印象作比较，但很奇怪，脑子中关于劁猪唐的印象竟模糊起来。他有些疑惑地说："劁猪唐，你就是腿不拐、变成独眼龙，哪怕你被抓壮丁吃粮当了兵，也还是那个劁猪唐！"

韩夏春豪爽地笑出声来，说："长官真会开玩笑。我独眼龙半个瞎子，咋会劁猪，咋能当兵报效党国！就我这眼神儿，劁猪弄不好全劁出些跑劁[①]来，打枪说不定第一个会打死我的长官，人家不找我算账、抓我进号子才怪呢！"

安长安见说不过韩夏春，就不愿再磨牙下去，他心生疑惑，其实他这组人并没有直接跟踪韩夏春，对韩夏春不熟，但上级曾对"劁猪唐"的体貌特征有过详细交代，小时候他对"劁猪唐"也有些印象，所以刚才他用大话诈诈——有枣没枣打三竿嘛。想到这里，他便命令将韩夏春带走，想继续验证和识破他。

路过一家打麦场的时候，安长安吩咐大家休息。麦场边摞起三个麦摞儿，场当心里平摊着已经打碾过的麦秸儿；警察们幕天席地，躺在月色里泛着白光的麦秸秆上，不一会儿就呼呼大睡。韩夏春被放在警察堆里，他不能舒展平躺，一平躺肩膀和胳膊就会蹭破皮，甚至会伤筋动骨。他极度痛苦地望着西边的残月，庆幸自己这趟没带武器，又惦记着倪柏仁的安危，想着怎么逃脱魔掌，想着想着，竟睡着了。

天亮的时候，警察们离开打麦场。安长安将韩夏春带到一家放羊户，对羊倌说："老乡，这位乡党会骟羊，还不收钱。"

羊倌扫视一眼警察略微思索一下，带着安长安和警察来到羊圈门外。一股新鲜的羊粪味道和热天羊身上特有的腥臊味道，掀着猛浪扑鼻而来，有几个警察开始捂鼻子，安长安骂道："咋，不要揍得鬼[②]，谁家没骟过羊，谁没在放牛羊的时候干过

① 跑劁：指绝育不成功的母猪。

② 揍得鬼：方言，意为讨厌。

坏事儿？”

警察才忍住笑，端端正正地站立在羊圈墙外，好似等待好奇地张望着他们的羊们的检阅。圈里大大小小约莫有五六十只山羊，羊们拥挤在一个四十多平方米的土围墙里，苍蝇乱撞，一头骚胡正激情地“咩咩”着，用嘴执着地拨拉磨蹭一只母羊尾巴后面，追着母羊打圈。警察们见状来了劲，全神贯注地看着，想笑不敢笑，怕安长安骂。果然，安长安津津有味骂道：“呀，看把人憋炸了！别他妈一个个一本正经，好像都是正人君子似的！”

警察哄笑起来。

一会儿，主人翻墙进去，一猫腰抓来一只二角蹄子公羊，拉到院子里将其放脱，让韩夏春上手。警察一愣，这才给韩夏春彻底松绑，韩夏春郑重其事地舒活一下筋骨，一言未发，开始有模有样地追着小公羊满院跑。一刻钟过去，偶蹄目小公羊的四只脚将满院子踏起了土渣儿，可韩夏春就是逮不住那只小羊。这时，主人将十多岁大流着涎水的放羊娃叫来，让他帮韩夏春逮羊。放羊娃走上前来，抹了一下鼻涕，对安长安说：“警长，这哪是骟匠啊！连碎子儿的羔子也逮不住……不懂球经，你让他当骟匠，你就是把这人自己骟了，他也没有那本事么！如若他不会骟你让他硬骟，那他得脱了裤子给人家赔钱哩！”

主人也看着安长安，那意思是说，拉倒吧长官。可是，安长安偏不信这邪。他让警察上手，逮住羊羔，将军用刺刀卸下来，递到韩夏春手上，道：“劁猪唐，这刀子，不比你们骟匠刀子老吧？”

韩夏春没有说话，脸上毫无表情。安长安逼着他拿刺刀骟羊，韩夏春装作笨手笨脚，终于没拿住刀子而将自己的虎口划破，差点伤着筋。安长安恣意大笑道：“哇哈哈哈哈……脚客呀脚客！你以为我叫你劁猪唐，你就成劁猪唐啦！我告诉你，‘劁猪唐’仨字可不是白叫的，大家清鼻涕吊得一摊河的时候就都见过唐叔叔，都吹过他割的猪尿泡。喳，给你说，我唐叔叔就是烧成灰，我也认得他……你不懂球经你还想当骟匠，你做梦吧你！咋，你还不快给我滚一边去！滚得越远越好，哪里娃娃不打你，你去哪里去！”安长安边说边极度厌恶地挥挥手。

韩夏春扫视一眼主人和放羊娃，不紧不慢地离去……

一小时前的凌晨，做了个噩梦——又梦见齐天翼哭泣，黄紫红再也睡不着觉，耳边持续着齐天翼的啜泣声，似乎他就在屋角或窗外呜咽。良久，她想起了锦囊，便打开第三个、也是最后一个，黄绸子上赫然写着类似俳句的红字：

人来到世上，
是劫。
不要爱上任何人，
包括你肚子里的孩子。

黄紫红读罢，她的心魔，这几天来的烦恼，被锦囊内容瞬间化为乌有。她即刻去敲齐天翼的门，喊他来她房间。当他走进她房间的时候，她早赤身裸体地平躺在宽大的双人床上。齐天翼一愣，欲退出房门。黄紫红娇媚地朝他抛个媚眼儿，道：“来，天翼，怕什么呀！来，摸我！”

齐天翼脸红耳烧，插好门插销，艰难地靠近黄紫红。黄紫红用手牵着齐天翼的手，引导齐天翼摸她的肚皮。不懂孕育之道的齐天翼，头摇得拨浪鼓似的，懵懂地拒绝了妻子的要求。黄紫红眼角挤出一滴泪，说：“喳，我知道咧，你齐天翼是个天上不生地上不产的日鲜货[①]！你不爱我也不爱孩子，我们之间还有甚说，到此结束吧！”

齐天翼马上发誓否认，说自己一周之内就找回底座给她。

黄紫红惨然一笑，一件件穿上衣服，脸也没洗就独自吃早饭去了。齐天翼在黄紫红房间愣怔半天，起身走出，经过镜子时才发现自己泪流满面，忙洗了一把脸，也去吃饭。奇怪的是，他并没有见黄紫红在食堂，细看，发现食堂里吃饭的人已寥寥，他几乎是最后一个离开的。

早饭后，西京来了电话，焦少成雷霆万钧地召集警察系统大会。胡志坚和齐天翼以及在咸阳警局的省党部特务们，自然没有参会。胡志坚一脸不开心，齐天翼道：“胡主任，去杀西瓜吃，枣树底下。”

① 日鲜货：此处指极特别的人。

“刚喝了米汤，不嫌胀得慌啊！”胡志坚沮丧地说。

见胡志坚不得要领，齐天翼道：“这怎么，咱俩没默契咧！当吃瓜群众，那只是个借口么，主要还是要旁听一哈警察系统的重要会议内容。”

“好——走！去抽烟，谝闲传，当一回秦都闲人走。”胡志坚用关中话说，走出临时办公室，来到枣树底下。

齐天翼紧跟着走出，有特务已经搬出两把椅子。俩人坐在枣树下，双腿架起晃悠着，边抽烟边谝闲传，边竖起耳朵聆听警察会议内容。其实，不听也由不得你，因为焦少成正在用高八度的老陕腔训话：“……啊，额劝大家别做梦了啊！想回西京继续任职，啊，莺歌燕舞，啊，乐不思蜀，打着麻将，啊，抿着小酒，吹着小凉风，啊，搂着小情人哄着家里婆娘，啊，还拿着一月那么多的法币薪水……啊，你心里觉得亏不亏，啊，你们！啊，你好意思吗你？我都替你们害臊呢！还有，啊，有的女同志，啊，今天参会的女同志人少，啊，打击面啊，可能比较大，但我说的啊，都是事实，咱们个别女同志啊，穿着打扮暴露，啊，惹得狗呀猫呀各种兽类，几乎啊，每个领导见之，啊，都心里啊，起了撬[①]咧！……这，就使得在明天和意外之间，我们永远不知道哪一个先来到……你说，啊，这还怎么工作？咱们是务人来咧还是干事来咧？啊，我搞不懂……真的啊，搞不懂……说啥哩，啊，主要意思是，啊，当此国家多事之秋，啊，咱们工作一定要上心啊。你工作不上心，啊，工作纰漏啊，就把你给出卖啦！下面，啊，由紫红给咱通报一下啊，刚才省厅接到的省政府办公厅的电传。”

胡志坚瞅瞅齐天翼。齐天翼正用一个小竹棍儿逗树根上的蚂蚁玩儿，一边玩还一边做着鬼脸，胡志坚大有深意地提醒道：“兄弟，你老婆在流氓手底下干活呢！难道你就一点不着急？”

“嗯。”齐天翼算是应答。

“孩子是咱的，你得要。”胡志坚咸吃萝卜淡操心。

“听！”齐天翼提醒道。

这时，传来黄紫红细声细气的声音：“……凌晨消息，昨晚，我西京军统打入

① 起了撬：方言，指心里产生了侥幸或不切实际的想法。

共党六年之久的三名特工，悉数被处决……暴尸皇城巷。敌人暴行，令人发指，更是我们的巨大耻辱……焦厅长刚才讲得很严厉，讲得很好，很有高度，也很有针对性，对我们当前乃至今后工作的指导性，都很强。希望会后各参战单位引起足够重视，传达到每个警员。借此，我利用这个时间，也多啰嗦几句：大家要一心扑在工作上，干工作要心无旁骛，要毫无私心。尤其当此国家前途命运大决战之时，同志们一定要讲牺牲讲奉献，为了工作可以暂缓一切；女警员为了工作，可以暂时不要家庭，不要孩子……你的爱，应当而且可以更博大些……”

胡志坚听得惊诧莫名，用胳膊肘去戳齐天翼，却听到“嘁哩哐啷”声——空椅子被撞倒，齐天翼不见了。胡志坚四处张望，恍如遭遇神迹。这时，会议室里传出争吵，他正要听辨详情时，有警官出来请他参会，他执意不去。老好人杜局长出来拉他进去，将他安排在主席台上。主席台上，就仨人：还有焦少成和黄紫红。见他就座，黄紫红欠欠身子点一下头，焦少成看一下胡志坚，开口道：“诸位，之所以将胡主任请来，是因为，我们一个卧底，昨天被你发现并带回了警局。对，他叫吴子山。”

被点到名的吴子山，忽地站起。现场寂静了足足有半分钟。

“需要我做什么，请明示！”胡志坚道，“咹，工作压力这么大，咱们就不要打哑谜了吧！”

“有劳胡主任！”焦少成客气道，“你昨日抓吴警官时，具体是怎么个情况？”

“首先声明一下，”胡志坚朗声道，左手高抬，打着手势，“我并没有抓咱们这个警察小兄弟，我们是碰巧在前山赵家村赵有情家院子里遇见啦，之后我们便结伴而归。”他把“抓”字咬得很重。

“哈，陌上相逢迟迟归，好有意境呀！”焦少成悠悠道，“没有责怪你的意思，胡主任。只是了解情况，那么，你见到咱们这位红旗特务的时候，他在干什么？”

“他被捆绑在窑洞的……”胡志坚道，找不到词儿，“就是咱们这一带农村每家都装粮食的东西。”

“囤。”焦少成道。

“报告，是掌囤！”吴子山道。

“没有让你发言你不要轻易插话。”焦少成道，“记住，要发言，也得先举手。你是怎么被捆在掌囤上的？”

吴子山举手，没人理会他。胡志坚道：“他称，他一觉醒来，发现被缚。”

“囊包，与目标近距离相处长达几百小时，竟没有动手！要你何用？！”焦少成凶狠地盯着吴子山，咬牙切齿问，“嗯，为什么不击毙目标，是不是共产主义的幽灵附体啦？”

吴子山吓得浑身不住地发抖，嘴皮上下抖动，却说不出半个字来。胡志坚道：“我们在赵有情家附近的硷畔上，还发现了共党‘党旗’。”

“咦——‘扁食’，你都做了什么？匪夷所思呀匪夷所思！你该不会是整日学画共党‘党旗’，该不会已经宣誓加入那边了吧？”焦少成气急败坏，眼露杀机道，“别怪我无情，你这是自绝于党国哇！”

吴子山大骇，道：“冤枉啊冤枉！绝对没有！绝对没有！”

焦少成不再说话。任吴子山怎么说，他就是不表态。吴子山瞅瞅胡志坚、瞅瞅黄紫红，再瞅瞅身旁的警察们，四处哀求，会场一片安静，宛如寂静的坟场，没有任何回应。吴子山哭丧着脸，快要崩溃，于是进入自我陈述模式：“我之所以没有开枪打死倪柏仁，是因为他身旁有护卫人员，不能轻易得手，如果硬要出手，反而可能打草惊蛇、捞不到任何对咱们有利的情报。想想，咱们近千人规模的军警特保齐上阵，一共上了两次阵，不也败下来了吗？”

“一派胡言！拉出去枪毙，不用审判！”焦少成说着起身，假意要离席。

吴子山忙大叫着说：“啊，我说，昨天我是自己捆绑自己，骗人的！”

他还不打自招，拿出了罗莉莉给他的信。

军情突变，焦少成改变主意，命令黄紫红照着信上的地址，带领吴子山和警察，火速追查倪柏仁的下落。

孰料，黄紫红也拿出一封信，晃晃说：“抱歉！省主席有令，我得回一趟西京。”说着，走下主席台，扬长而去。

该来的还是来了。看着黄紫红神态倨傲地离去，焦少成早泄了气，立即宣布散会。

会后，失意至极的焦少成，热情地邀请胡志坚和齐天翼去大秦酒楼喝酒。这次，三个男人达成高度默契：今天绝口不提女人。他们三杯两盏就醉得一塌糊涂，却依然热衷政治，纵论天下大势，胡志坚说：目前国军是共军的三点四倍，收拾共军那是小菜一碟。焦少成思想保守，只醉心于自己官位，他说：听说甘肃要分为两个省，不知道三秦能不能也分几个省，这样他好充任一个省的省主席。他们兴之所至，还搜罗历史上的趣闻轶事，胡说史上唯一掉进粪坑里呛死的是晋景公姬獳，说李白在唐代武林高手榜上排到次席，又说好几个皇帝是被雷劈死的……谈到高兴处，仨人直接端起酒壶和酒瓶碰杯、豪饮而尽……这样，喝到中午，齐天翼第一个醉倒，焦少成、胡志坚也酩酊大醉。

三个人回到警局后，昏睡了一下午。齐天翼第一个酒醒，他趁人不备，放飞了信鸽。不料恰被出门撒尿的胡志坚看到，他走了过来，道："天翼呀天翼，你可别放水！"

"嗐，我没放水，我放鸟，放鸽子。不，我起床后先放的是水！"齐天翼嘻嘻哈哈说，"给'锅盔'通报一下'扁食'失手的消息。"

胡志坚将信将疑，私下里准备查实这件事。

下午五点，古城西京，高冷的黄紫红，艳丽招摇地走向北大街。她被祝肇州约到西京市青年路止园的一处密室。

俩人相见，祝肇州并不急于入港，而是先慢慢暖场。对品阶像他这么高的党国高官而言，与女人交往，首选当是与才女的心灵交融，当然须是有貌有品的才女；其次才是气质非凡一见动心的性感女子。诚然，这无疑是出于生物性的诱惑，可在男女之事上，谁又能将自然性和社会性区分得那么清楚呢！在他眼里，黄紫红无疑属于第二类，他是动心于她了，而且今天招她来目的很直接。但是，他还得看看这个女人的其他素质，值不值得他投入精力以及该投入多大精力，有没有安全性。冰雪聪明的黄紫红看出了眼前这只老狐狸的心思，她为自己感到悲哀，想到这一层，她反而释然了，随口问："祝主席知道'中国四大发明'吗？"

祝肇州颇感意外，喉间叽咕道："噢，小黄你想说什么？想测我的智商？"他觉得这个小姑娘有点意思。

黄紫红对自己的出击很满意，得意道："没什么，我知道'民国六大发明'。"

“噢，小黄请讲！”祝肇州来了兴致，两只狐狸眼热辣辣盯着黄紫红的俏眉雪腮和丰满酥胸。

黄紫红被盯得有些害羞了，她激动于自己的聪明竟然让一个省的最高行政长官感了兴趣，压抑住内心狂喜道：“所谓‘民国六大发明’者，一曰象棋，民国政治象征，一切为了保帅；二曰麻将，民国国民象征，彼此算计只为自己；三曰围棋，国人思维象征，非黑即白；四曰军棋，民国官场象征，官大一级压死人；五曰杂技，民国现状象征，折腾来折腾去都为维稳；六曰武术，民国军事象征，打来打去，没见谁制服过谁。”

祝肇州没有想到如此高冷、自己半天得手不了的一个尤物，能够放下身段逗自己一乐，而且逗乐的内容还如此妙趣横生、精辟至极，充满社会政治官场人生社交等诸多况味。他一下子就将黄紫红从空有一副美人坯子的第二类女人提升到兼具情趣、美貌和才学的第一类女人——才女的范畴。于是他体内的动力来了，扑向千娇百媚的黄紫红。

祝肇州的变化，黄紫红看在眼里，见其动手搂住她，她无比妖媚地对祝肇州说：“祝大哥，请送我的孩子上西天吧！”

祝肇州听得一时糊涂，但见黄紫红已在宽衣解带，他便大耍流氓做派……

黄紫红很得意。她觉得自己像是在云海里，朝着一座象征权力的金子宝塔攀升，彻底沉醉了。有那么一瞬间，她觉得自己征服了整个世界。窗外，是一处芭蕉丛林，刺玫和芍药怒放着，一只只蜜蜂、野蜂包括大黄蜂、细腰蜂等，和说不上名儿的蝴蝶，翩翩而来，放肆于花的奇香，迷醉于花的蜜汁儿，耽于花的香艳……这一切，黄紫红都看在眼里，一瞬间她出现了更大的迷幻冲动。我有错儿吗？人生苦短，何必认真、事事为难自己。祝肇州许是用了什么房中秘方，如此威猛，黄紫红骨头都快散架了。极乐世界的瞬间，她隐隐觉得，国民党治下的这个社会，权力金钱美色之间的的确确存在某种换算关系：有了钱可以渗透进权力行列，可以买醉寻欢作乐；有了权力，可以抢夺金钱占有美色和资源；同样，有了美色可以征服权力攫取金钱。这样想着，她对社会失望透了，对生活绝望透了，对自己悲哀透了……

焦少成酒醒时已是黄昏，他命令吴子山率领赵剑锋，按照罗莉莉信上的地址火速查找倪柏仁。追捕了一天的赵剑锋，狼狈不堪地刚回到警察局，就听到被下属吴子山领导的命令，他想说什么，但看到焦少成阴沉的脸，只好叫苦不迭地又上路了。

北豆芦村，女儿倪克玉惴惴不安地来看倪柏仁。倪柏仁劝说倪克玉不要再伤害罗莉莉，并罚她站到大太阳地里，倪克玉自甘受罚。罗莉莉却强拉回倪克玉，并真诚地说："倪伯伯，不关克玉妹妹的事儿，我已经不爱赵景汉了！"说时流下两行清凌凌的泪来。

两个纯洁的女孩儿激动地抱在一起，都流下泪来。

倪柏仁仍是过意不去，给萝莉莉写下"腹有诗书气自华"七个大字，倒让萝莉莉又觉得过意不去。

黑夜，一个颠跛的黑影倒在红土地马栏地界，立即被岗哨救起。大家把他抬回省工委驻地，有人认出是韩夏春。他遍体鳞伤，双腿肿得如腰粗，眼睛已经感染，脉象也不稳定……卫生院很快给他做了检查和治疗。

半夜，韩夏春醒来，一骨碌爬起。发现省工委书记汪锋涛就在床侧关切地看着他，不待他说话，汪锋涛就握住他的手说："韩夏春同志，你辛苦啦！"

一股热流迅速激荡着他的心，传遍韩夏春躯体的每个毛孔，他觉得自己的每一点付出都是值得的，有意义的。于是，他激动地向汪锋涛详细汇报了营救倪柏仁的进展及倪柏仁的伤情，并陈述了敌情及下一步的设想。汪锋涛当即决定选择途经栒邑的路线将倪柏仁接进边区，并说："这条路线很安全。省工委已先期与国民党三秦省保安六团第三大队大队长董事成建立了稳固的统战关系。他就驻守在栒邑县鸡儿嘴一带，表面奉命封锁陕甘宁边区南大门，实际上，他的防区已成为我党一条高度安全的秘密交通线。"

汪锋涛连夜安排地下交通员张老汉——王生春，去给董事成打招呼。王生春三十八岁，生得虎背熊腰。他以做生意为名，常年在栒邑封锁线一带来回跑，实则为我党优秀的地下交通员。

秦时明月汉时关，惨淡的月光隐去。一路人在咸阳塬上疾行，他们是吴子山带领的警察。按照罗莉莉信上提供的地址，吴子山第一站将自己的上司赵剑锋等引到了一处坟地。

第二十六章 5月25日

委屈、劳累、愠怒、饥渴的赵剑锋，正找不到整治吴子山的发泄机会，却见他将自己领向一座乱坟岗。他有些诧异，但还是不动声色地命令警察全力搜寻。巴掌大的坟地，很快就查了个遍，自然一无所获。吴子山也知道上了当，忙叫苦不迭地说：“赵队长，许是我被小娘儿们耍了！”

“吴烧料子我告诉你，你被哪个耍我不管，反正是我们大家伙都被你耍咧，耍了个满面无光！”烧料子是指办事不靠谱的人。赵剑锋怒不可遏，高叫一声，举枪朝吴子山射去，不忘给自己的行动找个合理借口，“呀——我要替天行道，你杀了瓜客，以为人不知道啊！”

许是吴子山阳寿未到，许是赵剑锋运气太差，许是上苍另有安排，子弹呼啸着飘去，擦着吴子山左脸而过，擦伤了左耳耳廓。吴子山吓得杀猪般哭叫着，跪地求饶。这一枪出去，赵剑锋火气也已经泄了大半，又见左脸鲜血模糊的吴子山跪在脚下不迭声地求饶，就不容置疑地大声道：“吴子山你听着，现在不再是你带领我，而是我率领指挥你！记住，你要将功补过！”

“凭赵队差遣！凭赵队差遣！”吴子山呼道。

赵剑锋威风凛凛，不由分说地带着众警察离开乱坟岗，继续朝罗莉莉信上说的下一站方向搜查。吴子山虽觉得此行依旧是白费功，但不敢持任何反对意见。

祝肇州迷恋黄紫红，两人一直待到后半夜。今天是周末，他已经吩咐下去，不让任何人烦他。止园里，灯火阑珊，蟋蟀在建筑物的角落里弹琴，一丝凉风从半开的窗棂里钻进密室。密室里，六根红烛高照，香艳美人侍寝，已届花甲之年的老祝惬意极了，道：“小黄，和我一起怎样？快活吧！”

黄紫红正背对着他，一动不动，也不吭声。祝肇州独自吟哦道：“动若脱兔静如处子，此子之谓也，你就是处子！何物动人？二月杏花八月桂；是谁催我……”他一边吟，一边将手放在黄紫红腿上。

一股温酥酥的液体顺着他的手指倒流向他手腕和小臂，他斜眼一瞅，惊出了一身冷汗。——满手臂都是污血，黄紫红流产了。祝肇州惊道：“怎么啦，小黄？”

黄紫红依旧背着身子，一声不响。祝肇州道：“快，去医院！”说着，开始穿衣服。

“别动！就在这儿！”黄紫红转一下身子，平躺着，脸上满是泪痕。

祝肇州像犯了错的小孩似的小心问：“疼吗？”

黄紫红没有作答，开始发出嘤嘤的哭声。祝肇州颓丧地卧在她身侧，沉默着。一会儿，他说：“去洗洗吧！”

黄紫红冷冷道：“等再淌会儿！”说着用枕巾擦拭。

祝肇州可算找到活儿了，帮着黄紫红擦拭。黄紫红不让他动，他就搬过被子让她靠着，自个给自个擦手臂。黄紫红脸色发白，嘴唇发青，眼睛无神，祝肇州见之，慌道：“紫红，还是去医院吧！”

“你想把咱俩的事情闹大，让人人皆知吗？”黄紫红伤心哭道。

面对自己的血污，黄紫红突然顿悟：既然生活、人生、社会都不靠谱，那么，一个人的生命——身体发肤躯体骨肉，才是最最值得珍惜的。然而，一切悔之晚矣！她不觉鼻子一酸、心下悲哀，哭出声来，哭得撼天动地，哭得浑浑噩噩，直哭得祝肇州六神无主。他侍立床头道：“你别担心，我不会跑，什么我都听你的！”

黄紫红并不看祝肇州，哭声却小了点。祝肇州将已经染上血的枕巾、床单放在地上，又从浴室拿来雪白的浴巾给黄紫红身下铺了。他给黄紫红盖了条短毯子，将窗子关严，而后倒一杯红糖水端给她。此时，他觉得黄紫红是一位敢爱敢恨、能舍能与的女子，她明明知道自己怀孕在身，但为讨他欢心，而舍弃了腹中的孩子；这让已经为人父母、子孙环膝的祝肇州老泪纵横。他开始百般欺哄黄紫红：“紫红，之所以将你从咸阳召回西京，的确是因为自从见到你后，我就没有好好睡过觉！我是真的心疼你这个妙人儿！”

听他这么说，黄紫红更觉自己可怜，自己只不过是他的泄欲工具和安眠药物而已，她哭得更伤心了。世上，曾有那么个爱自己的人——齐天翼，但战争将他们生生分开，将他俩的爱情婚姻彻底碾碎；目前进行的所谓“维稳”，又给她出了难题——让她不仁不义不忠不孝，背千古骂名去杀自己的干大老师证婚人，从而永远与爱人齐天翼分裂。不管今后怎么样，她都为齐天翼和自己的孩子伤心……她越想越伤心，越想越觉得难活，越想越觉得自己一错再错、错上加错、厄运难逃，所以哭得差点晕厥过去。祝肇州见黄紫红哭闹不已，心一横，道：“小乖乖！你不就是担心未来吗？我懂！本主席给你口头保证，‘刺王’行动结束后，提拔你为警厅厅长。”

黄紫红一愣，觉得自己在做梦，差点大笑三声、起身舞蹈起来。人常说荤话：裤带松一松，官位升一升。难道自己今天要应验这话？不可能，自己才处级刚上任，怎么一下子会跳过焦少成，成为正厅级呢！祝肇州知道黄紫红受宠若惊，便说：“小东西不信？是不信我呢，还是不信你自己？”

“晚辈是不信自己有那么好命！”黄紫红惨白的脸娇媚地笑道，恨不能将祝肇州重新勾引到自己怀抱。

祝肇州被黄紫红此时的病态香艳陶醉，昏了头般地说：“好一个晚辈，你让老夫情何以堪！”

他笨拙地爬上床，搂住黄紫红。最终，他当面给黄紫红写下了保证书，保证“刺王”行动结束后，提拔她为警察厅厅长。黄紫红这才止住哭腔。俩人缠绵一番后，黄紫红被送往医院。

清晨，天灰蒙蒙的，似要下雨，却仍在犹疑不定，凉风不断吹过，难得迎来个清凉天。

咸阳警察局，齐天翼走出院子，在街上溜达一圈，就朝西郊信步走去。麦子快要成熟了，八百里渭河平原宛如一张硕大无比的黄绿色大地毯，城郊一片繁忙，农民们正忙着收割菜籽和大麦。田垄里，处处是蹲下来收割大麦、菜籽的身影。他们挥汗如雨，不时起身看着天色，生怕雨下大毁了收成。打麦场上，农人们套着驴、牛、骡马等家畜，正在赶着打碾大麦；有的挥动着连枷，在打油菜籽。齐天翼想，历朝历代，农人们是多么辛劳呀！正是这些挥汗如雨、朴素无华的农人，养活了整个社会上的人、支撑着上流社会的奢华。想到这里，他觉得自己也该完成自个的一份使命，就加快脚步朝那个长长的下坡走去。

很快，就到了大家熟悉的羊圈旁边的烂塌窑洞下。夏天天热，羊出圈特早，早晨天凉吃饱后就早早回圈。此时，只剩下几个羊羔在羊圈里咩咩叫着，齐天翼朝里面张望一下，见无旁人，就爬上半崖上的鸟窝里拿到密信，再返身下来，看信后嚼烂咽下肚里去。做完这一切，他伪装一下刚才脚蹬过的痕迹，便很快往回走。

齐天翼返回的这当儿，已经洗漱完毕的胡志坚正睡在床上发呆。他眼望天花板，目光迟迟不肯移去。他在西京的心腹，已经将黄紫红与祝肇州幽会的时间地点告诉了他。此时，他眼前和内心，甚至目之所及的天花板以及别的任何地方，只写着五个字：止园六小时。突然，听到信鸽“扑棱扑棱”的响动，他忙下床走出房间，走到鸽笼子前，伸手从鸽子脚上取下信，拿回房间来看。信是“锅盔”的回信，信中说已经见过倪柏仁一面，并特意告知他“扁食”受挫的情况。

胡志坚心中一块石头当下落地，他觉得自己是冤枉了齐天翼，便拿着信去齐天翼房间，正好也告诉他黄紫红的烂事。——任何社会，都不能让老实人吃哑巴亏，更不能让一个丈夫头顶绿色大草原而一无所知。可是不巧，齐天翼房门虚掩，却不见人。

他装好信，出了院子大门。走到大秦面庄门前，正碰见齐天翼往回走。两人走进去美美咥了一碗裤带面，胡志坚很热情，主动掏腰包，还要了小菜和黄酒，两人小酌起来。胡志坚说着说着，就将话题引到黄紫红身上，“止园六小时”，他再三再四地叹息着。齐天翼一声不吭地喝闷酒。见齐天翼连置评一下的欲念都没有，胡志坚朝他吼道：“兄弟，你以为你是魏晋名士，是过江诸人！我问你，你还是不是横扫六合的秦人，还是不是生楞憎倔的关中男人？”

齐天翼始终一语未发。不久，竟离席而去。

此时的西京市医院，祝肇州秘书丁大卫正在为黄紫红办出院手续。很快司机赶来，说是主席在德发长等着吃饺子。司机要搀扶黄紫红，黄紫红没让搀，她试探着小步走路，一边轻轻走一边对司机说：“麻烦，送我去咸阳警察局。”

司机为难，在丁大卫脸上瞅，找答案。丁大卫面无表情地帮助黄紫红坐在后座上，自己也上了副驾驶座。司机犹豫一下，拉着黄紫红去了钟楼德发长。车在楼前停下，丁大卫扶着黄紫红上楼，来到德发长二楼燕尔厅门口，丁大卫就默然离去。黄紫红犹豫一下，推门进入，祝肇州正等在里面。见黄紫红后，立即手捧一大簇百合花，笑着上前来，将花送到她手上，顺手拉着她的手，道："还是我们紫红身体素质好，能上到二楼，那就是胜利。为我们的胜利，来，今儿小酌几杯！"

黄紫红动情地倚在祝肇州膝盖上，鼻子凑到花束上闻闻，温柔地说："能再次见到主席，这本身就是我的胜利！"

"多灵性的妹子！你配得上我祝某人为你把盏推杯，紫红，这点你是配的！"祝肇州一转身，豪爽地端起两只高脚杯，一只递给黄紫红。

看着高脚杯里的红色液体，黄紫红想起昨晚的六根红烛及其流下的红泪来，心里漾起了波浪。她真想这样永久坐下去，于是她接过高脚杯道："主席，我真想这样陪您一直坐下去！"

"这话该我说，"祝肇州道，"我也真想逃脱那些公干，真想这样陪你一直坐下去！"

黄紫红"呗"一下，在他颊上留下个红印，接着与他喝了个交杯酒。俩人情绪都高涨起来，祝肇州搂着黄紫红就想亲。黄紫红虚晃一下，热辣辣地盯着他的眼睛和面庞，之后丹唇附在他耳边，说了几句悄悄话。祝肇州慨然道："谁说女子不如男！大秦这地方是出过武则天的，我们的紫红可当武则天武曌第二啦，我为你保驾护航，呃！"

"有您这句话，紫红上天捉鲸下五洋成仙，什么都能干，什么都能干成！"黄紫红站直身，英姿飒爽道，胸脯贴着祝肇州的老脸。

祝肇州慨然笑道："是上天成仙下五洋捉鲸。"

"不嘛！我就偏要上天捉鲸下五洋成仙哩，武则天嘛！"黄紫红娇嗔着。

祝肇州便呵呵依了她。

两人待了一会儿，祝肇州吩咐服务员将黄紫红搀扶下楼。丁秘书和司机正等在楼下，秘书见主席没有一起下来，便吩咐司机开奥斯汀送黄紫红直接上咸阳，自己另行调配车过来接祝肇州。

本来在乱坟岗的时候，吴子山就预感到罗莉莉在耍他，可一转念，他仍然不死心、自欺欺人，加之赵剑锋怂恿，所以，上午吴子山又领着赵剑锋前往第二个地址。一行人在细雨中穿村走巷，倒也不是很劳累，赵剑锋甚至和吴子山开起了玩笑："吴子山，你狗日的到底揣人家姑娘奶奶没有？"

警察们顿时来了兴致，紧走两步围着吴子山，盯着他的脸读答案。

吴子山耳朵已止血，现在情绪平复下来，咧着嘴露出黄牙来，涎水都收不住了，答："锋哥，你说的哪个？"

众警察一惊，赵剑锋心下嫉妒，心想这小子真的有姑娘，还不止一个哩，就没好气道："你说哪个？你揣了哪个就说哪个，揣了几个就说几个。"

吴子山见关子卖得差不多了，就夸张地龇牙咧嘴，又眯缝起眼睛，很陶醉的样子，仿佛在回忆曾经的温柔乡；道："揣没揣，日鬼的我记不住咧，倒是豆腐经常吃……"

众警察听罢，个个心猿意马，路都走不稳当了。赵剑锋觉得很不平衡，一样当警察，凭什么自己整天累成马咧，他小子成天缠磨女子；他生气地骂道："你狗㞞艳福不浅，蓝大王本就不错，可你还不满足，还又搞了个护士女子……你都不知道孝敬老哥一个，啊？"说着，就想踢他一脚。

"本来嘛，"吴子山得意又忘形，继续卖着关子，"蓝姑娘我准备给你，可你偏偏，薅上了咱领导！"

"瓜㞞，你活得不耐烦啦！"赵剑锋惊吓道，在吴子山头上拍了一把，并神秘地凑近说，"蓝枝儿就可以，有她，领导的事情我就不染糟咧。你知道的，咱上司手稠得很，她那锅子咱吃不过！"

这下逗起了话引子，警察们的偷情往事一发而不可收，大伙都争着抢着说自己的好事，有了说上，没的甚至编着说。一个怪毛警察说起了自己的荒唐过往，大家觉得太过离奇，都不信，说你这么无德，凭什么能有如此艳福。怪毛警察见大家惹逗他，愣是不说话，竟伤心得流下眼泪来，最终道："不说咧，我不该说这些不上弦套的事儿！"

赵剑锋一看他的神情，道："我相信！你说的事，肯定真！那你当初为啥不娶了她？"

“嗐，我没有焦老财有钱！”怪毛警察无限悲愤地说。

大家大为惊骇，仿佛看到河水突然倒流起来一样，惊得愣在那儿——很明显，那警察曾经的情人就是焦老财二房老婆、焦少成的小妈。也难怪此女容貌超群却不受焦老财待见，焦老财又执意娶回了第三房山丹丹。怪毛警察见大家神情紧张，就惊恐万状地连道：“闯祸了闯祸了！额脑子进水，不该说！”

赵剑锋当即大喝：“今天祁红红的话，大家听到没有？”

警察们齐声答：“没听到！”

“谁要是嘴干，我拿他当枪靶子！”赵剑锋威严道。

说话间，就到了第二个地址，竟是一处废弃的油坊。见偌大的窑洞里，蛛网遍布，厚厚的蹚土上了无痕迹，吴子山急忙解释：“赵队，咱俩可说好了，很明显，不是我骗你，是美女骗你，美人多变，美人可恶！”

赵剑锋没理会他，一声令下，警察们仔细搜查开去。很快有了结果，再次一无所获。吴子山见没有好兆头，掉头就跑，赵剑锋眼疾手快，举枪射击，吴子山随声倒地。见出了人命，众警察大惊。赵剑锋却毫不挂心地命令：“祁红红，你俩同乡，你又身手高于他，你送他回老家吧！”

祁红红答“是”，跑过去拉吴子山起来。大家这才醒悟，赵剑锋的确不是浪得虚名，他只是打掉了吴子山的另一只耳朵——右耳耳廓的一点点边沿。此时，吴子山早吓得昏厥过去。赵剑锋看了看躺在脚下的吴子山，对着祁红红耳朵小声吩咐道：“喳，他现在成了名副其实的‘蛋耳子’，交给你，你负责将人安全送到家。送到交代清楚后，你隐蔽在他家附近，观察狗日的动静。记住，一旦他外出，你密切跟踪，发现情况速速回来报告！”说罢，带领警察离去。

马栏医院，韩夏春半躺在简易的木板床上，转眼看到窗外院子里一朵朵黄艳艳的向日葵花，恰似一面面燃烧的小太阳，他不由身上来了力量；这时，耳畔响起激情昂扬的《解放区的天》的歌声。他侧耳谛听了一会儿，直到歌声听不见了，才拿起床头的《大众哲学》去翻看。他已经服过止疼消炎的药，腿伤、眼伤都刚刚擦洗过。中午，汪锋涛同志亲自来看望他，关切地问：“小韩同志，伤口疼得怎么样？”

“眼睛是木的，有点胀，头晕，腿不动不疼。”韩夏春放下书。

“艾思奇的书之前读过吧？”汪锋涛问，“回头将倪柏仁先生的作品和他办的报纸也拿给你。”

“《大众哲学》看过九遍。”韩夏春道，“我不能待很久，请求下午就回去，请您给我任务吧！”

韩夏春的紧急请命，一下子解了汪锋涛同志的难题。本来，考虑韩夏春同志熟悉情况，如果他能克服伤痛继续协同“青铜”同志完成此项任务的话，那是最好不过的。可是，汪锋涛同志又顾忌他的伤情和疲劳，不好直接开口。现在好了，韩夏春主动请缨，这让汪锋涛很感动，他连说：“韩夏春同志，你这次为完成‘迎王’行动，牺牲很大，先是自残腿脚，接着自戕眼睛。为了营救倪柏仁你献出了自己生命的一部分，你大无畏的牺牲精神非常感人，鼓舞了一大批同志，也教育和感化了一大批群众，事迹是非常突出的！你们在营救过程中与‘青铜’同志高度默契，还巧妙利用敌人的卧底，使得我们先后破获和清除掉富平、洛川、马栏、西京等地军统暗藏在我方的特务，又锄了叛徒陈家岙，你厥功至伟，影响巨大！昨天，我已经上报中央并于刚才得到组织明确批准，在你继续配合‘青铜’执行此任务、再次出征前，咱们先组织个表彰会议，授予你‘敌特工作二等功’荣誉称号！”

韩夏春忽地坐端，道：“汪锋涛同志，我有个提议！”

“夏春同志请讲！”

“形势险恶，时间紧迫，”韩夏春严肃地说，“每一秒钟都可能牵涉到倪柏仁先生及其营救者的生命安危，所以，我请求，让我立即出发！”

一股热流在汪锋涛胸间涌动，他为有如此勇毅、如此高风亮节、如此可爱可敬的战友和同志感到无比骄傲和自豪。他激动地紧紧握住韩夏春的手，向他交代了营救倪柏仁的具体事宜。

半小时后，汪锋涛叫来省工委交通科陈建，让他给韩夏春派一个得力助手。陈建答应安排家住在醴泉米仓村的康泽成到韩夏春跟前报到，协助其行动。按照汪锋涛的要求，韩夏春即刻开始睡觉。

午饭时，胡志坚带着西凤酒到食堂雅间，特意请焦少成喝酒，并趁机低声透漏了黄紫红的事情，到后面他翻过来覆过去地就只五个字：止园六小时。焦少成也很吃惊，内心隐隐作痛，但对于胡志坚的如此不理智却很腹诽，于是借着酒兴说：“胡主任，即便领导是你表叔，他也忍受不了你这一顿喋喋不休呀！我看你是兔子尾巴——长不了啦。”

“彼此彼此。”胡志坚不以为然，“谁动了领导的人，谁知道，谁自己心虚！”

焦少成一下子紧张起来，可内心却在说：明明是领导动了我的人，好不好！这时，黄紫红与齐天翼推门进来，声称要在雅间吃饭说话。焦少成瞧着脸色苍白的黄紫红，半天才挤出笑容来，道：“紫红回来了，来，一起吃！”说着，起身让座。

“诸位，午餐不许带酒！”黄紫红很是虚弱地提高声音说，“通知一下：工作餐后，去会议室开会。”

黄紫红说完却闭上门出去了。

焦少成一下子愣在饭桌上。

回家路上，祁红红又用田地里的灰灰草和塌窑里的绵绵土给吴子山伤口敷着止血，到家时伤口已经没有那么骇人了。尽管如此，家里人还是吃惊不小。祁红红苦口婆心劝吴子山父母别难过，说是与共军打了遭遇战，要不是子山机灵，早就没命了。吴子山父亲像听梦话一般，愣怔半晌才庆幸地说：“这么说，我娃还真是洪福重，性命无忧就好！性命无忧就好！”

祁红红见二老已被安抚，就告辞吴家。出村后他绕了一大片庄稼地，又回到吴子山家附近，隐蔽在他家旁边的竹林里，监视吴家的一切动向。

家里，吴子山躺在竹椅上，接受父亲请来的乡村医生的治疗。医生给他服了消炎片，接着给他两只耳朵上缝针。由于没有麻药，吴子山疼得杀猪般叫唤，弄翻了竹椅。几人又把他拉到土炕上，父亲、母亲各压着他一边，折腾了一小时，连炕都折腾塌了，才缝完针。看着吴子山安静地闭目躺在地铺上，大家这才松了一口气，医生开始洗手、清洗器械，吴子山母亲端来茶水，父亲装了袋旱烟给大夫递过来。

这时，忽然听到梢门响。几人举目望去，见一只毛驴闯进家门，细看，正是自家的那头毛驴。吴子山父母大喜过望，叫喊起来：“灰灰，灰灰回来咧！灰灰灵得很，一定是脱缰后寻回家来了。”

吴子山闻声睁眼一看，叫道：“有救了！”

他忽地起身，顾不上伤口感染，牵着驴，顺着官道朝前山赵家村走去。暗地里跟踪的祁红红，隔着几个硷畔，紧跟吴子山不放。

几小时后，到了上次和倪柏仁分手的坡顶上，要下山时，吴子山改牵为骑，翻身上到毛驴背上。毛驴顺着前日的路途，一路向北豆芦村小跑着，祁红红也一路小跑着到达北豆芦村。毛驴顺着村道一直走一直走，最后径直进了一家木栅栏敞开着的院子。祁红红忙躲在这家的柴垛儿后面，背着身子装作小便。

吴子山突然发现自己来到别人家的院子，也是一惊，赶紧翻身下驴。他急急忙忙拉毛驴出来，迅速离开北豆芦村，连忙往回走。

祁红红将这一切看得真真切切，他的目的已经达到。他再也不需要跟踪吴子山了，于是健步走上另一条捷径，消失在茫茫大山中。

下午的会议规格很高，除了警察系统，还有咸阳县长、胡志坚等。黄紫红强力宣布：“紫红不才，为圆满完成‘刺王’任务，从现在开始，西咸方面的军统中统保安警察，一律归我统御。若有不从，军法处置！”

焦少成一直端着茶杯挡着脸，主席台下的人，看不清他表情。自从吃饭到现在，他已经郁闷大半天了，此刻终于没有忍住，问：“黄总指挥，敢问这是哪号文件上的任命？”

“焦副厅长问得好！这不是哪号文件的任命和精神，”黄紫红早有准备，却神秘地说，“是一个叫‘倪柏仁’的人，给你和我的命令。”

胡志坚说：“紫红，你刚才说的我都听到了，但是，你知道，我们中统有自己的特殊使命，所以，我得请示祝主席后再说。”

“那样你死得会很难看！”

胡志坚还要顶嘴，坐在听众席上的齐天翼打断了他的冲动，说：“诸位，当务之急是弄清‘青铜佛’的秘密。”

“没错！”黄紫红说，很生气，“那你还愣着干吗。”

齐天翼落得清闲，离席而去。

黄紫红接下来着重讲了部署卧底的重要性，说因为“扁食”已经“死掉”，但是新的“扁食”花了重金都未购得，赵剑锋有责任。赵剑锋在内心直喊冤叫屈，但只能为炙手可热的上司背锅。胡志坚这时情绪似乎好了一些，道：“紫红总指挥说得极妙，我们中统方面历来重视‘红旗特务’工作，我们有‘锅盔’，我下来专题告知你！”

“胡主任不愧是主席身边的红人，果然政治站位高！”黄紫红不由自主地说。

……

晚饭前，齐天翼来到金凤巷找到蓝枝儿。蓝枝儿最近正在与山丹丹闹矛盾。原来，山丹丹初衷是假意与焦老财结婚、解决家人的出狱问题的，可现在，觉得他身体、家底均好，加之他与祝肇州是风流道上的朋友，于是她定下心来，想长久地与焦老财生活下去。齐天翼觉得这根本就没有问题，他问蓝枝儿：“你有什么难处吗？”

“如果山丹丹与焦家一心儿，那么，咱们就很难指使焦老财，而没有焦老财帮忙，救倪柏仁就没啥把握咧，那咱俩就更没戏了。”蓝枝儿满是忧虑地说。

齐天翼大笑，觉得天真烂漫的蓝枝儿此时的想法曲里拐弯、好古怪，也很可爱，他稍一思忖，便对其耳语一番。蓝枝儿顿时转忧为喜，上前激动地拥抱他，弄得爱鹰飞离肩头。齐天翼大叫：“少儿不宜！不许以小欺大！”

晚饭过后，趁着夜色的掩护，韩夏春与康泽成上路。俩人刚过红白交界线，就与骑驴迷路的吴子山撞了个正着……

第二十七章　5月26日

一弯残月挂在西天，照得四处混沌一片，边区的夜宁静而温馨，又透出十足的神秘气息。韩夏春与康泽成肩并肩走，随身所带的东西全由康泽成背着，就这样，他还得尽量放慢脚步，以便让上下两处重伤的韩夏春能跟上。忽然，身后传来《军民大生产》的豪迈歌声：

解放区呀么嗬嗨，
大生产呀么嗬嗨，
军队和人民西里里里嚓啦啦啦嗦罗罗呔，
齐动员呀么嗬嗨。

兵工队呀么嗬嗨，
互助组呀么嗬嗨，
劳动的歌声西里里里嚓啦啦啦索罗罗呔，
满山川呀么嗬嗨。

妇女们呀么嗬嗨，
都争先呀么嗬嗨，
手摇着纺车吱咛咛咛吱咛咛咛嗡嗡嗡嗡吱儿，
纺线线呀么嗬嗨……

韩夏春深有感触道：“同志弟，知道吗？这首歌是张寒晖同志根据我们老家陇东的《推炒面歌》改编而来的。”

“您陇东人呀？”康泽成羡慕地问，“《推炒面歌》怎么唱？”

韩夏春饶有兴趣地轻轻唱了起来——

鸡叫头餐呀么嗬嗨，
鸡叫二餐呀么嗬嗨，
月亮起来推炒面……

康泽成听罢，惊叹道：“陇东人民真是伟大呀！”

“那是！”韩夏春如数家珍道，“陇东历史文化悠久，是周祖兴起的地方，中华文明的发祥地之一。《诗经》《大雅》里保存了五首古老的周族史诗——《生民》《公刘》《绵》《皇矣》《大明》，勾画出周祖发祥、创业、建国、兴盛的完整历史，堪称汉民族硕果仅存的民族史诗。”

“如今，陇东还是陕甘宁边区的重要组成部分，我所在的部队中的四成以上人员，都来自陇东农家子弟。”

“刘志丹领导的红军，当初就在我们那边的南梁和咱们的乔山山脉闹革命！”

……

俩人说得颇为投机，走路也不觉得累。

下半夜的时候，月亮下去了，周围伸手不见五指，俩人走到红白交界线栒邑县鸡儿嘴。韩夏春四下看看，轻声问：“怎么走？”

“这么晚了，不便打搅，咱们还是从小路摸过去吧！”

“好！要是被逮着了，再找关系也不迟。”

俩人穿过人迹罕至的树林，下到一个河渠，再顺着河渠往南走三四里路，就到了川道里。沿着泾河边没走多远，就看到一个高大奇怪的黑影撞了过来，隐约判断是骑着牲口的人。俩人本要躲过此物，不想，来人从牲口上下来，开口问道：“老乡，去北豆芦村咋么走？”竟是吴子山的声音！

吴子山说着，拿出火腰子，轮了几轮，火腰子呼呼生风、火星闪亮，朝韩夏春和康泽成脸上照了照；火星的光毕竟微弱可怜，吴子山并没有认出韩夏春来，嘴里自顾自地嘟噜："瞎子呀，走夜路不亏！"

韩夏春捏捏康泽成的手，康泽成随机应变道："老乡，你别费劲浪费你的唾沫星，他不单是个瞎子还是个哑巴哩！"

"哦，可怜的娃娃！害谁家姑娘当媳妇呀！"吴子山感叹着，掏出烟卷讨好康泽成。

河水潺潺，两面的大山如同怪兽的脊梁横在眼前，鸱鸮哀鸣着，夜来香的清香扑鼻而来。周围一片清爽，俩人边抽着烟卷边顺路拉着驴朝前走，韩夏春不紧不慢落后几步跟着。已经走出一支烟工夫，吴子山突然叫道："乡党，咱这是去哪里？"

"北豆芦村么！"康泽成道，"是另一条去北豆芦村的路。"

"是不是？"吴子山怀疑地说，"这么巧！你们也去北豆芦村呀？"

"我们是去前山赵家村，我听说我哥伴婆娘啦，回去看看！正好赶上回去搭镰收麦么！"

"你哥是谁？"吴子山惊异地问，"我前几天经常去赵家。"

"赵有情！"

"赵有情！"吴子山叫道，"他已经……"他欲言又止，热情道，"对，去赵家要经过北豆芦村。我运气真好！咱这么熟的人，来……让这位大哥上驴背骑着走，又瞎又哑，真是怪可怜的！"他停下脚来，等着韩夏春。

俩人将韩夏春扶上毛驴，加紧赶路。

此时，焦少成拉着胡志坚、咸阳警察局杜局长等，他们酒足饭饱，踉踉跄跄走在咸阳街道。不久，几人全身心地投入到警局娱乐室的麻将桌上。

黄紫红以正处级身份莫名其妙地"夺权"、指挥起他这个副厅级的上司，这事儿说不怪也不怪、说怪肯定怪，怪就怪在毫无来由、不明不白上。你说不明不白，也不是，大伙都心里明得镜子似的，不就是她用身体勾搭上这个省最大的官了吗？所以不听她的还不行！但是，听他的，焦少成又觉得憋屈生气，七尺男儿好像一下子矮人好多。他甚至觉得自己比那个他曾经给戴过绿帽子、如今又被省主席给戴了绿帽子的齐天翼还倒霉。齐天翼生性随意、大大咧咧，一切都不在乎，加上他俩的婚礼本身具有特殊性，俩人又在杀和放干大的事情上分歧巨大，所以夫不管妻、管不住妻属于正常，因为眼看着他俩铁定地是要分开。可他焦少成就不一样，谁都知道，明明是他热火朝天十万火急地在指挥她黄紫红执行“刺王”行动，可稀里糊涂就被夺了权，这让他脸往哪儿搁呀！还有，令他无限担忧的是，按照黄紫红目前的节奏，那下一步是要上警察厅厅长职位的呀，否则怎么平白无故指挥起了他这个副厅长啦？所以，焦少成这个窝火啊，无处发泄，只能消极抵抗。好在胡志坚在这次政治变局中支持他，与他形成了联盟，还有目前品阶低于自己的警察系统官员也还继续买他的账，能够指挥得动——这一点多么可贵呀，比起那些有奶便是娘的小人，他们显得弥足珍贵。他们买他焦少成的账，他姓焦的就得对他们好，于是他请客，请完客又支起摊子打牌。

牌桌上氛围也很好，有主战的，有围观的，有在一边说荤话逗乐的，都是做给门外的黄紫红听的，让她知道不是手握权柄大家就得服你，况且还没见你握权哩！你只是不要脸，拿着鸡毛当令箭而已。

包间外面，黄紫红独自一人在灯下抽着闷烟。之前，包间里的这些臭男人整天苍蝇似的围着她转，转得她疲于应付——不，是乐此不疲，以她的年龄、以她的能力、以她的姿色，应付这几个男人，那是绰绰有余。奈何，为了解自己的困局，她不得不去攀高枝，搭上祝肇州。现在看来，她这是舍弃了一片森林去抱了一棵老树呀！心里多少有点遗憾和不甘，但是她有错儿吗？她只能这么做，凡事有得就有失，不可能时时处处浑全。可无论如何，这两天经历的这一切，对于她来说，都是新鲜的前所未有的和富有挑战的，她必须全力应付。所以她现在坚守着，也算是对之前环绕她的这些男人的一个姿态吧。说到底，她这么年轻，还是很热爱男人的。正出神时，有警察送信来，黄紫红阅罢，立即像打了兴奋剂一般推开门，气贯长虹地喝令：“焦厅长，难得你们坚守待命！现在，迅速带领人马，火速开拔醴泉县北豆芦村。”

焦少成听到此命令后，也是不由得一震，很明显，战机就在眼前，于是他忽地推倒桌上麻将，激动而很友好地答：“是！黄总指挥！胡主任、杜局长，带上你们的弟兄，咱们齐上阵！”

不消一刻，咸阳警察局里，人影攒动，鬼魅般的影子纷纷蹿出了院子，迅速消失在咸阳塬的旷野上……

鸡叫头遍的时候，韩夏春、康泽成带着吴子山顺利到达北豆芦村村头。吴子山摸摸自己耳朵说：“赵老乡，就到这儿吧！我有一句话，不知当讲不当讲……”

“吴警官请讲！”韩夏春突然在毛驴背上开腔。

吴子山一惊，已被康泽成拿下。韩夏春命令道：“给我绑了！”

康泽成拿出早已备好的绳子，五花大绑将吴子山捆了个结结实实。吴子山还要“略略①”，韩夏春以迅雷不及掩耳之势翻身下驴，给他嘴里塞上了擦汗毛巾。之后，康泽成押着吴子山，韩夏春拉着毛驴，朝村子的半山上爬去。

到了卢生芳家，康泽成立马将吴子山绑在院子当心的大杏树上，将毛驴拉到后院槽上喂草。韩夏春叫醒大伙，安排倪柏仁做好防变准备。倪柏仁死活不转移，说：“老唐，你莫要着急上火，老百姓是咱亲娘老子，我不信关中人不要我咧！”

大伙心急火燎，罗莉莉急得直抹眼泪。

与此同时，咸阳山野里，以北豆芦村为圆心的方圆几十里的扇面上，无数神秘大军正在朝中心进发，那是蓝枝儿与齐天翼组织的咸阳群众。他们比焦少成带领的人马更威武雄壮，更声势浩大，更坚不可摧！他们是民心的代表，是胜利的象征，是正义的化身。各路群众大军行进途中，纷纷在通往醴泉县的大路上设置路障，在通往北豆芦村的路径上挖设陷阱、竹签阵、钉子阵、枣刺墙。最终，麇集在北豆芦村外围的数千人大军，就势筑起了壕沟和人墙。

鸡叫二遍的时候，通往北豆芦村的唯一一条山路的坡口上，人影绰绰。火把亮处，蓝枝儿带领火铳棍棒武装起来的农民，严阵以待，她的鹰站在肩头，宛如身体的一部分。

鸡叫三遍的时候，焦少成、胡志坚和咸阳警局局长老杜带领的人马赶到，他们被这曾经熟悉的一幕惊呆了。手电筒打出刺目的光芒，焦少成正在专注地察看地形和“敌情”。胡志坚道：“历史何其相似！想想两礼拜前泾阳西寨村王礼家的一幕，现今就在眼前呀！”

“谁说不是！”杜局长说，“说明人就在村子，咱们的情报准确无误。”

---

① 略略：意为多嘴。

“兴师动众，来都来了，得大干一场吧！”焦少成道，“说什么闲话！我得对得住黄总指挥的信任！”

“还是女人那里厉害！”胡志坚戏谑道。

“那里，是哪里呀？厉不厉害，童子男哪知道呀？”焦少成很色地说，又俨然命令，“杜局长，即刻率领你部趁夜色掩护鸣枪猛进，尽量少伤人，不伤人最好！人命关天，玉娥姥姥家就在这附近。”

“明白！老百姓不疼的指头不可能往磨眼里塞！”杜局长道，“他们只是受了共产主义幽灵的蛊惑而已！”

“杜局长灵性，看来我可以让贤了。”焦少成古怪道，“赵剑锋何在？还不给老子上！”

经过数番黑灯瞎火的冲撞和吓唬，天亮时分，焦少成率领的全省警察精干力量终于冲破重重阻隔，隔着密密匝匝的人阵和长长的土坡，与数百名蓝枝儿的本部人马直接对垒起来。不久，黄紫红风风火火赶到，她率领着咸阳、泾阳和醴泉三县的保安团近千名武装人员浩浩荡荡开来。胡志坚大惊，自觉这样旷日持久、不咸不淡地跟着“观战”难以交代，也假意加入了黄紫红麾下。黄紫红精神大振，率领一千三百多人马呼啦一下，对土坡上的蓝枝儿力量形成了反包围。蓝枝儿指挥拿着各式各样土武器的农民，沉默地横堵在坡上，气势上明显处于下风。两拨人马对峙着，剑拔弩张。利剑在手，黄紫红故意不攻，她学过“心理作战学”，懂得心理战，懂得不战而屈人之兵的道理，于是她拿来喇叭，扯着嗓门喊：“蓝姑娘，我们又见面了！但是，我相信，今天，兔儿不在老窝里卧了，天也不会再打雷下雨啦！”

“对，天很好，朗朗乾坤！”蓝枝儿吼叫，“岂容强权霸道！”

“不是强权，也非霸道！”黄紫红喊，“政府要为民做主，替百姓捉拿破坏国家秩序和社会公义之人！”

“是你干大倪柏仁吗？”蓝枝儿见揭批黄紫红的机会终于来了，高叫着，“是要捉拿你恩师、证婚人吗？”

“是！王子犯法与庶民同罪，他犯了法，作为晚辈，我也很痛心！也很为难！但是，我替国家执法，有责任大义灭亲！”黄紫红振振有词，“即便不能，我也要代师向天下百姓谢罪。”

蓝枝儿暗自高兴，正要火力全开地反击时，群众中便无可抑制地发出排山倒海的声音——

“倪伯伯是我们的天，是我们的王！”“他不是罪犯，他是好人，活菩萨、三秦良心、关中英豪、摇钱树、百姓之王！”“滚回去，死婆娘！”“羞先人忘本的东西，不嫌骚气！”……

黄紫红热血直往头顶蹿去，她实在听不下去了，大喝一声，命令强攻。一时间，硝烟、蹚土泛起，枪声、喊杀声、哭叫声、鸡飞狗跳声混成一片……

枪声和喊杀声传到半山腰，在卢生芳家中养伤的倪柏仁听到，再也坐不住了。他让韩夏春放出自己——他要用自己换乡亲们的安宁，韩夏春死活不肯。倪柏仁气得潮红上脸、大汗淋漓……大家见实在难以阻拦，开始做最后的应对。这时，卢生芳附在韩夏春耳边说了几句，韩夏春顿时高兴起来，将情况说给倪柏仁，拉他进屋子去。

面对失去理智的黄紫红，为避免群众伤亡，齐天翼和蓝枝儿动员老乡们自动后撤。老乡们见状，大为悲恸，他们哭天叫地，人人脸上写满悲愤和无奈，有人开始用头撞树、用手中的武器打头，以求精神解脱。忽然，有老乡们自称自己是倪柏仁，警察哪肯相信，将其推倒在地，用枪托捶打。齐天翼内心煎熬，实在看不过眼啦，他绕着悬崖下来，走到黄紫红面前想和她理论理论。黄紫红视若无睹，眼睛连眨也不眨地说：“我这次如果听了你的什么高论，那我们的娃就白……”

齐天翼一听，彻底惊呆，愣怔片刻后，他流出眼泪，意欲置辩。黄紫红哪肯给他机会，轻蔑道：“齐天翼，你知道你活得多背、多可怜吗？你就是个多余人，这个社会的‘畸零人’、懒汉二流子！焦少成、胡志坚人家起码还有个正事情干，你到底算什么？记者？警察？军统？中统？共产党？还是团丁？还是土匪——蓝枝儿的土匪马上就没了。你连农民都不如！你说，我娃能出生吗，敢出生吗？我是不是得给他先找个能搞清楚自己身份的爸爸……”

黄紫红说得自己也泪流满面，露出了泼妇相，一副誓与世界为敌的样子。焦少成、胡志坚、杜局长等见状，不敢怠慢，个个端着枪，拼命督战、竭力表现。农民的阵地终被撕开一道口子，很快全线崩溃。焦少成指挥人马追击，大批人马潮水般朝村里涌入。

顷刻间，曾为战场的村头，如坟场般寂寥，只剩下黄紫红和齐天翼伫立在尘土乱飞的晨曦中。黄紫红吸溜一下鼻涕眼泪，踉跄着差点栽倒，她按住一棵杜梨树悲戚道："齐天翼，我承认，我们曾经那么好，我曾经那么爱你！但是，我们没有回去的路了……我承认，这次我做得不好！但人在江湖身不由己，我有错儿吗你说？事到如今，我也不求你姓齐的原谅我！"说罢，追着人马的烟尘冲了上去。

齐天翼顿觉天旋地转，差点摔倒在地。但可怜的他，哪有时间悲伤，哪有资格忧伤！须知，此时此刻稍有差池，倪柏仁就可能丧命！他强打起精神，拼命跟了上去。

焦老财最近"松腰"松得过了头，腰疼得厉害，头昏眼花记忆力大减，还气短胸闷。家里，山丹丹此时正在给他熬药，却听有人敲门，程玉娥开门，祝肇州秘书丁大卫造访。他给焦老财送来了春宫秘方，焦老财大喜，盯着那三包药问："是祝主席送的，还是你的？"

"焦老伯，这不都差不多吗？"丁大卫搔着后脑勺道，"只要您老开心就成！"

"大卫呀，是叫大卫吗？"焦老财竭力回忆着道，"少成有你一半机灵我就放心啦！若有合适机会，我会向老祝提说你的。"

……

再说那个报信的警察祁红红，其实并没有记准地方，或者说经过这一通践踏，村子早失了原貌，让他一时认不出来。他带着警察们搜遍了北豆芦村，可就是没有倪柏仁的影子。垂头丧气的群众顿时来了精神，纷纷讥讽警察的无能，黄紫红恼羞成怒，拉来一位多嘴的小伙拷打，齐天翼看得扎心，忙给一个老乡耳语了几句。一会儿，一个肩头搭着长烟锅杆、鹤发童颜的老爷爷走过来，走近了，干净利落地朝黄紫红左右开弓，给了她俩耳光。原来，他是黄紫红八十岁的姥爷。对于外孙女的胆大妄为，他大为伤心，也很负罪。老人家此时正在双手打拱，朝众人作揖谢罪。黄紫红摸着留下五指印的双颊，喃喃道："姥爷，您还在……我前几天还梦见您做的面辣子，好吃、真香……您身子骨还好吗？"

“身体好不好，刚才这俩耳刮子你还没试来？”老爷爷吼道，不觉老泪纵横，“我等了你七年，没想到……你变成了恶魔，连活菩萨百姓王都不放过……你、你你……快给我滚，再不滚我身体就吃不消啦，这里的乡亲们也好活不了咧！”

见黄紫红骑虎难下，胡志坚便劝说黄紫红别出面。黄紫红心有不甘，僵硬的眼睛里流出委屈的泪水来。这时，焦少成返回，黄紫红犹豫再三，给焦少成交代一番后，终于驱车离开。走开时，狠狠剜了齐天翼一眼。

黄紫红一走，警察就改变手法，停止进攻，开始劝阻群众的过激行为。焦少成哈哈一笑，爽朗地说：“天翼，咱们爷们之间的事，就俩字：好办。”

他找来里长盘问，给了他许多法币。里长不便明言，委婉道：“厅长，我如若没记错的话，你是玉娥女婿——你也不是没有来过咱村里。你清白，咱这是个大村社，不止山下这么大一点儿。”

听此言，焦少成抬眼望着半山腰上的院落，茅塞顿开，他加倍付给里长法币。里长说：“长官辛苦啦！喳，我组织群众，给长官们买西瓜去。”说完，跳过一个水渠，逃出了人圈儿。

焦少成下巴一扬，警察们发疯般冲上山去……

赵剑锋第一个冲进半山院落，他第一眼就瞅见被捆绑在院子杏树上的吴子山。吴子山一见赵剑锋，吓得浑身战栗，尿了一地，鸡叨米似的苦苦求饶：“赵……赵，赵队……这次我可以帮你……找到倪……倪柏仁！”

警察不待赵剑锋下令，便鱼贯而入，涌进屋子各处寻找。赵剑锋给吴子山松开手脚，吴子山带着赵剑锋径直走进正窑洞。可是，任他们挖空心思怎么搜查，就是找不到倪柏仁。吴子山慌忙狡辩：“赵队！我看得一清二楚，人刚才明明是进了这窑洞的！”

赵剑锋看看吴子山表情，这次他倾向于相信他。他们摸摸土炕上的席子，尚留有体温。他们又去隔壁窑洞，也是一无所获。赵剑锋回头，凶狠地训斥吴子山瞎了狗眼。这时，焦少成气喘吁吁走进来，不由分说地举枪瞄准吴子山，吴子山吓得箭一般冲出土门，不料没刹住脚而坠入门外的悬崖……

焦少成站在崖边俯视后，继续指挥搜查，凶神恶煞地问站立在窑膀上的罗莉莉：“姑娘，你是干什么的？”

罗莉莉指指悬崖下，悲戚道："长官，我是他对象。"

焦少成又冷冷地问康泽成："你呢，是干什么的？"

"呀，有人硬说我是倪柏仁，害得我东躲西躲来亲戚家养伤。"

这时，赵剑锋对焦少成耳语几句，焦少成放过康泽成，紧紧盯着韩夏春不放，同时命令赵剑锋率领众人朝山顶搜去……

接着，蓝枝儿和齐天翼也心急火燎、疲惫不堪地赶到院子。他俩本以为倪柏仁等会被逮个正着，却发现焦少成此刻正在抓瞎，都觉得不可思议，紧张地看焦少成接下来玩什么把戏。这时，胡志坚赶来，问韩夏春："你是干什么的？"

"长官，我有点背运！我是上山采药给自己治病的，来这讨口水喝。"

焦少成、胡志坚等一齐将怀疑的目光对准了韩夏春。却见里长带领人挑着一担瓜走进院子，热情地对韩夏春喊："结拜兄弟，你也来赶这热窝子！来，吃瓜，长官！"

一句话救了韩夏春。焦少成不想为黄紫红作嫁衣，便觉得韩夏春没问题，顾不得吃瓜，忍饥挨饿带领大伙呼啦一下下山去了。

警察一走，康泽成就出门爬到最高处放风。等他示意危险已经过去时，大伙才急切地跑进中间的窑洞。此刻，倪柏仁躺在炕上面如土色，额头沁出豆大的汗珠，脖子上沾满鲜血。原来，中窑洞和隔壁窑洞的两个土炕隔着一副中堂，是相通的。当警察搜查这边窑洞时，倪柏仁就爬到隔壁的窑洞，反之亦然。最后情势危急时，他干脆躲在两个窑洞的间壁里。在躲藏过程中，他的伤口碰到了山墙上，顿时血水沁出，这会儿尤其疼得厉害。

见此境况，罗莉莉赶紧给他检查伤口，发现伤势已经难以处理，当即吓得哭了起来。

大家心情异常沉痛，韩夏春果断决定，加快实施转移计划。

两个小时后，国民党当局参加这次会战的各方武装力量的代表，麇集醴泉招待所，黄紫红正在慰劳属下。胡志坚鼓动她发表祝酒词，她清清嗓子正欲致词时，焦少成阴阳怪气地开唱："人人都说咱俩有，苜蓿地里亲又吼……"

事情来得突然，黄紫红脸"唰"的一下红得赛过关公，她忙就近将酒杯端进一个包间去。咸阳湖包间里，齐天翼正在和蓝枝儿吃饭、喂鹰，黄紫红举杯走进，不咸不淡地说：“祝贺二位！平心而论，枝儿是个好妹妹！”

齐天翼脖子伸了几伸，想说什么，到底没有说出。

饭还没吃毕，焦少成就宣布今天放假，警察们餐罢云散而去。

太阳炙烤着三秦大地，北豆芦村归于静寂，四野黄绿相间，黄的是快要收割的麦田，绿的是盛夏的山川草木。一群群从甘肃而来的麦客子，头顶草帽，脖子和肩膀上搭着白羊肚手巾，腰间胳膊下夹着镰刀，循着官道一路追过去。半山腰卢生芳家，院崖上空，一只只老鹰、乌鸦在盘旋。院畔里，柴狗子、野狗、北山狼乱窜，觊觎着刚被仓促掩埋、又被野兽从浅坑里刨出的吴子山的尸首……

中午，韩夏春和康泽成上路，前往栒邑县城。

三小时后，俩人找到县城西关，在国民党三秦省保安六团第三大队队部门前，与张老汉接上了头。韩夏春说明来意，将省工委领导人的亲笔信交给他。

张老汉郑重地拆信、读信，当看到省工委领导人信中“务必克服一切困难，确保‘病人’安全”的交代时，他深知这次任务的重要性。回头再把信看了一遍，随即用火柴烧掉信，并把韩夏春和康泽成领到董事成所管辖的机枪连驻地，安排连长龙伯渊招待他们喝茶、聊天、歇息。

晚上，咸阳警察局分外安宁。黄紫红转了一圈，感觉人人对她敬而远之、躲着她。她有些伤心，突然感到腹中隐隐作痛……

第二十八章 5月27日

黄紫红将出院时带的草药拿出来，自个熬药。顷刻间，草药味道弥漫在警察局的角角落落。浓烈的药味儿刺激着黄紫红的神经，也刺激着好事者的神经，嘴碎的人们纷纷嚼舌头，嚼舌头还不敢明里嚼，只是在背后“嘁嘁喳喳”。胡志坚饶有兴味地用牙签剔着齿缝间的饭渣儿，饶有兴趣地在大院里巡视一圈，饶有兴趣地哼着小调——

大王派我来巡山，
我把大山逛一遍。
逮着那个小鬼我献阎王，
呀嗬嗨……

终于，他找到了似乎闲得无事的齐天翼，坐在他对面，仰面盯住他悠悠地问：“哥们，是不是贵夫人小月了？”

啪的一声脆响，胡志坚嘴被打歪，一颗门牙掉在了脚下，鲜血顺着他的嘴角和下巴以及脖颈流下，糊了一衣裳……打人者是齐天翼，使用的武器是右胳膊顶端的手握起的拳头。提醒各位，他这一拳过去，也打灭了灯。待他再要打第二拳时，只听得胡志坚“啊啊”怪叫，却找不到他身在何处。

齐天翼只得就此收手，出门去找黄紫红。顺着越来越浓烈的草药味儿，他疾步走进黄紫红房间。电灯雪亮，黄紫红对着煤油炉子上的药锅儿坐着，勾着头独自发呆，对于齐天翼的闯入，毫无反应。齐天翼犹豫一下，不等自己心软下来劈头盖脸就问："紫红，是不是咱们的孩子掉啦？！"

黄紫红茫然抬头，迟疑一下，说："恭喜你，你终于知道啦！"

"为什么？为什么！"齐天翼拽住黄紫红的裙带拉她，却只是将裙子凌空提起……

齐天翼质问孩子，黄紫红早有心理准备，却怎么也没有想到发生时是如此情形。她并不生气，也不情绪激动，而是脑际发晕发麻，冷笑着悠悠地道："哈哈哈，哥哥，我从来没有想到你会这样……这样没眉眼！这样让我没有尊严！"

齐天翼也觉得自己的举动有点离奇，于是放下提起的裙带，甚至还费了半天工夫，给黄紫红将裙子恢复原样；在这个过程中，他的冲动缓和下来，轻声说："紫红，我也没有想到，有一天我会这样无奈，我们会这样无助！"说着，鼻子一辣，涕泣横流。

"我不要看到你那鳄鱼的眼泪。"黄紫红极度厌恶地说，"请在我名字前加上姓，我姓黄，炎黄的黄。谢谢！"说着站起来，朝房间一角走了几步，背过身子独自对着墙角。

"那……到底是咋回事，请告诉我！"齐天翼空洞地说。

"麻烦，不要问我！"黄紫红叫道，"你相信长舌男就是了。"

齐天翼反复问，黄紫红就是不说。齐天翼还要说什么时，摸着满嘴鲜血的胡志坚走过来，说："齐天翼，你纯粹智商为零、处理人情世故的能力为负！你要让她说什么？"说着，硬拉着齐天翼走开。

深夜，飘着小雨，天黑看不着路，道路湿滑难走。张老汉手拿一截五尺来长、撅把那么粗细的榫子木鞭杆，胆很正地走在这条黑白道红白区公认、官方民间公认的凶险路段上。说是凶险诡谲路段，实在不是虚语，这里虎狼出没，一不留神就会成为猛兽的腹中物；这里土匪当道，杀人越货，经常会让你生命、财产化为乌有；这里关卡查得严，弄不好会让你蹲号子；还有，这里处于红区白区分界线，时不时会被抓壮丁。但是，我们的精明商人张老汉，其实应该叫他王生春，在这一段道上却吃得很开。论人事，他红白两道上都有朋友——商业上和政治上的朋友，土匪现在也已经离不开他，离开他，他们会断掉盐、煤油、香烟，他们的压寨夫人、他们的女人们会缺少脸上涂抹之物；论野兽，他也是无惧于它们，它们要敢在他面前撒野，那得问问眼前这位四十左右的精明商人手里的五尺榫子木鞭杆答应不答应，一般来说，如果这支鞭杆绕着一圈狼头打过去，这一圈十几头狼会一下子全部倒毙；如果一只老虎因避之不及而与我们的王生春遭遇，一旦它头脑发昏不自量力凶猛地扑上来，我们的王生春是不会过于紧张的，他只消抡起鞭杆敲打虎头，那虎扑上一半后会当空成为自由落体的；如果是豹子，如法炮制……还有什么野物，能令我们王生春老板害怕？当然有，那就是虫豸，如长虫、蟒蛇等，它们往往在你不注意的时候动手，令你猝不及防，等你知道的时候已为时晚矣。应付它们的方法有二：一是事后治疗，用解毒药，解药王老板现在就带在身上，不仅救自己，大多数情况是救路人；二是事前防备，现在我们的王生春老板就正在做，他不断用榫子木鞭杆敲打着路边没膝的杂草，以提示虫豸及时逃离，不要和他来“遭遇战”。

总之，眼前的这位人物，阳光、勇武、大胆、麻利，不消两小时就来到机枪连机关所在地——鸡儿嘴。当他微微喘着气推开保安团大队长董事成的门时，董事成大吃一惊，道：“知道这是什么地方，你张老汉悄没声息地就进来咧？”

“机枪连重地么！”王生春道，“你怕我不知道啊，还提醒我！”

“不是！你这㞞，你要是暗杀我，那我早项上人头落地咧！”董事成道，额头的“三”字皱纹拧成一疙瘩，“我要问问我的这些警卫都是吃啥干饭的！”

“言重咧言重咧！”王生春忙赔不是，“给杯水喝！”

董事成倒杯水递过来，问：“王老板最近发什么财？”

“走一批货。”

“啥货？”

“人。”王生春实话实说、直截了当。

董事成也不吃惊，而是郑重其事地问：“啥人，最近查得紧，你得让我心里清白，可不能是那个一枪没打死正在被追杀的倪柏仁。”

“嘭”一下，水杯蹾在木桌上，王生春道：“罢罢罢，断交！是这，我找别人去咧！”说着站了起来。

董事成忙拉住他，连连道歉：“奶奶的！你这㞞，一拉就响，比我这个机枪连连长还倔！弟兄们之间，挨球的都不敢开个玩笑啦？”

王生春不语，铁着脸站着，并没有迈步离去。董事成拉着他道：“坐下！什么时候、几个人？”

“两个都不知道。”王生春坐下来。

“那咋弄？”

“你等我消息！”王生春道，“要绝对安全。”

“呀呀，这点你放宽心！”董事成道，“董事成董事成，董某办的事一定成！”

王生春笑了：“你还真会宣传自己！是这，你开什么条件？”

“雪花膏，上海‘大陆药房’的货，白杨做的广告。”

“‘最为爱美仕女之妆台良伴’——你这是要我的命！”王生春道，“不过你对弟妹的深情，老哥得继续支持！”

俩人又拉了一会儿话，王生春吃过饭，披星戴月，手攥着酒壶、抿着小酒返回。到时，韩夏春和康泽成已在龙伯渊家吃完晚饭，正在说古今等他。为争取时间，他们三个人星夜离开栒邑。

胡志坚挨了齐天翼的打，却不记恨，并将齐天翼从与黄紫红的胡搅蛮缠当中解救出来。这令齐天翼觉得，自己之前没有错看胡志坚。胡志坚这个人正直、善良，具有包容心，最重要的，他对齐天翼好。情绪低落中的齐天翼走出黄紫红房间后，差点流下泪来，就给他来了个熊抱，害得惊弓之鸟般的胡志坚还以为齐天翼又要揍他而连连讨饶，齐天翼忙说：“别误会，胡主任，你够朋友！”

俩人去医院给胡志坚处理了伤口。医生态度不好，说让自己洗洗就成，还非得小病大养。于是，俩人离开医院。星光璀璨，不知是哪个单位养的指甲花分外幽香，俩人一路说些相互体贴的话，关系更密切了。

后半夜，清风送爽，夏虫嘶鸣，河水欢笑，王生春、韩夏春和康泽成从邠县东边的林家堡过了泾河。仨人一路疾行，终于在天亮前赶到邠县县城。韩夏春道：“二位伙计，结伴走路就到这儿，现在咱们各自回家吧！”

三个人装作互不认识，分头在汽车站买了去醴泉的车票，乘车返回。

·

天亮了，附近中学早操的哨子声传来，齐天翼还没有睡着。他起身去找胡志坚，却听到黄紫红在胡志坚房间里唱歌，那是他们初恋时她经常唱的《夕会歌》：

光阴似流水，不一会儿，落日向西垂。
落日向西垂，同学们，课毕放学归。
我们仔细想一想，今天功课明白未？
先生讲的话，可曾有违背？
父母望儿归，我们一路莫徘徊。
回家问候长辈，温课勿荒废。
大家努力呀！
同学们，明天再会。

齐天翼听着这歌声，想起了很多，正是倪柏仁那时候教给他俩的这首歌。那时候，他们多单纯呀！单纯得都不明白这歌词的含义，只知道“曲项向天歌”，现在终于明白了歌中的含义，可早已不复当年的纯真，早已物是人非——不，是物非人亦非。同学、先生、父母，今安在哉！先生讲的话，可曾有违背？真是不可提不可提！齐天翼含悲走到院子，不想，胡志坚竟也在外面。胡志坚叮嘱齐天翼冷静别冲动，却说：“哥们在西京的医院打听过，黄紫红确实流产了。”

齐天翼一听，愤怒地冲向黄紫红所在房间虚掩着的门，胡志坚追上他，拼命拉着他，不让他与她当面质对。

这时，天色已亮，黄紫红靸着红拖鞋，双目无神，披头散发如女吊般走出胡志坚房子，一直走到相互撕扯着的齐天翼和胡志坚面前，才伸长了脖子将脸露给齐天翼。齐天翼只觉得眼冒金星、天灵盖一片眩晕，他狠狠地给了她一记耳光，之后，自己眼前一闪、脑际一眩，似乎分明失去了知觉。

黄紫红摸着疼痛发烧的脸，咬牙切齿道：“姓齐的，今日起，咱俩两清了！”

早饭后，黄紫红宣布今天放假。说是昨天礼拜天大家参加会战辛苦了，今天倒个休。大家觉得幸福来得太突然，纷纷计议安排时间，警察们大多是本乡本土的，一大半回家帮家里收麦去了。

胡志坚待在办公室，闲来无事，正琢磨着该去干什么时，桌上的电话响起。他接起电话：“丁秘书好！……在上班在上班……连续作战连续作战……什么……重新抓他……好……我这就拿人……好……好，好……代问主席好！回去一定坐坐……”

胡志坚挂上电话，显得心神不定，静静地坐在办公椅上发愣。良久，他起身出了办公室，来到焦少成办公室。焦少成正对着镜子拔自己的一根白发，显得很不得法，半天没有拔出；他从镜子里看到胡志坚进来，热情道：“快，老弟来得正是时候，帮哥拔了这根白头发。嘁，人倒霉了头发都欺人哩！”

胡志坚左手按住焦少成头顶，右手只一下就拔下了那根根黑梢白的白发。焦少成说声“谢谢”，感慨道：“呃，愁哇愁，愁就白了头！你放假干啥呀？要不……”

“老大，正要给你说呢，有任务了。”胡志坚打断焦少成的提议，“刚刚接到命令，让抓齐天翼。”

焦少成一愣，瞅了胡志坚半晌，而后大喊一声“来人”。随声进来一个敦敦实实的中年警员，焦少成吩咐道：“去，把胡主任这根白头发拿给齐天翼！”

来人有点糊涂地问：“胡主任不是在这吗？”

“是在这儿，但他很忙！”焦少成心平气和道，“上级有命令，他要马上去抓齐天翼。”

这位警员是齐天翼姑奶的孙子，论辈分得叫齐天翼表弟，闻听此言，惊吓不小，忙答道：“遵命！我这就告诉他，不，我这就将头发安全送达！”说着，撒腿跑出。

焦少成、胡志坚望着依然躺在桌上的那根白发，哈哈大笑，笑罢，焦少成说：“留着这根头发，让齐天翼花两万元请客！”

一刻钟后，胡志坚高调组织、实施抓捕齐天翼的行动，当众郑重宣布其失踪。

昨天虽然出力甚猛，但终究没有见到倪伯伯，蓝枝儿的心一直悬在嗓子眼上。今天，心神不定的她，思之再三，还是肩站爱鹰，又打马驰上了北豆芦村半山上的院落。

时间是上午十一点钟，耳边萦绕着“嗡儿嗡儿”的强大气流，她连同她的马、她的鹰，一下子冲进了蜜蜂翻飞的阵仗，惊恐中立即就明白了是咋回事儿。——原来是在分蜂。只见数以万计的蜜蜂，在距离院子三四丈高的半山庄子的崖面周围密匝匝翻飞着，蜂的盘旋阵势在缓缓移动，一时难以确定方向。几个毛头小伙手里提着灰笼，不断从笼里抓出一把把草木灰朝空中的蜂群扬去，以便拦住它们飞逃的路线……蓝枝儿忙勒住马嚼子、捏住鹰嘴，马停在原地，蓝枝儿镇定一下，才缓缓下马，而后拉着马、拢着鹰慢慢朝马棚走去，生怕惊飞了蜂群。待她拴好马、捉着鹰再回头时，只见蜂群开始越来越密集地盘旋在当院里的杏树背阴的一只树股上，树股靠院子一侧有一只形体较大较长的蜜蜂逐渐接近，最终落在了上面。蓝枝儿蹦跳着小声叫道："呀，真好！蜂王落定了！"

"你懂得还不少哩，比你克玉姐姐强。"倪柏仁不知何时站在她身边，"拿住鹰，别让叨了蜜蜂、惊走这窝新蜂！"

蓝枝儿一下子拉住倪柏仁的手道："伯伯，你还好吧！"

"死不了发疯哩！"倪柏仁笑着说，"快看蜂！"

蓝枝儿看时，那只树股上已经落成一个灰褐色的、鸡蛋大小的一疙瘩蜜蜂，周围的蜜蜂仍在不断踊跃加入这蜜蜂疙瘩当中。抬头，上空翻飞的蜜蜂，形成一个高达三四丈、半径两米左右的桶状阵势，越接近蜂王的核心，蜜蜂越密集。蓝枝儿眨一下眼，再看时，树股上的蜜蜂已攒成拳头大了，很快又变成碗口大并越来越大……半小时后，蜜蜂全都落定在树股上，形状酷似背对着大伙而颠倒下来的人脑瓜盖。

大家都很高兴。主人卢生芳走出来，端给蓝枝儿一马勺凉开水，蓝枝儿道声谢，接过来一气喝完。卢生芳说："你看，蜂群的组织力量多强大，多严密！分蜂就是老窝子里的蜂繁殖太多，原来的蜂窝里容纳不下，蜂分家哩！就像出来的这窝蜂，它也有蜂王哩！这就像你倪伯伯一样，是咱老百姓的王么！"

"呀，老卢，我哪能与蜂王相比！我只是枉烦你们哩！"倪柏仁有些难过地说，又笑道，"生芳，你给小蓝说养蜂知识，那是在龙王爷面前卖眼药水、关公面前耍大刀哩么，她比你还精通呢！"

卢生芳一惊，瞅着蓝枝儿，蓝枝儿道："叔叔，不瞒您说，我大在世时，山寨里养了上百窝子蜂。有一次，一上午分了十窝子新蜂，光跑就跑了九窝子，把我和我大难过的！"

"呀，那真是损失不小！"倪柏仁惋惜道，又说，"跑了的新蜂，那都是它们老早就踩好了新窝咧！”

“对着哩！像这窝子蜂就好收得很！”卢生芳说，“咱们先回屋里吃佬虫虫，吃完出来再收蜂不迟！”

大家一起走进屋子，倪柏仁问：“枝儿，知道啥叫佬虫虫呀不？”

“就是把蚕蛹煮熟了吃。”蓝枝儿说，“听说是高蛋白，小时候经常吃嘞。”

倪柏仁无限爱恋地赞道：“不一样啊不一样，到底是见过世面的孩子！”

“哎，能不能给我的鹰，也吃吃佬虫虫？”蓝枝儿充满期待地问，“出点钱也成。”

“出钱也不给吃。”卢生芳开玩笑，“不过，不给钱倒可以白吃，往饱里吃，哈哈！”

吃佬虫虫的时候，蓝枝儿突然发现了罗莉莉，觉得很面熟，就热情地打招呼。倪柏仁突然想起什么似的，打趣说：“告诉你一个秘密，在我们前一阵子的反间计中，你曾经和莉莉一起‘争夺’一个男警察。”

蓝枝儿眨巴一下聪颖的眼睛道：“停，让我猜猜，一定是吴子山，而且他一定选择的是护士姐姐！”

“对！虽然我们利用了吴警官，不地道。但是，”倪柏仁俨然道，“整个过程说明一个道理，幸福要靠自己争取、幸福是奋斗来的。吴子山在这方面还是值得你学习。”

“我要看看吴子山去。”蓝枝儿流出泪，又拉着倪柏仁胳膊说，“伯伯，我想要你好好的。”

“人心变坏，其害必大。只要人心不变，我就永远好好的！”倪柏仁道，突然跟主人要笔墨纸砚。而后，潇洒写下三幅字：

幸福是奋斗来的。

人心变坏，其害必大。

山高水长。

写罢，却并未落款题名，而是抬头问：“你们谁选哪幅？来，我给你们分别落款！”

大家都异常惊喜，激动得说不出话来。都说“百姓之王”的字值金值银，却从未想着能自个拥有，于是都不敢开口，连平时大胆狂放的蓝枝儿此时也直吐舌头而不说话。倪柏仁有点愧赧，这时萝莉莉说：“我要‘人心变坏，其害必大’，这是我救你的切身体会，我希望人心永远是好的。”

大家都拍手称是。之后，卢生芳让蓝枝儿选，她却犹豫着，一时难以选择，卢生芳就说：“那我选了，我是老百姓，所有的生活来源都要靠我的双手苦出来，我选‘幸福是奋斗来的’。”

“好，‘山高水长’我也喜欢，归我了！”蓝枝儿乐道。

这时，外面传来一个男子的阴阳调调：“蜂儿蜂儿上笊篱，蜂儿蜂儿盖庙哩！蜂儿蜂儿上笊篱，蜂儿蜂儿盖庙哩……”

蓝枝儿叫声：“谁正收蜂哩，笊篱里抹蜂糖了吗？”

“你不操心，老养蜂的，啥不懂！”倪柏仁道，提笔埋头落款。

待墨宝晾干的时候，几个人走到门外看个究竟，周围早聚了一圈群众，刚才提笼扬灰的那几个小伙正在维持秩序。两个大点的小伙正在收蜂，其中那个戴草帽的不辞劳苦地高举着笊篱，将其反扣在那蜜蜂攒成的黑褐色“脑瓜盖”上；另一个腰里束着草腰带的，双手攥着一大把国槐嫩枝叶，饶有兴味地从黑褐色的“脑瓜盖”下方朝上不断撩拨着，驱赶蜜蜂钻入笊篱里去，他一边撩拨一边口里念念有词：“蜂儿蜂儿上笊篱，蜂儿蜂儿盖庙哩！你碎驴球的，咋还不上……蜂儿蜂儿上笊篱，蜂儿蜂儿盖庙哩……哎呀，手困死啦，手腕发酸！”

大约一个半时辰后，蜂全部被收入笊篱。一个农民高兴地付了钱，草帽哥小心翼翼地举着一笊篱蜂，如履薄冰地出了院门，将新蜂送向买主家去了。看着一行人离开院子，蓝枝儿一蹦几丈高，叫声：“完美！”

这时，罗莉莉递来密信，说：“‘青铜’请求回营。”

倪柏仁看过信后，直摇头，不觉惦念起韩夏春来。

正午时分，韩夏春仨人乘车到达醴泉县城，他们若无其事地下车，貌似漫不经心地边走路边商定：分两拨行动，韩夏春直接去北豆芦村，具体部署护卫照顾倪柏仁；王生春随康泽成行动，赶天黑到达米仓康泽成的家，抓紧落实倪柏仁下一步的藏身地。烈日当空，刀子样的阳光刮得人身上直蜕皮，两路人分手，忍着饥饿和疲惫，加紧赶路。

下午，齐天翼赶到西郊羊圈旁，在烂塌窑洞门口转悠。在确认安全无虞的情况下，爬上半崖，伸手去鸟窝拿出了密信。他看罢，一如往常地吃掉信，之后懒洋洋地朝咸阳县城走去。

回到警察局，才知黄紫红已回西京了。也许，她放假的目的就是为与祝肇州幽会。齐天翼心里一阵绞痛，像受伤的野兽一样躺在床上，他被爱情、被刺痛、被爱情的刺痛折磨得奄奄一息。不久，有人推门进来，是焦少成和胡志坚。

三个人去了焦少成临时办公室，关紧门。一阵沉默和相互对视后，焦少成拿出那根白头发，郑重其事地对齐天翼说："闲人，严格来讲，你和我们，不知什么时候，已变成猫鼠关系，是不应该打牌的，也不应该见面，更不应该说话！但是，为了咱们之间一根白发的珍贵友谊，上述藩篱我们考虑都应该被打破。"

"是这，我出两万法币，买了这根珍贵的白发吧！"齐天翼反应很快。

焦少成和胡志坚都是一惊，同时道："兄弟果然是世间高人啊，脑子这么好使！"

"有吗？但愿我的脑袋别像口袋就好。"齐天翼呵呵一乐。

"两万就两万，没现金欠着也成。"焦少成道。

胡志坚却说："人生贵相知，何必金与钱！这样吧，闲人，今日的晚饭你管得了！"

接下来，几个人绞尽脑汁，给齐天翼谋划如何逃避被抓的良策，一致同意打报告保齐天翼，并立即就办。报告充分发挥了焦少成的老成、胡志坚的博学和齐天翼的文辞优势，完成后火速派人通过渠道送往祝肇州处。焦少成还打电话特意问候了父亲，并转弯抹角，请求焦老财到祝肇州跟前替齐天翼说情。

事有凑巧，西京城焦府电话响起时，祝肇州、黄紫红、山丹丹正在焦家阔大豁亮凉爽的客厅里谈笑风生。焦老财接了五分钟电话，放下电话后，对祝肇州说："老祝，您瞧瞧这客厅里几个人？"

祝肇州往下抹一下老花镜，斜眼道："瞧你这老不正经的，又有什么坏主意？"

焦老财嘿嘿一笑，将山丹丹揽进怀里，道："哈……我俩一对，你俩一对！"

"谢谢焦伯伯！"黄紫红卖乖道，忘情地倚在祝肇州怀里。

祝肇州很受用，却道："紫红你这班辈乱成马咧，应该叫焦兄才是。"

黄紫红一下子脸颊绯红，动人极了。两个老男人直勾勾瞅向黄紫红的脸，黄紫红屁股一撅坐在了祝肇州大腿上。山丹丹吃醋地"嗯"了一声，使劲把焦老财的头扳得弯回来。焦老财顺势在她脸上亲了一口，朝祝肇州挤挤眼道："老祝，我给你出的主意，目的已经达到，难道咱还非要人家人头落地不成？"

祝肇州反应极快，拍拍坐在腿上的黄紫红的大腿说："瞧，我敢那么狠心对付某人的初恋情人么！不能够的！"

大家一阵笑，议论起如何给蓝枝儿找个好婆家的事情来。黄紫红对焦老财说："老财哥，日怪的，你岳母怎么还没出嫁呢？"

又一阵令人作呕的怪笑。

晚霞将米仓照得金碧辉煌，收麦子晚归的人们的头发被染成了金黄色。火烧云烧了有一刻钟，烧得夜幕彻底拉开。王生春随康泽成擦黑进村，来到米仓康泽成的老家。俩人先来到他家的场面上，帮着蹲麦箭儿。等收回来的麦子堆放到位了，全家才下坡，回到家中。

喝完汤后，康泽成反复权衡比较，考虑把倪柏仁接到谁家安全，精明的王生春帮着参谋。想来想去，俩人觉得最安全莫过于地下党员康凯家——他家住在后街的村头，去留方便，还不易被人发觉。他是康泽成亲侄子，放心可靠。

很快，康泽成找到康凯。康凯是个三十多岁、喜欢说笑的青年人，左脖子上有块很打眼的痞子，他平时在街上做些倒手赚钱的小生意，仗义疏财，意在结交人脉。听说有个病人要安排在他家借住几天，康凯眼珠一转，似乎猜出了病人身份，但并不说破，而是爽快地答应下来。

今夜，星光璀璨，花香沁脾，莺歌燕舞。省政府大院里，灯火通明，一派祥和景象。为了黄紫红工作之余能适时回到西京城小憩，三秦省政府黄楼专门举行了省长官邸party。嘉宾云集，丝竹声声，人影依依，深情款款，黄紫红和祝肇州的伦巴赢得了阵阵掌声……

第二十九章 5月28日

1946年5月28日零点的钟声敲响。

当西京城省政府黄楼灯火通明、莺歌燕舞，黄紫红和祝肇州的伦巴赢得阵阵掌声之时，咸阳警察局小院子里，感情受挫、情绪低落、喝醉酒的胡志坚，怀着对这个世界的无限厌恶和绝望，叫一声“狗日的这世道”，奋勇从二层楼顶上向下跳去……

胡志坚在酒精作用下的这一跳，从动机到行为到结果，都有点可笑，而且并没有伤到自己什么，搞得有点像行为艺术。本来二层楼的高度一丈多不到两丈，一般来说下去不会致命，但可能受重伤；也是胡志坚运气好，寻死觅活也能找到好垫背，正好跌在深夜独自伤怀的齐天翼的身上，倒是将齐天翼给砸伤了。

齐天翼被砸伤时，正沉浸在痛苦的思索中。

他本以为可以影响继而改变黄紫红，使她悬崖勒马、回头是岸，却没想到她已经一改几年前纯情少女时的善解人意，而变得不近人情、刚愎自用，更让他痛心的是，她还滥杀无辜……这让他对她很愤怒，觉得她无可饶恕。他怎么也不能接受眼前的事实：七年前只为爱情活着的十七岁的少女黄紫红，变成了现在被政治洗脑只为自己官位活着的屡屡勾引上司的杀人武器，而且首先是不可饶恕地杀死了自己腹中的胎儿！这叫他心中滴血，欲哭无泪，他从来没有像现在这么觉得自己无能。苟日新，日日新，又日新。那么，谁能扭转目前我们的关系呢，齐天翼痛苦地想，也许只有一人，那就是干大、恩师、证婚人倪柏仁；也许，半个月或者二十天前，我自己也可做到这点，当然，那须是以干大的死为代价……这样想时，他觉得很可笑，他决不允许自己这么想！很明显，一切的一切都因黄紫红顽固不化、一错再错、错上加错，可自己为啥这么痛苦呢？是自己太感情用事了。黄紫红此刻就是你最大的敌人，你应该头脑清醒地与她划清界限、跟她战斗才行；你不打起精神对付她，她就会阴毒地对付你……这样想着，他又很快否定了自己。他像狗咬自己尾巴一样，不断重复着转圈圈而毫无结果，最终弄得自己头昏脑胀，脑袋像快要爆炸了一般。

正在他痛楚莫名的时候，一块重一百八十余斤的物件自天而降，砸在他头上、背上乃至整个躯体上。他猝不及防，迅速以一个俯卧撑缓冲化解了这个重量，但还是被压了个嘴啃泥，同时觉得背部和肩部似要断裂了一般，新伤旧伤一起发作。为了判断身体有没有出问题，他拼命爬起来，还好，身子骨无大碍。这时，胡志坚站起，试图搀扶他，齐天翼不解地问："啊，你干啥？"

"我嫌世道不好……跳楼！"胡志坚叫道，"我要与这个世界做个了断！"

齐天翼这才搞清楚事情的来龙去脉，他真想上前去给胡志坚几记沉重的耳光，但在抡起胳膊前却改变了主意，只是道："你稀稀的咧！你要有这心思，那你得提高技术，要站高些、往硬水泥地上摔，而不是我这血肉之躯！"

胡志坚一听这话，似乎才反应过来，喷着酒气上前察看齐天翼是否受伤，发现齐天翼嘴唇翻卷，两只前臂上也蹭破了皮。于是，他忙不迭地道歉："对不起！对不起！"

"对不起再怼一哈！"齐天翼又好气又好笑。

这时，独自喝闷酒的焦少成听到动静，提着酒瓶赶到院子来……一刹那，这三个内心愤懑、同病相怜的男人，找到了共鸣，他们彼此引为"知己"，各个仰天怪叫，又互相惹逗。一会儿，怪叫声变成了啜泣，啜泣又变成呜咽，呜咽最终成为号啕大哭。三个不同音色调性的男腔交汇在一起，直哭得声震房瓦、惊天动地，招来周围被惊醒的知情群众的私下议论——

一个似没睡醒的粗嗓门道："呀，权力是男人的猛药，没有权的男人，你看变成啥咧！""呃，没有一个够成色的，"一个尖细的声音愤愤不平道，"他们是号丧女人哩，听说一个丢了老婆，两个弄旁人老婆弄不到手难过呢！""那个新领导就是攒劲么，粉格嘟嘟的脸蛋、圆鼓噜噜的屁股……我也想哩！"一个慢条斯理的男声，真情告白着。立即有高喉咙骂道："你把你的黑火棍撑远，不行了叫蝎子蛰去！”……

听到如此难听、如此大不敬的辱骂，三个男人都是一愣，但又不便迎战。为掩饰尴尬，他们齐声歇斯底里地吆喝：“啊呕！这世界，实在的好，好上那个好！”

鸡叫二遍时，康泽成肩背满天星斗，脚踩遍地晨露，神不知鬼不觉地返回北豆芦村，与前半夜到达的韩夏春在卢生芳家接上了头。

韩夏春、蓝枝儿、康泽成、罗莉莉、卢生芳及其家人，大家齐动手准备转移。卢生芳将毛驴的嘴绑上，免得它叫唤起来惊动警察。不消一刻，准备妥当。蓝枝儿、康泽成将倪柏仁扶上毛驴，康泽成前面带路，蓝枝儿牵着毛驴紧跟上，其他几人殿后。得亏康泽成对路套、情况和乡亲们熟悉，一行人一路躲开了几处可能的危险，又少走了五六里路，两小时后顺利到达米仓，来到康凯家。

到时，康凯媳妇早准备好四合院左首最里面的那间厢房，大伙忙将倪柏仁搀扶到厢房的板床上。借着羊油蜡烛昏暗的光，韩夏春扫视一下房间，空间不大，但收拾得干净整洁；前后窗子都已用干草挡严，以防眼目窥探，尽管如此，屋内空气却很好，原来，房间的前后左三面山墙上分别开有一个高窗。韩夏春十分高兴，握住康凯的手谢道：“嗨呀，辛苦老乡！五黄六月收麦这么忙，添累你啦！”

康泽成道：“凯凯，刚才在外，不便多说。我这下介绍一哈，这是老唐，劁猪唐，在前塬里名气大得太太哩！这病人啊，是他碎舅，做生意当中与人闹生分，糟了瞎瞎事咧，脖子上挨了一枪。就这情况！喳，我侄子康凯呢，是敞快人，老唐你放心！”

康凯未开言先笑出声来：“欢迎欢迎！一与我打交道，你就知道我是啥人咧，反正和我打交道的，最终都成为朋友咧！伯父遭难，既能求到我这儿，是我的荣幸，有啥不拘便[1]的，你就只管说，我尽力照管好您！”

韩夏春等再次致谢。大家安顿休息。

康泽成告辞，出院门后并没走远，而是来到场院里，伏身麦草上，居高临下张望着放哨。

---

① 拘便：方言，方便的意思。

人走完后，韩夏春看着蓝枝儿、罗莉莉给倪柏仁再次处理伤口——脖子及下巴出乎意料地开始肿大，拆纱布时，浸出血来，大家都担心极了。好在倪柏仁没有痛觉反应，已昏睡过去。罗莉莉清洗伤口、敷上药物，再缠上新纱布，大家长出一口气，不安地各自去歇息。

其时，天已经渐渐亮起。

咸阳警局，焦少成、胡志坚、齐天翼闹够了，也累了。心里的委屈、胸间的愤懑也消散了些，这才搬来凉席，铺在枣树底下，昏头大睡过去，全然不顾蚊子的侵扰。

早饭时，赵剑锋去叫焦少成吃饭，焦少成翻个个儿又死睡过去。赵剑锋让杜局长派人在枣树下临时搭起个简易棚子，又点上蚊香，仨人睡得更香了。鼾声此起彼伏，惹得上班的警员驻足观瞻、窃窃私语。

早饭后，赵剑锋想请示焦少成。还没走到跟前，就被翻身的焦少成发觉，焦少成不近人情地痛骂："谁让你给我盖房子，啊，这叫情感贿赂，你知不知道？还影响我休息！盖完房子你还又来骚扰我，到底想干啥？"

"对不起焦厅长，我是想问问，今天出发不出发。黄总指挥没回来……"

焦少成闻之更加窝火，骂道："奴才，奴性十足！今后叫你赵奴才好了！你一天不请示一天不汇报，一天就活不了啦，得是？那你回西京找黄紫红请示汇报去，去啊！还愣着干吗，咹？对了，你本来就归她管嘛……你还够不着给我汇报的吧……"

焦少成津津有味地骂了好几分钟。骂到兴味高潮时，他穿着大裤头双手叉腰走到大太阳地里叫骂、训斥，还四下里张望着，看人们的反应。大家都躲在窗子后面忍住笑偷听，没人敢劝阻他。赵剑锋被骂得一时找不着北，甚至有些怀疑人生，却只能直杠杠杵在大太阳地里，头偏向别处硬撑着。忽然，他似乎听不到焦少成的骂声了，偏头一看，两小时前搭起的棚子也不见了，枣树下空空如也。他怀疑刚做了一个梦，想证实或打听情况，又怕遭受更大的侮辱，于是放胆自个做主，回米仓帮家里割麦子去了。

倪柏仁休息到上午十点多才醒。一醒来，就听到厦房墙壁内土表"嚓——嚓，嚓——嚓……"的声响，异常分明，抬一下头，感觉半边脸和整个脖颈都烧得厉害，口渴难耐，想要水喝，可是一张嘴怎么也喊不出声来。他惊吓不小，忙翻身下床，坐在门首的韩夏春听到动静，推门进来。韩夏春道："呀，你这一觉睡得美的，让人羡慕！"

倪柏仁朝门边踉跄了两步，没说话，与其说他已然不能说话，毋宁说他此时似乎失去了说话的勇气。韩夏春看到他半边脸有些大，就又道："又不赶场，又不搭镰，吃喝些，你再休息着么！"

倪柏仁还是没说话，却指了指旁边地上的水壶，又指指自己的嘴。韩夏春一惊："要喝水，你咋不说！"

倪柏仁指指自己喉咙，摇摇头。韩夏春大惊，道："啊，你出不来声音啦？"

倪柏仁点点头，神情有些木然。韩夏春忙端来一杯凉开水给他喝，道："慢点喝，别呛着，喝口水润润喉咙，兴许声音就出来了！"

倪柏仁小心地喝着，喝完了一杯水，还要喝。韩夏春给他倒了一杯开水，放一边凉着。这时，听到动静的罗莉莉赶过来，一见倪柏仁肿胀的脖子和半边脸，立即紧张起来；当得知倪柏仁已不能发声时，她神色大变，顿时慌张起来，连道："得看得看！找大夫！"

听她这么说，大伙顿时乱作一团。康凯正在崖畔里用连枷打菜籽，听说后忙放下连枷跑下来，着急道："我这就去北洼里，去找村里的成郎中！他早饭后去北洼里收麦去了。"

韩夏春制止了他，并让罗莉莉先初步检查一下伤情。罗莉莉边检查边沮丧地说："伤口感染，细菌在扩散，更主要的是子弹似乎在走，已经压迫危及声带。快，这要住院哩……"

大家更着急了，刚来这里还不到五小时，加之大白天的，根本没有转移入院的条件。韩夏春脑子疾速旋转着，这时倪柏仁拿起烧火棍，用烧黑的一头在干白的地面上写了三个字：赵景汉。韩夏春心一横道："这样，莉莉，难为一下你，你去跑一趟，给咱把赵景汉赵大夫找来！"

罗莉莉有些犯难，她被倪克玉横刀夺爱，刚与赵景汉分手。倪柏仁对此分外遗憾，觉着对不起小罗，于是，他又在地上写了俩字：小蓝。韩夏春头上的汗珠不断滴在脚上，道："呀，蓝枝儿回去骑她马去了，刚走，一时半会儿还赶不回来。"

“我去！”罗莉莉咬牙道，“不就是见赵景汉吗？人生无奈，你不想见的人都得见八回！”说着出门，走出院子。

今天是个多云转阴的天气，关陇人称之为“花阴子天”。这样的天，因持续高热的地面热量被云层遮挡而散发不出去，加之地面还得继续受热，所以感觉比平常天似乎还要闷还要热很多。麦熟火里田，就是在这样一个酷暑难当的日子，关中麦子收混啦，各家各户已全部开镰。路上再也没有了麦客子，他们已全部“三折叠”在黄汪汪的麦田麦海里啦。这是他们一年当中仅有的一次用血汗换现钱的机会，这机会只有大约半个月到二十天时间。在这仅有的时间里，他们要为家里攒足全年买食盐、针线、头绳、发卡、煤油、护肤油和其他日用所需的所有钱。所以，他们必须加紧干、死命干，一天当作两天干，在下着火的地里“学鳖走路”，赛着跑干，这样才对得起在家忙的一家老小。

五月中旬以来，整个关中盆地像个架在火炉上持续烧烤的大瓦罐，而赵剑锋家的地正好是这个大瓦罐里的一个小瓦罐。今年赵剑锋家没叫麦客，一来因为父母年龄不大身体尚好，二来是他家今年的麦子黄得慢、不紧火。现在中午，他正与父母在场畔一个低洼地里挥汗如雨地收割小麦，白花花的小麦被撂倒一大片。别人是下蹲着边收边往前挪步，他则半弓着腰往前收割，虽则割得不大整齐但速度很快，将正当中年精力旺盛的父母也落下一大截。连着地畔收麦的碎奶见他这么利洒，连声道：“锋锋，你今年收麦厉害太太哩，怎么一下子枪把式变镰把式啦？”

赵剑锋咧嘴一笑，不料，汗水却进了眼睛，眼睛开始发酸发疼，他一边擦眼睛一边收割一边应答：“呀，碎奶你笑话我！枪是个害人要人命、带杀气的物件，哪像镰刀能养活人哩。”

这时，一位五十来岁身材魁梧的男子路过，道：“警察系统培养人哩，剑锋娃成哲学家咧都！”

赵剑锋忙跟他打招呼，问大伯喝水呀不，大伯道谢，并没有歇脚，高喉咙问：“我娃，媳妇瞅哪儿啦？什么时间结婚呀？”

这时剑锋父亲开口道：“大哥，媳妇还看不见着哩么！你给娃踏摸一个吧！”

“锋锋娃，我听说了，我娃别死心眼，吊死在你同学黄紫红那一棵树上。你知道，她这几天都摇了铃啦，那不是啥好货！”大伯吼道，消失在前边大核桃树的后面。

“我和她，都是陈年往事了。”赵剑锋只顾割麦，并没注意大伯已经走远，还对他说着话。

见再没回音，他索性起身擦汗，顺便寻视一下。突然，看到前天在卢生芳家自称吴子山对象的那姑娘，正急匆匆经过地头的核桃树下。他连忙撇下镰刀，跑上前热情打招呼：“乡党你好，喝水呀不？”

罗莉莉并没有认出眼前这位光膀子流汗的壮后生，不知道他就是那天见过的警察小头目；不过，她并不反感高大英俊的赵剑锋，于是道：“不喝！你收麦出汗多，你喝你的！”

“你急急忽忽，这是要去哪儿？”赵剑锋尽量随意地问，端起水壶“咕咚咕咚”喝了一气子。

罗莉莉心里一惊，却道：“核桃半瓢，绣女下场。喳，收麦天气这忙这热的，不到万不得已谁跑这冤枉路干啥，我最近一直发烧发困、身体不舒服……”说到这里，害羞地竟脸红起来，“不舒服没办法，才去县上看大夫去呀。”

赵剑锋见如此，并不道破前日曾经遇面之事，将话引话道：“啊，我记得你是咱哪个村的？”

罗莉莉早有防备，将头一扬道：“就前面……罗沟圈的么。”

赵剑锋有些尴尬地说：“看你有些面熟，以为你是我同学表妹！不好意思！”

“乡党不客气，咱一步临近的！”罗莉莉说着，迈开脚步，“这树荫凉舒服得很，人都不想挪脚咧！”

赵剑锋还想说什么，却听田里割麦的邻居们开始耍笑自己：

“锋锋，你驴球把你媳妇领过来，让大妈照一哈么！”一个沙哑的声音首先发难。

“实话，看起来身样子秀柳得很么，脸也乖得很，你引过来，让先过一哈碎爷这一关呀！”另一个年轻媳妇的声腔，是喜欢开荤玩笑的四嫂子赵凌芳。

“凑是滴！”一个男腔，是堂弟，“凌芳嫂子当年就先过的碎爷那一关么，碎爷还是老练，看人看得准滴！”

“看把你碎爷受活得不说话咧！”一个男腔，没听出是哪个。

碎爷终于反击：“说剑锋哩，你们咋说起了我！麻糜不分呀是……你看你把人家大姑娘说害羞了，说走球咧！”

四嫂子站起，紧一下溜下来的裤带，道：“实话，把剑锋媳妇说走咧，咱也松活了一下！接着收，小心一会儿晒得没腰了！”

……

午饭时，胡志坚在房间被热醒来，发现浑身是汗。抬头看，房间里、院子里一片寂静，看看表，已经一点多，过了饭时。心想，活得这么背，竟然吃饭都没人叫。于是洗把脸，喊焦少成和齐天翼去喝酒。

怕晒，仨人就近在警察局旁边唯一开门的一家小酒馆坐定。酒馆老板虽然不认识他们仨，但凭着生意人特有的敏感隐约猜出三位都是省上领导，于是赔着小心分外殷勤。胡志坚点了凉拌黄瓜、猪耳朵、辣子炒鸡蛋和每人一碗蘸水面，又要了一瓶竹叶青，很快面菜酒一起上，老板还给送了半个大西瓜。三个人吃喝得有滋有味，难得吃了个精光，又计议着去街上喝茶，消磨时间。

走到半道，发觉街道上半街人都回家夏收去了，于是怀疑要去的茶馆也是关门大吉，胡志坚就提议：“哥们，去烟雨楼消遣消遣如何？”

大伙就跨过铁道，朝那边走去。

当焦少成跨过陇海铁道的时候，午饭后的程玉娥闲来无事，正在想念丈夫，并因此生出了闷气，在自己房间自说自话道：“嗐，人都嫌官小，我看这官不能大，要不就不顾家了！”

走到门外吐痰的焦老财听出了弦外之音，隔着门窗接话道：“喳，明日让少成回家，整日守着你！”

“……”程玉娥没承想发牢骚被老公公听到，还真切地顶了她一句，吓得不敢再作声。

焦老财吐完痰、说完儿媳妇，回到自己媳妇跟前。瞅了瞅穿着月白短袖短裤懒洋洋的山丹丹，提议道：“媳妇，你看这西京城跟个大火炉似的，不如咱回金凤巷住住，也好避避暑去。你、玉娥，都有日子没熬娘了！咱一同上一回咸阳。”

“你……这是想和你儿媳妇一起去吧！”山丹丹竟有些吃醋。

“你别饱人不知饿人饥！”焦老财道，“就这，我去警察厅要车。”说着出门去了。

一小时后，焦老财气呼呼回到家，要车竟碰了一鼻子灰。可是，两个年轻媳妇走的心已被煽惑起，于是他硬着头皮给咸阳警察局打电话找焦少成，竟没人接。他一气之下，直接打电话给老朋友祝肇州，电话那边说省主席人不在。

回金凤巷的计划只好搁浅，山丹丹落得中意，甚至有些幸灾乐祸。程玉娥见山丹丹没轻没重，故意在放下包裹的时候将娃在床上一蹾，娃受了惊，哇哇大哭，全家人更加闹心。

下午，蓝枝儿从北豆芦村骑马直接骑到咸阳警察局，来找齐天翼，显得心事重重，肩头的鹰热得直张嘴。她扑了个空，正不知上哪儿找齐天翼时，食堂管伙食的惠师傅从街上买菜回来，告诉她："姑娘，齐天翼与焦少成、胡志坚，仨男人去烟雨楼找乐子去了。"

惠师傅似乎不认识蓝枝儿，说得有口无心，却说得她很是伤心。她郁闷地打马直扑烟雨楼而去。

六点多钟，赵景汉跟随罗莉莉经过米仓往后街赶，来到必经之路——赵剑锋家场院畔的核桃树下。罗莉莉故意拉低凉帽沿，加快步伐，赵景汉也大步跟上。他最近临时调到咸阳医院开展义诊活动，听说倪柏仁伤势加重，便二话不说，心急火燎赶来。赵剑锋本已对罗莉莉一见倾心，上午又经乡亲们一嘈嘈，早意马心猿，所以一直在监视这条路，好与返回来的罗莉莉再加深一下印象。他见罗莉莉回来，便又情不自禁地上前搭讪，不料却认出了赵景汉。原来，他俩是中学同学。短暂寒暄后，赵剑锋充满疑惑地瞅着俩人，罗莉莉忙抢口说："介绍一下，赵大夫，我表哥，这不，我请他给我回家看病。"

赵景汉随机应变，连称罗莉莉表妹，才掩饰过去……

再说蓝枝儿。她回金凤巷找到齐天翼时，齐天翼正独自在喝茶，她用玉指捏着齐天翼脖子训斥："你为何来这种脏地方？"

"人家烦闷，所以才来找你呀！"齐天翼一脸无辜，"谁让你不仅开了这么个脏地方，而且还经常待在这脏地方！"

蓝枝儿顿时喜出望外，一把抱住齐天翼欲亲他，齐天翼大呼："非礼非礼！来人哪！少儿不宜，少儿不宜！"

倪柏仁病情的确很严重，比罗莉莉上午检查时更严重了，伤口感染加剧，由于内部伤情的恶化，使得创面不断扩大，脸和脖子肿得老高……赵景汉建议马上去医院处理，韩夏春不置可否，大家焦急地讨论起医治办法来。倪柏仁却要来铅笔，在床板上写下：勿忧。人不死，何言福！

罗莉莉当下自责道："倪伯伯，后六个字，当初你是说出来的，可现在你已不能说了，只能写。这，全是我失职呀！"

倪柏仁摇头，示意她别自责，不想罗莉莉更激动地说道："古希腊哲人说过，你终究会遇见它们的：一个是爱情，一个是死亡。我曾经遇见过现在已死的爱情，那么如果我今天能治好您的病，即便遇见死亡，我也认命！"

大家都为罗莉莉的话而动容。事不宜迟，韩夏春当即写信一封，并耳语交代罗莉莉送去。罗莉莉踏着碎步，消失在夕阳的那端。

一小时前，祝肇州派丁秘书找到焦老财。焦老财似乎已改主意，叮嘱他明日派车来送他们上咸阳。丁秘书殷勤答应着，正欲告辞时，程玉娥赶出屋道："大，娃热得全身起痱子，咱要不连夜回家吧！"

焦老财心疼孙子，当下同意了，便吩咐丁秘书立即安排车。夜色深沉，城内灯火阑珊，城外的广大原野则被黑暗包围着，几个人坐车从亮处出城，一头撞进黑暗中。

罗莉莉被黑暗包围着，尽量挑着经过村庄的路走。经过一个沟圈的时候，几匹狼泛着绿莹莹的光挡住了去路，情势危急，连夜回警局的赵剑锋适时出现，上演了一场激动人心的英雄救美。罗莉莉分外感激，转念又觉得赵剑锋身份可疑。但无论如何，一天碰见三次，俩人都相信有特别的缘分，不觉互生好感……

走到县城，罗莉莉说自己要投亲，俩人依依不舍地分开。

第三十章　5月29日

咸阳警局的临时单间宿舍里，赵剑锋脱得只剩下个短裤衩。熄灯后，一时兴奋得难以入睡，罗莉莉真的令他很满意，这么说吧，有了罗莉莉，他就可以放下暗恋十一年的黄紫红了。她不仅漂亮，而且机灵，还有知识——他已经搞清楚她是省医院的护士，并且根据路上的聊天了解到俩人属相也是绝配：他属猴二十六，罗莉莉属蛇十七岁，他在书上看到过说是男女相差九岁是最佳婚配。唯一一点，罗莉莉今天的形迹可疑，不过这似乎可以忽略，他现在的主要任务是如何让姑娘喜欢自己。刚才路上罗莉莉的眼神，特别是分手时她那甜蜜惋惜的一瞥，让他当时委实喝了蜜糖水般甜蜜、畅快……哎！最好是能很快再见到她，他恨自己刚才不够大胆，本应该约一下她嘛，至少……正在他浮想联翩时，忽听得一声奇怪的野鸡叫唤。叫声很异样，极有规律，一声长、两声短，连叫了两阵子。出于好奇，他忙站起身子对着临街而开的后窗朝外望去：灯光照射处，一个穿淡蓝色长裤绛紫色短袖、梳着短辫儿的女子身影，只那么一飘，便不见了。恍如一个幻影，又神似罗莉莉，她这身打扮他印象太深了！

赵剑锋顾不上穿衣服，就惶然冲出门，穿过警局大院子越过大铁门，蹿到后面街道上。黑暗中，他极目搜寻，却什么也看不见，便躲在暗处等待"罗莉莉"再次出现。不久，黑影出现在街西头一家裁缝店射出的灯光里，他忙疯狂冲上前。

原来，韩夏春派罗莉莉今晚给"青铜"送信。

罗莉莉自从成为候补党员后，韩夏春也曾让她送过几次信，都很成功；但都是将信放在指定地点，而并未与收信者直接传递过信息。这次情况紧急，韩夏春吩咐她趁夜色掩护，以一声长、两声短的两阵子母野鸡叫声为紧急联络暗号，去与"青铜”取得联系，带去倪柏仁急需手术的信，并捎回口信。至于“青铜”是谁，是男是女，韩夏春也不知，光知道在咸阳警察局可以找到人。在罗莉莉发出暗号前，她的这次任务执行得基本顺利——当然要归功于那个警察赵剑锋（他从赵景汉口里得知）为她驱逐野狼；但后来，她的呼号并无应答，她判断“青铜”不在家，便没敢再逗留，而是朝西郊跑去。

除了农家打麦场上萤火虫般的马灯的微亮和满天星光外，深夜一片漆黑。罗莉莉眼前发亮，脑际有些眩晕地深一脚浅一脚朝郊外的烂塌窑洞方向跑。赵剑锋光着上身在后面紧追不舍，一半是为保护她，一半是出于好奇，看她究竟要干什么，确定她的身份。俩人都没有照明设备，赵剑锋第一次来这里，他只觉得罗莉莉将他引到了野外，许久，他根据羊粪豆和夏天羊身上的臊气判断出他们来到了圈养的地方。罗莉莉就在羊圈前停了脚步，赵剑锋只得蹲在离她两百来米远的炸狼弹[①]丛中盯着她。好半天，罗莉莉都没有动静，赵剑锋着急，想朝近移动身子，又担心被发现；但这么远，即便罗莉莉逃离或者做了什么机密事情，自己也看不见。正在着急时，一道闪电将罗莉莉暴露在羊圈门前的崖面上，她正爬在半崖里将手伸进鸟窝；待赵剑锋想要细看时，眼前恢复了黑暗，接着一阵雷声滚过头顶。赵剑锋借着雷声掩护，朝前跃进了几十米。

他企图等下一次雷电到来，可一刻钟过去也没等到，也没再听到罗莉莉的动静。他于是壮着胆子摸了过去，心想，顶多被罗莉莉发现，真那样他正好说是来保护她的。这样想着，他大模大样走到羊圈门前。又一个闪电袭来，他四下搜寻，没见到罗莉莉的影子。他一个猛冲上到半崖面，手够着了放密信的鸟窝，竟拿出了个纸片。猛然间，他想到罗莉莉是间谍，就企图获得更大收获，于是在鸟窝里摸了又摸，结果再无新发现。

拿到密信后，赵剑锋没有再找罗莉莉，而是直接回警局。路上，他一直在等待第三次闪电的出现，想借着电光看清纸条上的内容。可是却发现自己五点钟方向有几只乒乓球大小的红蛋蛋在玄妙地飘动、游移，红蛋蛋贴着地皮，像火一样燃烧着，约莫距离自己一百多米，似乎正朝着自己的方向飘游……赵剑锋顿时头皮发

① 炸狼弹：一种茎秆半人高的阔叶植物。

麻，下意识地摸一下枪袋，却只摸到自己的精胯骨。惶惑之间，他最终认出这里是荒郊野岭谁家的坟地，心里一下子镇定下来，骂道：“呀！是狗日的红火蛋，坟里头死人骨头散发的气体——磷自燃的么！”

赵剑锋虽然明白了所以，但还是觉得煞森得厉害，忙飞奔向警察局……

当赵剑锋裸奔的时候，西京止园里，黄紫红乐不思返。

与祝肇州欢聚后，她拉着他去坊上逛夜市。正在兴头上，却发现走到五味什字，不由想起七年前自己结婚的悲痛往事，一下子心绪跌落陷阱，就对祝肇州说：“主席哥，我也游了也逛了，最主要的是陪你开心快乐。这下，我要星夜赶回咸阳，去处理警务。”

与焦老财一样，祝肇州这把年纪，即便是想女人也经不得年轻女人终日缠磨，于是他爽快答应。黄紫红又说：“主席哥，能不能让上面派一个美国顾问过来，指导一下咱们的‘刺王’工作？”

“嗯，我看很有必要！”祝肇州说。

黄紫红满心欢喜。安顿一下，祝肇州就吩咐司机连夜送她上咸阳警察局去了。

这当儿，焦老财领着两个年轻媳妇——三老婆山丹丹、儿媳妇程玉娥，抱着小孙子，乘省政府专车到达烟雨楼。此时已是后半夜一点钟。

繁星满天，夜风清凉，夏虫们的音乐会正掀起一个高潮，烟雨楼灯火迷糊一团。车子停下，山丹丹吩咐直奔烟雨露大包厢，这曾是她和焦老财婚前的专用幽会场所，由两室一厅组成，几个人商量着今晚就住这里。丑时，当值的招待处于半迷糊状态，没有注意到来人，他们便径直走到烟雨露包厢门口。门虚掩着，里面透出红艳艳的光、香艳的气息，听到男欢女爱声；几个人都是一愣，焦老财、程玉娥抬眼看山丹丹。不看则已，一看山丹丹，山丹丹便被激发，不顾一切地气呼呼推门而入。

门开处，但见四只高高的红烛照耀之下，软绵绵、厚墩墩的红绿黄杂色地毯之上，两对男女正搂在一起……焦老财、山丹丹惊得愣怔在门首，程玉娥却冲了进去，她已经认出那个紧拥着大洋马女人的，分明就是焦少成，而猛搂着玲珑美人儿的似乎正是胡志坚。一刹那，这个年轻气盛的人妻醋意大发露出了泼妇相，只见她一个猛子扑到那四个狗男女的人肉阵中，双手迅速按住一个男人的头，朝他的脸面就是一阵抓挖抠挠。可惜并令人尴尬的是：阴差阳错间、急火攻心时，她没能抓挠到自己丈夫焦少成，却误伤了前男友胡志坚。顿时，偌大的地毯上，逃得只剩胡志坚一人，已被撕扯得平展展地躺在大地毯上，脸上血刺呼啦，表情极度痛苦而复杂。他瞅一眼犹在怒中的程玉娥，忍痛歇斯底里骂道："泼妇……啊，程玉娥，你得是嫌咱俩没好过呀？！你现在想起来了，可……迟啦，咱俩谈三年恋爱而清里清白的遗憾……只能下辈子补啦！"

至此，气昏头的程玉娥才最终明白自己是误将胡志坚撕挖了一顿，立即羞愧难当地跑出烟雨露。这时，已经穿好衣服的焦少成拿着长笤帚恶狠狠追进来："姓胡的，我叫你狗日再胡骂！"

焦少成一边骂一边穷凶极恶地盯着胡志坚，盯着盯着，表情慢慢变得温和而充满错愕，他看得真切：胡志坚早已被程玉娥破相、毁容。他现在只有内疚，只有拉他去处理伤口的份儿了。

咸阳警察局，赵剑锋灯下打开密信，不禁惊喜地大叫一声。信虽然不长，但绝对顶顶重要，赫然写着：

"青铜"同志，"青铜佛"破损不堪，该如何修复，请明示。青瓷

正待他思索个中秘密时，听到汽车响，定睛一看，竟是黄紫红深夜驾到。他大喜过望，忙拿着信去给黄紫红表功、报告。黄紫红先是训斥他，令他莫要在女上司面前露肉过多，接下来才去看信；看罢密信，她也是连声叫好，觉得一下子又"柳暗花明又一村"了。黄紫红反应很快，立即决定将计就计，于是亲笔回了一封信，并让赵剑锋立即放回鸟窝。

看着赵剑锋领着几个警察出发，黄紫红怀着历险般喜悦的心情信步在院子里走动着，以享受自己运筹帷幄、指挥若定的快乐，这才察觉齐天翼房门虚掩灯也亮着。黄紫红推开房门发现，蓝枝儿与齐天翼和衣而睡，胳膊腿儿都挤挤挨挨到一块了……她并不生气，一来她负丈夫在先，二来她和齐天翼的关系已是一地鸡毛拾不起，三来如今她巴不得丈夫找个可心人儿、早早离开她，这样她才好脱身；四来此

时情报的重大发现以及可以预见的斩获，也令她心胸为之开阔。她口中说声“祝福你，齐先生”，就独自睡觉去了。

焦少成乘坐省政府小车护送胡志坚回咸阳。小车停了一下，径直回了西京，他则下车，带着胡志坚去医院处理后，俩人一起回到咸阳警局。

天已大亮，胡志坚忍痛躺在床上，迷糊过去。不知过了多久，他突然听到“扑棱”声，猛然惊醒，翻身下床出门去。不错，是信鸽回来了，他连忙从鸽笼里信鸽的脚上取回密信，展开去看。突然，他觉得身后有动静，急转身，却见黄紫红与赵剑锋上前来。胡志坚赶忙收起密信，不想，信被赵剑锋强行夺走。赵剑锋将信给了黄紫红，并用身子隔挡着他，好让黄紫红看信。黄紫红扫视一下，发出一声大喝，没等胡志坚反应过来，就将他绑缚。

原来，根据赵剑锋晚上从鸟窝里接的信的内容，黄紫红回信说：

“青瓷”同志，立即去咸阳医院修复。青铜

黄的回信很快被那边接收，并迅速复信过来，复信被胡志坚接到。这封信的回复内容仅俩字：

照办。青瓷

不知是出于有心还是无意，黄紫红据此立即断定：胡志坚就是所谓的“青铜”，正是他，长期以来模仿齐天翼的笔迹联络共产党“青瓷”，指挥共产党破坏整个“刺王”行动。胡志坚被搞得晕晕乎乎，大呼冤枉，但已是徒唤奈何，被关入铁房子似的“中正”密室。

中统三秦负责人成了共产党间谍，一时间，咸阳警察局气氛异常紧张。

封锁消息后，黄紫红开始精心布局，在咸阳医院内外严密布控，张网以待。

关了胡志坚、监视着医院，干完这两件大事后，黄紫红现在要做的是：继续模仿齐天翼笔迹（其实，她都用不着去刻意模仿，因为她、齐天翼、倪柏仁仨人手迹神似，彼此可以以假乱真），飞鸽传信，告诉“青瓷”去医院的时间。——既然已经建立畅通的“指挥”渠道，她现在便要充分发挥这个指挥棒的作用。其信云：

“青瓷”同志，务于廿九日十一点半来院修复。青铜

半小时后，韩夏春收到地下信鸽人员送达的飞鸽回信。他不知是计，异常振奋，立即部署倪柏仁前往医院的行动。现在九点，离信上通知的时间仅剩两个半小时，时间很紧，可一时无合适人员护送，因为赵景汉、罗莉莉和他不能出面。于是他忙找来康泽成商量，决定由康泽成带枪路上护卫，由康凯疏通路上遇到的麻烦和意外，另带两名可靠农民，用担架将昏迷的倪柏仁火速送抵咸阳县医院；赵景汉与罗莉莉即刻“恢复”热恋关系，自行回医院作策应；约定韩夏春亦随后到达医院外那家大伙都知的秦人居酒庄住下，以便就近继续协同“青铜”指挥整个行动。

时间在一分一秒地流逝，韩夏春掏出怀表一看，已是九点五十。准备和商量一定，大家立即行动。四声布谷鸟连天地叫着，天上飘着雨星，地牛发出蒙里蒙混的叫声，竟有一丝凉风吹来。康泽成、康凯和康凯的两个伙计，抬着倪柏仁离开了米仓，消失在一望无垠、黄澄澄绿油油的关中大地上；赵景汉结伴罗莉莉，俩人心事重重地沿着乡间小路走去；最后，韩夏春亦蹒跚着朝咸阳的官道进发。

上午十一点半，一个石破天惊的时刻到来。

咸阳医院门口，当倪柏仁被两个“生八路”[①]小伙用担架抬来、康凯找到黄紫红指着担架上用纱布蒙着全身的病人说“长官，这就是‘青铜佛’”时，焦少成、黄紫红和齐天翼等所有“恭候”在此的人，都不敢相信自己的耳朵和眼睛。黄紫红错愕到极点，半张的嘴迟迟合不拢，讶异之余厉声问：“‘青铜佛’到底是人是物，咹？”

“担架上的就是，喳，您可以亲眼看看。”康凯不卑不亢道，“长官，请借一步说话。”

黄紫红瞅一眼康凯，个头不高不矮，相貌平平，除了八字胡和脖子上的痦子有点触目而外，似乎没什么特别和可疑处，于是带他进了局促的传达室。

① 生八路：意为陌生人。

见黄紫红离开，齐天翼上前揭开倪柏仁的头部面纱，他的心立即电击一般猛地缩紧了。他做梦也没有想到，敌人费尽心思抓捕的干大倪柏仁竟然被自己人主动抬着，直接送到了武装到牙齿的追杀者的面前——警察的重重包围当中！不行，得马上处理这个危机！正待他思考解困之法时，黄紫红跑出门房，回到担架前。

刚才在传达室里，康凯问她是不是“青铜”，黄紫红笑答“青铜”已被她关押，她反问康凯是不是“青瓷”，康凯摇头；黄紫红又问担架上是谁，康凯说是病人，具体身份他也不知，黄紫红心里一跳不再说话，急转身跑出。此刻，她隔着纱布看了一眼，便认出担架上是干大倪柏仁。康凯还在她耳边嘈嘈：“长官，病人奄奄一息急需手术，请长官通融，尽快安排手术为盼。至于确认身份，还望到病房再检视为好！”

见黄紫红神情严肃地跑出，齐天翼冷冷地盯住她，黄紫红故意躲避他的目光。看着已经被运送到她面前的倪柏仁，她心里豁地一亮，极力压抑着内心的狂喜。她怎么也没有想到“刺王”行动要以这么一种谁也想不到的戏剧性方式落幕！所谓的“青铜佛”不是物件，是人，而且竟然是自己费了千辛万苦要抓而抓不到的干大倪柏仁！真可谓“踏破铁鞋无觅处，得来全不费工夫”。她的干大、她的恩师、她的证婚人，她的目标、她的猎物、她的进阶牺牲，现已被抬到她眼前。事情整个儿有点匪夷所思，但却也真真切切，就在面前、就在目下，她内心不禁有个声音在喊：鲜花、掌声、厅长……随着这些细微的心理活动，她的手下意识地在枪套上摸了一下。但是，无论如何，她都不能做得太露骨。乡土中国，传统道德，约束着每一个人，凡事不能做得太过；太过，当事人会找你算账——伏尸二人血流三尺，即便不是，也会遭天谴。至于倪柏仁这样的百姓王、关中正大先生、活菩萨，如果她胆敢明目张胆现在就枪毙掉，说不上第二个——不，也可能第一个倒下的就是她自己。不要说齐天翼，就是警察中也许都会有人乱枪放倒她；不为别的，就因为这个死尸般躺平的中年人在群众中的威望，就因为他为老百姓曾犯死几十年呼号过而且现在正犯死奔走呼号着。想到这里，黄紫红大喝一声：“来人，立马安排他就医做手术！”

最毒妇人心，黄紫红企图收买人心，却欲暗中置倪柏仁于死地。

赵剑锋立即带领一队便衣警察，换下那两个青年后生，抬着担架进了医院。黄紫红看一眼焦少成，焦少成并不理她，却指挥人员呼啦一下包围了大门。黄紫红跟上担架，齐天翼和刚赶来的倪克玉跟上她。三人来到病房，守候在病床边。

一小时后，倪柏仁被推进手术室。按照黄紫红安排，并没有实施手术，而只是普通处理，为的是配合“密裁行动”。但在可能的范围内，赵景汉还是尽心尽力，他先慢慢挤脓清淤，而后把消炎粉轻轻撒在红肿的伤口上，再涂上紫药水，又用胶布将涂抹着凡士林油膏的纱布固定、缠好。

现在，外有焦少成，内有赵剑锋，医院内外岗哨林立、严密监控，如临大敌。黄紫红这还不放心，又让几个男女警察扮作医护人员出出进进，暗中监视一切异动。黄紫红对齐天翼也很怀疑，俩人大眼瞪小眼，无话可说地待在家属等候区。利用沉默得尴尬的时间，终于，黄紫红向齐天翼“修正补充”了自己七年前失踪后发生的事情。

原来，在那个他俩永远难以忘怀的日子——1939年农历二月十八日，齐天翼和黄紫红举行婚礼，日机突然来袭，轰炸了婚礼现场。黄紫红混乱中被日本特务掠走，被辗转带到日本驻扎在东北的株式会社，经洗脑和特务训练，成为屠杀中国人的帮凶。与此同时，军统也在做她的工作，动员她反正，她便成为双面女谍，但主要效力国民党，抗战胜利后更被军统重用。当然，她意识到，这次“刺王”行动，其实是军统内斗，在继续考验她。本来她为了彻底洗白自己，决心黑了良心杀掉干大倪柏仁；孰料，赵剑锋并没有干净利落地执行好任务，加之随后的追查也不顺利，所以为自保，她先后搭上了焦少成、祝肇州……

齐天翼坐在长连椅上，越听越悲，终至于毛骨悚然。之前，他只觉得她和自己政见不同而已，一点没有料到她已经堕落到这步田地。他尽量表现出大度，其实他真的不生气了，觉得她充其量是个敌人；那么，她的谎言、凶恶、无耻就是本性使然。他都不值得在她身上再浪费时间，哪怕一秒钟。为解危，他便假装肚子疼去上厕所。在洗手间里，他写好一封密信，揣在兜里，若无其事地回到连椅上。

上午，胡志坚即被提出讯问。黄紫红不想给他留有思考应对的时间，所以刚关进囚室不久就被带到审讯室，已审了四个多小时，现在一个警察前来报告黄紫红，说是需要齐天翼当旁证。黄紫红眼珠子狐疑地转了几转，很不放心地让警察带着齐天翼速去速回。

齐天翼配合完审查，回来上车时，故意迈出很大的步子，只听“嘶——”的一声，他的裤裆开裂了一条一尺多长的口子，已然不能遮羞。带他的警察笑着说：“齐大记者，您这样子怎么去见夫人呢！”

齐天翼愧赧道：“这好说！我就说你将哥们催得太紧咧！”

说时，车已行至街西头的裁缝部门前，小警察忙催促他下车缝补裤子去。齐天翼落得中意，正好将密信送给裁缝师傅，并让他当即送达秦人居。

午饭前，治疗结束。饭后，倪柏仁醒过来，他大吃一惊，明白处境后苦苦思谋着出路。黄紫红去“看望”倪柏仁，倪柏仁很动情，黄紫红也是一脸庄重、凄然。黄紫红这才搞清楚干大倪柏仁已不能说话，就吩咐人拿来上好的宣纸和毛笔墨锭，亲手磨墨，将毛笔吃好墨汁后双手递给倪柏仁。倪柏仁起身，略一思索，慨然拿过笔纸，一挥而就写了四个大字：

好自为之。

黄紫红望着墨迹渐干的老师的手迹，眼前出现的是倪柏仁教她和齐天翼描红课的情景，她流着泪深深叩首，紧绷着脸转身离去。

秦人居酒庄里，韩夏春接到“青铜”的信后，大惑不解：正是所谓的“青铜”的一连两封密信，才使他犯了无可弥补的大错——竟亲自部署，将倪柏仁送到了穷凶极恶的警察手上，使他陷入万劫不复的境地！也让他自己心如刀绞、罪责难消。但他转念一想，目前的情况已是最糟，如果犹豫不决或者慢半秒钟，都可能让倪柏仁最终丢掉性命。所以，在此时大伙个个惊得出冷汗、自责得要死的情况下，在别无办法的情况下，他们最后还是决定接受和执行“青铜”计划，放手一搏营救倪柏仁。

傍晚，残阳如血，韩夏春、康泽成、康凯、罗莉莉等，每个人脸上都充满了悲愤和最后牺牲的决心。罗莉莉自告奋勇，说自己医院有熟人，现在就进去联络赵景汉。韩夏春意识到有内鬼，已开始怀疑罗莉莉，就安排康泽成扮作罗莉莉的父亲一同行动，以防不测。

与此同时，齐天翼已经赶回医院。他直接去病房看望倪柏仁，倪柏仁突然间就能够说话啦，自个也觉得不可思议，悲戚道：“日鬼的，见到你我竟又能说话了。我娃，乱世自保，找个好女人……别管我，我是出不去了！”

齐天翼不觉悲从中来，双泪长淌。俩人还想说什么，但知道有耳目，就没有再多说。

夜晚，整个医院弥漫着死亡气息，倪柏仁的病房周围出现了一排足有十几人的暗哨。

病房里，只有倪克玉一个人陪伴在倪柏仁床前。她趴在父亲耳边说着什么，倪柏仁听着听着，眼里开始闪现出希望之光。

黄紫红设立了临时特别指挥部，就在病房走廊的最东边。此时，她正坐在简陋的指挥室里，独自抽闷烟、喝闷酒，不断咳嗽着。别人都不许进，只有赵剑锋与她保持单线联系，现在他正苦心劝她节酒戒烟。突然，门被推开，焦少成、齐天翼撞进来，黄紫红欲发作，不料焦少成更老到，说："咹，我说完话就走。按计划，已经安排好明天凌晨'转移'倪柏仁的所有细节。""转移"就是处决。

黄紫红连看也没看一眼焦少成，傲慢地扔掉烟蒂，摔碎酒杯，恶狠狠地说："不是明天，是今天，是现在！二位没事儿的话，就早点休息吧！"她已经不放心这两个在不同情形下与自己有过情感纠葛的男人了。

焦少成和齐天翼见如此，只好退出。俩人一走，黄紫红就给赵剑锋下达了八字死命令：瓮中捉鳖、刺刀见红。

焦少成和齐天翼无限悲哀，各怀心事地走出医院住院部。一阵夜风吹来，两个男人脸上都飘过泪珠儿。就在这时，他们看到，医院大门灯亮处，穿着白大褂戴着口罩酷似赵景汉的大夫与女友倪克玉，边相互拥抱边亲吻着走出，罗莉莉从后面紧紧追出："小妖精，勾汉子的，啊哈……你不得好死！"边失去理智地叫骂边悲怆地跟着跑出去。

一排排威严的警察们见此情景，都咧开大嘴忍俊不禁。焦少成痛苦地喊道："嗨，这世界，实在的好，好上那个好！"

黄紫红走出临时办公室，突然想到，在自己建功的时刻不应该放焦少成、齐天翼的假，哪怕让他们做个"刺王"行动胜利完成的见证者也好；就又派一个警察去请他俩回来。等二人回来后，她才带着他们和大批警察，耀武扬威地来到倪柏仁病房外。

空气凝固了一般。黄紫红下巴一抬，赵剑锋带着警察疯狗样地涌入病房……

第三十一章　5月30日

看着警察们涌入病房，黄紫红闭上了双眼，那个从她心底里发出的声音再次响起：鲜花、掌声、厅长……付出了很多很多，好在一切即刻就要圆满落幕，她不觉激动得流下泪来。焦少成见黄紫红马上就要得逞，又见其如此“伤心”、如此善于表演，脸上泛起嘲讽而嫉妒的笑：“呀，黄总指挥，你不当演员，那是党国的一大损失！但，你要是当了演员，那又是那些影后如胡蝶者们的巨大损失！”

“鲜花、掌声、厅长……”黄紫红睁开眼忘情地吟哦道，“焦厅长，我就当你是真心在夸我呢，紫红谢谢你！今天咱们工作配合得很好，希望你今后继续支持我工作！”

“希望，”焦少成恶狠狠地说，“如果有今后的话。”

“如果有今后，我愿变皇后，指挥着皇上，铸一只金狗，”黄紫红无限神往地说，“用你们的躯体，去当狗腿子！”

“您可别说这样的吓人话，”焦少成严肃起来，“蒋夫人可健康着哩！——啊哈！你倒是真的很适合演戏，任务完成后，我会考虑你的这个爱好，给你安排一个适合你的工作！”

“喔，我就当你是真心夸我呢！”黄紫红道，“可我又没那么糊涂，咱谁安排谁的工作，还真不一定呢！”

“你……”焦少成被噎得说不出话来。

齐天翼则一副双目空洞的神情。时间似乎停滞了。

这时，赵剑锋惊慌地报告：“报告黄总指挥，报告焦厅长，里面不见倪柏仁！”

黄紫红大吃一惊，早吓得花容失色，脸变得蜡黄蜡黄，身子如同一股阴风横荡过去，一脚踢开病房门。病房内，穿着便装的赵景汉已被警察押起来，四壁空茫，实实在在不见倪柏仁的影子。黄紫红冲过去，一把扯住赵景汉衣领，咬牙切齿质问："咋回事，你是干什么的？快老实交代！"

"我是倪柏仁的手术大夫，叫赵景汉。我是查看他病情、巡房来的。"赵景汉不慌不忙，"可刚进门就见病房内人去室空，我还没反应过来，警察就进来扭住了我。剑锋是我同学，我还跟他理论了一番哩！"他说着瞅了瞅赵剑锋。

"对!"赵剑锋对黄紫红说，"他的确是咱中学时的同学，现在是省医院著名专家，祝主席有时也找他看病哩。"

"这不是重点！"黄紫红气急败坏，"拣有用的说！是谁刚才承担的把门任务？"

黄紫红返身冲到走廊，眼光像刀子般朝把门的警察求证。警察也不知病房内发生的事儿，个个哭丧着脸，一个高个儿的年轻警察说："黄指挥，我叫井卫海，执行把门任务。是这样，赵景汉进去不久，她女朋友就进去找他，一会儿俩人就都出去了。刚刚……"

没待那警察说完，黄紫红就跳起来，摸高似的给了他两记耳光，并呵斥："追！赵剑锋，还不给老娘快追！"

风急夜黑中，扮作赵景汉的倪柏仁一出大门伤口就剧痛起来。刚才从二楼下楼到院子又走到大门外的这四百多米路的表演，实在是太把做[①]他了；尤其是下楼后一直扭着脖子装作与女儿克玉亲吻的高难度扮相，弄伤了他的伤口。现在伤口剧痛，抽得脊背和腰身不带劲——他已经走不动了，好在早有韩夏春、康凯等抬着担架前来接应，他被扶上担架，很快隐没在两尺多高的灌木丛里。

灌木丛那边，王生春拉着毛驴、手里扛着榫子木鞭杆在接应，他已经用绳子捆紧了毛驴的嘴。见灌木丛里声音越来越近，王生春有些激动地钻到灌木丛里去迎接。五个人连忙将倪柏仁扶上毛驴，拉着毛驴走上一条小路，疾速前进。一会儿，毛驴想叫，摆头又摇尾，却怎么也发不出声来；吓得一队人要死要活，倪克玉甚至

---

① 把做：方言，意为难为。

跪在当路上给它磕了个头。毛驴看到眼前路上一个黑影一晃三叩的，不知何意，但由于这个转移了注意力，再没有做出那吓人的叫唤动作。

黄紫红见追击的警察们走完，冷冷地瞅了瞅赵景汉的便衣装束，拔枪朝他射去，边射击边歇斯底里地叫道："啊啊，好一个同学，你坏了我大事，你要了我的命哪！"

齐天翼意欲拦挡，被焦少成拉住。赵景汉的鲜血染红了雪白的被单和病房亮白的墙壁，齐天翼看得背过面去……

门外的高个子年轻警察闻声后，自觉难逃厄运，吓得撒腿就跑。被走廊里的暗哨一枪毙了。

黄紫红一阵恶风一样冲出大楼，走到大门首。她瞅瞅看大门的警察，看到他肩上扛的汉阳造长枪，便将长枪要过来，高高抡起，朝两面的四个警察打去。有两个警察当场被打倒，站不起来，黄紫红喘着粗气厉声命令道："蠢货！还愣着干啥，啊，给空气站岗吗？还不快追！"

两个还能够站立的警察忙射箭似的跑了出去，而爬了几次均没有成功爬起的那两个受重伤的警察，则凄厉地哭叫着求救命。那两个跑远的警察就又返身回来，一人搀扶一个警察，四人迅速消失在昏暗的大门外……

顿时，咸阳县城、咸阳塬上人声鼎沸、狗叫不断……貌似热闹卖力的追捕，正好用来掩盖暴力者的虚弱。黄紫红听着这喧嚣的追捕声，极度失望极度无奈极度厌倦地闭上了沉重的眼睛。她确乎已经知道了自己的宿命，转身求救似的对焦少成道："你说说焦厅，喳，谁还能帮我们抓到'病人'？谁知道他在这夜幕里的哪儿？"

"啊，天知道，但天不帮我们凡人，只帮皇后——天子的老婆！"焦少成冷冷道，说着走开了，"紫红，我去求求天，让他快些开恩吧！"

小分队沿小路摸索前进。听到医院的枪声，大家都很悲痛，罗莉莉尤其伤心，倪克玉也抹眼泪。快走在小路尽头时，他们察觉到路那边已经被警察堵住，不得不折返。折回到医院旁边的一个拐弯处时，听到说话声，见弯路那边有几人一拐一晃地边说边走过来，于是他们就又蹲伏藏身到刚才的灌木丛里。骑在驴身上的倪柏仁显得太高，大伙就将他扶下来蹲着；现在，则是驴身子尤其是驴头高出灌木丛一尺，非常触目，铁定会被发觉，大家紧张得没有办法，只好硬着头皮静静地坐以待毙，犹如任人宰割的绵羊。这时，夜风送来一个悲怆的声音："哎，最毒妇人心！最毒妇人心！"

是焦少成经过。他似乎发现了目标，径直走进灌木丛，朝这边徐徐而来，越走越近。

大家心提到嗓子眼上，都觉得难逃此劫，韩夏春、康泽成已掏出手枪，子弹上膛，王生春抓紧了榫子木鞭杆，倪克玉一手抓着驴缰绳，一手紧握父亲的手，罗莉莉冰凉的手一手抓住倪克玉的胳膊，一手握住倪柏仁的手。此刻，似乎连夏虫和地牛也意识到了危险，全都停止了鸣叫，只有风吹草木的波浪一波一波次第传过。一刹那的宁静和那越来越近的人影，让毛驴很警觉，它竖起耳朵，耳廓不断调整着方向，以便准确收集信息。它本来是要嘶叫的，至少该打个鼻响才好，可是条件不具备，于是它狠命摆动了一下头。这一摆不打紧，只是倪克玉被带得跳了起来，甚至这一跳似乎也无甚要紧，可要命的是，随着这一跳她自个也惊得"啊——"了一声……完了，韩夏春、康泽成准备举枪射击了，却见那人影竟然扭头，走开了。黑暗中，六个人连同那头驴，十四只眼睛，一直盯着那个高出灌木丛的身影渐行渐远，估摸着到了灌木丛边沿，才听到他"沙沙"的撒尿声。

撒完尿，焦少成便消失在田埂的小道上。

几十年之后，在台湾担任了要职的焦少成，回想起今晚这惊心动魄的一幕时，仍然心惊肉跳。年迈的他为他青年时的英明而自豪不已，要是没有他这明智的回头转过，哪有这后来的造化！

大伙在灌木丛待了很久，等警察们的喊声消失、黄紫红的警车远去后，已是拂晓。一行人改了装扮悄悄上路：倪柏仁扮作在外做生意的商人骑上驴背，倪克玉扮作商人女儿，罗莉莉是倪克玉同学、做护士的，来护送一程；韩夏春扮作商人的大侄子，商人"年老病重"，侄子接他回枸邑老家；王生春和康凯扮作赶毛驴的脚夫……长期的地下工作，使得韩夏春学会了一套高明的化装本领。

可临抬脚前，罗莉莉和倪克玉变卦，死活要留下来，准备最后看一眼她们钟爱的男人赵景汉。韩夏春沉默一下，答应了俩人的请求，叮嘱她们千万小心。此时，千家万户的鸡们开始一遍一遍报晓，四声布谷鸟发出悦耳的音乐，医院里传来撕心裂肺的哭叫。倪柏仁催促两个女儿上路，道："孩子，你俩都是我这个'病人'的好女儿，去吧，小心些！"

罗莉莉和倪克玉含泪走出灌木丛，走进晨曦中……

王生春拿起鞭杆迅速走到前面带路，康凯赶紧牵起毛驴跟上，韩夏春、康泽成匆忙紧随。一行人沿着官道大摇大摆而去，不久，一拨一拨无功而返的警察们迎面走来，人人捏了一把汗。但奇怪，这些疲惫之师似乎根本没兴趣搭理他们，甚至连正眼瞅一下他们也没有。也是，警察们压根没有将六小时前逃离医院的要犯与此刻正从距离医院三两里远的官道上行走的生意人联系起来！何况，他们也许这么想，你叫我追，我该追的已追了，该熬的夜已熬了，该加的班已加了，总之规定动作已然完成，报告长官：我该回去躺着了！昨晚，焦少成不也这样吗？这个全省警察系统的总负责人，他消极应付。刚才其实他明明白白看到了藏匿在灌木丛里的"要犯"，但漠然地视为无物，拒绝执行抓捕任务；因为他清楚地知道，一旦帮黄紫红完成这个任务，那么，在祝肇州的支持下，紧跟着鲜花掌声的将是什么，所以他果断收手。其实，放大放远一点看，整个国民党体系，不也一样吗？二十年前，汪精卫和蒋介石的内斗导致汪精卫带领百万伪军投敌；去年，担任军事委员会汉中行营主任的李宗仁不也和蒋介石打过二十年的仗吗，他们面和心不和，却能长期共事，这都是各种力量掣肘制衡的结果。大局如此，小小个人仅为了养家糊口，犯不着那么认真。这或许就是20世纪40年代国民党体系的普遍心理和主要病灶吧。

清晨，薄雾笼罩了咸阳城，一队队警察陆续回到警局。他们腿上大都沾满了泥浆，有人衣服和袖子上也有，疲惫不堪的警察们本想休息，但得到的消息却是原地待命，院子里乱哄哄的。终于，八点时黄紫红也开车回来了。她回到房间打扮一番，涂了口红和蔻丹，喷了香水换了短裙，便吩咐司机开车回西京去了。见长官已走，赵剑锋令满院子的警察云散而去。焦少成、齐天翼互相看看，同病相怜地回房间补觉。

借着迷离大雾的掩护，倪克玉、罗莉莉用遮阳草帽挡着面部，在咸阳医院附近的棺材店打探消息。打听到的结果是，并没有人给一个叫赵景汉的大夫购棺木，甚至没有任何人在这天来买过棺木。她俩正打算混进医院进一步了解情况时，却见一辆小车在大门口停了一下开进去了。俩人一眼认出了车内的黄紫红，虽然千恨万恨，可一介弱女子也不能把人家怎样。黄紫红是昨晚将水杯撂在了临时指挥室里，现在进去拿，同时跟进一下院方对于赵景汉尸体的善后事宜，以便回西京后对祝肇州有所交代。

俩人走在僻背的小巷里，商量着去哪里打听才妥当安全些。倪克玉本来在咸阳城有几个亲戚可以问，但她又担心见面后他们会询问父亲的事情，所以没去。罗莉莉比倪克玉更了解赵景汉的社会关系，但由于她已成前任，故而不想见以前的人，她只是心里盘算了盘算，就否定了去找熟人的念头。突然，罗莉莉叫道：“喳，可以打电话到省医院，让他们直接联系赵景汉。”

“嗯嗯，你与省医院熟，你打吧！”倪克玉道。

“正因为我熟，所以不方便打。”罗莉莉咬着发辫儿道。

“电话上你不说名字就是了。”倪克玉坚持着。

“可是找不到电话。”

“这个好办，我来解决。”

俩人商量好，倪克玉将罗莉莉带到秦都一家袁记肉夹馍店。店里的人都认识倪克玉，却并没有问他父亲的情况。俩人在那里吃了早餐，肉夹馍凉皮稀饭“三秦套餐”撑得她俩直打饱嗝，这时五十岁的掌柜从后店转出前台，与倪克玉热情交谈，倪克玉连叫袁伯伯。罗莉莉想，这大概就是可以带她去打电话的人吧，忙与之打招呼。袁伯伯对倪克玉道：“小倪，你看不上你东城哥，最近得是和省城里一个大夫然上咧！”

“没那档子事儿。”倪克玉不承认，却指着罗莉莉道，“你看我这朋友咋样，能配得上东城哥呀不？”说着，直朝罗莉莉挤眼睛。

罗莉莉一下子脸变得通红通红，来之前倪克玉并没有跟她说要介绍对象给她，却见袁伯伯微笑着盯着她道：“我看没麻达！东城若能有这么好的媳妇，那是他前世修来的福！”

绕了半天，倪克玉最终才说出打电话的要求，袁伯伯道：“这好说，东城就专门在县政府电信所管全县那几部电话。走，现在就走，去打电话！”

给儿子找媳妇心切，袁伯伯推出自行车，捎着罗莉莉去了县政府。很快，电话也打了，罗莉莉也被袁伯伯的儿子袁东城看了。却道袁东城并没有相中这俏丽的罗莉莉，嫌她太单薄，他对倪克玉的印象已深入骨髓，非她不娶。罗莉莉哪有心情管这个，她痛苦莫名，因为赵景汉的死讯得以证实：电话那边说，省医院接到噩耗，赵景汉昨晚被混进医院的共党分子乱枪打死，以身殉职，警方正在追查元凶，做善后工作。

上午九时左右，韩夏春等化装护送倪柏仁到达醴泉县瓦庙山附近的十字路口。滚团儿似的大雾，如激流般从南坊镇直冲至脚下，很快旁边云间的草甸、林间的狐兔鸡羊，诱人的野生草莓，全部隐没在喷着湿气的大雾当中；不久雾团打着滚儿，又从这瓦庙山飘回北坊镇而去。倏忽间，天地洞开，周围的画境历历在目，翠绿袭人，小鹿小兔野鸡等小野物似与人嬉戏，北山狼、豹子等觊觎着这一队行人，却顾忌他们队伍的壮大和王生春手中的家伙而不敢贸然出击……此时，倪柏仁已非常疲倦，需要下驴躺着休息。康凯、王生春便扶他下地，韩夏春问他伤口疼不疼，他长展四肢说：“不疼，就是浑身无力。”

韩夏春道：“可能是没有休息好，加之失血过多也没输血。——看来，你这个干大不招人待见呀！”

“那是！不过，紫红娃也有她的难处。我想，这也不是娃的本意，你们说呢？”倪柏仁宅心仁厚，竟眼泪吧擦的。

几个人都不好说什么，觉得百姓王之所以为百姓王者，的确有非凡雅量。王生春拿出干牛肉让大伙吃，康凯也拿出炒面，大家每人吃了几口。康泽成带着康凯去采摘杏子，王生春拿出烟锅儿让倪柏仁抽几口解解乏，倪柏仁竟然答应了，抱着烟锅抽起玛瑙嘴来。一锅烟下来，他果然兴头上来，话匣子也打开了，道：“呃，这地方我来过，而且比较熟悉，从这里，西边可通往永寿五凤山，北边可通北牌，下山到赤水过了泾河是淳化，就离红白交界线不远了。”

韩夏春说：“对，我们可由黑嘴、小马河两个渡口过泾河到达淳化，再由淳化进入边区。”

韩夏春说完，将拿着黄澄澄杏子走回来的康泽成叫到一旁，安排他出发，由小马河渡河前往赤水县委找赵明（范森）接头，通过赵明给省工委统战部长李健仁打电报，告知“病人”已经上路，请示给予必要配合。康泽成对红白交界线方圆几百里的情况较为熟悉，对韩夏春交代的事情很有信心。他一边答应着，一边咬了几口杏子，酸得不行，就抡起胳膊抛向了山谷。大伙让他省点劲好赶路，他憨厚地笑笑，欣然与大家告别，很快没入丛林和浓雾当中。

待倪柏仁抽过两锅子烟后，他主动提出上路，韩夏春、王生春护送倪柏仁沿西边岔路的慢上坡而去，做好了翻山越岭到达五凤山的准备。而康凯则从三岔口的另一条道而去，他且走且用驴蹄子印章在道路上做记号，以便将追上来的警察吸引到另一条道上去。

再说黄紫红。

她快十一点的时候回到西京，从玉祥门进城，沿莲湖路行两里后，吩咐司机直接拐到青年路。来到止园的密宅，先洗了澡，再打电话给祝肇州，大诉其劳累和委屈。其时，祝肇州正在应对南京国防部门打来的电话——那边质询倪柏仁案子的追查情况，黄紫红话未说完，他就仓促挂了电话。黄紫红头“轰”的一声炸响，颓然瘫在电话机前，屈辱得流下泪来。她首先想到，祝肇州要一脚踢开她，因为他这年龄，对于女人已经不是那么需要，即便需要，那也是大把大把地有人往上生扑，保不齐他又与别的女人对上眼了，那她黄紫红的如意算盘可就得落空。如此一想，她天塌下来似的禁不住伤心地呜呜痛哭起来。

中午，咸阳警察局，焦少成起床后去找齐天翼喝酒，齐天翼说无此雅兴。他今天静下心来一想，焦少成是与自己妻子有染的人，不能再与他称兄道弟了，至少须敬而远之。

吃过中饭，焦少成没有午休，亲自提审了胡志坚。齐天翼正好装作无所事事地转至裁缝店，做自己该做的事情。

康泽成年轻，脚力好，路套又熟，下午三点就赶到了赤水县马家山。在一棵百年老槐树下，他见到了赵明，向他通报了情况，圆满完成了此行的任务。

焦少成正审讯时，赵剑锋报告说中统的卧底“锅盔”来信，信上说：倪柏仁正由五凤山转移向窦家村。焦少成说他很忙，并一拍桌子训斥道：“军情紧急，二货，赶快请示黄紫红去！不得有误！”

赵剑锋打电话到黄紫红办公室，没人接听，他又打到厅办公室问情况，警察厅说并未见黄紫红回厅里。他担心黄紫红的安全，因为这次这么好的机会都没有得手，连他个大老爷们都很悲观了，觉得是上天不给黄紫红机会，何况她一介女流呢！

当赵剑锋为黄紫红担心时，西京青年路的密室里，黄紫红与省主席祝肇州正在颠鸾倒凤。兴头上，黄紫红问祝肇州：“老大，假若倪柏仁真跑到那边去了，你打算怎样处置我？”

祝肇州颤巍巍道：“找替罪羊……照旧让你升职。亲亲，你担心什么……我给你写过保证书的……你这么好，还怕拴不住老夫！”

黄紫红神魂颠倒，觉得祝肇州真的值得她付出下半生，于是心情一下子豁朗起来。

倪柏仁、韩夏春和王生春三人一路且行且休整，晚饭时到达五凤山，几个人早饿得肚皮贴到了脊背。所幸，遇到一个养蜂的云南老乡，他正在将晚饭摆上一个土台台。王生春稳步上前道：“老韦，来得早不如来得巧，是不是我给你打的那头豹子还没有吃完呀？”

多年来，养蜂韦每年都有半年时间在这一带放蜂，与王生春早混熟了，前不久王生春躲无可躲打死一只豹子，太沉拿不走，就顺手送给了他。云南老乡见他带着“大老板”倪柏仁，便吩咐老婆加菜、加肉，并拿出满含蜂蜜的生蜂格子让大家品尝，倪柏仁边吃边笑道：“好吃，就是太腻，糖多了不甜咧！最近忌口，辣子把人香得太，梦里都想吃‘三秦套餐’，想吃秘制凉皮，辣子放得多多的。”

王生春善意地开玩笑道：“呀，你干吃枣还嫌核大得很！”

大家都笑起来。

直到黄昏，赵剑锋都没有联系上黄紫红，当他再次去找焦少成的时候，焦少成正在和他的“审讯对象”胡志坚隔着桌子划拳喝酒，赵剑锋真想一枪崩了他们。找不到上级，他也不用找了，心下一横，想：我赵剑锋自己就是自己的上峰。便擅自做主，带领警察骑着快马飞速赶往窦家村，去堵截韩夏春小分队。

倪柏仁、韩夏春和王生春在五凤山吃饭休息后，晚上十二点顺利来到窦家村。他们找到一个僻静的场院，几个人坐下休息、抽烟。王生春刚点燃烟锅儿，就听到不远处的硷畔上传来枪栓拉动的声响……

第三十二章 5月31日

八百里秦川一马平川，赵剑锋在一抹晚霞中打马飞过，带领警察很快将平原好路抛在身后，来到北面山区地带。暗夜里，他似乎依然能感受到万山来奔、沟壑茫茫、树林遍布的北山地貌特征，但其实，道路已经异常难辨识，他在一处村口找到一个看场的老头做向导。老头自称五十又五岁，年轻时曾从定边贩盐到关中，因此对北面山道非常熟悉，哪里路平哪里路陡，哪里有烂塌窑山神庙可避雨，哪里渡河安全哪里三岔口怎么走，哪里有土匪，甚至哪家女人热情，他都是一本经。老人很健谈，有点王婆卖瓜自卖自夸的味道，道："警官，你追赶去北边的犯人，瓦庙山十字就把你咥住咧，你肯定晕头转向，不知朝哪个方向追呀。"

"老伯，有你我们就放心咧！还得辛苦您一趟。给您大洋，一天四个袁大头，如何？"听了他的话，赵剑锋一时高兴，出手大方，用自己的日工资给其开价。

他让一个警察将马让出来，给向导骑，又吩咐那警察到村庄另租一匹马并采购一些吃食，严令其将这些事情办好后，再追赶队伍。向导上马，带领警察往瓦庙山方向疾驰。

半小时后，他们来到瓦庙山十字路口。老伯极有经验地紧急勒马，赵剑锋和众警察也紧急停住，打开手电筒骑马在各个路口照着。看到烟灰、杏子和驴蹄印，赵剑锋兴奋地喊："我们的大方向是对的，一定是从这里过去的！"说着下马仔细察看。

老伯和警察们也下马看个究竟，手电照着十字路口的三个方向看了好几个来回，向导都没吭声。赵剑锋对向导很信任，并没有气馁："老伯，您半晌不说话，我想绝对不是您平庸，而是您在仔细辨认！"

“呀……有可能还真把我给考住了。”老伯有些惶然，“老夫先说出自个儿的意见，怎么决定由老总你了。”

“那是，家有百口，主事一人。”

老伯分析道：“四个路口四个方向，有三个方向上留下驴蹄子，我们来的方向不算，还有两个方向上有驴蹄子：仔细看，往西边的驴蹄子和我们来的路上的驴蹄子一模一样，只有东边小马河方向没有驴蹄子，是不是他们故意迷惑你们？”

“呃呃……”赵剑锋也在艰难分析，三个去向孰为真相孰为疑兵的问题在他脑子里疾速打着旋儿，但无论这旋儿转得多快，就是得不出个结论来，反而把他脑子转晕，他只好说，“不可低估敌人的智商，但也不能高估他们的预测。他们人困马乏，肯定走近道！”

“那就排除西边和去小马河的路，走中间驴蹄子不一样的。”老伯语气十分肯定。

赵剑锋遂带领警察们，朝康凯所去的道路疾驰。自带夜眼的马队散开蹄子狂奔，惊得山间鸟兽四处乱窜，来不及躲避的小兔子小山鼠等动物早成为马蹄底下的肉酱。沟深林密，夜晚宛如迷阵，下坡路，快马一鞭子下去就跑出几十里地。一直跑一直跑，跑到接近泾河岸边的时候，才发现马前面的道路上早没有所谓的驴蹄子印迹了。赵剑锋忙命令查找驴蹄子印迹初始消失的所在，回答是警察马队乱蹄已经践踏得道路一片模糊，根本看不出什么别的蹄印。赵剑锋大呼上当，折回马首，往回朝瓦庙山十字路口赶。赶到半道，向导大喊：“老总，这里有个岔道，也可以去五凤山、窦家村。”

“确定吗？”赵剑锋勒住马缰绳，急问。

后面的马匹也紧急停足，马儿“咴儿咴儿”地叫着。惊飞了成群的野鸡和其他夜宿的鸟儿，这些不善夜间活动的精灵，竞相发出惊恐万状的尖叫，表达着它们对这个世界的恐惧。老伯朗然道：“没有半点差池。”

“呃，已经延误多时，弟兄们，追击前进，直捣窦家村！”赵剑锋指挥警察快马加鞭。

马队一阵狂奔，一小时后沿着一条不知名的小河河岸，到达窦家村地界。这是一个快到川道底部的半山洼上的小村庄，是取道塞家河渡口、北入红区的必经之地。大伙勒住马，马儿经过长途奔驰，已经大汗淋漓，停足后纷纷打着鼻响，警惕地“咴儿咴儿”叫个不停。赵剑锋举目四望，只见黑黢黢的山岭倒悬在头顶，压迫得人不得不倒退似的，只有小河这面还敞亮些；隔着河，隐约有几户人家，其中有一家场院上似乎还有人在抽烟。这时，老伯也发现了这个异常情况，告诉赵剑锋：“老总注意！”

赵剑锋随即小声命令：“注意，全体注意，隔河对面，有情况！”

随着命令，传来一阵拉动枪栓的声音……接着是“扑通扑通”的试图过河的声音，但均告失败。不得已，赵剑锋命令打开手电照明，指挥警察火速强行渡河。

这边，韩夏春在警察拉动枪栓时就发现了来敌，但由于地形不熟，生怕仓促间一头钻入警察怀里，所以不敢贸然行动，等他察看完地形后，警察已经渡河、包抄过来，来不及逃走了。情势万分危急，王生春当机立断，小声道：“我拉驴引开他们，你们随后在硷畔上找毛驴！”说着，牵起毛驴迈开步伐朝另一个硷畔往沟里跑去，口里不断喊着：“嗍儿球，嗍儿球！走快，你驴日的咋咧你不走快！”走出一箭地的时候，他担心敌人不上钩，便索性打开了手电，将自己完全暴露在敌人的火力之下……

赵剑锋闻声，用枪逼着警察朝场院冲去。可要上到场院上，须爬上一面十分狭窄陡峭且曲里拐弯的短坡。此时，警察们正拥挤在短坡下，他们看不到场院里的情况变化，十分着急，一拥而上反而谁也上不去。老伯道：“定定的，不要挤，一个一个上！”

赵剑锋道：“听令！按老伯说的，一个一个上！”

警察们调整位次，赵剑锋第一个跃上场院，警察们跟着次第冲上……

听着脚下人叫马嘶，韩夏春和倪柏仁连忙钻进刚摞起来的麦秸摞里去。倪柏仁有伤，行动艰难迟缓，他刚将腿缩进麦秸摞里，赵剑锋和警察就踩着他的身旁，排山倒海般冲了过去。马儿践起的尘土，不断灌入他们身上的麦秸里，灌在他们的头脸领子里，他们只好闭住气强忍着。

像一阵疾风骤雨，又如一场鬼魅阵仗，警察们咬着王生春手电光的方向，沿着一个长硷畔往沟里追去。等警察全过去了，韩夏春对倪柏仁耳语道：“你定定儿不要动！”说毕，就悄悄溜出麦秸摞儿，朝警察们刚才追赶的那个硷畔方向寻去。警察已消失得无影无踪，也看不到王生春的手电光亮，韩夏春有些担心地谛听着追赶声。还好，暂且没有枪声，他略微放下了心。顺着硷畔的大麦麦茬地往前走，就到了小麦地里，黑暗中能够感觉到小麦异常纤细异常矮小，经刚才的马队践踏后更是显得可怜。韩夏春瞬间产生了悯农的情绪，但很快就被一声异样的声音打断，伏身细听，听到远处硷畔里传来“咔嚓咔嚓”的声响，是牲口在吃麦子。韩夏春一惊，跑过去，找到王生春半道中放掉的毛驴，又将它牵回场院来。

韩夏春让毛驴到场院边上吃草，走过去将倪柏仁从麦秸摞儿里拉出来，轻轻去掉他身上头上脖子里的麦秸碎片，搀扶他走到毛驴跟前。试图将他扶抬上毛驴背，可是试了几次都没上去，反而弄得倪柏仁忍不住大呼“哎呦”。于是韩夏春拉着驴搀着他，来到场院里的碌碡跟前，先搀扶他站到碌碡上，再扶他从碌碡上骑到毛驴脊背的鞍子上。倪柏仁坐稳扶好，韩夏春牵着毛驴，俩人肩扛满天星斗，脚踩泾河大地，朝偏离大路的方向摸索，继续往北屋村赶去。

咸阳塬上，星垂大地，医院门首，空旷寂寥得如同上帝的坟场，昏黄的灯光从住院部大楼射出，恰似鬼魅的眼睛在打量这个奇怪的世界。恰如古希腊哲人所说，你终究会遇见它们的：一个是爱情，一个是死亡。我们年轻单纯可爱的姑娘罗莉莉、倪克玉，真正遇到了这两样东西，而且是同一天在同一个人身上遇到，那就是现在躺在咸阳医院太平间的赵景汉先生。

这大半天来，当悲痛欲绝的罗莉莉将噩耗小心地告诉倪克玉的时候，比她大一岁的倪克玉姐姐竟然直挺挺倒地，昏厥过去。袁记肉夹馍店里的人全慌了，袁伯伯吩咐店小二们要将她送医院，罗莉莉说不可——事实上，也来不及。她掐住倪克玉的人中，又伏身将嘴对着她的嘴，双手则按住她的胸部，边按压边给她呼气；反复数次，倪克玉开始有了呼吸，渐渐呼吸正常，不大一会儿，她大哭起来。罗莉莉又吩咐店小二去药店买来药，给倪克玉服下。倪克玉双眼迷离，不省人事地昏睡过去……大家提心吊胆却又都无可奈何。袁东城赶回来后，又嚷着要送医院，罗莉莉怕她到医院后受到迫害而坚决阻止；袁东城就找来一个大夫，大家一起守着。到了晚饭前，倪克玉再次苏醒过来，连声叫着“景汉……景汉”，气若游丝，又昏厥过去。大夫忙和罗莉莉给她打急救针、做人工呼吸，抢救了大半天才又将她救过来。

晚上，倪克玉吃了饭、服了药，流了许多眼泪，终于坚强起来。两个姑娘便赶到医院，去看赵景汉最后一眼。袁东城早给她们疏通好了关节，并亲自将她们送到太平间门口，让她俩进去——他不想看到情敌。两个年轻女孩儿面对已经擦洗处理干净的赵景汉遗体，都哭得死去活来……但很奇怪，倪克玉再也没有倒下，两害相较择其轻，她已在化悲痛为力量，不愿意因为自己而使营救父亲的整个行动夭折。罗莉莉见倪克玉坚强起来，趁机鼓励她说，我们还得攒足气力，去护送倪伯伯。

殊不知，此时的倪柏仁正被赵剑锋追得快要跳硷畔跳河跳崖啦。刚才，赵剑锋追着王生春来到一个沟底，本以为能抓个活的，谁知王生春又一口气朝川道跑去。赵剑锋很奇怪四蹄快马竟然追不上一个双脚的人，却不知他追赶的其实是一个降虎伏豹的任性大英雄。终于，看着腿脚利索的王生春生生从两丈多高的悬崖上跳下，赵剑锋才知道上了当，立即命令开枪。一排子弹过去，可怜的王生春饮弹，当空跌下崖去……

看着这个虎背熊腰的汉子倒在悬崖下面，赵剑锋并不纠缠，而是带人赶回到场院。他命令警察将麦秸摞儿掀翻，并掀得翻了好几个滚儿，这下麦秸摊了一场院，与刚收回还没有来得及打碾的大麦捆儿混在一起。见并没有人藏在里面，赵剑锋异常气恼，不顾站在远处苦苦求饶的主人的可怜，命令将整场的麦秸连同大麦点燃。霎时间，火光冲天，照得青山晃动、河水打战、天地变了颜色，也惊得老百姓叫苦连天。警察们被大火烤得直往后倒，仿佛是遭到了天谴：有人跌下了土塄；所有的马被吓惊了，十几匹马接连跳下硷畔，朝黑洞洞的田野疯狂奔去。赵剑锋指挥警察去追马，可费了九牛二虎之力，绝大多数警察还是没有追到自己的坐骑。赵剑锋就下令没有马的警察改为步行，手电一律对准地面，一行人循着毛驴蹄印拼命追去。

刚才听到警察的枪响，韩夏春心里一凉，浑身困乏，腿也软了，他暗自提醒自己：要坚强，要顶住，后面的“病人”要靠你。事实上，韩夏春的腿伤已经非常严重，右眼的炎症本没消掉，又因汗渍和劳顿而加剧，此刻发出尖锐的痛，疼得他头昏眼花，差点晕倒。他强忍着伤痛，眼睛直直地盯着前方，有些顾首不顾尾。真见鬼，长时间地凝视前方，令他眼前泛起了白光，短暂致盲。突然，一阵火光从高崖背后射过来，倪柏仁道：“狗日的杀人放火……你说这兔子的尾巴还能长得了吗？”

“你说得对！江山要靠人民，人民来坐江山，国民党的暴政该结束了。”韩夏春上气不接下气，“啊……要不要歇歇！”

“好，到硷畔底下立一会儿。我不敢下去！”倪柏仁喘着气，“下来恐怕又上不来了。”

在硷畔崖面的庇护下，俩人站了一会儿。韩夏春揩把汗，揉揉眼睛，将右眼上掉下来的纱布撕下来埋进土里。俩人喝口水，不敢怠慢，继续缓慢地朝前走。没走多远，就听到后面的追赶声，声音越来越近……韩夏春用尽全身气力，牵着毛驴绕着那个山梁转了一圈。然后，迅速给毛驴蹄子绑上麻包片，牵着毛驴驮着倪柏仁朝大路进发。

拂晓，在倪柏仁疲于奔命的时候降临在赤水窦家村，也降临到帝都咸阳。

咸阳医院里，袁东城买通相关人员，让其好生善待赵景汉的尸体、务必记清楚赵景汉的墓。他轻轻按着倪克玉的肩膀，动情地说：“我在老咸阳城等你！”

倪克玉抹一把泪，拉起罗莉莉，俩人迎着晨曦和朝露，沿小路追赶而去。

赵剑锋带领警察追到天亮，才发现自己是绕着一个并不很大的山梁做劳而无功的环形运动，他拍了拍脑袋，一屁股坐在土塄上，哭丧着脸直喘粗气。出生上学当警察二十六年来，赵剑锋从来没有感到自己像现在这么无能，他低头看看满是泥巴的靴子，抬头看着瓦蓝瓦蓝的天空，再看看对面的青山，喟叹道：“你个日巴欻！”接着，唱起流传千年的咸阳小调——

咸阳福地聚神仙，皇帝设坛祭过天。
这里建有轩辕殿，香火传承五千年。
这里首置大秦都，千古统一史书见……

韩夏春在通往蹇家河渡口的官道上，遇见了康凯。形单影只、有气无力的韩夏春本想让康凯一同护送倪柏仁，却见倪柏仁朝他使眼色，便随机应变，沉痛地说：“康凯，王生春被狗腿子打死在窦家村的沟崖里，你抓紧时间去收个浑全尸首吧。”说着，掏出几个袁大头。

康凯也很沉痛，连连答应着接过银圆。倪柏仁在驴背上悲怆道：“王先生是体面人，在这一带很有影响，尽量葬好。老百姓是咱亲娘老子，这都是我这死不哈发疯的惹的祸哇！”

康凯答应着，健步离去。望着消失在咸阳古道上的青年农民，韩夏春在倪柏仁脸上找答案，倪柏仁悲道：“我不想他为我死掉！他家的小儿子是个人物……”

“看了麻衣相，抬头不敢望！”韩夏春冲淡地笑道，“你别对我的面相发表宏论，我是唯物主义者，不信相面那套！”

5月最后一天的早饭时分，倪柏仁、韩夏春终于赶到蹇家河渡口。只见浑浊的泾河水朝东流去，河面有二十多米宽，渡口上仅有一只老破船，船上冒着炊烟，一只鹭鸶掠过头顶，飞入不远处的芦苇荡中。河对面，几个小孩在玩料姜石、摔泥炮，一边玩一边唱着口歌[①]——

骆驼骆驼一溜溜，蹇河渡口吃肉肉。

骆驼骆驼朝北走，红旗插上古楼头。

哥哥丈夫参了军，红白交界没活路……

俩人听得有些异样，这时，身后传来一个声音：“老乡，二位是……”

俩人转身，见一个脸盘硕大的中年妇女正盯着他俩连同那头毛驴看，韩夏春忙说出暗语来：“蹇河古渡无老少……”

中年妇女爽朗道：“人驴共渡方为高！”

“同志你好！”韩夏春激动地说，快步上前，与中年妇女紧紧握手。中年妇女一边握手一边说：“同志，可把你们等来了！您辛苦了，李健仁同志专门做出部署，派我来接你们。”

“我是‘青瓷’。”韩夏春高兴地介绍道，“这位是本次‘迎王’行动中的王——倪柏仁先生！”

“三秦良心，倪先生辛苦啦！”中年妇女上前鞠躬，“下来吧！渡河吃饭，提前过端午，好奔前程！”

---

① 口歌：指顺口溜。

由于康泽成的提早联络，李健仁已经责成相关人员提前打过招呼，做好了迎接的相关准备和安全保证工作，因此，过渡口没出现什么麻烦。

中年妇女叫人先把驴运过对岸，同时摆出馒头、面辣子、搅团等饭来，让韩夏春和倪柏仁吃早餐，自己则在南边的芦苇丛边放哨。一刻钟后，船摆渡回来，韩夏春和中年妇女搀扶倪柏仁上船，船上早摆好了稀饭、焖饭，俩人继续吃早餐。到了河北面，中年妇女借着斜坡搀倪柏仁上驴，倪柏仁郑重致谢，称赞焖饭、面辣子好吃，双方道别后，她便又摆渡木船过河去了。

韩夏春拉着毛驴，一路机警地朝田家胡同、太盘方向走去。

此时，西京止园，祝肇州陪黄紫红吃饭，说是美国特别顾问已经同意前来指点“刺王”行动。黄紫红一笑，说：“好呀好呀，谢谢啦！只盼那特别顾问早日到达！”

饭后，祝肇州送她上车，车子直接从玉祥门出城上咸阳去了。祝肇州则坐一辆乌黑的奥斯汀轿车去黄楼公干。

这当儿，赵剑锋等警察躺在一家场院的树影里啃甜瓜，啃了一会儿，竟全都睡着了……

康凯来到窦家村，经过多方打听，才在老乡们的帮助下找到王生春的尸体。他忍着眼泪与一位老乡一起，用独轮车将尸体运往郃县县城王生春哥哥的家。

罗莉莉和倪克玉中间一段路乘车，到达窦家村时还不到中午饭时间。俩人满头大汗，循着马蹄匆匆赶路，突然就闯进那个场院，几乎踩着那堆死睡过去的警察。俩人大骇，噤声屏气，蹑手蹑脚，好像踩着地雷一般；等心跳稍稍缓和，她们偷偷察看一番，互相以目示意，欲疾速逃遁。不料这时，“啪”的一声，一个警察伸手拍打自己脸上的蚊子，随即将自己拍醒，睁眼发现了她俩，立即大喊：“什么人！”

警察们忽地站起，迅即抓住了她俩。赵剑锋立即认出了罗莉莉，他脸上泛着古怪的笑容问她“青铜”是谁，她说是胡志坚。赵剑锋又问她：“你是谁？”

“我是你老同学赵景汉的女朋友！”

“你不是吴子山的对象吗，怎么？”赵剑锋嘲讽道，嘴角泛起古怪的笑。

倪克玉插话道：“没错，吴警察也追求过她！莉莉姐长得心疼，有啥办法?！”

……

审问没有结果，她俩被赵剑锋又带回咸阳警察局。

赵剑锋刚把这两个“战利品”关押好，黄紫红就驱车赶到。对于倪克玉，黄紫红从内心觉得俩人之间颇有些姐妹情分，而且弱女子救父虽为螳臂当车，但也是天经地义，所以询问情况后，就放了她。独独留下罗莉莉，警察知会省医院后，对其严刑拷打。拷打声吵醒了正在睡觉的焦少成和齐天翼，焦少成口无遮拦地大骂：“妈的，哪个母狗睡够了觉，来这里折腾人！”

黄紫红听得脸都气歪了，站在焦少成房间门口严厉训斥：“焦少成，副厅级啊你，赶紧带领你该带领的人，去追捕倪柏仁！如若放掉人，老娘拿你是问！”

焦少成气得浑身肉战，想上前武力解决问题，齐天翼见状，搭腔道：“焦厅，你冷静点！啊，等着我！”

齐天翼忙拉了黄紫红一把，黄紫红也不想吃眼前亏，绷着脸识相地走开。齐天翼带着照相机，提了两瓶白酒和两包花生米，上车跟着焦少成走了。车后，大批骑自行车的警察奋力跟进。

正午过后，倪柏仁等来到太盘。人困马乏，他们找了阴凉僻静的地方歇息。突然，钱秉承如若从当空出现般前来接应，韩夏春甚觉意外，但亦无他法。为防止意外，韩夏春当即决定分头行动：韩夏春守护“病人”，钱秉承替代王生春独自到董事成处打前站报信，通知他：人已到太盘。

黄紫红审问胡志坚，但一无进展，相反，胡志坚透露的一些细节，倒让她对齐天翼的怀疑得到确证。她正在决断该如何处置自己的丈夫时，就接到“锅盔”的飞鸽传信，说“病人”正在太盘。——自从胡志坚被抓、吴子山死后，“锅盔”的情报被黄紫红掌握，她费心巴力要打入共产党内部的计划算是轻而易举、阴差阳错地实现了。这使她此刻重又燃起了完成“刺王”任务的火焰，吸取“扁食”的教训，她本想给其下达击毙倪柏仁的任务，但又怕暴露自己身份，毕竟自己是假冒中统发报的。她也曾于高兴时，向祝肇州提起过让内线击毙倪柏仁的请求，祝肇州沉吟片刻说：“让我想想！”她真不知，老东西要想什么！但无论如何，这是目前军统唯一而重要的情报，她如获至宝，忙带领贴身警察，火速追赶焦少成。半道遇见倪克玉赶路，黄紫红视若无睹，飞马而过……

傍晚，董事成派卫兵们拉着一匹马，由钱秉承领路赶赴太盘接人。

与此同时，黄紫红赶上了正在瓦庙山十字路口辨认去向的焦少成，她遂带领焦少成、齐天翼等飞速赶往太盘。齐天翼心里很着急，但毫无办法。

残阳如血，高原雄浑，倪克玉在金凤巷找到蓝枝儿。她来得正好，蓝枝儿的眼线也刚刚打听到倪柏仁的确切位置，俩人紧急部署，骑马扛鹰、带着大批乡民，也朝太盘赶去……

第三十三章 6月1日

公元1946年6月1日的钟声已经敲响。

这个后来成为“六一国际儿童节”的日子，本该世界和平、儿童快乐、人民安宁，可是，在中国三秦省咸阳到醴泉通往赤水以北的道路上，却是军情紧急、杀气腾腾；为的是，要追捕绞杀一位爱国、爱百姓的民主人士倪柏仁。

此时，黄紫红、焦少成等已经带领大批警察越过瓦庙山十字，经由窦家村官道到达蹇家河渡口。早有国民党保安团的船只接应，他们很快就过了河。突然，身后传来一个异样的声音：

公无渡河，公竟渡河！

渡河而死，其奈公何！

声音似从晴空而下，悠然飘过，空灵、玄妙，不可思议，听得黄紫红心神不定，她顾不得那么多，呵斥着手下加快追赶。

风高夜黑，倪克玉和蓝枝儿骑马踏过关中平原。山风呼啸，兽群出没，蓝莹莹的眼睛觊觎着庞大的人群；八百里秦川已经走完，前面就是陕北高原与关中平原的毗连区。山岭逶迤，高原雄浑，后面的大批乡民也自备马匹、骡子、毛驴，紧跟着蓝枝儿前进。起初，大伙并不知道要去的目的地具体在哪，只知道是去救倪柏仁，要去往北面红白交界区域，甚至要越过红白交界线进入红区。但是，等越过瓦庙山十字后，具体该去哪儿就很分明了，因为前有赵剑锋人马的一来一回、后有黄紫红焦少成等大队人马刚刚驰过，本来并不热闹的山路被马蹄踏出异常醒目的道路来。

蓝枝儿发挥后发优势，打马疾追，因而比前面要花很多时间探路的警察们要快得多。凌晨两点，他们来到河边，用手电照去，但见几条船只横在河的对岸。早有水性好的人凫水到对岸，自告奋勇地将船只摆渡过来，将不能凫水过去的牲口和人运送过去。大家奋勇当先，紧急追赶警察，也越来越清楚地发现：此行的最终目标似乎是太盘。到鸡叫头遍的时候，蓝枝儿一行进入太盘地界，已经能看到警察们的灯火、听到马蹄声，甚至能够听到黄紫红的聒噪……

再说倪柏仁。

他和韩夏春自昨天午饭时来到太盘后，到现在已经十二个小时了。俩人隐蔽在村子塬畔的核桃树林里，睡得都没有瞌睡可睡了，所带的食物也已尽光。太盘是个大村社，位于赤水通往栒邑的一个塬面上。此地盛产苹果、核桃等，是远近闻名的水果乡。整个村庄除了被苹果树切割成一绺一绺的麦田、秋田和人住的院落外，全是大片大片绿翡翠样的苹果园。村外靠塬畔的薄地，则是漫山遍野的核桃林。核桃树树干高大、树冠覆盖范围广阔，人藏在里面，任你费尽心思就是找不到。

已是凌晨两点多，还不见人来接。韩夏春有些着急，起身去撒尿，同时查看一下情况，却听到一连三阵子四声布谷鸟的叫声，韩夏春赶忙紧了裤子，学叫了四声布谷鸟叫："咕咕……"那边又叫了一声，声音似乎近了些；韩夏春又叫了一声，那边又叫了一声，声音更近了。韩夏春蹲下来，敲敲树干，那边也敲敲树干，已经走过来了，亮起手电。韩夏春透过耀眼的光，看到一队卫兵，大约有一个班的样子。

"是老唐吗？"一个卫兵问。

"是！"韩夏春答道，"你们是？"

"我们是来接你们的。"几个卫兵的声音。

"你们是哪方面的？"韩夏春多了个心眼。

这时，后面又跑过来一个大个子，他拉着马，走近了才道："老唐，是我，老钱。"是钱秉承。

钱秉承和几个卫兵将倪柏仁扶上马，正欲找方向往出走时，黑夜中就传来黄紫红"驾驾……"的赶马声，接着听到警察们围着核桃林搜寻过来。

糟糕，情况紧急，韩夏春命令卫兵灭掉手电，跟着他走。昨天下午，他已经对周围的地形作了详细研究，规划了紧急撤退的路线。现在，钱秉承牵着马跟在他后面，其余卫兵鱼贯而行跟在马屁股后。韩夏春猫着腰顺着几小时前勘察的撤退路线走，先穿过一条核桃林中间的道路，以免骑着马的倪柏仁被树杈挂伤；出了核桃林，眼前豁亮许多，大伙小跑起来。警察们追过来，手电光能隐约扫到他们队尾。韩夏春火速带领大伙向龙高附近的一条胡同躲去。

黑暗中，警察们的手电光失去了目标。黄紫红命令警察燃起火把搜索，可一时没有找到目标逃离的方向，过了好一会儿她才发现胡同，便率领大伙朝胡同追去。不久火把照耀处，又能看到倪柏仁一行，警察上马挥鞭，眼看就要追上，只要一眨眼工夫警察就可以从马上掳走倪柏仁。

可是，就在这一刹那，蓝枝儿突然带领大队人马从斜刺里杀出，生生劈头斩断了警察马队前进的去路。警察们的马全来了个紧急停蹄，一下子把好几个警察摔下马，摔在了被堵死的人群马群里。黄紫红也差点摔下，她见又是这个多事、找死的蓝枝儿，便勃然大怒，命令："都给我听着，武力强行通过！"

无奈，胡同里群众越聚越多，组成了民众的铜墙铁壁。霎时，人挤人人踏人，加上马被夹在人群里，马受惊意欲突围，却无路可逃、迈不开蹄，连转身的空间也没有。就这样，人马混杂左突右冲，逡巡裹足，死伤无算。齐天翼腿、脚面被踩伤，黄紫红被冲倒踩在脚底下，处境异常危险，幸好被焦少成救起。黄紫红低着头，自惭形秽，焦少成大喝一声："撤——给老子后撤，妈的！"

韩夏春、倪柏仁等连同卫兵们，趁机由胡同冲出，一味地朝前……大约一刻钟后，他们到达一片树林，树林黑压压一片，与大沟融为一体。一行人硬着头皮不顾一切地摸下沟去，翻过沟深林密的芦村沟，消失在茫茫夜色中……

胡同里，人群渐渐有了秩序。焦少成、黄紫红顺势坐在马鞍子上，无神地看着警察找来的老乡给齐天翼处理伤口。这时，倪克玉走到黄紫红和齐天翼面前，她来来回回冷冷地瞅了他俩几遍，冷嘲热讽地说："紫红姐，我今天最后叫你一声姐，我要问，干大好像没怎么亏待你吧！还有，那个伤势好像不怎么轻的天翼哥哥，我今天就不虚情假意啦！干大咋对你的，你不会忘得这么快吧，当把你这个媳妇给你拉扯到一起、被日机炸得蒸发后，干大整天催着给你张罗第二个媳妇，你整天屁股把着不上趟子，最后给你介绍……"话到这儿打住了，倪克玉扭头看了看蓝枝儿，蓝枝儿正在抚弄肩头的鹰，嘴角笑吟吟的。

黄紫红羞愧难当，齐天翼一语未发。

一会儿，黄紫红命令警察找来向导，是一个佝偻着腰、嘻嘻哈哈没个正形的三十多岁男人。他时不时对着黄紫红无端地发笑，还嘴里咕噜着“舔狗舔狗，越舔越有”，引得人人发笑，让惊魂未定的黄紫红更加心里发毛。黄紫红命令他骑马在前，她紧跟着，沿崎岖陡峭的下沟路小心翼翼摸去，后面依次是焦少成、齐天翼、倪克玉、蓝枝儿，以及大批警察和群众。火把熊熊，照得山涧的鸟雀和野兽惊惶四散，从排头或者队尾看，火把呈无数“之”字形，恰是萤火阵，微微变换着阵势。齐天翼伤口已经上药、包扎，此时他扭头对倪克玉说：“克玉，我知道我做得不好，我羞愧难当丧尽天良不得好死！但，你不该错怪你紫红姐姐，她有她的难处，当年被日本人抓是迫不得已，那时她才十七岁像你现在这么大，抗日立功也是迫不得已，今天，追杀干大，更是情非得已！”

大家都为齐天翼的仁慈而感慨，黄紫红注意听着，却很不领情道：“齐天翼，你别尻子上抹烟油子——胡醪[①]哩！我领受不了你这盛情！”说着神气十足地带领警察喝马而去。

大家都为齐天翼鸣不平，却都不敢说出。这时，熟悉地形的蓝枝儿打马越过倪克玉，拨一下齐天翼马头，仨人一起朝小岔道而去，群众紧跟过去。

警察们一直搜索追赶到清晨。望着轻雾环绕、晨露湿重的茫茫山野，大伙内心像眼前的景致一样，都有些茫然。黄紫红下马，在草地上试探腿脚是否灵便。这时，一个警察前来报告：“报告黄总指挥，‘锅盔’密信！”

黄紫红继续伸展着胳膊腿脚，沉着脸、大声道：“山沟野洼，无甚秘密，念来大家听听！”

警察拆开密信，扯长脖子细腔细调地念：

“‘冰峰’处座，病人已至香庙。‘锅盔’。”

“啊哈……”黄紫红知道收买“锅盔”的事情已经落到实处，心生快意，放肆地笑道，声音在山沟里回荡，“很久没人这么称呼我了，我都忘记我是什么了！”

① 尻子上抹烟油子——胡醪：歇后语，意为手段不高明，目标难以达成。

黄紫红说着复又跨上马背，心下激动：我的老祝能量还是很大，摆平了军统和中统的关系；但就是不知，他们给“锅盔”下没下达绝杀令。她勒了勒马缰绳，马绕着圈儿转着。她趾高气扬地环视一圈，厉声问：“有谁知道，我们现在何处？”

没人吭声。她遂将利剑一样的目光刷一下砍向向导，向导脸上那无端的笑一下子凝固了，嗫嚅道：“现……在，我们在，姚家……店，距离香庙……五……十华……里。”

黄紫红吃了一惊，追了一夜，竟越追越远？她狐疑地再次盯向向导，希望他纠正这个奇怪的错误；向导似乎浑身不自在，接着开始发抖。报信的警察忍不住开口：“你们是在朝相反方向走，我刚才一路跑来，芦村沟距离香庙大约二十几里路。——你们就是不走，在芦村沟睡上一觉，也比现在距离香庙近一大……”

没等报信的话毕，黄紫红骂声土话“日巴欻”，一枪结果了向导。在场的警察人人头皮发麻，黄紫红勒紧马头高喊：“全体都有，追击前进！目标香庙！”

警察们忍饥挨饿，马匹冲将过去，折断了草枝树杈和野草花朵，带起一阵新鲜的风。

与此同时，倪柏仁一行趁天早凉爽，快马加鞭，经香庙、张洪向高坪火速进发。他们的后面，蓝枝儿、齐天翼、倪克玉等，也刚刚赶到香庙。看到道路上的印记，他们不敢停歇，努力向前赶去。

三拨人风风火火向栒邑疾行，阵势极为壮观，引得田间耕作收麦的乡亲们疑惑不解地看着，甚至耽误了干活。一个男疯子一蹦老高，道：“日日日，拉练哩！哈哈哈，解放呀！”

快九点钟，黄紫红才赶到香庙。香庙是个位于川道的小村庄，背靠北山面对泾河，全村只有四十几户人家，因村里的山神庙吸引方圆百里膜拜、香火旺盛而得名。黄紫红站在村口的大槐树下双手叉腰，又恢复了战斗的激情和姿态，喝令警察进行大肆搜捕，她则拿着折叠起来的马鞭不断巡视着，搞得鸡飞狗跳，一家临产的孕妇当场吓得出了血……可无论多么穷凶极恶，结果自然还是一无所获。她一下子如被放了气的皮球，踉跄一下差点摔倒，遂一只手顺势按住一棵白杨树树干，低头背对着大伙。

不久，赵剑锋从咸阳赶到，黄紫红转过身子，脸上挤出一丝苦笑。不知什么时候，赵剑锋、也只有赵剑锋，成了她唯一的救命稻草。赵剑锋也知道黄紫红现在的孤立处境和懊丧心情，此时于公于私他都要给这个老乡、同学和上司以坚定的支持，他立马表功说：“总指挥，我能认出‘锅盔’所作的标记。”

黄紫红将信将疑，与赵剑锋一起在路边察看，一会儿，眉头舒展开来。只见她轻盈地翻身上马，亮着嗓门高叫一声:“出发!”边说边率先挥鞭打马而去。

赵剑锋一边毕恭毕敬地对焦少成说了声“厅长，请！”一边紧跟黄紫红而去。焦少成和众警察也不敢怠慢地向张洪追去。不久，天下起小雨，路上溅起泥浆，泥丸不时溅到后面警察的脸上、脖子里，饥饿的肚子也打雷似的不合时宜地“咕咕”叫起，但大家都忍着，勉力而行。

追到距离张洪还有半里的地方，黄紫红勒住马缰驻马而立；队伍也都停下来，等待他们“女王”的新指示。黄紫红并不言语，赵剑锋心领神会，急忙下马去看标记，对黄紫红说：“报告总指挥，没有新的标记。”

黄紫红并不言语，而是镇定地放开马缰绳，马儿慢步前进，一行人很快就到了一面大场里。农民们正在收拾场活，正将摊开的麦子摞成摞儿，以防正在飘落的雨星下湿麦穗儿和麦粒，那样会长芽儿的。黄紫红将马的步子调整得更慢些，问道：“老乡，看见前面过去一伙子人了吗？两个骑马的女娃带着几百个庄稼汉。”她知道找到蓝枝儿就能找到目标，“对，一个女娃肩膀上还扛着个鹰。”

“有，瓜！”一位七八十岁胡子花白的豁豁牙驼背老头，一边拿着木叉收拾麦秸摞一边说。

“谢过老爷爷！”黄紫红道，下马递给他一包饼干。

“哎呀，这咋经受得起，瓜！”老人惊讶地叫道，白胡须玄妙地翘动着，并没有接饼干，“瓜，额这一句话、一个字，能有这么金贵？！”

黄紫红坚持将饼干塞到老人手里，老人拿起饼干凑到眼前，端详半晌道：“娃，这得是吃的东西呀不，瓜？”

此时，赵剑锋已经在地上看完“锅盔”留下的标记，对黄紫红说：“往前面走了。”

“剥开就能吃！”黄紫红对老人说，“老人家，往前走是哪里？”

“是高坪，瓜娃！”

黄紫红大声道："全体都有……"

她正要下命令，焦少成举起马鞭打断道："已是晌午，还连早饭也没吃，能不能弄点啥吃的？"

众意难违，此时家家户户炊香四起，黄紫红也双腿发软，就命令大伙下马拴好马，让赵剑锋向群众索要午饭吃。群众得罪不下警察，只好给饭。有得知警察此次任务内情的群众，谎称要做可口的饭才能慰劳警官，以此故意拖延时间。黄紫红心急如焚，但也只好耐着性子等。

前面的蓝枝儿已到达高坪，也在组织大家吃饭。不过，她是让大伙客里客气地去老乡家买饭吃。她正和齐天翼、倪克玉，各自端了一碗床子面津津有味地吃着；她的爱鹰则自找食物，抓了一只田鼠吃。尚未吃毕，有人报告说，黄紫红已经尾追而来，到了张洪，离高坪仅有十多里路。人们都大吃一惊，齐天翼觉得事情蹊跷，马上丢下碗，去察看路边迹象。果然，他在道路右边发现了用木棍画出的箭头，每七八步就有一个，很明显是指路记号。于是，他不顾伤痛，迅速把记号一一改过，改向附近一个叫作犄角沟的方向。

大家扒拉完饭，蓝枝儿就带领大队人马，故意朝偏离文家胡同的犄角沟进发，齐天翼、倪克玉等走在队尾，边走边在道路右手标上箭头。

再说倪柏仁，他被韩夏春和卫兵护卫着，一路疾行到达文家胡同，弄得汗渍浸蚀伤口，疼痛难忍。韩夏春见状，让大伙在一片杨树林休息、吃喝。钱秉承说要解手，韩夏春也说自己要解手而跟了上去。俩人一起解完手，坐在一起抽烟说话。一小时后，小分队继续向下一站甘坡疾行。

黄紫红饭后，精神头很大，带领警察飞马朝高坪杀来。到大场里时，虽然微雨蒙蒙，但记号清晰可辨，他们没犹豫，跟着记号疾驰。

黄昏时分，大雨滂沱，人和马的汗水和着雨水交股而流，马不断打着鼻响，身上冒着热气。很快，夜幕徐徐拉开，水涨河塌，远处犄角沟的山洪发出恐怖的咆哮声，田野里一片昏暗。黄紫红命令打开手电，电光照处，她惊喜地发现，在眼前这个沟湾里，蓝枝儿、齐天翼和他们带领的数百群众静默无声，逡巡不前。黄紫红喜出望外，果断命令："同道们，开火强攻！击毙'病人'！立首功者，悬赏一亿法币！"

警察们子弹上膛，“呼啦”一下冲上去，尚未开枪，就看到蓝枝儿带领的游勇散兵四散逃去，警察们如入无人之阵，穿过群众让开的甬道，直接到了蓝枝儿面前。黄紫红骑马跟进，经过齐天翼跟前时，讥讽道：“没出息的，跟着个二杆子女娃混日子！告诉我，干大在哪里？”

“没办法！给你拾鞋，你又不要！”齐天翼有气无力道。

“说闲话哩！干大在哪？”

“哎哟！”齐天翼故作一惊，“你看我伤痛得昏过去了，根本不知道周围发生了啥事么。”

黄紫红并不生气，又问蓝枝儿，蓝枝儿说：“我们也是找倪伯伯哩，你知道，我要保护他老人家，路上有人给我们标记号，我跟着记号一路走来。”

黄紫红听罢，有些狐疑地瞅着眼前的群众，又看了看赵剑锋。赵剑锋不置可否，黄紫红命令赵剑锋循记号前进。雨虽然歇住了，可天已大黑，警察们点亮所有火把，照得沟湾里如同举办篝火晚会，可雨水横流，怎么也找不到记号。警察们，连同蓝枝儿带领的群众，都在沟湾里逡巡不进、摸不着北，大伙被疲劳、饥饿、湿浊困扰，全都垂头丧气。只有成百上千只蝙蝠，欢畅地飞在人们头顶上，捕食它们的第一餐。看着狼狈的警察，焦少成不禁哑然失笑，他走到黄紫红跟前，无来由地道：“哈呀，篝火晚会快乐哦！”

沟湾里发出响遏行云的哄笑。

黄紫红哭笑不得，厌恶地转过脸去。不料，泪水早已恣肆流出。

一场大雨后，栒邑县城迎来个难得的凉爽夜晚。蝙蝠在顶上翻飞，地鹿鹿奏出清幽的曲子，间以孤零的蛙声传来，倍添了小县城的静谧安详。县城绝大多数人回家收麦去了，剩下的人在约莫一里长的小街道里徜徉，孩子们跟着他们耍水，穿着破布鞋在泥水里踢腾、嬉戏。沿道路两边的店铺，只有七八家开着门，只有四五家点着灯，昏黄的灯光打在精屁股的娃娃身上，显得异常古怪精灵。不时忽然划过的闪电，照出了县政府的凄凉，政府职员大多数是“两半户”，收麦时间大都放假回家收麦子了。此时，一队卫兵护送着一个骑马的人，穿城而过。经过街道的时候，他们还捏亮了手电，惹得全街的人一阵围观。场面一度非常神秘，类似于看黑白电影；围观也不敢大胆正经地围观，而是远远地怯怯地瞭望着。

不消说，他们是倪柏仁和护卫他的卫兵以及韩夏春、钱秉承。倪柏仁刚刚被从甘坡护送而来，现在要前往栒邑鸡儿嘴龙伯渊家。快走完县城街道的时候，突然，马歪着头不肯走，牵马的卫兵不断修正着马头的方向，但无济于事。大伙都很纳闷，倪柏仁道："兄弟，你要饮马哩啊！"

大家才恍然大悟，卫兵松开马缰绳，马低头"吱喽吱喽"痛饮起来。钱秉承道："可怜的马，跟上人受罪哩！一天一夜没吃草咧！"

说话时，马已经喝完，突地卧在水地里，并顺嘴贪婪地吃起路边的草来。这卧下一吃不打紧，却怎么也拉不起来，只听到草被啃断的"咯嘣咯嘣"声，在夜幕里分外清晰。黑暗中，卫兵朝倪柏仁和钱秉承瞅瞅，钱秉承道："让吃一会儿吧！马吃草，人休息，马也休息哩么！"

"不成！'病人'扛不住！"韩夏春道，语气坚决。

"这高处不坐人么，困得慌！"倪柏仁不觉警惕道，"伤口也蜇得疼！劳累钱先生啦！"

钱秉承"嘿嘿"一笑，再没说什么。韩夏春打马起身，大伙重新上路。

晚上十点多，小分队才顺利将倪柏仁送到龙伯渊家。

这是一座四合院，院落干净，灯光四射，高高低低的树木将房子围定，树叶哗啦啦响着，树冠上有鸟儿被惊动发出的"扑棱"声，好像欢迎倪柏仁的到来。龙伯渊比倪柏仁大几岁，正值五十知天命之年。他身材不高，干瘦干瘦的，留着小胡须，灯光下眼睛炯炯有神；见"病人"来到，十分高兴，用"五碗一品"的晚饭招待大伙，还开了从青海贵德捎来的青稞酒让大家喝。大家吃得开心喝得痛快，倪柏仁精神也好了些，抿了一小口青稞酒。

龙伯渊很精明，在吃饭的时候已派亲信出发，前往县城给董事成送信。

饭后，龙伯渊将倪柏仁安排在隔壁兴盛家的窑洞里休息，并命手下人周周、嫁娃给"病人"当警卫，他亲自带人在院子前后门和鸡儿嘴周围两三里远设了岗哨，以备不测。

野旷天低树，星星钻出云层，地鹿鹿"吱儿吱儿"地唱着夜曲，乡野间蛙声连成一片，一直远接到泛着淡橘色的西天边。

早在傍晚的时候，黄紫红开会商议追捕方向，大家众说纷纭，莫衷一是。最后，根据今天总的方向，黄紫红拍板，命令大伙朝枸邑县城追去。到达县城后，饿鬼般的警察们以迅雷不及掩耳之势抢占了几个饭店，强令正在睡觉的掌柜叫醒睡梦中的师傅做饭给大伙吃。饭后，已是晚上十一点半。黄紫红与枸邑警察局联系，加强了警力，再次开会研究和确定下一步的抓捕方向。会后，黄紫红不顾疲劳，派出近百个警察，由赵剑锋带领，朝接近边区的地界盘摸而去。

董事成得到“病人”已经到达的消息后，带领警卫，摸黑从县城赶往鸡儿嘴。不想，被赵剑锋等人跟踪……

第三十四章 6月2日

难得今晚凉爽，国民党三秦省保安六团第三大队大队长董事成，早早安顿睡下了。寝室在连部机关办公地后面的一座老宅子里，平时松柏掩映，安谧舒适。

不知过了多久，一只猫头鹰站在院子古柏树的高枝上哀嚎，惊醒了酣梦中的董事成。他忙起身隔着半开的窗子就是一枪，枪响伴随着猫头鹰“扑棱扑棱”的弹翅膀声及“嘭”的一下身体的落地声，董事成靸鞋开门，用手电一照，见院子当中的猫头鹰已死去。在西北民间，猫头鹰被唤作鸱鸮，是出了名的不祥之鸟，一旦见之，大家必欲驱之而后快，何况现在它血淋淋地躺在院子里。董事成忙用鞋尖踢着猫头鹰的尸体到了墙跟前，拿起墙角靠着的扫帚把，只那么一挑，同时用手电光追逐着当空飞起的猫头鹰尸体，电光照处，尸体划出一道美丽的弧线飞出了院子。正当他转身准备回去再睡的时候，警卫敲门，进来立正敬礼，喊报告：“大队长，您打鸱鸮……有人来见您！”

“……”董事成听得有点生气，没说话。

“大队长，是机枪连连长龙伯渊派来的！”

“把他家滴，快请进来！”董事成说着，自个进屋去。

警卫走出院门，董事成点亮汽灯。很快，警卫带进来一个二十二三岁虎背熊腰的年轻卫兵，卫兵立正敬礼道：“报告大队长，‘病人’已到鸡儿嘴！”

“好好好！”董事成连声叫道，“把他家滴！看来我生就劳碌的命，今晚没有福分睡啦！小强——”

“有！”门外岗哨答道。

“备马，去机枪连！”董事成大声命令。

很快，警卫班护卫着董事成，一股旋风般驰过松软的土路，朝鸡儿嘴飞奔。鸡儿嘴是一个突出于塬面的山梁，扼守着县城通往北边红区的唯一道路，因其形状酷似鸡嘴而得名。四年前，保安团在鸡儿嘴修了三个交叉火力的碉堡，并派机枪连把守。从此，通往边区的官道纯粹处于国民党“掌握”之中。鸡儿嘴距离县城十二三里路，平时骑马不到半个小时就到，可现在天凉夜黑，道路泥泞，马虽然夜眼明亮，奈何蹄脚展不开，遂窦窦缓行着。董事成亦不着急，一行队伍噤声前进。

不想，他们被正朝边区方向盘摸的赵剑锋队伍跟踪。赵剑锋此次夜间行动没有骑马，一百多号人全都扮作便衣分散出行，且做了化妆和周密安排，便于神不知鬼不觉发现和突然接近目标。果然，有一个小分队报告说发现了一个班的骑兵小分队，这与倪柏仁逃脱时的人数相当。赵剑锋大喜，一边令不要打草惊蛇，自己迅速找来马骑马跟踪，一边立即派亲信火速送信给黄紫红。

午夜，鸡儿嘴兴盛家窑洞对面的椒树上落着一排雕鸮和鸱鸮，前者“呕——吼——呕——吼——”叫着，后者“嗤嗤嗤”不断应和着。韩夏春恍然入梦，梦中，人们刚刚经受熊群的袭击，熊群离去，但大伙儿依然惊魂未定。突然他看到一个小熊正和一个四五岁的小孩儿玩，玩着玩着，小熊就龇牙咧嘴要撕咬小孩儿。人们担心极了，转眼却见小孩儿奋起反击，小熊竟吓得落荒而逃……韩夏春喜出望外，被小孩儿的勇气鼓舞，醒过来，心中既惊喜又不安——“鬼鸟”的叫声还在继续。猫头鹰对将死之人散发的腐气很敏感，故在人死前它会不失时机地到达此人的住所守候，并发出凄厉叫声表达自己的欢乐；它光顾不久，人就会死去，所以民间亦称呼它为“鬼鸟”。见猫头鹰拉着鸱鸮熬眼，韩夏春的不安加剧，忙派人去给马栏边区送信。钱秉承表现积极，争着要去，韩夏春说：“老钱，越接近胜利，敌人越疯狂！秉承，你定定莫动，我有另外重要的事情给你。”

钱秉承便不作声了，窸窸窣窣半天，似乎难以入睡。

韩夏春刚支走送信人，准备关门，就听有人来了，是董事成。他一进门就道：“张老汉哩？把他家滴！给我老婆捎的雪花膏在哪呢？”

“啊，张老汉——王生春同志已经……牺牲了！”韩夏春道，伤心地擦着眼泪，“是他……救了我们！”

“哎——”董事成愣怔半晌，咂着嘴动情道，“我老婆的雪花膏，都无所谓！

可惜他那个人啦！可惜他那个人啦……把他家滴！谁把他能有方子……连他都取不离手牺牲了，可见，碰到的对手多么凶恶！”

“是是！——刚才……没有尾巴吧？”韩夏春不由警觉地问。

“没有！我还多了个心眼，进门前在周围绕搭了很复杂的路线。”董事成蛮有信心。

“敌人一路上是咬着我们屁股过来的，虽然后来甩掉了，但估计这会子又快赶过来了！”韩夏春分析解释道。

董事成立即扭头道：“小强！传我命令，马上在外面再放出一圈暗哨！”

警卫班班长答应着，出去部署了。

这时，钱秉承走了出来。董事成与韩夏春、钱秉承走进窑洞去看倪柏仁，倪柏仁正熟睡着，几个人没好打搅，瞅了瞅便退出窑洞。走到院子，董事成拍着胸脯对韩夏春和钱秉承道：“二位，把他家滴！人到了我董事成的地盘，我保证不会出任何问题！”

正说时，枪声响起，大伙都大吃一惊。董事成拍一下脑壳哀叹道：“嗐——把他家滴，怪我大意！染遭上了尾巴……”说着，第一个摸枪跑出去。

他刚出门，韩夏春派出的送信人就气喘吁吁地跑回来。不待韩夏春开口，钱秉承就问他什么情况，送信人说是被警察打得窝了回来。听他这么说，大伙神色陡然紧张起来……

此时，栒邑县宾馆，夜风吹着高大的钻天杨树冠，传出哗啦啦的响声，三排房子的院落里一片萧然。从一个隐约泻出灯光的房间，透出“哗哗”的水声，里面，套间卧室的浴室，黄紫红正躺在浴缸里，半闭着眼享受温水带来的美妙时刻；不断泛起的白泡沫覆盖了她，使她只露出盘着乌发的头脸。一会儿，她伸出两臂在浴缸侧面撑一下，身子坐起。她双手探进白泡沫里，掬出一掬水，捧到面前洗脸……恰在这时，“咚咚咚咚”闯入一阵急促的敲门声。

“开门！”焦少成的声音。

“焦少成！你要不要脸！”黄紫红抹一把眼睛，气得臭骂道，“骚情骚扰上司，我让你吃不了兜着走！”

“啊哈……”焦少成跺一下脚，禁不住失笑道，“都什么时候了，你还以为是在苜蓿地里哩！”

“焦少成，你脑子叫驴踢了！说胡话哩！”

“呀，快开门！真有急事哩……”焦少成在门首继续跺着脚，偏头望着天边的星星，侧耳聆听门内动静。

“猪呀，再急的事情明天说！”黄紫红躺下身去，复又只剩下头脸，闭起眼睛，再度进入陶醉享受模式。

“黄紫红，你贻误军机，担当得起吗？”焦少成急了，吆喝起来。

“……”黄紫红收起腹肌，双手离开浴缸侧面，死死捂住耳朵。

语言在很多情况下是软弱的。焦少成不再言语，命令警察撞门。门开了，警察退后站立，等待焦少成进入。焦少成缓缓走入客厅，朗声道：“紫红，失礼了！”

“别、别呀，你别进来！求你了！”黄紫红大惊失色，尖叫着求饶，她没有想到焦少成贼胆这么大。

“莫慌，我就在客厅，你穿好衣服！”焦少成稳重道，走进卧室将衣架上的外衣和床上的内衣丢进浴室去。

“二杆子货！妈呀……”听到黄紫红出浴缸的声音，她已经擦干身子，在穿衣服，边穿边似乎恍然大悟地问，“是不是抓捕有消息啦？”

“猪也是这么想的！”焦少成退出卧室，等差不多了，又进到卧室。

黄紫红正在扣内衣扭子，一截雪白的细腰露在外面，焦少成体内蓦地腾起一股邪火来，伸手想关卧室门。黄紫红眼疾手快，一脚踢开门，握枪在手，厉声道：“你才是猪脑子！啰啰唆唆不早说？”一边继续穿外衣一边喝令：“传我命令，全体出击！”

很快，在报信警察和栒邑县警察局局长带领下，一行二十几人的马队，疾风暴雨般杀向鸡儿嘴……

此时，鸡儿嘴兴盛家，董事成疾步从门外跨入，急道：“把他家滴！幸亏刚才放了暗哨，龙伯渊岗哨也撤得够远，这下两里外交上火干起来啦！”

“能抵挡多久？”韩夏春急迫地问。

董事成这才仔细打量了韩夏春一遍，只见他中等身材，清瘦而精干，左眼虽然布满血丝，但闪耀着战斗的激情；他双腿打着绑腿，晚上睡觉都没有脱掉，可谓是枕戈待旦……董事成不敢小瞧眼前这位从千军万马的关中腹地带着“病人”闯到这红白交界线上的“老唐”，于是用赞赏的口吻道：“无论抵挡多久，你都有办法杀出去，西京、关中重兵区你都闯过来啦！”

“我建议，分两路迅速撤离！”韩夏春斩钉截铁地说。

“同意！”董事成语气铿锵，“趁着岗哨们还能抵挡、大批警察尚未来临之时，撤！把他家滴，我丢不起人撂倒在我地界上的人！”

院子里，群情激昂，大伙纷纷表示立即行动，唯独钱秉承没有说话。韩夏春自告奋勇道：“是这，我打掩护，朝东边，将敌人吸引过去。董队长，拜托您将‘病人’安全送到那边！”

钱秉承立即赞同道：“我跟你一起！将狗日的往死地里引！”

董事成坚决反对：“不成！你这样太危险，老唐！你带领病人进边区，只要我们抵挡四小时，你就可以进入边区。”

“你是朋友，帮忙的，怎么能够让你受累？我打掩护，不必讨论了！”韩夏春有些霸道地说。

“不成！你这头磕了剩下作揖咧，这么轻的任务交给我……”董事成不知道该说什么，“你这样弄，让我以后咋么带兵呀！”

“不是！今晚，殿后、掩护，很危险……”韩夏春动情地说，“我不能将你一个帮忙的朋友推到第一线，这不是我们共产党人的起手！”

董事成真的被感动了，钢铁汉子流下泪来，他不再多说，深情而激动地抱了抱韩夏春。韩夏春孩子似的笑了：“董事成董事成，董办的事一定能成，希望我们能心想事成！”他说着，掏出一盒崭新的雪花膏递给董事成，道，“王生春答应你的，但是他……这是、倪柏仁大哥的女儿倪克玉的男朋友……送她的，她没有舍得用，给你留着！”

“真的！把他家滴！确实不能让你打掩护的！”董事成又有些变卦，心里刀绞一般难受。

韩夏春硬将印有明星白杨画像的雪花膏塞给董事成，之后跑回窑洞，与倪柏仁告别。倪柏仁已经起床，自个先做着转移的准备，见韩夏春回来，他“吸喉吸喉”啜泣着说：“让我们在没有黑暗的地方重逢！”

“让我们在没有黑暗的地方重逢！”韩夏春也眼含泪花，上前抱住倪柏仁，重复着他的话。两个关陇大汉都很是不舍。但是门外的枪声炒豆子般爆响，越来越密集，韩夏春猛地推开倪柏仁，将他推至咧着大嘴将哭未哭的董事成怀里，道：“交你了！”说着，持短枪跑了出去。

钱秉承也持短枪跟着跑出。董事成一边用肢体语言安抚倪柏仁，一边立即命令道：“传我命令，机枪连一排，随老唐行动，归老唐统领！充分吸引敌人使其迷失目标后，火速从调令关赶往边区报信。”

韩夏春带领钱秉承等三十多人，在空旷的麦田里一边故意朝远离边区的方向撤退，一边叫喊：“快、快跑……来不及啦！”

此时，机枪连的岗哨们早被焦少成带领的警察收拾殆尽。焦少成一马当先，冲到兴盛家场畔长方形麦地的那头。在饲养室里，这只狡猾的狐狸命令警察乱枪打死所有马匹。马儿惨叫、扑地的声音异常瘆人……

饲养室距离兴盛家只有五十多米，形势非常危急。走大门危险，董事成准备推倒兴盛家土墙，从庄子后面菜地里转移。正在这时，赵剑锋看到了韩夏春等一伙人影，立即用手电光照过去，只见东边半里路远的坳心里，野晃晃正跑着几十号人。赵剑锋如同饿狼见了羔羊一般，带人朝那群人影扑去……

这当儿，董事成带领警卫班、机枪连一个排和张效力分队，趁乱摸出村庄，武装护送倪柏仁紧急朝边区转移。

时间已到后半夜，黄土高原一片漆黑，一阵大风吹得山塬上树木乱晃，发出凄厉怪叫……突然，枪声再起，如锅里炒豌豆般爆裂着，火光映得东边天空发红。韩夏春所部与警察接火了。近百名警察，在焦少成强力督战下，拼命冲击着韩夏春率领的机枪排；奈何机枪火力强大，警察的短枪相形见绌，处于劣势，割麦子一样被撂倒一片。焦少成一看不成，气得肺都快炸了。

“老钱，这边没问题！你……独自去边区送信！”韩夏春一边指挥若定，一边吩咐道。

不料，一直与韩夏春在一起的钱秉承，却不知何时已趁乱退后几步，躲到了韩夏春侧后，从背后朝他放了一梭子子弹。顿时，韩夏春背部如筛子底般被洞穿，黑暗中他踉跄着回头，愤怒地瞪着钱秉承，终于倒下……

忠勇的、英雄的、可敬的韩夏春就这样去了，怀着世所罕匹的勇武、忠诚、无私，离开了这片自己战斗过的土地，离开了我们。可怜，令人揪心和义愤的是，他没有死在敌人的正面枪炮之下，而是死在了奸细的背后暗杀中！令人抱憾不已的是，他至死没有见到他用生命和鲜血一手护送的“病人”踏上边区的红土地，甚至不能确知倪柏仁能否最终踏上边区的红土地！甚至不知本次“迎王”行动的指挥者“青铜”是男是女是谁……尤其令人遗憾的是，他没有机会见证他无限忠诚和热爱的共产主义事业在中华大地上的锦绣未来！

为什么国旗美如画，英雄的鲜血染红了它。当韩夏春等人英勇赴死时，按照既定计划，董事成护送倪柏仁异常艰苦地朝边区行进着。由于焦少成打死了马匹，他们不得不一律步行，令人心急如焚。他命四个精壮战士轮换着用担架抬着倪柏仁小跑前进，令心腹携重金带领三个卫兵火速前往五十里外的红白交界实控处交涉、并给边区送信；命张刚宁、苏发声等携短枪穿便衣护卫在倪柏仁左右，让段明旭带领一排精干士兵在百米以外警戒断后，并令张效力带领他的分队在最后面策应，以防意外。可是，张效力所部还没走出百米，一伙警察就迎面冲了上来。原来，钱秉承在暗杀了韩夏春后，机枪连一排云散，钱秉承即带着焦少成和警察们火速调转枪头，从侧翼包抄过来，与张效力分队交火，再度上演胶着战——前者人多势众，后者武器优良，双方相持不下。

趁相持的机会，董事成督促卫兵抬着倪柏仁奔跑起来。

钱秉承带领几个人在张效力小分队屁股后面开火，小分队顿时乱了阵脚，抵挡不住，为避免被包饺子，他们且战且退，撤到一个小土塄后面，继续抵抗。突然，警察的火力大增，卫兵们有些招架不住。原来，黄紫红肩扛一杆汤普森冲锋枪，带领和督战着二十多人，骑马杀到。不消一刻，张效力所部一律血染塄畔、壮烈牺牲……

黄紫红杀红了眼，坐在马上将汤普森冲锋枪拍得啪啪响，指挥大队人马十万火急地朝前碾压。混乱中，齐天翼和蓝枝儿也骑马赶到，齐天翼得知韩夏春牺牲后异常悲痛，他眼里喷射出愤怒的火花，对蓝枝儿耳语了一阵。

黄紫红倚仗骑兵的强悍，本想一下子捉住在前面吁吁喘气奔跑、抬着倪柏仁的董事成，但董事成已经给段明旭下了死命令：人在，要挡住后面骑兵；人不在，也要挡住。段明旭手下本就个个是好手，加之武器装备精良，而且刚才张效力拼尽血本、杀身成仁，既有效杀伤了焦少成带领的警察，更让机枪连杀红了眼，他们都嗷嗷叫着要为牺牲的弟兄们报仇雪恨。此时，黄紫红带领的有生力量不足六十人。黄紫红忙派人联系保安大队机枪连，龙伯渊带领所剩的十几个卫兵上阵应付，他们扛着机枪装模作样射击，没有一点准头。这样，黄紫红一直没有得手，反而在几个腰岘、胡同被段明旭打了伏击，伤亡不少，已溃不成军，离目标越来越远。黄紫红再次感到宿命的悲哀，可还不断对自己说：我要扼住命运的咽喉，它绝不使我屈服……我要当厅长，要党史留名，青史留名！

黎明，倪柏仁等来到距离红白交界实控处的最后一道山梁——四十里梁脚下。山梁海拔约一千三百多米，逶迤百里，与乔山山脉浑然一体。黑暗中隐约觉得其山体雄浑，林密草茂，风吹草动，一派肃杀，怪鸟在山涧乱叫着。其顶上就是红白区警戒线，山顶的这边，也就是南边是国民党军队区域，北面那边就是共产党军队区域。此时，大伙已经累得寸步难挪，天黑，有心瞎摸着上山，怕山顶的岗哨放枪，所以董事成决断不了。大伙一时逡巡不前。

可情势很残酷，警察追赶的声音又隐约听到，并渐次逼近……

追击的警察队伍中，借着微明的晨曦和手电光，齐天翼看到几个陌生的面孔，他大喝一声："锅盔！"

穿着半裳子、蹬着布鞋的大汉子钱秉承应声喊："到！"

顿时，枪响，钱秉承倒下。

听到身后枪声，黄紫红惊异地回头看去，发现蓝枝儿朝蹬着腿儿的钱秉承又补了几枪，并下令爱鹰下去啄他。黄紫红举起汤普森冲锋枪朝天放了两枪，厉声喝问蓝枝儿："混蛋！他是'锅盔'，我们的功臣！"

蓝枝儿故作羞涩，悠悠憋红了脸，半天才挤出三个字："他摸我！"鹰已经将钱秉承双眼啄食，肠子挖出抛向半空并当空啄食。

黄紫红纵声大笑，笑毕才说："蓝枝儿呀蓝枝儿！这里有你的盐哩有你的醋哩？你累不累呀，半夜三更地跑来，跑来找老男人摸！"

现场发出清脆嘹亮的笑声。前面追击的警察们似乎早忘了正事和连续鏖战的劳累，也哄笑着回头看热闹。蓝枝儿杏目圆睁，勒马走近黄紫红，两马一错，道：

“姐姐！你说这话就没意思了！你带的这些个人，人人可都长着双男人的手，而且，你也是颇有色相的，保不住他们……”

“臭男人，咸猪手！”黄紫红一声大吼，也朝钱秉承连发几枪，并无比凶悍地命令，“追……给老娘快追！”

东方泛起鱼肚白，四十里梁的轮廓宛如一只骆驼，又恰似一幅艺术家的沙画，横亘在眼前；早起的鸟儿唱出婉转清脆的歌子，好像在故意粉饰过去几小时和即将到来的血腥大战。上山路七扭八拐，犹如一根胡乱摆放的猪大肠，崎岖而陡峭，董事成此时正攀登在这根猪肠般的小道上，已经护送倪柏仁走到半山腰。一会儿，就听到追击的警察的叫嚣。很快，天大亮，鸟儿在枝叶间跳跃，惊疑不定地盯着这两拨一前一后侵占它们领地的人，生怕他们发现自己的小窝以及里面的鸟宝宝和蛋宝宝；可以看到露珠儿从草丛和树叶上一骨碌滚下的瞬间，树枝上黄澄澄的杏子看得人眼馋。

路途如此陡峭崎岖，以至于警察们不得不将马匹弃在山下，任其歇息吃草去了。黄紫红一边喘气一边督促警察拼命朝上追，最终，追到离山顶直线距离只有五十多米了，距离董事成只隔着一个硷畔。此时看到的景象令她大喜过望：山梁边界上有背着枪转悠的国民党岗哨。她命令手下疯狂地抡着上衣和大盖帽联络，自己也大笑着喊：“好样的，弟兄们，上下夹击！呀，早饭咱就咥‘肉夹馍’，哈哈！”

正在她高兴过头、叫喊之时，却发现岗哨已经放过了先遣人员张刚宁、苏发声和倪柏仁一行。黄紫红气得一声令下，端着汤普森冲锋枪冲上去，火力全开，解决了那几个岗哨。几个替补的岗哨立即顶上，架起机枪朝警察开火，警察伤亡很大。但是，黄紫红是不会放弃这最后绝杀的机会的，她身先士卒，警察们跟着她不顾命地往上冲，最终解决了所有岗哨，距离顶峰只剩十多米。

太阳升起，照在横七竖八死去的人身上，照在被血染红的黄土山梁上，整个山梁宛如中世纪的古战场般死寂。黄紫红歇斯底里，再次指挥警察追击，眼睛余光却发现，在她的三点方向齐天翼用枪对准了她。她脑子一眩，心想来不及躲避这来自丈夫的暗枪了，只等着受死吧；说时迟那时快，却见赵剑锋眼疾手快，抓起黄紫红的汤普森冲锋枪朝齐天翼连续射击，蓝枝儿早奋不顾身地扑上前，人和鹰一起挡住了所有子弹；齐天翼不再迟疑，而是连续扣动扳机，赵剑锋挡住了几粒射向黄紫红的子弹，蓝枝儿、赵剑锋和鹰通通倒下，鹰毛和着鲜血乱飞，铺了一地……

黄紫红也负伤倒地，她被刚才匪夷所思的场面惊呆了。

在她的意识里，她的倒下只是虚惊一场，而并没有受伤。她接下来以迅雷不及掩耳之势枪决了还来不及反应的丈夫齐天翼，而后带领警察一鼓作气追上了倪柏仁，彻底将他从思想到灵魂到肉体到气息到毛发全都消灭掉了。随后，正如她十几天来一直萦绕于怀的情形一样：鲜花、掌声、厅长……

据说，她的意识最终消失在她的西北最高警备司令任上。

但还有一种关于她的结局，一直在流传，直到21世纪20年代初本书出版。

流传下来的故事，如是说：

战况惨烈，焦少成见黄紫红饮弹倒下，并没上前搭救，而是指挥警察越过山梁去追击，遭遇了小分队有准备的猛烈还击。小分队一边沉着还击，一边次第撤去。焦少成见大势已去，而且凶险就在眼前，遂带领警察从山梁侧面撤回。

当时，面对遍地死伤，齐天翼也是一惊，他躲开黄紫红祈求的目光，毫不犹豫地扑向蓝枝儿，抱着奄奄一息的蓝枝儿呼天抢地、悲痛万分。黄紫红的目光渐渐涣散，用迟滞的目光朝哭声望去，却看到了自己的手枪，她伸手去抓枪，无奈枪刚拿起，手腕就一软，枪掉了。她用尽最后一丝气力，挣扎着向齐天翼求证："你……是'青……铜'……"

齐天翼并没有满足妻子的好奇，他走过去，用手将黄紫红的眼睛捂住闭上。看着妻子的眼睛不情愿地合上，他的眼泪滂沱而下，胜利的欢乐和永诀的悲哀同时涌上心头，他从未体验过如此复杂而强烈的感情。他不敢犹豫不敢情绪化，更不敢须臾逗留，而是果断迅速地离开荒芜而浸满鲜血的四十里梁山顶，朝山梁阴面走下……

经过连续三十三天的艰难苦战、忠诚护卫和流血牺牲，倪柏仁终于踏入了陕甘边区的红土地。

他激动地下了担架，大口呼吸着解放区的新鲜空气，张开双臂拥抱着边区的晨曦；忽然，他将目光盯在了刚经过的两里外的南边山梁。那里，几人征战几人生还？是呀，如噩梦般，如传说般，那么多鲜活质朴可爱可敬的生命，都因为他而倒下，那么多无辜的生命，全因为他而骤然终止，那么多家破人亡、妻离子散……他立时泪水横流，屈膝跪拜、平趴在地上，头久久抵着黄土地，突然，他身体一歪，扑倒下去。——在枪伤反复发作的情况下，倪柏仁经过封锁线上连续几天的颠簸，体力消耗很大，一路上又处于高度紧张亢奋状态，踏入边区后，他的心劲突然松懈，情绪过于激动和悲伤，于是昏厥了。

省工委得知倪柏仁已经抵达边区地面，工委书记汪锋涛特派关中分区门诊部主任姜浩和周云前去清水塬迎接。他们赶到时，护送倪柏仁的一行人还没到达。姜浩和周云通知村干部指定六名青年，搞了一副担架，做好了接人的一切准备。

下午四点，董事成和四名卫兵将倪柏仁护送到清水塬。为避免国民党迫害，他们来不及吃饭，忍饥挨饿，带着疲劳和欣慰，神不知鬼不觉地返回。

大家立即安排倪伯仁吃饭。按照姜浩的意见，饭吃的是两米子——旗花面和扁豆稀饭混合的汤饭，便于倪柏仁补水润肠、吸收消化。饭后，姜浩仔细为倪柏仁检查了身体，服了消炎药。他们不敢耽搁时间，就让六名边区青年轮流抬着担架赶路，同时让倪柏仁在担架上勉强休息。姜浩和周云同行，监护病情，跟踪治疗。

这个清凉的夏日傍晚，夕阳金光万丈，穿透了乡间树木、房屋，普照着山川、大地、万物，照射到每一个人的身上、脸上以及心里，大家都知道自己在执行一项无比光荣的任务，一行人又说又笑，稳步朝石门方向前进。

第三十五章　6月3日

从清水塬到石门大约十五公里路，其实是从平原往山区进发。出清水塬不久，只见道路越来越窄，两旁遍布树林、荆棘，整个地貌与子午岭连为一体，体感和氛围似乎也为之大变：红日西沉，林梢阴暗起来，时有北山狼呜呜哭泣，狐狸的尾巴从眼前一闪就消失了；归巢的鸟雀在人们头顶翻飞，不时拉下屎来，落在人们的头脸脖子上。突然，眼前道路上爬满了一串一串的蛇，横在此去必经之路上，它们身体互相盘曲交媾，大约有五十几条，头部一律仰起、吐着信子，向一切敢于侵犯他们幸福权的进犯之物作着警告。抬担架的小伙不禁趔趄着往后退去，随行的一个小伙从树上折下长鞭杆，准备挑走它们，另外几人捡来了石头，准备砸死、逼走蛇阵，姜浩和周云一边观察一边思索着应对办法。担架上的倪柏仁偏头一看，呵呵道："姜主任，这阵仗，比国民党蒋介石好对付。来，洒一点酒精；还有这位乡党，你拿着烟锅子，现在就抽起来；另外，谁肚子凉，这会儿想放屁，就别憋着了，放吧！"

大家忍不住笑了。笑声中，周云忙从药包里拿出酒精、药棉、纱布，纱布上浸蘸了酒精，连同药棉一起抛向蛇阵，蛇们惊惶地蛇蚰蛇蚰几下，倏然躥入草丛，转眼间就不见了。大家欢呼起来，拿着烟锅的小伙道："瞧！我'老汉'还没抽上一锅子，这'草上飞'就飞得不见踪影了！"

"虫豸之辈，焉能与人抗衡！"倪柏仁道。

姜浩心悦诚服道："倪先生不愧是世上高人哪！"

"我和蒋某势不两立！"倪柏仁在担架上翻一下身，情绪激动道，"他暴力天下百姓，爬到树上捞鱼儿——缘木求鱼，愚蠢至极，狂妄至极！病入膏肓，愚不可治！"

“嗐，他现在是磨刀霍霍，已经对边区和各个根据地进行了重兵合围。”姜浩道。

周云道：“我看，这几天国民党将军事委员会改为‘国防部’，已经从体制上做好了大战前的一切准备。”

“消息准确吗？”倪柏仁、姜浩同时问道。

“没麻达！”周云道，“听首长说，是六一那天的事情。”

“那头儿是谁？”媒体人倪柏仁关心地问。

“部长白崇禧，参谋总长，叫什么诚……我把名字给忘了。”周云不好意思地搔搔头。

“陈诚，老蒋亲信。估计这个部长是闲职。”倪柏仁道，“大家脚下小心，天黑了多注意些！”

姜浩高声道：“脚下小心，天黑了多注意些！点起火腰子。”

“抽烟的，该抽还抽着，可以驱走虫豸野物。”倪柏仁说，“前面石门山深，山中豹子老虎成群。”

一行人钻山入林，小心翼翼地走着。

两小时较为平坦的稍林路过后，很快走入石门大山。

石门山地处栒邑、淳化、耀州接邻区域，是渭北高原和子午岭相互走近、握手拥抱形成的一处高峰，实为关中北部和子午岭以及北山众山中的王者——第一高峰。倪柏仁告诉大家，石门山海拔接近两千米，一个抬担架的小伙立即问：“什么是海拔？咱连大海都没见过！”

没等倪柏仁回答，另一个小伙道：“给你说你也不知道。”

“你们还年轻，需要多了解一些事情，有求知欲是好事！”倪柏仁道，“地球上大多数地方是海水，大约十停里面陆地还占不到三停。”

立即，其余八人之中六人齐声反对：“不可能！”“我走了那么多地方，我舅走州过县去过许多地方，也没有到过海边！”“倪主编，即便有您说的大海，它能有陆地大？”……

只有姜浩和周云没有疑问，周云道：“呀，真是满桶子不响半桶子哭闯[①]，你们

① 哭闯：方言，哗啦的意思。

还能有倪伯伯知道得多？好好听他说嘛！”

倪柏仁沉默一下，道：“大家知道，水往低处流，多半杯子水，它总有个水和上面空着的地方的分界线。一个地方高出这个分界线多少米，它的海拔就是多少米。”

“哎哟，倪大哥，你讲得通俗易懂呀！”姜浩惊叹道，“我上学的时候，老师也讲过海拔，都没有你讲得透彻。”

周云道：“瞧你说的！人家留过学、在北大学习过，当过校长、当过报社主编，是书法家、作家，还是那边争夺的人物，能没有两刷子？大人物肯做赔本的买卖？”

“倪大哥也是我们争夺的人才呀！”姜浩道，“边区领导很重视，听说党中央都高度重视您的营救、接护、治疗工作哩！”

“感谢你们！”倪柏仁道，“真的，太费神啦！”

“噢，我知道了！”一个抬着担架的小伙道，“就说地球是个有许多窟窿的大土堆，水把土堆整个包围着，只露出不到三停的地方在空气里，这水淹没这个土堆每个地方的部位就是这个地方的海拔点……不知道我理解得对不对？”

“灵人快马天生的。”倪柏仁乐道，“这娃反应快！——是不是歇会儿，脖子连肿带烧又疼的……”

大家一起动手，放下担架，姜浩、周云立马上前察看倪柏仁伤口。由于路上太放松、说话太多，也可能是纱布太紧，抑或是树林太潮湿，伤口湿湿的，但没有血渍。姜浩解开纱布的头，松了松，并嘱咐大家道：“从现在起，别逗惹倪大叔、倪大哥说话，都注意警戒，注意脚下，走好路！”

大伙答应下来。休息片刻，再次登程。

四处一片昏暗，只听得山风呼啸、松涛阵阵、虎啸猿哀、野兽相残的声音不绝于耳。一会儿，雨毫无来由地潇然而下，人顿时成了落汤鸡。好在只三两分钟，雨便骤然又止，但是道路已经湿滑不堪，衣服也已湿透，苔藓经雨水后比冰面还滑溜。一个抬担架的小伙脚下一滑倒下去，担架倒下，但是大家用身子填在担架下面，拱起了担架。人人弄得满身泥浆，有人已受伤。倪柏仁大为感动，要求自己下来走着，姜浩不同意，宽慰道：“没有过不去的火焰山，再说，已经离我军驻地不远啦！”

果然，转过一个极陡极猛的弯，便开始下坡。这边下坡路竟是干的，但路旁青树翠蔓，不时遮罩住了道路。好在，很快就看到林海深处一簇篝火在跳动，似乎就在不远处。周云欢呼道：“看，到了！快到了！”

大家加快步伐。

晚上十点时到了石门。尽管夜深，但驻地军民都没有睡觉，等着迎接倪柏仁。院子外的大核桃树前，大家燃起篝火，倪柏仁一到，就被层层包围起来。倪柏仁下了担架，就和姜浩等九人坐在核桃树下吃饭、休息。穿着浅色军装的战士和周围不同年龄不同着装的老百姓，以及光屁股的小孩们，围着倪柏仁问长问短。大家问：“蒋某人是不是真的和你照过相？”

倪柏仁点点头，道：“缜密实确！”

“他是不是还在他与你的照片上签上了他名字，又把照片寄给了你？”又一个群众问。

“对！”

“好家伙！”人们说。

“老百姓是咱亲娘老子！我倪柏仁，今天能坐在这里说话吃饭，那得感激乡党们的关心和搭救，感谢党的营救哩！”倪柏仁说。

“嗯，你应该感谢‘青瓷’同志！”一个女战士说，哭了出来。

“谁是‘青瓷’？”倪柏仁急问。

“就是老唐！陇东宁县人韩夏春，也就是唐夏春。”周云说，“他负责营救你的具体组织工作。”

倪柏仁情绪一下子跌落谷底，沉默良久，泪水横流，浑身不住抽搐着。姜浩忙道：“倪大哥，注意情绪，不要挣破伤口！”

大家一时沉默，不知该说什么。一会儿，倪柏仁平复下来，问谁负责此次行动。周云说：“‘青铜’，就是齐天翼同志。”

倪柏仁大为惊讶，随即忽地站起，周云忙扶住他，倪柏仁抖动着胡须道：“齐天翼，我徒儿还在虎穴中，他……他现在还很危险哪！大伙……你们有没有军队？要立即营救呀！”

这时，饭已吃完，驻地部队在家的最大干部——副连长来到。他人长得精瘦，个子也不高，了解情况后，立即派出一位通信员通知四十里梁党组织，责成他们搜寻、运回韩夏春同志遗体；同时，派出一个尖刀排星夜返回，反方向沿石门、清水塬，朝白区警戒实控线四十里梁搜索，火速营救齐天翼。

再说齐天翼。

清晨血战后，他告别妻子黄紫红的尸体，抱着蓝枝儿一跌一撞下山去。下山道上，布满狼牙木和酸枣丛，齐天翼不顾一切地往下冲去。怀中的蓝枝儿不省人事，呼吸异常困难，似乎越来越微弱。他心下恐惧，只好就近来到山脚下一个只有三两户人家的山户庄院，敲一家柴门。前来开门的是一位六十来岁慈眉善目的老太太，老人头发花白，头脑却很清楚，她不由分说地将齐天翼让进门。对方的热情，让齐天翼在恐惧之外又增加了疑惑，但也没有好办法，就说："老大妈！帮帮忙……我们一伙人打猎，不小心伤到自己人，出不了山了！"

"打猎呀！"老太太刚强道，"我也想打那些禽兽，可硬是没赶上趟啊！"

齐天翼听出了她的怀疑，但见她并没生气，就大着胆子要求她抢救蓝枝儿："您看，这位姑娘……她是不是快不……"

老人即刻摆一下手，制止了齐天翼的悲观丧气话，吩咐道："快！放炕上！我帮你……看看这位美人儿的造化！"

老太太懂得草药，拿来一根粗黑的甜草根，递给齐天翼，让他嚼一嚼。等到齐天翼觉得已经很甜的时候，她要去了那甘草，将它往蓝枝儿口里填了进去。在齐天翼嚼甜草根的时候，她已经利索地准备好了灰灰草汁水儿和草木灰水；现在，她将这些水连同灰灰草泥，一股脑儿敷在蓝枝儿的伤口上，很快就止血了。蓝枝儿为齐天翼挡了一枪，伤情与倪柏仁的类似：一颗子弹穿过她右肩胛骨、伤及锁骨，子弹留在了体内，由于身体失血过多，已是异常虚弱。止血后，老太太又给她用盐开水冲服了生鸟蛋。

齐天翼眼睛一眨不眨地盯着蓝枝儿。一小时后，蓝枝儿脸上有了点红丝，神情似乎平复了许多，身体舒展开，睡着了。齐天翼很着急，他担心蓝枝儿一下子睡过去。老太太见状，道："敌人很凶残，好在朋友很真诚，愿意以命相许。"

齐天翼心里一紧，却没言语。老太太又道："姑娘不仅生得美，而且身体底子好，还能为你不惜牺牲自己……年轻人，你放心，她不会一睡长眠的，因为她有念想！再者，我们不也正需要这样兰心蕙质的革命后续力量么！”

老人的话语句句撞击着齐天翼的心，齐天翼认定老人不是寻常人，他不忍心求人帮忙而又戴着假面具，但是训练有素的地下党身份，已经养就了他冷静、理智、处变不惊、险中求胜的卓越品质。于是他真诚道：“老大妈！您救了我朋友，非常感谢您……多有叨扰，我还是……”

“哎……”老太太道，“不急，这事儿急不得！说不上，国民党狗腿子这会儿正在山上收尸呢，没准会放个乱枪，打个赚头！”

经过十几个小时相处和几番试探后，俩人终于坦诚相见。原来老太太也是我党地下党员，还是四十里梁党小组负责人。鸡叫头遍时，她利落地出门，联络民兵去了。

昨日四十里梁战斗中，焦少成也挂了彩。警察见黄紫红已死，全都追随着他越过山顶到达红区，但很快又跟着他从山腰绕回白区。他吩咐六个警察尽快与栒邑县政府取得联系，争取其协助，做好黄紫红等人的收尸工作；在没有省厅明确指示前，尸体冷置存放，暂不要动。他自己则由祁红红等几个警察护卫着，从栒邑四十里梁，途经鸡儿嘴、栒邑县城、赤水、永寿、醴泉、咸阳，一路狂跑两百多里，直奔岳母家。他知道，这几天父亲正在那里避暑，他得找他老人家救场。

正午时分，焦少成一队人马到了岳母家门口的桑树下。他勒住马，掏出早已写好的信给心腹警察祁红红，让他立即送达祝肇州。信是他五天前就写好的，内容是：

祝主席：

您好！

在您和蒋公正确领导下，我警方一切行动统一于黄紫红之英明指挥，在她身先士卒的带领下，一路奋不顾身、连续追杀，现已将倪柏仁击毙于追逃途中。但因匪首多方联络、上蹿下跳，群众被蛊惑，共产党又派大量正规军支援，故我方亦伤亡惨重。据初步统计，此次行动中，凡死亡警察八十九名，受伤四十二人，保安团死伤七十三人，我英勇的总指挥、年仅二十四岁的黄紫红少校警官，献出了宝贵生命。为此，我三秦全体警员无比悲痛！紫红警官的遗体正拟运回西京。

今特专此一问：黄紫红的遗体是掩埋于她牺牲的山梁、与黄土青山融为一体，还是运达省城，接受全省各界人民的敬仰吊唁？此事实属重大，故劳您定夺！在您没有明确批复之前，遗体暂由枸邑县妥为保存。

谨叩大安！

焦少成

民国三十五年 月 日

祁红红接过信封收好，正欲回头打马而去时，焦少成又让他将信封还给他。祁红红不得要领，机械地将信封还给他。焦少成拆开信封，掏出水笔，在信的日期一栏加上“六”和“三”两个字，这才将信封封上，复又递给祁红红，叮嘱他务必两小时内送达。祁红红答应一声，飞马而去。

焦少成又命令其他几个人配合当地警察假借共产党名义，加紧追查和暗杀景泰、康泽成、卢生芳、康凯等支持过倪柏仁出逃的革命人士。

看着这些警察一个个领命而去，他这才敲开岳母家的门，声称“来养伤”。

程玉娥见丈夫浑身血污，脸上、胳膊上都已挂花，惊吓不小，哭叫着叫醒午睡中的焦老财和山丹丹，又叫回在村头乘凉的母亲。焦老财见到带伤的焦少成后，已经明白了事情的大体，问黄紫红死没死；得知情况后，他长叹一口气，宽慰了儿子几句。焦少成求他给祝肇州写信说情，让其放他一马；焦老财思索半晌，动笔写信。

信写好后，父子俩又琢磨半天，揉掉、撕得粉碎，丢入茅坑，用土压上……如此反复多次，终于，在焦少成吃完饭后，信才写满意。焦老财就装好信，起身回西京去。

鸡叫二遍后，老太太叫来四个入党积极分子民兵，其中有一个五十四岁的老农民，是这里的民兵排长。他们很快安顿出门，民兵排长在前面持枪带路，中间两个民兵用担架抬着蓝枝儿，剩下的那个民兵殿后警戒，齐天翼在侧面手持短枪监护着，小分队一行朝清水塬进发。

屋外黑洞洞一片，四野空茫，一阵山风吹来，齐天翼竟连打了两个寒战，感觉患病了一般。刚出小村上路，就听到旁边炸狼弹和艾草丛中有动静，大伙立即一面子弹上膛，一面抬着担架朝后撤退，准备退缩到村落里，依托地形反击。谁知，对方并没有追上来，而是喊话：“你们是‘青铜’吗？”

齐天翼问：“你们是哪方面的？”

“我们是石门游击队卫戍连三排，倪柏仁派我来接救‘青铜’！”

齐天翼心中一阵狂喜，但又问：“你们可知‘青铜’是谁？”

“齐天翼。”“齐天翼。”“齐天翼。”……十几个声音一起喊着。齐天翼泪崩。

两拨人遂合为一处，共四十一人。他们趁着夜色，冒着露水，挑捷径疾速朝石门而去。

一大早，四十里梁地下党组织通过统战关系交换伤员和尸体，将韩夏春同志的遗体搬运回石门。由于天气炎热，尸体已经发熏，经请示汪锋涛同志、并经得韩夏春同志在当地部队的五妹妹的同意后，护送人员将其及时掩埋。大家个个浑身大汗淋漓，但人人神情庄重，眼泪如同断了线的珠子般滴落个不停。

十点钟，倪柏仁等来到韩夏春的墓旁。韩夏春的墓被掩藏在青山翠柏当中，前面一条小溪，流水淙淙，山间小鹿、羚牛等动物频频出没，在闪电花当中跳舞；真是青山有幸埋忠骨、忠骨有幸埋青山。在姜浩和那位副连长及其警卫班的陪同护卫下，倪柏仁沿小径缓缓而来，至墓前，深深鞠躬，敬献花圈和挽联——

天地有一英雄汉，
忠勇无双陇原人。

“老唐——老韩！我们终于在没有黑暗的地方……重逢了！啊、啊哈……”倪柏仁忍不住号啕大哭，浑身颤抖，扑跌在韩夏春墓前的新土上，手抓黄土紧紧不放，害得现场呜咽一片……从墓地回来，他装了满满一兜兜坟土。

半小时后，倪柏仁、姜浩等一行又上路了，他们要赶往马栏。倪柏仁一路不住地捏着口袋里的坟土，不住地念叨着韩夏春的名字，后来又加上齐天翼的名字。忠勇的韩夏春同志已经永远离我们而去了，此刻，关中分区许多干部群众都正在自己的岗位上沉痛吊唁他。而齐天翼同志，他现在到底在哪里呢？此刻怎么样了呢？倪柏仁为此深深担忧着。

倪柏仁忧虑齐天翼的时候，齐天翼一行刚刚护送蓝枝儿到达石门，两队人马其实前后相距不过五里路。担架上，蓝枝儿浑身发热，呓语不止，不断喊着齐天翼的名字，表情异常痛苦。无奈，姜浩等医生已随倪柏仁正在赶往马栏。大伙一边安排他们吃早饭，一边派快马去追。得到干儿子齐天翼安好的消息后，倪柏仁安静地睡着了。一小时后，周云被接了回来，他给蓝枝儿打了消炎针，口服了葡萄糖，蓝枝儿这才安静下来，迷糊着睡着了。一袋烟工夫，她脸上竟泛起了红晕，不时还微笑着露出小酒窝，长长的睫毛不断眨动着……看得旁边人直乐，乐后大伙发现自己脸上都挂满了泪水。

焦老财为儿子的事情，昨夜一宿没有睡着。他口干舌燥不住喝水，不住急尿，把小尿盆尿满了两次，害得二老婆半夜端尿盆。二老婆才三十岁左右，凭借美艳，年轻时逍遥自在，不承想虎狼之年不但得不到男人抚慰，竟还被小自己一轮的女人使唤，心里煎熬又没办法，只有盼着焦老财早早死掉。

中午的时候，收拾一新的焦老财戴着瓜皮帽、打着遮阳伞，来到黄楼门卫前。军警拦挡，他哪管这些，直挺挺就闯了过去，自然被干净利落地轰出来。门卫见如是，出来裁断，他毫不犹豫地给了门卫一记耳光，又要往里闯去。门卫见其派头十足，摸着脸咬咬牙忍住了；问清焦老财是来找祝肇州聊天解闷的情况后，他派人监视着他走进黄楼。

黄楼二楼大寝室里，祝肇州正在午睡。窗外炎热的暑气，似乎一点也没有影响这里的舒适，桌上不知名的花在怒放，唱片用低得几乎听不到的声音播放着不知什么歌曲。祝肇州早得到通报，但听到敲门声后，还是半天才起身，露出怒容开了门，见面才勉强换上笑容。原来，祝肇州上位省主席时，焦老财曾经给予过极大的财力支持，所以他才这般待见这个土财主。焦老财也不绕弯，先从“女人是衣裳”的大道理讲起，祝肇州已经明白大半，猜测到黄紫红出事了，忙问其详，焦老财和盘托出。祝肇州咬牙，半天不语。这时，丁秘书送来一封信，并口头报告说，“刺王”特别顾问明天九点自重庆白市驿机场起飞、十二点前到达西京西郊军用机场。祝肇州无力地挥挥手，好似要挥去心中的忧伤和倦怠一般。丁秘书嗫嚅着，祝肇州道：“结束了，用不着了……你、委婉推辞掉！”丁秘书道声“是”，出去了。

焦老财也听得为难，他扫一眼那信封，是儿子焦少成的笔迹，就忐忑地等着主席看信。祝肇州看完信，背过脸去。焦老财赔着小心，想再说些什么，终于没说出口。祝肇州抬抬手，焦老财只好出去了。出去前，他拍拍祝肇州的手，祝肇州翻过手挥了挥，没有回头地说：“没事儿的。”

焦老财走后，祝肇州直挺挺地在大床上躺了一下午。下班前，他给南京打电话汇报了抓捕倪柏仁的伤亡情况和倪柏仁的死讯，对方要处决现场的照片，说总裁要过目。祝肇州知道，重要的政治犯，老大是要见尸首照的，就说随后呈送。他将照片之事交代给丁秘书后，便去易俗大剧院看《柜中缘》。

下午三点，齐天翼等赶到马栏河畔。汪锋涛、李健仁、黄君等省工委和关中地委负责人、机关干部近百人，纷纷前往马栏河畔迎接，好多人蹚过河水从民兵手中接过担架，前呼后拥地把蓝枝儿抬过河。李健仁上前来，边揭开蓝枝儿的面纱边动情地说：“倪先生，您受苦了！”

齐天翼听后一愣，才知同志们误将他们当成了倪柏仁一行，于是忙说：“同志您好！我是‘青铜’。倪先生许是在路上耽搁了，估计随后就到。”

同志们才知倪柏仁一行还没有到达马栏。大家颇觉蹊跷，紧张起来。关中地委一面忙派部队逆向搜索接应，一面抓紧给蓝枝儿医治。

晚饭前，在大伙焦急的等待中，倪柏仁终于沐浴着边区的晚霞，在人们的欢呼声中，顺利到达马栏。他受到汪锋涛、李健仁、黄君等省工委和关中地委负责人、机关干部的热烈欢迎。倪柏仁激动地说：“老百姓是我亲娘老子，党是我的再生父母！党和同志们这么关心我，营救我，我终生难忘！”

省工委立即把倪柏仁平安抵达马栏的消息报告给党中央，中央立即给倪柏仁发来慰问电，叮嘱他好好休息疗养，等恢复健康后再接他到延安。

晚饭后，蓝枝儿醒了，疼得呼天叫地、花容失色。敌人击伤倪柏仁的子弹和蓝枝儿身上的子弹，都还在体内没有取出，倪柏仁也疼痛难忍。省工委早有考虑，专门召开会议，研究了对他们的治疗和生活照顾问题，并作了周密布置：安排倪柏仁的学生、三秦省工委干部杨克明、孙生、陈方红、麻兆京、刘蓟人、李静军等同志，分工负责，每天给倪柏仁打洗脸水、翻身、沏茶、倒水、洗衣服，并陪着说话，照料他的生活、抚慰他的心灵；齐天翼同志协同医生，陪护蓝枝儿姑娘养伤。倪柏仁深有感触地说："没想到我遇害，党组织很快就知道了，在第三天就派人营救我，这对在外面工作的人，是很大的安慰和鼓舞。"

关中分区医院医务主任王立峰、关中分区门诊部副主任刘明精心照料他俩，晚上都没有睡觉。

当晚，发生了一件大出人们意料的事情：护理蓝枝儿的齐天翼半夜失踪，被哨兵兴师动众地押送回来。经倪柏仁告知，才知齐天翼中学时就有夜游症，十几年没有犯了，不知何故此时发作。

但是，夜游症过程中，齐天翼提到青铜佛的秘密，这提醒了倪柏仁，他忙拿出完好无损的、底座佛身合一的青铜佛——这是他离开西京那天早晨，中共西京交通站秦岭同志托付他的。倪柏仁当着汪锋涛的面打开青铜佛，一边从中取出情报递给汪锋涛，一边笑着说："这个青铜佛才是真货！之前看到的那些，哈哈，都是眼雾！"

情报内容是白区布点工作。汪锋涛和省工委看到白区布点工作中关中七县起义的回复情报后，异常振奋，立即电告西北局和党中央，得到批示后，立即周密部署下去。

第三十六章 6月3日后

6月4日，端午节。

清晨，晨曦透过窗棂，空气清爽，窗外传来阵阵拼杀声，民兵们在训练，一排排向日葵像笑脸般迎风初开，隐约听到高亢明快的《解放区的天》的歌声。一个工作干部和倪柏仁坐在齐天翼床头，看齐天翼熟睡着。

齐天翼一头汗珠儿，正在做梦，梦见一个扎着羊角小辫儿、露出豁豁牙的漂亮小女孩跑到他床前，扳着床沿管他叫爸爸，他心下疑惑，使劲儿想自己到底有没有女儿。小女孩不给他思考的时间，又问他要妈妈，他更窘了，反问她她妈妈是谁，她说她妈妈是黄紫红。齐天翼一下子泪流满面，惊醒……

齐天翼猛地坐起，将盯着他的工作干部和倪柏仁都吓了一跳。工作干部问："怎么，还从昨晚的梦游中没有醒来？"

齐天翼转脸，看着眼前这个中等个儿、三十出头的男子，有些疑惑。倪柏仁忙介绍道："这位是省工委的政审干部，叫刘来子……同志！"

"齐先生，我希望你从你妻子的噩梦中，及时惊醒过来。"工作干部道，开门见山。

"……同志，"齐天翼不知道怎么说，"好像有雄黄味道，是香包！"

"如果你继续沉湎在那场噩梦中——处于梦游状态，那你怎么接受边区人民群众以及未来新的工作呢？"工作干部没有让话题岔开，他似乎在替齐天翼着急，也很能抓住问题的要害和对方的痛点。

"同志，不光是个梦的问题……好的，"齐天翼道，还是不知如何应答，"苟日新，日日新，又日新。我一定及时走出。"

“另外，你的组织关系目前难以确认，你的两个入党介绍人一个是叛徒陈家岙，一个是英雄韩夏春、我们的同志，俩人都已经死去，前者死前还变了节，现在没有人证明你的组织关系，也没有人证明你在刚刚这场营救倪柏仁同志的行动中，真正承担了什么角色。”

工作干部自始至终没有称呼齐天翼为“同志”，他的话，不独令齐天翼吃惊，连倪柏仁也很吃惊，倪柏仁忙追问：“同志，你刚才这么称呼我，我也就这么称呼你吧！同志，难道‘青铜’不是齐天翼同志吗？难道齐天翼同志不是这次营救的总指挥吗？他和韩夏春同志，都是冒着生命危险，将我从国民党残酷迫害中营救出来的英雄哪！”

“是……没错儿，但实际的具体的情况，不好说！”工作同志说，“请你填张表。有无疾病一栏，填写有夜游症。”

齐天翼填表，倪柏仁拿出一个香包，道：“今个端午，本来女的送男的，可是小蓝还处于昏迷状态，你就将这个送去吧……”

与此同时，手腕上戴着五花线绳的焦少成也做了个梦，他梦见胡志坚斥责他：“废物，真正的‘青铜’齐天翼，已经枪毙了我们的‘冰峰’黄紫红，并把倪柏仁带到共产党的机关驻地马栏。今天过端午节，你为什么还把我关在这儿？”

焦少成一骨碌惊醒，竟跌落在炕下面的脚地上。程玉娥正蹲在门槛上做针线，惊得出了身虚汗，忙放下手里的针线，一边把他扶上炕一边问道：“没绊上吧……是不是又做噩梦啦？你又没做啥亏心事，怕什么？”

“话是这么说，但官场险恶，你不懂……”焦少成双目放空地坐在炕沿，腿吊在半空，还在思索刚才梦中的事情。

“是不是又梦见你的那个姓黄的骚货啦？”程玉娥摆了个毛巾，递上来，试探着问。

“你这嘴……以后别提她！”焦少成边擦脸边说，“晦气！她已经死了。”

“死啦？！”程玉娥惊得跳脚，又愣怔在那里，“怎么死的……”

“你应该高兴。”

“对，对！我应该高兴，”程玉娥拍着手道，“可我怎么高兴不起来呢！她还那么年轻，才二十刚过没几岁，连个娃也没生……”

“她活该！今天端午节，我都不想说那些晦气事……”焦少成靸着鞋在地上走着，“她丧心病狂地追杀她老师、干大和证婚人，为此连自己丈夫也不认，还将自己腹中的孩子杀死了，这这这……天理难容！更有甚者，她还勾搭上级，以下犯上，痴心妄想着要爬到我头上……你说她不死，能成吗？”

“呀，干个公家事咋这么难的？！”程玉娥听得半晌缓不过气来，最后睁大眼睛问，“这么说，她勾搭过你？”

“勾搭过，但没成功……你知道，咱这人比较正。再说了，她那样的，谁敢上手？”焦少成说，“你的初恋胡志坚以处子之身追求她，你知道落得什么结果？”

“什么结果？”

“被她生生关押在咸阳监狱，人不人鬼不鬼的！”

“啊！”程玉娥惊得眼睛都要跌出眼眶，扑到丈夫跟前问，“为啥呀？”

“他说你的小胡是‘青铜’——就是组织营救倪柏仁的负责人，其实‘青铜’是齐天翼。齐天翼已经枪毙了那个天杀的黄紫红，并把倪柏仁带到了共产党的马栏。”焦少成道，“你说这惊心动魄不惊心动魄？”

“你刚才就梦见这个啦？是不是胡志坚给你托梦，要你放他出去？”

“我媳妇还不瓜，灵着哩！”焦少成上前两手掌捧住妻子脸颊。

程玉娥双手搬开丈夫的手，焦急道：“呀，那你还不把他放了，得罪哈人是自己的。”

“你怎么比我还急？”焦少成端详着妻子的脸问。

“我替你着急呢！”程玉娥扳着焦少成肩膀道，“省主席和胡志坚同为南方人，很器重他，一直用他制衡你。你和你那位小黄追杀倪柏仁的时候，祝主席还派的胡志坚保倪柏仁哩……”

“呀——说的是！玉娥你真的比我们事中人都看得透！”焦少成道，“但，胡志坚又不是我抓的。”

“你是领导呀，错抓人你得负领导责任！”

“可黄紫红还跟主席……”焦少成话说到嘴边收住了，“老婆，我是担心左右不是，动辄得咎呀！”

“错抓了人还不能放，这是哪家的道理？！”程玉娥气得一屁股坐在门槛上，又做起了针线。

这时，门外传来“咴儿咴儿”的马叫声。夫妻俩扭转头，见一个警察走进门来，是祁红红。警察进门就说：“厅长好些了吗？”

“没事。你直接说事！”焦少成道。

“黄紫红已经被埋在了四十里梁的阳坡上。”

“嗯，省上还是采纳了我的意见。”焦少成高兴得一蹦老高，拖鞋掉在地上，他不管不顾地独自在地上走着，命令道，“传我命令，即刻释放咸阳监狱中的胡志坚，注意做好放人的相关程序文件。”

程玉娥早端来了凉茶和桑葚，祁红红说声“嫂子好”接过水喝了一口道：“厅长，我这就回去办理！”

程玉娥将桑葚给他带着，焦少成亲自送他到梢门，他骑上马，绝尘而去。焦少成嘴里哼起了酸曲：

人人都说咱俩有，
到如今没有拉过手……

程玉娥看着丈夫的骚情样儿，心里一阵酸一阵甜，但想到黄紫红已死，也就放心地笑了。

6月4日下午四点许，党中央所派的延安方面的院长徐风动，风尘仆仆专程赶到马栏。他一下马，立即到关中分区医院了解情况，很快进入倪柏仁病房。见到倪柏仁，与他握手，简单询问观察的当儿，徐院长头上沁出了汗珠。陪同前来的关中分区医院的王立峰，从徐院长的表情中知道了倪柏仁伤情的严重。几个人走出病房，徐风动才说：“子弹可能快走到声带部位了。”几人又去蓝枝儿病房察看一番，很快做出决定：即刻准备，进行手术。

一小时后，倪柏仁的手术开始。徐风动主刀，王立峰和刘明配合。齐天翼在门外等了足足五十分钟，护士才用旧报纸端来带着黑血的子弹出了病房，让大家看。齐天翼扫一眼子弹，问：“人怎么样？”

“还好！手术很成功！”

很快，倪柏仁被推出手术室，齐天翼将他推回他的单独病房。护士来监护，吩咐他去看蓝枝儿。

休息十多分钟后，由王立峰主刀、徐风动指导、刘明协助，蓝枝儿的手术也开始了。半小时后，手术结束。取出的子弹是山西造的口径为11.43毫米的汤普森冲锋枪子弹，子弹上带着蓝枝儿亮红的鲜血，似乎还冒着热气。齐天翼看得差点晕血，一会儿，护士长催他去推病床，才使他缓了过来。事后，他将两颗子弹擦洗干净，用报纸包好、收起。——这两个特殊的“战利品”，日后均陈列于博物馆。

两台手术都很成功。

手术结束，正赶上开晚饭时间。徐风动没有去吃饭，而是守候在倪柏仁床前。王立峰则守在蓝枝儿病床前。黄昏的阳光隔着旧报纸透进病房，病房里有些燥热，但病人很安静，护士正在给他俩推静脉。等静脉推完，体温、血压、脉搏测量也完毕后，此时护士们早已将饭送到走廊并等候多时，她们这才提醒两位主刀大夫去吃饭。

晚饭后，大夫们又去观察倪柏仁、蓝枝儿的术后身体反应。倪柏仁睡着了，神态平静；蓝枝儿嘴唇发白、开裂，由于失血过多，体征不大平稳。大家给她输血后，身体各项指标逐渐正常。

这之后，直到两个人伤口痊愈，伤情都没有发生大的反复。伤口七天拆线后，徐风动才动身回延安去了。倪柏仁特别带去了口信，向党中央和毛主席表示感谢。

6月5日，焦少成已在岳母家待了两日，再也待不住了。他下午三点来到咸阳警察局打听情况，胡志坚已经被释放，但据说很不领情。杜局长对他很热情，热情中又似乎藏着什么。焦少成早预料到这些，也不过问，喝杯茶后，他找了一辆车，载着媳妇儿子，一家三口回到西京。

到城内时，离下班还剩不到一个小时。他让程玉娥抱娃半道下车，自己则径直去警察厅上班。他若无其事地回到办公室，竟然没人给他备茶，他心里毛了起来，但还是强装若无其事地自个倒了茶。正端茶呷一小口时，办公室一个干事打报告进来，并不多言，而是将一份文件放到桌上、推到他面前。他也不多问，继续沉住气喝茶，等警察走后，他忙拿起文件去看。不看则已，一看他端茶杯的手不由一松，茶杯掉在地上摔碎了……

原来，文件是让他“回家休养”的决定。

焦少成一直等到下班人都离去之后，才溜出办公室，却发现外面天还没有黑。他怕见人，于是又折回去，在沙发上躺下。

办公室已经黑得看不到亮光的时候，焦老财打电话来，他才失魂落魄地回到家。焦老财得知情况后，也很意外，气得半死，忙商议应对办法。

1946年夏，除了斯大林睡了个午觉、丘吉尔的演说大行其道之外，蒋介石还发了大脾气。6月26日，蒋介石悍然撕毁停战协定和政协协议，以二十二万军队自信阳、罗山、光山、黄安等地，分四路向我中原解放军大举进攻；连同以上动作，共集结全国三分之一军队——一百九十三个旅共约一百五十八万兵力，向各解放区发动全面进攻，全面内战爆发，解放战争拉开帷幕。

这一天，倪柏仁、蓝枝儿的枪伤基本痊愈。在四十里梁战斗中失散的倪克玉，一路辗转，也终于来到马栏。见到父亲时，这位民主斗士正在挥毫撰写揭露蒋介石发动内战的文章，倪克玉看得一下子噤声、泪崩。倪柏仁抬头看到女儿好端端站在眼前，也凝固在那里，毛笔笔锋直直倒垂，定定站立着，甚至连眼睛也不眨，可是，泪水早打湿了纸张……多少天来，父亲对于女儿生死未卜的担心，都释然了，变成了相见欢，怎能不激动呢！多少天来，女儿对于父亲的担心，也已放心，她看到了一个好端端的父亲，怎能不喜极而泣呢！

历尽劫波人尚在，父亲已然是个安好康健的父亲，女儿也清爽可爱。现在，父女俩的主要精力是，完成在西京城钟楼下未完成的事情——撮合齐天翼、蓝枝儿的婚姻。

经历舍身相救、生死患难以及病床上的感情培养，尤其是来解放区、回故乡后，新思想新气象新环境的熏陶感染，蓝枝儿在身体恢复的同时，思想和精神境界也得以大大提升，她对齐天翼的感情也渐渐得到对方的回应。她之前曾经上到高小五年级，在山寨时，父亲还延请过家庭教师，来专门教习她武术和国学四年，加之她悟性极高，因此表现出的接受新思想新事物的能力是很高的，可谓出类拔萃。还有一点，也是别人望尘莫及的，她曾经当过山大王、开过金凤巷，有带兵和统筹全局的经历和能力。总之，此时的蓝枝儿是很显眼的。但是，她在齐天翼这里一直表现得小鸟依人，之前的野气也似乎收敛，秀气文气英气勃发。

这些，齐天翼都看在眼里，喜在心头。他真觉得蓝枝儿较之前不久的黄紫红，是真正的蕙质兰心，革命觉悟也是高出许多，毕竟黄紫红压根儿没来过新天地。唯一让他感怀和牵念的是，七年前的那个十七岁的纯真的黄紫红，还有那被戕害了的他们的孩子……社会变迁的阵痛，革命与人性的扭结、冲突和撕裂，他是真真正正有过切肤之痛的。相应的，作为唯物主义者和共产党员的他，也是应该豁达处之的。但无疑，这需要时间。

想通了这一切，齐天翼首先要做的一件重要事情是：郑重地向蓝枝儿求婚。其实，蓝枝儿之前也曾经向他求过几次婚，都被他毫不含糊地拒绝。他现在向她求婚，也是回头来过，表达歉意和爱意的同时，给姑娘骄傲和满满的幸福。果然，当齐天翼搔着头向蓝枝儿求婚时，蓝枝儿高兴得哭了。哭罢，她面朝北面家乡的方向，双手合十，叩首拜了三拜，遥遥告慰父亲。齐天翼当下感动得泪花盈目。

俩人一道去请倪柏仁当他们的证婚人。倪柏仁心下欢喜，却故作一愣，说："我在西京城钟楼下撮合你俩，当时你俩并没有见上面，怎么你俩到底还是偷偷在一起了？这让我无功受禄。"说笑毕，他欣然答应。

婚礼定在六月的最后一天，青山绿水艳阳天。仪式上，仨人喜极而泣，都觉得命运似乎不可捉摸。婚礼快结束时，一位满面灰尘、三十五六岁的男子赶到，大家都是一愣，不知他是谁。他只好自我介绍，说他是景泰，被国民党追杀得无路可逃，冲破重重封锁到了解放区。倪柏仁异常激动，拿了喜糖先给景泰分享。

不久，新婚的蓝枝儿参军到了部队，干得顺风顺水。齐天翼和景泰则进了学习班，三个月后开赴山东解放区搞土改。回来后，景泰被安排在黄龙县山区进行政权建设工作，在那里他遇到了已经成为人民解放军副营长的弟弟景章和已经参加人民解放军的王礼的俩儿子。

七月上旬的一天，关中地委派人绑了架窝子，用两匹健壮的骡子拉着倪柏仁离开马栏，奔赴革命圣地延安。倪克玉一路随行，她像百灵鸟一样，一路歌唱不断，使得大伙的心情更加美好。

7月18日，倪柏仁终于来到延安，受到简朴热烈的欢迎。工作人员将他安排在清凉山的一孔窑洞里住下，还带他四处转了转，让他对延安有个初步感知。每天早晚，倪克玉都带着爸爸去延河边散步，他们对未来生活充满憧憬。

不久，延安各界千余人隆重欢迎倪柏仁来延安。林伯渠、徐特立等许多中共领导人和知名人士都出席了大会。刘景范副主席致欢迎辞，倪柏仁发表专题演讲，猛烈抨击国民党特务暴政。与会人士群情激昂，高呼口号："打倒国民党反动派，全国人民得解放！"巍巍宝塔山、滚滚延河水，也为之动容。

再说西京城里的事。

儿子停了职，焦老财着急上火，三天里头发全白了。他借打牌之机，将八根金条输给了祝肇州。可二十天过去，还没有儿子复职的消息。他就咬咬牙，拿出自己压箱底的宝贝——颜真卿真迹和倪柏仁的字，带着去找祝肇州。祝肇州一见，两眼放光道："让贤侄即刻上班吧，当此国家用人之际，怎能让他躲着清闲吃闲饭哩！"

焦老财哈哈一笑，问："主席，你给娃相端的啥职位？"

"先上着吧！正厅长职位待公文抓紧办理后就好！"

焦老财大喜过望，但他得先控制住。他默默地回到家，将消息说给全家，全家欢喜。他才大笑三声，不料，竟死去了。焦少成封锁消息，赶紧去警察局上班。三天后正厅长的任命宣布，他才发了丧。

1946年7月，除了斯大林打了个喷嚏、杜鲁门在酝酿一个主义之外，蒋介石还闹心着。《解放日报》头版头条刊发延安各界召开大会欢迎倪柏仁的消息，蒋介石看到报道后大怒，打电话给祝肇州，要求严办此事。祝肇州给焦少成打电话，严厉批评他的同时，大发女子不可用之词，将事情责任全推在黄紫红身上。俩人如此这般统一了口径，祝肇州当即开会，训斥焦少成说："你说倪柏仁死了，可他昨天还在延安骂我们呢！"焦少成如同背书，慷慨激昂地做了大篇幅的深刻检讨。

与此同时，胡志坚奉调要回浙江任职。临走前，他找焦少成，说是要见程玉娥最后一面。焦少成新晋正厅心里高兴，再者他也不敢得罪胡志坚，还有，经过了这许多事情，他现在把一切看得很开。他专门让山丹丹看好娃，让程玉娥和胡志坚去太乙宫游玩。胡志坚和程玉娥是初恋，俩人为分别而相见，感慨人生多变，顿时如胶似漆。分手时，都是愁云惨淡，好一番依依不舍。

7月末，倪柏仁致电中国民主同盟中央罗隆基先生，揭露被国民党特务绑架暗杀追杀经过，要求向国民党政府提出严重抗议，审判元凶、停止对革命群众的继续迫害。不久，民盟中央向国民党政府提出强烈抗议。为息事宁人，祝肇州以即将离任的胡志坚为替罪羊，假意将他关押起来，并在报端历数其谋杀倪柏仁及进步人士、革命群众的罪状。一面却与浙江方面沟通，将胡志坚暗中又升了一级，以作为他此番受累的补偿。这样，各方面渐渐平息下来，大伙落得皆大欢喜。

8月的一天，毛泽东主席亲自接见倪柏仁先生，高度赞扬了他坚持正义、坚持民主、不惜牺牲而为老百姓办报、奔走呼号的精神，对他不与蒋介石腐朽政权合作的进步态度作了崇高评价，并勉励他养好身体，继续为革命奋斗。倪柏仁感动地说："党是我的再生父母……我的血没有白流！今后民盟与中共合作，为中国人民的民主事业奋斗到底。"9月26日，陕甘宁边区政府正式向倪柏仁同志颁发了重要任命。

不久，历尽磨难的罗莉莉辗转来到延安学习。倪柏仁对着罗莉莉和同志们讲："从前我生活在魑魅魍魉的世界，国民党的一枪，使我回到了人间，抬脚奔向延安来！"

又一个七年后的一天，齐天翼因身份可疑、在"迎王"行动中缩手缩脚、在倪柏仁被骗到咸阳医院的事件中负有不可推卸的责任、先于倪柏仁到达马栏河畔抢功、患夜游症是忘不掉屠杀人民的前妻、党员身份不明……诸多问题发酵，被错划成反动分子，后经已是中原省主要领导的倪柏仁证明而得救，安排在西北国棉一厂协助建厂。

十三年后，齐天翼不能自证清白的事情被再度翻出。这次倪柏仁已作古，再没人能证明他的完全清白。在经受了无情摧残后，他"畏罪自杀"，享年四十六岁。死前，为秦都国棉厂后勤副厂长，副局级。蓝枝儿根据其生前遗愿，将其葬于九嵕山下的阳坡上。打墓时，同时扎箍好两孔墓穴，齐天翼葬于左边，右边的留给蓝枝儿。

在聚少离多的二十年共同生活中，蓝枝儿和齐天翼恩爱有加，共育有三儿一女。大儿子叫齐解放，1947年下半年出生在马栏；二儿子叫齐建国，1949年秋出生在延安；第三个是女儿，叫齐国庆，1959年国庆那天出生在咸阳；小儿子1967年出生在咸阳，是墓生子，齐天翼死前就给起了名儿，叫齐卫兵。

蓝枝儿参军后，由于勇敢善战，又有组织能力，到解放时担任延河市武装部副部长，在经受曲折探索和岁月洗礼后，于1989年8月离休于省会西京市劳动局局长任上。

她享年颇高。2017年，她八十九岁生日（农历五月四日）前夕，全家大小三十六口（齐解放已于2016年7月过世）沿着当年倪柏仁被追杀出逃的线路走了五天，第五天早晨到达黄紫红墓前时，老太太喊："心疼！快……旭东救我！"

身为省医院常务副院长、全国心脑血管疾病著名专家的女婿郝旭东紧急抢救，几秒钟后蓝枝儿生命体征消失。经过反复上仪器监护、人工呼吸，一小时半后，抢救无效，大家放弃治疗。

机密藏在细节中。这一日，正是黄紫红被处决的那一天。蓝枝儿去世的时辰，甚至都与七十一年前黄紫红死去的时刻一般无二。

根据她生前多次嘱托，家人将她的遗体护送至九嵕山下，搭起灵棚。三日后，遗体下葬于齐天翼墓右侧留出的空墓穴中。

齐天翼、蓝枝儿教子非常严格，子女亦各有所成。齐天翼过世时，大儿子齐解放已参军，在西藏洞朗服役；二儿子齐建国去西乡县插队，古灵精怪的女儿齐国庆刚上小学一年级。蓝枝儿离休时，在咸宁区当干部的大儿子齐解放下海去了深圳；二儿子齐建国能念书，工大毕业后孜孜以求，成为航天工作者；颜值爆棚的女儿齐国庆刚结婚，并当了省人民医院护理部主任；唯老生儿齐卫兵，打小娇生惯养，已出于社会却不务一业，成了她的心病。

2017年6月蓝枝儿老人去世时，大儿子齐解放已作古，生前身家据说有二十多亿，光累计为"脱贫攻坚""共同富裕"捐出的钱，就有约七亿。二儿子齐建国成为试飞员，之前在大表速飞行中负伤；他的大女儿齐飞天入选航天员，遨游太空而归，为祖国和人类作出了贡献，也成为老太太很大的骄傲。女儿齐国庆因一次医疗事故被免去了职务，但丈夫郝旭东已是省人民医院的常务副院长、享誉全球的心脑血管疾病专家。小儿子在经历了一段时间的迷茫后，终于确定以"用生命丈量文学"为自己人生信条，并且已经成为省内著名、全国知名的作家，他写的长篇小说在中央人民广播电台播出时，老太太激动得流下泪来；他还写了《奔向延安》，讲的是父亲组织营救被追杀的倪柏仁的故事，拍成了电视剧，很受欢迎；但也有人吐槽，说是“神剧”，甚至被贴上“高级黑”“低级红”的标签。

可惜，这一切人世间的繁华和纷争，蓝枝儿都看不到了！

人不死，何言福！蓝枝儿自有她的福分，与齐天翼地下重逢，即为她的天福。她等这一天，等了五十一年，太漫长了。相见时，其欣喜将何如！

所幸者，齐蓝氏一门子孙后代，无一人犯法。

此足以告慰先死英烈者！

（全书完）

2017年4月22日—6月11日完成初稿

2021年12月17日十二易其稿后定稿